JN224464

〈現実〉論序説

〈現実〉論序説

フィクションとは何か？　イメージとは何か？

塚本昌則・鈴木雅雄 編

久保昭博
郷原佳以
塩塚秀一郎
谷口亜沙子
箭内匡
廣瀬浩司
立木康介
王寺賢太
中田健太郎
伊藤亜紗
松井裕美
橋本一径
森元庸介
森田直子

水声社

目次

序

塚本昌則

二十世紀末以降、文学は終わったと、さかんに言われるようになった。社会で事件が起こったとき、それが何を意味するのか作家の言葉を聞きたいという人が、いまどれだけいるだろうか。文学は社会に語りかける言葉を失った、それが文学終焉論の大きな論点となっている。

例えば、ウィリアム・マルクスは、文学が自己の自律性という神話のなかに立てこもり、社会に語りかけるのをある時点で止めてしまったと断じている（『文学との訣別』、二〇〇五年／邦訳、水声社、二〇一九年）。かつて文学、とりわけ小説は、一見特異な人物が経験する、ありえないような出来事を通して、自分たちがどのような時代を生きているのかを読者に語りかける芸術形式だった。科学や人文系の学問とは異なる、独特な探究の方法と考えられていたのだが、文学の創造的側面は、現実に関わろうとする意志を失うことで、急速に色褪せていくこととなった。柄谷行人は、感性的な娯楽のための読み物だった小説が、「共感」による共同体創設の基盤となったという歴史を振り返っている。しかし小説は、国民国家の礎となるという課題からある時点で解放され、

「ただの娯楽」になる過程をたどっている（『近代文学の終わり』、二〇〇五年）。小説は、共感を通して共同体創生に貢献するという、近代社会において果たした役割を終えたというのである。

文学はかつて、同時代の社会を認識する方法と考えられていたが、いまでは愛好者を喜ばせる娯楽となった。文学がもっていた、私たちの生きている時代を認識する方法という側面は、歴史学、社会学、人類学、精神分析学、美術史、イメージ論、フィクション論など、二十世紀に飛躍的に発展した人文科学によって奪われていった。残されたものは、感性に訴えかける娯楽としての位置だけだ。あらゆる絆を断ち切って、社会とはもはや運命をともにしないと思い込んでいる芸術を、社会がついに見限ったとしても驚くべきことではない——文学終焉論が展開するこのような見取り図は、本当に当を得たものなのだろうか。感性的な娯楽にすぎなかった芸術が、自律性の幻想のうちに立てこもったことで、社会から見放されたという視点は本当なのだろうか。この疑問は、文学の動きだけを見ていても解くことができない。この見取り図の当否を問うためには、それらの学問と文学との境界領域で何が起こっているのかを調査する必要があるだろう。調査を通して、文学が現在陥っている状況について、その全貌を明らかにできなかったとしても、少なくともその一面を明確に捉えることができるようになるのではないか。

そのような問題意識から、鈴木雅雄氏と一緒に、文学と人文科学の境界を探ることを目指す研究会を今から五年ほど前に立ち上げた。二十世紀、文学と人文科学の知が、いかにして互いを見出しあい、つきまといあい、挑戦しあったのか。人文科学の研究者、文学研究者、そして二つの領域を横断する研究者と対話を重ねながら、新たな文学の姿を明らかにする——それが当初掲げた目標だった。その調査の旅は、途中でコロナウイルス感染症拡大にともない、研究会が対面で開催できなくなって途方に暮れるなど、当初の予定通りにはまったく運ばなかった。それ以上に、当初は予想していたなかった問題に遭遇して当惑することにもなった。研究者たちと対話を重ねるうちに、問題の所在は文学と人文科学の関係というより、両者が現実と切り結ぶ関係のうちにあるのではないかと考えるようになったのである。

　文学においてであれ、人文科学においてであれ、その根底にある営みは、現実との格闘にあるのではないか。文学も、使命を見失った娯楽となり果てたとしても、歴史上それまでになかった状況と格闘しながら生きている人間の姿を捉えようとしているのではないか。人文科学にしても、それまで意識されていなかった視点から現実を捉えなおすことを使命としているのではないか。つまり、文学にせよ、人文科学にせよ、そこで繰り広げられている活動は、現実に問いかけ、そこから何らかの意義のある答えを引きだそうとして悪戦苦闘する、これまで人間が繰り返してきた身振りなのではないか。

　このような経緯を経て、現実とは何か、という問いを、あらためてそれぞれの分野の専門家に投げかけてみた。本書は、その問いを核として編まれた論文集である。

　現実とは何か。改めてこのような問いを発してみると、これが適切な疑問ではないかもしれないということが、編者の一人として痛感したことである。現実には、外から見てそれとわかる輪郭がそなわっているわけではない。ある明確な本質をもっていて、それを見定めれば、定義できる——現実はそのようなひとつの考察の対象としてそこにあるものではない。むしろ逆に、ひとつの対象として、距離をおいて眺めることなどできないものこそ、現実と呼ばれているものではないだろうか。自分で考えれば何かがわかると思い込んでいるような主体のあり方そのものをひっくり返す力をもったものに出会ったとき、人は何ともいえない現実の力を感じるように思われる。もう少し言うなら、普段、意識しないままそのなかで生きている、日常生活の保護膜のようなものが破られ、自分がどういう世界に生きているのかまるでわからなくなる、そのような思いに人を誘うものが現実ではないだろうか。

　表現するための言葉がなく、そのような世界があるとさえ気づかずにいる世界——そのような世界とは無縁のごく普通の状態で、問うことができる問いがあるとすれば、どうすれば現実に接近できるのかという疑問だろう。

これまでの考え方の枠組みそのものが壊れ、そこに新しい世界が現れたとき、ひとは強い現実感に打たれるのだが、そうした知識や意図が通用しない出来事に遭遇するために、いったいどんなことができるのだろうか。そのような世界があると気づくことさえできない世界に、どうすれば接近できるのだろうか。

現実への接近という視点から見ると、本論集に収められた論文では、大きく分けて二つのアプローチがなされている。一方に、何が起こっているのかわからないものの、とにかく注意を凝らして待つという態度がある。何かがあると感じられるのだが、それが何であるのかわからないものに、ひたすら耳を澄ませ、眼差しを凝らす。そのような待機のどこから現実がその姿をわずかなりとも垣間見せるのかはわからないが、とにかく待っているしかないと念じる態度は、確かにさまざまな現実の姿を招き寄せるようなのだ。

他方には、最初から現実ではないとわかっているものと戯れ、そこから何かが立ちあらわれるのを待つ態度がある。初めから現実ではないとわかっている虚実皮膜の虚や、目の前にある物質的なイメージと、これは現実ではないと知りながらいつまでも戯れている。すると、現実ではない何かが、どこかで現実に反転してゆく瞬間が訪れることがある。虚構とイメージとではあまりに次元の異なる事象に見えるかもしれない。しかし、想像と現実の中間領域に位置しているという点で、両者は共通している。その中間領域に、フィクションとイメージは私たちを連れだす力をもっているようなのだ。嘘を通してしか近づくことができない真実というものが存在するのである。

本書は便宜的に文学、人文科学、イメージ論、マンガ論の四つの章に分かれているが、以下、その区分にこだわらず、現実へのアプローチという視点から読み直す作業を試みたい。この読解の試みは、本書の最後で鈴木雅雄氏に引き継がれる。それだけでなく、久保昭博氏と中田健太郎氏にも、それぞれフィクション論、イメージ論の立場から、論考の解読をお願いした。久保氏は、文学、人文科学関係の論考を集めた第Ⅰ部を中心に、中田氏には美術史、イメージ論、マンガ論を集めた第Ⅱ部を中心に論じていただいた。読者の方々は、現実とは何かという問いをめぐる考察が、まったく異なる道筋を描きだすことに驚かれることだろう。二人の編者、二人の読解者が行った読解の試みは、興味深いことに、そのすべてが違った角度からなされている。どの角度から見るかで、各論考が違った側面を見せる。まるで現実への問いかけは、誰が見ても同じであるような図式を描きだすかわりに、その度ごとに異なる軌跡を生みだすかのようである。そこにこそ、現実と呼ばれるもののはらむダイナミズムがあるのかもしれない。

それでは収録された論文に即して、具体的に見ていくことにしよう（以下敬称略）。

1　錯綜体としての現実

それまで可能とは思えなかったことが、ある時できるようになる、そんな人間の備わった潜在的な能力を、ヴァレリーは「錯綜体」と呼んでいる。言葉にならない体験が、ある時言葉になる。ばらばらに思えていた事象が、結晶の種を投げこまれた過飽和溶液のように、整然とした形に結晶化する。あるいは、何も起こらない凡庸な日常のなかに、その外観を根底からくつがえす力の存在を探りあてる。そのような変化が起こらなければ、気づくことさえできなかった現実に直面するとき、人が発揮する能力が、錯綜体である。

錯綜体は、言語や身体のパフォーマンスのように、個人差が大きく現れる能力だが、その潜在的な能力が現実のものとなる過程には共通したものがある、とヴァレリーは指摘する。何らかの偶然が感性に働きかけてきたとき、その能力は呼び起こされるのだ。呼びかけに応える力が自分にあると、あらかじめわかっているわけではない。注意力を研ぎ澄ませて何かを待っていると、それに呼応する何かが自分のなかで答えはじめる。答えた後で、はっきりとしない呼びかけに、その答えが正確に対応するものだったとわかるのだが、それに先立って自分にそのように答える能力があるということを人は知らない。錯綜体は、ある明確に定義できる対象ではなく、また姿を見せないよくわからないものからの要請に応えることで、その要請がどのようなものであるのかを明らかにする能力である。

本書のいくつかの論考は、こうした潜在的な能力が発揮されるために、まず何らかの反転が起こらなければならないことを教えてくれる。能動的な働きかけが受動的な待機へと変質し、世界はこのようなものだとあらかじめ決めてかかっている考えが粉々に砕け散る経験があって、初めて世界がもっている本当の顔が見えてくる。本当の顔といっても、別の発見があれば再び変わる可能性があるのだから、現実の唯一の顔が見えてくるというわけではない。ただ、見る人の見方そのものが変化しないかぎり、それまで意識できなかった現実の相貌に触れられないことだけは確かである。

箭内匡は、人類学調査のフィールドの凡庸さに戸惑った体験を語っている。チリ南部のマプーチェの村というフィールドに入ってみると、人々はスペイン語を話し、ヨーロッパ風の暮らしをし、信仰についてもキリスト教福音派に改宗したマプーチェが数多くいた。マプーチェに固有の言語と文化を探しに行ったのに、人々はマプーチェ語をほとんど話さず、マプーチェ文化を実践することも稀である。フィールドに実際に入ってみると、珍しい、貴重な言語と文化を学ぶ機会などほとんどなく、ありふれた日常しかなかったのだ。

その見方が覆る経験を、箭内は「火傷の経験」と呼んでいる。それはマプーチェの力の顕現にさいなまれ、マプーチェに生まれた運命を呪い、神はなぜマプーチェなどというものをお造りになったのだろうかと嘆く声を聞くという経験である。マプーチェの伝統を受け継ぐ長老の死に際して、それまで深く知り合うこともなかった長老の娘がそのように語る言葉を聞いて、箭内は凡庸さの外観が、マプーチェの力があまりに強いために、その運命を逃れようとして、意図的に選ばれたものだったことに気づいたのだという。人々がマプーチェの言葉と文化を捨てたのは、近代化が進み、伝統的に受け継がれてきた言語と文化が失われたからではなく、人々が伝統のうちに秘められた力を恐れ、その力の支配から全力で逃走しようとしたためである。それはつまらない凡庸なフィールドだったのではなく、凡庸さの外観をまとわずにはいられないほどマプーチェの力が強力なフィールドだったのだ。いったん見方の逆転が起こると、見かけは現代風の生活を送っている人でも、夢でお告げを受け、周囲から声をかけられると、マプーチェを受け継ぐ人物に変貌する様子がはっきり見えてくる。伝統は人々が正面から、善意をもって受けとめ、受け継がれるものではなく、何としてでも忌避し、抵抗し、忘却しようとする姿勢によって、継承されていたのである。

「聞き書き」の文学をめぐって、谷口亜沙子が語っていることにおいても、反転が起こる瞬間が問題となっている。石牟礼道子『苦海浄土――わが水俣病』、森崎和江『まっくら――女坑夫からの聞き書き』、アレクシエーヴィチ『戦争は女の顔をしていない』のように、言語の限界を超える体験をした人の語る言葉を、どうして書きとめることができるのだろうか。当事者が、話したくもない体験を誰かに話しはじめるとき、そこでは何が起こっているのか。そして直接関わりのない人間がその話を聞きにいき、どうして自分がここにいるのかと落ち着きの悪さを感じながら、語られた言葉を記していくというのはいったいどういうことなのか。語りえない現実を語るという奇蹟、その言葉を聞きとるという奇蹟は確かに起こるのだが、それはいったいどのようにして可能となるのか。

沈黙を言葉にするという、不可能を可能とする能力を、先に見たようにヴァレリーは錯綜体と呼んでいた。錯綜体は、詩としか言いようのない言葉の次元にかかわっていることが、谷口の論考から見えてくる。不可能を可能とするものを、谷口は「耳の澄まし方」に求めている。注意力を研ぎ澄ませるという身振りには、自他の境界があいまいになり、人間と事物との境界さえ失わせる力がある。「耳を澄ますことのなかで、語り手と聞き手、主客あるいは自他、さらには人間と事物の境界が喪失していく体験が「詩」なのだ」。谷口が扱っている「聞き書き」の文学において、言葉にならない出来事が確かにそこで起こったと確信させる言葉が湧きだす場所は、私の意志ではたどり着くことなどできない場所である。何も言えずにおののいている人のかたわらにたたずみ、耳を澄ますだけでは十分ではない。響いてきた言葉によって、聞き手が自分というものが解体されてゆくことを受け入れることによってしか、その言葉を聞きとることはできない。沈黙の経験のうちにある現実は、その現実を知らない人間が、この深い意味での共鳴を経験することによって、初めて聞き届けられる言葉になるというのである。

調査の文学に関する塩塚秀一郎の報告も、当人が思い出すというより、場所が覚えていたとしか言いようのない記憶の再生について語っている。一九四〇年生まれの男が、戦時中ユダヤ人一斉検挙を間一髪で免れる経験をする。ただし幼すぎてなにも記憶していない。ところが、その同じ部屋に行くことで、記憶になかった当時の思い出が鮮やかによみがえるという経験をする。このことは当事者だけが経験するのではなく、すでに消え去った人間の存在がある場所に堆積するとき、そうした人々をまったく知らない他者が、その堆積の痕跡を通して人々の生きた時間を想起することとさえ起こりえる。同一の場所が二つの主体の経験を繋ぐ可能性、つまり明確に区切られ、ある時間持続してきた場所に残された記憶が、見知らぬ住民たちを繋げる可能性があるというのだ。文学は、事実の確立を目指すわけではないことを、塩塚は強調している。「事実のかけら、資料調査の断片など、知の残骸を巧みに配置し提示する」――そうすることで、個人を超えて受け継がれる記憶の想起という、あり得ないことが起きる道筋が開かれる可能性があるのだ。

ある現実が言葉となるとき、かならずしもその現実を体験した人間ではなく、無関係な第三者こそがその任務を果たす――これが現実への接近で起こる奇妙なことである。起こった出来事を知らない第三者、その土地の言葉と文化とは無縁の人類学者が、どうして証人となりえるのだろうか。どうして直接知らないはずの出来事を語る言葉を得たり、文化の根幹にある力を捉えたりできるのか。ここには言葉がもつ非人称という特性が深く関わっている。日常生活では、誰もが言葉によって、自分だけの特殊な体験について語ることができるかのようにふるまっている。私が何かを欲するとき、私といっているものは他に置き換えのきかないこの私であり、他の誰でもないと信じている。ところが、言葉には、実際には誰もが共有できる、一般的な事柄しか語ることができないという特性がある。郷原佳以が指摘する通り、「共有されるものという言語の根本的な性質からして、特異性、つまり自分固有の個人的な経験の追求は言語においては不可能である」。では、私だけの「共約不可能な経験」を語ることがどのようにして可能になるのか。

ここで重要なのは、言葉を私自身に結びつけるつながりを断ち切ることによって、初めて自己の特殊性の表現が可能となるという、郷原が詳細に論じている言葉の特性である。カフカにとって書くことが何を意味していたのかを、ブランショが語る言葉——「カフカは自分自身から離れれば離れるほどその分だけ現実に存在するようになるかのようだ」——は、言葉のなかにあるパラドックスを見事に言いあてている。私が話すのではなく、非人称の誰かが語り、言葉との隔たりが生じることで、初めて私の特異性を語ることができる——これが抽象的な理論でないことは、箭内が語る、フィールドの様相を一変させる「火傷の経験」、谷口の語る「聞き書き」の経験、塩塚の語る「調査」の文学——このすべてで起こっている逆転の経験を考えてみれば明らかだろう。自分が何かを語るという意図をもっているかぎり、逆転の経験は起こらない。解読できない何ものかに自己を預け、何かが起こったらしい場から、見知らぬ何かが語りだすのを待たなくてはならない。私のうちにある潜在的な力——私の錯綜体——が、すぐには見通すことができない現実からの要請と深く絡みあいながら、何かを語りだすためには、まず自分自身を忘れ、ひたすら耳を澄ませる必要があるのだ。

このことを、王寺賢太は逆に、ジャン゠ジャック・ルソーが体現した一人称の困難な形成過程を精緻に分析することで明らかにしている。ルソーは一方では、人民主権の理論家として、個別の人間の意志が、一般意志・共通利害に従属すべきことを説いたが、他方では、自伝文学の創始者として、個別の人間の特異性を前面に打ちだした。この矛盾は単なる分裂を示しているのか、それとも両者はもともと共存する立場なのか。王寺はここで一人称がどのようにして成立するのか、その根拠を問い、「われわれ」という言葉が、そもそも法律や政府への服従という行為から生まれるものであることを明らかにしている。「われわれ」は最初から自律した主体としてそこにあるわけではなく、象徴的な力への服従という行為から遡って、事前にそこにあったものとして見出されるものだというのである。そして「私」という言葉は、服従によって遡及的に構成される「われわれ」に全面的に身を預けることによって、逆にその枠組みに収まらない特異な存在という相貌を見せることになる。「私」は最初から特異な存在としてそこにあるわけではなく、政治的統一体への服従という行為、さらにその行為によって構成される共同体からの離反というういくつもの過程を経て形成されるものだというのである。王寺の厳密な政治思想史の分析には、このような単純化を許さないところがあるものの、「私」が自己をはるかに超える共同体に身を預けることによってしか、その特異性を発揮できないということだけは言えるだろう。一人称単数は、複雑な構成物であり、自己を超える現実に身を委ねるという過程を経ることで初めて形成される何ものかなのである。

2 移行対象――中間領域の存在

これは考えてみれば、奇妙な事態ではないだろうか。言葉の自律性を標榜し、テクストの自己形成に過度な信頼を寄せた「自動詞的文学」の時代から、「他動詞性への回帰」の時代に移行したとき、文学に何が起こったのか。そこには単純に、現実表現への回帰が起こったというだけではすまされない何かがある。「聞き書き」の文学や調査の文学を通して見えてくることは、「自動詞的文学」の段階を経た後で他動詞性に戻ったとき、そこにあったのは作者が意図する何かを語ることではなかった。そのような意図が破壊され、言葉を失ったときに見えてくる光景を語ることが問題となっていたのだ。あらかじめ存在する現実ではなく、ある転覆の経験の後に初めて見えてくる現実がそこで語られている。違和感や亀裂、理解できない何ごとかを通して、はっきり見えない現実に触れる経験には、主体のあり方をくつがえす力を秘めている。このことは、文学だけでなく、人類学、現象学、精神分析学においても明らかにされている。

廣瀬浩司は、メルロ＝ポンティが、受け継がれてきた認識の型におさまらない現実の多様性へと、人がどのようにして開かれてゆくのかを論じている。鍵となるのは、メルロ＝ポンティが「制度」と呼ぶ、独特の秩序形成のダイナミズムである。制度には、知覚とその表現を支える、首尾一貫したシステムという側面と、そのシステム自体、ある日出来事として生じたという一回性、特殊性をもっていて、さまざまな創意の可能性に開かれている側面がある。制度は、一方で固定され、惰性的なものとなる傾向がある反面、他方では別のものに変様し、新たな創造空間にむけて開かれた、両義的なものである。

この視点は、それまでの主体のあり方が転覆されることによって、初めて捉えがたい現実が見えてくるという、ここまで見てきた経験のあり方を別の形で捉えなおした考え方として読み取ることができる。その転覆が、メルロ＝ポンティの現象学においては、制度に走る裂目として捉えられている。それまで地面だと思っていたものが、身体を支える堅固な土壌などでなく、亀裂のはいった隙間だらけの空間であることに人は気づく。そうした裂目のなかに落ちていくことで、規範やルールとなった言語は解体されていくのだが、それはまた新たな制度化が行われる過程でもある。人と世界との間には共有される地平性があり、裂目のなかへの落下は無限にはつづかないからだ。裂目を通して、世界が解体され、再制度化されてゆく過程をどのように捉えるかは、プルースト、クローデル、クロード・シモンという、例として取りあげられた作家によって異なっている。しかし、裂目を通して、ヴェールに覆われ、一挙に見通すことのできない言葉と世界の絡みあいに、徐々に参入していくという方向は共通している。筆者が論じる「可塑的現実」も、解体され、ふたたび形成される制度化のプロセスを、ヴァレリーがどのように考えていたかを論じるものである。ここでも、解読できないものを解読し、まだ現前していないものに呼応して答えるという、錯綜体の働きが求められている。

立木康介は、この錯綜体の働く場所として、「中間領域」というもうひとつの場所があることを教えてくれる。

フロイトからラカンにいたる現実認識の展開を見事に解明した論考において、立木はウィニコットの「中間領域」という考え方を詳述、それが逆転の経験が起こる場所であることを明らかにしている。ここで言う「中間領域」は、ここまで見てきた、目に見えない現実からの要請とは対極的な、個人の幻想が解放される場となっている。物質的・外的現実と等しい価値をもつ心的現実の存在をフロイトは主張し、人が現実を自分の見たいように見ているメカニズムを解明した。神経症者にとっては、心的現実性が決定的な現実認識の枠組みとなっている。神経症でない人にとって、心的現実（無意識的空想）が現実認識を覆いつくすことはないが、それでも物的現実に拮抗するほどの強度をもたない、無害な形で残存している。立木によれば、ウィニコットの「移行対象」（乳幼児が特別の愛着を寄せる毛布、タオル、ぬいぐるみなど）は、その残存を示す対象である。

移行対象は、幻覚的満足（心的現実）と現実的対象による満足（物的現実）の中間に位置している。移行対象は、まったくの空想の産物ではないが、独立した欲望の対象ともなり得ていない。しかし、その中間領域には、物質の支えを得ながら空想が解放される、言ってみれば覚醒しながら夢をみているような強度をもった錯覚が得られる場所がある。これは現実への接近が、はっきりとはわからない領域に注意を凝らすという態度によってだけでなく、目の前にある具体的な対象と戯れることによっても可能となることを示している。

「移行対象」という考え方は、フィクションやイメージという、あらかじめ現実ではないとわかっているものが、なぜある時現実感をもった対象に反転していくのかを考えるうえで、大きなヒントとなるのではないだろうか。錯綜体は、見えない現実に目を凝らし、耳をすませることによって発揮されるだけでなく、積極的に自己の幻想と戯れることによっても、ヴェールに覆われた現実を引き寄せることができる。ただし、そこには何らかの物質的な支えが必要となるという点が重要である。このことは、フィクション論、イメージ論、身体論を扱った論考のなかで明確になるだろう。

3　虚構を通して見えてくる現実

何があるのか気がつくことができず、何が起こったのかまるで見通すことのできない、ヴェールに覆われた現実に、自己が解体される経験を通して接近する。これだけが、現実に接近する唯一の道ではない。空想の産物であり、虚だとあらかじめわかっているものを通して、そこに現実の姿が現れるのに立ちあうという道もある。嘘だとわかっているものが、純然たる空想の産物ではなく、そこに何らかの物質的な支えがあるとき、どこかで反転が起こるようなのだ。

そのためのポイントとなるのが、中間領域の存在である。精神分析では快原理と現実原理の中間とされるこの場所が、そのままフィクションの場となりえることを立木自身が指摘している。久保昭博がフィクション論の大きな流れをたどりながら示しているのも、この経験の中間領域の重要性である。この領域は、フィクション論においては、「ミメーム」という言葉で呼ばれている。ミメームとは、認識対象を模倣して、自分がまるでその対象となったかのようにふるまうことだが、そこにはかならず物質的な支えが必要であることを久保は強調する。虚構の世界に没入するためには、「没入の媒介」となる小道具＝物質的な支えがどうしても必要となるのだ。例えば子どもが人形遊びをしていて、わが子の死を嘆く母親を模倣するとき、自分が単に小道具の人形と戯れているのだと認識していても、喪の悲しみに圧倒され、現実に泣き出すことさえあり得る。人形という小道具を通して子どもが没入する世界は空想にすぎないが、人形が現実に存在する物質であることによって、空想の世界が現実の支えを得ることになる。人形という現実に存在するものと戯れることによってしか、その転換は起こらない。

小説であれば、小道具は登場人物となるだろう。登場人物を媒介として、「まやかし＝おとり」が形成され、小説を読んでいるという現実に対する意識と同時に、小説内のフィクションの世界への没入が起こる。現実と虚構のあいだには中間領域があり、虚の世界で展開されることが、フィクションの外にある現実世界に反転してゆく回転扉の役割を果たすことになる。むしろ、フィクションの外の世界がどのようなものであるのということを知っていることで、初めてフィクション内の世界に没入し、架空の世界で本物の感情が流出するということが起こり得ると行ったほうがいいだろう。現実と虚構は、両者の中間領域で、いずれの領域にも行くことができる状態で初めて機能するというのである。

鈴木雅雄は、マンガのコマ割とページの構成を通して、現実と空想の錯綜した関係をより具体的に考察している。マンガにはコマというフレームがあり、その中に収まっているキャラクターは表象されたもの、虚の世界の住人ということになる。ところが、キャラクターがコマを踏み越え、ページという空間を行き来するということが起こる。コマのなかのキャラクターに没入するという体験と、ページの上のキャラクターをひとつの現前として見つめるという体験を行き来することから、マンガに固有の現実体験が生じる過程を鈴木は解明している。マンガは現実を表現したものではなく、キャラクターという没入の媒介を通して、初めて読者の前に出現する虚構の世界である。しかし、表象されたキャラクター（没入し、内側から感じられる人物）が、独立した人格を備えたかのような存在（ページの上のキャラクター）となるとき、そこには「現実ではないが現実になろうとし続ける、厄介で愛おしい、避けるすべのない幽霊」が現れる。虚の世界が一瞬現実の世界に反転する、その幻想がフレームとページの行き来によって生じるというのである。

森田直子は、暴力という、より身体的な体験に着目し、マンガがどのように暴力を表象しているのかを分析している。マンガは虚構の物語の世界に没入することを求めるが、暴力は現実に起こり得るシリアスな事態を喚起する。暴力をあまり生々しく喚起すると、物語世界への没入が妨げられるのではないか。ここでも、虚構世界への没入と、現実世界への意識の覚醒が共存する中間領域が問題となっている。森田はマンガがそれ自体で自足した、自己言及的な物語世界で完結しているわけではなく、「決闘や戦争など、作者の生きる現実の脅威を背景としている場合」があることに着目する。純粋な虚の世界から出発しても、人はそこにとどまることはできず、表象されているわけではない現実の存在を感じはじめる。物語の自足的な世界と、どこかから迫ってくる現実の切迫感とのあいだを行き来することが、ここでもマンガ体験の核心となっているのだ。

これは表象された世界の話にとどまらない。身体そのものが、現実のものであると同時に、想像上のものであるような、曖昧な中間領域を備えていることを、伊藤亜紗が明らかにしている。伊藤が取りあげるのは、オンラインコミュニケーションにおける「手」の問題である。画面越しのコミュニケーションは、手が画面外に隠されることによって、「自然な」コミュニケーションとはかなり変質したものになる。画面のなかには顔という視覚情報があり、声という聴覚の情報があるものの、それだけでは発信する側が意識的にコントロールできる範囲にとどまっている。ところが手の動きをみると、それが「意識に従順な補佐役」ではなく、しばしば主体の意識を裏切り、そのコントロールを離れて働く性質をもっているがわかる。

それだけではない。バーチャルな世界で繰り広げられる動きによって、現実の身体感覚が書き換えられるということも起こる。自分の手があるはずのない、身体から遠く離れた場所に、映像として映し出された手を、まさしく自分の手として感じ取るということが起こる。手は「意識／無意識、表象／実在、過去／現在、虚構／現実」といった対立する概念が、もっともラディカルに重なり合う場」である。身体感覚そのものが、現実であると同時に虚構であるような、対立項の反転する中間領域なのである。

4　イメージを通して見えてくる現実

すでに手許にある対象（移行対象）に触れつづけることによって現実への道が開かれる——これは虚構にかぎらず、イメージにおいても起こる出来事である。虚の世界が現実の世界に反転するように、イメージだとわかっているものが、ある時現実の姿に変容していくのだ。

松井裕美が論じている、挿絵入りのアルファベット教本、ポピュラー・サイエンスの雑誌や三文小説などの挿絵入りの頁には、ライナスに毛布のようなところがある。アルファベット教本を手にした子どもは、文字の学修のために客観的にその本を読むのではなく、絵の世界に浸りきって物語を紡ぎだすことに夢中になる。松井裕美が分析するアンドレ・マッソンの絵には、まさしく挿絵入りの本のように、外部から、客観的な観察者として見ようとしても、やがて自分のなかで変容したイメージを眺めていることに見る者は気づかされる部分がある。マッソンの絵は、フレームに納まった客観的な対象ではなく、その内側に入りこみ、表象された世界を自分で感得できる世界へと変容するように迫るものがあるというのだ。画家によって構成された図柄が、見る者のなかでは、心のなかの物語が交錯することになる。

この観察は、あるイメージやある言葉が、別の支持体、別のジャンルに移行しても、見る者に変容を促す力を失わず、虚から現実へ、現実から虚への変転を引き起こすことがあると予感させる。中田健太郎は、まさしくそのような、マンガと文学のあいだでやり取りされるジャンル変換のダイナミズムを分析している。中田によれば、「活字はテクスト内容のみを伝達する、透明な媒体として理念化」されている。それに対してマンガは、ページに書きこみをすれば作品に干渉することになる支持体として意識されている。この異なった特性をもつ支持体のうえで繰り広げられる二つのフィクション間で、どのような作品生成の可能性が交換されているのか、中田は数多くの作品を援用しながら明らかにしている。

ひとつだけはっきりしているのは、マンガという支持体に移行した作品には、コマという枠組みのなかで存在感を持つという特性があるということである。移行対象のあり方を、フィクションやイメージの世界で捉えようとするとき、そこにはそれぞれの支持体がもつ根源的な特徴を認識することが重要である。すべてが移行対象として一括りにできるわけではなく、それぞれが異なる特性をもった支持体のうえで展開されているものなのであり、その特性を愛する読者がそれぞれの世界に耽溺していくのだ。マンガには、コマのつづくかぎりどんどん先に続いていくという特性があると中田は強調している。コマという枠組みは、「どんどん行ってしまう」という独特の自動性を可能とするダイナミズムをもっている。そんな特性をもつメディアに、文学的言辞を載せることで、どのような作品空間が開かれてゆくのか。アルファベット教本を手に、自分のつむぎだす物語に夢中になる子どものように、マンガの愛読者は「どんどん行ってしまう」というメディア特性によって開かれる作品空間に没入する。現実と空想の中間領域には、多彩なメディア空間が広がっているのである。

結局、それぞれのリズムをもった多様なメディアを行き来することにこそ、創造の源泉があるのかもしれない。森元庸介は、テレビ・フィルム『アンナ』に引用された十七世紀の説教師ボシュエの言葉を追跡しつつ、書かれた言葉が表象の世界でどのように変容しながら受け継がれていくのかを、文化空間のさまざまな層を横断しながら論じている。そこから浮かびあがるのは、既存のイメージが全般化して文化の基盤となっている社会のあり方である。自律的、能動的に何かを創ろうとしても、すでにできあがったイメージの渦中にすべての人が巻き込まれている。ゲンズブールは、そのような文化の基盤から批判的な距離を取ることで、引用の快作を生みだした。同じように、人は紋切り型のイメージを、ある距離を措いて自在に組み替えていくことによって、創造の流れに組みすることができるのではないか。

イメージには、文化の基盤となっているというだけでは足りない、社会の成り立ちそのものに関わっている側面もある。橋本一径は、ミツバチの社会が理想の社会を体現するものとして語られてきた歴史を分析している。社会というものは、実体として把握するのが困難なものであり、イメージを介して理解することしかできないものであることを明確にしている。社会が自らのアイデンティティを理解しようとするとき、そこには共有できるイメージの形成という現象が見られる。社会の現実は、想像的なものであるイメージを介して、初めて明確な形になるというのである。これまでは神、あるいは宗教にまつわる想像的なものが社会のイメージを担ってきたが、今では科学がそれを担い、何が本当らしいものなのかを決めるモデルを提供している。個人だけではなく、社会が自己のアイデンティティを掴もうとするときにも、ミツバチのように、イメージと物質的現実の中間領域が重要な役割を果たすのだ。

＊

こうして見てくると、文学が終わったという紋切り型を、別の角度から考えることができるのではないか。他者の言葉を語る、他者となって語るという、文学の基本的な姿勢が、現実に接近しようとするとき有効な姿勢であるという事実に、何か根本的な変更がもたらされたようにはみえない。むしろ人類学、現象学、精神分析学、イメージ論、フィクション論などの人文科学、さらにはここで特に注目したマンガのような別の芸術領域で、この姿勢がもつ可能性がさらに展開されているのではないか。何があるのか気がつくことができず、何が起こったのかまるで見通すことのできない、ヴェールに覆われた現実に、自己が解体される経験を通して接近する――文学が示した現実接近の道筋は、現在性を失っていないと断言しよう。

同時に、身体、イメージ、マンガなど、個別のメディアから文学を見たとき、現実と想像の中間領域で戯れることの重要性も見えてきた。近代の文学が得意としてきた、登場人物という移行対象を通して、社会の現実を把握するという時代は、ひょっとしたら過ぎ去ったのかもしれない。文学、とりわけ小説が、同時代の社会を認識する手段として意識されていた時代は、ウィリアム・マルクスや柄谷行人が指摘するように、ある特別な歴史的文脈のなかで初めて成立可能なものだったのかもしれない。しかし、マンガのコマにあたるような、支持体の特性を際立たせたエクリチュールの登場はつねに期待できるだろう。それは「聞き書き」の文学や資料調査の文学だけには限らない。人類学や現象学のように、個別の分野をなしているようにみえる学問のあり方にも、他者となって語る経験は深く浸透している。まだ見えず、ヴェールの覆われた形でしか触れることのできない現実との境界面で、それ以前の自分ではありえないという経験をさせてくるものこそ文学だとすれば、その力はまだ失われていない。

以上、本論集に収められた論文の最初の読解を述べてきた。読解の作業にはここで触れた以外のさまざまな可能性があることが、久保昭博、中田健太郎、そして鈴木雅雄の読みを通しても体感していただけることと思う。その作業に、読者ご自身も参加していただけると嬉しい。

本書をまとめるにあたっては、編集者の井戸亮、廣瀬覚の両氏にご協力いただいた。深くお礼申し上げる。また、研究を進めるにあたっては、科学研究費・基盤研究（C）「二十世紀フランス文学における散文の研究——経験とその表現」（研究代表者：塚本昌則、二〇一九—二〇二一年度）、基盤研究（C）「錯綜体としての人間——ポール・ヴァレリーの詩学を中心に」（研究代表者：塚本昌則、二〇二二—二〇二五年度）を活用させていただいた。最後に、出版にあたって二宮学術基金のご支援を得た。心より感謝の念を表する。

第Ⅰ部　フィクション編

フィクションの知、文学の知

久保昭博

編者のひとりである塚本昌則さんから、本書の第Ⅰ部を「フィクション（論）」というパースペクティブから捉えなおす文章を書くことを提案された。とはいえ収められたすべての論考を均等に取り上げながら各々にコメントをするというよりは（それはむしろ編者の仕事だろう）、そこから浮かびあがってくるフィクションについての議論を素描し、それらがどのような展望を示すのかを考察することが私に期待されているようである。こうした観点から対象となる論文を通読して感じられたのは、「フィクション」という言葉あるいは概念が、論者によってさまざまに、ときには互いに相容れないような仕方で使われている一方で、フィクションをめぐるいくつかの問題が、文学ないし文学理論、人類学、哲学、精神分析といった複数の領域を通じて浮かびあがってくるのではないかということである。以下では「人文知」という本書の主題に即しつつ、そのような問題のいくつかを考えてみたい。

現代文学は、現実との新たな関係を結ぶために、あるいは現実を「知る」ためにフィクションを回避しているのではないか——これが第一に考えてみたい問題である。この問いを誘発するのは、塩塚秀一郎が提示している、ジョルジュ・ペレックに発して現代フランス文学の一潮流をなすにいたった「調査の文学」、そして谷口亜沙子がスヴェトラーナ・アレクシエーヴィチや石牟礼道子といった「聞き書き」の実践者たちを中心に論じている「証言文学」である。一方は都市や郊外の、とくに集合住宅という場所におけるどちらかといえばささいな日常に着目した文学であり、他方は戦場、収容所あるいは公害病といった暴力的状況から生じた極限的な経験を対象にした文学だ。このように主題という観点からは対極的な——ありふれた日常の下に痛ましい歴史が潜んでいることも稀でないとはいえ——これら二つの現代文学の傾向は、しかしながら両者ともに「ノンフィクション」を志向する点において共通しているのである。

*

ここで問題となっているフィクションが、まずは「小説」というかたちで西欧近代に制度化された文学的フィクションを指すものであることは言うまでもない。もちろん、反〈小説=フィクション〉の態度は今に始まったものではなく、その系譜はフランス二十世紀文学史の主要な特徴の一つを構成している。ミシェル・レーモンがつとに論じているように、十九世紀末以降、「小説の危機」の名の下に自然主義的リアリズムが問いに付され、象徴主義の影響下に世界と自我の新たな関係が探求されると同時に、みずからの芸術性を自己言及的に問うメタフィクショナルな小説がうみだされた。(1) この「危機」が小説のモダニズムを画すものだとすれば、その後にやってくる前衛、すなわちシュルレアリスムが打ち出した「反小説」の立場にしても、さらには第二次世界大戦後のヌーヴォー・ロマンにしても、基本的には西欧近代小説というリアリズム的フィクションに対する反発を継承する運動であるといえる。[2] だがこれらモダニズムや前衛の反〈小説＝フィクション〉が、フィクションすなわちミメーシス芸術を現実に従属するものとして否定し、文学の自律性を求めるものであったのに対し（シュルレアリスムには別のベクトルがあることは後述する）、「調査の文学」や「証言文学」が志向するのは、塩塚と谷口がともに述べているように、自らを例外的言説として位置づけることをやめ、社会学や歴史学などの諸学問と同じ資格で、とはいえ異なるやり方によって現実に対峙する文学、別の言い方をするなら、「自動詞的」であることをやめ、「他動詞的」なものへと移行（あるいは回帰？）する文学である。

そうであるなら、問題は次のように立てられるべきだろう。現代のノンフィクション文学が試みている現実への接近は、フィクションによる現実理解とは相容れないものなのだろうか。

二十世紀の文学史は、そうだと言っているようにみえる。モダニズム以降の「事実（ファクト）」への関心をドキュメンタリー実践という観点からとらえたジャン＝フランソワ・シュヴリエとフィリップ・ルッサンは、二十世紀になると自然主義小説が前提としていた実証主義的客観性への信頼が失われるとともに、「事実」がその事実性を失わない「素材」としてフィクション作家の前に姿をあらわすことを止め、それ自体として文学や映画において問われる対象になったと指摘した。[3] 現実の規範的認識をずらす「調査の文学」にも、こうした事実の事実性をめぐる探求が内包されていると考えられるだろう。

また「証言文学」についていうなら、とりわけ戦争や収容所をめぐる文学は、これまでフィクションに対して敵意といってもよい態度を示しつづけてきた。第一次世界大戦に従軍したのちに、一九二九年に『証言者たち』という大著を発表して、三百点の従軍兵士の書き物をその証言の真正さという観点から検証、評価したジャン・ノルトン・クリュは、戦争小説を「半＝文学的で半＝ドキュメンタリー的な虚偽のジャンル」[4] と非難し、戦争経験と「文学」すなわちフィクションが相容れないものであることを主張した。さらに文学からは離れるが、『ショアー』（一九八五）の製作者クロード・ランズマンが、アメリカのテレビドラマ『ホロコースト』（一九七八）

やスピルバーグの映画『シンドラーのリスト』（一九九三）をそのフィクション性のために批判（というより糾弾）したことは知られている。ランズマンは証言者の語りからなる自身の映画について「私はまさしくこの物語を語ることの不可能性から始めたのです[5]」と述べたが、この映画によって、ショアーという出来事の「表象不可能性」や「伝達不可能性」が、文学研究者や哲学者、そして歴史学者などを巻き込んだ議論の中心的主題となったことは、それが芸術表現のみならず歴史認識に及ぼした影響も含め、改めて想起しておく必要がある[6]。

それにしても現代の現実志向的文学がしばしば示すフィクションの忌避、さらにはフィクションへの憎悪は、いったいフィクションのいかなる性質に向けられたものなのだろうか。端的に言ってフィクションが「嘘」だから――たしかにそのような批判もありうる。だがそれでは説明としてあまりに粗雑であるし、そもそもジャン・ノルトン・クリュやランズマンのようなフィクション批判の急先鋒にしたところで、フィクションと嘘が原理的に異なることくらいは分かっている（嘘とは異なり、フィクションでは命題の真理値が問われない）。だから問題はそこにはない。彼らのフィクション批判の射程を理解するためには、ふたたび『ホロコースト』をめぐるランズマンの言葉が有用だろう。「フィクションはこの種の歴史においてはもっとも重大な違反です。〔ユダヤ人が肩を組んでストイックにガス室に入っていく様子は〕あらゆる慰みとなる同一化なのです[7]」。ランズマンによれば、フィクションが犯す罪は、（不当な）「慰みとなる同一化」を読者や視聴者に与えることにある。つまりここで問題になっているのは、「没入」や「カタルシス」、あるいは「感情移入」といった言葉で語られるフィクションに特有の心的機制なのだ。

だがフィクション批判の名の下にもっとも頻繁に槍玉に挙げられるのは、やはり近代リアリズム小説というフィクション装置が作りだしてきた「真実らしさ」ではないだろうか。アレクサンドル・ジェフェンは、描写の対象としての社会的現実と、形式美として具現化される超越性の理念（ドイツロマン主義の「文学的絶対」）に引き裂かれながら、〈人間的現実〉を文学の自律性と並行して追求してきた十九世紀小説のリアリズムが、二十世紀の後半にはあらゆるイデアリズムや本質主義と縁を切りつつ、「文学」の領域を脱階層的かつ脱中心的に——そこには脱人間中心主義も含まれる——拡大させながら、動物や事物も含む「生の」現実の直接的表象を集積する「ネオ・リアリズム」に取って代わられると指摘している。[8] ジェフェンによれば、「調査の文学」と「証言文学」は、こうした新たなリアリズムの条件を範例的に示すものだ。モーパッサンは、リアリズム作家たちの目的が「代わり映えすることなくありきたりの事実(faits)のいくつかから哲学を引き出すものであるなら、彼らはしばしば真実らしさ(vraisemblance)のために真実(vrai)を犠牲にして、出来事を矯正しなければならない」と述べていた。[9] そうであるなら、現代文学の(ネオ・)リアリズムを特徴づけるのは、小説が伝統的に形成してきた「真実らしさ」を犠牲にして、それとは異質な「真実」を追求することであるといえるのかもしれない。

*

とはいえもちろん、フィクションが現代文学から姿を消したわけではない。それはなにも伝統的なリアリズム小説が今なお広く読まれ、その語法を用いた小説が書かれつづけているという意味ではない。私が言いたいのは、ここまで素描してきた現代文学の一領域においても、フィクションが「健在」だということである。そもそも塩塚が述べているように「調査の文学」の重要な発想源となったのは、ジョルジュ・ペレックの『人生 使用法』(一九七八)という〈小説=フィクション〉である。またジェフェンも「ネオ・リアリズム」において、とりわけ脱人間中心的(あるいはポストヒューマン的)状況を描き出すフィクション作品(たとえば語り手が動物であるフィクションなど)の重要性を指摘している。[10] だがここで重要なのは、「知ること」という観点から〈フィクション/ノンフィクション〉の区別が絶対性を失うこと、すなわちフィクションが産み出す知が科学的な知と同等のものとして捉えられるということである。

この点において興味深いのが、歴史学者イヴァン・ジャブロンカの仕事である。『私にはいなかった祖父母の歴史』（二〇一二）で、アウシュヴィッツの収容所に消えた自らの祖父母の伝記を、歴史家の「私」を登場させると同時に、ケーテ・ハンブルガーのいう「虚構性マーカー」、すなわち歴史資料などに残されているとは考えにくい細部の描写や他者の内面描写などのフィクション的語法をもちいて叙述したジャブロンカは、『歴史は現代文学である』（二〇一四）において、「方法としてのフィクション」という考え方を提唱した。これは現実世界の単なる反映としてのミメーシスからフィクションを引き離し、歴史の「論理」とともに理解することで、これを「世界についての知を組み立てる道具」[11]とするものである。

「歴史は文学（の一部）である」という命題と「文学は歴史（の一部）である」という二つの命題のあいだを自由に行き来しながら、言語論的転回以降の歴史学が陥りがちなポストモダン的相対主義を退けつつ、社会科学としての歴史学の「論理」を拡大するための「方法」としてフィクションの可能性を（再）評価したジャブロンカの問題提起は、人文科学や社会科学と併走しながら現実と世界の認識を自らに課している現代文学にとっても重要なものであるだろう。[12] こうした観点から本書に立ち戻ってみるなら、南米チリの先住民マプーチェのもとで三〇年前に自らが行ったフィールドワークの意味を、「文学」として捉えなおした箭内匡の論文は、ジャブロンカが歴史学と文学について行ったのと同じように、人類学と文学が交差する場を考察しながら、フィクションの問題系へと私たちを導くように思われる。さまざまな論点のうちから、一つだけをとりあげよう。

それは土地の長老であり「知者」でもあったアンブロシオが、長い患いから奇跡的な快復をなしとげて伝統儀礼の祈り手を務めあげたのも束の間、再び病を悪化させこの世を去ってから数日後の出来事である。その日、最後まで献身的にアンブロシオの看病をしていた娘のマルガリータが人類学者のもとを訪れ、父が病に倒れて以降の苦労を縷々述べたのち、自らの運命を呪うかのような言葉を発したという——神はなぜマプーチェなどという存在を創ったのか、自分がマプーチェでなければどれほど楽に生きられたか、と。「もし〜だったら」というこの仮定法のなかに、フィクションの芽生えが見られることは言うまでもない。だが箭内は、マプーチェという自らのアイデンティティを引き受けたうえでそれとは異なる自分を想像し、その視点から自らの特異な存在と運命を不可解なものと捉えるこのマルガリータの言葉を、むしろモーリス・ブランショのいう「文学」、すなわち「私」によって発せられる言葉から「私」を断ち切ることで成立する「書く」という営みと接近させるのである。

このブランショ的な文学言語の問題は、郷原佳以によって、人称をめぐる問題として展開されている。「文学」とは、徹底的に個人的で特異であるはずの自らの生の経験や状態を、誰のものでもない、あるいはむしろ誰のものでもある共通言語で語らなければならないというアポリアを作家に引き受けさせる言語活動である。特異でありながら普遍というこのアポリアに直面した作家――カフカがその範例的作家として挙げられる――は、自らの「私」を無化し、特異でありながら誰でもありうる他者へと移し替えるという要請に応えなければならない。それを可能にするのが三人称で書くということ、より正確に言うなら、「私」に固有の生の経験や状態を「彼」のものとして書くことだ。

この存在論的（かつ抽象的）な議論が私たちにとって興味深いのは、郷原も指摘するとおり、これが現代フィクション理論の中心的論点の一つを提示するケーテ・ハンブルガーの議論と響き合うからである。[13] 虚構テクストでは発話主体の主体性（バンヴェニストが「言語における主体性」と呼ぶもの）が、作者の「私」から「彼（女）」という三人称で示される登場人物へと移動する。それゆえ作者ではなく登場人物の視点から発話される「彼は不幸であった」という文が可能になる（前述した「虚構性マーカー」はこれである）。ごく簡単に言えば、これがハンブルガーの議論の中心をなす着想だ。彼女はこれを、西欧近代リアリズム小説に特有のフィクションの機構として分析したのであったが、『文学の論理』（一九五七）で展開された言語における主体と対象、また世界の関係をめぐる認識論的考察は、リアリズム小説に還元されないフィクションの知という観点からも、文学と科学を接続する可能性をひらくものだろう。

ところでマルガリータの言葉をめぐる箭内の考察が示唆していたのは、他者――ここでは「神」と呼ばれている――に向けられた言葉の聴き手として、他ならぬ自分が選ばれてしまったことの驚きや戸惑いが、人類学者の知的営みを決定づけたということではなかっただろうか。この人類学的経験には、谷口論文で論じられた「聞き書き」作家の態度と通じるところがあるかもしれない。いずれにせよ「私」が他者と、あるいは他者を通じて世界と出会うという経験もまた、フィクションの問題と無関係ではないように思われる。

*

他者との関係のなかでいかに「私」を定位するかという問いは、十八世紀という近代の始まりにおいて、啓蒙のフィロゾーフたちによって、政治哲学の根本的な問題として論じられる。ルソーが提示した「社会契約」や「自然状態」といった理論的フィクションの分析を通じて王寺賢太が示しているのは、『社会契約論』の著者が、政治的主体である「われわれ」すなわち人民を、各人が「われわれ」と発話する発話行為そのものにその効力の源泉が求められる協約ないしは契約に基づいた言語的構成体として提示することで、自由と平等が保たれる政治的共同体――ただし王寺は「人間」としての「私」がこの共同体に完全には還元されない残余としてあり続けることの政治的射程についても示唆している――を構想していたということである。

こうした「私」の主体性の問題は、もちろん二十世紀においてもアクチュアルなものでありつづけている。そしてその問題の拡がりを考えさせてくれるのが、ヴァレリーの『詩学講義』についての塚本昌則の論文、メルロ＝ポンティの「制度」概念と文学論を分析した廣瀬浩司の論文、そしてフロイトからウィニコット、ラカンへといたる精神分析的思考の系譜を論じた立木康介の論文である。

異なる領域に属するこれら三つの論文は、いささか乱暴にまとめるなら、人間と世界との出会いの場面から生じる「現実」の問題にその考察の焦点を合わせている。ヴァレリーがコレージュ・ド・フランスで論じたのは、人間が現実を「知覚」するとき、主体が外界の何かを感じ取るという受動的な働きと同時に、その感じ取られたものに対して同じ主体が能動的に反応する「発信」の契機が伴うということであった。メルロ＝ポンティのいう「制度化」は、廣瀬の言葉を借りるなら「世界に参入し、その意味を学ぶプロセス」である。そしてウィニコットやラカンは、主体の生を左右する「心的現実」と「物的現実」の関係についてフロイトが立てた問いを引き受け、両者のあいだに、あるいは両者の彼方に措定されるいわば第三の現実について思考した。「現実」を問うことは、主体を問うことでもある。ヴァレリー、メルロ＝ポンティ、そして精神分析家たちのいずれにとっても、問題となるのは確固たる意志や人格を備えた自律的主体ではなく、内的現実と外的現実がつくりだす緊張を生きる不安定な主体である。それぞれ文脈を異にするとはいえ、これら三つの論文において夢が共通して主題化されているのもそのためだろう。

二十世紀の文学、哲学、精神分析が関心をよせたこのような「現実」や「主体」の問題系に、フィクション論はどのような知見を示しうるのだろうか。その重要なヒントを与えてくれるのが、立木も論じているように、子どもの精神分析で知られるドナルド・W・ウィニコットである。彼の晩年の主著『遊ぶことと現実』（一九七一）に収められた論文で提示された「移行対象」という概念は、精神分析に対する大きな寄与であるのみならず、フィクションの性質を理解するうえでも示唆に富む。

ウィニコットによれば、乳幼児はその発達過程において、主体の空想的自己刺激によって形成される内的現実と、客観的な現実検討に基づいて得られる外的現実のどちらにも属さないが、しかしその双方が重なり合う「中間領域」に出会う。このとき子どもは、母親の乳房が自らの内的欲求にほぼ完全に応じて与えられることから（「母親の乳房」という言葉は、母親あるいはそれに代わる育児者によって子どもに与えられるケアの総体を指す）、自らが幻覚的に創造した母親の乳房が現実（つまり外界）に存在する、あるいはそうした部分対象が自分の一部であるという「錯覚」を形成する。「移行対象」とは、この「錯覚」が具体的なモノと化したものに他ならない。子どもが特定のタオルケットやぬいぐるみなどに対してきわめて強い愛着を示すことがあるが、それが「移行対象」の分かりやすい例である。そして私たちにとってとりわけ重要なのは、第三者がこの「移行対象」について「それはきみが思いついたの？　それとも外からきみに示されたの？」という問いを決して発してはならないという点である。[14]「移行対象」は、その現実性のステイタスを問わないことによって成立する。真偽を不問にするというこの条件が、フィクションの成立要件でもあることは言うまでもない。ウィニコットの「移行対象」論に触れながらフィクション能力の「個体発生」を分析したジャン゠マリー・シェフェールによるなら、子どもが作り出す（内因性の）表象に、育児者がこの中間的ステイタスを与えてやるというコミュニケーション的契機なくしては、乳幼児が「私的なフィクション」へと到達することもないのである。[15]

人間の発達過程における最初のフィクションとでもいうべき「移行対象」は、主体が成長して「錯覚」から脱するとともに「脱‐備給」されて「辺縁（リンボー）」に追いやられ、最後に意味を失う。[16]だがそれとともにフィクションも人間的生においてその役割を終えるわけではもちろんない。フィクションはむしろそこから始まる。ウィニコットによれば、内的現実と外的現実の葛藤は成人になってもつづくのであり、その緊張から解放されるために、人間は「体験の中間領域」を生涯にわたって必要とするのである。「この体験の中間領域は、内的現実と外的（共有された）現実のどちらに属するのかを問われることなく、しだいに乳児の体験の大きな部分を占めるようになり、さらに一生を通して、芸術や宗教、想像の営み、創造的な科学の仕事などに含まれている、強烈に体験することのなかに維持される[17]」。つまり乳幼児期の「移行対象」は、成長とともに文化的営為のうちに解消されるのであるが、立木が的確に指摘するように、主観的現実と客観的現実の対応関係を問われることなく「強烈に体験」されるこれらの文化的営為こそ、言葉の強い意味で「フィクション」と呼ぶべき活動に他ならないだろう。

もちろん私は、宗教や科学をそれ自体として「フィクション」と呼ぶことを提案しているわけではない。それは汎フィクション論に道を拓く、この語の不当な拡大解釈だろう。ここで私が注意を向けたいのは、制度化されたフィクションというよりもむしろ、ミシェル・レリスがアフリカで発見した「生きられた演劇」や科学における思考実験など、フィクションとして制度化されていない活動にみられるフィクショナルな要素である。こうしたハイブリッドな営為やその産物の中にもフィクションの知——それは主体と世界の出会いの経験を共有可能にするものでありうるということを改めて強調しておきたい——を発見することが、これからのフィクション論の務めであり可能性ではないだろうか。

【注】

（1） Michel Raimond, *La Crise du roman*, José Corti, 1966.

（2） シュルレアリスムの「反小説」の立場は、言うまでもなくアンドレ・ブルトンが『シュルレアリスム宣言』で表明したものである。またヌーヴォー・ロマンの反ミメーシス的立場が象徴派的美学に影響を受けたジッドの小説（特に『贋金つかい』）の系譜に位置することについては、いまや古典となったリュシアン・デレンバックの『鏡の物語』（野村英夫・松澤和宏訳、ありな書房、一九九六年）を参照。ただしジャクリーヌ・シェニウー＝ジャンドロンが詳細に論じたように、シュルレアリスムと小説ジャンルの関係は、ブルトンの断罪に収まらない（Jacqueline Chénieux-Gendron, *Inventer le réel : le surréalisme et le roman (1922-1950)*, Champion, 2014 [1983]）。

（3） Jean-François Chevrier, Philippe Roussin, « Présentation », *Communication*, 71, 2001, p. 5.　このドキュメント実践はアラゴン『パリの農夫』やブルトン『ナジャ』などにみられるように、シュルレアリスムの詩学にも深く関わっている。この点については拙稿「反ミメーシスとレアリスム——一九二〇年代の文学と文学理論」、松井裕美編『レアリスム再考』、三元社、二〇二三年、一四三

—一五二頁を参照。

（4） Jean Norton Cru, *Témoins*, Presses universitaires de Nancy, 2006 (1929), p. 553.

（5） Claude Lanzmann, « Le lieu et la parole », *Au sujet de Shoah*, Belin, 1990, p. 295.

（6） この点についてはとりわけ以下の著作を参照。 Catherine Coquio, *La Littérature en suspens - Écritures de la Shoah : le témoignage et les œuvres*, L'Arachnéen, 2015.

（7） Lanzmann, art. cit., p. 295.

（8） Alexandre Gefen, *L'Idée de littérature*, Corti, 2021, p. 109-143.

（9） Guy de Maupassant, *Pierre et Jean*, Livre de Poche, 1972, p. 14.

（10） *Ibid.*, p. 138 et s.

（11） イヴァン・ジャブロンカ『歴史は現代文学である』真野倫平訳、名古屋大学出版会、二〇一八年、一六一頁。

（12） より広い文脈での歴史学とフィクションの関係については以下のサーベイを参照。 Annick Louis, "Fiction and Historiography", in Alison James, Akihiro Kubo, Françoise Lavocat (ed), *The Routledge Handbook of Fiction and Belief*, Routledge, 2024, p. 101-114.

（13） フィクション理論におけるハンブルガーの位置づけについては以下を参照。清塚邦彦『フィクションの哲学』、勁草書房、二〇一七年（改訂版）。高橋幸平・久保昭博・日高佳紀編『小説のフィクショナリティ』、ひつじ書房、二〇二二年。

（14） D・W・ウィニコット『遊ぶことと現実』橋本雅雄・大矢泰士訳、岩崎学術出版社、一九七九年、一六頁。

（15） ジャン゠マリー・シェフェール『なぜフィクションか？』久保昭博訳、慶應義塾大学出版会、二〇一九年、一五二頁。またシェフェールのフィクション理論については本書拙稿を参照。

（16） ウィニコット、前掲書、七頁。

（17） 同書、一八—一九頁。

1　文学にとって〈現実〉とは何か?

非人称的な特異性のために
――ブランショの「文学とは何か」

郷原佳以

「私は、言葉は語るのにもっとも適さないものなのではないかと考えるのが習慣になっている」[1]――P・ボッツァロ

1 「文学とは何か」という問い

「文学とは何か」という問いが時代遅れの問いとみなされるようになって久しい。[2]「全文学作品に共有され、文学作品であるための必要十分条件を構成するような一つの特徴、ないし特徴の集合なるものは何一つ存在しない。ウィトゲンシュタインの用語法を用いるなら、文学は家族的類似性に基づく概念である」[3]と明言し、文学と異なり明確な対象になる虚構の分析に入っていったのは、一九七五年のサールである。なるほど、文学なるものに一つの定義を与えたそばから、そこからこぼれ落ちる作品が次々に思い浮かぶ。時代を追うごとにさらに定義にあてはまらない作品も続々と現れ、文学と文学ならざるものとの境界はますます曖昧となる。ならば、「文学とは〇〇である」という定義を引き出そうとする問いの形式自体が不適切だということになるだろう。サールの言明を十二分に意識し、やはり「ウィトゲンシュタインのいわゆる「家族的類似性」という緩やかな絆」を挙げなが

ら、文学を「全体として考察することは困難である」と述べ、自らは「文学とは何か」などという問いを立てるつもりはないことを強調し（「真に賢明なやり方は、おそらく、そういう問いを課さないことだろう」[4]）、その代わりに、文学の「言語芸術」という「アスペクト」に与えられてきた定義を交通整理することから始まるのはジュネットの「フィクションとディクション」である。そこでは、「テクストを芸術作品たらしめるのは何か」というヤコブソンの問いが「作品であるテクストとはどんなテクストか」という文字通りの解釈と、「いつ文学なのか」というネルソン・グッドマン的な解釈[5]に読み換えられ、それぞれに対応する二つの理論が引き出される。前者は、アリストテレスからケーテ・ハンブルガーを経てヴァレリー、ヤコブソンに至る、文学の内在的定義を求める構成主義的ないし本質主義的詩学であり、後者は、文学の定義が個人または社会の趣味判断に委ねられる条件主義的詩学である。条件主義的詩学が必要となるのは、構成主義的理論の内部においても、一方で、アリストテレスからケーテ・ハンブルガーに至る詩学は小説（叙事詩）と戯曲を対象として文学の特性をミメーシス、すなわち虚構性に見出し、他方で、ドイツ・ロマン主義からマラルメ、ヴァレリー、ヤコブソンに至る詩学は詩（叙情詩）を対象として文学の特性を詩的言語の自動詞性、自律性に見出すという形で競合が起こっており[6]、にもかかわらず、どちらによってもカバーされないエッセーや自伝などの非虚構的文学が残り、それについては条件主義的詩学に頼るしかないからである[7]。「フィクションとディクション」の目論見は、この分割のうえで、「本質主義的詩学のかたわらに条件主義的詩学の場所をつくってやること」[8]により、多種多様な文学がそこに包含されるようにすることである。だとすれば、定義の調整と拡大という仕方においてではあれ、ジュネットもやはり「文学とは何か」という問いに携わっている。ではなぜ、彼はこの問いに対して過剰に否定的なのか。というのも、あらためて「フィクションとディクション」の冒頭部に戻れば、それは次のように皮肉に満ちた条件法で書かれているからである。「笑いものになることを怖れなければ［si je craignais moins le ridicule］、私はこの研究に、すでに使い古された『文学とは何か』というタイトルを付けることもできただろう――もっとも、周知のように、このタイトルをもつ有名なテクストは、この問いに本当には答えていない。結局は実に賢明な選択であった。愚問は答えるに及ばない。それゆえ、真に賢明なやり方は、おそらく、そういう問いを立てないことだろう[9]［la vraie sagesse serait peut-être de ne pas la poser］」。「愚問」を立てた上にそれに「答えていない」とされるのはいうまでもなくサルトルだが、まるでサルトルと同じ問いを立てては「笑いものになる」と言わんばかりである。実際には、「文学とは何か」という問いは文学理論――とりわけドイツ・ロマン主義から始まる近代的な文学理論――の核心に存在し続けてきたにもかかわらず、サルトルがそれを明示的に立ててからこの問いは無粋なもの、時代遅れなものとみなされるようになった。

このジュネットの条件法を見逃さず、その方法を辛辣に批判することにより、十八世紀における文芸の文学への転換からプルースト、ヴァレリーにまで至る美学的文学理論を歴史的に辿る著作を始めているのはランシエールである。『無言の言葉』は次のような皮肉で始まる。「ひとがもはやあえて立てない問いというものがある。最近、ある名高い文学理論家がそのことを告げていた。今日、一冊の本に「文学とは何か」という題を付けるには笑いものになることを怖れなければならないという。そして、すでにはるか遠く思える時代にそれをしたサルトルは、少なくともその問いに答えないという賢明さを持っていたという。というのも、ジェラール・ジュネットは言うのだが、「愚問は答えるに及ばない。それゆえ、真に賢明なやり方は、おそらく、そういう問いを立てないことだろう」からである」。続いてランシエールは、「今日の賢明さ」はしかし、「曖昧な諸概念を理論的に無効にしながら実践ではそれらを復活させる」、つまり、「問いを愚弄しておきながら、その答えを提案する」[10]と、条件主義的詩学に頼るジュネットの方法を批判する。そして、「「文学」をまったく自明であると同時にきわめて定義しにくいものにしている論理を再構成しようと努めるべき」だとして、文学をめぐる言説の歴史を、文学作品の集積という実体からも本質の定義からも遠ざかり、その遠ざかり自体を理論化する言説の歴史として辿り始める[11]。その端緒に、二つの体制を代表する遠ざかりの言説として引かれるのは、ヴォルテールとブランショである。ヴォルテールにとって文学概念は曖昧さゆえに留保つきでしか使えないが、作品ではなく作品についての知識と審美眼を指している。[12] 他方、ドイツ・ロマン主義、フローベール、マラルメによる「文学の神聖化」の系譜にブランショを位置づけるランシエールによれば、ブランショにとって文学は「それ固有の問いへと立ち戻る無限の運動」に他ならず、ゆえにブランショは「文学を「定義し」ないように細心の注意を払う」。[13] そのことを示そうとしてランシエールは、『来るべき書物』から、「高い壁」や「チベット」が隠喩として登場する一節を不正確かつ文脈を無視した仕方で引き、自己参照的で純粋な問いかけとしての――定義しえないことによって定義されるような――近代的文学概念を表すものとしている。[14]「ブランショの用いる隠喩は、フローベールとマラルメが偉大な司祭を務めるあの文学の神聖化〔……〕を指し示すものである」[15] というわけである。

しかし、本当に、ドイツ・ロマン主義－フローベール－マラルメ－ブランショの系譜は、ただ文学を言語外的な現実と無関係に自律性、自動詞性によってのみ思考し、「文学とは何か」という問いに馴染まない、定義しえないものとして捉え、「神聖化」を行ったのだろうか。少なくともブランショに関しては、そのようなことはない。確かに、ブランショの文学論は、一方では間違いなくマラルメを引き継いだ非人称的な――そこでは誰も語っていない――言語の探究である。しかし、非人称的な言語は本当に言語外的な現実と無関係なのだろうか。他方、「文学とは何か」という問いについて言えば、確かにブランショはサルトルの『文学とは何か』に対し即座に異論を呈し、[16] そのなかで次のように、文学がつねに「文学とは何か」という問いを逃れ去るものであることを指摘している。

「文学とは何か」という問いが無意味な応答しか得られていないということは、驚きと共に確認されてきた。しかし、さらに奇妙なのは、そのような問いの形式のなかに、問いの真摯さをことごとく奪ってしまう何かが立ち現れるということである。「詩とは何か」「芸術とは何か」あるいは「小説とは何か」とさえ問うことができるし、実際、問われてきた。けれども、詩や小説であるところの文学は、こうしたあらゆる厳粛なものの内に存する空虚の要素のようである。そして、それについての固有の厳粛な考察は、必ずやその真摯さを失ってしまうはめになる。堂々たる考察が文学に近づくと、文学は、それ自体や考察のなかにあったはずの見るべきなにものかを破壊するような、腐食性の力となる。考察が遠ざかると、そのとき文学は、なるほど、再び重要で本質的な何ものかに、哲学や宗教よりも、また文学が抱懐している世界の生よりも重要な何ものかになるのだ。(17)

しかし、以上の一節は、ブランショが「文学とは何か」という問いを軽視していたことを意味しない。その文学言語への執拗な問いかけを見渡せばわかるように、ブランショはある意味でつねにこの問いを発しており、つねに答えていた。その答えとは、それ自体としては素朴なものだが、徹底的な特異性——ある人の固有な領域——の追求である。その限りで、ブランショの考える文学言語は言語外現実とけっして切り離されてはいない。そのうえで、現実の文学がつねに定義を逃れ去るのは、特異性というものはもっとも一般化しえない、共約しえない具体的なものだからである。しかしそもそも、共有されるものという言語の根本的性質からして、特異性、つまり自分固有の個人的(パーソナル)な経験の追求は言語においては不可能である。「私は、言葉は語るのにもっとも適さないものなのではないかと考えるのが習慣になっている」という、銘に引いたポーランの認識はブランショの根本的な言語観である。語るに値する特異なことを言葉は語ることができない。ゆえに、文学言語における特異性は、非人称的(インパーソナル)な特異性、すなわち、私だけの共約不可能な経験が、にもかかわらず、その脱自(エクスターズ)的性格ゆえに、誰に起こった経験でもないことである、という逆説を、虚構を通して可能にすることにおいてあるほかはない。ブランショが執拗に探究したのはこの逆説である。その理路をこれから見ていきたい。

2 「誰であれ構わない」特異性の追求

先に素朴なものと述べたが、文学とは特異性の追求であるという考え方そのものはけっして特殊なものではない。そのことをあらかじめ確認しておこう。ポーランが『タルブの花——文芸における恐怖政治』で提示した二種類の作家像——言語を信用せずに独自の観念や思想のみを求めて常套句を廃そうとする〈テロリスト〉と文学に言語のみを求めて修辞にこだわる〈修辞家〉——のうち、〈テロリスト〉は文学言語において自分固有の経験を追求する者だと言ってよいだろう。ブランショは、あらゆる言葉は抽象作用を持ち、特異な出来事を一般的なものにしてしまうという「掟」をめぐる文脈のなかで、〈テロリスト〉的な欲望が作家の基本的な欲望であることを認めるかのように、次のように述べている。「詩人や作家は（古典時代から）この掟に満足することはほとんどなく、むしろこの掟を転倒しようとしてきた。彼らは語を物に結びつけ、物の唯一性と一致させると主張する。ある名は私の名であってすべての人の名ではない、ということを彼らは望むのだ[18]」。古典時代から、詩や悲劇は普遍的法則の確認のために書かれるのではなく、特異な出来事を目指して書かれてきたのだ。小林秀雄は述べている。「古来如何なる芸術家が普遍性などという怪物を狙ったか？　彼等は例外なく個体を狙ったのである。あらゆる世にあらゆる場所に通ずる真実を語ろうと希ったのではない、ただ個々の真実を出来るだけ誠実に出来るだけ完全に語ろうと希っただけである。ゲエテが普遍的な所以は彼がすぐれて国民的であったが為だ、彼が国民的であった所以は彼がすぐれて個性的であったが為だ[19]」。加藤周一もまた、ルソーを例に述べている。「ジャン・ジャック・ルソオは彼自身の人生を告白したので、人生一般を論じたのではありません。しかし彼の『告白』が、人間の感情に関する普遍的な真理を呈出しているという点で、一束の心理学的事実におとるとは考えられないでしょう。統計だけが普遍的な知識を獲得する唯一の方法ではない。特殊なものを、その特殊性に即して追求しながら、普遍的なものにまで高めること——それこそ文学の方法であり、文学に固有の方法です[20]」。特異性の徹底的な追求がその果てに普遍性に開かれる場こそが文学言語であるという認識である。

特異性と普遍性の対立と言語の問題を正面から扱った考察にデリダの「死を与える」がある。「死を与える」が取り上げるキルケゴールの『おそれとおののき』は、息子イサクを供犠に捧げよとの命令を神から受け取ったアブラハムと神との単独的な関係と、彼がイサクや家族、隣人たちと生活する社会の普遍的な関係を、垂直軸と水平軸の明確な対比において描いている。神という絶対的な他者から届いたこの命令は常軌を逸しているために、共に暮らすどの他者にも言語化して打ち明けることができず、アブラハムはモリヤ山に上るその日まで秘密を保持したまま孤独である。水平軸は殺害の禁止という絶対的な倫理の上で人々が共通の言葉を交わす社会であり、垂直軸の特異性と共約不可能だからである。ゆえに「彼は語ることができない」とキルケゴールは言う。「彼は人間のことばを語らない。たとえ彼が地上のあらゆる言語を知っていたとしても〔……〕彼は語ることはできない——彼はいわば神のことばで語るのである。彼は異言を語るのである[21]」。キルケゴールは、このような究極の逆境のなかで単独性を全うし、イサクに刀を振り下ろすその瞬間まで秘密を貫くことにアブラハムの信仰の証拠を見る。「信仰とはつまり、個別者が個別者として普遍的なものよりも高くにあり、普遍的なものに対して権利を与えられており、その下位に従属しているのではなく、その上位にあるという逆説なのである。〔……〕信仰はこの逆説なのである。〔……〕アブラハムの物語は、こうして、上述のような倫理的なものの目的論的停止を含んでいる[22]」。キルケゴールにとっては、したがって、倫理的なものを目的論的に停止させて特異性を普遍性の上位に置くことが究極の信仰を証し、神による救済を招く行為である。

このアブラハムの行為に、デリダは社会的な倫理や義務を超えた絶対的な義務や責任を見出すにとどまらず、「人間のことば」にならないアブラハムの「異言」に『書記バートルビー』の「できればしたくないのですが」に通じるものを認め、別の論文ではアブラハムの「秘密」を「文学の秘密」に繋げてもいる[23]。しかし、キルケゴールの解釈を踏まえたうえで「tout autre〔すべての他者〕は tout autre〔まったき他者〕である」という命題を示すとき、デリダはアブラハムと「まったき他者」たる神との垂直軸の非対称的関係を「すべての他者」たちとの水平軸の関係に重ね、その対立を解消することを提案している。「「tout autre は tout autre である」とは「すべての他者は特異である」こと、すべては特異性であること、そしてまた、すべてはそれぞれであることを意味する。この命題は、普遍性と特異性すなわち「誰でもよい誰か」という例外のあいだの契約を強固にする」[24]。垂直軸を水平軸に重ね、「まったき他者」を「すべての他者」に重ねることで、神という比較しえない存在を表していた「特異性」が「誰でもよい誰か〔n'importe qui〕」に言い換えられていることに注目すべきである。いうまでもなく、垂直軸を水平軸に重ねることは、特異性が普遍性に十全に「翻訳[25]」されうると強弁することではない。特異なものは一般化されれば必ずどこかが失われる。しかしそもそも、水平軸の他者もみな特異であり、あらゆる他者との間に「異言」があるのだ。

　この理路から想起されるのは、アガンベンが同じ一九九〇年に発表した共同体論『到来する共同体』である。共同体論とはいえ、その主題はナンシーにおけるような共存在ではなく、「何であれ構わない諸々の特異性〔singularités quelconques〕」（第一部表題）であり、「何であれ構わないもの（クオドリベト）〔quelconque〕」（第一章表題）である。スコラ哲学から引き出された「クオドリベト」とは、いかなる属性にも賓辞にも規定されない、あるがままに望ましいものであり、それは「個物と普遍、部分と全体といった区別をも超えている[26]」。クオドリベトにとって、個別と普遍の二者択一は「偽りの」ものである。アガンベンは言う。「特異な者は認識に個別的なものの言表不可能性と普遍的なものの可知性のいずれかを選択することを余儀なくさせる偽りのディレンマから解き放たれる[27]」。誰であれ構わない、誰でもありうる誰かは特異かつ普遍であり、そこに対立はない。
『到来する共同体』は、特異性を全うすることにおいて『おそれとおののき』に比肩するが、キルケゴールのアブラハムにおいて前提となっていた普遍性との対立構図がもはや見られないために、その特異性はキリスト教的な救済のエコノミー——それがいかに水平軸での人間的計算を超えたものであるにせよ——から遠く隔たっている。アガンベンが「誰であれ構わない特異な者」を見出すのは、ヴァルザー、そしてカフカの文学作品においてである。

> このリンボ的性質はヴァルザーの世界の秘密である。彼の作品に登場する人物たちは取り返しようもなく道を見失ってしまっているが、堕落と救済の彼方の地域に住んでいる。自分が取るに足らない人物であることを彼らがあんなにも自慢しているのは、なによりも彼らが救済にたいして中立の立場をとっていることの証しであり、救済の観念そのものにたいしてこれまで申し立てられてきたもっともラディカルな異議である。じっさいにも、救済すべきものが何ひとつ存在しない生はまことに救済のしようがないのであって、そうした生にたいしてはキリスト教的オイコノミアの重厚な神学機械も難破せざるをえない。〔……〕処刑するはずであった機械が壊れたために生き延びて解放されたカフカの『流刑地にて』の罪人のように、彼らは罪と裁きの世界に背を向けたまま放置されている。彼らの額に降り注ぐ光は、最後の審判の日に続いてやってくる夜明けの——取り返しのつかない——光である。だが、最後の日のあとに地上で始まる生は、単純に人間の生なのだ。[28]

事実、キルケゴールに愛憎相半ばする感情を抱いていたカフカは『おそれとおののき』を読んで様々なノートを残したが、そのなかで、キルケゴールにおける普遍性の単純化に疑問を呈している。曰く、「普遍的なもののなかでの安らぎ？　普遍的なものの多義的あいまいさ」。カフカにとって、「普遍的なもの」はキルケゴールが考えるように単純なものではなく、その「すべての他者はまったき他者」である。だから、「このような〔普遍的なものから個別的なものへの〕展開は、ぼくには存在しない。こんなことがあれば、自分にはごく間接的な責任しかないその無意味さに、ぼくはくたくたに疲れるだろう」[29]。先取りして言えば、文学とは「すべての他者はまったき他者である」場、特異性と普遍性の対立が「誰であれ構わない特異な者」において解消される場だと言えるだろう。そうでなければ、なぜ私たちは、最初の頁を開くまで見も知らなかった他人に降りかかる出来事や心情に興味を抱いたりするだろうか。

しかし、実のところ、カフカほど特異性と普遍性のアポリアに正面からぶつかった作家もいない。岡田温司は、天安門事件の想起で締め括られる『到来する共同体』に、六八年五月を基にしたブランショの『明かしえぬ共同体』を透かし見ているが[30]、そのブランショの文学論を実質的に始動させたのは、特異性と普遍性のアポリアにぶつかり、それをある意味で解消させたカフカである。そこで鍵となるのは三人称の発見である。カフカの葛藤と鍵の発見をブランショに沿って見ることにしよう。

3　文学の始まり――カフカ、マニー、ブランショ

ブランショは一九四九年、「カフカと文学」においてカフカの日記を出発点に考察を展開した。そのなかに、「作家は危うい存在である＝妥協的存在である［compromis］。これが彼の宿命なのだ」[31]という一文がある。この一文は、四〇年代後半のブランショの一貫した問題意識を言い表している。文学の営みはつねに「妥協」、言い換えれば不純であり、その不純性こそが芸術にとって本質的だということである。どういうことか。作家が求めているのが内的探究であろうと、何はともあれ現実に書かねばならない、そして書く以上は比喩や構成などの美的な価値を蔑ろにはできない、それどころかそうした技術を総動員しなければならない、この引き裂き自体が書くことの本質だ、ということである。たとえば一九四七年のジッド論では、ジッドは読点の一つまで拘って美しく調和的な文章を書くことを理想としていたが、他方で自分のそのような拘りが文学の営みにとっては不誠実な

のではないかという疑いを拭うことができなかった、ということを示した上で、この葛藤自体に文学のあり方を見ている。[32]「書く以上は立派に書くことを無視しえない」[33]と考えるのは、「カフカと文学」が描くカフカも同様である。「カフカと文学」では、作家の葛藤が次のように言い表される。「文学とは、さまざまな矛盾や不一致の場である。文学にもっとも強く結びついた作家とは、文学から身を解き放つ訓練をもっとも受けている作家でもある。文学は、彼にとってすべてであるが、彼は文学に満足することはできず、文学にとどまっていることもできない」[34]。ゆえに、「外部的にも内部的にも、文学は、それを脅かすものの共犯者なのだが、この脅かしもまた結局のところ、文学の共犯者である。文学は、おのれを否認することしかできないが、この否認が文学を文学自身に返す。文学はおのれを犠牲にするが、この犠牲は文学を消滅させるどころか、さまざまの新しい力によって、文学を豊かにする」[35]。

では、どのように書くことが文学なのか。ブランショはカフカの日記を読解し、カフカにとって文学とはどのようなものだったのかを導き出す。「混乱によっていっさいの言語が締め出され、その結果、もっとも明確で意識的で、曖昧さや混乱からもっとも遠ざかった言語、つまり文学の言語の助けを求めることが必要となっているような瞬間、こういう瞬間の方を向くことによって、語ることがこのうえなく困難になっているときに語ろうと試みること、文学とはまさしくこういう点にあるようだ」[36]。ここでは二つのことが言われている。第一に、文学言語はもっとも明確で、曖昧さからもっとも遠ざかった言語だということ、第二に、文学とは語ることがもっとも困難なときに語ろうと試みることだということである。では、語ることがこのうえなく困難なときに語られるもっとも明確な言葉は、いったいどのように語られるのか。ところがそれは、カフカにとっては、小説のごく簡単な一文を書くだけでも、ある意味では叶えられてしまう。ブランショは一九一一年二月十九日の日記――「ぼくが盲滅法に、たとえば「彼は窓から眺めていた」といった文章を書くと、この文章はすでに完璧なのだ」――を引き、なぜそうなのか、なぜこのような一文を書くことが「すでに自分以上になることなのか」と問う。[37]この謎についての考察のなかに、三人称をめぐる問題が現れる。

幾人かの注釈者にとって、とりわけクロード＝エドモンド・マニーにとって、カフカが文学はIchからErへの、〈私〉から〈彼〉への移行であると感じた日から文学の豊穣さ（自分自身にとっての、つまり自分の人生にとっての、そして自分が生きるための）を実感するようになったということは、驚くべきことであるようだ。これは、カフカが書いた最初の重要な短篇である「判決」がもたらした発見なのであるが、周知のように、彼はこの出来事を二通りの仕方で注釈したのだった。すなわち一方では、文学の可能性との衝撃的な出会いを証言するために、また他方では、この作品によって明らかになった諸関係を自分自身にはっきりさせておくために、である。マニー女史は、T・S・エリオットの表現を引きながら、カフカは本来伝達できない感情の「客観的相関物」を打ち立てることに成功したのだ、と述べている。[38]

「判決」の執筆がもたらした「発見」について、ブランショが何を典拠としているのかは判明していない。ブランショはまるでカフカによる三人称の「発見」を他の批評家たちが重視しているように述べているが、この論考から始まる三人称問題の深化からすれば、この問題を重視しているのは誰よりもブランショであるように思われる。しかし、わずかな手がかりとして、言及されているクロード＝エドモンド・マニーの著作から関係する箇所を確認しておこう。マニーはブランショと同世代の文芸批評家で、『現代フランス小説史』『アメリカ小説時代』などの著書があるが、『文学の限界についての試論――エンペドクレスのサンダル』（一九四五）で二章を割いてカフカを論じている。その論旨や引用箇所からして、マニーのカフカ論がブランショのカフカ読解に大きな示唆を与えたのは間違いない。[39]マニーはまず第三章「カフカまたは不条理の客観的記述」において、『城』を題材にして、カフカ作品の特徴を、作者が人形を操っているという印象がいっさいないという点に見出している。「これほど作者の不在な作品は稀である。作者が語り手の仮面、あるいは聞き手の仮面の背後に隠れていたり、あるいはまた直接自分の仮説や注釈を物語に混ぜ合わせたりしているのを発見することはけっしてない。〔……〕カフカは自分の小説の結末や作中人物の運命について、読者あるいは作中人物以上には知っていない。事を運ぶのはカフカではない」[40]。次に第四章「列聖式としての告訴」において、マニーはまず、真の作品の成立には「解放」と「創造」の二段階が必要であるとする。「解放」とは作者が自分の漠とした気持ちを紙に雑然と書き出す段階であり、自分自身との主観的な対話のみが行われているこの段階ではまだ「表出」しか行われていない。「表出」にとどまっている作品として、フローベールの初期作品、ジッドの『アンドレ・ヴァルテールの手記』、カフカの『観察』が挙がっていることに留意しておこう。真の「創造」が生ずるには、作者はこの段階を抜け出し、作品から切り離されなければならない。マニーはこの「作者の消去」の「真の意義」を考察しようとしてエリオットの「客観的相関物」に辿り着き、それをさらにカフカの「判決」執筆の帰趨に繋げることになる。確認しておこう。

作者が作品に不在でなければならないのは、ただその条件でのみ、以下のことが確実になるからである。すなわち、作者が表出〔expression〕の次元を越え出て現実化〔réalisation〕の次元に近づき、作者自身の欲望の叙情的で主観的な表出ではなく、彼が表現しようと思っているものの「客観的相関物」――T・S・エリオットの言葉を借りれば――を築き、はじめは伝達不可能だった自己の感動を、公衆に同じ印象を惹起するだろうリズム、隠喩、あるいは出来事のなかに流し込み凝固させることに成功したことが確実になるからである[41]。

「客観的相関物〔objective correlative〕」とは、エリオットがそのシェイクスピア論「ハムレットと彼の問題」において提起した用語であり、作家が感じ、読者に喚起したい固有の感情の外的な相当物を指す。この客観的相関物と感情との適合によって「芸術的「必然性」」が生まれるとされる。エリオットによれば、『ハムレット』はシェイクスピアの他の悲劇と異なり、客観的相関物を描けていないために物語に必然性がなく、失敗作である。「情緒を芸術の形式に表現する唯一の方法は、「客観的相関物」を見つけだすことである。言いかえれば、特定の情緒のための方式となりうるような一組の事物、状況、あるいは一連の事件が必要であって、感覚的に経験される或る外的事実が与えられると、すぐそれに応じた情緒がわれわれのうちに呼び起こされる、ということにならねばならない[42]」。マニーはこの「客観的相関物」を参照し、作家に小説を書かしめた様々な印象に対して「直接的な関係にとどまっている」小説は無力であり、それらの印象に「等価な、状況と性格の組み合わせ」が築かれなければならず、そのためには作家との「「臍の緒」が断ち切られ、作品がそれ自身の生命を生きることができるのでなければならない[43]」とする。そのとき、作家は自己を無化しているのだが、それを突き詰めた先に、「カフカが「判決」を書き終えた直後に、この創造的無化〔annihilation créatrice〕に関連して書き記した「調書」がある」のだという。この点は後ほど確認しよう。マニーはエリオットの敷衍を続ける。曰く、シェイクスピアの偉大さは、彼が徹底して登場人物から身を引いていることにあり、マクベスやファルスタッフの声はけっしてシェイクスピアの声ではない。彼らの言葉には、他の言い方はありえないと思わせる内的必然性がある。ところが、偉大な作家でもときにこの「自己無化」を徹底できない場合があり、『ハムレット』がその代表例である。ハムレットの感情はその動機とされる客観的な状況に釣り合っておらず、そこには感情を客観化できなかった作者シェイクスピアが見えてしまっている。その危険を承知している作家たちは、表現すべき感情を「より弱い「客観的相関物」」によって緩叙法で表現することに長けており——前掲箇所では、客観的相関物は「等価」だと言われていたが、一つの技法として弱めることがありうるということだろう——、モーパッサン、フローベール、ジッドと共にカフカはその一人である。悪夢的な主題を扱った『流刑地にて』や『変身』のような作品が滑稽に陥っていないのは、その「陰気なユーモア」のためである――これは要するに、カフカ作品においては、エリオットが論じる『ハムレット』とは逆に、描かれる途轍もない事態に比して登場人物の動揺が薄いということだろう。対して、フォークナー、クローデル、マルローなどは、あえて自らの感情と同じように表現して悲劇に挑戦しており、『ハムレット』と同様の危険に陥る可能性を孕んでいる[44]。

かくして、マニーはエリオットを参照してカフカにおける作者の自己無化と客観的相関物による「創造」を論ずる。しかし、カフカの全作品に「創造」が認められるわけではない。先述の通り、『観察』という初期作品集は「創造」に達しない「表出」だとされていた。他方、「判決」を書き終えた直後に記された一節には「創造的無化」が範例的に語られているという。つまり、「判決」でカフカは「創造」に達したわけである。「判決」執筆によるカフカの変容は『文学空間』でブランショが注目することになるものだが、マニーはすでにこの点を検討していたのである。

よく知られているように、「判決」は一九一二年九月二十二日から二十三日にかけての夜に一気に書かれた。翌朝、カフカは興奮冷めやらぬまま、日記に書きつけている。

> この「判決」という物語を、ぼくは二十二日から二十三日にかけての夜、晩の十時から朝の六時にかけて一気に書いた。坐りっぱなしでこわばってしまった足は、机の下から引き出すこともできないほどだった。物語をぼくの前に展開させていくことの恐るべき苦労と喜び。まるで水のなかを前進するような感じだった。〔……〕すべてのことが言われうるとき、そのときすべての――もっとも奇抜なものであれ――着想のために一つの大きな火が用意されており、それらの着想はその火のなかで消滅し、そして蘇生するのだ。〔……〕ただこういうふうにしてしか、つまりただこのような状態でしか、すなわち、肉体と魂とがこういうふうに完全に解放されるのでなければ、ぼくは書くことはできないのだ[45]。

ブランショは「カフカと作品の要請」においてこの一節を引用しながら「九月二十二日の夜が彼に啓示したもの[46]」について語ることになる。カフカはそれまで書くことへの強い欲求をもちながら自分の才能を確信することができなかったのだが、この一夜をもって「自分は書くことができるのだと知る[47]」。やはり同じ一節を引用しながら、マニーの問いはより作品に即したものである。彼女は「判決」の文体をそれ以前に書かれた「帰路」や「走りすぎて行くひとびと」と比較する。「帰路」は一九〇八年に「観察」を総表題として『ヒュペリオン』誌に発表された小品の一つで、マニーは「散文詩」と呼んでいる。「ぼくは歩いて行く、ぼくのテンポは大通りのこちら側の、この大通りの、この地区のテンポだ。ぼくは当然、入口の戸やテーブルの鏡板へのあらゆるノックに対して、あらゆる乾杯の辞に対して、ベッドのなかの、また、建築工事の足場に潜む、また、暗い路地の壁にぴったりと身を寄せた、また、娼家の寝椅子の上の、恋人たちに対して責任を感じる[48]」という一節を引いた上で、マニーは、これは、何を言ってもよいという形式の下、責任の遍在というテーマがあらゆる偶然の雰囲気に結びつけられ、叙情的に扱われた主観的記録にすぎないと評する[49]。しかし、ゲオルク・ベンデマンと父の関係をめぐる三人称の物語、「判決」とともに、カフカは以後彼を満足させることになる表現の原型を見出した。現実に起きたと思われる事物の（私たちの世界とは別の世界であってもかまわない）、神話的な、そしてもはや叙情的ではない客観的な物語、物語であってもはや実在に対する偏った視点である観察でないもの、これである[50]」と、「判決」による「表出」から「現実化」への移行を確証する。一人称から三人称への移行に焦点化しているわけではないが、ブランショが、「マニーにとって、カフカが文学はIchからErへの〔……〕移行であると感じた日から文学の豊穣さ〔……〕を実感するようになったということは、驚くべきことであるようだ」と言うときの典拠は、以上に見たマニーの議論だと思われる。一人称から三人称へ、主観から客観へ、解放による「表出」から創造による「現実化」へ、というわけである。

これは実のところ、ブランショが一九四四年の文芸時評「文学上の〈私〉」において、「文学史のもっとも慣習的な教え」の一つとして挙げている見解であり、そこでも、カフカが日記から散文詩へ、そして客観的な物語に達することが事例として挙げられている。(51) 後にバルトも「小説のエクリチュール」において、バルザックのような近代作家と違って現代作家は「私」から出発し、「独白が「小説」になるにつれて、少しずつ三人称を用いる権利を手に入れてゆく(52)」と述べることになる。ただしブランショは、少なくともカフカに関しては、こうした説明に完全には満足していない。マニーを参照した後、ブランショは続ける。

しかし、起こっているのはもっと奇妙なことであるように思われる。〔……〕あたかもまるで、カフカは自分自身から離れれば離れるほどその分だけ現実に存在するようになるかのようなのである。虚構の物語は書く者の内部に、ある距離、ある隔たり(それ自体虚構の)を置くのだが、書く者はそれなしでは表現することができないのだ。この距離は、作家が自分の物語に入り込めば入り込むほど深まるものであるに違いない。作家は語の二つの意味において自らを問いに付すのである。つまり、問題になるのも彼であれば、問い直される——究極的には消されてしまう——のも彼なのである。(53)

ブランショが注目しているのはカフカの作品における「距離」である。(54) 曰く、カフカの作品において作家は二重の意味で問いに付される、すなわち、問題になると同時に問い直されて抹消される。ここで言われていることは、マニーが引き出した「作者の消去」——そして後にバルトが整理する「作者の死」——とも、ランシエールがその思想の系譜を描こうとした「言語の自律性」とも異なっている。ブランショが念頭に置いているのは、マニーも引いていた(55)ある一節である。

4　言語のアポリアと三人称

それは、一九一七年九月十九日のカフカの日記である。ここで私たちはようやく特異性の問題に逢着する。

ものを書くことができる人はほとんど誰でも、苦痛のなかで苦痛を客観化できるということが、ぼくにはいつでも不可解でならない。というのも、例えばぼくは不幸のさなかにあって、まだ燃えているような不幸な頭を抱えながら机につき、だれかに「ぼくは不幸だ」と文章で伝えることができるからである。いや、ぼくはそれ以上のところまで行くことができるし、不幸とは何の関係もなさそうに見える才能に応じて様々の美辞麗句を連ねて、あっさりと、または対照法で、あるいは連想の全オーケストラ付きで、この主題について即興演奏をすることさえできる。だがこれは、けっして嘘ではないが苦痛を鎮めはしないのだ。これはただ、苦痛がその爪先で掘り起こしているぼくの存在の根底まで、明らかにぼくの力を使い尽くした瞬間において、恩寵のように残っているぼくの力の過剰なのだ。それにしても、これはまたなんという過剰だろう？[56]

自分の不幸を「ぼくは不幸だ」と、あるいは美辞麗句を重ねて「客観化」したとき、力の枯渇である「不幸」と、共有を前提とした言語化への意志に必然的に備わる力との不釣り合いが滑稽さを生む。先述の通り、ブランショによれば、ジッドもまた美辞麗句を用いて自分の経験を語ってしまうことの欺瞞に葛藤していた。ブランショはこの問題を、「力の過剰」というカフカの言葉を踏まえて次のように敷衍する。

神秘は次のような点にある。私は不幸だ、私は机に座り、「私は不幸だ」と書く。どうしてそんなことが可能なのだろう。この可能性が奇妙なもので、ある点までは恥知らずなものであるというわけはわかるだろう。私の不幸の状態は、私の力の枯渇を意味している。ところが、私の不幸の表現は、力の増加を意味している。苦痛の側には、あらゆること、生きること、存在すること、考えることの不可能性がある。書くことの側には、あらゆること、調和のとれた言葉、正当な展開、巧みなイメージの可能性がある。[57]

ここで指摘されている問題は、すでに『踏みはずし』の巻頭論文「不安から言語へ」で主題化され、「言語のアポリア」と名づけられていた。そこでは「私は不幸だ」の代わりに、もっとも共有不可能なものを言語化しようとする一文が例に挙がっていた。

「私は孤独だ」と書く作家、あるいはランボーのように、「私は本当に墓の彼方にいる」と書く作家は、自分のことをかなり滑稽に感じるかもしれない。自分の孤独を意識しながら、ひとが孤独であることを妨げる手段によってそれを読者に伝えるというのは滑稽である。孤独という言葉はパンという言葉と同じくらい一般的なのだから。孤独という言葉が口にされた途端に、それが排除するあらゆるものが現れてきてしまう。言語のこのアポリアが真摯に受け止められることは滅多にない。〔……〕こうした困難に立ち止まってみるならば、次のことに気づいてしまいかねない。第一に気づくのは、作家は半ば嘘をついているという嫌疑をかけられるということである。世界のなかで見捨てられている、と嘆くパスカルに、ポール・ヴァレリーは言う。「立派に書くことができるような絶望というものは〔……〕完全なものではない」。〔……〕パスカルがあのように悲嘆に暮れているのは、おそらくむしろ、彼がすばらしく立派に書いてしまうからなのである。自分の状況への恐怖のなかに、そのもっとも不愉快な原因として、自分の惨めさを表現することによって自分を感嘆すべきものにしてしまうという自分の能力が加わってくるのである。[58]

「一般的」である——共有され、理解され、反復される——という根本的な性格のゆえに[59]、言語は私に起こった特異な出来事を言い表すことができない。これはアブラハムが陥った事態である。アブラハムが家族や隣人に「私は孤独だ」と述べたとしても、それは彼の究極の孤独を表しえず、共有の対象になる孤独という逆説と共有への意志という「力」を伝えるだけである。先に、「カフカと文学」の一節から、文学言語とはもっとも明確で、曖昧さからもっとも遠ざかった言語だということ、そして、文学とは、語ることがもっとも困難なときに語ろうと試みることだということを確認した。だとすれば、この不可能性を前にして明確な言語たりうるためには、文学言語はどうすればよいのか。ブランショは、この不可能性から出発して言語を用いることを言語そのものが要請するのだと考えている。ここに、カフカの「発見」が関わってくる。

したがって、「私は不幸だ」と書くだけでは十分ではない。他に何も書かない限り、私はあまりに私に近すぎ、私の不幸に近すぎて、この不幸は言語の次元で真に私のものとはならない。私はまだ真に不幸ではないのである。私が、「彼は不幸だ」という奇妙な置き換えに辿りついたときになってようやく初めて、言語は私にとっての不幸な言語となり始め、それ自体のうちで実現されている不幸の世界をゆっくりと描き出し、投影し始めるのである。[60]

「不幸である私」と「書く私」は齟齬を来す。自分の不幸を書き連ねれば連ねるほど、明かされるのはむしろ「書く私」の「力の過剰」である。書くということ、言語そのものが私の唯一性、固有性を排除するからである。このとき、書くことに内在するこのアポリアを奇妙な仕方で解消する一種のトリックとして登場するのが三人称である。「不幸である私」、「孤独である私」は言語によって指示しうるような「私」ではない。ならば、それを「私」ではなく「誰でもない誰か」にしてしまえば、そのとき、私は抹消され、私の不幸が癒されることもないが、しかしそこで、「私の不幸」というものが、言語的な厚みをもって現れてくる。前掲の一節をもう一度思い出しておこう。「作家は語の二つの意味において自らを問いに付すのである。つまり、問題になるのも彼であれば、問い直される――究極的には消されてしまう――のも彼なのである」。抹消されることにより問題になる、これが、三人称によって導入される「距離」によって作家に生じることである。ただし、三人称というのは「距離」の導入を示す一つの指標にすぎない。カフカが「判決」で三人称を使用すると共に――「によって」ではない――文学を開始したと言うことができるのは、そこで「距離」が形成され、真の意味での虚構が始まった、ということである。しかし、三人称の虚構は特異性とも現実ともけっして無縁ではない。特異性はそこで消滅すると同時にあらん限り接近される。

5 「彼は不幸だ」の成立

「彼は不幸だ」という一文にもう少し拘ってみよう。人称について考察したバンヴェニストに従えば、「私は不幸だ」、「あなたは不幸ですか」は発話の現在における話者たちに直接的に関わり、かつ相手に何らかの影響を与えようとするディスクールであり、その限りにおいて、この「私」や「あなた」は名実ともに「人称」であるが、他方、「彼は不幸だ」は話者たちを巻き込まない陳述にすぎず、この「彼」は「人称」ではない、非‐人称だ、ということになろう。[61] 人称についてのこの見解は、すべての発話は時称と人称によって「ディスクール」と「イストワール」に二分しうるという彼の発想から通底している。それによれば、物語や歴史叙述の言語である「イストワール」はアオリスト（単純過去）と三人称で書かれ、「イストワール」においては「誰一人話す者はいないのであって、出来事自身が自ら物語るかのようである」という。[62] その「イストワール」で用いられる三人称は発話と関わらない非－人称だということになる。
　しかし、バンヴェニストに先立って文学言語（叙事的虚構＝小説）と三人称を結びつけていたケーテ・ハンブルガーがそこに見出したのはもっと複雑なことだった。というのも、ハンブルガーが提出した命題の一つは、小説の過去時制は過去を表さない、ということだが、そもそもこの点を可能にしているもっとも重要なことは、小説においては言語の主観性が言説を発する自己言及的な「私」ではなく言説が指示している三人称に位置することができ（虚構的な「私」－原点）、ゆえに、現実においてはありえない仕方で、三人称で語られる人物の心的全知性が可能になるということだからである。[63]ドリット・コーンが言うように、「「私」－原点」のこの転位により、現在や未来を表す副詞を過去形の動詞と共に用いるといったことが起こる。こうした表現は小説においてはまったく問題なく感じられるのであり、言語の規準が日常言語とは異なっている。コーンはまた、ハンブルガーの注目した虚構の性格は、ヘンリー・ジェイムズによる中心知やジュネットによる内的焦点化、また多くの論者による自由間接話法をめぐる議論においてすでに論じられてきたことだが、ハンブルガー理論の功績は、心的全知性を、三人称小説を支配する構造的な規準としたことにあると指摘する。[64]
　ハンブルガーを引き継ぎ、日常言語では不可能な言語のあり方を追究して自由間接話法を集中的に分析したのはアン・バンフィールドだが、日本語を対象に同様の考察を行った言語学者にシゲユキ・クロダがいる。クロダが問題にするのは、感覚を表す形容詞や動詞は、日常言語では結びつく人称が限られるということである。たとえば、「私は暑い」「あなたは暑がっている」「ジョンは暑がっている」「ジョンは暑いのだ」はいずれも日常言語で問題なく使用される。これらはいずれも「私」の視点で自分の感覚を報告するか、あるいは他人の様子を見て報告している「報告的文体〔reportive style〕」である。対して、「あなたは暑い」「ジョンは暑い」「ジョンは暑かった」は「私」の視点で報告しているものではなく、奇妙な印象を与えるため日常言語では使われない。このことは、先のバンヴェニストの見解を逆方向から検証していると言える。ところが、虚構の小説においては、これらの非報告的文体は何らの不自然さなく使うことができる[65]。クロダによれば、非報告的文体の虚構物語の文は、三人称で指示される登場人物の視点、感情、感覚、内的状態を直接に表出しており、隠れた中立的な語り手による報告として解釈することはできない[66]。

このクロダの研究について、バンフィールドは、「クロダの言う日本語における「非報告的」文体は、フランス語では自由間接文体、ドイツ語では描出話法として現代の文法家たちに知られている文学的文体である」[67]と述べている。だとすれば、私たちはここに、カフカ-ブランショの「彼は不幸だ」を重ねてみることが——日本語で思考されたわけではないとはいえ——許されるのではないだろうか。なるほど、私たちが生きているディスクールの世界では、「彼は不幸だ」が成立する場所はない。新聞記事は「報告文体」で、つまり「私」の視点で書かれなければならない(「彼は不幸そうに見える」「彼は不幸であるようだ」)。しかし、「彼は不幸だ」と言うことが意味——そこでしか不可能な意味——をもつ場所がある。そこで「彼」は三人称でありながら、「私」の特異性をもっている。文学とはそのような場所のことではないだろうか。

【注】

(1) Jean Paulhan, *Jacob Cow le pirate ou Si les mots sont des signes*, Au sans pareil, 1921, épigraphe.

(2) 本稿のもとになった発表(二〇二一年十二月十八日)には「文学とは何か」という課題が与えられていた。

(3) John R. Searle, "The Logical Status of Fictional Discourse", *Expression and Meaning*, Cambridge University Press, 1979, p. 59. ジョン・R・サール「フィクションの論理的身分」『表現と意味』山田友幸監訳、誠心書房、二〇〇六年、九七頁。以下、本稿の引用

訳文は、既訳がある場合は参照した上で、必要に応じて変更させていただいている。

（4） Gérard Genette, « Fiction et diction », *Fiction et diction*, 1991, « Points essais », 2004, p. 91.「フィクションとディクション」『フィクションとディクション』和泉涼一・尾河直哉訳、水声社、二〇〇四年、一三頁。

（5） *Ibid.*, p. 94. 同前、一六頁。ジュネットは『フィクションとディクション』の翌年刊行される論集『美学と詩学』においてグッドマンの「いつ芸術か」をフランスに導入している。Nelson Goodman, « Quand y a-t-il art ? », *Esthétique et poétique*, textes réunis et présentés par Gérard Genette, Seuil, 1992.

（6） 以下も参照。大浦康介「文学理論」、大浦康介編『文学をいかに語るか』新曜社、一九九六年、三一―四〇頁。

（7） *Fiction et diction*, *op. cit.*, p. 104-105.『フィクションとディクション』、一二五―一二六頁。

（8） *Ibid.*, p. 109. 同前、一二九頁。

（9） *Ibid.*, p. 91. 同前、一一三頁。

（10） Jacques Rancière, *La parole muette. Essai sur les contradictions de la littérature*, Hachette Littératures, 1998, p. 5.

（11） *Ibid.*, p. 8.

（12） *Ibid.*, p. 9-10.

（13） *Ibid.*, p. 12.

（14） *Ibid.*, p. 9. 引用元は Maurice Blanchot, « Mort du dernier écrivain », *Le Livre à venir*, Gallimard,1959, « Folio essais », p. 298.『来るべき書物』粟津則雄訳、ちくま学芸文庫、二〇一三年、四五五頁。引用中の「根源的なチベット」は「想像上のチベット」の誤りである。また、ブランショの文脈において「壁」は「独裁者」を生み出すような大衆の「ざわめき」に抗するものであり、「チベット」は文学が抗するべき不毛な地帯を表しており、現実と交わらない自己参照的な文学観を引き出そうとするランシエールの意図に反して、ブランショの議論は多分に政治的である。

（15） *La parole muette*, *op. cit.*, p. 12.

（16） この点については以下で論じた。『文学のミニマル・イメージ――モーリス・ブランショ論』左右社、二〇一一年、二〇二〇年、一八二―一八三頁。

（17） Blanchot, « La littérature et le droit à la mort », *La Part du feu*, Gallimard, 1949, p. 294-295.『カフカからカフカへ』山邑久仁子訳、書肆心水、二〇一三年、一一―一二頁。

（18） Blanchot, « Le mythe de Mallarmé », *La Part du feu*, *op. cit.*, p. 38.『焔の文学』重信常喜・橋口守人訳、紀伊國屋書店、一九九七

年、三八頁。ただし、この一節は、こうした詩人たちのなかにあってマラルメは例外的に言語の抽象的、一般的性質を十分に承知していたと述べるための前置きである。

(19) 小林秀雄「さまざまなる意匠」（一九二九）『Xへの手紙・私小説論』新潮文庫、一九六二年、一一三頁。

(20) 加藤周一『文学とは何か』（一九五〇）角川ソフィア文庫、二〇一四年、三七頁。

(21) セーレン・キルケゴール『おそれとおののき　キルケゴール著作集5』枡田啓三郎訳、白水社、一九六二年、一八八頁。

(22) 同前、九三―九四頁。

(23) Jacques Derrida, *Donner la mort*, Galilée, 1999, p. 86-92, 105-107, 186.『死を与える』廣瀬浩司・林好雄訳、ちくま学芸文庫、二〇〇四年、一二四―一三三、一五四―一五七、三一四頁。

(24) *Ibid.*, p. 121. 同前、一七九頁。

(25) 「アブラハムは沈黙を守る――しかし、彼は語ることができないのである、この点に、苦悩と不安がある〔……〕。〔……〕他人がそれを理解してくれるようなふうにそれを語ることができないとき、彼は語っているのではない。語ることの慰めは、語ることがわたしを普遍的なものへ翻訳してくれるところにある。」『おそれとおののき』、一八六頁。

(26) 岡田温司『アガンベンの身振り』月曜社、二〇一八年、九六頁。

(27) Giorgio Agamben, *La Communauté qui vient. Théorie de la singularité quelconque*, tr. de l'italien, Seuil, 1990, p. 10.『到来する共同体』上村忠男訳、月曜社、二〇一二年、九頁。

(28) *Ibid.*, p. 13-14. 同前、一四―一五頁。強調引用者。

(29) 「八つ折り版ノート第四冊」一九一八年二月、『カフカ全集3』飛鷹節訳、新潮社、一九九二年、九四頁。デリダは『死を与える』以後、キルケゴールからカフカに参照項を移してアブラハムを論じるようになる。この点については以下で論じた。「アブラハムから雄羊へ――動物たちの方を向くデリダ」『現代思想』二〇〇九年七月号。

(30) 岡田温司『アガンベン読解』平凡社、二〇一一年、一一六―一一八頁。

(31) Blanchot, « Kafka et la littérature », *La part du feu*, *op. cit.*, p. 22.『カフカからカフカへ』、八五頁。

(32) Blanchot, « Gide et la littérature d'expérience », *ibid.*, p. 211-214.『焔の文学』、二七二―二七六頁。

(33) « Kafka et la littérature », art. cit., p. 22.『カフカからカフカへ』、八四頁。

(34) *Ibid.*, p. 32. 同前、一〇〇頁。

(35) *Ibid.*, p. 33. 同前、一〇一頁。

(36) *Ibid.*, p. 26. 同前、八九頁。

(37) *Ibid.*, p. 25. 同前、八八頁。

(38) *Ibid.*, p. 28-29. 同前、九四—九五頁。

(39) ブランショは一九四五年の「カフカを読む」でこの著作を引用している。« La lecture de Kafka », *La part du feu*, *op. cit.*, p. 10.『カフカからカフカへ』、六七頁。

(40) Claude-Edmonde Magny, *Essai sur les limites de la littérature. Les sandales d'Empédocle*, Payot, 1945, p. 162.『文学の限界』三輪秀彦訳、竹内書店、一九六八年、一七〇頁。

(41) *Ibid.*, p. 192. 同前、二〇〇—二〇一頁。

(42) T・S・エリオット「ハムレット」(一九一九)工藤好美訳、『筑摩世界文学大系71』筑摩書房、一九七五年、二二八頁。

(43) *Essai sur les limites de la littérature*, *op. cit.*, p. 192.『文学の限界』、二〇一頁。

(44) *Ibid.*, p. 193-194. 同前、二〇一—二〇二、二四九頁。

(45) 「日記」『カフカ全集7』谷口茂訳、新潮社、一九九二年、二一二頁。

(46) Blanchot, « Kafka et l'exigence de l'œuvre », *L'espace littéraire*, Gallimard, 1955, « Folio essais », p. 67.『カフカからカフカへ』、一〇七頁。九月二十二日はブランショの誕生日でもあり、ビダンはブランショのこの日付への拘りとその点を関連づけている。Christophe Bident, *Maurice Blanchot. Partenaire invisible*, Champ Vallon, 1998, p. 19, 337.『モーリス・ブランショ——不可視のパートナー』上田和彦他訳、水声社、二〇一四年、三五、二八〇頁。

(47) *L'espace littéraire*, *op. cit.*, p. 66.『文学空間』、一〇六頁。

(48) 「帰路」『観察』『カフカ全集1』川村二郎・円子修平訳、新潮社、一九九二年、二五—二六頁。

(49) *Essai sur les limites de la littérature*, *op. cit.*, p. 205.『文学の限界』、二一〇—二一一頁。

(50) *Ibid.*, p. 209. 同前、二一四頁。

(51) Blanchot, « Le *je* littéraire », *Chroniques littéraires du* Journal des débats *Avril 1941-août 1944*, Gallimard, 2007, p. 615.「文学上の〈私〉」拙訳、『文学時評 1941-1944』水声社、二〇二一年、四七一頁。

(52) Roland Barthes, *Le degré zéro de l'écriture*, *Œuvres complètes I*, Seuil, 2002, p. 193.『零度のエクリチュール』石川美子訳、みすず書房、二〇〇八年、四七頁。続く節でバルトはブランショのカフカ論を参照し、「彼」は「私」に対する勝利だが、たえず危険に晒されていると述べている(*ibid.*／四八頁)。

(53) « Kafka et la littérature », art. cit., p. 29.『カフカからカフカへ』、九五頁。

(54) カフカにおける「距離」は「語りの声」で再び論じられる。« La voix narrative (le « il », le neutre) », *L'entretien infini*, Gallimard, 1969, p. 562.『終わりなき対話Ⅲ』湯浅博雄ほか訳、筑摩書房、二〇一七年、一八三頁。

(55) *Essai sur les limites de la littérature*, *op. cit.*, p. 202.『文学の限界』、二〇八頁。

(56) 「日記」『カフカ全集7』、三七九頁。ブランショは一九四四年の文芸時評でも一九五三年のカフカ論でもこの一節を参照している。

(57) « Kafka et la littérature », art. cit., p. 27.『カフカからカフカへ』、九二頁。

(58) Blanchot, « De l'angoisse au langage », *Faux pas*, Gallimard, 1943, p. 9. ヴァレリーのパスカル批判については後に「パスカルの手」（« La main de Pascal », *La part du feu*）で詳細に論じられる。

(59) 言語の一般性については以下の拙論を参照されたい。「セイレーンたちの歌と「語りの声」——ブランショ、カフカ、三人称」、塚本昌則・鈴木雅雄編『声と文学——拡張する身体の誘惑』平凡社、二〇一七年。

(60) « Kafka et la littérature », art. cit., p. 29.『カフカからカフカへ』、九五頁。

(61) Émile Benveniste, « De la subjectivité dans le langage », « Structure des relations de personne dans le verbe », « Les relations de temps dans le verbe français », *Problèmes de linguistique générale, 1*, Gallimard, 1966.『一般言語学の諸問題』河村正夫ほか訳、みすず書房、一九八三年。

(62) *Ibid.*, p. 241. 同前、二二三頁。

(63) ケーテ・ハンブルガー『文学の論理』（一九五七）植和田光晴訳、松籟社、一九八六年、五〇—七九頁。

(64) Dorrit Cohn, *The Distinction of Fiction*, The Johns Hopkins University Press, 1999, p. 25.

(65) Shigeyuki Kuroda, "Where Epistemology, Style, and Grammar Meet: A Case Study from Japanese" (1973), *Toward a Poetic Theory of Narration*, ed. Sylvie Patron, De Gruyter Mouton, 2014.

(66) *Ibid.*, p. 48-49.

(67) Ann Banfield, *Unspeakable Sentences. Narration and Representation in the Language of Fiction*, Routledge, 1982, p. 12.

* 本論文はJSPS科研費19K00513（研究代表者、郷原佳以）の助成を受けたものであることを記し、感謝します。

調査の文学と集合住宅という装置
――現代文学の結節点をめぐって

塩塚秀一郎

はじめに

レーモン・クノー（一九〇三―一九七六）やジョルジュ・ペレック（一九三六―一九八二）といったウリポの作家たち、ある意味では「文学」の境界や限界を踏み越えようとするかのような、極限的な作家たちに私は長く親しんできた。彼らは従来の「文学」の外側へ、文学ならざるものへと向かっているようにも見えるだろうが、その一方で、二十世紀末以降、文学が人類学、社会学、歴史叙述などへと接近してゆく局面においては、自律的な言語に執着する彼らの営みこそが、文学以外の何ものも手出ししない領域、文学に最後まで残された仙界のごとく感じられなくもない。

この十年ほど私は、日常や都市空間を異化しようとするペレックの試みを、ウリポというグループの外部で、あるいは、言語遊戯とは異なる文脈で受け継ぎ、展開しようとする作家や芸術家の営みに関心を抱いてきた。そのうち、ふと気づくと、社会学、人類学、現代アートなどとの境界領域に迷いこんでいることもある。そうした地点からウリポの言語遊戯を見直してみると、いかにも浮世離れしたお気楽な営為に思われてしまい、現実や歴史への関心を絶やさなかったペレックが、どうしてあれほどウリポに荷担したのか腑に落ちなくなってくるのだ。こうした私自身のわだかまりに端を発する以下の小文は、日常的現実と自律的言語という、両極に分裂したペレックの志向がどのような現代的展開を見せつつあるのかを追うことによって、現代文学のある種の動向について見取り図を描くことを目指すものである。

1　文学と諸学問の分離と現実への回帰

周知のごとく、十九世紀後半から二十世紀前半にかけて、諸学問は専門分化に伴い文学から分離してゆく[1]。めざましい飛躍をとげた人文諸科学が文学の役割を侵蝕しつつ世界のありようを巧みに表現し始める一方で、文学のほうはこれら諸学との競合を避け、自らに固有の領域に立て籠もろうとする。しばしば指摘される文学の自閉、あるいは「書くこと」の自動詞化の背景にはこうした事情もあったと考えられよう。もちろん、文学の自動詞化という流れが一直線に進んだというわけではなく、十九世紀以降に限ってみても、自然主義文学、社会参加の文学など自動詞的文学の対極に位置する価値観が勃興した局面があるのは言うまでもない。それでも、一九五〇年代以降のヌーヴォー・ロマンやヌーヴェル・クリティックの台頭から、こうした潮流の主だった面々がこぞって自伝的作品を発表し始める一九八〇年代までは、文学の自動詞化が際立った時代だと言えるだろう。

一九八〇年代以降の文学について「他動詞性への回帰」が見られるとドミニック・ヴィアールが指摘する通り[2]、これ以降、文学は再び現実世界と向き合う姿勢を強めてゆき、「現実の回帰」(ハル・フォスター)の傾向は現在も継続中である。こうした趨勢において、社会に背を向け自閉的な言語遊戯に耽っているように見えるウリポの営みが、否定的な評価を受けがちなのはもっともであるように思われる。だが、ウリポに対する批判は、一九六〇年に誕生したこのグループが時代の価値観から取り残されているとの指摘にとどまらず、その形式主義や遊戯性こそが現実からの文学の遊離をもたらしその凋落を助長したとの断罪にまで及ぶ。たとえば、ウィリアム・マルクス。「ウリポが収めた大成功は、文学の価値下落の動きを逆転させるどころか、その動きを強化することにしか役立っていないと考えるべきであろう[3]」。私としても、ウリポへのこうした否定的評価に即座には反論しがたいところもあり、先述のわだかまりは募るばかりなのである。

2 調査の文学

さて、ウリポの位置づけや評価の問題についてはまた後ほど立ち返ることにして、他動詞化した、あるいは現実に回帰した現代文学の状況をもう少し概観しておきたい。キーワードの一つは「調査（enquête）」である。二〇一九年刊のロラン・ドゥマンズの著書『調査の新時代――調査者としての現代作家の肖像[4]』によれば、フランス現代文学の一潮流は、社会学、歴史学、人類学などと交差しつつ、社会の周縁的問題を捉えようとするものとなっているという。実例をいくつか紹介しておくと、「調査の文学」の嚆矢と位置づけうる『ロワシー・エクスプレスの乗客』（一九九〇）では、作家・編集者のフランソワ・マスペロが、パリ市内と国際空港をつなぐ郊外鉄道のすべての駅で降り、さしたる観光資源もないその界隈の散策がなされている。ジャン・ロランの『ゾーン』（一九九五）は、パリ外周環状道路をたどる旅の記録となっており、フランソワ・ボンの『高速道路』（一九九九）では、一週間にわたって高速から出ることなくパーキングエリアで寝泊まりした体験が描かれている。言うまでもなく、人文社会諸科学においてもさまざまな調査がなされているわけだが、それらと現代文学における調査とでは何が異なるのだろうか。ドゥマンズによれば、文学者による調査は何らかの知識の確立を目指すものではなく、物の見方をずらすこと、表象を異化すること、自身の言葉づかいに違和感を感じさせることを目的とするのだという[5]。上述の例に即して言えば、『ロワシー・エクスプレスの乗客』は郊外の実態に関して社会学的データを提供しようとしているわけではなく、郊外の紋切り型イメージに疑義を呈し、郊外に関する言説の硬直性に揺さぶりをかけることを狙っているというのである。ドゥマンズの言う「調査の文学」は、学問の持つ権威や確実性から距離を取ろうとするわけだが、その際、真面目さの裏をかくという手段がしばしば用いられる点にも注目すべきだろう[6]。駅のひとつひとつで律儀に下車してみたり、速さが取り柄のはずの高速道路に一週間も籠もってみたり、といった一見無意味な遊戯は、当惑、不確実性、欠落といった、学術調査からは排除されがちな要素をこそ前面に押し出そうとしており、学問的な知のあり方への批判をも射程に入れているのである。

3 結節点としてのペレック

ここまで述べてきたように、二十世紀後半における文学の流れを概略的に「自動詞的」なものと「他動詞的」なものに分けてみた場合、ペレックは二つの流れの結節点に位置しているように思われる。世界に背を向け言語に傾注する「自動詞的」側面に相当するのは、言うまでもなく、『煙滅』（一九六九）や『人生 使用法』（一九七八）など、ウリポの代表作とみなされる言語遊戯作品である。一方、「他動詞的」側面としては、アメリカ移民局の廃墟をめぐる「調査の文学」である『エリス島物語』（一九八〇）や、パリのサン゠シュルピス広場を三日間にわたり定点観測した『パリのひとつの場所を書き尽くす試み』（一九七五）などの著作が挙げられよう。そのなかでもとりわけ注目すべきなのは、『場所』と呼ばれる企て（一九六九―一九七五）である[7]。これは、パリ市内から十二の場所を選びだし、月に一度、十二年間にわたりアルゴリズムに従ってそれぞれの場所の描写を行うことを定めた企画なのだが、そこではウリポ的な制約が言語から人生へと移行させられ、主体の行動や生活の束縛へと拡張されている。言語ではなく主体を縛るというこの発想は「実存的制約」とも呼ばれ、後続世代に対するその影響はウリポによる言語的制約をしのぐものにすらなっているようだ。先述の『ロワシー・エクスプレスの乗客』における試み、郊外鉄道の各駅で必ず下車し付近を散策する、という縛りも「実存的制約」の一例と見なしうるだろう[8]。

このように、ウリポの外部へと「実存的制約」が広がっていることをよく体現している現代作家の一人としてフランソワ・ボンの名を挙げることができる。『鉄の風景』(二〇〇〇)では、毎週パリ・ナンシー間の鉄道路線において同時刻発の同車両の同じ座席に腰かけ、車窓の風景を繰り返し書き留めるという試みがなされている。ここでもまた、主体の行動や生活を縛る「実存的制約」の仕掛けが用いられているわけだが、こうした面倒な仕掛けに頼ることでいったい何がもたらされるというのだろうか。端的に言ってしまえば、慣れ親しんだ風景が普段とは異なる仕方で眺められることにより、以前には認知されていなかった新たな相貌の現出が期待されているようだ。「実存的制約」はあらかじめ何らかの目的を想定したうえで実践されるものではないが、ある社会や地域に関する既成の表象や、それに用いられる型通りの言語への批判が、結果としてもたらされうるのである。

物事の外面や公式の言説に甘んじることなく、「斜めから見ること」はペレックが日常性探求の際にモットーとしていた態度であったが、慣れを脱し覚醒するために援用されうるのは必ずしも「実存的制約」のような技術的装置だけではなかろう。ペレックに通底するユーモアや奇抜さもまた、物事の認識を惰性から引きずり出し、表象の様式を深部においてずらすことに貢献しているはずなのだ。そして、このユーモアや奇抜さこそは、ペレックがウリポと、そしてその創始者であるレーモン・クノーと深く共有している資質に他ならない。つまり、ペレックが兼ね備えている対極的な志向、自動詞的な言語遊戯と他動詞的な現実探求の試みは、ともに「惰性からの覚醒」という根元において繋がっているとも言えるのである。

フランソワ・ボンを始めとして、「調査の文学」に携わる現代作家たちは、たとえ「実存的制約」には親和的であったとしても、ウリポ的な言語遊戯には手を染めようとしないし、グループとしてのウリポとも関わりを持たないが、いわゆる「アトリエ・デクリチュール」(文章教室)に携わる作家は少なくない。そもそも、現代の「調査の文学」は、かつての「社会参加の文学」が前提としていた俯瞰的位置取りを拒否し、具体的な社会の問題点を浮彫にすべく、普通の人びと、あるいは周縁的な人びとに声を与えようとする志向を持っているため、刑務所の囚人や移民の子孫などを文章表現へと誘うアトリエ・デクリチュールの試みと通じ合うところがあるのだ。したがって、「調査の文学」の担い手として、フランソワ・ボンがアトリエ・デクリチュールを熱心に主催していることは自然の成り行きと言えよう。『刑務所』[9](一九九七)にはボンが主催するアトリエで書かれた文章が巧みに織り込まれており、そこからうかがわれる彼の関心は、受刑者たちを犯罪に導いた社会の歪みを告発したり、彼らを再び包摂する手立てを探ったりすることではなく、そうした社会が彼らによってどう捉えられているのかを知り、既成の表象を批判することにあるように思われる。つまり、「型通りの言葉」を拒むという点において、アトリエ・デクリチュールはウリポや「実存的制約」の精神に通じているのである。実際、フランソワ・ボン自身は諧謔を好む性格ではなく、自作において言語遊戯を実践することもないのだが、そんな彼にして、自らのアトリエの実践報告では頻繁にウリポの試みに言及しているのだ[10]。このように、ペレックに見られた二面性は、「調査の文学」の担い手たるフランソワ・ボンにおいても、若干異なる形においてながら認められる。おそらくはこうした事情を踏まえてのことであろう、『調査の新時代』の著者ロラン・ドゥマンズは、「この本はジョルジュ・ペレックのしるしの元に置かれている」と言い切るのだ[11]。

4　場所の調査——ある集合住宅

そこでここでは、「実存的制約」ともアトリエ・デクリチュールとも異なる仕方で、しかしながら明白に「ペレックのしるしの元に」書かれたと思われる「調査の文学」を一点紹介しつつ、いくつかの論点を検討することによって、文学の臨界点のようなものに接近できたらと思う。取り上げるのは、リュト・ジルベルマン著、『パリ十区サン゠モール通り二〇九番地――ある集合住宅の自伝』[12]（二〇二〇）である。著者のジルベルマンは、一九七一年パリ生まれの女性、ドキュメンタリー映画監督兼作家で、パリ政治学院とニューヨーク大学で歴史と文学を学び、助監督として経験を積んだ後、二〇〇二年の『パリ・ファントム』を皮切りに、これまでに十本近くのドキュメンタリー映画を撮りいくつかの賞を受賞している。また、二〇一五年には最初の小説『生死不明者調査局』[13]を出版し、英語、ドイツ語、スペイン語に翻訳されている。この小説においても『サン゠モール通り二〇九番地』においても、彼女がユダヤ系ポーランド移民の孫であり、ホロコースト生還者の子孫であるという背景が大きな意味を持っている。

集合住宅をめぐる書物の元になっているのは、『パリ十区サン゠モール通り二〇九番地の子供たち』（二〇一八）というドキュメンタリー映画である。映画と書物の舞台である二〇九番地の集合住宅は、散歩の途中に偶然出くわした建物に過ぎず、作家とは縁もゆかりもないのだが、その目立たない、いたって普通のたたずまいに惹かれ、ジルベルマンは「集合住宅の自伝」を構想するのである。もちろん、ありふれた集合住宅の徹底的調査という企ては単なる酔狂として発想されたわけではなく、〈行方不明あるいは正体不明の人物の探索〉がその根源にあったことが書物の冒頭近くに記されている。これは「調査の文学」の主要なテーマのひとつであり、たとえば、『ドラ・ブリュデール』[14]（一九九七）におけるパトリック・モディアノは、自らの父親の人生と交錯させつつ、占領下のパリで家出した一ユダヤ人少女の軌跡を描き出そうとしていた。ジルベルマンも、父親の人生にほんの一瞬だけ現れ小さな傷を残して消え去った少年の逸話を、自らの探究の起点に据えているのである。

彼女はネット上で偶然とある地図サイトを見つけるのだが、それはパリから収容所に移送された子供の名前と年齢を表示してくれるものであった[15]。父の代から彼女が住んでいる通りの名をサイトの検索エンジンに入力すると、現れた子供の名はかつて父から聞いた覚えのあるものだった。父の話によると、革ベルトをその少年から借りたまま返し損ねてしまったと言うのだ。彼女は、淡々と話す父の心底に「なぜ自分ではなくあの子が捕まったのか」という問いがわだかまっていることを感じ取る。だが、一九四一年の家出記事から出発してユダヤ人少女の軌跡を探ろうとしたモディアノとは異なり、ジルベルマンはこの少年の行方を探るという直接的な探索には向かわない。

私が夢想していたのは、「未開の土地」であるかのように、ひとつの家屋を基礎から天辺まで隈なく探検して、年来のわだかまりを消し去ることだった。選び取らねばなるまい。ひとつの、たったひとつの建物を。私とは何の関係もないのに、そのすべてを知っているような建物。私はそれを撮影し、おそらくは文章にも綴ることだろう。[16]

『エリス島物語』におけるペレックが、ヨーロッパ出身のアメリカ移民たちの足跡を、自らの「ありえたはずの人生」として辿ったように、ジルベルマンが夢想しているのは、「自分の父であったかもしれない少年たち」の人生を、借りたままのベルトを含む一切合切とともに描き出すことであったようなのだ。だが、それにしてもなぜ集合住宅なのか。ジルベルマン自身が同じ環境で育ったという事情もさることながら、重なりつつすれ違うさまざまな人生、その声や軌跡をひとつにまとめる結節点として、集合住宅以上に適した舞台はないからであろう。トリュフォーの映画、集合住宅の中庭を風変わりな人物たちが横切ってゆく様子を映し出す『家庭』(一九七〇)について、ジルベルマンはこう述べている。「ナヴァラン通りで育ったトリュフォーにはよく分かっていたのだ。日常のかすかな動きを捉え〔……〕るには、一定の枠組みが、明確に区切られた場所が必要なのである[17]」。彼女もまた、さまざまな人生をつなぎ合わせ、人々の日常を捉えるための枠組みとして集合住宅という場所を選んだのだろう。だが、生の一コマを切り取ろうとするトリュフォーとは異なり、「集合住宅の自伝」を試みるジルベルマンは、一生涯、あるいは数世代の人生を扱う必要があるため、ときに場所をめぐる記憶を通じて複数の人生を繋ぎ合わせている。彼女はしばしば場所に蓄えられていた記憶がふとした瞬間に解き放たれる様子を描いているのだ。たとえば、シャルル・ゼルヴェールという一九四〇年生まれの男性の経験。この人物はサン＝モール通り二〇九番地の集合住宅で生まれ、ポーランド系ユダヤ人の両親とともに一九六七年までそこに暮らしていたという。戦時中にはユダヤ人一斉検挙を間一髪のところで免れたものの、シャルル自身は幼すぎてなにも記憶していない。ところが、戦後の一九五〇年頃、恐怖の体験をしたはずのまさにその場所で、出来事の前後の記憶が突然甦ったのだという。泣き出さないよう口に飴玉を押し込まれ、母親と同じベッドで息を潜めていた記憶。幼い子供のそうした記憶が鮮やかに甦りうることに、ジルベルマンは強い印象を受けている。

シャルルは突然話をやめる。カフェの席は少しずつ埋まっている。シャルルの話に衝撃を受け、私も黙りこんでいる。ごく幼い子供が経験した遺棄、孤独、とてつもない動揺、その原因となった逃避行の、トラウマを伴う思い出が、何年も後に、出来事が生じたまさにその場所において、これほど生々しく正確に甦り得るなんて。あたかも、C棟四階左にある、十二平米の小さな部屋に、少年が取り戻したイメージや感覚が貯めこまれていたかのようだ。激しい恐怖はもちろん感じただろうが、悲劇の「おかげで」母親と同じベッドで寝られたという興奮もあっただろう。あたかも、ほかならぬ記憶そのものもまた部屋に「住みついて」いて、そこで再び力を発揮し、（この上ない恐怖と幸福という）相反する情動、かつて実感したものの、その後は沈黙と習慣の重みに沈められていた情動を甦らせることになっているかのようだ。(18)

もちろん、場所に貯めこまれているのは、後に想起することになる当人の記憶だけではない。場所にはすでに消え去った人間の存在が、その痕跡が留められているとの確信は、「調査の文学」全般を通じて認められるものである。実際、ジルベルマンにも影響を与えた書物、モディアノの『ドラ・ブリュデール』は、家出少女の人生そのものについては多くを示し得ない反面、彼女の人生の舞台となった場所、移動した経路、そこから語り手が受けた情動などを詳しく語っている。あるいは、歴史家イヴァン・ジャブロンカの『私にはいなかった祖父母の歴史』[19]（二〇一二）でも、ヴィシー体制下で追われた祖父母が辿ったかもしれない道、身を置いたかもしれないパリの場所が徹底的に調査されている。場所のもつこうした喚起力に焦点を当てながら、ジルベルマンはさらに、同じ場所を共有しつつ異なる時代を生きた人たちが、場所に貯めこまれた記憶を介して結びつく可能性をも示唆しているようだ。サン＝モール通りの集合住宅では、十九世紀末から二十世紀初頭の十数年間に、恋愛や仕事を始めとするさまざまな理由で、住人の自殺が相次いだことがあった。そうした自殺を報じる三面記事を読み返しつつ、ジルベルマンは、彼らもみな、中庭から見える四角い空を見上げたに違いない、と考えるのだが[20]、こうした感じ方はドキュメンタリー作家の独りよがりな思い込みというわけでもなく、集合住宅の元住人のなかにも、時間によって隔てられた住人たちと、場所の記憶を通じて繋がる可能性を見いだす者がいるのだ。ユダヤ人一斉検挙のためごく幼い頃に集合住宅を離れざるを得なかった元住人で、現在はアメリカに住むヘンリーは、数十年ぶりに建物を再訪した際、ホロコーストで亡くなった両親もまた、中庭のこの敷石を踏みしめていたのだと考え、万感の思いにとらわれている。

ヘンリーが敷石を指さす。

「私の両親がここを歩いたかもしれないんですね？」

戦争中から敷石が変わっていないことは確かである。そうです、と彼に答えながら頭に浮かぶのは「見出された時」の語り手のイメージ、ゲルマント邸の中庭に入っていくと、不揃いな二つの敷石の間でつまずき、このとっさの動作によって、かつてヴェネツィアのサン・マルコ広場で感じたのと同じ感覚を思い出すという、あの経緯だ。[21]

ジルベルマンが想起しているプルーストにおいては、同一主体の二つの体験が結びつけられるのに対して、元住人ヘンリーの場合、同一の場所が二つの主体の経験を繋いでいるのである。ヘンリーが中庭の敷石を踏みつつ思いを馳せているのは、特定の誰か、つまり自らの両親であるが、建物の現住人グレゴワールの場合は、自分以前のすべての住人を漠然と思い浮かべつつ、彼らとの関わりを感じ取っている。「そしてこの床、私はここを歩くと、ときどき何かを感じるんです。床は変わっていないんだから、以前他の人たちが歩いたところを私も歩いているわけです。その人たちとの接触が保たれているということですよ[22]」。このグレゴワールは、このあと、イスラエルから訪ねてきた元住人、まさに彼の部屋に住んでいたオデットと実際に面会しすぐさま共感の絆で結ばれることになる。こうした様子を眺めるジルベルマンは、「さまざまな血が混じり合う風変わりな一族、空間の力だけで幾歳月を超えて生き続ける一族が誕生しつつあるように思う[23]」のだ。

5　集合住宅小説『人生 使用法』

「ある集合住宅の自伝」という副題をもつ以上、当然のことではあろうが、ジルベルマンの『パリ十区サン＝モール通り二〇九番地』にはこのように、集合住宅の住人たちを共時的のみならず通時的に捉える視点があり、ひとつのアパルトマンの先代住人、先々代住人がつねに話題となり互いに結びつけられてゆく。十九世紀に流行した集合住宅の断面図（**図1**）が端的に示しているように、この居住形態は同時に展開する複数の人生を一箇所に集約するという機能をもっているわけで、従来、集合住宅を舞台とする小説はこの側面を最大限に活用してきたと言えよう。

エミール・ゾラの『ごった煮』(一八八二)にせよ、ミシェル・ビュトールの『ミラノ通り』(一九五四)にせよ、さまざまな階級、職業、家族形態の住人が、同時に生活を営むことから生じる葛藤や対立、あるいは連帯や密通などを描き出し、ブルジョワの偽善や欺瞞を告発しているのだが、いずれの小説もごく短期間の生の断片を描いているに過ぎず、共時的視点があるのみで通時的視点は欠けているのだ。集合住宅を舞台とする小説の系譜において、ペレックの『人生使用法』が画期的だと言えるのは、共時的視点に通時的視点を加えつつ、シモン・クリュベリエ通り一一番地という架空の立地に、時代も場所も異なるさまざまな人生、そしてそれらを描く複数の、趣の異なる小説を統合した点にある。この「複数形の小説」においては、アパルトマンの一室ごとに現住人のみならず、その先祖たちや末裔たちまでの生涯が語られ展開していき、それに伴って語りの時は過去や未来へ移動し、その舞台もパリ、フランスはもとより世界中へと拡がっていくのだ。

同様に、ジルベルマンの『サン゠モール通り二〇九番地』も、建物の定礎から現在まで百数十年にわたって、ひとつの集合住宅でのささやかな人生を集積している。元住人やその子孫は、イスラエル、アメリカ、オーストラリアなど世界各地に散らばり、彼らの人生の背景をなす出来事も、普仏戦争、パリ・コミューン、ドレフュス事件、二度の世界大戦、ユダヤ人一斉検挙、パリ解放、移民の流入から、二〇一五年十一月十三日のパリ同時多発テロ事件にまで及んでいるのだ。集合住宅を結節点としてこれら多様な人生を結びつける際に、ペレックの小説で成し遂げられた革新をジルベルマンが意識していたことは間違いなく、この守護者の姿は明示的にも暗示的にも彼女の書物の各所に認められるのである。[24] 先に、「調査の文学」にとってペレックが守護者的位置づけにあることを指摘したが、多くの現代作家にとってこの分野への彼の貢献は、『パリのひとつの場所を書き尽くす試み』など〈日常の探究〉の系列に属する作品や、「実存的制約」という着想によるものであって、言語遊戯の領域でのウリポ的実践はほぼ黙殺されていると言ってよい。その意味で、ジルベルマンによる「調査の文学」が、

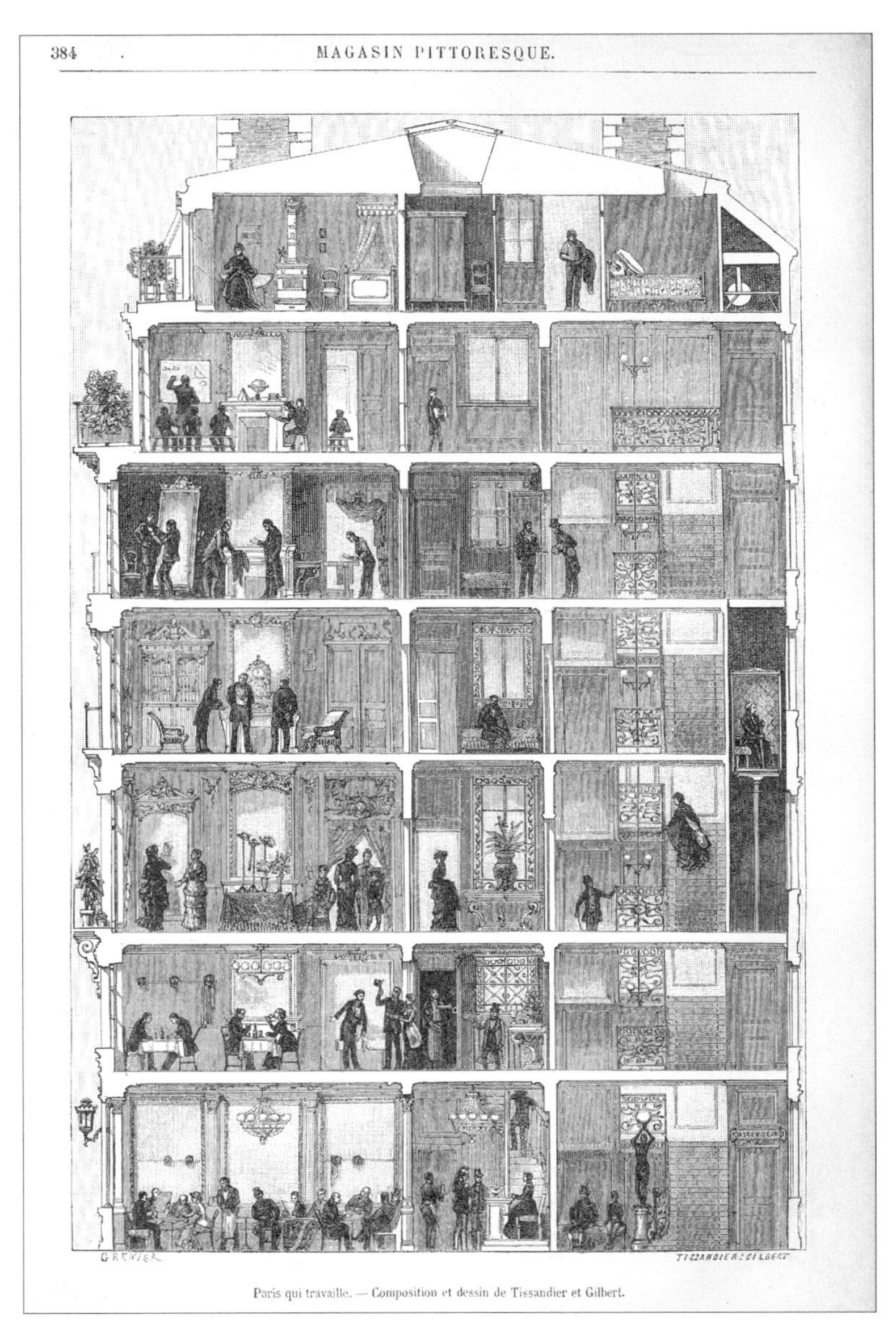
384 MAGASIN PITTORESQUE.

GRENIER

TISSANDIER & GILBERT

Paris qui travaille. — Composition et dessin de Tissandier et Gilbert.

図 1　Coupe d'un immeuble haussmannien, « Paris qui travaille », Composition et dessin de Tissandier et Gilbert, Magasin pittoresque, 1883, p.384.

『人生 使用法』というウリポ的技巧の極致とも言える作品と発想の根幹を共有していることは例外的な事象なのである。とはいえ、次のような反論もありうるだろう。『人生 使用法』における集合住宅の通時的把握は、数理的アルゴリズムや桂馬飛びの動きなど、この小説のもっとも技巧的、ウリポ的な側面とは無関係なのではないか。したがって、ジルベルマンによる「調査の文学」は、別段、ペレックのもつ二面のうち、ウリポ的側面を新たに展開させたものとは言えないのではないか、と。この点については、後ほど、集合住宅の通時的把握が日本の現代小説で見せている展開を概観してから、再び言及することにしたい。

6 現代文学のアルテ・ポーヴェラ的傾向

さて、個別作品にやや議論が集中してしまったので、この辺で当初の俯瞰的視点に立ち戻りたい。冒頭で言及した書物『調査の新時代』の著者ロラン・ドゥマンズによれば、「調査の文学」は社会学、人類学、歴史学など人文社会科学と協働しているが、これらの学問と文学の着地点は異なっているという。学問が調査を通じて事実の確立を目指すのに対し、文学は事実の解明や社会の解読に関して結論を出そうとせず、事実のかけら、資料調査の断片など、知の残骸を巧みに配置し提示するだけだというのである。[25]「調査の文学」に特徴的な、不明点、曖昧さ、欠落の尊重が端的な形で認められるのは、家出少女が守り抜いた秘密を称揚する、よく知られた『ドラ・ブリュデール』の末尾であるが、[26]ジルベルマンにおいても「事実」に対する謙虚さやためらいはいたるところで見受けられる。冒頭で言及したように、人文社会諸科学との競合を避け言語に自閉した文学が、再び世界に対して自らを開く時には、これら諸科学との差異化が問題になるはずだが、文学は事実に対するスタンスの違いに自らの存在理由を見出そうとしているかのようだ。

しかし、そのような区別を立てたとしても、「調査の文学」が学問的調査やジャーナリズムと接近しているとの印象は否みがたく、フランス文学が連綿と蓄えてきた言語の芸術としての富、そして、かつて自動詞的文学隆盛の時代に盛んに開拓された形式の、言語の実験は、なかったことにされてしまうのだろうか、という疑念が頭をよぎる。このような感慨を抱くのは私だけではないようで、『世界を修復する』(二〇一七)の著者アレクサンドル・ジェフェンは、現代文学のある種の傾向に関連して、語りや文体における工夫の乏しさをアルテ・ポーヴェラになぞらえ懸念を抱いている。[27] もちろん、ジェフェンの言う美学的貧しさは、現代文学全般に指摘しうるものではなく、「調査の文学」に限ってみても、フランソワ・ボンは他者の声を屈曲した文体に練り込むことを試みているし、『サン゠モール通り』のジルベルマンは、あたかも文章教室での営みをなぞるかのように、周縁的人物の思いや声を、直接話法、新聞記事、手紙や書物の抜粋、流行歌の歌詞などを通じて取り込み、方言から俗語に至る語彙をそのまま用いることによって、幅広いトーンにまたがる一種の文体練習を現出させている。「調査」という学問やジャーナリズムにも近接する営みは、必ずしも言語表現への注力を排除するものではなさそうだ。

それでも、現代フランスにおいて、ペレックを後ろ盾に持ち出そうとする作家の多くが、広い意味での「調査の文学」を活動領域としており、ペレック特有の物語る喜びを後退させノンフィクションへと振れていることを鑑みれば、現代文学のアルテ・ポーヴェラ的傾向は大筋において否定できないのかもしれない。この点で、フランス国外においては、ペレックの、とりわけ『人生 使用法』のまったく異なる受容が生じていたようで興味深い。十数年前、世界的にちょっとしたブームを巻き起こしたチリの作家ロベルト・ボラーニョは、ペレック作品に親炙しこの作家を自らの先駆者の一人とみなしていたという。とりわけ、『野生の探偵たち』(一九九八)は「ペレックが始めたことを再び活性化した」(ビラ゠マタス)と評され、『人生 使用法』へのオマージュともみなされている。ボラーニョがペレックから受け継いだのは、集合住宅という舞台でもなければ精緻きわまりない制約でもなく、ボラーニョ自身の言葉を借りれば、「各々の物語が別の物語に通じており、それが今度はまた別の物語に至り、それがまた別の物語に繫がる。別のいくつもの物語に痕跡を残す物語があり、他の物語の鍵となる物語がいくつもある[28]」という、小さな物語の絡み合いであったらしいのだ。確かに、『人生 使用法』においては、各々のアパルトマンにまつわる物語は一見無関係のようでも、さまざまな要素によって絡み合っている。ボラーニョは集合住宅のもつ物語生産装置としての側面に着目することで、ペレックの後継を自任するフランス作家たちよりもはるかに大胆に、そして豊かなかたちでペレックの遺した富を活用しているのである。

結論に移る前に、現代日本における〈集合住宅小説〉にひとこと言及しておきたい。先に保留にしておいた問題、ペレックの『人生 使用法』におけるウリポ的機械装置の側面と、この小説による集合住宅の通時的把握との間の関係を考える際、ヒントとなり得る視点が見出されるように思われるからである。二〇〇〇年代以降の日本では、団地研究や団地文学論が活況を呈するかたわら[29]、団地やアパートを舞台とする小説がいくつも見られるようになっている。近年の主だった作品としては、長嶋有『三の隣は五号室』（二〇一六）、柴崎友香『千の扉』（二〇一七）、滝口悠生『高架線』（二〇一七）が挙げられよう。興味深いことに、これらの小説のいずれからも、集合住宅は単なる物語の舞台などではなく、むしろ建物や部屋こそが主人公なのであって、そこに暮らした住人たちは脇役に過ぎない、という印象を受けるのである。『三の隣は五号室』と『高架線』は、いずれも小さなアパートのある一室に焦点を当て、数十年にわたる歴代の住人たちの暮らしぶりや小さな事件を描いている。『千の扉』のほうは三千戸ほどの公営団地が舞台となっており、ある一部屋ではなく建物全体で展開した人生の集積となっている。つまり、これらの小説は、集合住宅が前提とする共時的視点ではなく、『サン＝モール通り二〇九番地』や『人生 使用法』にも見られた通時的視点から描かれているわけである。フランスの二作品においては、語り手のみが長い時間のスパンを把握しているのではなく、歴代の住人が実際に面会したり、あるいは、住人の空想の中に過去や未来が呼びだされたりすることで、住人たち自身が自らの体験しえなかった時間の厚みを感得する瞬間がある。それと同じように、これらの現代日本の三小説においても、建物の現住人は、過去の住人にまつわる逸話を知ることで、自らの人生が拡張されたかのような感覚を抱いている。読者にとっても、各々の住人の人生や日常の断片はいずれも大きな流れの中にあり、あたかもボラーニョの描く物語＝人生のように、互いに絡み合っているように感じられるだろう。こうした事情に関連して、江南亜美子は長嶋有らの小説を読むことでひとつの事実を再認識させられる、と論じている。つまり、近代小説が必死に厚みを与えて描こうとしてきた「個人」などは取るに足らない媒介に過ぎず、別段この「私」ではなく他の誰かが住んでいたとしても、建物は問題なく存続していくはずだということに、改めて気づかされるというのだ。[30] 要するに、現代日本の集合住宅小説からは〈個〉の偏重からの脱却がうかがえるというのである。

さて、先に私はひとつの疑問を保留したままにしておいた。ジルベルマンによる「調査の文学」は、集合住宅の通時的把握という根幹部分で、ペレックの『人生 使用法』と発想を共有しているのだが、それは必ずしもウリポ的な制約とは関係ないのではないか、という疑問である。別の言い方をすると、ペレックのもつ社会的側面（他動詞的志向）と言語遊戯的側面（自動詞的志向）のうち、『人生 使用法』は遊戯的側面が強調されがちな作品であるが、ジルベルマンはウリポ的遊戯を取り立てつつ、それを現実に向けて開いたとは必ずしも言えないのではないか、という疑念であった。これに対しては以下のように考えられよう。現代日本の集合住宅小説に認められる〈個〉からの脱却は、「ある集合住宅の自伝」という副題をもつジルベルマンの書物にも認められるし、ペレックの『人生 使用法』についても当てはまる。そして、ペレックの場合、個々の住人から通時的共同体への重心移動には、『人生 使用法』のウリポ的制約が少なからず寄与しているとも考えられるのだ。ペレックはこの小説の執筆にあたり、あらかじめ定められたアルゴリズムに従って、登場させるべき家具類、装飾から物語のモチーフに至るまで、全九十九章の内容および形式を規定するリストを作成している。つまり、各部屋に置かれた家具や壁の汚れ、床の凹みといった、現住人の個性やアイデンティティを映すはずの要素は、この小説においては部屋の現住人と必然的な結びつきを持つわけではなく、アルゴリズムの作用の結果、たまたまそこに出現したに過ぎないのである。けれども、アルゴリズムによって各要素の出現の仕方は変わるにせよ、リスト自体は閉じた集合をなしているわけだから、どの部屋に何が置かれようとも、集合住宅全体に含まれるべきアイテムは作家の意のままにあらかじめ決められていることになる。したがって、こうした仕掛けは、集合住宅内のさまざまなオブジェを個人のアイデンティティからいったん切り離し集合住宅全体へと結び直していると捉えることもできるだろう。つまり、現代の集合住宅文学の特徴であり、ジルベルマンにも認められる「個からの脱却」と、『人生 使用法』の生成原理であるウリポ的制約には必然的な関連があるとも言えるのだ。

おわりに

最後に、二十世紀後半の文学における二つの傾向と、その結節点に位置するペレックの二面性について、冒頭からの議論を振り返りつつ簡単にまとめておきたい。自動詞的文学と他動詞的文学という二分法に立つならば、言語表現に注力し遊戯に自閉するウリポの営為は自動詞的志向を典型的に体現するものであるが、そのウリポ自体も、想定している書き手の観点からは二極に分裂しているとも言えるのである。一つは文学の民主化を志向する極であり、「制約」に基づけば誰でも何かが書けてしまうという事実を積極的に押し出す方向である。「僕は覚えている、……のことを」という定式に従って思い出を列挙させる試みは、アトリエ・デクリチュールでしばしば課される課題であり、ウリポによる文学の民主化を端的に示す例と言えよう。この方向は、アトリエを経由するか否かはともかく、書き手を狭い意味での文学者サークルから拡張することによって、「文学」とは言わずとも「書くこと」を社会全般に、とりわけ声なき周縁者たちへと広げることにもつながり、自閉的であったウリポ的営みが外部に関わり「他動詞化」する契機を含んでいるとも考えられる。

ウリポのもう一方の極は、文学を天才の専有物とする貴族主義的な側面である。Eの文字を使わずに短い文章

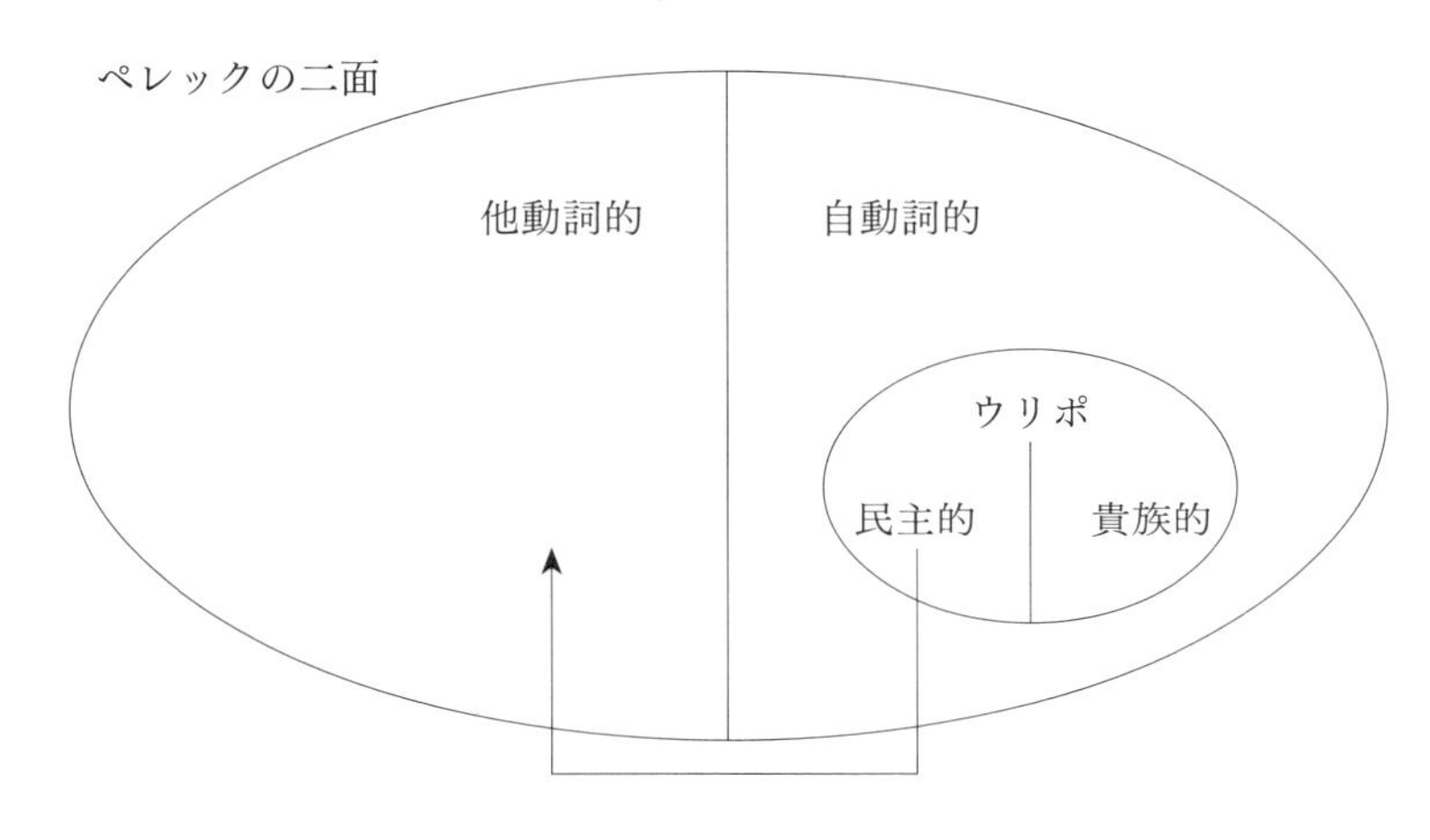

図2　ペレック自身の二面性に内包されるウリポの二極分裂

を書くことは比較的簡単にできるものであるが、形式に見合った内容をもつ長編小説を書くとなると誰にでも可能とはいかなくなる。あるいは、『人生 使用法』の複雑精妙な制約の束からリーダブルな小説を生み出すことも、選ばれし者にしかなしえないだろう。そして、自動詞的側面と他動詞的側面を併せもつペレック自身の二面性がまた、その自動詞的側面のうちにウリポの二極分裂を内包しつつ、現代文学の状況を映し出しているようにも思われるのである（**図2**）。

ウリポ的実践に体現されるペレックの自動詞的側面は、ひとつにはその貴族的閉鎖性によって、もうひとつには〈現実の回帰〉と言われる時代の趨勢によって、少なくともフランス国内においては今やめぼしい影響を及ぼしているようには見えない。一方、隆盛にある「調査の文学」はペレックの他動詞的側面と密接に関連しており、ジャーナリストから学者まで幅広い書き手に担われているという意味で、また、声なき人々の言葉をすくい上げようとする傾向においても「民主的」ではあるのだが、ペレック自身の技巧的試みや、それ以前の文学による自省、マラルメからヌーヴォー・ロマンにいたる「書くこと」をめぐる省察がなかったことにされかねない素朴さや貧しさがときに懸念されるところでもある。実際のところ、アレクサンドル・ジェフェンが指摘するように、現代文学が呈する素朴さや貧しさは、書くという営みをめぐる自省の乏しさのみならず、アイロニーの消滅や生真面目過ぎる姿勢にこそ指摘されるべきかもしれない[31]。

本論で「調査の文学」の具体例として取り上げたジルベルマンの『サン゠モール通り二〇九番地』は、ウリポ的作品の極致である『人生 使用法』と発想の根幹を共有しているという意味では、従来ペレックの他動詞的側面を標榜することの多かった「調査の文学」に新境地を開き、この作家の二面性を総合するものとも見なせようが、名もなき人々の声を多様に含み込むアトリエ・デクリチュール的側面や、ウリポ的制約と強く結びついた〈個からの脱却〉の傾向を考慮してもなお、ドキュメンタリー作品である以上、他動詞的志向に傾斜していることは否めまい。その意味では、ペレックの自動詞性と他動詞性をともに継承しているのは、「調査の文学」とアトリエ・デクリチュールを同時に実践し、現実とも虚構とも判断しがたい事件や実作例を、アルテ・ポーヴェラとは程遠い屈折した文体で綴る、フランソワ・ボンのような作家なのかもしれない[32]。

他動詞的志向へと揺り戻された現代文学、その傾向を端的に体現する「調査の文学」は今後どういう展開を見せるのか。そして、ロラン・ドゥマンズの言う「調査の新時代」は現代文学にとって慶賀すべき事態なのだろうか。今のところ私には判断しかねると言うほかない。ただ、最後に個人的願望を記すなら、フランスにもボラーニョのような、ペレック的「物語る喜び」を受け継ぐ作家が現れて欲しい。その意味で、ウリポの現役メンバー、エルヴェ・ル・テリエのＳＦ的小説『異常』[33]が、二〇二〇年度のゴンクール賞を受賞したこと以上に、リーダビリティの高い面白い物語であったという事実に希望の光を見出したい。

【注】

（1）たとえば、イヴァン・ジャブロンカは十九世紀末における歴史学と文学を、ヴァンサン・ドゥベーヌは二十世紀前半における人類学と文学の分離をそれぞれ跡づけている。Ivan Jablonka, *L'histoire est une littérature contemporaine : Manifeste pour les sciences sociales*, Seuil, 2014〔イヴァン・ジャブロンカ『歴史は現代文学である――社会科学のためのマニフェスト』真野倫平訳、名古屋大学出版会、二〇一八年〕; Vincent Debaene, *L'Adieu au voyage : l'ethnologie française entre science et littérature*, Gallimard, 2010.

（2）Dominique Viard, Bruno Vercier avec la collaboration de Franck Evrard, *La littérature française au présent : Héritage, modernité, mutations*, 2e édition augmentée, Bordas, 2008, p. 16.

（3）William Marx, *L'adieu à la littérature : histoire d'une dévalorisation XVIIIe-XXe siècle*, Minuit, 2005, p. 149.〔ウィリアム・マルクス『文学との訣別』塚本昌則訳、水声社、二〇一九年、二〇五頁〕

（4）Laurent Demanze, *Un nouvel âge de l'enquête : Portraits de l'écrivain contemporain en enquêteur*, Corti, 2019. « enquête » の訳語としては文脈に応じて「捜査」「探索」などをあてるべき場合もあるが、本論にもっとも関係が深い意味として「調査」を採用した。

（5）*Ibid.*, p. 240.

（6）*Ibid.*, p. 165.

（7）Georges Perec, *Lieux*, précédé d'un avant-propos de Sylvia Richardson, préfacé par Claude Burgelin, édité et introduit par Jean-Luc Joly, Seuil, 2022.

（8）詳細については次の拙論を参照のこと。塩塚秀一郎「日常と破壊――現代フランス文学における都市への視線をめぐる実験」、小谷一明他編『文学から環境を考える――エコクリティシズム・ガイドブック』、勉誠出版、二〇一四年、九九―一一五頁。

（9）François Bon, *Prison*, Verdier, 1997.

（10）François Bon, *Tous les mots sont adultes*, nouvelle édition, fayard, 2005.

（11）Demanze, *op.cit.*, p. 282.

（12）Ruth Zylberman, *209 rue Saint-Maur, Paris X^{e}. Autobiographie d'un immeuble*, Paris, Seuil, coll. « Sciences humaines », 2020.〔リュト・ジルベルマン『パリ十区サン゠モール通り二〇九番地――ある集合住宅の自伝』塩塚秀一郎訳、作品社、二〇二四年〕

（13）Ruth Zylberman, *La direction de l'absent*, Christian Bourgois, 2015.

（14）Patrick Modiano, *Dora Bruder*, Gallimard, 1997.〔パトリック・モディアノ『１９４１年。パリの尋ね人』白井成雄訳、作品社、一九九八年〕

(15) これは、『強制収容所移送者記録名簿』（一九七八年）で知られるセルジュ・クラルスフェルトが、地理学者の協力を得て作成したサイトである。『記録名簿』は『ドラ・ブリュデール』におけるモディアノの調査でも発端となっている。

(16) Zylberman, *209 rue Saint-Maur*, p. 16.〔日本語訳、八頁〕

(17) *Ibid.*, p. 26-27.〔日本語訳、一六頁〕

(18) *Ibid.*, p. 44-45.〔日本語訳、三〇頁〕

(19) Ivan Jablonka, *Histoire des grands-parents que je n'ai pas eus. Une enquête*, Seuil, 2012.〔イヴァン・ジャブロンカ『私にはいなかった祖父母の歴史――ある調査』田所光男訳、名古屋大学出版会、二〇一七年〕

(20) Zylberman, *209 rue Saint-Maur*, p. 144.〔日本語訳、一一五頁〕

(21) *Ibid.*, p. 396.〔日本語訳、三三八頁〕

(22) *Ibid.*, p. 188-189.〔日本語訳、一五三頁〕

(23) *Ibid.*, p. 404.〔日本語訳、三四五頁〕

(24) 元住人のルネ・ゴルドスタインを訪ねた折に、ジルベルマンは部屋に『人生 使用法』の初版が置かれていたことをわざわざ記している（p. 331、二八一頁）。また、別の元住人に話を聞きに行く際には、ドールハウスのミニチュア家具を持参しているが（p. 84、六二頁）、ドールハウスは『人生 使用法』の発想源のひとつとされ、そのエンブレムとも見なしうる玩具である。

(25) Demanze, *op. cit.*, p. 54, 253.

(26) Modiano, *Dora Bruder*, p. 144-145.

(27) Alexandre Gefen, *Réparer le monde : La littérature française face au XXIe siècle*, Corti, 2017, p. 161.

(28) Alberto Bejarano, « Lire Bolano avec Perec : la ville comme vaisseau fantôme dans 2666 », *Cahiers Georges Perec 12 : Espèces d'espaces perecquiens*, Travaux réunis et présentés par Danielle Constantin, Jean-Luc Joly et Christelle Reggiani, Le Castor Astral, 2015, p. 128.

(29) 原武史『団地の空間政治学』、ＮＨＫ出版、二〇一二年。近藤祐『物語としてのアパート』、彩流社、二〇〇八年。

(30) 近代小説の枠組みを超克する可能性が長嶋有や柴崎友香の小説から読み取れることについては、次の論考を参照のこと。江南亜美子「近代小説の枠組とはべつの仕方で――長嶋有論」『群像』二〇二一年八月号、五八―六四頁。

(31) Alexandre Gefen, *L'Idée de littérature : De l'art pour l'art aux écritures d'intervention*, Corti, 2021, p. 172-173.

(32) アマンディーヌ・リュアルは、『刑務所』と『それが人生のすべてだった』で引用される作文はどこまで実際のものに忠実なのか判断しがたく、この二作においては虚構と現実の区別が難しいと指摘している。Amandine Rual, « Ateliers d'écriture et

littérature : l'émergence d'un nouveau dialogue », *François Bon, éclats de réalité*, sous la direction de Dominique Viart et Jean-Bernard Vray, Publications de l'Université de Saint-Étienne, 2010, p. 323.

（33） Hervé Le Tellier, *L'Anomalie*, Gallimard, 2020.〔エルヴェ・ル・テリエ『異常』加藤かおり訳、早川書房、二〇二一年〕

証人の証人たち
——「聞き書き」の詩性について[1]

谷口亜沙子

境界に目をやりながら、そのそばに立つ——ケイン樹里安

「証人の時代」とも呼ばれる二十世紀には、「証言」をめぐる途方もない量の文献が存在している。それは「証言」というものが、文学、法学（法廷弁論）、歴史学、精神医学、哲学、言語学、人類学、政治学、社会学、教育学、フェミニズム等々の多様な人文知の分野において、それぞれに核心的な問題系をなしているためだ。だが、仮に「文学」だけに話を限ろうとしてみても、そうやって話をひとつの分野に限定させないものこそが「証言」なのだということが痛感されるばかりだ[2]。

「証言」というものが、かくも境界浸透的なものとなる理由は多数あるが、そのうちのひとつは、「証言」というものが「知るということはどういう意味なのか？[3]」という問いを突きつけてくるからである。クロード・ルフォールがソルジェニーツィンの『収容所群島』に関してこの問いを発したのは一九七六年のことであったが、そのとき「すでに、四半世紀前から、ソ連については多くのことが知られていた[4]」。同じように、今では、アウシュヴィッツについて、チェルノブイリについて、水俣病について、地下鉄サリン事件について、フクシマについ

て、従軍慰安婦について、すでに多くのことが知られている。だが、証人たちの言葉は「では、知るということはどういう意味なのか？　［……］それをどう読み、また、将来どう読むべきなのか？　そう、今日、知るということは、何なのか？」[5]という問いを我々に差し向けてやまないのだ。

「知る（savoir）」ということの自明性そのものが揺さぶりかえされるのでなければ、知るということなど、なにほどのものでもないのかもしれない、という不安を掻き立てながら、「証言」の言葉は、それでも「知る」ということを要請してくる。だが、何を、どのように、誰のために、何のために、誰によって――？

1　根源的なもろさ

「地球は太陽の周りをまわっている」とか「東日本大震災は二〇一一年三月十一日に起こった」とか言ってみたところで、誰もそれを「証言」とはみなさない。誰にとっても自明の事柄や、客観的に確認されている事実については、証言はなされないか、不要となる。つまり、証言とは、なんらかの「共有されていない知」に関するものであり、それが意図的に隠されたためであるのか（国家的・個人的な犯罪の証言）、原理的に他者には知りえないものであるのか（神秘体験や彼岸体験の証言）、集団的な出来事における個人体験であるのか（戦争や災害や事故の証言）、あるいはマジョリティの言説によって周縁化されてきた声であるのか（被差別者や社会的弱者の語り）、理由はそれぞれであり、また複合的な場合も多いが、そこで共通しているのは、それが一人または限定された数の人間によってしか共有・認知されていない現実に関わっているという点である。つまり、真実性に関するなんらかの「もろさ（fragilité）」を根源的に内包していることこそが「証言」の本質だと言える。そして、証言と文学との親和性は、おそらく、その「もろさ」の上にある。

2　証人の証人たち

本稿で考えてみたいのは、証言文学のなかでも「聞き書き」と呼ばれるタイプの作品である。二〇一五年のスヴェトラーナ・アレクシエーヴィチのノーベル文学賞受賞や、二〇一一年に石牟礼道子『苦海浄土　わが水俣病』が「世界文学全集」（池澤夏樹個人編集、河出書房新社）に収録されたこと、また、二〇二一年に森崎和江の『まっくら　女坑夫からの聞き書き』が岩波文庫（緑帯＝日本近代文学）に入った等の流れもあり、「聞き書き」という手法は近年日本でもその認知度が高まりつつあるが、学術的にもきわめて濃密な論考が多数刊行されており、例えば、佐藤泉による目の覚めるような論考「記録・フィクション・文学性――〈聞き書き〉の言葉について」（『思想』、二〇一九年十一月）はその筆頭に挙げられるべきものだろう。

フランス語圏の作品としては、レジスタンス活動によって強制収容所に送られ、生還後に、同じく生還した仲間たちの声を集めたシャルロット・デルボによる『アウシュヴィッツとその後』第三巻『我らが日々の尺』がある（拙訳により岩波書店から近刊予定）。デルボの作品も、アレクシエーヴィチや石牟礼道子と同じく、「文学」としての評価が定まらない時期が長く続いていたが（版元のミニュイ社の区分では「赤字＝歴史」に分類されている）、近年ではむしろ、その詩人としての力量が再評価されている。[6]

一般的な証言作品とは異なり、「聞き書き」においては、当事者が世界に向かって直接に声を上げるのではなく、そのような手立てや気力や社会的なルートを持たない人々の「声」が、書物という形を通して、別の書き手によって届けられている。「書く」ということのためには、どんなにかろうじてであっても、未来や世界を信じることが必要である。「まあ、たいした未来ではない。私は、半ばあきらめている」[7]（小田嶋隆）というような場合ですら、そこには「あきらめた先にしか未来はない」（同）という形での未来が信じられる必要があり、だからこそ言葉は共同体に向かって発される。日記、あるいは私記においてすら、そこに今ここではない未来へのベクトルがあるからこそ、「書く」ということが行われる。ひたすら「今」をやりすごすためだけに言葉が――線が――書きつけられるということもあるが、「今」をやりすごすということのなかには、すでにほんの少しだけ先の微量の未来が含まれている。

だが、いかなる世界も、いかなる未来も信じることができないほどの失語に陥っていれば、書くこと（それは常に「書き残すこと」）は不可能になる。世界にむけて言葉を発するためには、強さも覚悟も必要だからだ（「反対です。語らないではいられなかったのです。あのことを書かない、語らないでいる方が強さを必要とします」[8]）というプリーモ・レーヴィの言葉をここで同時に想起しておくべきだとしても）。だが、書けはしなくても語れる、という段階がある（その逆もある）。「このひと」になら打ち明けられる、自分がずっと抱えてきたものを、とにもかくにも「外」に出せる、という状態がある。言いよどみながら、とぎれとぎれに、つっかえながら、迷いながら、あるいは一気に堰を切るようにして。

語り手における失語や失意の深さはそれぞれであるし、失意などまったくないという場合もあり、届けられる声の多様さについては片時も忘れるべきではないだろう。だが、その声を聞き、書くということは、どのような場合であれ――「くそっ、よくもやってきて、録音できるもんだ」[9]とアレクシエーヴィチに毒づいていた「ソビエト政権の擁護者」の場合であれ――その声の主と「外」とをつなぐ亀裂、通路を作り出すことである。

「証言」というものは、もとより何重ものたよりなさを抱えるものである。出来事を知覚する「感覚」は身体の裡に閉ざされ、「記憶」はうつろいやすく、「言葉」は不完全な記号にすぎない。けれども、それでも、「言葉」によってなにごとかを語ろうとした人たちの真実を、もう一度世界へと送り出すために、聞き書きの書き手たちは、通風孔、世界への通路となるために、自らの覚悟と強さを貸し出す。「誰も証人のために証言しない」というツェランの有名な詩行（「灰の勝利」）には、「証言」というものがどれほどの孤独と寄るべなさにつきまとわれているのかが端的に示されているが、聞き書きの書き手たちとは、その証人のために証言をした「証人の証人たち」である。

3　佐藤泉の炯眼――記録とフィクションの二分法に先立つ「文学性」

他者の声と世界をつなぐ通風孔になるということは、自らを虚しくすることである。そのため、文学を自己表現のための創作活動と見るような文学観からは、その文学性は理解しづらいものとなる。

渡辺京二が『苦海浄土』を単なる「聞き書き」ではなく「私小説」だと断言することによってその文学性を称揚したのは、確かにこの作品のある一面を理解させるものではあったが、佐藤泉は、そのような称揚の仕方じたいが「歴史の文学不信」と「文学の記録不信」のはざまで、記録性と文学性の二つの極を持つ「聞き書き」が長らく分類上の場所を失っていたことから生まれたものだ、という整理の仕方をしている[10]。つまり、そのような顕揚の仕方は、文学性と記録性をあくまでも相いれないものとする前提に立ったものであり、あたかも一方(政治性や社会性)が増えれば他方(純粋な文学性)が減るかのような狭隘な文学観を強化してしまうものでもあった。また、そのような前提は戦後の冷戦下における、文学と政治の分離状態(社会的で政治的であることが文学的な鈍感さや不純さへと結び付けられるような特殊日本的文学観)を反映したものだと見て、佐藤泉は、『苦海浄土』はそのような二分法を内側から覆し、「文学性」の概念そのものを拡張するような作品だったのだから――さらには、文学言語を私的な所有物と見なす近代的文学観からも文学を解き放つような作品であったのだから――『苦海浄土』は「聞き書き」ではなく文学だ、という代わりに、「聞き書き」そのままで「文学」だと言うべきだったのではないか」(傍点引用者)という重要な指摘をしている。

この分析とほぼ同じ図式に立った分析を、戦後のフランス文学に対して行っていたのが、一九六〇年代のジョルジュ・ペレックによる評論群である。政治参加の文学（説得の文学）とヌーヴォー・ロマン（言語の自律性の文学）がそれぞれに袋小路を迎えるなか、ペレックは、いわば第三の道として、強制収容所の生還者ロベール・アンテルムによる『人類』（一九五七）こそが「およそありうる文学のなかで、もっとも完璧な一例」[11]だと顕揚したのだ（「ロベール・アンテルムまたは文学の真実」）。人を説得しようとする文学ではなく、ただ現実を露わにする文学こそが真の革命的文学だと述べるペレックは、その至純形態をアンテルムの証言作品に見ていた。「世界から覆いをはずすこと、世界に秩序を与えること、それが我々がリアリズムと呼ぶものだ。〔……〕あらゆるリアリズム文学は革命的であり、あらゆる革命的文学はリアリストなのだ。これは流派だのテクニックだの伝統だの話ではない。文学の果たすべき務めはリアリストであることであり、文学はリアリストであるときに文学となる」[12]。だが、こうしたペレックの見解は、その後も主流派になったとはいえず、証言文学は、引き続き文学（および文学史）の周縁に置かれてきた。『アウシュヴィッツとその後』や『人類』が収容所文学としてプレイヤード叢書から合本で刊行されたのは、ようやく二〇二一年のことである。近年、フランスの証言研究者たちは、文学における倫理性（政治）と美学性（芸術）の往年の切断にけりをつけるものとして「証言」に注目しており[13]、また、歴史学の側からも、歴史記述の文学への怯えからの解放が説かれているが[14]、双方の共通した源流には、ペレックによるポスト・リアリズムの文学観があり、さらにその源流にアンテルムの『人類』があったことは改めて確認されてよい。

4 「名づけ」としての詩質

ただし、アンテルムやレーヴィが自らの言葉で自らの体験を書き起こしていたのに対し、他者の言葉を「そのまま」書き留めた「聞き書き」の場合、どこにその「文学性」や「表現力」があるのかという問いが浮かぶ。この点に関しては、いくつかの要素に切り分けて話を進めなくてはならないのだが、佐藤泉が強調しているのは、その第一段階にあたる要素、すなわち、言語の限界を超えるような体験をした人が、身をふるわせるようにして、その語りえない現実をどうにかして名指そうと言葉をつかみ取るとき、そこには、言葉が生成する原初の地点における「名づけ」にも等しいような詩的次元が開かれるということである。

この点について完全に同意できるのは、「証言」というものは、確かに「唯一無二の出来事に関する、唯一無二の行為であるため、言語に対して独自の、つまりは創発的な関与の仕方をしようとする」[15]（デリダ『証言の詩学と政治学』）ものだからである。

ただし、そのような詩的創造性（ポイエーシス）は、「聞き書き」ではなく、すでにその手前の「証言」の次元にある詩性でもある。つまり、そのように考えただけでは、「聞き書き」の言葉における詩質は、発された時点ですでに語り手の側で完結したものとして存在しており、書き手はただそれを書き留めただけであるかのような話にもなってしまう。そして、それは実際にそうだからこそ、非常に論じにくいのだが――それこそが「突然、ふっと待ちかねていた瞬間が訪れる。〔……〕その瞬間をとらえなければいけない」[16]（アレクシエーヴィチ）ということなのだから――だが、ある一枚の素晴らしい写真の素晴らしさについて、それが被写体の素晴らしさからのみ生まれているとはやはり言えないように（「聞き書きは文学か」という問いは、ある程度まで、「写真（集）は芸術か」という問いと重なっている）、「聞き書き」の言葉のもつ詩質とは、それがそのように書き留められようとしたという身振りの中において、あらためて「詩」として生成したものでもあるのではないだろうか。あらためてではなく二重にと言うべきか、とにかくそこでは、詩性の重複のようなことが起こっており、その一種過剰な同語反復性にこそ「聞き書き」に特有の詩性があるのではないか。

これは、話者の側が必ずしも限界的な体験ばかりを切羽詰まって口にしているとは限らないという点にも関わってくることなのだが、言語化の困難による詩的次元の開かれは、実は、それほど体験の極端さのみから生まれてくるものではない。「むろん、言語を絶したものは到る処に顔を出している。冬の日を寂かに浴びている路傍の石をみて私の中に起こる感興をことごとく表現するにはプルーストの絶望的努力を以てしても足らないであろう」[17]（中井久夫）というところまで話を一般化するのは極端に見えるかもしれないが、しかし、原初的な「名づけ」という行為は、むしろどんなことについてでもいつでもなしうるものだからこそ、詩的かつ創造的な行為なのだとも言え、したがってそれは「聞き書き」や「証言」とばかり親和するものでもないのである。

一方、それが「聞き書き」という様式で差し出されることによって、このジャンルに固有の「聞き方」が読者の側に発生するということは、確かであるように思われる。[18] 通常ならば一人きりで行う「読む（聞く）」という行為が「聞き書き」による著作を読む際には、書き手と共に、書き手のかたわらで行われるような具合になるため、もともとは「聞き手」のものであった「耳を澄ます」という姿勢が、読者である我々に「感染」し、耳の澄ましかたがいつもより深くなるのである。

ところで、「詩」というものは、究極的には「耳の澄まし方」の問題に他ならず、発信においても、受信においても、耳が澄んでいないところには、詩は発生しない。というよりも、耳を澄ますことのなかで、語り手と聞き手、主客あるいは自他、さらには人間と事物の境界が消失してゆくという体験が「詩」なのだともいえる。ただし、「聞き書き」のテクストにあっては、それが二者間ではなく三者間の境界となっている。すなわち（1）証人、（2）聞き手＝書き手、（3）読み手、という三つの境界が溶けあうのだ。原初的な「名づけ」としての詩質の生成は（1）の段階に関わるものだが、「傾聴」の深まりによる詩質の生成は（3）の段階に関わっている。では、この（2）の段階、聞き書きのテクストが生成する現場における詩性――「受動ともいえず、能動ともまた言えない言葉の共鳴」[19]（佐藤泉）――については、さらにどのようなことが考えられるだろうか。

5 「聞き＝書き手」における集団性

誰かを媒介にして届けられた声というのは、その時点で元の声とは違うものになっている。それは、発言権を与えられ、ある順序において、ある文脈で届けられた声だからだ。「事実が語るのは、歴史家が声をかけたときのみです。どんな事実に発言権を与えるのか、どんな順序で、どんな文脈で発言させるのかを決めるのは歴史家です」[20]（Ｅ・Ｈ・カー『歴史とは何か』）。とくに、数百人を超えるインタビューを編集して作品の構成にあたるアレクシエーヴィチの場合には、この編集の作業が、書く段階での仕事の肝となっているだろう。

もうひとつの重要な作業は「文字起こし」の作業である。「聞き書き」が行われるのは、基本的には、語られた言葉をそのまま「保存」するためであるが、語られたものを文字にしただけでは読みうるものにはならないため、そこには、なんらかの「手」が入る。手を入れてしまったら「そのまま」保存するという原則に反するではないか、という当然の疑念が（誰よりもまず書き手自身において）わいてくることになるが、読みうるもの（読むに耐えるもの、読むことによって感興がわき起こるもの）にならない限り、それは人類によって「保存」されてゆかず、結局は当初の目的すら果たせなくなる、という別の問題が待ち受けている。「聞き＝書き手」は、単なる個人ではなく、「聞き手／書き手＝歴史を綴る側が帯びる集団性」[21]（安岡健一）を背負いながら、社会と未来に対峙しているのだ。

とくに、携帯可能な録音媒体が普及する以前の、一九六〇年代始めに聞き取りが行われた『まっくら』のような作品は、今思えば「書き手としての卓越した力を抜きにしては成立しない時代の作品」[22]であった。録音技術の発展史を踏まえたこの安岡健一の指摘は重要であり、デルボによる『我らが日々の尺』や『苦海浄土』の大部分もそのような時代の作品である。それらは、次元の違うふたつの「保存」（そのまま記録するという意味での

「保存」と、人類史に残すという意味での「保存」）を、ふたつながらに十全にやり遂げようとする、いわば合力のようなものの中から生まれてきたものである。そして、そのふたつがぎりぎりで拮抗するときには、むしろ集団性の方に向かって言葉が整えられていることがおそらくは「詩性」の鍵である。「だって、あのひとが心の中で思っていることを文字にするとああなるんだもの」という渡辺京二が伝える石牟礼道子の有名な言葉は、そこでつかみとられようとしていた真実が、録音機によって保障されるような種類の正確さとは別のものであったことを伝えている。また、集団性のほうを向いていたからこそ、デルボや石牟礼道子は、それが「詩（うた）」に近づく必要を自覚することになった。

　そんなひなたくさいあをさを、ぱりぱり剥いで、あをさの下についとる牡蠣を剥いで帰って、そのようなだしで、うすい醤油の、熱いおつゆば吸うてごらんよ。都の衆たちにゃわからん栄華ばい。あをさの汁をふうふういうて、舌をやくごとくすすらんことには春はこん。
　自分の体に二本の足がちゃんとついて、その二本の足でちゃんと体を支えて踏ん張って立って、自分の体に二本の腕ついとって、その自分の腕で櫓を漕いで、あをさをとりに行こうごたるばい。うちゃ泣こうごたる。もういっぺん――行こうごたる、海に。[23]

（『苦海浄土』「ゆき女きき書」）

　このような言葉は「うた」として読むしかないし、それがこんなにも心に沁み入ってくるのは、それが「うた」であるからだ。共同体によって真実が忘れ去られないためには、それが記憶のやわらかな部分に刻みつけられる必要があり、幾度も繰り返したどりかえされてもいつまでも擦り減らないような「うた」である必要がある。では、声を「うた」として刻み込むためにここでは何が大切にされているのか。それは、逐語性ではなく口語性（oralité）である。オラリティ、口述性、口頭性等々の述語があるが、どれもしっくりこないので、「話し言葉の生き生きした感じ」と言ってしまうことにするが、その話し言葉の生き生きした「感じ」を再創造するためにこそ「書き言葉」の微細な可能性（言葉のリズム、句読点、表記法）のすべてが尽くされている。あのときの感じ、あの語りの感じ、あのひとの声の表情が伝わらねばならない。そうであるならば、それは「感じ」であってもかまわないという判断がそこにはある（そのような判断は、録音媒体による厳然たる逐語性が残されるようになった時代には、むしろ困難なものとなるだろう）。そして、その「感じ」こそが現実性（レアリテ、リアリティ）であり、そこにおいて「聞き書き」は、フィクションが抱えるのと同質の課題に向き合うことになる。

　そうした意味では、「聞き書き」の核心にあるものを言い当てているのは、女たちの連帯を書き続けてきた小説家レティシア・コロンバニであるかもしれない。コロンバニは『彼女たちの部屋』の主人公ソレーヌに「代書人」という仕事を与えていた。「代書人——いまになって使命の深い意味に気付く。やっとわかった。必要とする人のためにペンを、手を、言葉を貸す。違法か合法か裁くことなく、移動に手を貸す越境案内人のように[24]」（傍点引用者）。「聞き書き」もまた、ジャッジをしない。聞き取りの際にあったはずの聞き手の反応や質問が消去され、コメントや解説すらも削られていることがしばしばなのは、声をただそのまま、そこに存在させるためである。だが、そこでは、同時に、聞き手の反応が消去され、「真空」状態となっているために、それを埋めるようにして、読者の反応が呼び覚まされるという「形式の持つ巻き込む力[25]」（安岡健一）も働いている。「聞き＝書き手」は、語り手のために自分を消しているが、読み手のためにも自分を消しているのだ。

『彼女たちの部屋』のソレーヌは、代書をする際に他者が自己へと流れ込んでくるような一種の高揚感を覚えているが、これはデルボや石牟礼道子の書き方にも近いだろう。「書くうちに不思議な現象が起こる。ソレーヌはビンタになる。カリドゥーになる。送り手と受け手の両方になっているかのよう。初めて覚える奇妙な感覚——他者の命を吹き込まれたような、何かにのりうつられたような感覚[26]」。

　誰かの声を文字にすることは、もちろん、高揚感と同じだけの喪失感も付きものである。

映像化された現実が現実そのものではありえないように（いかなる映画にも収容所に漂っていた人肉の焼ける臭いを再現できない）、声は、文字になどならない。抑揚も、沈黙も、間も、すべてが消える。「目つきや身振りを「録音」できないことを、いつも残念に思う」[27]（アレクシエーヴィチ）。だが、文字もまた、我々の耳朶を打つ。文字は文字なりの貧しさのなかで、もとの声が持っていた「なにか」をどうにかして届けようとして精一杯に背伸びをし、その背伸びの必死さの中で、もとの声とは別の何かを獲得し、別の流れを生み出してゆく。あのときの、あのひとの伏せた目、口元の影、細い肩。そうしたものを思い返しながら録音を聞き、メモを読み返し、句読点を調整する。その張り詰めたエネルギーの中で、言葉に息が宿る。

6　聞くこと＝真理の再出現の源

心理学者のドーリー・ローブは「聞き手は語り手より先にホロコーストの証人になるのだ」という興味深い知見を提出している。「それまで語り手は、証人としての責任を一人で背負いこんでいるように思い、それゆえに証言を遂行できずにいた。だがここでインタビュアー／聞き手はその責任をある程度までいっしょに背負うことになる。生存者と聞き手が出会い、一つになることによって、目撃という行為の再所有が可能になるのだ。この共同責任こそは真理の再出現の源である」[28]。

だとすれば、そのようにして届けられた言葉を「読む」我々もまた、新たな「聞き手」となって「その責任をある程度までいっしょに背負うこと」になるだろう。それには、覚悟もいるし、体力もいるし、心も使う。そのことを誰よりも知っているのは、聞き＝書き手である。「これ［『苦海浄土』］をお読みいただく方々にとっては、ひとつの「災難」であろうと私は思うんですね……。自分の背負っている重荷をその人たちに背負って加勢してくださいというお願いをするような気持ちで[29]……」（石牟礼道子）。けれども、その重荷を「いっしょに背負う」

ことによって「真理の再出現」に参与するとき、私たちを隔てていた境界はついに消えてゆく。いや、境界は消えない。「知らねばならなかった者」と「知らずにすんだ者」との境界は、そうたやすく消えるものではない。「境界線が大事なんだなと思うので」[30]という上間陽子の言葉は、境界に敬意を払うということがなければ、境界の消失などありうべくもないことを伝えている。それでも、だからこそ、「知らずにすんでいた者」が「わずかに知った者」となったとき、そこには、わずかな亀裂、わずかに光の差し込む隙間が生じる。境界が溶ける一瞬、真理が湧出する一瞬は確かに存在する。「耳を澄ます」ということが、本当にできるのであれば。

7　心的外傷と「世界への信頼」の回復

「言葉による伝達能力の限界を示すもの」として、ジャン・アメリーが考察をしているのは「拷問」である（『罪と罰の彼岸』）。三つの強制収容所を生き延びて「人間の尺度では測れないような強烈な体験をした」アメリーにとって、ナチの本質は、収容所ではなく、移送以前に警察で受けた「拷問」にあった。「まさしく拷問において第三帝国は現にあったとおりのものとなった[31]」。肉体へと加えられる「最初の一撃」によって、人が失うのは世界への信頼である。アメリーは自らが受けた拷問を、次のような言葉で語っている。「彼は私のかたわらにおり、かたわらにいることによって私を根絶やしにする。いいいいい、いわば強姦だろう。パートナーの一方を無視した性交に似ている[32]」。

だとすれば、と、ここで次のような問いが浮かぶのを、あえて抑えずにおきたい。「言語表現の限界」や「表現の不可能性」という問題がとりわけホロコーストや強制収容所の問題をめぐって取り沙汰され、アカデミズムにおいては「アウシュヴィッツと表象の限界」という一大問題系としてどこか特権的に変奏され続けてきたのは、あるいは男たちには「強姦される」という経験が十分になかったからではあるまいか、と。

そうではないことはわかっている。強制収容所と詩をめぐる問題について考え続けてきた人間の一人として、なぜ、そこで「言語」や「表象」がこれほど問題となるのかは、十分に承知している。だが、女たちは、強姦されてきていた。子供たちも、また。何世紀にもわたって。それは、慢性的で、反復的で、ほとんど「ありふれた」出来事であり、十九世紀末、フロイトはそのヒステリー研究において、女性たちの異常な身体症状の原因が幼時期の性虐待にあったことを突き止めていた。そして、その多くが血縁者や親近者によるものであることにも気がついていた。だが、その発見の持つあまりにもスキャンダラスな意味にたじろいだフロイトは、その仮説を世に問う勇気を持てなかった。「二十世紀の心理学理論の主流は女性たちの現実を否認した、その上に築かれたわけである」[33]（ハーマン『心的外傷と回復』）。だが、フロイトが石棺で覆うようにして隠してしまったその現実は二十世紀を通じてその害毒を広げ続け、二十一世紀に入っていよいよ地表へと噴き出している[34]。フロイトの石棺に亀裂を入れたのは、さまざまなかたちで声をあげた人々と、その声に耳を傾けた「聞き手」たちの存在である。

「他者による肉体の強姦は、いかなる助けの手も期待できないとき、実存の絶滅のなかで完了する[35]」と、アメリーは続けている。戦場ですら赤十字の援けがやってくるが、警察での拷問においては「その拳を防ぐ手立てはまったくないし、いかなる手もとどかない」。アメリーの語る一行一行は、どれも家庭内暴力や児童虐待あるいは「いじめ」についても正確に当てはまることだ。電気を流した鉄条網がなくても、経済的、社会的、心理的な牢獄の中に弱者を監禁し、「関係者、つまり被害者と加害者のあいだだけの秘密として、日ごと展開されていった、名も知れぬほど徹底した匿名性[36]」（イムレ・ケルテス『文化としてのホロコースト』）は、いともたやすく完成する。学校でも家庭でも。「ナチの本質が拷問」であり、その拷問の本質が「いわば強姦」であったのならば、果たして、強姦や家庭内暴力は、ナチによる犯罪と同じだけの重大性を持つものとして認識されてきただろうか。

ジュディス・L・ハーマンの『心的外傷と回復』は、そのような問いに正面から向き合い、心的外傷という見地から見た場合、戦争のような公的・政治的な暴力と、家庭内暴力や児童への性虐待のような私的な暴力にどれほど共通点があり、なぜそれが地続きと言えるのかを理解させる著作である。[37]ナチの犯罪が歴史上「類を見ない」犯罪であることは見やすいが、レイプや家庭内暴力や児童性虐待が日常という書き割りのなかで繰り返される「ありふれた」犯罪であるのだとしたら、それは、そのような社会は社会全体として犯罪的だということだ。

ハーマンの書を導きの書として沖縄の少女たちの聞き取りを続けてきた上間陽子は、「聞き書き」の手法を含んだやわらかな文章の書き手である。だが、そこに「ただ、わたしは猛烈に腹もたてています[38]」という怒りがなかったら、『海をあげる』も『裸足で逃げる』も、決して書かれることはなかっただろう。目撃者のいない、証拠の消された犯罪――。被害者の年齢や知的発達の度合いによっては、犯罪がおこなわれたのだという認識すらも奪われ、破壊されている。全体主義のシステムが仕立てあげた、忘れられたことすらも忘れられた犯罪のことを、アーレントは「忘却の穴」と呼んだが[39]、わたしたちの社会、わたしたちの歴史、わたしたちの日常にはいったいどれほどの、跡形もなく消されていった忘却の穴があいていることだろう。

8 「証言をする人々がもつ、あるなにか」

一九六八年、雑誌『暮らしの手帖』で「特集　戦争中の暮らしの記録」のために読者原稿が募集された際に、一七三六編もの応募を編集した花森安治は、その原稿に必要最小限の手を入れることしかしなかった。「その多くが、あきらかに、はじめて原稿用紙に字を書いた」と思われる書きぶりであったが、画一的に表記を統一したり、誤字を修正したりすると「あれほど心を動かされた文章が、まるで味もそっけもない、つまらない文章になってしまった」ためである。『〈戦争経験〉の戦後史――語られた体験／証言／記憶』の「「銃後」の証言」の章において、この特集号を論じている成田龍一は、そこに「証言をする人々がもつ、あるなにか」を失うまいとする花森の姿勢を見ている。[40]これはそのまま「聞き書き」の書き手たちにも共通する姿勢であり、「聞き書き」の詩性もまた「証言をする人々がもつ、あるなにか」をこわすまいとするところから生じているのではないか。
話をわかりやすくするために、ここで、西脇順三郎による「天気」という、わずか三行の短い詩を引いてみる。

天気

（覆された宝石）のような朝
何人か戸口にて誰かとささやく
それは神の生誕の日

（『Ambarvalia』より）

この（覆された宝石）に括弧がついているのは、キーツの詩「エンディミオン」（第三巻七七七行）の引用であるからだそうなのだが、その件はいったん措いておく。この（覆された宝石）の表記については、このような、ふわりとした丸括弧でくくられることによって、この語が単にそのような宝石を指し示す字句であることをやめ、まさに今そのような宝石そのものとしてページの上に現出しているような印象が生まれ、その（覆された宝石）を――そのような朝を、この一篇の詩を――両手でそっと囲うようにして、詩人が今ここに差し出しつつある、だから、ここにはこのような丸括弧がつけられているのだ――という解釈が存在する。[41]詩というものは、おそらく、この括弧のようなもの、なにか、そのような心づかい、（　　）のような、単独では発音することすらもかなわぬ、無音で、最小限で、ささやかで、けれども、他に取り替えの効かない清新さをもった「あるなにか」を、そっと、しかし断固として守りぬき、そのかけがえのなさを世界からそのまま刳りぬこうとするかのような、そのような心づかい、そのような手間や手つきの中に兆すものなのではないか。

「戦争中の暮らしの記録」の読者原稿にあふれていた「あるなにか」を、花森安治はこわしてはならないと感じた。それは、野口英世の無学な母シカの手紙を、井上ひさしが『自家製 文章読本』で「達意の文」として持ちあげて、斎藤美奈子に「差別の裏返し」として叱られていたのとはわけが違う。[42] そこには、確かに「抽象的な言葉も知らないひとたちの持つ荒々しさというか生々しさというもので、言葉が賦活していくんですよ」[43]（信田さよ子）という事態が発生していたが、単にそれだけではなく、言葉の連なりというものから生み出される真実の印象は、ほんのわずかな介入によって生きもすれば死にもするということを知りつくしていた花森安治が、それらの言葉をただそのままに「保存」しようとしたとき（「この号だけは、なんとかして保存して下さって、この後の世代のためにのこしていただきたい」[44]）、そのような姿勢のなかに、すでにもうひとつの「詩」の実践があったのではないか、ということである。ジェイムズ・ボールドウィンは、人が「詩人」であるためには、言葉に対する責任に加えて、もうひとつの責任を使命としていなければならないと語っていた。「それはたったひとつの責任といってもよく、未来に対する責任です」[45]（『怒りと良心』）。

月の女神に愛された美青年（エンディミオン）を詠った英詩の引用で始まるモダニズムの詩と、市井の人々がはじめて原稿用紙に綴った戦争体験の証言記録は、対極にあるといえば、およそそれ以上はないほど対極にあるものかもしれない。けれども、「聞き書き」の書き手たちが「声」に対して行っていたこともまた、この「括弧をつける（引用をする）」ということに他ならなかった。アレクシエーヴィチは、石牟礼道子は、シャルロット・デルボは、括弧をつけ、括弧をつけ、括弧をつけ、そして最後にはその括弧すら外すようにして、それらの声を世界へと解き放った。そうしなければ、それらの（覆された宝石）は、まったく跡形もなく、失われてしまいかねなかったから。

けれどもそういうおばあさんも、過去の体験を被害者心理ばかりに沈んで回想するわけではありません。「まあだ働きたいですのう」と、夜露がぽとりと落ちるようにいいます。働く、ということがどのように非人間的なものであってもそのことでつながっていた世界を持っていました。[46]

（『まっくら』）

限りなく過酷な坑内で四十年間石炭を掘り続けた末に、それが行政の「配慮」によって突然中断されたときに、「まあだ、働きたいですのう」と言う、この巻末近くに置かれた言葉は、そこまでに元女坑夫たちの熱風のような言葉の数々にすでに十分に圧倒されてきていた読者をも、もういちど打ちのめすほどのインパクトがある。だが、それがさらに忘れがたいものとなっているのは、そこに、森崎和江による「夜露がぽとりと落ちるように」という一言が添えられているからでもある。誰にも知られず、見られないところで、ゆっくりと結ばれていた夜露が、あるとき「ぽとり」と落ちる。その夜露のイメージに彼女たちの「声」のありようが凝縮されている。もちろん、それが、「まだ」ではなく「まあだ」であり、「働きたいですね」ではなく「働きたいですのう」であることも、同じだけ決定的だ。そこには、標準語の「意味」などには決して還元されないようななにかがある。だが、それは、単に標準語か方言かということでもまたなく――『まっくら』に収められたすべての言葉がそうであるように――、むしろ、そこに書き留められている言葉が、どうしようもなく取り替えが効かないという感じを与えていることが決定的なのだ。それが一語一句その通りに発されたのかどうかということを超えて、「聞き書き」という装置そのものに、そのような「感じ」を増幅させ、それを侵すまいとさせる機能があるのだ。そして、このかえが効かないということこそが「詩」の定義である。「詩（うた）」というものは――俳句や、歌の歌詞のことを考えればすぐにわかるが――、たった一音節であっても、かえが効かないという感じを与えるものの謂いであり、それが美しいからとか、優れているからといった評価軸を離れて、ただ、それをそのままそっくり思い出したい、思い出せなければそこにあったなにかが決定的に損なわれてしまうという気持ちを掻き立てるものがあれば、それが「詩（うた）」なのだ。

「聞き書き」のテクストの「何」が優れているのかを名指すことの困難にゆきあった者たちは、しばしば、それを聞き手の「人間性」に求めてしまう。あれはアレクシエーヴィチだったから聞けたインタビューだ、あれは上間さんだったから話してくれたのだ、という感心のしかたである。実際にそうだと思うし、事実、そうだったに違いない。彼女たちの取材方法についての詳細などを知れば、その確信はさらに深まる。[47] けれども、そのような言い方をすること、そのことを「結論」のようにしてしまうことには、抗いたいと思う。それでは、「聞き書き」の持つ非人称的な集団性（非個人性、非所有性）を、結局は私的な個人へと回収することになってしまうからだ。そんなふうにして彼女たちをまた特別な聖域に囲い込んでしまったら、「聞く」ということの実践が広まらない。

「聞く」ということは、誰にでもできることではない。それどころではない。けれども、自分自身の「聞き方」をわずかに変えるということは、どんな人にでもできるはずだ。「人の話を聞いているときに、急に相手は死ぬのだと思うことがよくあるのですが、そうすると聞き方が変わってくるのです」[48]（フランソワーズ・サガン）。

誰かにとってのつらい話を「聞く」ということは、往々にして「聞いても何もできない」という無力さや不甲斐なさに打ちのめされることでもある。けれども、水俣病センター相思社の永野三智に、石牟礼道子はこう言っていた。「ああ、あなた、悶え加勢（かせ）しよるとね。そのままでよかですよ。苦しい人がいるときに、その人の前をただおろおろとおろおろと、行ったり来たり、それだけで、その人の心は少し楽になる。そのままでよかとですよ[49]」。

石牟礼道子の継承者は、水俣を離れたところにも存在している。それは、たとえば、二〇〇八年に突如太平洋上で沈没し、国によって真相究明を阻まれた第五八寿和丸の船主、野崎哲氏のような人物でもありうるだろう。東日本大震災によって、原発事故の被害をも被った野崎氏は、石牟礼道子の「花を奉る」から、泥中に光る一輪の花のイメージに深い印象を受け、福島の漁猟者を代表して、国や東京電力と対峙している。その野崎氏が石牟礼作品から受け継いだ最大のものは、「聞くこと」であったという。「話を聞く行為って大事なんだろうな。ダイレクトに主張するのではなくて、聞くことで相手をかえって癒せるなって。励ましを寄越すというのじゃなくて、黙って聞いてくれるだけでいいのかなって。そこの意味合いが、石牟礼道子の話の中に(見える)。あれは、うんと(患者家族らの声を)聞いて書いたからあの大作になるんだろうけど、あの過程に石牟礼道子の「聞く」という行為がすごくあるんだろうな[50]」。

そして、その野崎氏と共に、十七人もの死亡者を出した重大海難事故に指定されながら、今なお三人の生存者の証言が無視され続けている第五八寿和丸事件について取材を続け、国に対する提訴を行っているジャーナリストの井澤理江もまた、石牟礼道子の継承者のひとりといえるだろう。「証言として聞いておいて[51]」という野崎氏の声を耳の奥に響かせながら、証人たちの言葉や専門家の言葉を、文字という媒体にできる精一杯のぎりぎりで、どうにかしてページに刻み込もうとしていたときの井澤理恵は、(覆された宝石)を括弧でくくっていたときの西脇順三郎や、水俣病患者たちの言葉をもういちど自らの両耳のあいだで響かせていたときの石牟礼道子と同じ耳の澄ませかたをしている。

10　文学の「鬼子」としての証言

我々は、言語というものが、現実そのものではないこと、そうではありえないことを知りながらも、言語を通じてまぎれもない現実に「触れられる」のではないかという幻想を棄てることができない。だからこそ文学を書き、だからこそ文学を読む。そのような意味において、最後に検討しておきたいのは、「文学」における「証言」の位置とは、「言語の恣意性」という言語学の問題における「オノマトペ」の位置、すなわち例外的な「鬼子」の位置にあたるのではないか、というひとつの仮説である。

鳥類学者の鈴木孝夫は、記号と内容がいったん無関係に切り離されたことこそが人類におけるランガージュの爆発的な発達の土台となったのだとしても、そのような切断（すなわち恣意性）をそもそも可能にした究極的な原因は、生物種としての人類が、身体の内的な生理状態と記号行動（言語的なものに限らない）のあいだに「緩み」を持ちえたこと――すなわち「嘘」がつけること――にあったのだという説を立てている。[52]「文学」とは、その「緩み」の可能性を徹底的に追及する方向で発達した一分野であったわけだが、文学における「証言」は、言語記号におけるオノマトペがそうであるように、むしろその「切断」を修復する方向へと向かうものである点で、より動物的で、より原初的な言語活動だと言える。つまり、言葉には「嘘」がつけるということ――人間の言葉における最初の条件であり文学の存立基盤であるもの――に、泣きながら反逆しようとするものが「証言」であるのだ。

「証言」あるいは「オノマトペ」においても、記号と現実の関係が「必然的」なものになるわけではない。だが、それは、少なくとも「無関係」とはいえない事例として自らを主張する。むろん、大半のオノマトペが単に制度的で慣用的であることをまぬがれえないように、証言もまた、証言でありさえすれば、現実のリアリティに結びつけるというわけではない。「生のままの証言がたちまち消化不良を起こすこと、これは否定しがたい」[53]（アネット・ヴィヴィオルカ）。アンテルムの『人類』やデルボの『アウシュヴィッツとその後』が傑出した証言であるのは、折口信夫の「ほう」や「つた　つた　つた」、あるいは、穂村弘が拾い上げた小椋庵月の「ダシャン（と閉まる団地の扉）」が特権的なオノマトペであるのと同じことだ。[54]そうした特権的な擬音語（＝証言）の唯一性、すなわち取り替えの効かなさという詩性を通して、我々の無意識は、我々自身の生存の条件でもある「生の一回性」（したがって死の絶対性）を感知し、そこでいつもの何倍か生きているような感じを覚える。

「証言の証言」である「聞き書き」においては、「オノマトペ」におけるような模倣性も二重になっており、そのため、我々は『苦海浄土』や『まっくら』を触覚的に、原初的に読むことになる。もちろん、倫理的に、知的に、意味のレベルでも読んではいるが、これらの作品を読むことが全身的な体験となって我々の身を包みこむのは、そこにおける言葉の物質性が（オノマトペ性が、したがって証言性が）最大限に高められているからである。「声は触覚的だ。声になった言葉は脳と同時にからだ全体に働きかける」[55]（谷川俊太郎「声の力」）。

児童文学者の松岡亨子は、子どもは文字を習うようになると、「事実や現象を追認しているだけ」に留まりやすく、「ことばを心に刻む力、ことばに対する信頼、想像力を目いっぱい伸ばしてことばの奥に世界を作りだす力」が急速に低下してしまうと述べている[56]。「聞き書き」の書き手たちは、この文字以前の能力、言葉を心に刻み、語りの奥へと分け入ってゆく力を大人になってからも発動させ続けた人々だ。

原初の時点で現実との切断があったのだとしても、むしろ切断があったからこそ、言葉は模倣的であることをやめない。人は（人によっては）オノマトペではない単語にすら、なんらかの模倣性を聞きなしてしまうし、そのことがどれほど普段忘れられているとしても、言葉は、意味や情報のずっと手前で、まず物質である。「しかし、物質でない言葉など、いったいありうるのか。「つた　つた　つた」に関して言いうることがオノマトペ一般に関しても言いうるように、オノマトペに関して言いうることは実は言語一般に関しても言いうることなのではないか。オノマトペにおいて特権的な現われかたをする言語の物質性を、われわれは本来、ありとあらゆる言語現象について体験しうるはずなのだ[57]」（松浦寿輝『折口信夫論』）。

11 「聞き書き」が証言するもの

以上をいったんまとめておくと、「聞き書き」の「声」が証言するものは、大きく三つのことである。一つは、その声が語る内容（知られざる真実に関わること）、二つ目は、そこに信頼の場が開かれたのだということ（誰かが、誰かに、心を開いているということ）、三つ目はその「声」が消えてしまわないように、大切に包んで届けようとした「耳」と「手」があったということである（社会と未来に関わること）。読者はその三つの事実を和音のようにして同時に聴きながら、真理の再創造に参与するように誘われる。

書かれた言葉とは異なり、放っておけば消えてしまう「声」の一回性、その弱さと強さを伝えようとする「聞き書き」の言葉は、存在そのもののはかなさと激しさをとどめようとしている点で、詩的な言語体となる。それはまた、「息づかいが伝わるような報告が書けたら、と思う」[58]（『塩を食う女たち　聞書・北米の黒人女性』）という藤本和子の言葉にあるように、生と死につながるエネルギーが吹き込まれた言葉でもある。そして、その言葉のもつ熱さや肌理に触れてしまった読者は、自らの存在のありようまでがわずかに変えられるような予感を覚える。「耳をすますことは難しいことだ。けれども、それは、わたしたちを微妙に変えてしまう」[59]（藤本和子）。

結びにかえて

「今日、知るということは、何なのか？」という冒頭の問いに戻ろう。この原稿が書かれつつある二〇二二年末から二〇二三年にかけての時期は、将来、生成ＡＩの大規模言語モデルの汎用化が、人類の一部に大きな衝撃を与えた時期として語られてゆくことになるかもしれない。ＡＩはすでに小説も書けば、短歌も詠むし、翻訳もすれば、論文も書く。だが、どれほど高度なＡＩにも、「証言」だけは行うことができない。証言を模したテクストならばいくらでも作り出せるだろうが、そこにはビンヤミン・ヴィルコミルスキーによる疑似証言作品（『断片』[60]）におけるほどの実存すらも賭けられることができないだろう。模倣というならばＡＩにおけるすべてが模倣ではないか、ということはこの場合あたらない。「証言」における一切の意味は、それが「現実（体験）」に即したものだと受け手が信じる自由（または信じない自由）から生まれてくるからだ。「証言」は「ジャンル」ではなく「行為」なのだと比較文学者のカトリーヌ・コキオが主張することの意味もそこにある。[61]つまり、証言においては、成果としての言語的生成物が問題なわけではなく、それを「鑑賞」することや「消費」することが問題なのでもない。現実を体験できないＡＩが作ったとわかっている場合には、巷の「商品レヴュー」ですら、たちまちその意味を失うだろう（資本主義社会における「口コミ」や「在校生の声」等の氾濫は、我々がいかに「証言の時代」に生きているかの見やすい指標である）。なぜなら、「証言」というものが抱える問題は、言語における人間性、言語における社会性（それは結局同じことだ）という問題を突き詰めていった先の極点に現れるものだからだ。「フィクション」は、その反対の極点に現れるものだが、二つの根は絡まり合っていて、根源はひとつである。[62]人間というものが、ひとつきりの身体をもって、一度きりの生を生きて死ぬ、ものをしゃべる動物だということ、それが根源だ。ピエール・パシェがかつて次のように語っていたのは、その根源の位置から語っていたからだ。「今でもまだ、純粋なフィクションなどというものがあろうとはどうしても思えません。『マルドロールの歌』にだって、なんらかの証言が隠されていると確信しています。あれは、ある試練の証言です[63]」。

したがって、証言、とりわけ「聞き書き」をめぐる本稿もまた、次のような問いによって、開いたままにしておくべきだろう。「しかし、証言でない文学など、いったいありうるだろうか。証言に関して言いうることは実は文学一般に関しても言いうることなのではないか。証言において特権的な現れ方をする言語と現実との関係性を、われわれは本来、あらゆる文学作品において体験しうるのではないだろうか」。

【注】

（1） 本稿は、二〇一九年十月二十七日に明治大学和泉キャンパス図書館ホールで開催された「カトリーヌ・コキオ来日記念シンポジウム　証言と文学」での口頭発表「証人の証人たち——シャルロット・デルボ、スヴェトラーナ・アレクシエーヴィッチ、石牟礼道子」に大幅な加筆修正を行った結果、ほぼ別物となったものである。

（2） とりわけフランス語圏では、二〇〇〇年以降に「文学」と「歴史」の相互乗り入れがひとつの社会現象ともなり、証言研究が急増している。これまでの経過を把握するために最も有用なのは、次の二作。Jean-Louis Jeannelle, « Pour une histoire du genre testimonial », *Littérature*, Nº 135, septembre 2004, p. 87-117; Enzo Traverso, *Passés singuliers, le Je dans l'écriture de l'histoire*, Lux, 2020.〔エンツォ・トラヴェルソ『一人称の過去——歴史記述における〈私〉』宇京頼三訳、未來社、二〇二二年〕

（3） Claude Lefort, *Un homme en trop*, Belin, 2015, p. 31.〔クロード・ルフォール『余分な人間——「収容所群島」をめぐる考察』宇京頼三訳、未來社、四〇頁〕

（4） *Ibid.*〔同書、四〇頁〕

（5） *Ibid.*〔同書、四一頁〕

（6） Charlotte Delbo, *Auschwitz, et après*, Les Éditions de Minuit (*Aucun de nous ne reviendra*, 1970 ; *Une connaissance inutile*, 1970 ; *Mesure de nos jours*, 1971). デルボについては、拙論「シャルロット・デルボ——アウシュヴィッツを〈聴く〉証人」（塚本昌則・鈴木雅雄編『声と文学——拡張する身体の誘惑』、平凡社、二〇一七年、一六三—一八二頁）でより詳しく論じている。

（7） 小田嶋隆「〈共謀罪〉がスムーズに成立する背景」、「小田嶋隆の〈ア・ピース・オブ・警句〉」、二〇一七年五月十九日、日経ビジネスオンライン。

（8） プリーモ・レーヴィ『プリーモ・レーヴィは語る——言葉・記憶・希望』多木陽介訳、青土社、二〇〇二年、一九八頁。

（9） スベトラーナ・アレクシエービッチ『チェルノブイリの祈り』松本妙子訳、岩波現代文庫、二〇一一年、二三一頁。

（10） 佐藤泉「記録・フィクション・文学性——〈聞き書き〉の言葉について」『思想』、二〇一九年一一月号、六一—七五頁。

（11） Georges Perec, « Robert Antelme ou la vérité de la littérature », *L.G. Une aventure des années soixante*, Seuil, 1992, p. 111.〔未邦訳、引用は拙訳〕

（12） Georges Perec, « Pour une littérature réaliste », *L.G., op. cit.*, p. 51-53.

（13） シャルロット・ラコストやフレデリック・ラスティエ等、比較的新しい証言研究者たちにはこの傾向が強く、「歴史小説」における倫理性の欠如がその仮想敵となっている。一方、カトリーヌ・コキオのように、「証言」を先験的に「善」の側に置きがちな近年の潮流に警鐘を鳴らしている研究者もいる。

(14) 言語論的転回以降の「歴史/文学」論争に新風を吹き込んだ二〇一四年の『歴史は現代文学である』(真野倫平訳、名古屋大学出版会、二〇一八年)の著者イヴァン・ジャブロンカは、アンテルムの理解者としてのペレックを継承することによって、新たな歴史理論を打ち立てている(とくに「ポスト=レアリスム」の章を参照)。

(15) Jacques Derrida, *Poétique et politique du témoignage*, L'Herne, 2005, p. 59.〔未邦訳、引用は拙訳〕

(16) スヴェトラーナ・アレクシエーヴィチ『戦争は女の顔をしていない』三浦みどり訳、岩波現代文庫、二〇一六年、七頁。

(17) 中井久夫「統合失調者の言語と絵画」『「伝える」ことと「伝わる」こと』、ちくま学芸文庫、二〇一二年、一四八頁。

(18) この点は、拙論「詩と強制収容所——誰かにそこにいてもらうこと」(『日本フランス語フランス文学会関東支部論集』、二〇二二年)でやや詳しく論じている。

(19) 佐藤泉「記録・フィクション・文学性——〈聞き書き〉の言葉について」、前掲論文、七四—七五頁。

(20) E・H・カー『歴史とは何か』近藤和彦訳、岩波書店、二〇二二年、一二頁。

(21) 安岡健一「聞き書き・オーラルヒストリー・「個体史」——森崎和江の仕事によせて」『現代思想 総特集=森崎和江』、一一月臨時増刊号、二〇二二年、一二九頁。二十世紀後半における語りの記録における技術的な面での二回の転回点(一九六二年のコンパクトカセットの開発と一九九〇年代のデジタル録音の登場)を踏まえたきわめて啓発的な論考。

(22) 同論文、一三二頁。

(23) 石牟礼道子『新装版 苦海浄土』、講談社文庫、二〇〇四年、一六八頁。

(24) Laetitia Colombani, *Les Victorieuses*, Grasset, coll. « Le Livre de poche », p. 121.〔レティシア・コロンバニ『彼女たちの部屋』齋藤可津子訳、早川書房、二〇二〇年、一一九頁〕

(25) 安岡健一「聞き書き・オーラルヒストリー・「個体史」」、前掲論文、一三二頁。

(26) Laetitia Colombani, *Les Victorieuses*, *op. cit.*, p. 122.〔レティシア・コロンバニ『彼女たちの部屋』、前掲書、一二〇頁〕文字を書けない人のために代筆をする「代書人」の原語は écrivain public であり、これは直訳するならば「公の作家」という意味になる。

(27) スヴェトラーナ・アレクシエーヴィチ『戦争は女の顔をしていない』、前掲書、一六〇頁。

(28) ドーリー・ローブ「真実と証言——その過程と苦悩」栩木玲子訳、『現代思想 ショアー——歴史と証言』、一九九五年七月号、一三九頁。ローブは、自身がホロコーストの幼児生存者であり、証言研究に端を開いたショシャナ・フェルマン『証言』の共著者でもある。ホロコーストの証人の「聞き手」として、イェール大学のヴィデオ・アーカイヴ・プロジェクトの構築を進めている。

(29)「石牟礼道子『苦海浄土』刊行に寄せて」(Youtube ビデオメッセージ)河出書房新社、二〇一〇年十二月二十七日公開。
(30)上間陽子・信田さよ子『言葉を失ったあとで』、筑摩書房、二〇二一年、一六三頁。
(31)ジャン・アメリー『罪と罰の彼岸』池内紀訳、みすず書房、二〇一六年、七〇頁。
(32)同書、六六頁(傍点引用者)。
(33)ジュディス・L・ハーマン『心的外傷と回復』中井久夫訳、みすず書房、一九九九年、一六頁。
(34)二〇〇二年以降、ローマ・カトリック教会の聖職者による男児や女児への性虐待の実態とその隠蔽が組織的で膨大なものであったことが判明した件などが象徴的であるだろう。フランスにおいては、政治的・文化的にきわめて高名であった一族の児童性虐待の事実を描いたカミーユ・クシュネルの『ファミリア・グランデ』(二〇二一年)が社会に衝撃を与えた。
(35)ジャン・アメリー『罪と罰の彼岸』、前掲書、六七頁。
(36)Imre Kertész, *L'Holocauste comme culture*, traduit du hongrois par Natalia Zaremba-Huzsvai et Charles Zaremba, Actes Sud, 2009, p. 80.〔未邦訳、引用は拙訳〕
(37)「本書はつながりを取り戻すことにかんする本である。すなわち、公的世界と私的世界と、個人と社会と、男性と女性のつながりを取り戻す本である。本書は共同世界に関する本である。本書はレイプ後生存者と戦闘参加帰還兵との、被殴打女性と政治犯と、多数の民族を支配した暴君が生み出した強制収容所の生存者と自己の家庭を支配する暴君が生み出す隠れた小強制収容所との共通点についての本である」(ジュディス・L・ハーマン『心的外傷と回復』、前掲書、xiv頁)。
(38)上間陽子・信田さよ子『言葉を失ったあとで』、前掲書、四一頁。
(39)ハナ・アーレント『全体主義の起源3』大久保和郎・大島かおり訳、みすず書房、一九八一年、二二四頁。
(40)成田龍一『増補 〈戦争経験〉の戦後史——語られた体験/証言/記憶』、岩波現代文庫、二〇二〇年、一九二—一九五頁。
(41)どこで見た解釈であったのかがどうしても思い出せず、出典を明記できない。丸括弧の形に両手を重ねるようなことをするのは、自身が丸括弧や割注の多用者である吉増剛造ではないかと思うのだが、あるいは間違っているのかもしれない。探し出せない。ご存じの方はご教示願いたい。
(42)「シカがこのことを知ったら、おそらく恥と感じるはずだ。彼女だって、もっとちゃんとした手紙を書きたかったんだと思うよ、本当は」(斎藤美奈子『文章読本さん江』〔二〇〇二〕、ちくま文庫、二〇〇七年、一四四頁)。
(43)上間陽子・信田さよ子『言葉を失ったあとで』、前掲書、二八六頁。
(44)成田龍一『増補 〈戦争経験〉の戦後史——語られた体験/証言/記憶』、前掲書、一九二頁。

(45) M・ミード／・ボールドウィン『怒りと良心――人種問題を語る』大庭みな子訳、平凡社、一九七三年。「でも、ぼくは詩人ですから」「そう、でも私は詩人じゃないもの」「それは違う」以下、二四一―二四二頁。

(46) 森崎和江『まっくら――女鉱夫からの聞書き』〔一九六一年〕、現代思潮社、一九七〇年、二二七頁（森崎和江による解説の言葉）。

(47) アレクシエーヴィチの取材方法については、『戦争は女の顔をしていない』の序章にあたる「執筆日誌」ほか、コメント部分に詳しい。上間陽子については『言葉を失ったあとで』（前掲書）の第三章「話を聞いて書く」等を参照（「必ずきれいなお菓子のつめあわせ持っていくんです。だいたいそういう話をしたあとは、夜眠れなくなるから」）。

(48) フランソワーズ・サガン『愛と同じくらい孤独』朝吹由紀子訳、新潮文庫、一六三頁。

(49) 永野三智『みな、やっとの思いで坂をのぼる――水俣病患者相談のいま』、ころから、二〇一八年、一三〇頁。

(50) 伊澤理江『黒い海――船は突然、深海へ消えた』、講談社、二〇二二年、二五八頁。

(51) 同書、二七一頁。

(52) 川本茂雄編『座談会・ことば』、「動物のことば」杉山幸丸（霊長類学）／鈴木孝夫（鳥類学）／日高敏隆（昆虫学）、大修館書店、一九七七年。特に、「〈あいまい性〉の存在と言語の発生」（一一九―一二五頁）、「言語記号の恣意性と〈うそ〉」（一五四―一五八頁）参照。鈴木孝夫は、ソシュールのいう恣意性に加えて「二重の非具象性」にこそ人間言語の「自己肥大」の原因があるとし、生物の内的状態が記号行動と一対一の比例を示さない（すなわち「緩み」のある）中間段階がそれを可能にしたという見解を示している。

(53) Annette Wieviorka, *Déportation et Génocide*, Plon, 1992, p. 181.〔『強制移送とジェノサイド』、未邦訳、引用は拙訳〕アネット・ヴィヴィオルカはホロコーストを専門とする歴史家で、証言研究の嚆矢『証人の時代』（*L'Ère du témoin*, Plon, 1998）の著者。

(54) 松浦寿輝「擬と移」『折口信夫論』、太田出版、一九九五年、特に一四一―一四五頁。穂村弘「〈ダ〉と〈ガ〉のあいだ」『短歌の友人』、河出書房新社、二〇〇七年、八〇―八一頁。

(55) 河合隼雄・阪田寛夫・谷川俊太郎・池田直樹『声の力』、岩波現代文庫、二〇一九年、九頁。

(56) 松岡享子『子どもと本』、岩波新書、二〇一五年、八四―八五頁。「それほど耳からのことばは深く届くし、人は生来ことばを記憶する能力があるのです」。

(57) 松浦寿輝『折口信夫論』、前掲書、一四四頁。

(58) 藤本和子『塩を食う女たち――聞書・北米の黒人女性』、岩波現代文庫、二〇一八年、二三頁。

（59）　同書、二三頁。

（60）　ホロコーストの疑似証言として有名な『断片』の執筆背景については、多くの研究がある。日本語文献としては、柴嵜雅子「ヴィルコミルスキー事件再考」『国際研究論叢』二五（一）、大阪国際大学紀要、二〇一一年、四三―五六頁。

（61）　Catherine Coquio, *Le Mal de Vérité ou l'utopie de la mémoire*, Armand Colin, 2015.

（62）　「証言」は「遊び」からは一見もっとも遠いものに見えるが、「フィクション」と同じような「祭礼的な（rituel）」な言語の使用法がみられるというコキオによる人類学的視点は示唆的である。証人が「私は証言をしている」ということを、ある儀式性の中で（たとえば「私は真実を述べる」という誓いのもとで）展開し、その儀式性を受け手が共有するところまでが「証言」を形成するという点は「フィクション」の祭礼性とも重なりあう。Catherine Coquio, « Les enjeux anthropologiques du témoignage — Le genre, l'acte, le rite, le jeu », dans *La littérature testimoniale, ses enjeux génériques, Collection Poétiques comparatistes*, Philippe Mesnard éd., SFLGC, 2017, p. 83-122.

（63）　Pierre Pachet, « Je suis persuadé que même *Maldoror* cache un témoignage », *La Quinzaine Littéraire* no 570, 16 janvier 1991, p. 15. 引用箇所に先立つ発言は以下。「思春期の頃に、ダヴィッド・ルッセの『われらが死の日々』〔強制収容所での実体験をもとにした長編小説〕に忘れがたい衝撃を受けました。フィクションの奥にあるものを突き止めたかったのです」。

可塑的現実
——ヴァレリーの『詩学講義』をめぐって

塚本昌則

普段目にしていたはずの事物が、何倍にも増幅された鮮烈な姿で現れる日がある、とボードレールが語っている。自分に若さと力がみなぎり、才気にみちあふれていると感じられる朝、世界は「力強い立体感、輪郭の明瞭さ、感嘆すべき色彩の豊かさをもって[1]」立ち現れる。問題は、それが例外的な状態で、どのようにして訪れるのかわからないという点にある。ひとは普段、重苦しく反復される現実のなかに生きていて、思考と感覚が研ぎ澄まされ、無限への嗜好をかきたてられる瞬間は、間歇的に、思いもよらない形で稀に訪れるにすぎない[2]。

ボードレールの語る二つの現実——精神と感覚との例外的な状態に現れる現実と、ありふれた日常生活の重苦しい現実——は、そのまま数多くの詩人にとって、詩の場所がどのようなものであるかを示している。詩とは世界が「力強い立体感、輪郭の明瞭さ、感嘆すべき色彩の豊かさをもって」現れる状態である。そこではよく知っているはずの事物が、新しい繊細さにみちあふれ、高度な鋭敏さ備えていて、まるで見知らぬ驚異の世界であるかのように感じられる。日常生活の重い暗闇から、そのような精神と感覚の例外的な状態へ、いったいどうすれば移行できるのだろうか。

ここでは、フランスの詩人ポール・ヴァレリー（一八七一―一九四五）の詩論に注目し、詩が現実への見方をどのように変えるのかを考えてみたい。ヴァレリーは、晩年の八年間、コレージュ・ド・フランスで詩学講義をおこなった。この講義について、これまで断片的な手がかりしか知られていなかったが[3]、ごく最近になって、初年度一九三七―三八年、最終年度一九四四―四五年の二年間について、ヴァレリーが実際に話していた言葉の速記録が発見された。二年間の記録は、他の年度の準備草稿の抜粋とともに、全二巻千五百ページの講義録として刊行された[4]。コレージュ・ド・フランスという、誰でも聴講可能な、フランス独特の高等教育機関で、それまで教授職についたことのなかったヴァレリーが、詩についていったいどのような話をしたのだろうか。

端的に言えば、ヴァレリーがこの講義で探究しているのは、詩を書くとき、精神のうちで何が起こっているのかという疑問である。ヴァレリーは作る（poiein）という精神の働きに徹底的にこだわっていて、その詩学は、詩だけではなく、絵画、音楽、建築、ダンスなどもふくむ、精神の「制作学（poïétique）」を目指したものだった[5]。何より驚かされるのは、制作の過程で、詩人が現実をどのように知覚しているのかという疑問に、ヴァレリーがこだわりつづけたことである。初年度の講義はすべて、この問題に捧げられている。ものを造る人はどのように世界を知覚しているのか、そこから思考と感覚が研ぎ澄まされ、無限への嗜好をかきたてられる瞬間にどのようにして移行できるのかという疑問を、ヴァレリーは徹底的に追求している。

ヴァレリーにとって詩学は、現実に対する知覚をどのようにして変化させられるのかという疑問から始まるのだ。そこでは、現実に対する二つの見方が問題となっている。ボードレールが日常の重い暗闇と呼んでいたものは、ここでは精神が触れてもびくともしない、動かしがたい現実とみなされている。ボードレールが精神と感覚の例外的な状態と呼んでいたもうひとつの現実は、可塑的な現実、意識と共鳴しながらどこまで変化してゆく現実と位置づけられている。ヴァレリーは、精神とコントラストをなす現実と、可塑的な現実という二つの現実のあり方が、ものを作る行為とどのように関わっているのかという視点から、詩というものを論じている。ものを作るという行為を分析するために、まず現実を知覚する過程そのものを再考しようというのである。ここでは、初年度講義の焦点を当て、ものを作る過程と現実に対する見方の関係について、ヴァレリーがどのように考えていたのかを検討してみたい。

1　発信と受信

ひとはどのようにして、現実を知覚するのだろうか。

初年度講義でのヴァレリーの主張は、明快である。知覚は、外界からの刺激や印象を受け取ることではなく、何かを発信することだ、というのである。感受性には「生産的な性質」が認められるとヴァレリーは強調する。「感受性は、一般的に受信を思わせます。〔しかし〕〔……〕感じること、それは生みだすことなのです」（*CPI*, 180）。何かを感じ取るということは、自分が発信したものを受信することだ――この視点に、いったいどのような意味があるのだろうか。どうして外界の刺激や印象を感じることが、何かを発信することだと言えるのだろうか。

知覚が発信である例として、ヴァレリーは視覚のうちに生じる補色に繰り返し言及している。赤い色を見ると、目は緑色を作りだす。その緑色が、今度は赤色を生みだす。知覚は、確かに外界から何かを受け取ることだが、その受け取り方は、何かを発信する形で行われるというのである。ひとは意識しないまま、受け取ったものとコントラストをなしていたり、調和がとれていたりする何かを発信する。「ある色を知覚すると、その少し後で、振り子のような現象によって、今度はその補色が生み出され、そこには対比、シンメトリー、調和の効果が伴っています」（*CPI*, 28）。何かを感じるとき、ひとは受け取ったものに対して多彩な効果を生みだすような、何かを発信するというのである。

発信によって、自分が何を知覚しているのかがわかるというこの現象は、ヴァレリーによれば、より一般的な状態でも観察できる。急激に状態が変化したときのことを考えてみればいい。「眠りから引き出されたとき、あるいは放心状態から、激しく、強烈な感覚によって我に返るとき、自分のなかで何が起こり得るのかを想像」（*CPI*, 436）すれば、感受性がどのように機能しているのかが見えてくる。大きな物音がしたり、何かに触れたりすることで、ぼんやりしていた状態から不意に引き離されるとき、いったい何が起こるのか。それは何が起こったかを知的に理解することではない。「必要となる最小限の知覚を、できるだけ早く作りだすこと」（*CPI*, 436）、つまり自分の身に何が生じたのかを発信することである。何かがわかるということは、何かを発信することなのだ。

> 理解するというのは、どういうことでしょうか。それは自らが、自分を中断したものの原因となることです。誰かに何かを言われて、その何かを理解する。この場合、理解するということは、結局、私たちの眼前で生み出されたことを、自発的に再現するために必要なすべてを、多少なりともすばやく再構成することです。［……］誰かに何かを言われ、話しかけられた言語が何であるかを理解し、私はその言葉を発した人の位置に身を置きます。すると、その人の言ったことの意味がわかるだけでなく、その人がどういう欲求にしたがったのかもわかるのです。（*CPI*, 437）

発信とは、自分の身に生じたことを反復する身振りであり、自ら発信することで初めて、自分を中断したものが何であるのかがわかるというのである。自分の身にふりかかってきたことを、自ら発信することで、何が起こったのかが理解できる。この時、自分の発信したことと、自分の身に実際に起きたことは、どのように対応しているのだろうか。ヴァレリーはこの点を、確かめようのないことだと考えている。ひとにできるのはただ、自分の発信したことを自ら受信することで、何が起きたのかというシナリオを理解することだけである。

眠り、放心、偶発的な出来事など、さまざまな中断に見舞われながら、脳が発信をやめないことに、ヴァレリーは注目している。「〔脳の活動の〕効果は、知ることではなく、発信することであり、この発信はそれ自身以外の掟をもっていない……　脳にとっては、一瞬ごとに、その局所的な生活をさまたげるものから解放されることが問題なのだ――脳が厄介払いし、別の世界に投げ捨てるものが、イメージ、観念、思考である」（C, XI, 297）。何かを発信することで、乱された平衡状態が元に戻ろうとする――それが脳の働きだというのである。そこにあるのは、何も考えなくていい平衡状態が何らかの刺激によって崩されたとき、発信することで元の平衡状態に戻ろうとするプロセスである。

知覚は発信だという視点は、ものを作る行為と、どのように関係しているのだろうか。この疑問は、ものを作る主体とは誰かという疑問と関わっている。発信の主体はものを考える我とはほど遠いものに見える。眼が補色を生み出すとき、ものを考える我が介入しているようにはみえない。補色という現象は、主体としての自我が考える前から、すでに現実に接近しようとする試みが行われていることを示している。発信している者は、普通の意味での主体ではない。一人の人間が、自分の置かれた環境の中でさまざまな感覚を感じながら、それを思考によって結合する――知覚において、そのような図式は成り立たない。そこにあるのは、多様に分散された感覚を統合するような主体ではなく、もっと局所的に、限定された刺激に、考える間もなく反応する自我、ヴァレリーの言葉を使えば「瞬間的な自我」である。

感受性の自我には、記憶もなく、操作もありません。それは純粋に機能的な、一時しのぎの手段にすぎないのです。〔……〕それぞれの自我は、瞬間において、その瞬間の非＝自我と相互的な関係にあります。非

＝自我とは、感覚であったり、ほのかなひらめきであったり、単なる思い出であったりします。〔……〕そうしたすべては持続しません。すべては生成状態の性質を帯びているのです。（*CPI*, 458）

知覚は確かに主観的なものの領域である。私があるものを感じ取る。しかし、この時の「私」は、ヴァレリーによれば、世界をひとつの対象と見て、その性質を能動的に探るような、確立された主体ではない。やってくる刺激に対して、その場その場で反応する、記憶をもたない瞬間的な自我にすぎないというのだ。感受性の自我は、人格としての自我のはるか手前に、一瞬ごとに変化していく、一貫性を欠いた自我としてある。これはものを作ることが、自分を意識するような我を起点とすることができないことを意味している。ものを作る主体は、平衡状態の乱れに即座に反応する瞬間的な自我であり、ひとつの人格に統合されるような自我ではない。

> 作品は、私たちにとっては、ある種の機能的な過程である。本当の著者は、署名者、伝記的事実を負った人間ではありません——それは特定の人間ではないのです。
>
> 木は、それが実らせた果実の著者であるように見えます。しかし、よく考える人間の眼から見れば、果実も木も、それが持っている性質にとって外的なものなのです〔……〕。そうしたものを外部から見ているかぎり、私たちはそれらがもっているはずの変換の力、生成の力を見ていないことになります。〔……〕
>
> 「作品、より正確には構成への衝動は、一個の個人を利用して、自らを実現しようとする」——あるいは個人は道具となるのです。（*CPI*, 518）

バルトの「作者の死」以前に、ヴァレリーはものを作る主体が個人ではないことを強調している。一人の人間がある作品を創造するのではなく、ある人間のうちで、精神のもつ「構成への衝動」が一つの形を取ってゆくというのだ。それゆえ、ものを作る過程を考えるためには、個人を超える「変換の力」、「生成の力」を捉えなくてはならない。知覚が発信であるという見方は、この非個人的な力に関わっている。では、ヴァレリーの言う生成の力とは、具体的にどのようなものなのだろうか。

感受性の瞬間的な自我には、乱された平衡状態を元に戻そうとして発信するという、言ってみれば創造的な側面がある。なぜそのような不均衡が生まれたのかを説明するものを作りだそうというのである。しかし、この瞬間的な自我は、その場を乗り切るために必要なものを発信しているのであって、発信されたものはありあわせの、不十分なものにすぎない。これはもの作りの萌芽状態にすぎず、それがどのように発展するのかが、その後の講義では問題となるだろう。しかし、ヴァレリーにとって、この萌芽状態は、もの作りの最初の段階を示すという以上の意味をもっている。そこで何が起こっているかということが、非人称の「変換の力」を考えるうえで、決定的な意味をもっているようなのだ。『詩学講義』でヴァレリーは、夢と重ね合わせることで、この初発の力についてさらに考察している。

夢には、ヴァレリーによれば、感受性の自我と同様、「瞬間的な自我」しかない（*CPI*, 441）。その場の出来事に対応する自我があるだけで、そこから自律した自我というものはない。覚醒した自我が機能していれば、その出来事が心的領域で起きていることに気づかずにはいられないだろう。「夢の自我は、機能的側面から見れば、精神に必要な代償にすぎません、起こりつつある現象に対立するために必要な代償にすぎないのです」（*CPI*, 204）。

詩学という視点から興味深いのは、代償にすぎないとしても、この瞬間的な自我には発明の力があるということである。それは起こりつつある現象が何であるのかを示す視覚的イメージを絶え間なく作りだしている。「［夢は］直接には知りようがない生理学的支障に対して、つねに説明することで平衡を取ろうとする、つまり発明することによって平衡を取ろうとするのです。夢の自我は、欠陥によって創造的なのです」（*CPI*, 459）。夢の瞬間的な自我は、自分の置かれた均衡の取れない状況が、どのようにして生じたのかを、イメージの形で、ただちに説明する必要にせまられている。夢の自我は、自分の身に生じた生理学的支障を知ることができないために、不均衡を自分に納得させるイメージを自ら発信しなくてはならない。夢にはこのような「欠陥」があるからこそ「創造的」だというのである。

そのようにして発信されるイメージには、大きな特徴があるとヴァレリーは指摘する。それは心的イメージとしてではなく、ひとつの現実として受けとめられるという特徴である。夢は、その中にいる限り、まるで「ある人生を生きているように感じられる」(*CPI*, 308)。「夢の中では、見られたものがまるで実在するかのように、すべてのことが起こる」(*C*, XI, 51)。この状態では、発信されたものは心的事象としてではなく、ひとつの現実として受けとめられる。起こることは、脳の発信したひとつのイメージではなく、そのなかで生きることが可能なひとつの空間となるのだ。「夢の中では、思考は生きることと区別されず、生きることに遅れたりしない。思考は生きることに密着している——生きることの単純さ、知るという表情とイメージのもとで、存在の変動に密着しているのだ」(*EI*, 936)。眠っているあいだ、発信されるイメージは、意識がそのなかで生き、動きまわることのできるひとつの環境となっているのである。

2　動かしがたい現実、可塑的な現実

このことは、ものを作ることについて、ある基本的な条件を明らかにしている。それは自分の作りつつあることをひとつの現実として受けとめるという条件である。ものを作るということは、作られるものを現実として受け入れることである。

夢の自我は、発信されるイメージを心的活動としてではなく、現実に起こっていることとして受けとめ、そ

の現実を創意工夫に富んだやり方で組み替えてゆく。言い換えれば、夢は意識そのものが、ひとつの現実となりえることを示している。「夢はひとつの現実である。より正確に言えば、意識はひとつの現実である。なぜなら、意識は数多くの連続性のなかに入っていくことができるからである」（C, VI, 50）。睡眠下では、意識そのものが、ひとつの現実となっている。目覚めているときには、これは実現しがたいことだろう。覚醒しているかぎり、精神とコントラストをなす現実が同時に意識されているからである。イメージは精神の領域に限定され、それが一個の現実を構成するとはみなされない。しかし、後で見るように、起こっていることをそのままひとつの現実として受け入れるということは、睡眠下だけでなく、覚醒時においてものを作るときも、ある程度まで実現されるとヴァレリーは考えている。問題は、精神とコントラストをなす現実と、精神の動きにしたがって変化する可塑的現実という二つの現実のあいだに、どのような関係が成り立ち得るのかを知ることである。二つの現実に関するヴァレリーの考え方を追ってみよう。

覚醒時における現実を、ヴァレリーは何より心的活動とコントラストをなすものと定義している。心的活動と、外部の世界とのあいだには明白な違いがあって、思ったことがそのまま外の世界で実現されることはない。ヴァレリーはこのことを「外部の力」と「内部の力」の対比という形で論じている（*CPI*, 228）。目覚めている人は、内部の力がどのように働こうと変質しない、外部の力が存在すると感じている。発信された言葉やイメージが、それだけでひとつの世界を作ることはなく、その外に心的発信だけでは変更不可能な世界があることがつねに意識されている。「現実とは、《外部の力》の存在であり、そのおかげで、心的生産物は、その力との関係において、コントラストをなし、比較される形で展開することができる」（C, XXIII, 98）。世界が、自分の考えと連動して変化しないということが、覚醒時の世界の特徴である。そのため、覚醒時では、よく滑る氷の上にいる人のように、同じ場所で空転するばかりで、前に進むことができないということにはならない。「内部の力」は「外部の力」の抵抗に出会い、その力と噛みあうようにして、先に進むことができる。ヴァレリーがつねに立ちもどる区分によれば、身体／世界／精神が、次元の異なる領域として覚醒者には認識されている。

この現実のあり方は、行為の基盤となるものである。身体が地面の抵抗を受けて、前に進むことができるように、知覚においても、人は心的活動に左右されない、地となるものの抵抗を受けながら、内部の力を空転させずに対象の奥深くに入りこむことができる。心的活動とコントラストをなすものとしての現実が、覚醒した人の行動の基盤となっていることを、ヴァレリーはしばしば視力の焦点合わせを引き合いに出して論じている。目覚めている限り、見つめる対象が一瞬ごとに変化するようなことはなく、視覚の焦点を合わせているあいだ別のものに変質することはない。視覚調節は、どれほど「内部の力」を駆使しても、見つめる対象が変化しないまま維持されるということが条件となっている。視覚のために眼球を調節するという生理学の考え方は、心的機能の領域にも当てはまるとヴァレリーは考えている（*CPI*, 532）。

それに対して、悪夢に苦しんでいる人は、氷上の人のように、どれほど力を振り絞っても、同じ場所でエネルギーを使いはたすだけである。「その人は夢の中でどれほど努力しても、移動し、自分の夢、自分の悪夢から抜けだすために必要な正確な場所に、その努力を当てはめることがまったくできません」（*CPI*, 228）。その悪循環は、「内部の力」が「外部の力」の抵抗に出会わないところから来ている。夢の中では、ヴァレリーによれば、見ようとする意志が、見つめられる対象を作りだしてしまう。見つめられる対象は、「内部の力」から独立した存在とはならない。「見られた対象は、眼差しとはまったく異なる種類のものであるはずなのに、そうならないのだ。眼差しのもつ意思が、見られたものの本質に通じるのである。寒いという感覚が、寒い国のイメージと連続するのだ」（*C*, V, 852 [C2, 91]）。見ようとする意志と、見つめられる対象が、相互に独立していない状態では、焦点合わせをすることができない。見つめることが、行為ではなくなっているのだ。

内部の力と外部と力がショートして、悪循環に巻き込まれた時に生じる現実感は、思考と生きることとが区別されなくなった時に生じる現実感である。自分に迫ってくるものが何であるのか、行為によって明確にできるなら、そのような現実感は消滅するだろう。自分に迫ってくるものに、有効に働きかけることができないということが、この現実感の特徴である。「苦しんでいる夢を見るなら——その苦痛は確かに現実だと言うことができる。夢のイメージがどのように変化しても、私はその苦痛から解放されないからだ——〔……〕苦痛は、想像的なものではあり得ない」(C, XIV, 211)。眠りの中では、避けようもなく迫ってくるものが現実的なものである。この場合、意識は、発信されるイメージを、心的活動としてではなく、現実に起こっていることとして受けとめるしかない状態に追い込まれている。

結局、ヴァレリーにとって、詩の制作は次のような問いに収斂することになる。行為の基盤となる、内的活動によってはびくともしない現実と、夢の中で圧倒的に迫ってくるものがもつ現実性は、共存不可能なものなのだろうか。意識そのものが、ひとつの現実となる状態と、意識には制御できない外部の力こそ、現実であると感じられる状態——この二つの状態はまったく異質な、共存不可能なものなのか。身体が、外部の力の抵抗に出会わず、言ってみれば液体化して、心的なものと外部世界の属するものが混ざりあう、睡眠下の世界にしか現れない現実は、覚醒時にも出現することがあるのだろうか。そうした瞬間が確かに存在すると、ヴァレリーは考えている。

> 現実が——(あまりに辛いとか、美しいとかで)取り乱さずに眺めることができないとき、もしそうした状況から一瞬でも逃げることができるなら、われわれは全力でそうした現実を否定する。そしてこの種の否定こそ、まさしく夢からの目覚めと同類のものである。(C, IV, 40)

圧倒的に何かが迫ってくるとき、内部と外部の仕切りは消滅するというのである。夢の中で圧倒的に迫ってくるものがもつ現実性は、覚醒時においても生じ得る。それは具体的にはどのような状況なのだろうか。

ここで、発信としての知覚という視点が大きな意味をもってくる。発信そのものは、眠りの中でも、覚醒時においても、変わりなく行われる。問題は、発信された言葉やイメージが、どのように受信されるかという点にかかっている。睡眠下では、内部の力と外部の力が区別されないために、発信されたものはそれ自体がひとつの現実であるかのように受けとめられる。それに対して、覚醒時では、発信は外部の力との関係で絶え間なく調整され、相対化される。眠りと覚醒で異なっているのは、発信されたものがどのように受信され、位置づけられるのかという点にあるのだ。内部の力が外部の抵抗に出会う覚醒時と、両者の区別がなく、起こる出来事が圧倒的な現実として迫ってくる睡眠下は、ひどく異なった認識のあり方に見えるが、感受性においても、夢においても、偶発時によって生じた不均衡を元に戻そうとして何かを発信するという点は共通している。

> 覚醒時の思考、持続するもの、続いてゆく感覚、あるいはまったく異なる感覚、こうした全体、私たちを取りまく、不安定に、変動するこの球体のようなものをある種の夢の状態と同一視することができるのは、まさしく覚醒時の諸特性のうちに、夢の中に観察した、あるいは観察したと思われるある種の特性、とりわけ変化の様式が見出されるからです。かくして、私たちの視点から、私たちは覚醒時というものを感受性の産物と同一視する気持ちになっています。感受性の生みだすものには、夢ときっぱり対立する理由などまったくないのです。（*CPI*, 422）

問題は、目覚めているとき、感受性の発信するものが、外部の力との対比においてすみやかに相対化されてしまうことである。発信されたものは、よく知っている日常的な理解にすみやかに分類されてしまう。ものを作る「生成の力」は、そのような受信のあり方が中断された時に発揮されるのではないだろうか。普通はあり得ないという枠組みが取りはらわれ、意識そのものが世界に連動してその可塑性に参加するような、そのような状態こそ、精神がものを作るときの状態ではないか。それは間違い、幻想、錯乱が発信される場所でもあるだろう。発信されたものがどこまで適切なものなのか、その瞬間には確認する術がない。同時に、それはできあいの、変化しない、いつも同じであるような回答に向かわずにいられる状態でもある。知覚における発信がなされた瞬間は、これまで見えていなかった、事物の新しい組合せが可能となる場なのだ。現実が新しい発見を可能とする場であること、その発見によって別の見方ができるものとなること——これこそ知覚が発信であると捉えることで、明確に見えてくる視点である。

> 純粋状態の感覚、あるいは生成状態の感覚が、思いがけない発見、暗黙の関係、手つかずの組み合わせの宝庫であることを、芸術家や科学者はよく心得ています〔……〕。まるで、この状態においては、ある集合がまだ、相互に引きつけ合う力や、類似性に自由にしたがうことができるかのようなのです。ほんの少し時間が経てば、そうした引力や類似性は、もはや現れることができなくなるでしょう。(*CPI*, 466)

感覚がまだ明確な形を取らず、言葉にされていない状態から、形になり、言葉になるまで間にこそ、作るという行為が新しい可能性にむけて開かれる場所がある。汲み尽くしがたい世界が差しだす、生き生きと震える要素がそこにあるというのだ。この最初の感覚が、まだ知識や行為、概念やイメージになる以前の状態をどのように捉えるかという点に、ヴァレリーの制作学の重要なポイントのひとつがあることは間違いない。

すでに認知され、何であるのかができあいの知識によって理解されている状態は、芸術家にとって使い途のない状態にすぎない(*CPI*, 470)。ここにふくまれる、発信としての知覚が錯誤かもしれないという可能性は、むしろ積極的に捉えなおすべきだろう。それは通常現実だと思われているものと異なっているというに過ぎない。単に主観的な見方にすぎなかったというわけではなく、間違っていた知覚もまた世界から放射された見方だった、それは無として否定できるようなものではなかったということである。そもそもそれは主観的な見方と言えるのだろうか。ものを作ることについて、ヴァレリーは一人の人間がある作品を創造するのではないと主張していた。精神のうちにある変換の力、生成の力が、「個人を利用して、自らを実現しようとする」のだ。自分の身に何が起こっているのかわからない、「純粋感覚」の状態から、発信したことが確かだと思われ、自分がどこにいるのか、何をしているのかを了解できるまでのわずかな時間、主観的でもなく客観的でもない、現実そのものとなった意識が、世界の可塑的な姿に触れる可能性が開かれるのではないか。

問題は、ある見方が正しいか間違っているかという点にはない[6]。動かしがたいと思われていた現実を、まったく別の見方が可能かもしれないとみなす眼差しこそが重要である。ヴァレリーが「純粋感覚」の状態にこだわるのは、これまで気づかなかった類似性によって、現実への新しい見方を得られる可能性がそこにあるためである。結局、ものを作るということは、ヴァレリーによれば、動かしがたい現実を感じながら、同時にそれが感受性の変動に合わせて、可塑的になり、造型することが可能であるかのように感じられることである。生成する力は、日常的な見方を解体する力を秘めている。ヴァレリーが「純粋状態の感覚、あるいは生成状態の感覚」と呼んでいるのは、二つの現実が接する境界に広がっているものなのだ。

発信としての知覚は、心的活動と対比される現実と、夢の中の可塑的な現実の接点に位置している。ヴァレリーが『詩学序説』で論じている現実は、眼にした途端、それが何であるのかわかるようなものではない。精神が何かを発信しながら、少しずつ、ピントを調節するようにして、徐々に明らかになるものである。そこにあるのは注意力を凝らし、眼にするものを正確に捉えようとする覚醒した意識だ。同時にそこには、現実を「相互に引きつけ合う力や、類似性に自由にしたがう」ものとしてみる、言ってみれば夢みる意識がある。知覚が発信であるということは、人は何かを知覚するとき、あらかじめ知っている解釈の格子をあてはめるようにして、現実を捉えているわけではないことを意味している。そこには現実を、考えられないような組合せが可能な、開かれた場として見る眼差しである。夢ではないが、何らかの夢に似た価値を帯びた眼差しがそこにある。「散文から詩句、言葉から歌、歩行からダンス。——この行為であると同時に夢である瞬間[7]」。極度に注意力を凝らしたまま、現実の可塑性の触れる瞬間が、ものを作る過程において決定的な役割を果たしているのである。

3　見ること、身体を貸しあたえること

「行為であると同時に夢である瞬間」——これは具体的にどのような瞬間なのだろうか。『詩学講義』では、自分の眼にするものが何であるのかわからない、純粋状態の感覚の状態が、この瞬間にあたると考えられている。ヴァレリーが『詩学講義』一年目の講義で、ものを作ることについて説いていることは、純粋感覚の状態につねに立ちもどる、という点に尽きている。目にする世界を、できあいの言葉、観念、イメージに還元せず、感受性のなかで何が発信されるかに注意を凝らすこと。

あなたが知っているすべてのこと、あなたがものを見分けることを可能にしているものを、つかの間消し去ってください。知らない言語で書かれたテクストを見るようにして、ものを見つめてください。この部屋を描写すること（その時これはもはや部屋でなくなるでしょうが）、ここにあるすべてを、ひたすらあなたの感受性の言葉だけで描写しようと考えてみてください。色、光と影、線引き……　（*CPL*, 460）

ヴァレリーの教えは、『花咲く乙女たちのかげで』で、語り手が画家エルスチールの絵のうちに見出したことを連想させる。エルスチールがこの世の事物を再創造するのは「その名前を剥奪したり、べつの名前を与えたりすることによって[8]」である。エルスチールは、「現実を前にして、おのれの知性がもたらすあらゆる概念を捨て去ろうと[9]」努力する画家である。この画家にとって、見るということは、あらかじめ知っている知識の網の目を

現実に押しあてることではない。それは見る前には考えられなかった組合せが、目の前に繰り広げられていることに気づくことである。「自然があるがままに、詩的に見えるごくまれな瞬間[10]」を捉えるために、ヴァレリーが勧めることは、見知らぬものとなった世界に自らの身体感覚だけを頼りに踏みこむことである。

画家は自分の身体を携え、引き下がり、何かを置き、何かを取り除き、全身が自分の眼であるかのようにふるまう。その全体が、自らを調節し、変形し、ある地点、深いところで探し求めている作品に潜在的に属している唯一の地点を探し求める――それはいつも人が求めていたものとは限らない[11]。

メルロ゠ポンティは、一九五三年、コレージュ・ド・フランスで半年間ヴァレリーについて論じたとき、この箇所に現れる「認識しつつある゠身体」について論じている[12]。画家は焦点合わせをしながら、未知の組合せのなかに踏みこんでいく。この箇所から読み取ったものを、メルロ゠ポンティは『眼と精神』でさらに具体的に展開している。端的に言えば、「画家はその身体を世界に貸すことによって、世界を絵に変える[13]」。画家は単に見ているのではなく、自らの身体を対象に貸しあたえ、その対象を内側から見たり、外側から見たりしながら、全身が眼となって、その焦点を調節するかのようにして、描く対象に接近するというのである。内側から見るというのは、岩であればその岩の内側から、まるで自分がその岩となったかのように見るということであり、それを外側から見つめる視点と交錯させながら、その岩の「肉」を感じることである。

メルロ゠ポンティの視点は、ヴァレリーの語る発信に、より具体的なイメージをあたえてくれる。つまり、知覚が発信であるということは、世界に身体を貸しあたえ、それによって自分がそこに何を読み取るかということを絶え間なく問いつづけることである。発信には、身体の厚みがあるということだ。焦点合わせをするために、視覚を調節する必要があるように、画家は全身がひとつの眼であるかのように、近づき、引き下がり、何かを足し、何かを引く。対象は最初から明確な物としてそこにあるわけではなく、そのような発信と受信の操作を重ねることで、近似的に見えてくるにすぎない。そこに潜在的にふくまれている作品は、あらかじめ期待していたものに合致するとは限らない。重要なのは、その地点に接近するために、あらかじめ概念で対象を切り分けるようなことをしないこと、「知らない言語で書かれたテクスト」を読むかのようにして接近することである。

それは明確な意識をもっておこなわれる行為であると同時に、発信したものをひとつの現実として受けとめる夢の側面を持っている。きわめて主観的な見方でありながら、主観を超える強度をもっている。生成する力は、自らを実現するために個人を利用しているのであり、偶然にみえる出来事のうちに、主観を超える、ひとつの構造が姿をあらわすことになる。「偶然性という肉（chair）のなかには、出来事のひとつの構造、筋書きそのものから出てくる力といったものがある。それは多様な解釈を妨げるどころか、それこそが解釈の多様性の深い根拠をなし、その出来事を歴史的生の持続的主題とするのだ[14]〔……〕」。発信には、恣意的で主観的な側面、後で錯覚、錯誤、幻想とわかるものがふくまれているかもしれない。しかし、外部の力との関係で、ひとつの行為として調節をつづけていくことで、そこに潜在的にふくまれていた構造が見えてくる。その構造は、その場で知覚できる偶然性に左右されず、主観を超えて持続するものだというのである。

詩のなかで生命力を持ちつづけるもの、それはものを見分けることのできない純粋感覚のなかから何かが姿を表そうとする瞬間である。このことは、『詩学講義』で抽象的に論じられているだけでなく、散文詩では詩の主題そのものとして歌われている。ヴァレリーの散文詩には、何かが生起する瞬間そのものをテーマとしたものが数多くある。[15] ひとつだけ例をあげてみよう。

この時刻、ほとんど水平に光を浴びて、〈見ること〉はそれだけで自足している。見られたものは、見ることそれ自体ほどの価値をもたない。どこかの壁がパルテノン神殿にも等しい価値をもち、同じほど高らかに黄金を歌う。どんな身体も、神の鏡となって、自らの存在を神へとさかのぼらせ、自分がおびた色合いと形を、神に感謝する。そこでは、松の木が尖端から燃えあがっている。ここでは、瓦が肉となっている。一筋の水が影のなか、木の葉の下を流れていきながら、実に優しい遁走の響きを立て、一筋の魅惑する煙が、その水の響きから遠ざかるのをためらっている。(16)

見ることは、見られる対象を、名前や概念のなかにまだ閉じこめていない。一切はまだ可能性にすぎず、すべてが夢として消滅するかもしれない。言葉として歌われるとき、確かに名づけられ、確定されたものの形をしているかもしれない。しかし、この時眼差しには、ものの形や色合いを、造型可能な素材であるかのように見ている。確かにこの瞬間に現れる事物はもはや夢ではない。目覚めつつある身体の感覚を基盤に、見られる対象が何であるのか、再認識されようとしているところなのだから。しかし、まだ同一性が確定されず、一切が生成する知覚のうちに捉えられているという点では、夢の状態に似た様相を呈している。

> それらはもはや夢ではない……しかし、それらの真の価値にもっとも近い価値は夢である。明けゆく夜、堅固なものとなり、支配的になる覚醒は、むしろ何かの終焉——不安定なものの没落を思わせる。この一日がこのまま続き、あらゆるものの上に自己を主張するようになるかどうか、いまだまったく確かではない。この現実はまだ、無と可逆的な平衡状態にある。(17)

目覚めてから、眼にしているものが何であるのか、確定できるまでのわずかな時間、何が起こるのかという疑問は、ヴァレリーの場合、精神の分析だけでなく、詩においても重要な役割を果たしている。そこには、何度立ちもどっても、新しい意味が生まれる源泉があるのだ。現実が心的活動とコントラストをなす動かしがたいものであると同時に、まだ可塑的に変化できるように感じられる状態こそ、ヴァレリーの考える詩学の出発点となる状態である。知的な理解がおよばない、発信としての知覚のうちにとどまろうとするとき、世界はどのようなものとして、意識に現れるのか。この問いは、ヴァレリーのなかでは、つねに新しい問題であった。そしてここに素描したように、この問題はプルーストやメルロ゠ポンティにも広げて行くことが可能である。

【注】

（1）Baudelaire, *Les Paradis artificiels*, *Œuvres complètes*, t. I, Gallimard, coll. « Bibliothèque de la Pléiade », 1975, p. 401. ボードレール『人工天国』、『ボードレール全集Ⅴ』阿部良雄訳、筑摩書房、一九八九年、三四頁。

（2）*Ibid*., p. 401-402. 同書、三四―三五頁。

（3）八年間の講義について、これまで知られているものは次の通りである。

一、活字化されたいくつかの授業。（一）開講講義の記録。ヴァレリー「詩学講義第一講」田上竜也訳、『ヴァレリー集成Ⅲ〈詩学〉の探究』田上竜也・森本淳生編訳、筑摩書房、二〇一一年、一五―三七頁。（二）フランス解放後の最初の授業（一九四四年十二月十五日）では、ソルボンヌ大学とラジオでヴァレリーが読みあげた「ヴォルテール」（一九四四年十二月十日、« Voltaire », *Œuvres*, t. III, Édition de Michel Jarrety, Le Livre de Poche, 2016, p. 1283-1300）が、そのまま読まれている。

二、初年度講義の聴講生による要約。ジョルジュ・ル・ブルトンが初年度十八回分の講義速記録を、雑誌『イグドラジル』に一九三七年十二月から一九三九年二月まで掲載している。ヴァレリー「詩学講義（第二講―第十八講）」、『ヴァレリー集成Ⅲ』、三八―一一三頁。

三、準備のための覚書。フランス国立図書館に所蔵された全十七巻の草稿（Fonds Paul Valéry, NAF 19087-19104）。現在、同図書館の電子書籍部 Gallica で公開されている。

四、聴講した作家、批評家による証言。とりわけ一九四二年の最終講義に関するブランショの証言が知られている。ブランショは、この講義は「ヴァレリーが完全に自分だけで想像した研究であり、それを可能とみなすことができるかどうかさえ、彼自身わかっていない研究」だと報告している（Maurice Blanchot, « La poétique » (1942), *Faux pas* (1943, renouvelé en 1971), Gallimard, p. 137）。ヴァレリーはこの年、定年退官するはずだったが、占領下でコレージュ・ド・フランスの教師の数が足りなかったために、これ以降亡くなるまで、一年ごとの延長をおこなっている。

（4）　Paul Valéry, *Cours de poétique*, 2 vol. (*I : Le corps et l'esprit 1937-1940 ; II : Le langage, la société, l'histoire 1940-1945*), Édition de William Marx, Gallimard, coll. « Bibliothèque des idées », 2023. 以下、それぞれの本からの引用には *CPI*, *CPII* という略号を用いる。なお、ヴァレリーの作品からの引用は次の略号を用いて示す。

— *Œuvres*, édition intégrale établie et annotée par Jean Hytier, Gallimard, coll. « Bibliothèque de la Pléiade », 2 vol., 1957 et 1960, réédition 1980 et 1977 (*Œ I* et *Œ II*).

— *Cahiers*, fac-similé intégral, C.N.R.S., 29 vol., 1957-1961 (C, I, ...).

— *Cahiers*, édition établie présentée et annotée par Judith Robinson, Gallimard, coll. « Bibliothèque de la Pléiade », 2 vol., 1973 et 1974 (*C1*, *C2*).

（5）　「私がお話ししたいのは、作る（*faire*）というきわめて単純な概念です。私の取り組む、作る、制作する（*poïein*）ことは、最終的に何らかの作品に結実する行為のことです。とりわけ精神の作品（*œuvres de l'esprit*）と呼ぶことにしたい類いの作品に、やがて話を限定していきたいと思います」（*CPI*, 90）。

（6）　メルロ＝ポンティは『見えるものと見えないもの』で、知覚における錯誤は、世界から放射されるものがいくつもの可能性をふくんでいるところから来ていると指摘している。「どの知覚もみな、他の知覚に取って代わられる可能性と、したがって物による一種の否認の可能性をふくんでいるが、そのことはまた次のことを意味している、——知覚はすべてのアプローチの、つまり一連の「錯覚」の終点であるが、その錯覚は単に、〈対自存在〉や「考えられただけのもの」という狭い意味での単なる「思考」だったのではなく、ありえたかもしれない諸可能性、この唯一の「がある」世界の放射だったのである……、——したがって、決してあたかも出現しなかったかのように無や主観性に帰還するわけではなく、〔……〕「新しい」現実によって「末梢」ないし「削除」されるのだ、ということである」（Merleau-Ponty, *Le visible et l'invisible*, Gallimard, coll. « Tel », 1964, p. 65. メルロ＝ポンティ『見えるものと見えないもの　付・研究ノート』滝浦静雄・木田元訳、みすず書房、一九八九年、六四頁）。

（7）　Valéry, « Calpin d'un poète » (1928), *ŒI*, 1449.

（8） Proust, *À la recherche du temps perdu* t. II, Gallimard, coll. « Bibliothèque de la Pléiade », 1988, p. 191. 『失われた時を求めて4 花咲く乙女たちのかげにII』吉川一義訳、岩波文庫、二〇一二年、四一九頁。

（9） *Ibid.*, 196. 同書、四二七頁。

（10） *Ibid.*, 192. 同書、四一九―四二〇頁。

（11） Valéry, *Mauvaises pensées et autres*, *ŒII*, 895-896.

（12） Merleau-Ponty, *Recherche sur l'usage littéraire du langage*, MetisPresses, 2013, p. 96.

（13） Merleau-Ponty, *L'Œil et l'Esprit* (1961), Gallimard, 1964, p. 16. メルロ＝ポンティ『目と精神』滝浦静雄・木田元訳、みすず書房、一九六六／一九七九年、二五七頁。

（14） *Ibid.*, p. 61-62. 同書、二八四頁。

（15） *Cf.* Ursula Franklin, *The Rhetoric of Valéry's Prose Aubades*, University of Toronto Press, 1979.

（16） Valéry, « Note d'aurore », *Mauvaises pensées et autres* (1941), *ŒII*, 859-860.

（17） C, VI, 232 [*C2*, 1266-1267] [1916]. *Cf.* « Note d'aurore », *op. cit.*, *ŒII*, 860.

2 人文科学——〈現実〉への問い

アンブロシオの死
——人類学における「文学的なもの」をめぐって

箭内匡

1 フィールドワークと「外」の経験

モーリス・ブランショのいわゆる「外の思考」が、ミシェル・フーコーやジル・ドゥルーズの哲学に大きな影響を与えたことはよく知られている。そのフーコーは、一九六〇年代半ばに書かれた『言葉と物』の中で、十九世紀以降の西欧の知が思考の「夜の部分」へと向かっていったこと、そして民族学と精神分析がそうした動きを加速させて「人間」という概念の外に向けて踏み出していったことを論じた(1)。このフーコーの指摘は人類学者としての私の内奥に深く響くものがある。確かに、民族学ないし人類学の全体がそのような方向性のもとで歩んできたとは必ずしも言えない。しかし人類学の学問的手続きの根底をなすところの、民族誌的フィールドワークという作業は、間違いなくブランショ的な「外の思考」と深く交差するものである。そこで本稿では、私自身がかつて行ったフィールドワークの経験に立ち戻りながら、人類学的営みが「文学」——とりわけブランショ的意味でのそれ――とどのように関わりうるかを具体的に考えてみたい。

手始めに引用しておきたいのは、ブランショが精神分析――フーコーが人類学と並べて論じたところの――について書いた一節である。彼は、分析の場での「転移」の現象を取り上げつつ、「何らかの昔のドラマや、現実のものであれ想像上のものであれ徹底的に忘却された出来事」に出会う分析家は、「自分自身としてではなく、他の者の代わりにそこに存在する」のだと書いた[2]。つまり分析家は分析の場で立ち現れる陰に陽に情動を帯びた語りを、本質的に他なる関係の中で聴くのであり、精神分析とはまさにこのズレと関わる行為だということになる。この指摘に沿って、人類学における民族誌的フィールドワークについて考えてみよう。人類学者もまた「他の者の代わりに」フィールドの人々の言葉を聴くのだが、もちろんそれで済むわけではない。とりわけ長期間のフィールドワークの場合、比喩的に言えば、他性によっていわば絶縁されていた幾多の場所にショートが起こり、それゆえに人類学者は必ずや大小の火傷を負ってフィールドワークを終えることになる。フィールドワークの後、この火傷をむしろ隠して語り出す人類学者が多くいたとしても、それは重要なことではない。人類学という学問の原動力は疑いなく、この火傷の経験――ブランショに倣って「災禍（désastre）」の経験と呼んでもよい[3]――にあるからである。

人類学者はフィールドで、情報収集した成果を逐一「フィールドノート」に書き溜めるだけでなく、日々の出来事やそこから生じた様々な思いや考察――私的なものも多く含む――を「フィールド日記」に書いてゆくことが多いが、そのことの重要性も上の点と関わっている。ブランショは「日記は、作家が、自分が危険な変身にさらされているのを予感した場合に、自己確認のために打ち立てる一連の目印をあらわしている」と書いているが[4]、人類学者はフィールドで、作家の経験とは異なるレベルでやはり危険な変身に晒され、自己確認のために目印を打ち立てる内的必要を感じる。もちろん、私自身のフィールド日記もそうだが、そこでの記述は断片的で、時に書きつけた長短の考察は悩みや迷いに満ちており、とても他者が読みうる代物ではない。フィールド日記は、現場で生起した大小の火傷をめぐる格闘の記録としてのみ価値を持つものである[5]。

本稿で私は、もう三十年も前の一九九〇―一九九二年に南米チリの先住民マプーチェのもとで行ったフィールドワークの経験に立ち戻り、それが「文学」――鈴木雅雄の的確な言葉を用いれば「文学のようなもの」[6]――とどのように関わるものであったのかを考えてみたい[7]。結局のところ、それが人類学者として私が経験した最も深い火傷であり、その後の仕事はすべてこの経験と関わっているし、また本稿の執筆にあたり、人類学と文学の関わりを考えようとブランショの著作を再読する中でありありと蘇ってきたのもこの経験だったからである。

2　フィールドの凡庸さを経由すること

ウィンクル村で過ごした一年間

チリ南部の私の調査地は、南米といっても南緯四〇度に近く、冬（五月―十月頃）は寒くて暗いうえ雨の日が多い。対して夏（十二月―三月頃）は、空が真っ青に晴れわたり、森と湖と山が輝くように美しい季節である。一九九〇年二月末、ちょうど夏が終わりに向かう頃に、私は予備調査のつもりで、初めてマプーチェの村――この村をマプーチェ語で「丘」を意味するウィンクルという言葉で呼んでおく――で一週間を過ごした。私を家に招いてくれた一家や隣人たちはとても好意的だったし、また彼らはスペイン語がとても上手で、私の方もスペイン語には既に十分慣れていたため、一週間のうちにかなり組織的に情報を集めることができた。もちろん本格的な調査はマプーチェ語で行う必要があったが、これに関しても、二十世紀初頭にカトリックの神父たちが編纂した良質の辞書と文法書――しかもそのデータの半分は私の調査地周辺の方言によるものだった――を入手でき、不安材料はなかった。私は、チリ南部の主要都市テムコに戻って準備を整えた後、四月からこのウィンクル村に長期間住み込んで本格的なフィールドワークを始めることにした。

しかし、いざ四月にフィールドに入ってみると、最初の楽観的な展望は急速に瓦解してゆくことになる。まず、長期滞在を始めてすぐに分かったのは、彼らがスペイン語を日常的に喋っていてマプーチェ語をほとんど使っていない――つまり私がマプーチェ語を実地で学ぶ機会はほぼない――ということだった。人々によれば、儀礼が行われる際には皆がマプーチェ語を話すということだったが、彼らの日常の姿からは想像しがたいことであった[8]。また、マプーチェの文化・社会的伝統についてより踏み込んだ質問をしてみると、人々の知識は早々に底をついてしまい、「知らない」、「自分には分からない」という答えがどんどん増えてくる。当時、理論面で精神分析的人類学に惹かれていた私は、南米先住民の間で朝起きたら夢の話をするという習慣がしばしば見られることに注目しており、二月の予備調査の際、私の調査地の村でも人々は朝起きたら夢の話をすると聞いたので、この点を掘り下げられるのではと大いに期待していた。しかし実際には、朝起きたらすぐスペイン語のラジオ放送をつけて聴くことが多く、時たま夢の話は出るものの、特に解釈などもせずに別の話題に移ってしまうのが常だった。付言すれば、マプーチェは昔から小麦の耕作や羊や牛の牧畜を導入していたから、毎日パンを食べ、リンゴ酒を飲んだり、稀にチーズを作ったりもするその暮らしぶりはむしろヨーロッパ風にも見えるものである。周囲に住むチリ人の農民と比べても、異なる点はただマプーチェの方が貧しいという点だけであるように見えた。こんな調査に一体どんな価値があるというのだろうか？　季節が冬に入ってゆくと、私の焦燥感はさらに高まってゆくことになる。農閑期となるため、若者たちが次々と出稼ぎのために首都のサンティアゴに向かって旅立っていったのだ。マプーチェ語もマプーチェ文化も把握できる見通しすら立たない中で、マプーチェの人々にすら取り残されていく……。私のフィールドワークは、見るべきところの少ないウィンクル村の日常の中に、ひたすら沈んでいくように見えた。

時間を早送りして述べるなら、私は調査の一年目を辛抱してウィンクル村で過ごした後、二年目は拠点を近隣のビジャリカの町に移し、調査地域を拡大して、中古車を購入して家々を訪問する調査形式に切り替えることになる。このように決めた理由は、一年目の調査を通じ、マプーチェの宗教的・知的伝統を支えているのは少数の「知者（kimche）」と呼ばれる人たちであること、そして、ウィンクル村の知者は高齢のアンブロシオ一人だったのに対し、近隣の村々には、きわめて高名でかつ年齢も若い知者が幾人もいることが分かったからである。この結果、私は二年目にそうした知者たちから多くの重要な知識――特に以下でも述べる口頭伝承や夢に関するもの――を教えてもらうことになる。(9) その中で私は、実はウィンクル村はキリスト教福音派に改宗したマプーチェ――彼らは伝統的儀礼への参加を全面的に拒否していた――が多く、周囲の村々と比べてマプーチェの宗教的・知的伝統がかなり弱体化した村であるという事情も理解していった。

しかしながら、そうした点も含め、改めて調査全体を振り返ってみるならば、ウィンクル村で過ごした、成果に乏しい最初の一年間がきわめて重要なものであったことも痛感せざるを得ない。ウィンクル村の日常は私にとって「凡庸」という言葉にふさわしいものであった。しかしその凡庸さは、程度の差はあれ他の村々にも同様に存在するものであったし、(10) さらにいえば、後述する通り、それは彼らの生の存在論的問題の一つの表れであったとも考えられるからである。

祖先の霊の言語

ウィンクル村で経験したことのすべてが平凡だったわけではない。会話というマプーチェ独特の習慣に最初に出会ったのは、この村に私を迎え入れてくれた家の主人のおかげであった。村に住み始めて間もない頃、彼は私に、自分は「会話する（conversar）」ことができるのだ、と自慢げに言った。ウィンクル村でそれができるのは最長老のアンブロシオ、第二の長老セバスティアン、そして彼の三人だけなのだという。不思議に思ったが、数週間後にセバスティアンが訪問してきて、私の疑問は氷解することになる。「会話」――マプーチェ語で「コヤウトゥン（koyagtun）」と呼ばれる――は、日常会話とは明らかに異なる朗々としたトーンのマプーチェ語で行われ、演説のような長い語りを代わる代わる行うというものだった。昼前から会話（コヤウトゥン）を始めた二人は時間を忘れたかのように延々と語り合い、対話は深夜まで続いた。私はその後、様々な機会を通じて、知者たちが行うこの会話という営みがマプーチェ的伝統の核心部分を占める習慣であることを理解していった。会話はこの時のような私的な訪問の際にだけ起こるのではない。様々な儀礼の折には、そこに集まった知者同士の間で必ず延々と会話が行われたし、シャーマンが行う治療儀礼では、シャーマンの憑依霊が病気の原因や解決策を知らせる場面自体が、憑依霊との会話（コヤウトゥン）の形で行われる（このため治療儀礼では知者を呼んでくることが必須となる）。さらに儀礼におけるすべての祈りも、それ自体、天の神々や霊的存在に対して会話（コヤウトゥン）の仕方で語りかける行為として理解することができる。

ところで、かくも重要な行為である会話の中で彼らは一体何を朗々と語るのであろうか。次第に明らかになったことだが、そうした語りの大部分を占めるのは、親族の年長者から受け継いできた口頭伝承――祖先の身に起こった様々な出来事の伝承――の朗唱である。それぞれの伝承は、一旦語り始めたら必ず最後まで語り切らなければならないため、一つ一つの発言は自然に長くなる。もう一人の話者も、相手の話から触発されて思い出した伝承で――レパートリーのある限り――それに応じていく。当然、長い会話を行うためには多数の口頭伝承を憶えていなければならない。知者と呼ばれるのはまさに、数時間ないし数日間にわたって会話を続けられるほど豊富な口頭伝承の知識を持つ人のことであった。

急いで付け加えるならば、マプーチェの知者たちはオラリティの世界を生きる人々であり、伝承を朗唱するといっても、それは文字通りの反復をするのではない（それゆえ、同一の伝承でも文字で書き出すと毎回違ったものになる）。一言で言えば、彼らの脳裏に刻まれているのは字句の連鎖ではなくて、語りの諸場面についてのイメージの連鎖であって、彼らはそのイメージの連鎖を即興的に言葉に変換して語るのである（この点は後述する夢との関係からも明らかである）。イメージの流れに身を任せて語っていくこの過程は、かなり自動的であるとともに受動的なもので、彼らはそれを「誰かが自分の口を借りて喋っているようだ」と説明する。実際、人々の伝統的な説明によれば、会話を行う時に彼らの「口を借りて」喋っているのは、彼らが祖先から引き継いできた霊的存在――例えば「ピューマの家系」の人であれば「ピューマの魂」――である。そして人々によれば、そういう霊的存在が自分を通して喋っている時、彼らは「祖先になる」のであり、「真のマプーチェになる」のだという。

南米先住民人類学の文脈では、語るという行為の重要性はつとに指摘されてきたし、またチリにおけるマプーチェ研究の分野でも、人々のこうした語りの一部は、「口承文芸」として文字化され出版されてきていた。しかし、それがこれほど高度に洗練された、生き生きとしたコミュニケーションのシステムであるとは先行研究のどこにも書いていなかったし、またその営みの意味を深く理解させてくれるような人類学的文献も、帰国後に色々と探してみたが見つからなかった。私がマプーチェの会話（コヤウトゥン）の世界に酷似していると感じたのは、意外にも、エリック・ハヴロックが『プラトン序説』の前半をなす「イメージで考える人々」の部において、古代ギリシアの叙事詩人の語りの様子を様々な角度から検討しているのに出会った時である。マプーチェの知者たちが朗々と語る祖先の行為についての語りは、『イリアス』の圧倒的な力強さに比しうるものではもちろんないにせよ、それを語ったりそれに聴き入ったりする人々の経験という面から見れば、叙事詩と呼ぶに値するものである。会話（コヤウトゥン）は疑いなく、ハヴロックのいう「保存されたコミュニケーションとしての詩」の、南米大陸での一事例をなすものであった。(11)

ウィリアム・マルクスは、古代ギリシアの叙事詩と現代文学の両方を念頭に置きながら、「西洋の詩が初めから特異で、奇妙な、根本的に他なるものであり、俗世界のただ中に神秘の新たな空間を開きにやって来る声として考えられてきた」と書いている。(12)そしてまた、「一人称が今現在、ここで話している人間ではなく、時間的にも空間的にも遠いところにいる、死んでしまった、あるいは空想上の人物の存在を指し示す限り、その言葉を伝えるということは、言語に否応なくねじれを生じさせ」るとし、「直示（deixis）が言葉（lexis）に対応しなくなるやいなや、言語はシャーマンの仮面のように作用する」とも述べる。この一連の指摘は会話（コヤウトゥン）にもそのまま当てはめることができるだろう。「祖先の霊の声」の現れであるところの会話（コヤウトゥン）は、スペイン語で営まれる「俗世界のただ中」に忽然と闖入してくる「特異で、奇妙な、根本的に他なるもの」の声にほかならない。会話（コヤウトゥン）の語りの内部では、祖先の言葉はすべて直接話法によって引用され——どの祖先の言葉であるかはその都度述べられる——、その祖先の言葉の中で以前の祖先の言葉が引用され、その中でさらに以前の祖先の言葉が引用される、ということが起こるから、その言語には様々なねじれが生じている。しかしながら、人々はそのねじれた、しかし様々な直示（ダイクシス）によって貫かれた言語のもとで、ある明瞭な形で祖先の世界を経験するのだ。例えばマプーチェの儀礼的言語では、「上を見る（pürakintun）」という言葉がそのまま「天の神々に祈る」の意味になるが、そのことが聴く者に与える効果は明らかであろう。また「こちらに入って来る（konümpan）」という言葉は、日常語として「想起する」（＝考えが「こちらに入ってくる」）という意味を持つが、儀礼的言語ではさらに、「祖先の世界を想起する」、「祖先の行為を反復する」（＝儀礼を行う）という意味で用いられる。人々はこの言葉によって、天の神々とつねに霊的な関係を営んでいる祖先の世界がまるごと「こちらに入ってくる」ことを経験する。会話（コヤウトゥン）の言語はこうして、それを聴く者を、日常生活においては不可視の、霊的な「力」に満ちた世界——そこにおける「上」、「こちら」の時空——に引きずり込んでゆくのである。(13)

3　「力」の時空

夢・述語・「力」

もう少しウィリアム・マルクスの言葉を引用しておきたい。彼によれば、古代ギリシアの詩人たちは自身を

autodidaktos（自分で学んだ者）とみなしていたが、この言葉が意味するのは、「私は神から与えられた知識を持っている」、「私の知識は自然に流れ出てくる」ということであった。[14]このことはマプーチェの伝統的知識についても当てはまる。調査の二年目、知者たちと身近に接する中で私が理解したのは、この「自分で学ぶ」過程、とりわけ夢を見るという経験を通じて起こるということであった。まずはフィールドノートの次の断片――ある年配の女性の回想――を見てみよう。

断片1

ある時、私の顔に腫れ物ができて、だんだん大きくなり、しまいに顔の半分まで腫れあがってしまった。その晩に夢を見た。亡くなった母が薬草をとってきて、薬を作っている夢だった。翌朝起きると、森に行ってその薬草を探し、夢で見た通りに薬を作って顔につけた。すると腫れ物は見事に引いていった。

この話にはあとで戻ってくることにする。続けてもう一つ事例を見ておきたいが、こちらは少し背景的な説明が必要である。これは二年目の調査で親しくなった知者アントニオが私に語ってくれたもので、彼がこの夢を見たのは、彼の村で、カマリクン（kamarikun）と呼ばれる大儀礼の準備会合があった日の晩のことだった。この会合で彼は、カマリクンでの「祈り手」の大役を務めるよう、人々に求められたのである。以下でも何度か触れるが、カマリクンはおよそ四年に一度の周期で開催され、儀礼場の草原に千人以上の人々が三日三晩寝泊まりして行われる大規模な儀礼で、そこでは人々の生活の安寧を願いつつ、天の神々や様々な霊的存在に向け、牛・馬・羊などの供犠獣が捧げられる。祈り手は早朝から昼過ぎまで、三日間連続で、祭壇の前で会話（コヤウトゥン）の形で延々と祈りを捧げねばならない大役である。アントニオは比較的若いながら会話に長けており、前回のカマリクン儀礼まで村の祈り手を務めていた長老は既に亡くなっていたことから、村人たちから白羽の矢を立てられたのだった。

アントニオはしかしこの求めに尻込みし、「自分に祈り手の役目が務められるかどうかわからない」と言って躊躇した。その晩に次のような夢を見た。

断片2

夢の中で、老女二人と老人一人が私の所に現れた。三人は私に言った。こっちに来なさい、お前は何故、役目を果たせるかどうか分らない、などと言ったのだ？　自分にその能力があることを分かっていないとでも言うのか？　さあ、すぐに馬に鞍をつけて、村の長老のところに行くのだ。〔……〕よく聞きなさい、これからお前に、どうやって祈りをしたらよいかを教えてやろう。そして老人たちは私に、延々と、カマリクンでの祈りのやり方を教えたのだ。夢が終わると、すぐに目が覚めた。まだ午前二時だった。私はひどく動揺していた。まんじりともせずに夜が明けるのを待ち、曙光が差すや否や馬に乗って村の長老の所に行って、この夢の話をした。

二つの民族誌的断片について考えてみよう。実は、会話（コヤウトウン）の習慣を視野に入れるならば、彼らがこのように夢から知識を得ることができたのはさほど不思議なことではないとも言える。断片1の女性は知者ではないが、会話に精通した家族のもとで育った人であり、彼女の脳裏に刻み込まれた幾多の伝承のイメージの中に、薬草に関する言及が含まれていた可能性は高いと考えられる(15)。断片2の知者アントニオについて言えば、彼は会話の名手であったばかりか、既にカマリクン儀礼で「旗手」という別の役職も務めていたため、役割上、儀礼の際に祈り手の長老の傍でその祈りを数度は聴いたはずの人である。カマリクンの祈り手には膨大な知識が要求されるが、疑いなく、彼の脳裏には祈りの語りの諸部分を構成する無数のイメージがすでに刻み込まれていたと考えることができる。

ここで一つの疑問が残る。断片2のアントニオの脳裏に「老女二人と老人一人」を招き入れたのは誰だったのか。また断片1の女性に「亡くなった母」の姿を見せたのは誰だったのか。つまり、彼らにこれらの夢を見させたのは一体誰だったのだろうか。マプーチェの伝統的な説明によれば、会話の場合とまったく同様に、彼らが夢を見る時に彼らの中で働いているのは、祖先から引き継いできた霊的存在──例えば「ピューマの魂」──だということになる。とはいえ、この説明には曖昧さが残ると言わざるをえない。彼らは確かに、会話において誰かが自分の口を借りて喋り出したり、夢見の経験においてイメージが次々と繰り広げられたりするという現象を自らの身体において経験するが、その主体が誰であるかは決して確実には知ることができないから、それが「ピューマの魂」だというのは伝承に基づく推測でしかないからだ[16]。彼らはそこで何らかの「力」が働いていることを意識し、またその「力」が自らを表現する媒体としての「言葉」や「イメージ」を感覚するのだが、それは実際にはいわば主語を欠いた述語のようなものであり、主語のところは推測で埋めるほかはないのである[17]。ミシェル・フーコーは「外の思考」において、「私は話す(je parle)」という言明の根拠がこの言明自体にしかないことを指摘しつつ、それを現代文学の核心的問題と結びつけた[18]。しかし、ウィリアム・マルクスも示唆していたように、これは近代・現代の文学に限らず、あらゆる「文学のようなもの」に通底する問題である可能性がある。少なくともマプーチェの会話と夢見について言えば、そこでの「私は話す(je parle)」、「私は夢を見る(je rêve)」はその行為自体によってしか支えられることのない行為であり、この行為は、言葉や夢のイメージと、そしてそこで働いている力──おそらく人間の能力を超えた「力」──と不可分に結び合っているのである[19]。

ところで、私がここで力という言葉をカギカッコで括ったのは、マプーチェの人々にとって、「力」は言説的・想像的空間に閉じ込められたものではないからである。「力」は実効的なものであり、いったん自らの口から出てしまった言葉、いったん見てしまった夢が、その後の彼らの行動に──時には人生の全体に──不可逆的な影響を及ぼすことがしばしば起こるのだ。断片1の女性は夢を見たあとすぐに、夢の中で教えられた通りに森に薬草を探しに行った。そして断片2のアントニオは後に行われたカマリクン儀礼で、夢の中での教えに従いつつ、祈り手の大役を果たすことになる。さて、次に見る断片もカマリクン儀礼に関わるが、その内容を理解するため、カマリクン儀礼についての説明をもう少し補っておこう。先に私は、カマリクンは四年に一度の周期で行われる儀礼だと説明したが、これは人々の慣習的な言い方に従ったものであり、実際には儀礼が行われずに五年、六年ないしそれ以上の年月が経過する場合も少なくない。というのは、カマリクン儀礼を実現するためには、村の中の誰かが自発的に、無償で、自分の牛や馬を主要な供犠獣として差し出さねばならないからである（その代わり、ひとたび牛ないし馬を提供した人はそれ以降「頭（longko）」と呼ばれ、村人の尊敬を集めることになる）。誰かがこれを申し出ない限り、カマリクンは開催できないのだ。経済的水準の低い彼らにとって牛や馬を出すのは大きな自己犠牲であり、一般に、何らかの夢を見たことがそうした重大な決意が行われる契機になると言われる。

断片3はウィンクル村の事例だが、この村ではキリスト教福音派の活動が盛んだったこともあり、そうした申し出が途絶えて、一九六〇年代から二十年もカマリクン儀礼が行われないままになっていた。しかし一九八〇年代に入ってマプーチェ的伝統への回帰の機運が生まれ、一九八七年に久しぶりにカマリクン儀礼が行われた。この時に供犠獣の牛を提供したフランシスコに経緯を尋ねてみると、答えは次のようなものだった。

断片3

私がサンティアゴで働いていた頃のある日のことだった。私は野原で一頭の黄色い雄牛が杭に繋がれている夢を見た。

取るに足らない夢のようだが、ここで「黄色い雄牛」という言葉が使われている点が重要である。「黄色い雄牛」とは、三日続くカマリクンの中日に天の神々に捧げられる雄牛——最重要の供犠獣——を指す特別な言葉で、フランシスコは即座にこの一瞬のイメージを自分に向けての重大なメッセージとして受け止めたのであった。この夢を見た当時、彼はサンティアゴで出稼ぎをしている多数の若者の一人に過ぎず、雄牛どころか自分の土地すら持っていなかった。しかし彼は決してこの夢を忘れることはなかった。やがて土地を相続することになり、故郷に戻り、人々の信頼をかちえ、家畜を育て、そして知者たちの協力を得て、夢を見てから十六年後の一九八七年に「黄色い雄牛」の提供者となってカマリクンを挙行したのだ。ブランショによれば、「他なる経験とは、つねに存在に先行している経験、存在を名づける肯定よりもつねにもっと初原的（イニシアル）である経験であり、古代ギリシア人たちはおそらくそれを〈運命（デスタン）〉という名のもとに尊重していた」[20]。フランシスコは決して知者ではなく、また彼は故郷から遠く離れた大都市の中で、忽然とこの「他なる経験」に出会ったのであるが、しかし彼はそれを自らの運命として引き受け、最終的に、ウィンクル村およびその周囲の村々の多数の人々を動かす、壮大な儀礼の主催者となったのである。

　マプーチェの儀礼を知る者にとって、カマリクン儀礼はとても美しく、感動的な出来事である。一つの草原に多数の人が寝泊まりし、男たちが馬に乗って地響きを立てながら儀礼場の周りを疾走したり、男女がピフィルカと呼ばれる笛を一斉に吹きつつ、祭壇の周囲を踊りながら回ったりする。儀礼場にはこの儀礼特有の明るいラッパの音が鳴り響き、午後になると知者たちが方々で朗々と会話を繰り広げる。第二日と第三日の白眉となるのはそれぞれ「黄色い雄牛」と「栗色の馬」の供犠であり、屈強な男が数人がかりで動物をひっくり返し、そこから心臓を取り出し、祈り手がその心臓を受け取って、天の神々に向かい、村々の人々の安寧を願う長い祈りを捧げる。それまで四年間、あるいはそれ以上の間、神々や祖先の霊たちに負っていた借りを返し、生きるための新たな力をもらうのが、このカマリクン儀礼なのだ。あるマプーチェは、カマリクンが無事に終わったあと、「これで僕たちはこれから四年間、安心して過ごせるんだよ」と嬉しそうに私に語ったが、これはカマリクンの後に誰もが抱く思いであると言えるだろう。

力・過ち（ヤフカン）・凡庸さ

マプーチェの人々にとって、「私は話す」、「私は夢を見る」とは、「力」の行為――神々や祖先たちの力が働いている行為――である。(21) マプーチェの知者たちが会話（コヤウトゥン）の中でしばしば引用する決り文句に、「人間は自分一人の力で生きているのではない」、「人間は自分の考えや思いだけでは、毎日を過ごすことすら、大地を歩くことすらできない」といったものがあるが、それらは単なる言い回しでは決してなく、彼らが神々や祖先の「力」を絶えず意識していることを示す、内実のある言葉である。この点を次の断片4で見てみよう。話者はウィンクル村の東側の村に住む高明な知者で、調査の二年目にその知識――「力」とも不可分の知識――を躊躇いなく私に分け与えてくれた人だが、ある日、最も重要な一連の口頭伝承を一つの会話にまとめて録音してくれることになった。その録音の冒頭で彼は――会話（コヤウトゥン）独特の朗々たる口調で――次のように述べている。

断片4

今日、マプーチェでない者がやってきて、マプーチェの物事について知りたい、マプーチェの伝承を書き記したい、と言っている。彼はそうやってマプーチェの物事が重んじられるように望んでいるのだ。ところで、私の伝え聞いた伝承によれば、かつて我々の祖先も、マプーチェ以外の者に伝承の語りを語ったことがあった。〔……〕だから、今、彼に対して伝承を語ろうと思うが、もしそれが本に書き記されても、そのことが創造主たる神に対する過ちになっていないことを私は望む。どうか「我が息子は過ちを犯した」などと神が私に言うことがないように。人間が自分の力だけで生きているのではないというのは私もいつも言っていることだ。さて、それでは、この話をすることにしよう。

ここで彼が使っている「過ち」という言葉は、マプーチェ語で「ヤフカン（yafkan）」といい、重大な内容を含んだものである。祖先の霊と関わる言葉を自分勝手に使ったり、間違った仕方で儀礼を行うなどの過ち（ヤフカン）を犯すと、重病や死などといった報いを受ける可能性があるのだ。過ち（ヤフカン）の厄介な点は、それが意図とは完全に無関係だということであり、たとえ善意に基づく行為でも、それを犯せば容赦なく罰せられるのである。この知者は、そうした罰を受ける危険を意識しつつも、過去に自らの祖先が同様のことを無事に行ったという先例に基づき、自信をもって録音を行ってくれたのだ。つまり口頭伝承にはマプーチェの知者にとって、過去の判例集のような意味があるのである。

しかしながら、会話が行われなくなり、確かな知識を持つ人がいなくなってくると、誤った行動によって罰せられる可能性が高まってくる。ウィンクル村で起こった次の出来事はその一例である。

断片5

マヌエルは体調がすぐれず妻も病気がちだったが、シャーマンによれば、それは彼がカマリクン儀礼のために「ピジャンの十字架」を作った際、適切な手続きを踏まずにそのまま儀礼場の草原の中心に立ててしまったのが原因だった。本当は「ピジャンの十字架」を担ぎ、馬に乗って儀礼場を四周した後にそれを立てるべきだったのだ。(*) 儀礼のために一役買って出たマヌエルは、自らの無知のゆえに過ちを犯してしまったのであった。

*――「四周する」というのはカマリクンにおける基本的な儀礼的動作であり、シャーマンのこの指摘は必ずしも重箱の隅をつつく類のものではない。

先述の通り、ウィンクル村では長い間カマリクン儀礼が行われていなかったため、一九八七年に儀礼が復活した時、新たな儀礼場が作られる必要があった。村人の一人マヌエルは、儀礼場の中心に据えられるべき「ピジャンの十字架」を制作する役割を引き受けた。しかし「ピジャンの十字架」はカマリクン儀礼の時に祖先たちの霊が宿る場所であり、それらの霊の「力」と関係する物体である。マヌエルはそれを軽率に扱ったがゆえに罰を背負い込んでしまったのだ。

ここには一つの逆説的な状況がある。カマリクン儀礼は村の人々の安寧を願うものであり、皆がその恩恵に被るべき行事である。そして、これは普通に参加するだけの人々にとってはその通りなのだが、儀礼を中心的に担う人々――とりわけ知者たち――は、そこで些細な勘違いを犯しただけで、大きな身の危険を背負うことになるのだ。ところで、この角度から、最初に述べたウィンクル村の人々の生活の「凡庸さ」を振り返ってみるならば、そこに一定の理もあったことも見えてくる。彼らはスペイン語に慣れきっていて、会話の世界から遠ざかっているため、儀礼が必要な時には他所から知者を呼んで来なければならない。これは不便ではあるものの、そうすることで、自分自身が過ちを犯すリスクを減らすことにもなっているのだ。さらに言えば、もっと根本的な形で自らを過ちの危険から自由にする方法もある。それは、ウィンクル村の少なからぬ人々が実際にそうしたように、キリスト教福音派に改宗して、カマリクン儀礼そのものとの関わりを絶ってしまうことだ。断片6の話者パブロは、ウィンクル村の有力な家系に属するが、そうした選択を行った一人である。

断片6

私はカマリクンに行くのをやめたけれど、マプーチェであることを恥じているわけではない。でも、マプーチェの儀礼では天の神のほかに様々な霊たちに祈りを捧げ、供物を捧げなければならない。私はこうした霊たちと関わりをもつのが嫌になったのだ。これらの霊たちには力があって、自分の役に立つこともあるが、しかし逆にちょっと過ちを犯すとすぐに厳しい罰が下ってひどい犠牲を払わされることになる。だから私はそこで関わりあうのはやめて、天の神〔キリスト教の神〕だけを選ぶことにしたのだ。私は家系からいうと様々な霊と深い関係にあるはずだから、そういう関係を断ち切ることには危険があるかもしれない。でも結局は、神を信じていれば、それで十分なはずだと思う。だからもうカマリクンに参加するのはやめたのだ。

ウィンクル村は私にとって、マプーチェ語、マプーチェ文化、マプーチェの人々をどんなに懸命に追いかけても、いつも中途半端な答えしか与えてくれない、表面的には間違いなく凡庸なフィールドであった。しかし、この断片6での、信仰についてのパブロの存在論的考察——それはどこかパスカルの賭けに似ていなくもない——は、その「凡庸さ」の下に実はもっと複雑な現実が隠れていたかもしれないことに気づかせてくれる。正直にいえば、私自身がその可能性にふと思いを馳せるようになったのは、チリから日本に戻り、一年半の暗中模索を続けた後に、ウィンクル村で第二の長老だったセバスティアン——私が初めて会話（コヤウトゥン）を見た時の語り手——が私に録音してくれた語りを細かく検討していた時のことであった。セバスティアンはこの語りの中で、息子と娘の全員がキリスト教福音派に改宗してしまい、悲しみに暮れていた頃に見た夢について語っている。夢の中で、空から突然ヘリコプターが現れてきて、自宅の庭に着地し、そこから出てきたチリ人の軍人が、マプーチェの神を信じるようにと彼を諭したのであった[22]。パブロやセバスティアンのケースを念頭に置きつつ改めて振り返ってみれば、おそらくは、ウィンクル村の人々の一人一人が、（理解や考察の深度に違いはあろうとも）多かれ少なかれ同じような問題に悩み、それぞれの選択を行ってきていて、その総和がウィンクル村の「凡庸さ」を形成していたのだと考えられる。そうした理解が徐々に形成されてくる中で、私はようやく、二年間の調査の中で私にとって最も印象深いものであった、次の出来事の深い意味を理解しはじめたのである。

4　アンブロシオの死

ウィンクル村の最長老であったアンブロシオ（これは実名である）は、当時、おそらく八十歳を超えていたと思われる。彼は村で中心的な「ピューマの家系」の最年長者であったうえ、ウィンクル村内部ではただ一人の本物の知者と見なされており、一九八七年のカマリクン儀礼では祈り手の役職も務めた。村の人々がアンブロシオの話をするときは、聖人の話をするかのようにやや声をひそめて話すことが多かった。私にとっても、この重たい名前――ambrosiaという古代ギリシア語の、不死のもの、神的なものに関わる意味も漠然と私の脳裏に響いていた――の老人は、彼の家が村の奥まった場所にあったこともあり、どこか近寄りがたい感じがしていた。

しかし、村に住み始めてだいぶ経った頃、思い切って彼の家を訪問してみると、実際の姿はそれと全く異なるものであった。きわめて快活で、気むずかしいところは全く感じられない。彼が最初に誇らしげに私に言ったのは、「私は読み書きができない。だから私は、この村に学校を作り、村の人々が読み書きを習えるようにしたのだ」ということだった。そのあと私は彼の出自についていくつか質問し、父方祖父の名前を尋ねると、「父方祖父の名前は知らない。別に知っている必要はない」と彼は答えた。私はその頃、マプーチェの知者にとって出自が根本的に重要な事柄であることはある程度理解していたから、彼の「別に知っている必要はない」という断言はやや冒瀆的にも響いた。後の出来事を考えると、この印象は必ずしも誤りではなかったと言える。

調査一年目の九月のある日、アンブロシオのもとに西隣の村からの使者が到着する。彼らは、同年十二月に隣村でカマリクン儀礼を開くことが決まったこと（これにはウィンクル村も参加する義務がある）、また隣村に祈り手がいないので、アンブロシオにはその役目を務めてほしいことを彼に伝えた。後に聞いたところによると、アンブロシオは最初、近隣に自分より優れた祈り手――断片４の話者のこと――がいるのだから彼を呼んで来ればよい、自分がやる必要はないと断ったが、最終的には受け入れることになったという。そして、その直後から彼は体調を崩し始めたらしい。十月の間はなんとか持ちこたえていたが、十一月に入って病状が深刻になってきたため、アンブロシオの家を切り盛りしていた娘のマルガリータは、甥のホベル――アンブロシオの孫に当たり、伝統的知識に詳しかった――と共に近隣に住む民間治療師イリスメニアを訪ね、占ってもらうことにする。治療師によると、病気の原因はアンブロシオが祈り手となることを断るという過ちを犯したからであった。自分より優れた祈り手がいるという彼の判断は確かに合理的ではあったけれど、もう一方で、アンブロシオの家系は西隣の村の支配的な家系でもあるため、そこでのカマリクン儀礼でアンブロシオが祈り手を務めるべき強い理由も存在したからである。治療師の指示に従い、「過ち」を償うために、羊や鶏を生贄にして神や諸精霊に捧げる儀礼が数回行われたが、十一月後半に入って病状はさらに悪化し、ある晩、治療師に臨終の時が来たと告げられる。方々から村の有力者たちが集まってきて、もがき苦しむアンブロシオを見守ったが(私も同伴した)、その後アンブロシオは安らかに眠り始め、人々は家に帰っていった。

その翌日、娘のマルガリータとその甥のホベルは、今度は近隣に住むシャーマンのところに相談に行って、このシャーマンが治療儀礼を行うことになった。二日後に行われた治療儀礼は長時間にわたったが、シャーマンの憑依霊が――隣村から呼んだ知者との会話(コヤウトゥン)を通じて――人々に伝えたのは、第一に、アンブロシオが瀕死の状態になっているのは、九月に犯した過ちのみならず、それ以前に村で起こった様々な過ちにも起因していること、第二に、チリ人の医師にも治療を受けるべきであること、第三に、それとともに特別な儀礼をやれば何とか十二月のカマリクン儀礼は乗り切れるだろうこと、であった。ちなみに調査者の立場としては、ウィンクル村で調査が大きな進展を見せない中で、アンブロシオの家で頻繁に行われた一連の儀礼は、マプーチェの儀礼の世界に本格的に触れることのできる、願ってもない機会であった。しかし同時に、マルガリータとホベルが苦労して手配し続けていた儀礼の効果を私は素直には信じることはできなかったし、彼女らの疲れきった表情、また毎回羊や鶏の生贄を出さねばならず彼らにどんどん経済的負担がかかっていく様子を眺めると複雑な気持ちにならざるをえなかった。アンブロシオの過ちの話はまた、口伝えでウィンクルの村全体に広がり、人々に深い動揺を与えていた。

とはいえ、この治療儀礼が転機となり、シャーマンの指示に従って救急車で町の病院に運ばれたあと、アンブロシオの病状は急に好転する。彼は数日後に退院して、シャーマンの指揮のもとで、新たに羊二頭と鶏六羽の生贄を捧げる儀礼が行われた。そしてこの儀礼から十日後には、自ら馬に乗り、丘を越えて隣村のカマリクンの儀礼場に行って、真夏の炎天下、三日にわたって早朝から昼過ぎまで祭壇の前で祈り続けた。一月前に瀕死の状態にあった姿を私自身も見ていたから、高齢のアンブロシオがここまで回復したのは驚くべきことであるように思われた。無事にカマリクンが終わり、マルガリータたちも心底喜んでいる様子であった。

しかし喜びは長くは続かなかった。年を越すとアンブロシオは再び体調の不良を訴えるようになり、その後一進一退を繰り返していたものの、四月に入って病状が著しく悪化していく。この頃、私は調査の二年目に入り、もうウィンクル村には住んではいなかったが、五月にアンブロシオの家を訪問してみると、親族一同が集まって沈痛な表情で会話(コヤウトゥン)が行われており、あたかも通夜であるかのようであった。その数日後、マルガリータは私に、アンブロシオが背負っている重い「過ち」がどんなものであるかを私に説明してくれた。それはウィンクル村全体の歴史と関わるものだった。一九六〇年代のある時、治療儀礼のために遠方から呼ばれてきたシャーマンが、ウィンクルの儀礼場は汚れており、清めなければならない、と人々は告げた。ウィンクル村の人々はこの指示に従って儀礼場を清める儀礼を行ったのだが(アンブロシオはその中心になった一人だった)、その直後に村の長老たちが相次いで死亡したため、人々は恐れをなし、それ以降カマリクン儀礼を行わなくなってしまう。そうした中で、キリスト教福音派の人々が布教活動を始め、少なからぬ人々が改宗して、カマリクン儀礼から離れていった。村のリーダー的存在であったアンブロシオがカトリックの布教所と掛け合い、一族が所有する敷地の中に小学校を誘致して、ウィンクル村に学校教育を普及させることに大きな役割を果たしたのもその時代のことであった。それから多くの年月が過ぎ、一九八〇年代になって村の人々の間にマプーチェの儀礼に戻る機運が生まれ、一九八七年のカマリクンではアンブロシオが祈り手の役目を果たすことになる。そして三年後の一九九〇年末に彼は隣村のカマリクンの祈り手をも務めることにもなったわけである。しかし、私がアンブロシオ本人に対して行った最初で最後のインタビューの中で、彼が開口一番に語ったことにも垣間見られるように、彼が最も誇らしく思っていたのは祈り手を務めたことではなく、村に小学校をもたらしたことであったのかもしれない。このアンブロシオの生き方にはどこかギリシア悲劇を思わせる、英雄的なものがある。[23]

アンブロシオの病状は六月以降さらに悪化し、病床での長い苦しみを経て、彼は遂に八月二十九日に息を引き取った。そして九月一日から二日にかけ、大勢の人が方々から集まってきて大規模な葬礼が執り行われた。さて、それから四日後の九月六日のことである。私は近隣のビジャリカの町に借りていた部屋にずっとこもって、それまで溜まったフィールドノートの整理を行っていたのだが、呼び鈴が鳴ったので表に出ると、マルガリータとホベルが立っている。この日はビジャリカの町に出てきていて、私のことを思い出したので訪ねてきたのだという。私はマルガリータと何度か会話は交わしていたものの、わざわざ私を訪ねてくるほど親しい関係ではなかったので、この訪問は私を驚かせた。さっそく家に入って座ってもらうと、マルガリータは堰を切ったように、前年秋に父が病に倒れてからいかに辛酸を舐め続けてきたかを語り続けた。そして、話が終わりに彼女は次のようにいった。「ああ、マプーチェに生まれるというのは何と辛いことだろう！　神はマプーチェに力を与えてくれたけれど、その力はあまりにしばしば、私たち自身を苛むのだ。そして、私たちがマプーチェである限り、そうした運命から逃れることはできないのだ。もし、マプーチェとして生まれていなかったら自分は何と楽な人生を送れたことだろうか？　一体、神は何故マプーチェなどというものをお造りになったのだろうか？[24]」

5 「文学のようなもの」に向かって

ブランショは『文学空間』において、作家が書くという行為について考察し、「書くとは、言葉を私自身に結びつけるつながりを断ち切ることだ」と書いた。[25] マルガリータがその語りの末尾、マプーチェとしての自身の運命を引き受けた後に、マプーチェではない自分の姿を想像し、そして神が作った世界をまったく不可解なものとして捉えるとき、このいわば「外」の語りは、ブランショが「文学」と呼んでいた領域にきわめて接近しているように私には思われる――たとえ彼女自身は決して書くことも、書こうと意図することもなかったとしても。

もう一方で、マルガリータのこの言葉は私自身にとっても忘れ難いものとして残った。確かにこの苦悩の言葉は、ブランショが精神分析について述べていたのと同じように、私ではなくて「他の者」に向けて述べられたものであった。しかし、ウィンクル村においてマプーチェ的伝統を一身に背負っていたアンブロシオの、その最も忠実な娘の口から出てきた、「もしマプーチェとして生まれていなかったら自分は何と楽な人生を送れたことだろうか？」、「神は何故マプーチェなどというものをお造りになったのだろうか？」という言葉は、マプーチェの文化・社会を研究しようとこの地に入り、それまで一心に調査を行ってきた私にとって、全ての前提をひっくり返すものであった。チリからの帰国後、フィールドワークの経験の全体を時間をかけて反芻し、このマルガリータの言葉の意味を深く受け止めてゆくうちに、人類学という学問は、以前に私が知っていたのと同じものではなくなっていった。

そうした中で私は、このチリでの「災禍」の経験によって、「文化」・「社会」のような媒介的なカテゴリーに依存しないような人類学、そしてまた、「言語」の手前にあるものを含めて人々のイメージ的な経験の全体を把握するような人類学を自ら構築する、という使命を自分が背負ったことを意識するようになる。それから二十五年以上の年月をかけて――とりわけジル・ドゥルーズの哲学から多くを学びつつ――作業を続け、『イメージの人類学』（二〇一八）という本を書き上げることで、[26]ようやくその使命を果たしたと感じることができた。それは、あえていえば、「黄色い雄牛」の夢を見たマプーチェのケース（断片3）と似ていなくもない過程であったと思う。

本稿を閉じるにあたって強調しておきたいのは、人類学者がしばしば好んで語ってきたところの「異文化」や「他者」といったものは、それが自／他の区別を前提としている限り、所詮、ブランショのいう「慣れ親しんだものの思想」、「近いものの思想」に過ぎないということである。[27]我々が本当の意味で「遠方のものの思想」に触れるのは、「他」が思いもよらず「自」となり、また「自」が全く不本意ながら「他」になってしまう、そのような時であるに違いない。私は本稿を書きながら、マプーチェの会話と夢見の世界――それは私に対して意外にも古代ギリシアへの扉を開くものでもあった――を、読者が、地球の裏側の「他」なる世界の話に分類してしまうことのないようにと密かに願ってきた。もちろん、我々はマプーチェの知者とは異なり、口頭伝承を延々に語ることもなければ彼らのような夢を見ることもない。また祖先の霊の力によって運命を定められたり、その罰を受けたりというのはいかにも「他」なる事柄である。しかし、彼らのそうした営みを身近で経験した者としていえば、それは我々の日常とまったく無縁なものとは思われない。振り返ってみるならば、非常に断片的な形ではあれ、我々の脳裏には無数の他者の言葉が響いているし、時には鮮烈な夢に襲われることもある。目に見えない運命の力への感性も我々の中から消えたわけではない。さらに、過ちが意図や責任と関わりなく罰を引き起こすという考えは、確かに近代的個人の概念と矛盾するのだが、人間の生の条件についての奥深い考察に我々を誘う可能性がある――付言すれば、マプーチェの人々自身も過ちや罰の概念に疑念を持ち、そこから抜け出そうとさえしてきたのである。こうした物事の彼方には、「文学」ではないが、「文学のようなもの」ではあるところの、豊かな経験の地平が広がっているのではないだろうか。そして人類学の営み――とりわけ民族誌という作業――

は、このような「自」と「他」の通じ合いにおいて、「文学的なもの」と深く交差し続けるものであるように思われる。

【注】

（1）　M・フーコー『言葉と物』（渡辺一民・佐々木明訳、新潮社、一九七四年）、三四六頁及び四〇一頁（ここではフーコーの原文に従い「民族学」と記す）、及びM・フーコー「外の思考」（豊崎光一訳、『フーコー・コレクション2　文学・侵犯』筑摩書房、二〇〇六年所収）を参照。

（2）　M・ブランショ『終わりなき対話Ⅱ』湯浅博雄ほか訳、筑摩書房、二〇一七年、二八九頁。

（3）　M. Blanchot, *L'écriture du désastre*, Gallimard, 1980.

（4）　M・ブランショ『文学空間』粟津則雄・出口裕弘訳、現代思潮新社、二〇〇〇年、二一頁。

（5）　民族誌的フィールドワークの研究手法を確立したB・マリノフスキは、フィールド日記の中で、「日記をつけ、一瞬一瞬、自分の生活や思考を律していくことの目的は、生活を統合し、思考を総合し、それによって主題の断片化を避けるためであるに違いない」と書いている（『マリノフスキー日記』谷口佳子訳、平凡社、一九八七年、二六四頁）。同様の考察は調査の終盤であった一九一七年末から翌年前半の記述に多数見出される。彼のフィールドでの省察で、「日記を書くこと」が、「研究の方針を確立すること」や「E・R・M（後にマリノフスキの妻となる女性）に対して正しい感情を持つこと」と奇妙に重ね合わされて考察されているのは、彼の日記がまさに自己確認のための格闘の場所であったことを示している。

（6）　鈴木雅雄「序　あなたはレコード、私は蓄音機――二〇世紀フランス文学と声の「回帰」」、塚本昌則・鈴木雅雄編『声と文字――拡張する身体の誘惑』平凡社、二〇一七年、二二頁。

（7）　本稿の民族誌的素材は主として私の未刊行博士論文「想起と反復――現代マプーチェ社会における文化的生成」（一九九五

年）の第六章（特に第四節「アンブロシオの死」）に依拠しているが、元データに戻って述べ直した箇所もある。

（8）　後でも述べる通り、儀礼においては「会話（コヤウトウン）」と呼ばれる特別な対話のスタイルが前面に出てきて、知者（キムチエ）と呼ばれる人々を中心に、知識の深いマプーチェの間で華麗な対話が繰り広げられる。これに対し、そうした知識を持たない多くのマプーチェは、簡単な会話をマプーチェ語で行うほかは、小声でスペイン語で話すというのが実態であった。

（9）　口頭伝承などの語りはしばしば録音させてもらったが、私はそれらを辞書を片手に繰り返し聴いて、文字に書き出して友人のマプーチェ知識人に添削してもらう、という形でマプーチェ語を学ぶことになる（マプーチェ語の発音が日本語話者に比較的馴染みやすいものであったのが大きな幸いだった）。そうやって私は、日常会話はできないものの、知者（キムチエ）たちが用いる格式の高いマプーチェ語には十分に親しむようになった。

（10）　私はここで「凡庸」という強い言葉の中に、例えば、人々が相互に妬みの感情を抱いていて、陰でお互いを激しく罵っていたり、時折開かれる宴会で多くの人が泥酔し、そこから必ず暴力沙汰が発生したり（死亡者が出ることもあった）、といった調査者にとって苦い味のする幾多の経験をも込めている。

（11）　E・A・ハヴロック『プラトン序説』村岡晋一訳、新書館、一九九七年（「保存されたコミュニケーションとしての詩」はこの本の第三章の表題である）。

（12）　ウィリアム・マルクス「文学——他処から来た声？——ホメロスからヴァレリーへ」、塚本・鈴木編『声と文学』（前掲）、一二二頁および一二八—一二九頁。

（13）　ここで述べたことと焦点の当て方は異なるが、E・ヴィヴェイロス・デ・カストロはその著名な論文 "Cosmological Deixis and Amerindian Perspectivism" (*Journal of the Royal Anthropological Institute* (N.S.) no. 4, pp. 469-488, 1998) において、アメリカ大陸（特に南アメリカ）の先住民の思考が直示（ダイクシス）の問題と深く関わっていることを論じている。

（14）　マルクス、前掲、一三六頁。

（15）　ここでは、ハヴロックが『プラトン序説』で、古代ギリシアの叙事詩の百科事典的側面について繰り返し論じていたことも思い起こされる（第四章等を参照）。

（16）　「ピューマの魂」自体が儀礼の中で現れてくる、という語りは聞いたことがあるが、その場合、今度はその「ピューマの魂」を見ている主体は誰かという問題が出てきてしまい、やはり伝承に基づく推測に行き着かざるをえない。

（17）　同様のことはマプーチェの人々が会話（コヤウトウン）で神的存在に言及する時の仕方にも見いだされる。神的存在は「天空の父・母・若者・娘」、「碧空の父・母・若者・娘」、「大地の統治者である父・母・若者・娘」、「人間の統治者である父・母・若者・娘」等と、様々に呼びかけられるが、彼らはこれらの「父・母・若者・娘」の具体的なイメージを持っているわけではないし、また「天空の」・「碧空の」・「大地の統治者である」・「人間の統治者である」等の部分が相互にどこまで重なり、どこから区別されるのかも明瞭ではない。しかし彼らが述語的レベルで、「天空にいる」・「碧空にいる」・「大地を統治している」・「人間を統治している」ところの神的存在の力を深く感じていることは全く疑いがない。

(18)　フーコー「外の思考」、三〇七頁以下。なおここでの考察は、郷原佳以の論考「セイレーンたちの歌と「語りの声」——ブランショ、カフカ、三人称」(塚本・鈴木編『声と文学』、前掲)に触発されたものである。

(19)　塚本昌則は『目覚めたまま見る夢——20世紀フランス文学序説』(岩波書店、二〇一九年)で、「どうすれば覚醒した意識をもったまま、夢を見ることができるのか」という根本的な問いについて論じているが、会話(コヤウトゥン)と夢見を二つの軸として営まれるマプーチェの知は、二〇世紀フランス文学と文脈を大きく異にするとはいえ、決してそれと無関係ではないと思われる。

(20)　『終わりなき対話I』、一二九頁。

(21)　もちろん、全ての「話す」・「夢を見る」行為がそうした力を帯びているのではない。マプーチェの人々も、夢の中に重要なものとそうでないものがあることは認識しており、断片2や断片3は彼らが「大きな夢(füta peuma)」と呼ぶ特別な種類の夢である。同様に、私はここでは、会話(コヤウトゥン)における発話を念頭に置いて「話す」という言葉を用いている。

(22)　拙稿「想起と反復——あるマプーチェの夢語りの分析」『民族学研究』五八巻三号、一九九三年、二二三—二四七頁。この語りはきわめて複雑なニュアンスを持つ興味深いものであるが、詳細についてはこの論文に譲る(J-STAGEで参照可)。

(23)　ウィリアム・マルクスは、「古代悲劇は、人間が運命と神々に対して行う闘いをスペクタクルとして提示する。この闘いは不公平なもので、ほとんどの場合は苦しみと死で終わるが、人間の自尊心を高揚させるものでもある」といった類のギリシア悲劇の説明をドイツ・ロマン主義たちが持ち込んだ解釈として厳しく批判している(『オイディプスの墓——悲劇的ならざる悲劇のために』森本淳生訳、水声社、二〇一九年、一〇〇頁以下)。しかしマルクスも述べる通り、こうした理解が少なからぬ悲劇作品に当てはまるという点は存在するし、また本稿でみたマプーチェ民族誌の内的論理にも呼応するものであるため、ここではこのギリシア悲劇の一般的理解に従っている。

(24)　付言すれば、治療師イリスメニアは一連の出来事のなかで、(マルガリータに付き添っていた)アンブロシオの孫のホベルについて、将来彼がウィンクルの祈り手を引き受けることになろうと予言していた。それから十年余りの後、ホベルは村人たちの求めによって、実際にウィンクルの祈り手となった。

(25)　『文学空間』、一七頁。

（26）拙著『イメージの人類学』、せりか書房、二〇一八年。
（27）『終わりなき対話Ｉ』、一二一―一二三頁。

制度の裂目に立ち上がる言葉
――メルロ＝ポンティの文学論から

廣瀬浩司

要は、からだにからだがはまってしまってバリバリ音立てて裂目が出来た。その裂目が表へ出た。つまりからだの裂目にからだが落ちたのではなく、裂目はもともとからだなのである。〔……〕無数の裂目が埋められた肉体の声は、物質の叫びを改めてハンカチにつつむようなものだ。（『土方巽全集Ⅰ』〔新装版〕、河出書房新社、二〇一六年、二二五頁）

「装置」として、「物語」として、「風景」として不断に機能している「制度」を、人が充分に怖れるに至っていないという事実だけが、何度も繰り返し反復されているだけである。（蓮實重彥『表象批評宣言』、ちくま文庫、一九八五年、二頁）

はじめに

フィクションが現実を「模倣」するのではない。フィクションは可能世界の「創造」ではない。さまざまな「制度」の裂目にはさまれ、何も見えず、何も感覚できず、麻痺状態に陥った「誰か」が、もがきながら自分なりの行為の「スタイル」を創設するとき「現実」が切迫するのだ。

その「現実」の切迫に促されて言葉を発するのが、たとえば作家である。作家の言葉は、「制度」の裂目にはさまれた肉体の「叫び」として発せられる。本稿ではモーリス・メルロ＝ポンティの制度の哲学と晩年の文学言語についての講義から出発して、以上のようなことを示したいとおもう。

『見えるものと見えないもの』という遺稿を残して一九六一年に急逝したメルロ＝ポンティ。その思想はデリダ、ドゥルーズ、フーコーらに引き継がれたが、おそらく彼らは意図的にメルロ＝ポンティへの負債を明示せず、独自の思想を発展させた。思想史にありがちな逆説であるが、だからこそ彼らの思想を、メルロ＝ポンティ思想のヴァリエーションとしても読めてしまう。デリダはメルロ＝ポンティ的な身体に「死との関係」を組みこもうとし、ドゥルーズはセザンヌを反復するフランシス・ベーコンに注目し、フーコーは後述の「制度化の現象学」を「権力関係の系譜学」へと組み替える、[1]という具合である。だが彼らの仕事はメルロ＝ポンティの可能性をくみつくしてはいない。「分節」「キアスム」「蝶番」「回転軸」といった用語で色彩られるメルロ＝ポンティの晩年の思想は、こうした思想史的ないたずらには尽きない独自の起爆力を秘めている。

一九九〇年代に主に現象学者によるメルロ＝ポンティ・ルネサンスが始まるとともに、アフォーダンス、オートポイエーシス論などの認知心理学、芸術学（ユベール・ダミッシュ、アンリ・マルディネ、ジョルジュ・ディディ＝ユベルマン）や社会学（ブルデュー、エスノメトドロジー）や人類学（フィリップ・デスコラ、ティム・インゴルド）などの多様な領域で発展的な応用が行われてきた。だが関心は『知覚の現象学』と『眼と精神』に集中し、一九五〇年代から晩年に至る思想は論じられることが相対的に少ない。

急逝したときメルロ＝ポンティはコレージュ・ド・フランスの教授であったが、その講義のための準備草稿の研究が進んだことにより、この欠落は次第に埋められつつある。本稿では、とくにメルロ＝ポンティが「文学」[2]という「フィクション」ないしは「制度」を主題的かつ具体的に論じた晩年の講義草稿の意義を検討する。というのも、五〇年代のメルロ＝ポンティは、初期に提示した「知覚」という次元を、歴史と自然の緊張関係の場に据え付けながら再考しており、そのとき絵画と並んで、文学言語もまた、重要な位置を占めているからだ。

まずはこの講義に至る、とくに一九五〇年代のメルロ＝ポンティの思想の歩みを「制度」と「肉」という言葉で整理しておきたい。

1　制度化と肉

ありそうもない起源の現実性

一九五〇年代のメルロ＝ポンティの思考は、まさに「制度」の怖ろしさ、すなわちひとたび歴史的に制度化されてしまったものの取り返しのつかなさ、その疲弊と惰性化や暴走を考慮するような現象学の練り上げの過程である。ただし彼にとって「制度」とは「悪」や「虚偽」ではなく、知覚とその表現を支え、それにはずみを与え、新たな意味を結晶化させてくれる場でもある。またそれは表現者に新たな創造空間を開き、他の表現を誘発し、多数化する場でもある。一方で惰性化する傾向をもちながら、他なるもの、多性に開かれているような両義的なもの、それをメルロ＝ポンティは「制度」と呼び、それがはらんでいるダイナミズムのことを「制度化」(RC, 44) と呼ぶ。

たとえばセザンヌによって創設された「現代絵画」は、マティスやジャコメッティによって独自に変奏され、キュビスムによって制度化されるが、ふたたび(ドゥルーズがセザンヌ主義者とみなす)フランシス・ベーコンによって再活性化される、というように、美術史は模倣と創造の二重の運動をはらんでいる。誤解してはならないが、問題は表象空間をいかに「人間」が征服してきたかという空間の征服の歴史ではない。むしろ、そのとき制度化されている歴史的空間が投げかける「問い」を、それぞれのスタイルで身体的に感受してきた画家たちの系譜学である。こうしたダイナミズムの場としての「制度」とは、創設的な意味の増幅装置であり、間主観性の支えである。そしてまた、創設的なものの可能性を消尽させることもあるような、おそれおののくべき装置である。

こうして起源はたえず呼び起こされるが、それは「制度」においてはつねにヴェールをかぶったものとしてしか反復されない。新たな創造が、すぐに創設者の作品の意味を変容させるからだ。制度のダイナミズムはそれとして現前しない。そこに制度の怖ろしさがある。

さらに怖ろしいのは、このヴェールが「擬制」や「フィクション」や「想像的なもの」として糾弾したり賛美したりして片付けられるようなものではなく、それどころか、「現実」そのものの構成にあずかっているという絶望的な事態である。自己構成して重層化する「現実」こそが怖ろしいのだ。

だから重要なのは、擬制やフィクションの仮面を取り払って現実をあばくことではなく、現実なるものが自己をみごとに隠蔽し、自己を消し去りがたいものにする不可視のプロセスを可視化し、感覚可能にすることにある[3]。弁証法的否定やハイデガー的隠蔽なしに、自己を反復して生き延びるもの、それが制度の現実なのである。

一九六〇年代の思想の大きな過ちのひとつは、この制度の怖ろしさを「言語」へと集約させてしまったことにあった。たしかに言語についての思想の深まりは、社会規範にあらがうものとしての「文学」という制度を理想化し、その中間に「批評＝批判」という言説を切り開き、それを文学理論という制度として機能させるのに有効であった。その際中心になったのは「差異」のシステムとしての言語という考えである。

しかしながら、メルロ＝ポンティにとって言語とは、たんに差異のシステムであるだけではなく、むしろ「現実」に漸進的に参入していくための媒体でもある。たとえばヤコブソンの音韻分析や言語習得の研究を取りあげながらメルロ＝ポンティは、幼児が言語世界に参入するプロセスを記述する。幼児が言語を学ぶときまず与えられるのは音声的なカオスである。それを司る背後の原理がわからないからだ。だがこの言語の「渦」（S, 101）に巻き込まれながら、幼児はそれがどのような他者の振るまいに伴われ、どのような相互関係を作り出すかを経験するうちに、その言語特有の「抑揚や調子やリズム」（cf. S, 222）を内側から感じとる。つかのまでもよい、このリズムがなんらかの間主観的な「意味」に結びつくことが予感されたとき、「何かあるもの」がつかまれる。

それは無ではないがまだ指示対象をもたないような、ほのかな「文字以前の分節（articulation）」（VI, 174）や「浮遊するシニフィアン」（レヴィ＝ストロース）である。

この「分節」を感受したとき、幼児の喃語は一時少なくなるが、摑まれたひとつの分節は他の分節とおのずと結びつき、重層化したシステムをなす。こうして幼児は言語システムの一部に巻きこまれていく。そのとき幼児は、これまでもっていなかった「スタイル」で音声を発し始める。これは身体の叫び、「肉」の叫びであり、そのとき幼児はまわりの言語世界に参入し、おのれの「現実」を構成しはじめるのだ。

このようにメルロ＝ポンティは、まずは制度（この場合言語システム）のただなかに投げ込まれ、その自己運動に身をゆだねざるをえなくなった誰かが、「無ではないが存在でもない」分節を手がかりに、みずから実践のスタイルを「制度化」するプロセスを追求する。これは、超越的な原理ももたず、また無から何かを創造するのでもないかたちで世界に参入し、その意味を学ぶプロセスである。本稿ではこのプロセスを実践するのが文学的創造であることを確認する。

夢における現実との出会い

制度においてもがきながら、ひとはあたかも夢の中にいるようにして、他者や現実と出会う。だからこそメルロ＝ポンティは「制度化」の概念と並行して、夢や眠りや無意識的記憶の問題を取り上げ、行為をむしばむ根源的な受動性に沈潜していく。

さらに、一九五〇年代後半からは、人間的意識の次元を越え、根源的受動性としての「自然」の問題系へと踏み込む。それが「自然の概念」についての一連の講義である。「自然の概念」の講義でメルロ＝ポンティは、自然的世界や動物的世界におけるシンボリズムの生成をたどり、いわば「下から」制度化のプロセスを辿り直す。ただし誤解してはならないが、メルロ＝ポンティは人間的意識の「起源」を、自然や動物的存在に、進化論的にもとめようとしているのではない。むしろ動物の「行動」の分析をとおして、人間的「意識」そのものが「行動」として出現する瞬間を、とらえようとしているのである。意識の目覚めという出来事をとらえるためにこそ、動物性の考察が必要なのだ。

この自然の問題系において「肉」という概念が前面化していく。肉とは「分節」が作動する場である。だから肉は、生き生きとした充実の世界ではなく、むしろ「ある種の不在」にむしばまれているとメルロ＝ポンティは考える（cf. S, 264）。不在と現前が絡み合う場が肉であり、否定的なものとは写真の「ネガ」のようなもの、現前を支える影のようなものだ。

だからメルロ＝ポンティは、「肉」がたんなるカオスや帰還すべき原初的なものではなく、すでにシステム論的な「分節」の萌芽を孕んでいることを強調する。「分節」という「裂目」に身を置きながら、新たなシステムをかたちづくり、みずから生成していく行為を支えてくれるのが肉という自然なのだ。

制度と肉のあいだに結晶化する「生の技法」

制度は多重化し、肉を覆い隠す。覆い隠されながら「肉」は制度を増殖させる。「制度」と「肉」とは、循環的で相補的な関係にある。いま述べたように、肉にはすでに制度的分節の萌芽が書き込まれているが、制度もまたみずからの重みによって「バリバリ音をたてて」（土方巽[4]）崩れていくことがあるからだ。たとえばシステムが惰性化し、分節のダイナミズムが「規範」や「ルール」となってしまうことがある。ある絵画や芸術の技法が教条化することもある。それらは生を圧殺する。だがそのただなかでいくつかの既成の分節を解体し、新たな分節を感受し、もうひとつ別の制度、別の行為のスタイル、別の「生の技法」（フーコー）を創出することはできないか。「分節」という「裂目」（土方）から出発し、全体をくるりと反転させるようにして、「制度の肉」を露呈させることはできないか。そうして露呈した肉を、裂目を折り畳み直すようにして「再制度化」することはできないだろうか。裂目は空虚ではない。「裂目はもともとからだなのである」（土方）。そうして制度化という出来事を、制度と肉のあいだに結晶化させることはできないか。

もちろんそれは容易なことではなく、ねじれと弛緩、飛躍と回帰をともなう困難な営みであり、これを従来の哲学の用語で語ることはむずかしい。だからこそメルロ＝ポンティは、「肉」の「蝶番」や「軸」といった新たな用語を導入したのであろう。

このような「制度」と「肉」の交差については、これまでもっぱら絵画を例に理解されてきた。その代表が晩年のエッセー『眼と精神』である。だがもうひとつ、最晩年の一九六〇年―一九六一年度の講義「デカルト的存在論と今日の存在論」における文学論（プルースト、クローデル、シモン）もまた、言語論的な『眼と精神』とでもいうべき位置を占めている。この講義の目的のひとつは「芸術において暗黙のうちにとどまっている今日の存在論を哲学的に表明すること」（NC, 200）であるという。文学言語の意義をさぐるため、この講義を検討しよう。

2 プルースト、クローデル、シモンにおける炸裂と凝集

現代の芸術的な営みは、「大きな物語」への依存をやめ、主観的なもの、個人的なもの、刹那的なものになったという考えは現代でも根強い。だがメルロ＝ポンティはすでに一九五一年の「間接的言語と沈黙の声」においてマルローと対決しつつ、こうした考えを批判していた。現代芸術を主観的・個人的な感情への回帰とみなす考えは、ヘーゲル主義の裏返しにすぎない。模索すべきなのは作家と世界の新たな関係の創設なのだ。

以下では、メルロ＝ポンティが若いときから愛読していたプルースト、クローデル、そして晩年に見いだしたクロード・シモンの小説についての考察から、作家たちがどのように世界や他者たちとの新たな関係を創設しよ

うとしていたか、考えてみたい。

プルースト

プルーストは、すでに『知覚の現象学』以来、メルロ゠ポンティ哲学にとって特権的な位置を占める作家である。(5) ここではこの講義で論じられている、プルーストの三つの表現をとりあげてみたい。

(A)「闇のヴェールに包まれた観念」

メルロ゠ポンティは、ある観念が私たちに「下り立ち」(NC, 21)、たえずかたちを変容させながら、強迫的に私たちをとらえて離さないという、プルースト的経験を検討する。たとえば「音楽的な観念」が強烈に経験され、ある種の普遍性ないしは永遠性の様相を帯びて反復される、というプルーストの描写は何を意味するのだろうか。まず、これはメルロ゠ポンティ哲学における「現れ」の二重性(彼はこれを「襞」「紙葉(feuillet)」とも表現する)という考えと呼応する。(無ではなく)「何かあるもの」が真に私たちに下り立つときには、それはつねにヴェールをまとって、多様な現れとともに、一挙に出現する。そうした多様性における統一性、差異における同一性こそが、事物の経験である。「わたしたちが見るものは、事物そのもの以外のものではない。だが私たちはたえず見ることを学び直す」。こうメルロ゠ポンティは繰り返すが、そうしたことを私たちに強いるのが、「何かあるもの」という過剰な現実なのだ。たえず異なっていることで同一であり、同一であることによってたえずヴェールをまとうこと、これこそが現実の現出様態なのである。

現れの二重化(redoublement)という言葉には、「分身(double)」の主題が隠されている。ある観念と私たちの遭遇が強烈であればあるほど、それは概念的な把握に抵抗し、みずからを忘却し、ヴェールで蔽う。それはみずからの仮象や分身を作り出すことによって、自己生成゠自己保存゠自己忘却するのだ。現れと隠れ、記憶と忘却の対立では語れないような経験がここにはある。

現れの二重化は、分身の分身を増殖させるが、うつしあう鏡像的な「分身」の「カップル」は、オリジナル以上に「リアル」だとメルロ＝ポンティはいう[6]。さらにいえば、分身同士のかぎりない映し合いがまずあって、そこに私たちはそれらの「分節」のみを「現実」として触知するのだ[7]。

このような自他のオーバーラップの経験は、たんなる自己と他者の重なり合いではない。それは「自己」の投影ではなく、むしろいまだ自己ではない「誰か」が、可視的な世界に「参入する」とき、「見えるもの」となり、それに取り囲まれることによって「自己」と「なる」プロセスなのである。

鏡と呼ばれるものは、まさにこの表面にゆらめきながら差し挟まれるフィクションを象徴している。分身のイマジネールで感覚的なオーヴァーラップこそが、「鏡」（メルロ＝ポンティはスタンダールもまた愛読していた）という「フィクショナルな」「技術」を要請するのであって、逆ではない。イマジネールな肉に書き込まれた「分節」は「フィクショナルな技術＝技法」の起源である。それは文学言語という制度をも予告しているのだ。

この炸裂のつくりだす裂目において私たちは、（悪夢でもありうる）夢幻的な世界の「闇」にはいりこみ、他者たちや過去そのものと「現実」に出会い直すことで、肉を間接的に経験する。夢幻的なものはもうひとつの現実ではなく、むしろ現実との出会いの条件なのである。

（B）「知らないことにするわけにはいかない」（NC, 234）

しかし、この分身のかぎりない映し合いは、そもそもどのように「制度化」したのだろうか。ひとたび制度化した「自己」にとっては、夢のような映し合いもあれば、苦痛でリアルな経験の反復であるような映し合いもある。そうした映し合いの「スタイル」の差異はどこから来るのか。

重要なことは、たえず増殖する新たな現れは、つねにひそかに、物そのもの、世界そのもの、他者そのもの、

「何かあるもの」との「最初の遭遇」（それは外傷的なものであることもあるだろう）にひそかに結び付いていることである。「最初の遭遇」とは、けっしてそれとして現前しないが、なかったことにすることもできないような起源、ありえそうもないような起源である。

もちろんそれは経験的な起源ではない。このようなけっして現前しない過去のことをメルロ＝ポンティは「垂直的な過去」（VI, 356）とよぶ。それは「知らないことにするわけにはいかない」、つまり「ありえないことがありえない」というかたちで、現在の襞において、遡行的にのみ現れてくるものである。だから「何かあるもの」の回帰、すなわちその分身に遭遇する経験は、一種運命的な正確をおびる。あらかじめ予測することはできないが、「どうしようもなく到来するもの」（NC, 259）「起こらなかったということがありえない何か」（NC, 261）として（つねに新たに、べつのかたちで）経験されるのである。

（C）「現実は記憶においてしか作られない」（NC, 237）

このような「何ものか」との最初の遭遇という根源的な制度化を経験したとき、私たちは意識的な記憶や解読や語りを動員して、言葉なき幼児のようにもがく。しかし解読のためのコードは与えられていない。私たちは、解読できないものを解読することで、現前しないものに応じることを強いられる。肉の裂目において、そのコードを見いださないではいられない。ひとがそうせざるをえないのは、「何ものか」の生起という出来事が身体に体内化され、自己と自己とのあいだにとりかえしがつかない隔たり（脱中心化）を刻み込んでしまったからだ。

したがって現象の解読は、意識的な想起ではない。「垂直的な過去」の厚みゆえ、そしてその厚みを媒体として、過去へと次第次第に遡行していくしかないのだ。私たちはざりがにのように過去へと後ろ向きに入り込み、イメージの系列を眼前に展開させていくことしかできない。そうしてヴェールをひとつひとつ引き剥がしては繕い直していくしかないのだ。

この後ろ向きの「かえりゆき」によってこそ、しだいに「現実」が凝集していく。そのようにして私たちは、出来事から受けた衝撃による不均衡を修正し、つかのまの均衡を組み上げていく。そのときには「もはや何も以前のようではありえない」（NC, 268）。以前の風景が根源的に脱中心化して解体し、そこに現れてきた「何ものか」を核に、別の風景が制度化するからだ。

このような現実の回顧的な凝集によって、ひとははじめて過去について「語る」権利を得る。しかし、このばあい「語り」とは何であろうか。よく言われるように、この遡行的な語りは、たしかにある種の語り手のいわゆる「同一性」を作り出す。だが語っているとき、ひとはなぜ語るのか、何によって語らされているのかを知らない。語られたことは意図とは無縁である。語られたことは、語り手に襲いかかり、語り手を籠絡する。そもそもそれが語りを誘発したかのように。初めの遭遇こそが私の内において語る。あたかもすべてがはじめから制度化されていたかのように。語りが現実を構成するなどと言ってはならない。「現実」が語りを呼び求めるのである。

クローデル

すでに述べたように、メルロ＝ポンティはプルーストと並んで、ポール・クローデルを愛読していた。講義ではプルーストにおける「ヴェール」は、「影」と「亡霊」の主題として取り上げられる。

（A）破壊不可能な影

「見えるものへ到来することによって、事物は消し去りがたいおのれ自身の影を書き込む。〔……〕それは、見られたもの、見えるものであったものであり、見えるものの影ないしは分身として破壊不可能である」、「その〈空間〉ではなお（それ自身の過去をもっている）亡霊がとどまりつづけ、それによってこそ過去が存在する」（NC, 242, 243）。

事物が「なにかあるもの」として出現するとき、それはおのれ自身の影をヴェールやネガのように書き込む。だからこそ「過去」と呼ばれるものがある。過去とは、ひとが意識的に思い出すようなものではなく、それ自身が過去としての「しるし」をもっているようなものとして、亡霊的に回帰する。これをメルロ＝ポンティは「現在に付着している過去」「〈知覚されたことがある〉という要求をおのれ自身の内に有している」（NC, 243）過去と呼ぶ。

この「垂直的な過去」は時間的であると同時に空間的である。ここでひとはデリダの「間隔化（espacement）」や「亡霊論」を連想するかもしれない。間隔化とは、時間と空間の共通の源、「痕跡」や「原エクリチュール」の影が作動する場である。ただしメルロ＝ポンティは時間の「厚み」や「出来事の豊饒性（fécondité）」についても語る。両者の発想の共通の源は、フッサールの「生き生きとした現在」という考えであるが、両者のあいだにはこの「生き生きとした（lebendig）」という形容詞にたいするまったく異なった意味付けがある。ベルクソンからも距離をとっていたメルロ＝ポンティは、「生」の概念をそれ自体で称揚したことはなく、それは「否定的原理」（あらわれの様式としてのみ間接的に現前する原理）（NA, 213）であると考えた。むろんこの場合の否定とは、無ではなく、襞や影やネガに関係している。それに対してデリダはあまりにも早く、それを「死への関係」と解釈してしまったのではないか。彼は「裂目」が「もともとからだである」という洞察に達し得なかったのだ。

クローデル論では、「凝集」や「同時性[8]（simultanéité）」の契機がより強く強調されている。メルロ＝ポンティがすかさずつけ加えているように、これは「死における和解」をもとめるものではない。「死」という弁証法的和解ではなく、あくまで、垂直的過去の他性の消し去りがたさを前提とした、たえざる「生誕」が問題なのである。

「垂直的過去」とは、けっして現前しないが現在に影のようにつきまとう過去であるが、メルロ＝ポンティはこれを「建築術的過去」(VI, 355) とも言い換える。肉はカオスではなく、夢幻的なものの「骨組」として現実を組み立てていくものであるからだ。

文学とはまさにこの「骨組」を組み立ててゆく作業ではないだろうか。それは制度の肉の亀裂や分節を取り上げ直したものであるかぎりにおいて、純粋に自然的なものではない。身体のキアスムはすでにある種の「文学機械」(ドゥルーズ／ガタリ)、ただし六〇年代の思想が称揚した無意味や反意味ではなく、過剰な意味を贈与する装置なのである。

(B)「およそ文学というものはすべて、接ぎ木であり、ひこばえである」(NC, 249)

すでに述べたフィクションの問題に関係して、文学的創造と「他者」の関係について考えてみよう。「私に与えられて見える世界が、すべての人の世界として破裂する」(NC, 240) とメルロ＝ポンティは言う。文学的言語は、(未来の自己も含む) 他者による新たな言語化 (取り上げ直し) をうながす。「他人はそれを読むことによって、別のことを語ることを学ぶ」(NC, 249)、「およそ文学というものはすべて、接ぎ木であり、ひこばえである」(NC, 268)。初めの遭遇は、つねに別様に取り上げ直されることを求める。だから「別のこと」とは、「同じこと」の「同時的」な別の側面である。ここでも「多様性における同一性」の生起がある。

作品を受容する他者は、いわゆる大衆でないことはもちろん、たんなる現実的な他者でもない。むしろ作品こそが、他者たちを創出する。それを受容 (または歪曲) してしまっているであろうような他者たちを。このような未来完了的な他者たち、切迫する他者たちが、制度化されつつある現在の作品そのもののうちに書き込まれている。メルロ＝ポンティのもくろみは、「共同性」を発生状態においてとらえることなのである。

この意味で文学言語は間主観性の根拠のひとつである。「制度化するパロール」として、それは自己と自己、自己と他者のねじれた蝶番として作動するのだ。

クロード・シモン

クロード・シモンは、メルロ＝ポンティが語った数少ない同時代の作家のひとりである。当然のことながら、いわゆる「現代文学」として、メルロ＝ポンティは「炸裂」といった暴力的な契機を強調する。にもかかわらず、やはりこの契機は「同時性」や「凝集」とペアになっている。メルロ＝ポンティにおいてはやはりつねに、凝集による新たな現実の制度化が問題になる。繰り返しになるのでいくつかその「暴力的」な側面に注目して検討しておく。

（A）「時間は一種の濃密なマグマである」

「時間は一種の濃密なマグマである」（NC, 250）。クロード・シモンは『フランドルの道』を執筆するにあたって、「すべて一緒に、一陣の風のように暴力的に」「すべてが私の精神に飛びかかってきた」（NC, 251-252）という。この「すべて」のものは「一種の濃密なマグマ」とも呼ばれるが、シモンはこれを思考したのでも発明したのでもない。むしろマグマが身体において思考する。マグマとは「透けて見える輪郭なき現前」（NC, 251）、すなわち切迫する潜在的な全体性のことである。

しかしこのマグマはたんなるカオスではなく、「数え切れない虫の蠢き」（NC, 289）に満ちており、たえずみずからその場で（sur place）揺れ動いている。この揺れ動きこそをシモンは、時間性の分節の萌芽として感受するのだ。「時間とは、世界を穿ち、わずかに動かすようなものである。」そのようなものとして時間は「語る者をとらえる」（NC, 252）。

マグマはカオスでもたんなる個物の寄せ集めでもなく、多と一の区別のかなたで、凝集していると同時に「多に向けて増殖する」（NC, 253）ものである。[9] 時間とはたんなる出来事の系列でも、理念的な統一体でもない。内的な炸裂によって、相互に脱中心化すると同時に、たがいがたがいに入れ子状に入り込むようなものである。

（B）同時性の実現

だからメルロ＝ポンティはこの炸裂のみを強調するのではなく、あいかわらず「同時性」「共不可能な（imcompossible）」な諸現在の「共存」を強調する。諸現在は相互に脱中心化する。だがそれは同時に、広い意味の「現在」において共存する。それは、垂直的過去と現在、現在と切迫する未来の循環がかたちづくる渦のことだ。こうして、線状的な時間性の解体が完成する。

時間の同時性や凝集を強調しておかなくてはならないのは、メルロ＝ポンティは、デリダ派のように、たんにヘーゲルに抗して、脱中心化のさまよいを絶対化するのではないということである。むしろ、脱中心化と共存の「同時性」という出来事が生起すること、そうしてそれが「超意味」として結晶化することを示そうとする。「時間とは沈澱と亀裂である」（NC, 255）。マグマの亀裂は過剰な潜在性の肉によって、すぐに埋められて沈澱する。

この炸裂と凝集の運動においてこそ、時間の可能性のみならず、シモンの言語の可能性があるのではないか。たしかにそれは身体を通過する「叫び」（NC, 261）のようなものでしかないかもしれない。しかしそれは、時間の亀裂を「跨ぎ越し（enjamber）」、垂直的な現在を実現するような媒体となることなのである。この亀裂の跨ぎ越しにこそ、文学という制度の萌芽があるのではないか。

（C）「世界の肉」と語り手

では「語る者」ないしは「作者」はどこにいるのか。それはもはや遠近法絵画のように、世界を俯瞰する「視点」やその収斂点ではありえない。この世界に、客観的な点や線などはないからだ。それは「個体発生の渦の凹み」（NC, 244）にやってくる誰かであり、マグマの自己関係における「ゼロ地点」（NC, 257）「空間の触れ得ない場所」「見えない亀裂」（NC, 257）に身を置く「誰か」である。

その者はなにも思考しないと同時にすべてを見る。作家は、けっして現前しない世界を証言する者として到来する。だがその証言は、いかに断片的であっても、世界全体の現実を、確実に言葉にもたらしているのである。

おわりに――制度的な無意識と文学

本稿ではメルロ゠ポンティにとって文学言語が、制度の主題と夢幻的なものの主題の交差点にあることを明らかにしてきた。この視点から「制度的な無意識」というものについて語ることができるだろう。制度的無意識とは、無意識がすでに社会的なものに規定されていることを意味するのではない。それは現象の背後にあって、意識を操るものではない。それはむしろ意識の眼前に開ける風景に含まれているものであり、そこにおいて「レリーフ」「襞」「リズム」としてのみ、夢幻的かつ間接的に確認されるものである。

私たちはこのスペクタクルに、魅惑されたり傷つけられたり籠絡されたりする。超越論的意識は、あまりにも包括的でもあり、細部の襞を触知することはできない。同時に、あまりにも分析的でそのおのずからなる凝縮を追跡することもできない。意識はつねに早すぎるか遅すぎるのだ。

このスペクタクルに応答するには、作家による「制度化する実践」が必要である。作家は、あるときは細部の襞を押し広げ、そこに含まれた分節の働きをさまざまな次元へとこだまを響かせていく。またあるときは、マグマのように襲いかかる全体性の切迫を受け止め、みずからをその証言者となすことによって、見えないものを見せられ、語り得ぬ「現実」を語らされる。それは、垂直的な過去の証言者であると同時に、未来へと後ずさりで入り込み、来たるべきものを盲目的かつ遠隔的に感受する予言者である。

作家とはつねに遅すぎる証言者であり、後ずさりする予言者である。作家だけが思考することなしに、見えるものを見ることができ、語るべきことを語ることができる。思考することなしにスペクタクルを見たり、語ったりするためには、解読すべきコードをいっさいもたず、細部と全体、過去と未来の渦に巻き込まれながら、スペクタクル自身が指示する分節に従って、その分節を解読しなければならない。そのとき作家が見るものはけっして忘れられることはないだろうし、作家が語ることは、来たるべき言語を「制度化」するのである。

【注】

(＊) メルロ゠ポンティの著作の引用にあたっては以下の略号を使用し、邦訳の頁数を記す。

NA : *La nature : notes, cours du Collège de France*, Paris, Seuil, 1995.〔『自然――コレージュ・ド・フランス講義ノート』松葉祥一・加國尚志共訳、みすず書房、二〇二〇年〕

NC : *Notes de cours 1959-1961*, texte établi par Stéphanie Ménasé, Paris, Gallimard, 1996.〔『コレージュ・ド・フランス講義草稿』松葉祥一・廣瀬浩司・加國尚志訳、みすず書房、二〇一九年〕

S : *Signes*, Paris, Gallimard, 1960.〔『精選　シーニュ』廣瀬浩司編訳、ちくま学芸文庫、二〇二〇年〕

RC : *Résumés de cours (Collège de France 1952-1960)*, Paris, Gallimard, 1968.〔『言語と自然――コレージュ・ド・フランス講義要録』滝浦静雄・木田元訳、みすず書房、一九七九年〕

VI : *Le visible et l'invisible*, texte établi par Claude Lefort, Paris, Gallimard, 1966.〔『見えるものと見えないもの』滝浦静雄・木田元訳、みすず書房、一九九〇年〕

(1) メルロ゠ポンティの「制度化」概念とフーコーの権力論の複雑な関係については、拙著『後期フーコー』、青土社、二〇一一年、一九頁以下、七七頁以下を参照していただければ幸いである。

(2) これはコレージュ・ド・フランス講義のために、メルロ゠ポンティが執筆した手書きの講義のメモであり、フランス国立図書館で参照できる。現時点でいくつかの講義の手稿が転記・出版されている。邦訳に『コレージュ・ド・フランス講義草稿』『自然』（みすず書房）等がある。これまでは『言語と自然』（みすず書房）の講義要録だけで知られていたものである。

（3）　初期のフーコーもまた、フィクションを同様に定義していた。「フィクシオンは、したがって、不可視なるものを見えるようにすることではなしに、可視なるものがどれほどまでに不可視なものであるかを見えるようにすることに存するのだ」。「外の思考」（一九六六）、『フーコー・コレクション2』、ちくま学芸文庫、二〇〇六年、三一九頁。

（4）　土方巽の身体イメージの思想が、メルロ＝ポンティの影響を受けたジルベール・シモンドンの技術哲学と共鳴する可能性については、拙稿「経験の裂目を舞う身体——土方巽とシモンドンによる身体イメージの諸位相」、河本英夫・稲垣諭編著『哲学のメタモルフォーゼ』、晃洋書房、二〇一八年、一三五—一五六頁を参照いただければ幸いである。

（5）　最新のメルロ＝ポンティ研究の視点から、プルーストを「感覚的なエクリチュール」として論じたものとして、Franck Robert, *L'Écriture sensible : Proust et Merleau-Ponty*, Paris, Classique Garnier, 2021.

（6）　「たがいに向かい合った二つの鏡の上には、本当の意味ではどちらの鏡面のものとも言えないような〔……〕対をなし、しかもそれぞれの像よりもより実在的な対をなすような鏡像のかぎりない系列が生まれるようなものである」（VI, 193）。

（7）　ミシェル・フーコーはこのように「現実的な」鏡像の経験を、想像的な投影としてのユートピアと対立させて「ヘテロトピア」と呼ぶ。刑務所の規律権力もこの意味でリアルなヘテロトピアである。この点については拙稿「ヘテロトピアのまなざしと制度の身体」『言語文化論集』（筑波大学）、一九九七年、一二七—一四〇頁参照。

（8）　クローデルにおける「同時性」の主題についてメルロ＝ポンティは、ジャン・ヴァールの論考からインスピレーションを受けている。« Simultanéité, peinture et nature », *Cahiers Paul Claudel*, 1, Paris, Gallimard, 1959, p. 221-249.

（9）　「現在と過去の関係は、ある時空間と、それを引き裂く別の時空間の関係である」（NC, 253）。「一つの現在を開くことによって、その背後には別の現在が見いだされ、新たな現在を破裂させる。入れ子式の現在。だがさらにそこに含まれる過去は、この現在の中心をずらすような、別の世界である」（NC, 254）。

精神分析における「現実」
――フロイト、ウィニコット、ラカン

立木康介

ひとつの引用からはじめたい。快原理／現実原理という、一見するとフィクション／現実の二分法に重なるようにもみえるカップリングについて、フロイトが繰り広げた理論の文脈に身を置きつつ、ジャック・ラカンはこう述べるのをためらわなかった――

フロイトに比べれば、哲学的伝統に与する観念＝イデア論者（イデアリスト）たちなど小者の域を一歩も出ない。というのも、結局のところ、かの名高い現実とやらを、彼らは真剣に問いただしはせず、飼い慣らすだけだからだ。観念＝イデア論（イデアリスム）とは、現実の尺度を示すのはわれわれであり、彼方を探す必要はない、と述べることに存する。これは安逸の立場である。フロイトの立場は、分別あるいっさいの人物の立場がそもそもそうであるのと同じく、もっと別のものである。(1)

同じラカンが、他のテクストでは、「人生は夢にすぎぬ」と唱う思想をやはり「イデアリスム」と名指していることを思い出すなら、それを「現実（の尺度）」というタームで印づけるこの一節は、いささかアイロニカルにも響く。真に実在するものを「イデア」と呼ぼうと、「観念」あるいは「理念」と名づけようと、それが意味するのは、ようするに、現実＝実在性（réalité）なるもの――つまりある物（あるいは、知覚可能なものの総体であるこの世界そのもの）が実在的である度合い――を一律に測定することを可能にする基準（のごときもの）にすぎない。そうした基準を無邪気に想定すること、いや、そもそも、そのような基準に依拠して「現実」を規定することができると信じること、それは惰眠を貪るに等しい、とラカンはいいたいのである。そのような「安逸の立場」は、フロイトの登場で無効になったのだ、と。

実際、神経症と夢の研究からフロイトが「心的現実」なるファクターを取り出して以来、というより、この「もうひとつの現実＝実在性」に――少なくとも精神分析という社会的実践の場において――いわゆる物質的・外的現実と等しい価値を与え直して以来、私たちはもはや想像的なもの／現実的なもの（＝実在するもの）という旧来の対立図式――そこでは伝統的に「現実的なもの＝実在するもの（le réel）」が優位に立ってきた――を塗り替えることを余儀なくされてきた。そのことは、いうまでもなく、フィクションの地平を一方に措いて「現実（とは何か）」を検討しようとする場合にも当てはまる。「フィクション＝非現実」とする捉え方が妥当でないだけでなく、そもそも想像的なもの／現実的なもの、心的現実（内的現実）／物質的現実（外的現実）、ヴァーチャル／リアル……といった二元論は、「現実」を捉える場合にも、「フィクション」を考察する場合にも、いささかナイーヴすぎ、粗雑すぎるといわねばならない。

こうした二元論を突破するとまではいわなくとも、それを乗り越える手がかりを提供することは、フロイトに続く者の務めであるにちがいない。ウィニコットとラカンという二つのモデルに沿って――そして、願わくは両者の相互乗り入れを図りつつ――以下にその道筋を示そう。

とはいえ、そもそもフロイトがこの探求の地平に何をもたらしたのかを、はじめに押さえておかねばならない。「イデアリストたち」を批判しつつ、ラカンが「フロイトの立場」と呼ぶのは、いかなる理論、いかなる思考なのだろうか。

1 フロイトの基本的仮説――「二原理」理論が孕む問い

フロイトにおける「現実」の位置づけを知るには、何よりもまず彼のいう「メタサイコロジー」の平面に降り立ち、彼がひとつの「(物理的) 装置」とみなす「心」こと「心的装置」が、それに内在するとされる基本的な傾向性のもとで、いかにして「現実」に出会い、「現実」と関係を結ぶと想定されているのかに、注目しなければならない。

この基本的傾向性を、フロイトは「快原理 (Lustprinzip)」と呼んだ。すると、いま述べた問いはこうパラフレーズすることができる――心的装置はいかにして、快原理の専制的支配 (フロイトのいう「一次過程」) から、もうひとつの原理である「現実原理 (Realitätsprinzip)」が補完的に機能しうる体制 (同じく「二次過程」) へと移行するのか、と。これは、年代とともにしばしば大きく変動したフロイト理論のアーキテクチャのなかにあって、最初期の「心理学草稿」(一八九五) や『夢判断』(一九〇〇) から、「死の欲動」導入後の「否定」(一九二五) や『文化のなかの居心地悪さ』(一九三〇) に至るまで、ほぼ一貫した視点からアプローチされ、記述された問いである。

いささか図式的になるが、これらのテクストから取り出されるフロイトの仮説のエッセンスをなぞってみよう。まず、快原理とは、心的装置のなかを流動する刺激の量を最小限に保とうとするプログラムである。そこでは、刺激の高まりが「不快」として、その減少が「快」として経験されるから、心的装置の主要な努力は、内部に流入する刺激量をひたすら外部に放出することに振り向けられる。空腹の赤ん坊が泣くのは、欲求の刺激が引き起こす緊張を、運動によって発散する試みである。それを見た育児者がミルクを与えれば、赤ん坊はその緊張から解放される、すなわち、刺激の低下による快を経験する。だが、心的装置のなかには、これらの快や不快の痕跡が「表象（Vorstellung）」の形で留まり、いったん生成した表象はそれをもたらした経験の代理を務めるポテンシャルをもつ。そうなると、心的装置は、たんに不快を自分の外に排除することに留まらず、よりラディカルに、かつての不快と同様の不快に見舞われると、すでに登録済みの快表象（かつての満足の記憶＝表象）を呼び出すこと、すなわち幻覚することで、同じ満足をオートマティックに再現しようとするだろう。快原理の専制として性格づけられるこのプロセスを、フロイトは「一次過程」と呼んだ。重要なのは、緊張のたんなる放出ではなく、むしろ表象によるその「再現」という視点である。

じつは、こうした説明の最も詳細なヴァージョンを差し出す『夢判断』第七章では、いま述べたことはそのまま「願望（Wunsch）」および「願望成就（Wunscherfüllung）」の定義をなしている。曰く——

〔満足経験の知覚と、（それによって満たされた）欲求の刺激のあいだに〕確立されたリンクのおかげで、その次にこの欲求が現れるやいなや、あの〔満足体験の〕知覚の記憶像に再び備給し、当の知覚そのものを再び呼び起こそうとする、だからようするに、最初の満足の状況を再確立しようとする、ひとつの心的な動き〔Regung〕が生じるだろう。そのような動きこそが、われわれが願望と呼んでいるものにほかならない。知覚の再出現こそが願望成就なのである(2)〔……〕。

ここでは「知覚」という語が用いられているが、それは表象によって心的装置に捉えられたかぎりでの知覚、いや、かつての知覚の痕跡として装置内部に現前する表象が、内部からの刺激量の充当を受けて知覚と見違えるまでに活性化された――つまり幻覚された――状態であるといってよい。実際、フロイトは続けてこう述べている――

〔欲求によって生み出される刺激から知覚の完全な備給へとじかに導く〕道が実際に辿られる、それゆえ、願望することが幻覚することに終わる、心的装置の原始的状態が存在していたと仮定することは、われわれの妨げにならない。こうして、この最初の心的活動の目的は、ひとつの知覚同一性に、すなわち、欲求の満足とリンクしたあの知覚の反復に、存するのである。[3]

この「知覚同一性」が、表象による過去の知覚（満足経験の知覚）の反復＝再現を意味することは、もはや説明するまでもない。そこからひとつ前の引用に戻るなら、願望とは、ようするに、原初的満足の再現を表象のレベルで求める傾向性であり、この再現の実現こそが願望成就だということになる。『夢判断』の同じ章で、フロイトは「ひとつの願望以外の何ものも、心的装置を起動させることはできない」[4]と述べた。その「願望」、つまり心的装置の唯一の動因である「願望」は、このように、原初の満足をもたらした実在＝現実の対象そのものにではなく、もっぱらその「記憶像」に、だから表象に、結ばれているのである。とすれば、心的装置のいっさいの機能――願望成就と定義される「夢」も含む――は、本来的に現実から隔てられている、ということになる。このことの重みを、私たちはいくら強調してもしすぎることはない。

だが、フロイトの仮説にはまだ続きがある。記憶された快表象（満足の知覚の表象）をいくら再現しようと、それはあくまで記憶である以上、かりそめの満足は得られるかもしれないが、現に主体を責め苛なんでいる不快はけっして解消されない。それどころか、そのような解決はやがて不快のいっそうの増長をもたらすだろうし、とりわけ空腹の場合に明らかなように、遠からず主体の生存を脅かす危機を招くおそれもある。そのため、心的装置にはより高次の組織化、すなわち、幻覚による満足（の再現）よりも安定した方法で不快の解消をめざす機構が、不可欠になる。快表象の幻覚的再現による満足は、いわば空虚な満足、あるいは満足の幻である。それゆえ、たとえ心的装置の内部にこの表象が点灯したとしても、主体は不快の放出を一旦停止し（すなわち不快に一時的に耐えることを覚え）、内部に現前する表象に対応する確固たる対象が外部にも、いいかえれば「現実」のなかにも、存在するかどうか確かめなければならない（このプロセスがフロイトのいう「現実検討」である）。もしこの対象の存在が現実のなかに確認されれば、主体は不快を放出し、真の満足を手にすることができるが、逆に、この対象が現実のうちに見いだされない、つまり不在であるならば、それをそこに呼び戻す道筋を思考のなかで組み立てなければならない。エネルギーの拘束（放出の中止）によってはじめて可能になるこの過程をフロイトは「二次過程」と呼び、それをリードする原理を「現実原理」と名づけた。快原理の専制は、心的生活をけっして「安定」には導かない。現実原理が快原理に取って代わることで、心的生活ははじめて現実的な満足を持続的に享受することができるようになるのである。

快原理から現実原理へ。一次過程から二次過程へ。これが、突き詰めていえば、フロイトの描く人間的「成長」の論理である。だが、フロイトにとって、これはけっして薔薇色の発展ではない。むしろ、満足の一時停止という苦痛や犠牲を要求する苛酷な過程だ。それゆえ、二次過程の確立は、心のなかの別の場所での一次過程の温存を許す。いいかえれば、二次過程は、一次過程を廃棄しつつ、それと完全に入れ替わるのではなく、あくまで一次過程の改良修正版として、相対的なヘゲモニーを打ち建てるにすぎない。

実際、「二原理」をめぐるフロイトの記述のポイントはどこにあるだろうか。いうまでもなく、「幻覚的満足」の仮説——快原理の専制のもとでは、満足は何よりもまず幻覚の形をとるとする仮説——にである。たとえ永続的なものでないにせよ、「幻覚的満足」なるものが主体に許されるとすれば、いいかえれば、現実の満足が幻覚によって代理されることが可能であるとすれば、元の満足経験、すなわち、幻覚される表象を最初に生成させた現実の満足経験は、いかなる運命を辿ると考えられるだろうか。この根源的な満足経験は、いったん表象として内部に登録されてしまえば、もはや心的装置にとって本質的に無用なものになり果てる。なぜなら、この登録によって、これ以後はまさに同じ経験の幻覚的な追体験が可能になるのだから。この点は、難解さをもって名高い一九二五年の論文「否定」において、疑いようのない明瞭さで、こう再定式化される――

〔主観的なものと客観的なものの〕対立は、思考がいったん知覚されたものを再生産によって表象のなかに再び現前させる能力をもつことによって打ち建てられるのだが、そのさい対象はもはや外部に存在している必要はないのである。[5]

ここに唱われているのは、外部と内部の、すなわち、経験としての根源的満足とその表象の、地位の逆転にほかならない。当初は、あくまで、表象のほうが根源的満足のコピーだったかもしれない。だが、いったん表象が成立し、満足が何よりもまずこの表象の再現に結びついてしまえば、表象こそがオリジナルのように振る舞うだろう。つまり、その後、新たに組織された心的体制（二次過程）によって、いかに現実的な満足が再発見されるに至ったとしても、それはいまや表象のコピーにすぎず、かつての（表象以前の）オリジナルの回帰ではなくなってしまう（少なくも、そうであるか否かは問いに付されなくなってしまう）、ということだ。フロイト的二原理の弁証法が切り拓く世界においては、表象が現実のコピーなのではなく、現実こそが表象のコピーであり、二次過程が私たちに取り戻させる「現実」とは、願望表象に似せて作られる書き割りのごときものにすぎない。ようするに、私たちは「現実」というものを――私たちの心的装置の本性上――自分の見たいように見ているのである。

これが精神分析の基本認識にほかならない。快表象というオリジナルと、再発見される対象というコピー。先に見たように、「願望」は徹頭徹尾この前者に結びつき、それを求めることで心的装置全体を駆動する。だからこそ、フロイトはこれにひとつの「実在性＝現実（性）」をすすんで認めることをためらわなかった。すなわち、「心的現実（性）」である。神経症者において、主体を虜にしている快表象は、これまで暗々裏に仮定されてきたように生理的欲求（＝自己保存欲動）にではなく、性欲動（そのエネルギーがリビドーである）に、したがって愛の疼きに、根ざしている（平たくいえば、神経症者は愛の対象が失われたあとも、その対象に結びついた快表象を手放せないのである）とはいえ、元の対象＝オリジナルを失い、いまやそれ自体がオリジナルとなったひとつ（ないし一連）の表象（それは無意識的空想の形をとる）に固執する点では、神経症者のふるまいは、満足の幻覚的再生にしがみつく乳児のそれと何も変わらない。歴史的な『入門講義』（一九一六―一七）のひとコマにおいて、フロイトはそれをこう表現したのだった――

> 空想と現実とを同列において、われわれが明らかにすべき幼児期の体験が空想なのか現実なのかは、さしずめ気にかけないことにしておこうと提案しても、患者がそれを理解するには長い時間がかかる。しかし、このようにすることこそ、明らかにこれらの心的産物に対する唯一の正しい態度である。これらの心的産物もまた一種の現実性をもっている。患者がこのような空想をつくりだしたということは、あくまで一つの事実であり、この事実は、患者の神経症にとっては、患者がこの空想内容を実際に体験した場合にも劣らない重要性をもっているのである。これらの空想は物的現実性とは反対に心的現実性をもっている。そして、神経症の世界では心的現実性が決定的なものであるということをわれわれは次第に了解するようになるだろう。(6)

とはいえ、フロイトはいかなる意味でも、つねに心的現実のほうが優位に立つ、と言いたいわけではない。「神経症者の世界では」という限定をフロイト自身が付していることを、私たちはけっして忘れてはならない。

神経症者においては、一定の無意識的空想をめぐって、快原理が現実原理に拮抗する力を取り戻し、それを維持している。だからこの空想が物的現実に勝るとも劣らぬ強度を持ちつづけ、何からの物的現実（一般に「事実」と呼ばれるような）に照らしてこれを修正しようとしても徒労に終わらざるをえない。だが、繰りかえすが、それはあくまで神経症者の場合であって、そうでない相手に同じことを想定しても得られるものは何もない。いいかえれば、神経症でない者にとっては、いや、というより、神経症状態にない主体にとっては、心的現実性と物的現実性の区別は多少なりとも自明であり、両者が混同されたり、同等の威力で互いにはりあったりすることはない、というのがフロイトの前提なのである。いたって常識的な見解とみえなくもない。にもかかわらず、ラカンが現実にかんする「フロイトの立場」を重く見るのは、ひとことでいえば、心的現実性（空想）と物的現実性のいずれが優位であるか、そしていかなる場合に一方が他方にたいして秀でた位置を占めるのか、といった問いに、この「立場」は還元されないからである。フロイトにおいても、ラカンにおいても、重要なのはあくまで両者の関係であり、この関係を突き詰めることではじめて、「話す存在」としての人間がいかなる「現実」に向き合っているのかがあらためて浮かび上がるのである。

だが、そこへと歩みを進める前に、予備的なひとつの問いを立てておこう。心的現実（性）と物的現実（性）。空想と現実。両者の関係を見きわめるには、はたしてこの二項のみで十分なのだろうか。すなわち、一方と他方をそのものとして吟味するだけで、人間世界における両者の絡み合いの謎を解くに足りるのだろうか。

2　ウィニコットの「移行対象」――「中間」という発想

『夢判断』第七章で詳述された「二原理」の問いに、あらためてそれのみを主題化するかたちで立ち戻った一九一一年の論文「心的出来事の二原理についての定式化」において、フロイトは、一次過程的思考（快のオートマティックな再生産をめざす思考）が現実原理の統制下で蒙る制約について、次のように述べている――

現実原理の投入とともに、ある種の思考活動は切り離され、これまでどおり現実検討をまぬがれるとともに、ひとつだけ快原理に支配される状態に留まった。それが空想することであり、すでに子供の遊びとともにはじまり、のちには白昼夢として継続されて、現実の対象への準拠を放棄するのである。(7)

神経症者において、社会生活をおびやかす諸症状を背後から根強く支える心的現実（無意識的空想）は、神経症でない主体のうちにも、より無害な状態で（物的現実に拮抗するのではないやりかたで）、残存しつづける。このように心的現実といわば合法的に折り合いをつけることを学ぶ入り口が「遊ぶこと」にあることを、フロイトは見逃さなかった。だが、この認識を真に――「遊ぶこと」を推進力とする「子どもの精神分析」の実践によって――精神分析的知に昇華させることができたのは、フロイト本人ではなく、フロイトの衣鉢を継ぐ分析家たちだった。そのなかで最も重要な業績を残したひとりが、ドナルド・W・ウィニコットである。牛島定信によれば、ウィニコットが晩年に到達したのは、「精神発達と人間存在のあり方の根底に、「遊ぶという営み」を見出そうとする特有の理論(8)」だった。その理論の中心に、名高い「移行対象」の概念がある。

ウィニコットの「移行対象」は、メラニー・クライン（クラインはウィニコットの分析家であったことが知られる）の理論にたいするひとつのアンチテーゼである。クラインは、乳幼児が対象（乳房）とのあいだにもつ関係のいっさいを「空想（phantasy）」すなわち内的経験（フロイトのいう「心的現実」）に還元することをためらわなかった。それにたいして、情緒的な発達の推進力を内的世界の構造化よりも外的環境への依存のうちに見るウィニコットは、空想と現実のいずれにも属さない（が、両者の接点を形成しうる）「錯覚（illusion）」の領域、すなわち「経験の中間領域」を重視する。つまり、クラインにおける空想の一元論に、ウィニコットはいわば空想・現実・錯覚の三元論を対置するのである。クラインの空想一元論が、そもそもフロイトにおける心的現実／物的現実の二元論の帰結（いわばその先鋭化）であるとすれば、ウィニコットの中間領域論は、目の前のクラインを越えて、この「フロイトの立場」にまで遡り、それを修正する、いや——まさに両「現実」の「関係」にかかわるその未発掘の可能性を明るみに出すことで——それを補強する射程をもつといえる。それゆえ、ここからは、『遊ぶことと現実』（一九七一）に収められた一九五三年の論文「移行対象と移行現象」に沿って、ウィニコットの中間領域論・錯覚論をつぶさに検討していきたい。

この「中間」性は、本論文の冒頭から鋭く強調される。曰く、「私が「移行対象」および「移行現象」というタームを導入したのは、親指とテディ・ベアのあいだ、口唇エロティズムと真の対象関係のあいだ〔……〕にある、経験の中間領域を指し示すためである」[9]。これらの「あいだ」はまた、自体愛（自分の拳や親指をくわえることで口愛的満足を得ている状態）と対象愛（テディ・ベアのように自分の身体から切り離されたモノへの愛着）のあいだ、自給自足的満足と対象による満足のあいだ、と言い換えてもよい。ようするに、フロイトが述べた「幻覚的満足」と現実的対象による満足のあいだ、である。実際、「内的現実と外的生活の双方が貢献する、経験することの中間領域」ともパラフレーズされるこの領域は、ウィニコットによれば、「無視することのできない、人間存在の生の第三の部分」にほかならない。それは、内的現実と外的現実を区別しつつ、しかし相互に関係させ続けるという絶え間ない作業を、いったん宙吊りにできる特権的な「休息地[10]（resting-place）」であるといえる。

だが、「自体愛と対象愛のあいだ」という微妙な位置づけは、移行対象の「対象」としての身分に留保をつけさせずにはおかない。本来の意味での「対象」とは、あくまで主体の身体から切り離されたモノ（そしてその後には人間的対象）でなくてはならない。主体の身体の一部ではないが、しかし独立した「対象」でもないという、この独特な中間性をかろうじて言い表すべく、ウィニコットは「私でない所有物（not-me possession）」という奇妙なタームを新造した。すなわち、移行対象とは「最初の私でない所有物」である、と。では、実際にどのようなモノ、あるいは事柄が「移行対象」（ないし「移行現象」）を構成するのだろうか。ウィニコットは大きく四つのパラダイムを挙げている――

①片手の親指を吸いながら、もう一方の手で外的対象、たとえばシーツや毛布の一部をとり、指と一緒に口に入れる。

②布きれをつかんで吸うか、もしくは、吸うところまでいかない場合もある。使われる対象には、ナプキンや、のちにはハンカチなどが含まれる。

③毛糸を毟り、それを集めて、愛撫する（自体愛的）活動を行うときに用いる。

④口を動かしながら「マムマム」と音を出すことや、ばぶばぶとしゃべること、肛門の音、最初の音楽的発声など。

いずれも、「親指を吸うような自体愛的経験を複雑にする」[11]という性格をもつことを、ウィニコットは指摘するのを忘れない。他方で、これらのモノや行動は、子どもにとって、眠りにつくときに手放せなかったり、不安（とりわけ抑鬱的なタイプの不安）にたいする防衛となったりする（親は移行対象のそうした価値に気づき、移動するときにもこれらの対象を持ち運ぶようになる）。

ウィニコットによれば、乳児が移行対象と結ぶ関係には特別なクオリティがあり、それらはざっと次のように記述される――

一、子どもは対象を自由にする権利を引き受け、われわれはこの引き受けに同意する。にもかかわらず、全能性がいくぶん棚上げされていることが、最初からひとつの特徴になる。
二、対象は情愛をこめて抱きしめられる一方、興奮状態で愛されたりずたずたにされたりする。
三、対象はけっして変化してはならず、変化する場合はもっぱら子ども自身の手でなされる。（賢明な育児者は、この対象を、汚れようが臭くなろうが洗濯せずに放っておく。）
四、対象は「子どもがそれに向ける」本能的な愛や憎しみ、そして、純粋な攻撃行動（aggression）をサヴァイヴしなければならない。
五、だが、対象は子どもにとって、温もりを与えたり、動いたり、手触りをもったり、それ自身の生命や実在性をもつことを示すような何ごとかをしたりするように見えなくてはならない。
六、対象は、私たちの観点からすれば外部からやってくるが、赤ん坊の観点からするとそうではない。それは内部からやってくるわけでもない。対象は幻覚ではない。
七、対象は、徐々に心的エネルギーを脱備給されてゆく運命にあるので、何年か後には、忘れ去られるというより、リンボ界に追いやられる。というのは、健常な場合、対象は「内面化される（go inside）」こともなければ、それにたいする感情が抑圧を被る必然性もない、という意味である。忘れられるわけではないし、その喪失が嘆かれるわけでもない。対象は意味を失うのであり、それはなぜかといえば、移行現象はすでに拡散し、「内的な心的現実」と「二人の人物に共通して知覚される外的世界」のあいだの中間的所領全体に、ということはつまり文化的フィールド全体に、広がっているからだ。

この最後の点がきわめて重要であることはいうまでもない。「〔移行対象・中間領域という〕主題は、遊び（プレイ）＝演技、芸術的創造性および鑑賞、宗教的感情、夢を見ること、さらにはフェティシズム、嘘をつくこと、盗むこと、親愛の感情の発生と喪失、薬物嗜癖、強迫的儀礼の護符といった主題へと広がっていく[12]」。いいかえれば、これらの活動や状態のいっさいが「中間領域」を構成する。私たちが一般に「フィクション」と呼んでいるものが、このリストに加わること、それどころか、その全体を代表しさえすることは、いうまでもない。

ところで、ここに新たな問いが生まれる。移行対象とはひとつの「象徴」なのだろうか。移行対象の本性はその象徴作用にあるのだろうか。なるほど、一枚の毛布はなんらかの部分対象、たとえば乳房（哺乳瓶の場合もあろう）を象徴している。だが、重要なのは、毛布がもつそうした象徴的価値ではなく、むしろそのアクチュアリティ（現に毛布であること）である。毛布が現実的でありながら乳房（もしくは母親）でないことが、それが乳房（もしくは母親）を表しているという事実と同じくらい重要なのである。実際、象徴表現（symbolism）が用いられるとき、子どもは空想と事実、内的対象と外的対象、一次的創造性（フロイトが述べた「幻覚」、すなわち一次過程における快の幻覚的再現を、ウィニコットはこう呼ぶ）と知覚を明確に区別している。それにたいして、移行対象というタームは、差異と類似性を同時に受け入れることができるようになるプロセスを考える余地を与える。移行対象は象徴表現の起源にかかわり、純粋に主観的なものから客観性へと向かう子どもの旅路を記述するのである。

キリスト教における聖体拝領のパン（ウエハース）は、「象徴」のひとつのパラダイムである。カトリックにおいては、キリストの肉体そのものとされ、プロテスタントにおいてはその代理物ないし名残とされるが、いずれの場合もパンが「キリストのからだ」の象徴として機能していることに変わりはない（信者たちはけっして「キリストを食べた」とは思わない）。これに対比させる意味で、ウィニコットが持ち出してくる移行現象の例は、病理的な顕れ方であるだけに、際立った印象を与える。あるスキゾイドの患者が、クリスマスのあとで、「パーティでは楽しく私を召し上がりましたか」と彼に問いかけたというのである。ウィニコットは自問する、私はほんとうに彼女を食べたと言えばいいのだろうか、それとも、それは彼女が空想しただけのことだと答えるべきなのだろうか、と。いずれか一方の答えのみでは、この患者が満足しないことは目に見えていた。彼女の分裂

(split)は一度に両方の答えを必要としていたのである。いいかえれば、この患者にとって、分析家が自分を食べることは、空想上の出来事であると同時に現実の出来事でもあった。彼女は自らの空想のうちにのみいるのではなく、いわば空想と現実の連続性のなかに、それゆえ「移行現象」という「中間領域」のなかに、身を置いているのであって、そこでは、饗宴のご馳走と彼女の身体のあいだの「差異と類似」が同時に生きられているのである(13)。

では、移行対象とそれ以外の諸「対象」との関係は、いかに捉えられるのだろうか。移行対象は「内的対象」(幻覚される乳房)ではなく、所有物である。といっても、身体から切り離されたモノや人という意味での「外的対象」でもない。内的対象が生き生きし、リアルで、ほどよい(good enough)とき、つまり、あまり迫害的でないとき、子どもは移行対象を用いることができる。だが、この内的対象のクオリティは、外的対象(乳房、母親像、周囲からのケア全般)の存在や生き生きした様子、さらにはその振る舞い(behavior)に左右される。外的対象の欠損(failure)が長引くと、内的対象は子どもにとって意味をもつことができなくなり、そのときには、そしてそのときにかぎって、移行対象もまた無意味になる。移行対象はそれゆえ外的な乳房を表すといってよいが、それはあくまで間接的に、つまり内的な乳房を表すことを通じてである。以上をまとめると、こうなるだろう——移行対象のクオリティは内的対象のそれに依存し、内的対象のクオリティは外的対象のそれに依存する、と。これはそのまま、対象生成の順序でもある。つまり、ウィニコットにとって、対象はあくまで、外的対象→内的対象→移行対象の順に生まれる(出会われる)のである。さらに、「移行対象はけっして、内的対象のように魔術的なコントロールのもとに置かれることもなければ、現実の母親のようにコントロールの埒外に置かれることもない(14)」。

いま用いられた「ほどよい」という形容詞は、ウィニコットにおいて、「ほどよい母親(good enough mother)」というタームで名高い。述べたように、移行対象のクオリティは内的対象のクオリティ、さらには外的対象のそれに依存する以上、経験としての移行現象を記述する上で、「ほどよい母親」を考慮に入れずに済ますことはできない。ただし、家族形態や育児のあり方が多様化する今日、プリミティヴな外的対象を「母親」と名指しつづけることに、私は抵抗感を抱かずにいられない。それゆえ、ここでは――いささかぎこちないとはいえ――「ほどよい育児者」という表現に切り替えよう。ほどよい育児者は、はじめは乳児の欲求にほぼ完全に対応（adaptation）し、その後、時間の経過に伴い、育児者の欠損（failure）に対処する子どもの能力が増大するにしたがって、対応の度合いを徐々に減じてゆく。正確な対応は魔術に似ており、完璧に振る舞う対象は幻覚に等しくなる。とはいえ、最初は、対応はほぼ正確である必要がある。そうでない場合、子どもは、外的現実にたいする関係を経験する能力（capacity）を、それどころか、外的現実の概念化を行う能力さえをも、発達させる端緒につくことができなくなる可能性がある。

このことは、錯覚（illusion）と脱錯覚（disillusionment）の問題としてパラフレーズできる。育児者は、当初、ほぼ一〇〇パーセントの対応によって、乳房が自分の一部であるという錯覚をもつチャンスを、子どもに与える（乳房は、いわば、魔術的なコントロールのもとに置かれる）。育児者はやがて、子どもを徐々に脱錯覚させていくという課題を果たさねばならないが、はじめに錯覚のための十分なチャンスを与えることができなかった場合、育児者にはいかなる成功の望みもない。このプロセスは、同時に、主体の創造性の問いでもある。ウィニコットは、いささか唐突にこう述べる――「別の言い方をすれば、子どもの愛する能力から、または欲求から、乳房は何度も繰りかえし創造される[15]」、と。ここでウィニコットの念頭に措かれているのは、フロイトの「幻覚的満足」の仮説にほかならない。子どもの内部で、育児者の乳房（あるいは哺乳瓶）という「主観的現象」（幻覚）が発展しつつあるとき、子どもが創造（幻覚）に向かう準備のできているまさにその場所に、なおかつ、しかるべき瞬間を捉えて、育児者が現にある乳房（the actual breast）を置いてやることができれば、子どもはあたかも自分が乳房を創造したと感じることができるのである。この視点は、厳密に、ウィニコットによってフロイトの仮説に付け加えられた新機軸である。

だが、再生されつつある幻覚と外部に再発見される乳房のこの幸福な一致を、安易に「相互交換（interchange）」と受け取ってはならない。スピノザの心身平行論を想起させるかのような筆致で、ウィニコットはこう断言する――「母親と乳児のあいだにはいかなる相互交換もない」[16]、と。中間領域において、子どもの欲求への育児者の対応は、それがほどよいものである場合、子どもが自分自身の創造する能力（幻覚する能力）に対応する外的現実があると錯覚することを可能にする。だがそれは、育児者が提供するものと、子どもが思い抱いているかもしれないものとがたんにオーヴァーラップするという意味においてである。心理学的には、子どもは自分の一部である乳房からミルクを受けとり、育児者は自分の一部である子どもにミルクを与えているにすぎない（心理学において、相互交換という発想はひとつの錯覚に立脚している）。あえてドゥルーズ的なタームを使うなら、中間領域を挟む二つの領域（乳児の領域と育児者の領域）で起きることは、まさに出来事の二つの異質なセリーとして把握するにふさわしい。母親が子どもの欲求に応じて乳房を差し出すセリーと、子どもがかつて満足を与えてくれた乳房を再び幻覚するセリーとがオーヴァーラップする場が中間領域であり、錯覚の空間なのである。

そして、この錯覚の空間が物理的に結晶化したモノが、「移行対象」にほかならない。いいかえれば、子どもの幻覚と育児者が提供するもののオーヴァーラップ、すなわち心的現実と外的現実の幸福なオーヴァーラップそのものが、移行対象にマテリアライズされるということだ。それゆえ、移行対象を手放さぬ乳児が、一定期間、その対象のかたちで携帯するのは、けっして乳房や育児者の存在ではない。乳児は錯覚そのものを携帯するのである。ウィニコットが注意するとおり、これらの対象について、大人が「お前がこれを思い描いたのかい？　それともこれは外からお前に差し出されたのかい？」と子どもに質問しないことが、両者のあいだで取り決められなくてはならない。この点についていかなる決定も期待してはならないし、こうした問いはそもそも立てられるべきではない、とウィニコットは釘を刺す。いうまでもなく、これは、フィクションに親しむ（フィクション世界で遊ぶ）際に、私たちが自らに措定するのを禁じる問い、すなわち「これはヴァーチャルかリアルか？」という問いに等しい。実際、ウィニコットが次のように述べるとき、中間領域の機能を成人においても温存する「フィクション」の本性を、これ以上鮮やかに描き出す説明がほかにあるだろうか——

現実を受け容れる作業〔task〕はけっして完成されることがないし、いかなる人間存在も内的現実と外的現実を関係づけるという重荷を免れることはできない。この重荷からの解放は、問いに付される〔challenged〕ことがない経験の一中間領域（芸術、宗教など）によってもたらされるのである。この中間領域は、遊びに「没頭して」いる幼い子どもの遊び領域とじかに連続している。[17]

だが、ここでは次のことを強調しておきたい。フロイト、少なくともその「二原理」論の通俗的応用に依拠する場合、フィクションは、心的現実／外的現実の二項対立のなかで、いきおい前者に重ねられてしまい、フィクションのうちにもたっぷり存在する外的現実（事実）の要素をいかに扱えばよいかが必ずしも判然としない。このことは、フロイトにおいて、心的現実と外的現実を繋ぐ理論、両者の関係を明確に問う理論が不在であることとおそらく関係している（ただし、ウィニコットにせよ、次に論じるラカンにせよ、その袋小路を突破するヒントをあくまでフロイトのうちに求め、見いだしたことは、付言しておかねばならない）。ウィニコットにおいても、厳密には、内的現実（空想、幻覚）と外的現実を繋ぐ理論が存在するわけではない。述べたように、両者のあいだに相互交換（相互乗り入れ）はなく、あるのはただオーヴァーラップのみ、いや、両者のオーヴァーラップを可能にする第三の領域のみである。だが、この第三の領域を発見したウィニコットの功績は、いくら強調してもしすぎることはない。というのも、フィクションはけっして心的現実に還元されるわけでも、いわんや外的現実の側に押し出されるのでもなく、両者が溶解しあうことなく併存するこの中間領域にこそ位置づけられることが明らかになるからだ。この視点に立ってはじめて、フィクションのリアリティがおうおうにして事実的要素によって支えられ、フィクションを楽しむという行為自体は徹頭徹尾「現実世界」（外的現実の意味での）に属することに、いかなる矛盾も疑問も孕まれるいわれのないことが明らかになる。なるほど、「創造」（その起源は乳房の幻覚）は外的現実の対岸でなされる。だが、創造されたものに合致する対象（育児者が差し出すミルク）が外的現実の側に到来しなければ、この創造は何ものにも行き着かない。フロイトが直観した「幻覚的満足」が、このようなオーヴァーラップに支えられることを見いだしたのは、ウィニコットの紛れもない慧眼であったといわねばならない。

3　ラカンの「現実界」――夢の「彼岸」としての

フロイトの「二原理」論を発展的に乗り越える道筋は、しかし、ひとりウィニコットによってのみ切り拓かれたわけではない。ウィニコットとはいささか異なる方向で、ジャック・ラカンもまたそのような刷新を試みた。ウィニコットが心的現実と外的現実の「中間」に着目したのにたいし、ラカンは両者の「彼岸」に問いを投げかける。この「彼岸」は、フロイトが一九二〇年に「快原理の彼岸」と名づけたものに、いわばトポロジー的に重なる（その機能上、快原理に対立する現実原理は、しかし安定した快の確保という目的においては、むしろ快原理の――迂回を伴う――延長であり、現実原理の領野はその意味で快原理の領野でもあるといえるのにたいし、フロイトもラカンも、この広義の快原理の領野にとって根本的に異質なものとして、その「彼岸」を見いだす）とはいえ、必ずしも、フロイトが論じたように、心的装置を侵襲し、そのシステム（快原理を含む）を麻痺させた巨大なエネルギーを、当の心的装置が拘束するに至るまでの過程という意味（すなわち、快原理が機能できるようになる以前という意味）での「彼岸」ではない。快原理が支配するフィールドを表象（シニフィアン）のシステムと捉えた上で、ラカンが指さすのは、そのシステムのなかで根源的に失われたものとしての彼岸、システムの構造上そこから締め出される運命にあった彼岸である。この彼岸を、ラカンは「現実界」と名づけた。

　ラカンがこの「彼岸」の問いに最初に取り組んだのは、一九五九年から六〇年にかけてのセミネール『精神分析の倫理』である。そこでは、シニフィアンの現前によって根源的に失われる現実としての〈物〉の構造的な接近不能性、すなわち、原初の満足経験において、主体の世界がシニフィアンのシステムとして一挙に構築される一方で、シニフィアンに同化されないもの（いわば経験それ自体）が必然的にその「外部」に取り残されるという理解が、フロイトの論文「否定」における上述の議論（「思考がいったん知覚されたものを再生産によって表象のなかに再び現前させる［ようになるとき］、対象はもはや外部に存在している必要はない」）をパラフレーズするとともに、同じフロイトが「一心理学草稿」で素描した「判断」論（原初的経験の表象の分解にかかわる議論）を積極的に誤読いや曲読しつつ、組み立てられた。だが、本稿では、ラカン理論のこの部分をなぞることは控えて[18]、この〈物〉の場としての現実界が、快原理のフィールドである象徴界に根源的に不在でありながら、人間主体の欲望になお帰結を持ちつづけるという逆説的なロジックを、それを鮮やかに印象づけるひとつの夢において、捉え直すことを目指そう。ウィニコットが示唆するのを忘れなかったように、夢（より正確には、夢見ること）は「中間領域」の機能を引き継ぐ。だがラカンは、一九六四年のセミネール『精神分析の四基本概念』において、それとはいささか異なる視点から、夢にアプローチする。いや、夢というより、いわば夢と目覚めの「中間領域」へのアプローチと称するほうがよいかもしれない。それを可能にするのは、フロイトが『夢判断』第七章（私たちがこの章のいくつかの命題から出発したことを思い出そう）の冒頭に提示した夢である。

　その夢は、フロイトによって、おおよそ次のように記述されている（ただし、これはフロイトが見た夢ではない）。息子を亡くしたばかりの或る父親が、遺体が安置された部屋の隣で休息をとる。ひとりの老人が遺体の番をしている。二、三時間眠ったのち、父親は夢を見る。息子が彼の傍らに立ち、彼の腕をつかんで、こう責めるのである——「お父さん、ぼくが火に焼かれているのがわからないの？　*Vater, siehst du denn nicht daß ich verbrenne ?*」　目覚めると、倒れた蝋燭の火が棺に燃え移っており、見張りを任された老人は居眠りをしていた[19]……。

「胸を打つ夢」とフロイトが感慨を漏らすこの夢の特徴をなすのは、一見して明らかなとおり、いわゆる「外的」（物理的）な現実と、夢のなかで表現された現実とのあいだの、すなわち、実際に起きたできごと（蝋燭の転倒、棺の燃焼）と、火に焼かれる息子のイマージュとのあいだの、準同一性である。この準同一性を「オーヴァーラップ」といいかえるなら、この夢をただちにウィニコット的「中間領域」のコンテクストに送り返すことができる。実際、快原理の支配下での乳児の創造＝幻覚に、外部からたまたまジャストのタイミングで差し出された乳房（ないし哺乳瓶）が、相互交換ぬきに重なり合うという移行現象の図式は、子どもが長じて獲得するであろう逆向きの能力、すなわち、外部からたまたま訪れた状況にオーヴァーラップするように、内部に——フロイトが述べたように、夢という「もうひとつ別の舞台」に——ふさわしい空想を生み出すという能力（すぐれたフィクションを生産する個人の秘密は、おそらくここに存するだろう）について考察を促さずにはおかない。

だが、ここでは、フロイトからラカンへ受け渡される問いのロジックにしたがって、それとは別の方向に議論を進めなくてはならない。いま述べた「準同一性」から出発して、フロイトは二重の、あるいは二段階の、解読を進める。まず——

（1）誰しもが思いつく解釈だが、チラチラと揺らめく炎の光が開け放たれた扉から差し込み（加えて、蝋燭の倒れる音が聞こえていたかもしれない）、眠っている主体はそれを知覚する。その知覚から、彼は現実に起きていることがらについて正確に推論し、その結果、事態が急を要すると最終的に判断して、目覚めたのである……。この説明を補うべく、フロイトは夢形成の多重決定について、すなわち、その残酷な像の秘められた意味について、いくつかの示唆を与えている。夢のなかで息子が口にする台詞をめぐって、父と子の間で共有されているなんらかの秘密があるにちがいない、というのである。だが、この点にかんして、フロイトはあくまで示唆以上のものを与えてはくれない。ラカンが指摘するように、フロイトはもっぱらそれを「味わう」[20]だけであるようにみえる。

　だが、ここまでは解読の助走にすぎない。重要なのはここから、つまり、いまいちど件の「準同一性」から出発して、フロイトが新たに辿り直そうとする道である――

（2）前意識（主体の目覚めを動機づける判断はこの審級によって下された）は、夢のなかですでにすっかり覚醒しており、したがって事態の緊急さを完璧に把握することができた。にもかかわらず、かくも急を要する状況のなかで、主体はなぜ夢など見ていたのだろうか。なにが彼に夢を見させたのだろうか。

　この問いにたいして、フロイトはまたしても二重の答えを用意する――

（A）夢を見ることで、主体は、たとえほんの僅かのあいだでもよいから、子供の生きた姿をもう一度目にしようと、眠りを引き延ばした――「もしも父親がまず目覚めて、亡骸が安置されている部屋へと実際に彼を赴かせた結論をそのあと引き出していたとしたら、彼は子供の命をこの僅かな時間の分だけ縮めてしまったことになるだろう[21]」。

（B）夢は、眠りを引き延ばしたいという欲求を充足した。ラカンが指摘するように、フロイトはまさにこの箇所で、『夢判断』中ほとんど初めて[22]、睡眠欲求の充足という、見かけ上二次的な夢機能を際立たせたといえる。

　では、これらの説明をラカンはどう受け取るのだろうか。拒絶はしないが、これに満足するわけでもない、というのがラカンの立場だ。いいかえれば、ラカンは、フロイトとはいわば反対方向の問いを立てながら、フロイトの説明の先に進もうとする。なるほど、これらの説明は一定の合理性をもち、なぜ主体（父親）が夢を見たのかを解き明かすようにみえる。夢の原動力は、子供の生きている姿をもう一度見たいという欲望、ないし睡眠欲求だというのである。だが、ラカンはこう注意を与える――この説明をいくら押し進めてみても、なぜその後彼が目覚めたのかを解明するには至らない、と。なぜなら、「夢というものが、結局のところ、そのきっかけとなった現実にこれほど近づくことができるのだとすれば、その現実に答えるために眠りの外へ出る必要など、そもそもないではないか──夢遊病的な行動をとるというやり方もあるのだから[23]」。「夢遊病」ということばは、ラカンにとっていささかも比喩ではないし、誇張でもない。この主体は、現実に起きたことがら（燭台の転倒、棺の炎上）に、あたかも目覚めているかのように対処しつつ、実際には眠ったまま夢を見続けるという選択もできたはずだ、とラカンはいいたいのである。十九世紀から二十世紀前半にかけて、夢遊病は臨床的によく観察される症状であり、たとえばピエール・ジャネにおいては、遁走（fugue ── 一時的な失踪状態ののち帰還するが、本人には失踪中の記憶がない。今日の「解離性健忘」）と並んで二重人格（今日の「解離性同一性症」）に連なる病理と位置づけられていた[24]。この点で、第一次世界大戦百周年に先立って刊行され、一躍ベストセラーになったクリストファー・クラークの著作が『夢遊病者たち（*The Sleepwalkers*）』と題されていたのは偶然ではない。ここではあくまで比喩として用いられているとはいえ、ヨーロッパ全土を大戦に雪崩れ込ませてしまった時の指導者たちが、自分が何をしているのか知らずに行動していたことを強調するためにクラークが選んだ「夢遊病者」ということばは、大戦当時のヨーロッパ社会において、なお身近な臨床的リアリティを有していたのである。

　こうして、フロイトの解読を引き継ぎつつ、ラカンがあらためて措定する問いはこうなる──何が夢から目覚めさせるのだろうか？　といっても、もちろん、目覚めをあのアクシデント（蝋燭の転倒、炎の揺らめき……）に、つまり現実のなかで起きた出来事そのものに、結びつけるためではない。そんなことをすれば、フロイトの立てた問い（「何が夢を見させたのか」）そのものを消し去ることになってしまう。実際、ラカンはこの問いをけっして蔑ろにはしない。というのも、フロイトは明らかに目覚めの「延期」とでも呼びうるものについて問いかけているのであり、この延期は、目覚めの意味をすっかり変更してしまう（この延期の前と後では、目覚めの意味がすっかり変わってしまう）何ものかだからだ。つまり、蝋燭の転倒や炎の揺らめきを察知した時点で、ただちに目覚めてもおかしくなかった主体が、あえてそうしなかったこと、目覚めを延期したことによって、そうしてわざわざ引き延ばした眠りからそのあと目覚めたのはなぜなのか、が問われる必然性が生じるのである。肝腎なのはだから、目覚めの「原因」を、主体が目覚めたときにその意識に表象されるであろう現実（外的現実）とは別のところに求めること、その現実とは異なるもうひとつの現実を見いだすことである。

といっても（またしても前置きをはさむようで恐縮だが）、この「もうひとつの現実」を「心的現実」ととることは、あらかじめ禁じられている。それは、先に挙げたフロイトの（A）、（B）二つの説明に回帰することにほかならず、今度はラカン自身が立てた問いを無効にしてしまう。一過性の夢遊病になるという選択肢がありえた以上、夢見る主体は心的現実（子どもとの再会、睡眠欲求）から離れる必要がなかったのに、それにもかかわらず自らに目覚めを課したのはなぜか、というのがラカンの問いだからだ。それゆえ、こう考えなくてはならない――夢のなかには、「心的現実」にも「外的現実」にも還元できないもうひとつ別の現実があり、それが目覚めさせるのである、と。この現実は、夢を構成する表象群にけっして同化されず、その外部におそらく永遠に留まらざるをえないものの、その場所から主体に呼びかけ、いわば肉薄する。主体がいったん目覚めを延期したあと、それでもなお彼を夢の外へと連れ出す（あるいは追い立てる）この現実は、主体が夢を見たあらゆる理由、そして、もしも彼が夢を見ずに目覚めていたとしたら、その目覚めをもたらしただろうと考えうるあらゆる理由を退けた上でなお、なぜ主体が目覚めたのかを――かろうじて――説明しうる究極の原因であるといってよい。

このもうひとつ別の現実、引き延ばされた夢からの目覚めの「原因」の座に見いだされる現実を、ラカンは「現実界（現実的なもの le réel）」と名づける。私たちがここまで辿ってきた夢の解読に即して告げられた、次の指摘は雄弁だ――

現実界、われわれはそれを、夢の彼岸に求めなければならない——つまり、代理しか与えられていない表象の欠如の背後に、夢が抱き込み、包み込み、われわれに隠してしまったもののなかに求めなければならない。(25)

ここで「代理しか与えられていない表象の欠如……」と言われているのは、フロイトの「表象代理（Vorstellungs-repräsentanz）」の概念を踏まえてのことである。ラカンは、これを「表象の代理（tenant-lieu de la représentation）」と曖昧さなく訳した上で、従来の（つまりフロイトの）「欲動の心的代理となる表象」から、「本来的に不在である表象を代理するもの」へと、その意味をシフトさせる。先に〈物〉について述べたように、現実界とは表象（シニフィアン）に根源的に同化不能なもの、それゆえ表象の外部に失われざるをえないものと定義される。そのため、現実界はそれに対応するいかなる表象ももたないし、もちえない。だが、この不在の表象を代理する表象が、現実界と表象のあいだの不可能な対応関係をいわば補填することができる。子どもが火に焼かれる夢においても、夢の映像（ここではそれをその象徴的価値、すなわちシニフィアンとしての価値において捉えよう）はこの「表象代理」の機能を担うと考えて差し支えない。

とすれば、この夢を見た主体にとって、現実界とはつまるところ何なのだろうか。もちろん、それをそのものとして名指すことはできない。だが、それはいかなるコンテクストにおいて、あるいはいかなる位相において、夢の彼岸にシルエットを浮かび上がらせるのだろうか。ラカンは、一方で、フロイトがこの父と亡くなった息子の関係に口を噤んでいるために、問いは何重にも秘められたままだとしながら、他方では、ここに読み取られる現実界を「来るべき欲動（pulsions à venir）」と名指している（ただし、それが何であるのかについては、いかなる説明も与えない）。それは、病に冒された息子がその燃え上がるような享楽（ラカンにおいて、享楽とは本来、快の彼岸で苦痛として生きられる経験を指す）に身を焼かれているのもかまわず、この父親が手放すことのできなかった彼自身の享楽（こちらの場合は、おそらく安逸に紛れる種類の享楽だっただろう）にかかわるのだろうか。あるいは、息子を失ったことで図らずも実現してしまった、何らかの強い罪責感に裏打ちされた自罰の要求、すなわち死の欲動のひとつのヴァージョンとみなすべきだろうか。いや、それどころか、いかなる父子関係にも内在し、まさにこの夢のケースのように、劇的に演出されさえする父の不明、すなわち、父が身を任せている享楽に、本人はいっこうに気づくことができず、それについて父の目を開かせることができるのはつねに子どもだけであるという悲劇（ここから、キリストの名高い「*Eli, Eli, lema sabachthani*」を解釈し直すこともできる）が、ここでまさに反復されたのだろうか。

残念ながら、私たちには決定的なことは分からない。だが、重要なのは、目覚めの原因にかかわるアポリア（夢を見続ける理由を説明できても、夢を見続けたあとになぜ目覚めたのかを説明できないという難問）が、目覚めの原因としての現実界を措定させずにはおかないというロジックである。このロジックこそを、私たちはあらためて確認しておきたい。ただし、そうであるだけに、つまり、原因としての現実界は限られた条件（ここでは、アポリアを生み出した外的・心的両現実のコンフィギュレイションがそれにあたる）のもとではじめて突き止められうるだけに、この原因はけっして経験的検証の対象にはなりえない。といっても、述べたように、夢の核心がフロイトによって秘匿されているからではない。よりラディカルに、現実界の呼びかけに応えて目覚める主体が、目覚めた瞬間に実際に見いだすのは、現実界そのものではありえないからだ。意識に返った主体の目の前に広がるのは、フロイトが夢の表象の背後に見て取ることを忘れなかったあの「外的現実」（それを構成する、夢の映像とは別の表象群）にほかならず、目覚めた父親はそこであらためて――眠りを引き延ばしたがゆえに、そうしなかった場合に一歩遅れて――隣室の火事（棺の引火）に向き合うことになる。現実界に向けて目覚めながら、主体は結局のところ意識に映し出される諸表象のなかで自らを再発見せざるをえないのである。

それゆえ、私たちはラカンとともにこう言わねばならない――現実界は、夢と覚醒のあいだで出会いそこなわれる、と。この出会いそこないを、ラカンはアリストテレス『自然学』のタームを借りて「テュケー」（運、偶然）と名指した。私たちの誰ひとりとして夢と覚醒のあいだで立ち止まれないのと同様に、現実界と文字どおり出会うこと、それに直面することは、いかにしても不可能である。にもかかわらず、いや、だからこそ、この「出会いそこない」は、主体と現実界の関係のもっとも基本的な、それどころかほとんど唯一の可能な、モード（様式）でもある。夢を見ていた父親は、目覚める瞬間に、だから夢と覚醒のあいだで、自らの現実界と最も濃密にすれ違った。その意味で、目覚め（夢からの目覚め）は、現実界とは何かを考えるさいの特権的なパラダイムであるといってよい。ちなみに、この出会いそこないを「テュケー」と名指すことは、すでに私たちが示唆したように、現実界を目覚めの原因の座に置く私たちの視角にふさわしい因果的言表を可能にしてくれる。というのも、アリストテレスにおいて、テュケーは――偶然を意味するもうひとつのターム「アウトマトン（自ずから起きること）」と並んで――「原因」のカテゴリーに（ただし、規範的な因果関係を生み出す形相・質料・作用・目的の四原因とは異なり、イレギュラーな因果性をもたらす「付随因」として）書き込まれるからだ。つまり、目覚めの因果関係を、私たちは次のように定式化できるのである――目覚めはテュケーによって、つまり現実界との出会いそこないによって、起きた、と。

だが、私たちはここから、いまいちど夢のほうへ、目覚めではなく夢のほうへ、引き返さなくてはならない。テュケーによる目覚めが生じえたとすれば、その偶然（まさに「テュケーによる」という意味で）の目覚めを後押しした夢の機能を、あらためて検討し直さなくてはならない。ラカンによる解読は、そもそも次のことを前提にしている。すなわち、夢を見ている主体、いや、夢のなかにいる主体にとって、二つの外部が重なって存在する、ということである。二つの外部とは、いうまでもなく、いわゆる「外的現実」と「現実界」にほかならない（ただし、現実界は外的現実にとってもひとつの外部である）。その意味で、目覚めが現実界との出会いそこないをもたらしうる特権的な契機である以前に、夢こそが現実界に接しうる――あるいは、現実界と隣り合わせになりうる――特権的な「中間領域」（ウィニコットが捉えたように外的現実と心的現実の中間というだけでなく、心的現実と現実界の中間としての）であるといえる。

当然のことながら、ラカンのこうした視点は、夢理論の拡張を促さずにおかない。フロイトが夢において重視したのは、潜在的夢思考という無意識的思考（検閲のためにいわば暗号化されてしか前意識に届かないとはいえ、すでに言語のかたちをとった思考）が顕在的夢内容（前意識において形成される夢のテクスト、夢のレシ）へと翻訳されるプロセスだった。これにたいして、ラカンは、言語の外部に存在するもの（＝享楽、現実界）が夢によって言語的なもの（解釈可能なもの）に変換される（夢を介して言語に接続される）プロセスに注目した。そこでは、私たちが夢を解釈する以前に、夢そのものがひとつの解釈であり、無意識は夢というメディアを使って現実界を解釈していると捉えなくてはならない。そのことを、ラカンは簡潔にこう定式化するに至る――

> 夢とはすでにそれ自体が解釈――自生的ではあるけれども――しかし解釈なのである。[26]

これは、私たちがこれまで辿ってきたセミネールXI（一九六四）の五年後になされた発言だが、この「解釈」がたんなる外的現実には還元できぬ現実の解釈、すなわち現実界の解釈を指すことは、ラカンがこの発言に続いて、まさに「子どもが火に焼かれる夢」を引き合いに出しつつ、指摘しているとおりである。

いや、「解釈」であることが重要なのではない。外的現実との接触のもとで、あるいはそこに生じたアクシデントを通じて、現実界をギリギリまで――不安に押し潰される寸前まで――引き寄せることができるという夢の機能にこそ、私たちは注目し直さなければならない。おそらく、夢を引き延ばした父親にとって、この不安も二重の意味をもっていたにちがいない。蝋燭の転倒による引火という急を要する事態が喚び起こす不安。そして、その背後で回帰しつつある現実界の切迫感によってもたらされる不安。時間を追うごとに――ほんの数秒にも満たないミクロな時間であるとはいえ――他方を上回ったのは、上述のロジックにしたがえば、後者の不安だったはずだ。いずれにせよ、この不安の増長にもかかわらず、いや、それに敢然と抗しつつ、ギリギリの線まで夢を引き延ばすことにこそ、テュケーの到来の、未遂に終わるとはいえ現実界との出会いが垣間見られることの、秘訣があったことはいうまでもない。

現実界をめぐるこのようなラカンの思考は、中間領域にかんするウィニコットのそれとけっして矛盾しない。それどころか、「彼岸」と「中間」にそれぞれ注目するこれらの理論は、互いに相手を補強しあう関係にある。実際、心的現実と外的現実が相互に乗り入れ、オーヴァーラップする中間領域的織物である夢に、目覚めの延期というアクションを経て、現実界という彼岸の影が落ちるプロセスを、私たちは辿ってきたのである。心的現実と外的現実の二元論から、中間領域を加えた三元論、さらに現実界を引き入れた四元論へと、私たちの思考を開いていくこと。それが、フロイト以後、ウィニコットとラカンを経た今日、「現実」について考察するいかなる取り組みにも先だって、精神分析が私たちに与えうる処方である。

【注】

（1） Lacan, J., *Le Séminaire, Livre VII, L'éthique de la psychanalyse* (1959-1960), Seuil, Paris, 1986, p. 40.
（2） Freud, S., *Die Traumdeutung* (1900), in : *Gesammelte Werke*, Bd. II/III, Imago/Fischer, 1942, S. 571.
（3） *Ibid.*
（4） *Ibid.*, S. 604.
（5） Freud, S., Die Verneinung (1925), in : *Gesammelte Werke*, Bd. XIV, Imago/Fischer, 1948, S. 14.

（6） Freud, S., *Vorlesungen zur Einführung in die Psychoanalyse* (1916-1917), in : *Gesammelte Werke*, Bd. XI, Imago/Fischer, 1940, S. 383.（『精神分析入門』、高橋義孝訳、フロイト著作集1、人文書院、京都、一九七一年、三〇四頁、一部改。）

（7） Freud, S., Formulierungen über zwei Prinzipien des psychischen Geschehens (1911), in : *Gesammelte Werke*, Bd. VIII, Imago/Fischer, 1943, S. 234.

（8） 牛島定信「D・ウィニコット『遊ぶことと現実』」、立木康介編『精神分析の名著』、中公新書、二〇一二年、一九八頁。

（9） Winnicott, D. W., Transitional Objects and Transitional Phenomena — A Study of the First Not-Me Possession, *The International Journal of Psychoanalysis*, 34, 1953, p. 89.

（10） *Ibid.*, p. 90.

（11） *Ibid.*

（12） *Ibid.*

（13） 象徴表現との差異において、ウィニコットの移行対象（中間領域）論は、ハンナ・シーガルの「象徴等式（symbolic equation）」に接近するようにみえる。シーガルは、対象を表象＝代理する（represent）と同時に、それ自体の特徴が認識されてもいる「象徴」にたいして、そのような象徴機能の破綻である「象徴等式」、すなわち、代理物がオリジナルの対象そのもの「である」と感じられ、代理物自体の諸特性がそれとは認識されないケースの存在に光を当てた。ある精神病患者は、発症後、ヴァイオリンを弾くのをやめてしまった。その患者にとって「ヴァイオリンはペニスであり、ヴァイオリンを弾くことはマスターベイションをすることであるから、人前でなされるべきではない」のである（Segal, H., *Dream, Phantasy and Art*, Routledge, 1991, p. 35. ただし、シーガルによる「象徴等式」の概念化は一九五七年に遡る）。もっとも、ウィニコットによれば、移行現象においては、代理物（饗宴の食べ物）の代理物としての現実性＝実在性が排除されることはない。移行現象と象徴等式のあいだには、さらに解析され検証されるべき異同も存するように思われる。

（14） Winnicott, D. W., *art. cit.*, p. 94.

（15） *Ibid.*, p. 95.

（16） *Ibid.*

（17） *Ibid.*, p. 96.

（18） これは他の機会に詳細に試みられた作業である。次を参照――立木康介「〈物〉の秘密――フロイトのリアリティ論からラカンの「現実界」へ」（『思想』、二〇二一年第八号）。

(19) Freud, S., *Die Traumdeutung*, *op. cit.*, S. 513-514.

(20) Lacan, J., *Le Séminaire, Livre XI, Les quatre concepts fondamentaux de la psychanalyse* (1964), Seuil, 1973, p. 36.

(21) Freud, S., *Die Traumdeutung*, *op. cit.*, S. 514-515.

(22) Lacan, J., *Les quatre concepts*..., *op. cit.*, p. 56-57.

(23) *Ibid.*, p. 57.

(24) Janet, P., *L'évolution psychologique de la personnalité* (1929), La Société Pierre Janet, Paris, 1984, p. 257-271.

(25) Lacan, J., *Les quatre concepts*..., *op. cit.*, p. 59.

(26) Lacan, J., *Le Séminaire, Livre XVI, D'un Autre à l'autre* (1968-1969), Seuil, 2006, p. 197.

一人称の政治
——ルソー『人間不平等起源論』と『社会契約論』の一断面

王寺賢太

『告白』の作者として近代的な自伝文学の創始者と目されるジャン＝ジャック・ルソーが、『社会契約論』の人民主権論によって近代民主主義の政治体制の理論的基礎づけを行なったとみなされる政治思想家でもあったことはよく知られている。一方で、どこまでもありふれた「私」の来歴を「自然の真実のままに」自分の同類たちに宛てて書き記すことによって、その「私」をかけがえのないものとして示す自伝作家と、人民主権の理論家として、国家のなかでその構成員各人の個別意志・個別利害を厳格に「主権者人民」の一般意志・共通利害に従属させるべきことを説いた政治思想家——ルソーの著作は他にも書簡体恋愛小説や教育論など多岐にわたるとはいえ、この政治思想家と自伝作家の分裂・共存こそ、現代に至るまでルソーの読者たちを戸惑わせ、相対立させると同時に惹きつけてきた最大の原因であるだろう。

けれども、そうしてあらかじめルソーのなかに分裂を認めてしまえば、初期の政治的著作から後期の自伝的著作に至るまで、ルソーが一貫して一人称そのものの成立の根拠を問い続けていたことは見過ごされてしまう。実際、ルソーにとって「私」という一人称は、それによって指示される「自己」とともに、まったく自明な所与ではなかった。そのことは、「純粋自然状態」にまで遡って社会や歴史そのものの生成過程を描き出す『人間不平等起源論』を思い起こすだけでも明らかだろう。そこで個々人の「自己」=「私」の成立は、自他の区別もろくに知らなかった野生人が、自然の変異や天災をきっかけに次第に集住化を進め、言語の発達と同時に村落を形成し始めたとき、そこで起こる若い男女の出会いや村落での「評判」の出現とともに起こる歴史的な出来事とされていた。[1] 一方、「われわれ」はと言えば、富者と貧者の相対立する「戦争状態」のなかで、「詐欺師」とも呼ばれる富者の提案によって、法体系のもとで所有権を保証する「政治社会」が成立する決定的場面において出現する。『社会契約論』で他ならぬ社会契約の場面で描かれるのも、この「われわれ」=「人民」の出現である。『社会契約論』は総体として、そこで出現したこの「われわれ」の帰趨を問う書物だったのである。

こうして、ルソーの政治論でくりかえし一人称代名詞の「私」や「われわれ」が問題にされるのは、ルソーがそこでなにより政治的主体のあり方を問うていたことを考えあわせれば不思議なことではない。[2] ルソーが論じた「自然状態」と「社会契約」は、とりわけホッブズ以降、近代自然法学の伝統のなかでさかんに議論された理論的フィクションであり、その機能は、アリストテレス以来の目的論的な自然秩序の哲学的枠組みとも、歴史叙述による事実の上での秩序の擁護論とも縁を切り、ばらばらの個々人から始めて、現存の「社会状態」と政治的権威の由来とその正統性の根拠を論証することにあった。[3]『社会契約論』の人民主権論は、さしあたりその政治的正統性の根拠を、「人民」を一つの「心的=道徳的人格(la personne morale)」として構成し、この「人民」を「主権者」として、自己自身に命令を下し、自己自身に服従する自由な主体とすることに求めるものだったと言える。

以下では、『不平等起源論』と『社会契約論』において、それぞれ「政治社会」とも「政治体」とも言われる社会状態の成立の場面に挿入される「われわれ」という発話が、ルソーの政治論においていかなる意味をもつのかを考えてみたい。『社会契約論』では、この「われわれ」という言葉の発話こそが、互いに切り離された身体をもつ個体の集積にすぎない人間たちが、一つの集団的主体として出現し、「政治体」を基礎づける特権的な「行為」として現れる。だがそれは、ルソーにとって政治的主体になることが、どれほど苛酷な条件の下に置かれることであるかを示唆してくれるものでもある。ルソーのその考察は、自分自身を「私」と名指して他者とかかわりつつ、「主権者」の一員として否応なく国家の構成員であり続ける、私たち自身にとっても無縁ではありえないだろう。そこで問題になるのは、私たちを取り巻く政治的現実がいかに言葉によって構成されるか、またその言語の秩序のなかで私たちが自己のうちにいかなる困難を抱え込むかなのだから[4]。

1　詐称される「われわれ」——『人間不平等起源論』

土地を囲い込んで「これは私のものだ」ということを思いつき、それを信じるほどに単純な人々を見出した最初の者こそ、政治社会の真の創設者であった。杭を引き抜き、溝を埋め、同類たちに向かって「この詐欺師に耳を傾けてはならない。果実は皆のものであり、大地は誰のものでもない」と叫んだ者があったなら、どれほどの犯罪と、戦争と、殺人と、悲惨とおぞましさを人類に免れさせることができただろう。

(DOI, 164)[5]

『不平等起源論』で最初に人間が「私」として自己を名指すのは、第二部冒頭に置かれたこの場面でのことだ。それは、この著作で最初に人間が語る言葉が記される場面でもある。その発話がのっけから「私のもの」、すなわち土地所有権の要求に結びつけられていること、そしてこの要求が周囲の人間たちに承認されたときにはじめて、「政治社会（la société civile）」、つまり法秩序をそなえた国家が創設されるとみなされていることは見逃せない。ただしその国家の「真の創設者」は、ルソーにとって人を欺く「詐欺師」でしかない。本来、果実（動産）

は皆のものであり、大地（不動産）は誰のものでもない以上、土地所有権など本来承認できないはずだからである。言い換えれば、土地所有権も、国家も、言語使用と人間相互の合意にまつわる齟齬を前提とせずには成立しえなかったというのである。

この一節は、明らかにホッブズを踏まえている。ホッブズはルソーも参照した『市民論』において、「そもそも唯一の人格に統一されていない多数者は自然状態にとどまり、そこでは万物が万人に属し、「私のもの」と「お前のもの」の区別は受け容れられておらず、「支配」とか「所有」といった言い方も知られていない(6)」と記していた。ホッブズにとって、自然状態の下では、「私のもの」と「お前のもの」の区別はおろか、「私」と「お前」と呼ばれる個々の「人格」の共存さえ覚束ない。有名な「戦争状態」の仮説である。だからこそ人間たちは相互に「協約」を結んで各人の権利を第三者に移譲し、この第三者、すなわち主権者が定める「法律」に服従せねばならない。この法律こそが、「私のもの」と「お前のもの」の区別と同時に、公正・不正、善・悪、有用・無用などの区別をもたらし、「私」と「お前」たちの共存の秩序を確立するのである。

所有権の確立と法秩序をそなえた社会状態の成立を同一視する点で、ルソーがホッブズに忠実なことが分かるだろう。だとすると、それを土地占有者の「詐欺」として断罪する先の一節には、ホッブズ批判を読み取らねばならない。実際、『不平等起源論』冒頭から、ルソーは、ホッブズの戦争状態論と、それに敵対するモンテスキュー以下の自然状態論——ここでは人間に自然的社会性を認める説と理解しておく——を相手取って、両者の所説が「自分たちが社会のなかで得た観念を自然状態に持ち込んだ」ものでしかないことを論難していた。「あらゆる事実を退けることから始めよう」と宣言して、ルソーが自身の「純粋自然状態」の仮説を示すのもそのためだった（DOI, 132）。

その自然状態論で、「野生人」は既存の社会において見出される様々な人間の属性を一切剝ぎ取った姿で示される。休息と食糧の欲求を即座に満たす原初の森のなかにあって、野生人は自他の区別も主客の区別も知らない動物にすぎず、精神的な属性としては、「自由」、すなわち「意志する、あるいは選択する力能」(DOI, 141)、「完成可能性」、つまり個体と種に属する知的能力を開花させる力能、そして他の個体が苦しむのを厭う「憐れみの情」をそなえるのみだが、自然状態ではこれら一連の力能さえ潜在的にとどまる。なにより、野生人は他の野生人と持続的な関係をもたない。男女の性交渉や母子関係さえ、持続的ではありえないというのである。さらに野生人たちは個体間の相互性と言う最低限の道徳的原則さえ知らないから、そこでは善も悪も問題にはならない。こうして、ルソーは「純粋自然状態」を社会と歴史の零度として示し、先行する論者たちが前提とした人間本性(理性)の同一性も、自然法や自然権の普遍性も一挙に退けたのだった。

したがって先に引いた一節は、この自然状態から出発して人間たちはいかに社会状態の成立に至ったかを語る第二部の主題を予告するものでもある。いかにして人間たちは相互に関係を結び、言語をもち、その言語によって自己を「私」と名指し、さらには「私のもの」という所有権の要求を土地にまで及ぼして他者の承認を得ようとすることになったのか。そして、いかにして政治社会の創設が必要とされることになったのか——というのも、ルソーは「政治社会の真の創設者」を「詐欺師」と呼んで断罪しながら、同時に「しかしその時までには、事物はもはや以前のままに持続できなくなっていたように思われる」(DOI, 164)とも言うのだから。

この社会状態の生成過程を、ルソーは「まったく生じずにいることもありえた複数の外的原因の偶発的合流」(DOI, 162)によって説明する。そこで介入するのが、まず自然界の多様性や四季の変化といった自然の変異であり、次いで大洪水や地震といった人間集団にとっての自然災害だが、ここでは、これらの偶然事の介入にしたがって人間たちが次第に自然から疎隔し、それとともに人間間の相互関係を強化していくことを確認しておけばよいだろう。問題は、言語や「私」(自己の所有)が成立したあと、人間たちがいかなる経緯で土地の占有を始め、政治社会の創設に至ったかである。

その起点をルソーは冶金と農業の発見という新たな偶然事の介入に認めている。ただしこの偶然事は、人間たちが自然を対象化し、観察し、因果連関を差配する必然的な法則を理解した上ではじめて成立するという種別性をそなえている。冶金も農業も、この自然の必然的法則に則って人間たち自身の営みを組織することによってはじめて可能になる。その際、冶金と農業が同時に成立するとされるのは、分業の成立を抜きにして食糧生産の専門化は考えられないからだ。両者は互いに発展を促し、人間たちを協業の必然的な相互依存関係のなかに巻き込んでいく。その過程で農業が耕作地の占有を恒久化し、土地占有の拡大に伴って相互の占有物の尊重という「正義」の原則が確立されるとき、実定法以前の段階で「所有権」の観念が成立する（DOI, 173）。この「正義」と「所有権」は相互に手を携えながら、土地所有のさらなる拡大を促すだろう。だが、土地所有の拡大は貧富の不平等の拡大も伴わざるをえず、ひとたび所有すべき残余の土地がなくなってしまえば、土地をもてる者ともたざる者のあいだの暴力的紛争に逢着せざるをえない。ルソーにとって戦争状態は、自然状態であるどころか、冶金と農業の成立によって、人間たちが必然的連関、必然的因果性のなかに捉えられた果てに勃発する、富者と貧者の階級闘争なのだ。

戦争状態からの脱出が問題になるこの地点で、ルソーは「詐欺師」による政治社会の創設の場面にあらためて立ち戻る。そこで舞台に上げられるのは、戦争状態のなかで貧者たちからは詰め寄られ、他の富者たちとは相争う一人の富者である。「一人で全員と対決する」この富者は、「自分の敵たちを自分の擁護者とし、〔……〕自分にとって有利な別の格率を彼らに吹き込む」ことを思いつき、「隣人たち」にこう呼びかける。

彼は言った。「われわれは団結して、弱者たちを圧政から守り、野心家たちを抑制し、各人に自分に属するものの占有を保証しよう。正義と平和の規則を創設し、全員がそれにしたがうように強い、誰も優遇されず、権力者も弱者も等しく相互的な義務に服従させるようにして、いわば運命の気まぐれを補償しようではないか。つまり、われわれの力をわれわれ相互に向けるのではなく、力を合わせて最高権力とし、この最高権力がわれわれを賢明な法律によって統治し、連合体の全成員を保護・防衛し、共通の敵を追い払って、われわれを永遠の和合のなかに維持するようにしようではないか」。(DOI, 177)

ここで富者は、実定法秩序の下で土地所有権を保障し、政治社会を創設しようと提案する「詐欺師」の身振りを忠実に反復している。その提案が「詐欺的」なのは、それが自分の土地所有を守ろうとする意図によるからだけではない。むしろ、そこで戦争状態のなかで相対立する諸個人をいきなり「われわれ」という一人称複数で総称するからだ。その「われわれ」の内部には、「弱者」や「野心家」や「権力者」があり、彼らのあいだの対立があることが前提されている。だが、それらの言葉の一つ一つがいったい「富者」たちを指すのか、「貧者」たちを指すのかはまったく定かではない[7]。しかしだからこそ、そこで呼びかけられた者たちは、富者たちも貧者たちも、それぞれが自分を法律によって守られるべき者とみなすことができるのだ。それだけではない。この提案の発話の時点で未だ実現されていない「われわれ」は、ただちに「共通の敵」――「彼ら」であろう――に対置されている。戦争状態のなかにある個々人の対立と紛争は、こうして当の個々人の外部に投影され、来るべき「われわれ」の統一を保障する。貧者たちも、富者たちも、賢者たちさえもが、この提案に合意したのは、ここで〈富める立法者〉が言葉とその指示対象の齟齬を巧妙に組織し、実体のない「われわれ」を先行的に詐称することによって、その言葉で指示される集団をそこに立ち現せることができたからなのである。

この政治社会創設の場面には、ルソーによるホッブズ協約説の戯画を認めることもできるだろう。ルソーに言わせれば、政治体の創設が、構成員相互の契約に基づく第三者＝主権者への権利の移譲によって果たされるなどというのは馬鹿げている。それはあくまでも富者の政治的狡知によって実現されたのであり、そこで定められた法律は、最初から「われわれ」と名指される個々人の私的利害の均衡に立ち、内部にその構成員各自の属性や所有物の不平等を内包しつつ、外部の共通の敵との対立関係を仮構することによって成立した脆弱なものでしかなかったのだ。

なるほどV・ゴルドシュミットは、ここで〈富める立法者〉とその隣人たちのあいだに成立する合意は、「恐怖」によって強いられた契約を正当化するホッブズや、より大きなリスクを避けるためになされた契約を正当化するプーフェンドルフに照らしても、「歴史的に必然的であり、法的に有効である」と主張していた。[8] しかし、この政治社会創設の場面はむしろ、そこで成立する合意がどれほど「歴史的に必然的」で「法的に有効」であっても、いやむしろそれゆえにこそ、それが状況によって強いられ、私的利害の折衷の上に立つものである限り、政治的に正統な、あるべき政治社会の基礎とはみなされえないことを示すものとして理解されるべきではないか。

実際、『不平等起源論』第二部の後続部分は、政治社会の創設に当たって土地所有の不平等を合法化した結果、この「富者たち」と「貧者たち」の不平等が、政府の設立のあとでは「権力者たち」と「弱者たち」の不平等へ、さらにこの政府の専制化の果てには「主人」と「奴隷たち」の不平等へと、必然的な歴史的因果連関にしたがって転形されてゆく経緯を辿る（DOI, 187）。そこでルソーが示すのは、この専制下において最終的に力と力の相剋が支配する新たな戦争状態が回帰すること、そしてこの新たな戦争状態こそ、君主政下の「われわれの現状」（DOI, 133）にほかならないことだった。

『不平等起源論』冒頭、ルソーはさりげなく「デルフォイの神殿の銘文」に参照を求め、「汝自身を知れ」というその神託こそが、人間にとって最も困難な課題であると記していた（DOI, 121）。その意味で、純粋自然状態への遡行から始まる人類史を対象とするルソーの考察は、ここでもすでに「私」＝「自己」の出所来歴への問いと切り離せないものだった。その考察は最終的に、「われわれの現状」を戦争状態から戦争状態へと送り返す悪循環のなかに位置づけて終わる。けれどもルソーは同時に、まさに純粋自然状態に遡行することによって、人間が人間である限りそなわり続ける属性として、「自由」、すなわち「意志」の力能を見出していた。ルソーにおいてこの「意志」は、あらかじめ物理的で必然的な因果連関を断ち切り、そこから逸脱することのできる力能とされている。この『不平等起源論』で得られた認識から出発して、戦争状態から戦争状態へと送り返す必然的連関の悪循環を脱し、正統な政治共同体の基礎づけを思考することこそ、ルソーにとって『社会契約論』の課題だったのである。

2 「われわれ各人」という発話――ルソーの社会協約／契約論

「人間は自由に生まれながら、至るところで鉄鎖に繋がれている」（CS, I, 1, 351）――ルソーは『社会契約論』をこの既存の一切の国家に対する断罪から始めている。ルソーにとって、既存のあらゆる支配・服従関係はみな、人間の「自由」とは無縁な物理的な「力（force）」の結果にすぎず、そもそも「政治」の名に値しない。ルソーが「力は権利をなさない」（CS, I, 2, 355）ことを示し、「事実上」の支配服従関係とは異なる「権利上」の次元に、「国制法の諸原理」（CS 副題）に基づく「正統で確実な行政の規則」（CS, I 序文, 351）を探求すべきことを説くのもそのせいだった。その際、ルソーがあらゆる法権利の根本に据える「最初の協定（conventions）」（CS, I, 5）こそ、社会契約である。

　この社会契約を、ルソーは「人民は己を王に与えることができる」（*Ibid.*, 359）というグロチウスの隷属契約説に対する批判から導き出す。ルソーに言わせれば、隷属契約など、君主からその臣民に対して「私はお前と、全ての負担をお前に、全ての利益を私に与える協定を結ぶ」（CS, I, 4, 358. 強調原文）と言うに等しく、当事者間の双務性を無視する点で「契約」の名に値しない「狂気」に等しい。そもそも、君主と臣民のあいだに双務関係を想定しようと、そこにはその双務性を保証する審級が欠けている。

　ルソーはさらに、隷属契約が成立するには「人民を人民となす行為」が先行していなければならないと主張する。「最初の協定」＝社会契約は、支配・従属関係の手前に、「権利上」そこにあったのでなければならない「行為（acte）」として見出されるのである。人民による人民の自己創設を実現するこの「行為」は、人民を単なる諸個人の「集積（agrégation）」ではなく、一つの全体性をそなえた「連合（association）」として創出しなければならない。この連合の創出のためには、特定の個人がどれほど多数の個人と契約を結んでも不十分なのである。

他方、契約に先立つ状態は、「自然状態において、人間たちの保存にとって有害な障碍が、その抵抗力によって、各人がこの状態で自己を維持するために用いうる諸力を凌駕する地点」（CS, I, 6, 360）として、純粋に物理的な観点から示されている。そのとき諸個人は、自分たちの諸力を集積し、「唯一の動因」によって抵抗に対抗することなしには自己保存を実現できない。ルソーはこうして「戦争状態」の概念を回避しつつ、物理的な力の因果連関のなかから、それに抗して人間集団を形成し、「心的＝道徳的（moral）」な統一原理のもとに置く「行為」として社会契約を位置づけるのだ。

ところで、『社会契約論』第一篇第六章は「社会協約」と題されており、該当章でも著作全体でも「契約（contrat）」と「協約（pacte）」という二つの語は混用されている。この点についてはまず、一八世紀一般に、この二つの語が「なんらかの責務を定めるために二者もしくは複数人のあいだでなされる相互の同意」としての「協定」の下位概念を指し、「協約」が主に軍事・外交上の同盟にかかわるのに対し、「契約」は民法上の財の譲渡や交換にかかわるものとされていたことを踏まえておく必要があるだろう。さらにローマ法によれば、「協約」が「単なる約束」にすぎず、「自然的義務」しか生まないのに対して、「契約」は法的拘束力をもつ協定とされる。[9] 以上の観点からすれば、ルソーにおける「協約／契約」が、当事者間の同盟と財の譲渡の両面をもつのみならず、単なる約束（協約）によって法体系総体（契約を含む）を基礎づけるという、契約論特有のパラドクスにかかわることが理解できるだろう。

さらに注目に値するのは、ホッブズがこの二つの概念のあいだに設けていた区別である。ホッブズによれば、「自己の権利を互いに移譲する二人もしくはそれ以上の人々の行為」のうち、「契約事項を双方がただちに履行してどちらも相手になんの貸しも作らない場合」が「契約」であり、この場合には契約はその履行とともに解消される。これに対して、「協約（〔英〕covenant）」は、少なくとも一方がただちに合意事項の履行を行わず、「借りのある側の人が自分が後で履行することを約束する」場合を指す。ホッブズにとって「協約」とは未来の行為を指す言葉によって現在なされる約束であり、主権者を創設するのはこの「協約」である。ただし、履行の保証者が存在しない戦争状態では、「どちらか一方の側に生じて当然な恐れが生じると無効になる」[10]。そのとき「協約」成立の唯一の条件は、他の協約当事者による先行的履行に求められる。つまり、「死の恐怖」の下で、当事者の一方が協約を先行的に履行し、主権者への権利の移譲を行なったとみなされるとき、他の当事者もまた――主権者のもたらす「死の恐怖」の下で――その協約を遵守するよう強いられるというのである。ホッブズが「死の恐怖によって無理強いされた約束は自然状態においては有効である」と言うのもそれゆえだった[11]。

『不平等起源論』以来、ルソーはこのホッブズ的な協約論を、政治秩序の下で戦争状態を転形させつつ温存するものとみなしてきた。『社会契約論』でルソーが戦争状態概念を回避しながら、物理的な力の因果連関に断絶をもたらすものとして協約／契約を位置づけた一因も、おそらくそこにある。ここではルソーにおける協約／契約の二重性の含意を理解するため、ホッブズが『市民論』（ソルビエールによる仏訳）で「協約」をどのように提示していたかを検討しておこう。

> したがって各市民はその隣人と約定を結んで次のように言ったと想定される。「お前が同様にこの者に権利を移譲することを条件として、私はこの者に私の権利を与える」。これを承けて、各人が自分の諸力を自分自身の善のために用いる権利はまるごと、共通利害のために、主権が移譲されたこの人間かこの合議体に移譲されたままにとどまる[12]。

ホッブズ的協約は、当事者相互のあいだでなされる第三者への権利の移譲を定めるものであり、「私」と「お前」のあいだでなされる複数的なものと想定されている。その際、権利が移譲される第三者は、個人にせよ、合議体にせよ、協約の埒外に置かれ、それゆえに協約当事者に対して「絶対的」な権力、すなわち「主権」を行使しうることになる。「多数者」自身が実現することのできない「合一」は、主権者に対する協約者全員の服従によって果たされ、その結果、「政治体」ないし国家が成立するのだ。ホッブズにおいては協約の水平的関係と権利譲渡の垂直的関係が分離され、この権利譲渡こそが協約の履行を実現する行為として位置づけられる。だからこそ協約の実現のためには、協約者間における「死の恐怖」を背景とした先行的履行が必要となることに注意しておかねばならない。

このホッブズの協約論が絶対君主政の正統化論としてルソーの批判の的となったことは言うまでもない。だが、いっそう見逃せないのは、ホッブズ自身が『市民論』の権利の移譲にかかわる議論に二つの難点を認め、のちに修正を行っていることだ。第一の難点は、ホッブズが自己保存の権利を協約者たちに留保するがゆえに、当事者と主権者相互の権利の区分が曖昧なままにとどまることにある。第二の難点は、ホッブズが権利の移譲を主権者の権利行使に対する「非抵抗」と同一視するがゆえに、主権者自身の権利・権力を協約者に依拠して構成することができないことである。この観点からすれば、ホッブズ的主権者は協約から排除される「絶対性」ゆえに、その理論的・実践的基礎はかえって脆弱なものとならざるをえなかったとも言えるだろう。ホッブズはこの二つの難点を解消するために、『リヴァイアサン』では「権威」と「代表」の観念に訴えることになるのだが[13]、ルソーはこのホッブズの主著を自ら検討することはなかったと考えられている。

ルソーの協約／契約論は、このホッブズ『市民論』の協約論を踏まえつつ、その政治的・理論的難点を乗り越えようとするものだった。そのことは、ルソーが示す「社会契約（le contrat social）が解決を与える根本問題」にも見て取れる。

連合者各人の人格と財産を全力で防衛し保護する連合の形式を見出すこと。この形式によって、各人は全員と統一されるにもかかわらず、自分自身にしか服従することがなく、以前と同じように自由にとどまる。

(*Ibid.*, 360)

「契約」の目的はあくまで契約者各人を全員と統一する「連合」にあるが、そこでは各人に「自由」が保障されねばならない――ルソーがここで、契約者間の水平的関係と契約者各人の自己関係性を同時に問題としていることが分かるだろう。ホッブズが切り離していた「協約」(水平的関係)と主権者への権利移譲(垂直的関係)がこうして、唯一の連合行為の問題とされるのである。ルソーにおける「協約/契約」の共存は、このホッブズ批判の観点から理解されるべきなのだ。

ルソーによれば、上記の「根本問題」を解決する契約の条項は、「連合者各人が全権利とともに共同体全体に全面的譲渡すること」(*Ibid.*)に集約される。この「全面的譲渡(l'aliénation totale)」においては、①全員が平等な条件を課されることによって、誰も他人の負担を増そうとはしないから、②各人と「公(le public)」の係争の余地がないため、両者のあいだの審判者を必要としないから、また、③各人は特定の人物に己を与えることない代わりに、自分に対して失う権利の等価物を他人に対して獲得するからである。全面的譲渡は、①契約者の平等、②契約者全員による全共同体の構成、③契約で成立する共同体の自己関係性(自由)の三つを一挙に実現するのである。

とはいえ、グロチウスの隷属契約説に契約の双務性を無視する「狂気」を認めていたルソーが、ここで社会契約が実現すべきものとして「全面的譲渡」を置くのは、やはり驚くべきことと言うべきだろう。しかし同時に、この全面的譲渡がホッブズ『市民論』の協約論の二つの難点を乗り越えるものであることも見逃せない。①の要件は、協約当事者に自己保存の権利を留保することから生じる困難を消去し、②、③の要件は、主権者の地位を契約者全員からなる共同体に認めることによって、協約の埒外に置かれていたホッブズ的主権者の絶対性を否定する。この点で、全面的譲渡はホッブズ的主権者の位置に直接民主政的な合議体を置くと考えることもできるだろう。こうして、ホッブズ協約論が含意する絶対君主政擁護もまた退けられるのだ。全面的譲渡という「狂気」の極地こそ、社会契約が実現すべきことであるとルソーが主張できたのもそのせいだった。

そのとき同時に、ルソーはホッブズにおいて切り離されていた協約と主権者への権利移譲を唯一の連合行為とし、この繋ぎ目に「死の恐怖」を介在させるホッブズ的論理を突破する。しかし、まさにそれゆえに、この全面的譲渡論がある論点先取を孕むことは見逃せない。かつてL・アルチュセールが指摘したように、社会契約の目的が共同体の創設に置かれているにもかかわらず、ルソーはここで、「連合者各人」と当の契約の結果として成立するはずの「共同体」のあいだに契約関係を想定しているからだ。[14] これは、当事者相互の水平的な「協約」関係を、当事者の全員と当事者集団全体のあいだの垂直的「契約」関係と同一視する結果生じた、論理的齟齬であるだろう。あるいはまた、単なる口約束としての「協約」を法的拘束力をそなえた「契約」と同一視し、それによって法体系総体を基礎づけようとしたことから生じた齟齬とみなすこともできる。

けれども、ルソーはそもそも自然状態を純粋に物理的な力の因果連関が支配する領域と見切り、協約／契約をこの因果連関を断ち切るものと位置づけていたのではなかったか。この断絶が実現されるときにこそ、戦争状態と社会状態のあいだに因果連関を認める、ホッブズ協約論との断絶が果たされるのではないか。その因果連関の断絶は、「結果が原因となる」（CS, II, 7, 383）ような論理的な因果の転倒なしには実現しえない。だとすれば、アルチュセールが指摘する全面的譲渡論の内包する論点先取、その因果の転倒は、むしろルソーが熟慮の上で選択したものと考えるべきだ。とはいえ、ここで問題になっているのが、共同体の構成であり、基礎づけである以上、そのような論理的な因果の転倒がいったいどのような「行為」として実現可能かをさらに問わねばならない。

ルソーはこの点に答えるべく、次のように「社会協約（le pacte social）」の文言を提示する。

したがって社会協約からその本質に属さないものを除くなら、以下の文言に集約されることが分かるだろう。「われわれ各人は自分の人格と全ての力能を共同のものとして一般意志の至高の指揮下に置き、われわれは一体となって各構成員を全体の分割不可能な部分として受け取る」。

その瞬間、各契約者の個別の人格の代わりに、この連合行為は心的＝道徳的かつ集合的な団体を生み出す。この団体は集会の声と同じ数の構成員からなり、この同一の行為から自身の統一性と「共通の自我」と生命と意志を受け取る。

（*Ibid.*, 361）

ルソーがここで、社会協約をその参加者全員が一斉に「文言（termes）」を発話する一つの言語行為として示していることは見逃せない[15]。件の文言に付された強調や、集会の「声」あるいは「その瞬間」への言及がそのことを明示している。そうやって協約の文言が一場に会した者たちによって発話されるその瞬間に、そこで発話する者たちは同時に一つの「心的＝道徳的かつ集合的な団体（un corps moral et collectif）」を生み出す。この団体こそ、「「共通の自我（le moi commun）」と生命と意志」をそなえる「政治体（le corps politique）」であり、「人民」である。ルソーはそれを「心的＝道徳的人格（la personne morale〔法人〕）」とも名指している。

この協約の文言が、「われわれ（各人）」を主語として人称化された言表のかたちで、全面的譲渡を表現しているのを見てとることはたやすい。一方で、「連合参加者各人」＝「われわれ各人」は「自分の人格と全ての力能を共同のものとして一般意志の至高の指揮下に置く」。これに対して「共同体」＝「われわれ」は「一体となって（en corps）」「各構成員を全体の分割不可能な部分として受け取る」。まさにそうやって各構成員を「受け取る」時点で、「共同体」＝「われわれ」はそこに成立するのである。

しかし、この協約の文言でなにより注目に値するのは、そこで「共同体」＝「われわれ」のみならず、「連合参加者各人」までもが「われわれ各人」と称されていることだ。アルチュセールに倣って言えば、ここでは協約当時者の双方が当の協約の結果を前提しているのである。ここでルソーは、先の全面的譲渡における論点先取に加えて、さらなる論点先取を重ねているとも言えるだろう。だが、私の考えでは、この「われわれ各人」と「われわれ」という発話こそが、物理的な力の因果連関を断ち切り、論理的な原因と結果を転倒する、特権的な「行為」としてのルソー的協約／契約の核心にある。つまり、「人民を人民となす行為」の核心には「われわれ」という一人称複数代名詞による名乗りがあり、「われわれ各人」という名乗りは、この「われわれ」という発話の条件を明確に規定するものなのだ。

E・バンヴェニストが示したように、一人称の「私（je）」とは、発話者が二人称の「お前（tu）／あなた（vous）」を顕在的・潜在的な対話者として語り出すとき、その言表のなかで発話者としての自己自身を示す際に用いられる、自己参照的な言語記号である。言い換えれば、「私」という一人称は、言表の外に発話に先立って実在する個人を参照するのではなく、あくまでもある言表において「私」と名乗り出る発話者を、当の言表内部で発話行為の主体として指示するにすぎない。この形式性ゆえに、誰もが「私」を名乗って発話することができ、二人称で名指される対話者とのあいだで、発話主体の転換に応じて一人称と二人称の使用を相互に転換することもできる。そのバンヴェニストにとって、「主体性」とは、人称の言語的な体系を用いて、自己自身を一人称の主語＝主体として指示することのできる発話者の能力にほかならない[16]。

一人称単数の「私」について指摘されるのと同様の事態は、ルソーが協約の文言に記す「われわれ」という一人称複数にも認められるだろう。そこで「われわれ」は、言表の外に発話に先行して存在する実在の人間集団を参照するのではない。集団的な発話者が「われわれ」と自己自身を名指しつつ発話するとき、「われわれ」はその言表においてはじめて、当の言表を発話する主体として出現する。「われわれ」は協約の文言の発話において行為遂行的にそこに出現するのであり、この行為遂行性だけが、協約の結果であるはずの「われわれ」を協約のなかで前提しつつ、当の協約の発話そのものにおいて実現するという、因果連関の断絶と転倒をもたらすのである。

しかもその際、ルソーは協約当事者の一方に「われわれ各人」という擬似的な一人称を置くことによって、「われわれ」と名乗り出す集団の成立条件を厳密に規定している。一般に、「われわれ」という言葉が用いられるのは、「私」が自分自身と「あなたたち」を総称するか、「あなた（たち）」に対して自分自身と「彼／女ら」を総称するかのいずれかの場合だろう。いずれの場合も、「われわれ」として集団的主体を名指すのは、通常、特定の発話者――潜在する「私」――である。そのときには、実際の発話者と「われわれ」と総称される残りの者たちのあいだには、代表する者と代表される者の非対称が生じざるをえないし、そこで「われわれ」という名乗りが当の集団によって承認されるとしても、この「われわれ」内部の個々人のあいだに存在する不平等は不問に付され、温存されてしまう。『不平等起源論』の〈富める立法者〉による「われわれ」の詐称の一場面でルソーが示していたのは、それぞれの「私」の属性を保存することによって、「私」たちのあいだに非対称性と不平等を内包したままでなされる、そんな「われわれ」の成立だった。

これに対して、ルソーが社会協約の文言に記す「われわれ各人」という言葉は、「われわれ」と名指される集団の構成員各人に自分自身を「われわれ」の構成員として名指し、発話することを強いる。その構成員各人＝「私」の属性の一切は括弧に入れられ、彼らはまったく平等な資格で「われわれ」を構成することになるのである。そこでは「われわれ」の構成員は相互に完全に対等であり、なおかつ互換可能である。その意味で、「われわれ各人」という主語は、あらゆる協約者間に「平等」を生み出す言語的な装置なのである。

ここで「われわれ各人」という言葉が含意する「われわれ」の構成員全員の平等は、「われわれ」内部のあらゆる「私」と残りの「あなたたち」の平等を前提とするだろう。けれどもルソーによれば、「私」と「お前」のあいだの協約をどれほど多数化しようと「人民を人民となす」ことはできない。だとすれば、「われわれ」内部で、あらゆる「私」が私以外のあらゆる「あなたたち」と平等な協約を結ぼうと、そこに全体性をそなえた一つの「われわれ」を生み出すことはできないし、そもそもそこには協約の保証者が欠けている。その協約者全員からなる一つの全体を構成するには、「結果を原因と」なし、「われわれ」という発話を先取りする飛躍がなくてはならない。「われわれ」という言葉は、いわば協約者全員からなる集団の全体の名であり、その名を使って自己自身を名指すときにはじめて、協約者全員は自分たちを自分たち自身が構成する一つの集団のなかに見出すことができるのだ。

しかしその際には、論理的因果の転倒に転倒を重ねて、協約者各人そのものが自分たち自身を「われわれ」の平等な構成員として、すなわち「われわれ各人」として名指さなければならない。こうして「われわれ各人」による「われわれ」の構成として協約を定義するときはじめて、協約はその協約の発話そのものにおいて、「われわれ各人」と「われわれ」のあいだに「自由」を特徴づける自己関係性を打ち建てることができる――「われわれ各人」の全員と「われわれ」の全体は、つまるところ同じ「われわれ」の二つの側面にすぎないと考えられるからである。ルソー的協約／契約がその結果として「共通の自我＝私」を生み出すとされるのも、協約以前の個人＝「私」の自由と、協約において生まれる人民＝「われわれ」の自由との並行性を強調するためであったにちがいない。また、協約／契約がこうして「われわれ」の自己関係として行為遂行的に実現されるからこそ、それは外部に保証者を必要としないと考えられるのである。

「社会協約の文言」が①契約者間の平等、②契約者全員による全共同体の構成、③契約で成立する共同体の自己関係性（自由）という、「社会契約」＝「全面的譲渡」の三つの要件を完全に満たしているのが分かるだろう。だが、実のところ事態はむしろ逆である。『社会契約論』に記された「社会協約の文言」は、先行する『社会契約論ジュネーヴ草稿』の当該テクストに細部の修正を加えつつ先行ヴァージョンを維持するものだが、それに先行する「社会契約の根本問題」も「全面的譲渡」論も『ジュネーヴ草稿』には存在せず、『社会契約論』で加筆された部分にあたるのだから。[17] つまり、ルソーの「社会契約」の問題設定と全面的譲渡論は、この「社会協約の文言」から出発して、その発話を当の問題に実践的解決をもたらす「行為」として位置づけるために遡及的にあつらえられたものだったのだ。

だとするとルソーは、この協約の文言、とりわけ「われわれ（各人）」という語の発話にこそ、戦争状態から社会状態への移行に因果連関を認めることで主権者の下で戦争状態を温存するホッブズ的論理と縁を切り、単なる口約束によって法秩序総体を基礎づけようとする契約論のパラドクスを突破する手がかりを求めたのだと言ってよい。「われわれ各人は自分の人格と全ての力能を共同のものとして一般意志の至高の指揮下に置き、われわれは一体となって各構成員を全体の分割不可能な部分として受け取る」という協約の文言は、「われわれ」という発話が政治的に正統なかたちで実現されるべき条件を規定し、同時に、その「われわれ各人」の発話そのものによって「われわれ」を行為遂行的に立ち現せるための逆説的な「行為」を提示しているのである。

そのとき、この「行為」によって成立する「心的＝道徳的人格」としての「人民」は、発話行為の効果として、徹底的に言語的な構築物として現れる。物理的な「力」の因果性と断絶し、論理的な因果を転倒させて出現する「人民」の「心的＝道徳」的次元は、その構成員全員による言語行為の地平において、またその地平においてのみ成立するのである。だとすれば、『社会契約論』中、この協約の文言のなかで始めて出現する「一般意志」を、「われわれ」が「われわれ」として自己自身を名指しつつ発話する可能性そのものの名として、すなわち言語的な能力として規定される「われわれ」の「主体性」（バンヴェニスト）の名として理解することができるだろう。言表の主語となり、行為の主体となりうる能力の名である。ただしその際、「われわれ各人」は、あたかも協約という言語行為以前に「われわれ」の「一般意志」があったかのように、それに服従を誓いつつ同時にそれを行為遂行的に実現しなければならない。この「われわれ各人」の服従によってはじめて、「われわれ」＝「人民」は

「一般意志」をそなえた「主権者」という一つの政治的主体として出現することができるのである。

結びにかえて——回帰する「私」

ただし実を言えば、『社会契約論』で主権者人民がふたたび「われわれ」として名乗り出し、能動的に「行為」することはない。この点についてもはや詳述する余裕はないが、『社会契約論』では、一般にそう信じられているように、主権者人民が一般意志の表明によって立法を行い、政府を設立して法律の執行にあたらせるといった、能動的かつ主体的な姿で現れることはけっしてないのである。「われわれ」とその「一般意志」は、人民の法律や政府への服従という「行為」から遡及して、その事前にそこにあったものとして見出されるか、契約によってあらかじめその正統性を保証される、来るべき政府への反乱や新たな政治体の創設といった「行為」とともに出現が待望されるかのいずれかにとどまる。しかも、ルソーはその新たな「われわれ」の出現を読者に呼びかけようともしないのだ[18]。

『社会契約論』がこのような展開を見せるのは、単に先の社会協約の文言の発話の場面が、あくまで「権利上」政治共同体の起源に置かれる仮説的な出来事として措定されているからだけではない。このいささか奇妙な展開は、おそらくルソーが「政治」について抱いていた懐疑とひそかに結びついている。その一端は、すでにルソーの契約論に垣間見ることができるだろう。その協約／契約が「われわれ（各人）」という発話とともに「われわれ」を立ち現せるとき、そこから排除されるのはなによりも個々の「私」であった。その意味で、全面的譲渡は「われわれ各人」の「人格」と「力能」の「われわれ」に対する無償の贈与である以上に、「私」たちが「われわれ各人」として名乗り出る、この言葉と言葉のあいだのわずかな、しかし決定的な飛躍にあったと言える。まさにそのときに、「私」は「われわれ」の構成員として、個々の属性を捨象し、他の構成員各人と対等で互換可能な存在となることを承認するのだから。

けれどもルソーにおいては、この契約こそが、「われわれ」の一般意志の下で、「私」と「あなた」の共存の秩序を打ち建て、さらに「私のもの」と「あなたのもの」の所有権を保証する。共同体は自身の取り分を除いた上で、各人の取り分を承認するからである（CS, I, 9）。ここでもルソーはホッブズを継承しつつ修正しているのだが、いずれにせよこうして、全面的譲渡こそが、「われわれ」の下に「私」たちを、また「われわれ各人」の下に「私」を呼び戻す。ルソーにおいては、「われわれ各人」という発話こそが、「私」が「私」として発話する条件となるのだと言ってもよい。それはまた、「われわれ各人」が、あくまでも協約の発話において、その言語的秩序のなかで成立するものにすぎず、物理的身体と言語使用の能力をそなえたそれぞれの人間個体はその発話の手前、言語表象の手前にとどまり続ける以上、不可避的な事態でもあるだろう。しかし、まさにこれこそが極めて重大な政治的帰結を生み出すのである。

実際、ルソーにおいて契約はただちに、契約者各人における主体の分割をもたらすものだった。その分割は一方で、政治体のなかで、人民の構成員各人が「一般意志」に参与する主権者の一員としては「市民（citoyen）」であり、その主権者の「一般意志」に服従する個々人としては「臣民（sujet）」であるという、主権と統治権の行使に関する能動・受動の二重性を帯びることからくる。しかしより根本的なのは、契約が生み出す言語的・法的な秩序において成立するこの「市民」の二重体が、同時に個々の物理的身体をそなえた一人の「人間」にとどまることだ。すなわち、「一般意志」に参与する「市民」＝「われわれ各人」と「個別意志」をもつ「人間」＝「私」の分裂である。この分裂ゆえに、主権者人民は、個々人の「一般意志」に対する「忠実さ」を保証し、自己自身を維持するために、契約に違反し、「一般意志」から離反する者に対して「自由であることを力で強いる」（CS, I, 7, 364）ことができなければならない。

「自由であることを力で強いる」という、この一句はきわめて逆説的である。ルソーは物理的な力の因果関係を断ち切るために、契約という言語行為に訴えて「心的＝道徳的人格」としての主権者人民を創設したにもかかわらず、当の主権者人民が維持されるためには、自己自身の創設にあたって断固排除したはずの「力」に訴えて、「一般意志」に逆らうその構成員に強制力を振るわねばならないというのだから。それだけではない。「法律」にせよ、「政府」にせよ、政治体が国家的制度を整えねばならないのも、主権者人民のこの強制力を正統に基礎づけ、それを物理的世界において実現するためなのである。

この強制力の要請に応えて、ルソーは『社会契約論』で最終的に主権者の「生殺与奪の権利」を肯定するに至る。そこでは、主権者が契約者に兵役を求めること、さらに国内の殺人者と主権の簒奪者に対しては死刑を与えることが、契約者各人の自己保存を目的とする社会契約に基づいて正統化される——幾重にも慎重に留保と限定を付しながらではあるにせよ。ルソーにとって主権の行使は、したがってあらゆる正統な政治は、究極的には、主権者人民の自己保存を名目とする、国内外における殺人の暴力と切り離しえないのだ。

けれども注目すべきことは、その死刑についての議論のなかで、ルソーが主権者には恩赦の権利があることに注意を促し、その濫用を戒めつつなお、「私は自分の心が不満を漏らし、私の筆を引き止めるのを感じる」(CS. II. 5. 377. 強調引用者) と記していることの方だ。協約／契約論以来、徹底的に「私」という発話を排除してきた『社会契約論』の議論のなかで、ルソーはここで例外的に「私」という主語を用いている。この「私」という発話からは、「生殺与奪の権利」を主権の不可侵の権利として政治的に正統化する一方で、ルソー個人がそれをけっして倫理的に肯定してはいなかったことが窺われるだろう。「市民」にとって政治的に正統であることが、「人間」にとって倫理的に善であるか否かは疑わしい。しかし、契約に基づいて正統なかたちで政治体を構成し、主権者人民を維持しようとする限り、「われわれ各人」は「私」たち一人一人の良心に反してまでも、生殺与奪の権利を行使しなければならない。ルソーにとって、「市民」であること、「政治」にかかわることとは、それぞれの「人間」の良心にそんな苛酷な試練を課すアポリアなのだ。

だからこそと言うべきだろう、『社会契約論』末尾の「市民宗教」論でも、ルソーはあらためて「死刑」の問題を喚起しながら、「市民」と「人間」の分割の主題に立ち返っている。そこで問題になる「市民の信仰告白」とは、ルソーにとって、「私は信ずる（credo/je crois）」という信仰告白の形式をとって、市民各人に「社会契約と法律の神聖性」への忠実さの宣誓を求める政治的儀式だった。契約の更新と反復を図るこの儀式についても、嘘の信仰告白を行ったり、信仰告白を裏切ったりする者は「死によって罰され」ねばならない、とされる（CS, IV, 8, 468）。そこには、『社会契約論』において、契約者の誠実さ、言うことと行うことの一致こそが、最大の政治的争点となることが見てとれるだろう。信仰告白を行う「私」は、「われわれ」の一員となることを宣誓する自身の言葉を命懸けで遵守せねばならない。しかしだとすれば、「市民」になることは、主権者の一員として他人を殺しうる主体となることであるのみならず、主権者によって殺されうる主体となることでもある。

ただし、この「市民宗教」をめぐる議論でも、ルソーが「教会の外に救済はない」という不寛容の教義を説く排他的宗教を、唯一国家から排除すべきものとしていることを見逃してはならないだろう。この寛容の勧めは、ローマ教会のキリスト教をこの排他的宗教の最たるものとして退けながら、イエスの人類愛の教えを「人間の宗教」として受け容れ、この「人間の宗教」と「市民宗教」の共存を図るものだった。しかもその際、ルソーは「市民宗教」自体にも排他的教義を禁じ、主権者といえども「市民の信仰告白」を強要することはできないとも記していたのである（*Ibid.*, 469）。

つまりルソーにとって、「市民」であることは、個々の「私」に対して、くりかえし「われわれ」の一員にとどまるか否か、したがってまた、「市民」と「人間」の分割を自己自身のうちに受け容れるか否かの選択を迫る事態だったのである。究極的には倫理的善と離反せざるをえない政治の要請にどう応えるか――政治のアポリア、あるいは政治というアポリアをめぐるルソーのその考察は、『社会契約論』を単なる人民主権の基礎づけの書とみなして済ませることを許さない。そこには、一人称で自己自身を名指す主体の問題として政治を思考し始めた一人の「私」の、容赦のない自問自答の痕跡をこそ認めるべきなのだ。

実際、巻頭でジュネーヴ共和国市民としてこの書を著す（CS, I 序文 , 351）と宣言していたルソーは、『社会契約論』の末尾にこう記していた。「私は自分の視野を常により自己自身に近いところにとどめておくべきだったかもしれない」（CS, II, 9, 470）。この一文には、『社会契約論』から『告白』へ、政治論から自伝文学へのルソーの移動の端緒がたしかに読み取れるだろう。だが、ルソーにとって、一人称で語ることが本来すぐれて政治的な問題であった以上、その移動を政治からの退却とみなして済ませるわけにはいかない。そこにはむしろ、「私」の名においてなされる別の仕方による政治の継続を認めるべきであるかもしれないのだから。

【注】

（1）拙著『消え去る立法者――フランス啓蒙における政治と歴史』名古屋大学出版会、二〇一三年、一七九―一八〇頁参照。

（2）E・バリバールは『社会契約論』を、デカルトからヘーゲルに至る近世・近代の「主体」をめぐる哲学的・政治的考察の一つの転換点に位置づけている。Étienne. Balibar, « Ich, das Wir, und Wir, das Ich ist : le mot de l'Esprit », dans *Citoyen-Sujet et autres essais d'anthropologie philosophique*, Paris, PUF, 2011, p. 209-241.

（3）Yves-Charles Zarka, *Philosophie et politique à l'âge classique*, Paris, Hermann, 2015, part. IV.

（4）以下では、拙著『消え去る立法者』第三章および第五章の骨子を再論する。後者の社会協約／契約論に関しては大幅な修正を加えている。

（5）ルソーの著作からの引用は拙訳を掲げ、*Discours sur l'origine et les fondements de l'inégalité parmi les hommes*（DOI）について

はプレイアード版全集（Jean-Jacques Rousseau, *Œuvres complètes*, Paris, Gallimard, 1959-1995, 5 vol.）第三巻の頁番号を、*Du Contrat social*（CS）については篇・章・頁番号を略号とともに本文中に記す。

（6） Thomas Hobbes, *Éléments philosophiques du Citoyen*, trad. S. Sorbière, Paris, La Vve T. Pépinqué et E. Maucroy, 1651, 2 vol.〔以下 *Du Citoyen*〕, VI, §1, t. I, p. 98.〔ルソーが参照した仏訳版〕

（7） ルソーは政治共同体の起源に「強者」に対する「弱者」たちの連合を認める論者に対して、政治共同体の成立以前には「富者」と「貧者」の対立を認めるべきであると注釈している（DOI, 179）。また「権力者」は、ルソーが政府の成立後の統治者にあてる言葉である（DOI, 187）。

（8） Victor Goldschmidt, *Anthropologie et politique : les principes du système de Rousseau*, Paris, Vrin 1983, p. 580. 桑瀬章二郎『嘘の思想家ルソー』岩波書店、二〇一五年、六三―七二頁も見よ。

（9） Voir art. « Convention », « Contrat », « Pacte » de l'*Encyclopédie*.

（10） Hobbes, *Du Citoyen*, II, §9-11, t. I, p. 29-30.

（11） *Ibid*., II, §10, p. 29 et §16, t. I, p. 33. 上野修「意志・徴そして事後――ホッブズの意志論」、『デカルト、ホッブズ、スピノザ――哲学する十七世紀』講談社学術文庫、二〇一一年、五八―七七頁も参照せよ。

（12） Hobbes, *Du Citoyen*, IV, §20, t. I, p. 126.

（13） ホッブズ協約論の変遷については、Yves-Charles Zarka, *La décision métaphysique de Hobbes : conditions de la politique*, seconde édition, Paris, Vrin, 1999, p. 325-356 を見よ。『リヴァイアサン』で協約は次のように再定式化される。「各人の各人との協定は、各人が各人に対して次のように言うかのごとくにしてなされる。「私はこの人間あるいはこの合議体を権威づけ、それに対して自己自身を統治する権利を放棄するが、お前もそれに対して自分の権利を放棄し、そのあらゆる行為を同じように権威づけねばならない」。これが果たされると、多数者はこうして唯一の人格に統一されて「国」、ラテン語で「キヴィタス」と呼ばれる」（Thomas Hobbes, *Leviathan*, N. Malcolm, ed., Oxford, Clarendon Press, 2 vol., t. 1, p. 260. 英語版からの拙訳）。

（14） Louis Althusser, « Sur le 'Contrat social' », dans *Cahiers pour l'analyse*, no. 8 (1967), p. 14-17 ; Robert Derathé, *Rousseau et la science politique de son temps* (1950), seconde édition, Paris, Vrin, 1995, p. 229.

（15） Balibar, *art. cit.*, p. 231 ; 佐藤淳二「孤独のアノマリー――事例オタネスとルソー政治思想」、市田良彦・王寺賢太編『〈ポスト68年〉と私たち――「現代思想と政治」の現在』平凡社、二〇一七年、一〇九―一一三頁。

（16） Émile Benveniste, « De la subjectivité dans le langage », dans *Problèmes de linguistique générale I*, Paris, Gallimard, 1966, p. 258-266.

(17) Comparer, CS, I, 6, p. 360-361 et Rousseau, *Œuvres complètes*, t. III, p. 290.

(18) 以上、『消え去る立法者』第五章第二—第四節を見よ。

経験としてのフィクション
——ジャン＝マリー・シェフェールのフィクション論と美学

久保昭博

はじめに

ジャン＝マリー・シェフェールは、『なぜフィクションか?』において、フィクションとは「ひとつの現実」であると述べている。

実際のところ、フィクションと現実の関係に集中するあまり、フィクション自体もひとつの現実であり、それゆえ現実そのものを構成する一部であることが忘れられがちである。別の言い方をすれば、主要な問題はフィクションが現実ととりもつ関係なのではなく、むしろいかにしてフィクションが現実の中で、すなわちわれわれの生の中で作用するかということなのである[1]。

しばしば互いに相容れない概念として対立的に位置づけられる「現実」と「フィクション」が、ここでは一方が他方を包含するものとして捉えられている。もちろん、このような概念の配置が可能になるのは、「現実」と「フィクション」のそれぞれが、そのような関係を構成するように位置づけられているからに他ならない。ではここではいかなる「現実」が、そしていかなる「フィクション」が問題となっているのだろうか。

あらかじめ概略的に述べておくなら、シェフェールはフィクション的対象ないしはフィクション世界の実在性という問題——すなわち指示をめぐる意味論や存在論の問題——を回避し、フィクションが社会制度やコミュニケーションの中でいかにとらえられ、また機能するかという語用論的アプローチに依拠することで、フィクションを現実の構成要素ととらえる視点を打ち出した。事実、「共有された遊戯的偽装」という彼のフィクションの定義は、フィクションの語用論的分析に道を拓いたジョン・サールがフィクションに与えた「共有された偽装」という定義に直接的に由来するものである。[2] しかしここで注目したいのは、シェフェールがフィクションをその一部とみなす「現実」は、発話の種類を定める規則の体系としての社会的現実に還元されるものではないということである。右の引用文において「現実」が「われわれの生」と言い換えられていることが示唆しているように、シェフェールはフィクションを産出ないしは受容する「心的態度」[3]によって形成される現実をも視野に入れているのである。

本稿の目的は、シェフェールがはじめてフィクション論に接近した『文学ジャンルとは何か?』(一九八九)から、彼のフィクション論の核となる『なぜフィクションか?』(一九九九)を経て、物語論(ナラトロジー)の再検討という観点から再びフィクションの問題に接近した『物語の変調』(二〇二〇)へと至る理論的軌跡を視野に入れつつ、彼の語用論的フィクション論の射程、より正確に言うなら、彼が社会的かつ心的な次元に位置づけているフィクション概念の射程を明らかにすることである。

1　コミュニケーション行為としてのフィクション――『文学ジャンルとは何か?』

フィクション理論の導入

シェフェールの『文学ジャンルとは何か?』が発表された一九八九年は、文学理論にフィクションという問題系が本格的に導入された時期にあたる。ウンベルト・エーコが読者の反応を記述するための道具立てとして『物語における読者』(一九七九)で可能世界論を参照した先駆的な例があるとはいえ、二十世紀初頭から分析哲学の内部で積み上げられてきた指示や実在性をめぐる意味論的な議論やそこから派生した可能世界論、そしてオースティンやサールの語用論、さらにはケンダル・ウォルトンら分析美学の仕事が本格的に文学理論に導入されたのは、トマス・パヴェルの『虚構世界』(一九八六)、マリー゠ロール・ライアンの『可能世界・人工知能・物語理論』(一九九一)、あるいはジェラール・ジュネットの『フィクションとディクション』(一九九一)といった著作によってであった。『虚構世界』を「構造主義を超えて」と題した章から始めたパヴェルは、そこで構造主義的批評を形式にとらわれた内在批評であると批判し、それを乗り越えるために意味論的議論を参照してテクストとその外部の関係に注目することを提唱した。[4] 一方ジュネットは、自らがかつて提唱した物語論(ナラトロジー)が、その分析対象として虚構物語を措定することを自明の前提としており、歴史叙述などの事実的物語を考慮していなかったことを反省している。[5] つまり分析哲学や分析美学を参照した文学理論家たちにとって、フィクションとは、テクストとその外部にある「現実」あるいは「事実」との関係を問い直すために導入された問題系に他ならなかったのである。こうした著作群の中に『文学ジャンルとは何か?』を置き直してみると、シェフェールもまた同時代的なフィクションの問題を意識していたことがみえてくる。

フィクション論という観点から『文学ジャンルとは何か?』を読み直したときに浮かびあがってくること、それは、シェフェールがフィクション、より正確に言うならフィクショナリティ――ある特定の言説や表象をフィクショナルなものとする性質――の問題を、語用論の問題として捉えていることである。むしろ語用論の問題としてのみ捉えていると言った方が良いかもしれない。シェフェールは次のように書いている。「私は発話行為全体のステイタスに関わる虚構性（fictivité）の問題を、実現された意味構造に関わり、それゆえ命題の次元に位置する指示性の問題とは区別することを提案する」[6]。この引用が含意しているのは、パヴェルやライアンが参照していた指示の問題や可能世界論などの意味論的な問題系を捨て、フィクションの問題を発話行為すなわち語用論の問題に特化させるという理論上の態度表明である。そしてこのように方法論を定めた彼にとって、フィクションの問題は、作者と読者のあいだのコミュニケーションの次元において、フィクション的言説をどのように同定し、またどのようにその特性を記述しうるかという問題に絞られることになる。

発話主体の委託

シェフェールの議論をみてみよう。語用論的アプローチを採る彼が依拠するのは、ジョン・サールの議論である。よく知られているように、一九七五年に発表された論文「フィクション言説の論理的ステイタス」において、サールは通常の発話内行為が成立する要件を、発話者による発話の真実性へのコミットメントに求め、フィクションの言説は、そのような発話内行為を成立させない発話から成っているとした。事実を伝える新聞記事もフィクションを語る小説も、ともにある出来事を語るために、多くは「断言（assertion）」型の発話から成っている言説である。その点で両者を区別することはできない。両者の違いは発話の効力にある。すなわち新聞記事の場合には、自らの発話の真実性を信じ、またそれを請け合うという意味で、発話主体（記者）が「本気（シリアス）」の発話を行っている――これが真実性へのコミットメントである――のに対し、小説家は、そのような意味における本気の発話を遂行していない。小説のなかの発話について、作家が「嘘つき」と非難されることはないのがその証拠である。その代わりに小説家が行っているのは、そうした本気の発話の「ふり」である。この「ふり」によって発話内行為と現実世界との結びつき（サールはそれを「垂直的規則」と呼ぶ）が解除され、発話はその現実的な発話内的力を失う――これが、サールのいう「偽装（pretense）」としてのフィクションの定義の要諦だ[7]。

シェフェールの試みは、サールが提案したこのフィクション概念から、文学ジャンルを規定する説明原理（のひとつ）を得ることに存する。彼の基本的な発想は、文学的コミュニケーションにおける発話の「偽装」は、作者が発話主体を虚構テクストの発話者に「委託」することによって成立するというものだ。シェフェールはその前提から出発し、文学的コミュニケーションの諸相に合わせてそれを応用する。たとえば一人称物語に関しては、作り出された「虚構の（fictif）」語り手（ルサージュ『ジル・ブラース物語』）と、現実に存在した人物が「装われた（feint）」語り手（ユルスナール『ハドリアヌス帝の回想』）の二種類の語り手を区別することを提案する。また演劇ジャンルに関しては、発話行為の主体が語り手ではなく登場人物（たち）に委ねられているという点にそのフィクション的機構の特性が求められる。さらに彼は、発話行為主体の「委託」ではないフィクションの存在についても言及している。作者と語り手が同一でありながら語られる物語が虚構であるという「オートフィクション」は、このような発話行為主体の「委託」を欠いた虚構ジャンルであるが、まさしくこの欠如ゆえに、それはフィクションの境界例を構成してもいるということになる。

またフィクションをコミュニケーションという枠組みで捉えるのであれば、発話者のみならず受け手も視野に入ってくる。こうした観点から、シェフェールは「書簡体小説」を、手紙の書き手というフィクショナルな発信者だけでなく、その宛先人というやはりフィクショナルな受信者が設定される点に発話行為の特徴があるジャンルとして捉えた。彼によれば、このジャンルはミハウ・グゥオインスキーのいう一人称小説を特徴づける「形式的ミメーシス」、つまり現実に存在する非虚構的な言説の類型の模倣（ここでは書簡だが、日記や回想録もしばしばその対象となる）、別の言い方をするなら、それらの言説の類型が含意するコミュニケーション形式の模倣によってフィクションを産出する方法である。ただしシェフェールは、この形式的ミメーシスは一人称小説に限られず見られるものだということも強調する。すなわち「本気の発話行為のシミュレーションや偽装をまったく行わない虚構物語はまれ」であり、その結果として多くの虚構物語では、「語り手が作者から、同様に実際の受信者が表象された受信者から切り離される」という事態が生じるのである。(8)

概略的なものだが、こうした発信者の極と受信者の極の双方に関わる分析から示されるとおり、シェフェールにとって、フィクションが成立していることを示す語用論的な指標は、現実の作者とテクストの発話主体（語り手、演劇テクストであれば登場人物）の、あるいは現実の受信者である読者とテクストに内包される受信者との語用論的な分離、またその分離によって可能になるコミュニケーション形式そのものの模倣的表象であると言うことができるだろう。彼はこの事態を次のように定式化する。

> コミュニケーション行為としての各々の発話が発話行為の極と受容の極を含意する限りにおいて、スピーチアクトの表象（シミュレート）は、再＝表象（re-présenté）され、現実の発話行為と宛先とに重なり合う発話行為の極と宛先の極を含意する。(9)

現実的コミュニケーションの中に入れ子構造のように置かれたコミュニケーション行為のミメーシス――これが、シェフェールの想定する文学的フィクションのコミュニケーション構造である。(10)

文学ジャンルを解体する

このように同時代の文学理論が示していたフィクション論への関心に呼応しつつ、虚構テクストの語用論的分析を文学ジャンル論に導入したシェフェールであったが、その語用論的アプローチの選択は、じつのところフィクション論的関心よりも彼の文学理論的関心、ひらたく言えば「文学観」に由来しているように思われる。『文学ジャンルとは何か?』においてシェフェールが試みたのは、有機体的統一性を備えたものとして捉えられた本質主義的な文学ジャンル概念(それはまた「文学」概念でもある)を批判し、それをコミュニケーション行為という観点から解体することにあった。

この点で彼は、ドイツ・ロマン主義によって体系化され、現在にいたるまで参照され続けている〈抒情/叙事/劇〉という三幅対的なジャンル体系を批判したジェラール・ジュネットの『アルシテクスト序説』(一九七九)の忠実な継承者である。古今の文学ジャンル論の言説分析を詳細に行ったジュネットは、この三幅対的なジャンル体系が、理念化された「原ジャンル」を中心とする「包括的で階層的な分類」によって混乱をきわめた体系となっていることを明らかにし、文学ジャンルは本来――アリストテレスにおいてそうであったように――発話様式やテーマという位相を異にする要素の複合的な組み合わせにおいて整理されるべきであると主張した。[11] このジュネットの批判を承けたシェフェールは、ロマン主義的ジャンル論の完成者としてのヘーゲルならびにジャンルの盛衰史を進化論的な生存競争とのアナロジーで構想したブリュヌティエールをとりあげ、思想的、美学的背景を異にする両者が、ともに文学とは異質の思弁的理念に依拠した有機体的ジャンル体系を構築しているとして批判した。ヘーゲルとブリュヌティエールのような一九世紀の思想家、批評家のみならず、現在にいたる多くのジャンル理論は、「固有の意味での文学理論を超え、存在論的次元の論争に帰着」しているというのである。[12]

ジュネットと同様、シェフェールにとって、文学作品はなんらかの自律的な理念を内包した美的対象ではない。それは「なによりも人と人との間のコミュニケーション行為の遂行、すなわちある人間がなんらかの状況において、特定の目的をもって発し、別の人間がなんらかの状況においてやはり特定の目的をもって受容するメッセージ」[13]である。文学をコミュニケーションの相の下に捉え、複数のパラメーターによって定められる社会的実践として考察する彼の語用論的文学ジャンル論、そしてその一部であるフィクション論は、文学をその言語的現実ともいえる言語行為に還元するという企図によって要請されるものであった。

2 自然主義的フィクション論——『なぜフィクションか？』、『物語の変調』

意味論批判

『文学ジャンルとは何か？』において、フィクションを文学的コミュニケーション行為の一種とみなし、語用論的にそれを分析したシェフェールは、その十年後に発表された『なぜフィクションか？』において、フィクションの一般理論を構想した。「共有された遊戯的偽装」というフィクションの語用論的定義は、本書において、文学テクストだけではなく、映像やビデオゲームにいたるフィクション装置を分析する概念装置となる。とはいえシェフェールは、単に分析対象を言語芸術から表象一般へと拡大しただけではない。「なぜフィクションか？」という著作のタイトルが示すように、彼の理論的試みの中心は、人がなぜフィクションを必要とし、あるいはそれを忌避するのかという問い、すなわちフィクションの人間学的な問いへとフィクション論の地平を広げることにあった。フィクションと現実の問題系が位置するのもこの次元である。この点について考察をするために、冒頭に引用した一節をその文脈とともにもういちど検討してみよう。

　実際のところ、フィクションと現実の関係に集中するあまり、フィクション自体もひとつの現実であり、それゆえ現実そのものを構成する一部であることが忘れられがちである。別の言い方をすれば、主要な問題はフィクションが現実ととりもつ関係なのではなく、むしろいかにしてフィクションが現実の中で、すなわちわれわれの生の中で作用するかということなのである。

「フィクションと現実」を対置する議論を批判するシェフェールの念頭に置かれているのは、ここでもまた意味論的フィクション論である。事実、この引用に先立つ箇所で、彼は、実在しない指示対象と言語記号や命題の意味作用の関係をめぐってフレーゲ以来の哲学者たちがおこなってきたフィクションについての意味論的議論を、ネルソン・グッドマンのフィクション＝隠喩説[14]や、複数の論者によって議論された可能世界論にいたるまで概括した後に、このアプローチの欠点を指摘する。

この批判のポイントは三つあるが、ここでは二つを確認しておけば十分だろう。第一の批判は、意味論的アプローチでは嘘や錯誤とフィクションの区別ができないということである。なぜなら現実と異なる発話という点で共通する嘘や錯誤とフィクションの区別は、発話者の「意図」や発話の文脈といった語用論的条件を考慮してはじめて可能になるからだ。つまり〈指示対象を現実世界に持たない命題〉という意味論的な定義は、フィクションの「必要条件」であるかもしれないが「十分条件」とはならない[15]。

第二の批判は、フィクション的対象や世界の存在論的議論をいくら精緻におこなっても、それによってわれわれがフィクションに対していだく関心について説明したことにはならないというものである。事実トマス・パヴェルもすでに強調していたように、われわれがフィクションに好んで身を委ねるのは、フィクションを構成する命題の真理値のためではなく、フィクションの「内部」に入ることによって得られる何かのためである[16]。その「何か」が、フィクションの経験であることは言うまでもない。

フィクションと現実を対立的に捉え、指示対象の実在性や「世界」の存在論的ステイタスを問う意味論的アプローチではフィクションを理解できない、それゆえフィクションについて考えるためには、フィクションがその中で機能する所与の、そして唯一の現実を想定しさえすれば十分だ——いささか乱暴なやり方でそう述べているかにも見えるシェフェールの意味論批判とそこから帰結する一元的な現実主義とでもいえる立場は、しかしながらそれがフィクションを心的活動として捉える点に由来していることを理解するときに、「生の中」で捉えられたフィクションの様態をよりポジティブに記述する理論として姿を現すことになる。

言語の哲学から心の哲学へ

「共有された遊戯的偽装」という語用論的なフィクションの定義の射程を理解するためには、シェフェールの議論が、言語の哲学から心の哲学へというサールの言語行為論の展開、すなわち『言語行為』（一九六九）から「フィクション的言説の論理的ステイタス」を含む『表現と意味』（一九七九）を経て、『志向性』（一九八三）へと至る著作で示された展開とパラレルになっている点を踏まえる必要がある。サールは『志向性』の序文において「言語の哲学は心の哲学の一部門」であると明言し、またそれに続けて「世界内の対象や事象の状態を表象する言語行為の能力は、信や欲求といった心の状態によって、またとりわけ行為と知覚を通じて身体組織を世界へと関係づける、より生物学的に根源的な心（あるいは脳）の能力の延長」であると述べていた[17]。この思想的展開がフィクション論に与える影響は大きい。というのもこれまでは社会的コミュニケーションの問題として論じられていたことが、いまや自然主義――心的過程や意識を生物学的事象とみなす立場――に基づく心と世界の関係あるいは信（belief）の問題として措定されるからである[18]。

事実、シェフェールのフィクション概念の中心には、サールによって自然主義的な心の哲学にまで拡大された語用論がある。

実際、通常の状況では、〔……〕表象に関わるメカニズムによって処理されるものすべてが、われわれが生きている「現実」の相（アスペクト）として、われわれの信というホーリズム的体系に入ってくる。しかしながら遊戯的偽装という状態は、この関係を断ち切ることを要請するのであり、そうなると表象に関する態度をとることと、通常ならその表象が誘発する効果がただちに中和されるという循環が、延々と続くことになるのだ[19]。

この一節が示しているのは、フィクションを規定する「発話内的構え」の心理学的分析である。（サールと同じく）シェフェールにとって、言語も含めた「表象に関わるメカニズム」は、神経科学的、それゆえ身体的な次元に位置する。表象に関する能力は「人間の中枢神経が、外的環境ならびに人間の内的状態と接続されるインターフェースとして、自然淘汰によって形成されてきたもの[20]」であって、そのことは産出あるいは受容される表象が現実的であろうと空想的であろうと変わらない。あらゆる表象は表象能力の生物学的条件に規定されるという意味において「現実的」であり、その本来的な機能は現実世界に関する信を形成すること以外にはない。つまりシェフェールは、表象の産出ないしは受容が人間の生物学的な原則に従いつつ現実世界との相互作用を通じてなされ、また信の形成に向かう機能を備えるという二重の意味において、表象の一次的な「現実性」を強調しているのである。

こうしてみると、通常のコミュニケーションに遊戯的偽装という語用論的枠組をあてはめて「これはホントウではない」というメタメッセージを付与し、それによって表象が現実的な信を形成する「自然な」運動を遮断させることではじめて成立するフィクションは、面倒くさい、といって悪ければ高度な、いずれにしても認知的コストの高いコミュニケーションであるということになろう。こうしたフィクション概念について、シェフェールは『物語の変調』（二〇二〇）において、難しいのは表象が現実的対象に対応していると信じさせることではなく、反対に表象の知覚から自発的に生じてしまう信を妨げることであるとし、信を遮断する意図的態度としてのフィクショナリティの獲得こそが「真の文化的獲得」であると述べている[21]。

ところでフィクションをこのように後天的な文化的獲得物と捉えることは、フィクションを設定する語用論的枠組みが文化的・社会的に条件づけられたものであることのみならず[22]、その枠組みの認知的効力が表象の信形成効果に対して相対的である――すなわち信の「中和」がいつもうまくいくわけではない――ことも意味している。フィクションの語用論的アプローチがもっとも鋭い光を当てるのが、この枠組みの失敗あるいは機能不全によって、フィクションとファクトの境界が問題になる例であることは示唆的だ。シェフェールが、フィクションではなく「偽伝記」として受容されてしまったヴォルフガング・ヒルデスハイマーの小説『マーボット』(一九八一)の分析からフィクションの領域を画定する語用論的条件についての考察をはじめているのは偶然ではない。あるいはモデル小説やオートフィクションの作家がプライヴァシーをめぐって引き起こす法的な係争についても、信を中和するはずの語用論的枠組みが、じつは「脆い」ものでありうるという事態をそこに見て取ることができるだろう(もちろんその「脆さ」が意図的かつ戦略的に用いられる場合もある[23])。

こうした事例について、フランソワーズ・ラヴォカは、それらがフィクションとファクトのあいだの「境界」の無効性を示すものではなく、反対にそれを設定する必要性を逆照射するものであることを強調している[24]。その一方でシェフェールは、『物語の変調』にいたって、ファクトとフィクションのあいだのグレーゾーン、あるいは両者の相互干渉により一層の関心を示すようになった。ヒュームが『人間本性論』で信の本性を論じた部分(第一巻第三部第七節)にみられる喩え、すなわち同一の物語をある人は空想物語として、もう一人は実話として読むときに何が生じるかという思考実験の注釈をしながら彼が示そうとしたのは、テクストの次元では語用論的枠組みによって「質的」に区別される虚構的物語と事実的物語の違いが、物語世界への没入をともなうテクスト受容の局面においては、信の「生気」や「勢い」の差という「量的」なものとして経験される——ファクトとフィクションの相違は、それゆえ程度の問題になる——ということである。ここからふたたび導かれ、また強調されるのは、フィクションとファクトが同一の認知的基盤をもつという結論だ。「たしかにミメーシス的没入が信の対象の確信にまで本当に達することはないが、生気という観点からすればそこに近づく。その近さは、記憶や感覚に結びついた出来事とフィクションがわれわれに作用する仕方が同一の起源に由来することを理解するのに十分なほどである[25]」。

ミメーシス

ここまで語用論の観点からシェフェールのフィクション論の射程を検討してきたが、ここで『なぜフィクションか?』のもう一つの重要な問題系、すなわちミメーシスについても触れておきたい。

シェフェールによれば、ミメーシスは、フィクションを二重の意味で現実に関連させる。まずは現実の「模倣」であるミメーシスが、フィクションの現実的基盤をなし、またフィクションに現実原則を与えるという意味において。ミメーシスからフィクションが抽出される議論を確認しておこう。まずシェフェールは、模倣対象を実際に再現する模倣(「模倣=再実例化」)と、対象の「みせかけ」だけを再現する模倣(「模倣=みせかけ」)を区別する。狩猟の上達を目指す少年が熟練者の身振りを真似るのは前者であり、豊穣を願う神官が儀礼空間で同じことを行うのは後者だ。フィクションは後者に含まれるが、しかしこれだけではウソの模倣とフィクションが区別されない(儀礼的模倣のステイタスは曖昧だが)。そこで登場するのが語用論的枠組みである。これによって「模倣=みせかけ」は、「本気」で行われる虚偽的な模倣と、「共有された遊戯的偽装」としての模倣とに区別される。こうして得られるのが、言うまでもなくフィクションとしての模倣である。ここに見られるように、シェフェールは、模倣からいわば非虚構的な法(モード)を段階的に捨象することによって、模倣という活動、そしてそれによって産出された表象のなかにフィクションの領域を位置づけるのである[26]。

ミメーシス=模倣からフィクションへというこの図式はまた、われわれの「生の中」におけるフィクションの身体的かつ心的な作用についての見取図を示してもいる。シェフェールが強調しているのは、表象能力と同様に模倣能力が生物学的次元に位置することであり(彼は昆虫の擬態にミメーシスの原初的形態をみている)、また模倣作用が語用論的な次元で定位されるフィクションに先行し、ときに語用論的枠組みを無効にするということだ。たとえばフィクション映画での「真に迫る」映像や音響が身体的反応を引き起こすように、「ミメーム」すなわち模倣的な要素は、それを産み出した作者の「意図」からは独立して作用し、模倣と模倣対象の「同形性が一定の閾を超えると、［……］それが産出されたときにどのような意図が支配的であったにせよ、まやかし＝おとり（leurre）として機能し始める」のである。[27]

一方、この「まやかし＝おとり」は、「没入」を導くという意味において、われわれのフィクション経験にとって重要な役割も果たす。こう言ってもいいだろう。すなわちフィクション作品は、没入の様態で経験されることによって、はじめてフィクションとなるのである。たとえば小説を前にして、その語彙や統語の分析に専ら注意を向けるのであれば、それをフィクションとして読んだことにはならない。「フィクション作品へとアクセスするためには、（ミメーシス的モデルとして構想され）創造された世界の中に入る必要があり、またこの世界に入るためには、フィクション的没入より他の道は存在しない」[28]。このフィクション的没入は、まやかし＝おとりとして機能する表象によってまずは神経科学的な反応として引き起こされ、ここでも語用論的枠組みがその反応を「中和」するというメカニズムをもつものとされる。このように身体的次元における反応と意識的におこなわれる中和の絶え間ないループによってフィクション的な経験が成立するのだとすれば、その一方の次元、すなわち身体的な反応の次元を欠いたテクスト受容は、テクストの語用論的ステイタスに関わらず、フィクションの「十分条件」を満たさないというわけだ。

ミメーシスがフィクションを現実へと差し向ける第二の契機は、フィクションによる認識に関わる。『なぜフィクションか？』第一章をプラトンとアリストテレスの対立に発するミメーシス論の系譜の分析にあてたシェフェールは、人間の非理性的な部分である情動に働きかけ、シミュラークルすなわち現実の幻影を「感染」させるものとしてミメーシスを警戒したプラトンに対し、ミメーシスを人間に備わった「自然本性」であり、「最初期の学習」もこれを通じて行われるとしたアリストテレスの立場を擁護しつつ、フィクションにはミメーシス的な学習に基づく固有の認識作用が備わることを強調した。[29]

シェフェールは、このミメーシス的認識の特徴を「モデル化」という用語で説明している。ここでは、このミメーシス的モデル化に彼が与えたアリストテレス的な含意についてのみ確認しておこう。まずシェフェールは、模倣による学習は合理的な学習と相容れないものと位置づける。その理由は、分析ではなく類似の知覚に基づいて対象のモデルを作り出すという特徴をもつ模倣は、理性的思考の前段階に位置する活動であるためだ。シェフェールはこのことを進化論的なタームを用いて述べている。「ミメームを獲得し、再活性化するメカニズムが、意識によってはあまり管理されないのは、生物学的進化だけでなく個体発生の観点からも、このメカニズムが、合理的計算より「古く」、また「基本的」な認知処理の構成単位を活性化しているからである」[30]。ミメーシスを人間の「自然本性」としていたアリストテレスとは異なり、シェフェールは動物にも模倣的学習を認めているが、いずれにしてもモデル化は、環境と主体との生態学的な関係にその起源をもつものとされる。

アリストテレスは歴史家と詩人を比較して、詩人は「真実らしさ」にもとづいて出来事を語るために、「詩作はむしろ普遍的な事柄を語るのに対し、歴史記述は個別的な事柄を語る」と述べていた[31]。「モデル」を形成するために、具体的な対象や行為の観察から構造をとりだすミメーシス的モデル化もまた、「普遍的」な認識をもたらすとされる。まさしくアリストテレスのこの一節に言及しながら、シェフェールは、「ある行動を表層で現象学的に再現するだけではなく、その意図に関する構造や階層的な組織化までに達する」のがミメーシス的学習の特徴であることを強調する[32]。とはいえ「深層構造」への到達だけがミメーシス的モデル化の特徴ではない。法則を抽象的に取り出すような数理的モデル化とは異なり、ミメーシス的モデル化においては、構造が抽象的なかたちではなく具体的な例のかたちをとって提示されるという特徴がある。ミメーシスにとって、またフィクションにとっても、普遍性と個別性は不可分であり、それゆえ没入という経験を通じてのみ、それがもたらす認識を得ることができるのである[33]。

3　フィクション的経験から美的経験へ

しかしフィクションが与えるのは認識だけではない。シェフェールは『なぜフィクションか？』の結論で、次のように述べている。

〔……〕フィクションは快を与えなければならない。それが意味するのは、フィクションはまず、それがフィクションとして快を与えるのでなければ、いかなるものであれその機能を果たすことがないということである。簡単に言うと、いかなるものであれ超越的機能を果たすためには、フィクションがそれ自体の内在的機能を満たしていなければならない。フィクションの「内在的機能」ということで私が理解しているのは、フィクション経験によって、つまりはフィクション世界へのミメーシス的没入によって果たされる自己目的的な機能のことである。フィクションにはただひとつの内在的機能しかないということ、そしてその機能は美的次元に位置するというのが私の仮説である。(34)

要するに、一晩のささやかな気晴らしから戦時体制下の大衆動員にいたるまで、フィクションが何かの「役に立つ」ためには、美的快を与える経験が必要である、より正確に言うなら、美的快をもたらすフィクション経験がなければ、フィクション作品はフィクションとして機能しないというわけである。
フィクション論はここにおいて美学に接続される。あるいはむしろ、美学に回収される。事実シェフェールは、『なぜフィクションか？』に続く著作において、フィクション経験の分析を通じて提示した心的メカニズムを、美的経験のそれとして位置づけてゆくことになるだろう。たとえば『美的経験』(二〇一五)では、「悲劇の快」のパラドックス、すなわち現実であれば不快にしか感じられない物事が、フィクション作品で描かれるとなぜ快を与えるものに変化するのかというフィクション論の古典的問題をとりあげ、それをミメーシスに伴う「様式化（stylisation）」という観点から説明しようとしている。「表象された行為や出来事が様式化される。この様式化は、表象的刺激（「内容」）のプレグナンツを弱め、メタ表象的刺激（「形式」、より一般的には表象の様態）に有利に働くものであり、ネガティブな感情を促進する構成要素を弱める」[35]。ある心的機構が別の心的機構の効力を「中和」するというフィクション的経験のメカニズムは、ここでは「形式」の快が「内容」の不快を「弱める」美的経験のそれとなっている。

また小著『美学との訣別』（二〇〇〇）では、その前年に出された『なぜフィクションか？』でフィクションの分析のために用いられていた語彙や論理が「美的関係（relation esthétique）」を記述するために適用されているのを目にすることができる。シェフェールがここで（いまだ思弁的なところの多い仮説として）示したフィクションと美学が交差する一例は、フィクションと同様、美的行動も生物学的かつ進化論的な次元から捉えられるということであり、またそのメカニズムと機能が両者に共通しているということだ。美的経験の発生をめぐる彼の議論をみると、原初的形態においては周囲の環境から受容する情報に対する直接的な反応のみが可能であった生物が、認知的機能の進化とともに「遠位の（それゆえ空間的に離れている）情報源から情報を取り出すと同時に、情報の受容と運動的反応の産出のあいだの自動的関係の解除を可能にする有機体機構」[36]を得ること、そしてそれによって外的現実に対して内的現実を自律させることに美的経験の生物学的基盤が求められていることが分かるだろう。そして美的経験の領域は、ここから経験がもたらす快を「自己目的論的（autotéléologique）」なものに限定することによって定められることになる[37]。美的経験をめぐるこのような生態学的説明が、フィクションを獲得するプロセスのそれと同一であることは言うまでもない。要するにシェフェールがその美学的著作で行っていることは、「遊戯」や「自己目的性」といった美の概念のうちにフィクション経験を位置づけるという作業なのである。

一方でこれらの著作は、シェフェールのフィクション論が、近代美学批判の一環として構想されていることも示している。われわれは、彼の文学ジャンル論が、十九世紀に形成された「存在論的」あるいは「思弁的」な文学概念に対する批判であったことをすでに確認したが、こうした文学概念のベースともなっている近代美学に対する批判は、「十八世紀末から今日にいたる美学と芸術哲学」という副題をもつ『近代の芸術』（一九九二）以来、シェフェールが繰り返し表明してきたものである。ウィリアム・マルクスによる『文学との訣別』（二〇〇五）を先取りするかのような『美学との訣別』というタイトルが示しているのも、こうした近代芸術批判に他ならない。カントを重要な起点として、ドイツ・ロマン主義から「芸術のための芸術」を経て二十世紀の前衛へと引き継がれる近代美学を規定するとされる「存在論的芸術理論」は、以下のように提示されている。[38]

このテーゼは〔……〕芸術の聖別を含意するが、このとき芸術は、疎外され、欠陥があり、あるいは真正ではないものと見なされた他の人間的諸活動に対する存在論的次元の知として措定される。現在このテーゼをもっとも熱狂的に開陳する人たちの幾人かが無視するか、無視するふりをしているのは、これが存在についての理論を前提としていることだ。つまり芸術が法悦＝脱我的（extatique）な知であるなら、二種類の現実（réalité）が存在することになる。ひとつは目に見え、人間が自らの感覚知覚や推論的知性で到達できる現実であり、もうひとつは秘匿され、芸術（場合によっては哲学）にしか開示されない現実である。[39]

美的経験に焦点を合わせつつ、フィクション論を美学の重要な一部と位置づけるシェフェールの美学の射程が、ここからより明確になるだろう。シェフェールにとって、「美学」と「芸術哲学」は相容れない二つのディシプリンである。神経科学や発達心理学などを援用する彼の美学は、秘教的芸術が開示するとされる「もうひとつの現実」を徹底的に拒絶し、自然主義的に捉えられた「生」の現実の中に美的経験を位置づけるという美学プログラムに基づくものである。こうした（反近代的）美学の観点から彼のフィクション論を改めてみるなら、そこにプラトン的な反ミメーシス主義の伝統に対するアリストテレス的立場の擁護だけでなく、「純粋」を志向する近代芸術の理念にとって異物であり続けたミメーシス＝フィクション芸術の再評価という企図を認めることができるだろう。

【注】

（1） Jean-Marie Schaeffer, *Pourquoi la fiction ?*, Seuil, 1999, p. 212.（強調原文）〔ジャン＝マリー・シェフェール『なぜフィクションか？』久保昭博訳、慶應義塾大学出版会、二〇一九年、一八二―一八三頁。以下本書を *PF* と表記し、邦訳の頁を併記する〕

（2） John Searle, "The Logical Status of Fictional Discourse" in *Expression and Meaning*, Cambridge University Press, p. 58-75.〔ジョン・R・サール「フィクションの論理的身分」、『表現と意味』所収、山田友幸監訳、誠信書房、二〇〇六年、九五―一二三頁〕

（3） *PF*, p. 213.〔一八三頁〕

（4） Thomas Pavel, *Fictional Worlds*, Harvard University Press, 1986, p. 1-10.

（5） Gérard Genette, *Fiction et diction*, Seuil, 1991, p. 65-66.〔『フィクションとディクション』和泉涼一・尾河直哉訳、水声社、二〇〇四年、五五頁〕

（6） Jean-Marie Schaeffer, *Qu'est-ce qu'un genre littéraire ?*, Seuil, 1989, p. 84.〔以下本書を *QG* と表記する〕

（7） Searle, art. cit.

（8） *QG*, p. 100-101.

（9） *QG*, p. 100.

(10) 清塚邦彦は、シェフェールと同様に作者と虚構テクストの発話主体の分離、またそれによるコミュニケーション行為の表象ないし模倣にフィクションの条件を求めつつ、サールの「偽装」理論は発話内行為のみに関わり、発話行為自体の二重化を捉えていないと批判している（『フィクションの哲学』〔改訂版〕、勁草書房、二〇一七年、一〇〇―一〇一頁）。

(11) Gérard Genette, « Introduction à l'architexte » (1979), in *Théorie des genres*, Seuil, 1986, p. 150.〔『アルシテクスト序説』和泉涼一訳、書肆風の薔薇、一九八六年、一三〇頁〕

(12) Jean-Marie Schaeffer, « Du texte au genre », in *Théorie des genres*, Seuil, 1986, p. 179.

(13) *QG*, p. 80.

(14) グッドマンによれば、「ドン・キホーテ」の外示はゼロであるが、この名称を比喩的にとれば、現実世界に存在する人間を指しうる（それが「パラノイアックな幻視者」なのか「孤独な英雄」なのかは解釈によって異なるが）。そこからグッドマンの現実還元的フィクション観が生じる。「それゆえ虚構は、書かれたと描かれたと演じられたとを問わず、実を言えば、存在しないものや霊妙な可能世界に適用されるのではなくて、隠喩としてではあるが、現実世界にこそ適用されるのである」（ネルソン・グッドマン『世界制作の方法』菅野盾樹訳、ちくま学芸文庫、二〇〇八年、一八七頁）。

(15) *PF*, p. 209.〔一八〇頁〕

(16) Pavel, *op. cit.*, p. 73-113.

(17) John Searle, *Intentionality*, Cambridge University Press, 1983, p. vii.〔『志向性』坂本百大訳、誠信書房、一九九七年、ii頁〕

(18) シェフェールは『人間的例外の終焉』で、人類学者フィリップ・デスコラの議論を参照しつつ、社会と自然の対立を超えた「自然主義」を提唱している（Jean-Marie Schaeffer, *La Fin de l'exception humaine*, Gallimard, 2007）。

(19) *PF*, p. 161.〔一三八―一三九頁〕

(20) *PF*, p. 109.〔九六頁〕

(21) Jean-Marie Schaeffer, *Les Troubles du récit*, Thierry Marchaisse, 2020, p. 139. ただし表象が信へと到達することを遮断するメタメッセージもまた生物学的基盤を有していることは確認しておく必要があるだろう。このことをもっとも明確に述べたのは、グレゴリー・ベイトソンである。ベイトソンは動物園でサルの遊びを観察しながら、サルたちが「噛みつき」ながら、同時に「これは遊びだ」というメタメッセージを発することで、「噛みつき」が「本気」になることを防いでいると見て取った（グレゴリー・ベイトソン『精神の生態学』〔改訂版第二版〕、新思索社、二〇〇〇年、二五八―二七九頁）。

(22) こうした観点からフィクショナリティの比較文学的な考察を行った著作として以下を参照。Françoise Lavocat, Anne Duprat

(éd.), *Fiction et cultures*, SFLGC, 2010. 高橋幸平・久保昭博・日高佳紀編『小説のフィクショナリティ』、ひつじ書房、二〇二二年。

(23) 日本近代文学において私小説やモデル小説が引き起こしたトラブルについては以下を参照。日比嘉高『プライヴァシーの誕生』、新曜社、二〇二〇年。

(24) Françoise Lavocat, *Fait et fiction*, Seuil, 2016.

(25) Schaeffer, *Les Troubles du récit*, *op. cit.*, p. 144.

(26) アリストテレス『詩学』のフランス語＝ギリシア語対訳版を作成したロズリン・デュポン＝ロックとジャン・ラロは、ギリシア語「ミメーシス」の訳語として、伝統的な「模倣（imitation）」という用語ではなく「表象（représentation）」を採用した。彼らによれば「模倣」は模倣の対象（つまりはオリジナルとしての現実）を志向するいわば後ろ向きの用語であり、ミメーシスの創造性とその記号論的側面を正しく評価するためには「表象」の語がふさわしい。しかしながらアリストテレス主義者を自認するシエフェールが、このように二者択一的な概念として「模倣」と「表象」を捉えることはない。ともにフィクションの基盤となるこれら二つの概念は、異なる階層に属し、それゆえ重なり合うことが可能である。ミメーシスはあくまで「模倣」であり、表象――心的なものであっても記号的媒体のかたちをとるものであっても――のなかに、模倣を媒介とした表象があるという構図になる（cf. Aristote, *La Poétique*, texte, traduction, notes par Roselyne Dupont-Roc et Jean Lallot, Seuil, 1980, p. 20）。

(27) *PF*, p. 156-157.〔一三五頁〕「ミメーム」はフランスの人類学者マルセル・ジュースによる造語だが、シェフェールはおそらくドーキンスの「ミーム」を念頭におきながら「模倣的な要素」の意味でこれを用いている。

(28) *PF*, p. 198-199.〔一七〇―一七一頁、訳文は一部変更した〕

(29) アリストテレス『詩学』の訳語は以下を参照した。アリストテレス『詩学』三浦洋訳、光文社古典新訳文庫、二〇一九年、三二頁。

(30) *PF*, p. 123.〔一〇七頁〕

(31) アリストテレス、前掲書、七〇頁。

(32) *PF*, p. 78.〔六九―七〇頁〕

(33) ここで掘り下げることはできないが、ミメーシス的モデル化によってフィクションが認識をもたらすという説にはひとつの疑問が伴う。シェフェールによれば、フィクションは、それを構成する表象が信に到達することを語用論的枠組みによって遮断することによって成立する。一方、認識は必然的に信の領域に属するものである。そうであるなら、フィクショナルなミメーシス的モデル化による認識は、いかにして信へと到達するのだろうか。

（34） *PF*, p. 327.（強調原文）〔二八三頁〕

（35） Jean-Marie Schaeffer, *L'Expérience esthétique*, Gallimard, 2015, p. 173.

（36） Jean-Marie Schaeffer, *Adieu à l'esthétique*, PUF, 2000, p. 21.

（37） *Ibid.*, p. 22.

（38） シェフェールによるカントの位置づけはじつのところ両義的である。美を「目的なき合目的性」と定義したことで、カントはシェフェールが言う自己目的的な美的経験を定式化した美学者とされる一方、「天才」概念を介して自然を芸術に結びつけ、また模倣芸術を否定することで、ロマン主義者たちによる芸術の絶対化に道を拓いた哲学者ともみなされている。

（39） Jean-Marie Schaeffer, *L'Art de l'âge moderne*, Gallimard, 1992, p. 17.

第Ⅱ部　イメージ編

イメージ表現と現実

中田健太郎

『Adoの歌ってみたアルバム』（二〇二三）の、「ブリキノダンス」という曲をくりかえし聞いていたとき、インターネットにもとづくいわゆる「歌い手」文化について、あるいはもっと単純に、ボーカロイド（ボカロ）曲を人間が歌うということについて、おくればせになにかを理解できたような気がした。

「ブリキノダンス」はもともと、日向電工によるボカロ曲（二〇一三）で、コラージュ的な歌詞とあいまった初音ミクの「調声」（声色の調整）が、まさにブリキらしいレトロな人工性を感じさせる、忘れがたい名曲であった。その曲をAdoが歌ってみたバージョンにこめられている情動には、たやすく形容できないものがある。ボカロらしい（飾り気のない篤実な）発話のリズムを基調にとりこみつつ、澄んだ声は（弾んだり塞いだりもしながら）どこまでもつづくように伸びていき、Adoのものでしかないブレスにもとづいて、いくどか地上をはなれたかのように炸裂する。「さあ、皆舞いな、空洞で／サンスクリット求道系／抉り抜いた鼓動咲かせ咲かせ」というサビの導入部が、なんともふさわしく聞こえる。人工的に抉り抜かれたような律動が、いっそうみずからの声として澄んで響くような、そんな表現の空洞がありえるようだ。

こうしたボカロ曲が『Adoの歌ってみたアルバム』のなかで、昭和・平成のポピュラーミュージックとおなじように並んでいるのにも、心うたれるものがあった。「私は泣いたことがない」からはじまる中森明菜の曰く不在の涙の純粋さも(「飾りじゃないのよ 涙は」）、椎名林檎の劇場型のモノローグとダイアローグの重層も（「罪と罰」）、そしてボーカロイドの人工的とされる声音もおしなべて、Adoはみずからの表現の空洞のうちに響かせてしまう。Adoが、「歌い手」出身者としては一般的なことだが、さしあたりイラストやシルエットをイメージとしていること(一義的なイメージをもたないこと)も、その空洞性を深めているようだ。「歌い手」とはそのようにして、人の情動もボカロの情動もともにひきうけていく、ひとつの人格を言うのだろう。

人間的な表現と人工的な表現が、声のうちに結びつけられ、しかも固有の人格としてとけあっていること。一義的なイメージの不在をよいことに、Adoにわたしが投影しようとしているのは、おそらくそのような幸福なイメージである。

そんな勝手な幻想を抱いてしまう裏側に、人工的な表現・再表現の世界の急拡大にたいする、漠然とした不安があることは否定しない。たとえば、生成AIの生みだす文章にどのように対処できるかというのは、人文系の教員のひとりとしての自分の足元にもかかわる、目下の問題である。生成AIは適切に使いましょう、などとときに口にしそうになりながら、文章表現におけるAIと人間の適切な関係性がどのようなものとなるのか、まだ実感できてはいない。その関係性を構想することは、おためごかしでは命とりとなる、広義の文学の課題だとも思う。

一方でインターネット上には、生成AIによる画像・動画といったイメージがあふれており、文章の場合よりもはやくから、商業的な要請やメディア的な懸案に直面している。著名な画家のイラストを学習した生成AIが、あらたに生みだすイラストにおいて、著作権はだれのものなのだろう？　風景写真の学習によってＡＩがつくりだしたイメージは、具体的な対象とのつながりをうしなっても、依然として写真なのだろうか？　一枚の人物写真を生成ＡＩによって理想的に加工することと、写真の蓄積からＡＩが理想的な人物図像を再生産することのあいだには、どのような違いがのこるのだろう？　もちろん、気の利いた答えを提起できるわけではなく、こうした問いにとりまかれるイメージ表現の現在を、とおく見つめるばかりである。とはいえイメージが、ますます人工的な再表現としての性質を拡大させているのは、うたがいがないようだ。問題となっているのは、なんらかのオリジナルのコピーというよりも、コピーのコピーとしてのイメージである。

　イメージという言葉が語源的に、「模倣」行為にもとづいているのは、よく知られているとおりだ。語源にしたがうかぎり、イメージはオリジナルの模倣・コピーであり、現実に従属したものとして考えられる。プラトン以来とされる、西洋哲学のいわゆるイメージ批判の伝統も、そこにとおい根拠をもっていた。しかし、イメージの量的拡大と歩をあわせるようにして、イメージと現実の関係性にたいする認識が、語源をはなれて変化してきた現代であると、あらためてふりかえられる。

　哲学における臨界的なイメージ概念も、そうした変化に対応してきたようだ。先駆的には、ベルクソンの『物質と記憶』における、知覚と実在を結びつけるイメージ概念があり、イメージと現実の関係性を揺るがせる、現代の思想的淵源でありつづけている。イメージ概念の直截的な読みかえとしてはシミュラークル論があり、イメージが段階的に現実からはなれていった結果としてシミュラークルを考えるにせよ（ボードリヤールの場合）、類似性のない「悪しきイメージ」としてプラトニズムのうちにシミュラークルを位置づけるにせよ（ドゥルーズの場合）、それは現実の模倣・コピーからはなれたイメージのありかたを論じたものにちがいない。[1]

　現実にたいする従属的関係からはなたれることで、イメージが現実との関係性をあらたに問われている、イメージ論の現在であるとも言える。だれもが思いだすとおりだが、ジャン＝リュック・ナンシーによる「イメージ」という言葉の脱構築は、そこに「模倣」ではなく「現前」の力を見いだすのだし、ディディ＝ユベルマンはイメージを、現実の時間を再構築する契機として考えさせてくれる[2]。あるいはマリ＝ジョゼ・モンザンは、イメージの喚起してきた「見えないものを見たいという渇望[3]」（神の受肉というキリスト教的伝統にたちもどりつつ確認されるその渇望）を、共有する共同性のうちにこそ、イメージをうけとめる足場を論じていた。イメージをめぐる現在の倫理は、現実をどのように映すかではなく、現実をどのように構成するかの方にこそかかわっているようだ。

……などと、分厚い本の表紙をなでて、記憶をつらねる蛮勇をにわかに得ているのは、言うまでもないが、本書のイメージをめぐる力ある論考たちに、威を借りてのことである。それらの論考を思いだしつつ（それぞれの主題からはときにとおざかりながら）、ここでの関心にひきつけて連想をつづけてみたい。

たとえば、松井裕美のマッソン論は、イメージがオリジナルのコピーからはなれて、現実とのかかわりにおいてあらたに機能することを、まさに論じていたのではないか。分析はマッソンの挿絵本『私の宇宙のアナトミー』を対象としており、そこに集められたイメージの起源や、それらが辞典的に構成する自然界・人間界のテーマが、綿密な美術史的調査によって描きだされる。そのうえで、イメージが起源・分類をはなれて、マッソンにとっての「生態学」「存在論」へと変容していくところに、美学的関心が向けられていく。なんらかの起源のコピーではなくなるときに、イメージは既存の分類の境界線をゆるがせて、あらたな世界観をつくりだすようだ。

起源をはなれるまでもない、そもそも起源をもたないイメージの存在論がありえることを、鈴木雅雄のマンガ論は鮮烈に語っている。現実に起源をもたないイメージは、パースの記号の三分類にもとづいて、インデックス的なものと言いかえられる。とはいえ、マンガのイメージのうちに（類似・模倣にかかわる）イコン的なものがふくまれることもうたがいなく、そこでマンガの特異性は、「イコン／インデックス」の往還の体験にもとめられる。われわれにとってとりわけ興味深いのは、その往還体験が、「コマ／ページ」という異なるフレームを同時に生きる、マンガの存在論・世界観へと展開していく議論だ。起源をもたないイメージは、異なる理路をとおして、やはり既存の認識の境界線をゆるがせる、あらたな世界像を告げている。

このようなイメージの性質は、橋本一径の論文が印象的に提示しているものでもあるはずだ。そこでは、「社会ダーウィニズム」や「社会生物学」の議論において、ミツバチの利他行動が人間社会のイメージとなってきたことが主題化されていた。それが人間社会の隠喩ではなく、イメージとしてしめされたことが重要である。人間社会の隠喩・模倣とは異なるかたちで機能するイメージこそが、「オリジナル／コピー」あるいは「人間／動物」といった関係の階層性をゆるがせる力となるからだ。だからこそ橋本は、人間と動物の境界をのりこえて共生していくためのアイディアさえ、そのイメージのうちにもりこんでしめすだろう。

Adoについてわたしが考えはじめていたことも、こうした語彙を借りて、より適切に言いなおすことができるかもしれない。「歌い手」文化の多様さや、Adoの「歌い手」文脈からはなれた活動について、いまは捨象して語らせてもらうなら、つぎのようになるだろう。

Adoのような最良の「歌い手」たちは、オリジナルな歌声も、いわゆるオリジナルをもたない合成音声も、ひとしくひきうけることによって、「オリジナル／コピー」の階層性をゆるがせていた。歌において情動の起源を担うことがいわゆる歌手の問題だとするなら、歌をとおして起源をはなれ、オリジナルとコピーにわけへだてしない存在となることが、「歌い手」の才能となるだろう。一部の「歌い手」たちはさらに、「オリジナル／コピー」の境界線をゆるがせるそのしかたのうちに、あらたなオリジナリティ・キャラクターをしめし、インターネット上にみずからの存在論・世界観を確立する。一義的なイメージをもたないAdoに、「人間的表現／人工的表現」の共生のイメージをわたしが投影することができたのも、そこに起源からはなれたあらたな存在論を感じたからにちがいない。

現実の模倣からはなれたイメージが、既存の認識の境界線をゆるがせ、あらたに現実感を構成しなおすのだと、多くの論者が語っている。このようなイメージの性質を前提とするとき、つぎに問題となるのは、その境界線のゆるがせかた、現実感の再構成の論理であろう。この点にかんしても、本論集は連想をつづけさせてくれる。

伊藤亜紗の論文は、その再構成の論理の蝶番となる、手のイメージを主題化していた。議論は多岐にわたっており、コミュニケーションにおいて、絵画において、VRにおいて、手がどのようにして「意識／無意識」などの境界線をゆるがせ、現実感を再構成しているのかが、鮮やかに検証される。議論の導入部には、コロナ禍において身近となった、Zoomなどのオンラインコミュニケーションの事例が挙げられている。たしかにわれわれは、オンライン上になにを映すか（たとえば、手を映すかどうか）といった選択をすることによって、現実感をそのたびに構成してきたようだ。

森田直子の論文は、マンガにおける暴力表現を主題とするものだが、イメージによる現実感の再構成の一例をしめしたものとして読むこともできるだろう。テプフェールから現在にいたるマンガ史に、多彩な事例をもとめながら、森田はマンガにおける暴力描写が、しばしばメタ表現に傾いてきたことを強調する。その分析は、（鈴木の論じたとおり）異なる現実認識を同時に生きさせるマンガ表現においては暴力描写によってもたらされる危機の認識にとどまる理由がなく、むしろそれを契機として異なる現実感につらなるメタ的な回路が開かれてきたことをしめしているのではないだろうか。

いずれにせよ、イメージは現実を映しとるものとしてではなく、現実にたいする既存の認識の分節をゆるがせ、あらたに現実感を調整・構築するものとして語られている。とはいえ、こうした考えが極端にいたらないように、念のために記しておきたいのは、イメージによって既存の言語的分節はすべてのみこまれていく、といった俗流イメージ論におちいり、言語の可能性を低くみつもる必要はないということだ。むしろ、言語にたいする文学的思考もまた、とりわけフィクション論においてこうした現実認識の問題にとりくんでいることは、本書のしめしているところでもあるだろう。

文学的思考もまた、イメージにたいする思考とおなじ舞台にのりいれて、現実感の調整・構築という、現代的課題にかかわっている。本書における箭内匡の論文は、そのことを象徴的にしめしているようだ。箭内はここで、言語的分節の「手前」にあるイメージにもとづく人類学をみずから構築することになった、そのはじまりの体験にたちもどっている。[4] 文学者にとって心づよく思われるのは、その体験が（ブランショの語るような）文学体験との接点において検討されていることだ。「自／他」の分節をのりこえて、あらたな現実認識をしめそうとする意思において、文学論とイメージ論は箭内の筆のもとでおりかさなっていく。[5]

文学論とイメージ論が、おなじ舞台にのりいれるとはどのようなことか、森元庸介の論文は、一例を強度に体現している。論文の読者は、テレビ・フィルム『アンナ』におけるゲンズブールの歌の一節から、一七世紀のボシュエの説教へとつらなっていく文献学的調査の、悠揚せまらぬ足どりを堪能するだろう。その過程で『アンナ』の物語が、愛の対象をイメージによって追いもとめようとして、むしろ拡散させてしまっていたこともあきらかになる。文学的探究とイメージ的探究は交差するようにして、論文自体を（あるいはなにかを読むこと自体を）、起源との関係をあらたに問いなおすひとつの舞台として浮かびあがらせるようだ。

このようにして論集の各所で、文学論とイメージ論のかさなりあいが変奏されているのを確認するとき、中田論文の、文学におけるエクリチュール論をマンガに敷衍しようとする性急な議論にも、ある種の居場所があるように思われて、元気が湧くようだ。

じっさい、論集をとおして読みながら、これはイメージの量的拡大のまえに翻弄されがちな文学研究者にとって、勇気のでる論集だと思う。すくなくとも、現在のイメージ表現が現実感を再構成しているそのしかたについて、文学研究者にも言い分があるようだ。そのように本書の各論に勇気づけられ、自分の専門に近づけてさらに思いだしていたのは、アントナン・アルトーのことだった。

「ヴァーチャル・リアリティ（la réalité virtuelle）」という言葉の初出は、アントナン・アルトーのテクストだと、しばしば言われる。情報技術にかんする試論などにおいて、厳密な語源的検証はぬきに、それとなく触れられるのを多く目にするようだ。[6] アルトーがこの言葉を造語したとされる「錬金術的演劇」（一九三二）を、あらためて開いてみる。年代を考慮すれば当然のことではあるけれど、そこでの「la réalité virtuelle」の用法には、いま一般的に問われるような、コンピュータにもとづく「仮想現実」といった意味合いは、まずは見られない。

「錬金術的演劇」は、演劇の原理と錬金術の原理を類比してしめす、短いテクストである。そこで両者は、「物理的領域において実際に金をつくりだすことができるのと同類の効力を、精神的で想像的な領域において目指している」ものであり、さらには「それ自身のうちに目的も現実性ももってはいない」、「いわば潜在的な技芸だ」とされている。[7]「想像的な領域」のなかで自律した原理でありながら、「物理的領域」のなかで創造をなしとげてしまうという、このふたつの技芸を指して、アルトーは「潜在的な（virtuel）」という形容詞をあてていたのである。話題の「初出」の箇所は、それからほどなくしてあらわれる。

> すべての真の錬金術師は、演劇が蜃気楼であるように錬金術的象徴がひとつの蜃気楼であることを知っている。そしてほとんどすべての錬金術の書物に見いだされる演劇的な事柄と原理についての絶えざるあの暗示は、そこで登場人物、オブジェ、イメージ、そして一般的には演劇の潜在的現実を構成するものすべてが展開される面と、そこで錬金術の象徴が展開される、純粋に仮定的で実体のない面とのあいだにある同一性の感覚（錬金術師たちはそれを極度に意識していた）として理解されねばならない。[8]

郵　便　は　が　き

料金受取人払郵便

綱島郵便局
承認
2334

差出有効期間
2025年12月
31日まで
（切手不要）

223-8790

神奈川県横浜市港北区新吉田東
1-77-17

水　声　社　行

御氏名（ふりがな）	性別 男・女	年齢 才
御住所（郵便番号）		
御職業	御専攻	
御購読の新聞・雑誌等		
御買上書店名	書店	県 市 区　町

読　者　カ　ー　ド

お求めの本のタイトル

お求めの動機

1. 新聞・雑誌等の広告をみて（掲載紙誌名　　　　　　　　　　　　）
2. 書評を読んで（掲載紙誌名　　　　　　　　　　　　）
3. 書店で実物をみて　　　　4. 人にすすめられて
5. ダイレクトメールを読んで　　　　6. その他（　　　　　　　　）

本書についてのご感想（内容、造本等）、編集部へのご意見、ご希望等

注文書（ご注文いただく場合のみ、書名と冊数をご記入下さい）

[書名]	[冊数]
	冊
	冊
	冊
	冊

e-mailで直接ご注文いただく場合は《eigyo-bu@suiseisha.net》へ、
ブッククラブについてのお問い合わせは《comet-bc@suiseisha.net》へ
ご連絡下さい。

「潜在的現実（la réalité virtuelle）」という言葉は、錬金術との類同においてしめされており、先述のとおり、想像的でありながら物理的になってしまうという二重性にかかわるものだという。ここでの「la réalité virtuelle」の訳語としてはやはり、「ヴァーチャル・リアリティ」や「仮想現実」よりも、（鈴木創士訳がしめしているとおり）「潜在的現実」がふさわしいようだ。むしろ、たんに仮想的・想像的なものを指さないために、アルトーは「潜在的」という形容詞を必要としたのだとも言える。

　想像的な象徴でありながら物理的現実の創造ともなるという、この葛藤的な状態を、アルトーはさらに、現実の「分身」という重要概念と結びつけている[9]。なので、この検討をさらにつづければ、アルトーの演劇論そのものへと導かれることになるだろう。あるいは、ブルトンの「超現実（surréalité）」とアルトーの「潜在的現実」の異同を検討する、といった議論も可能かもしれない。

　とはいえここでは、「潜在的現実」というもうひとつの現実感の次元を、演劇論において提起した、アルトーのアイディアだけをひきつごう。「登場人物、オブジェ、イメージ、そして一般的には演劇の潜在的現実を構成するものすべて」という箇所を読みかえせば、「イメージ」はそのあらたな現実の模倣でも、ヴァーチャルな代用物でもなく、むしろ現実感を再構成するための一要素として考えられていたことがあきらかだ（その意味で、そのアイディアはＶＲ（仮想現実）よりもＡＲ（拡張現実）のほうに親和性が高い）。ここには、イメージ表現が現実を再構成することを、広義の文学論の課題として考えはじめているわれわれにとっての、ひとつの先例があるようだ。

　イメージをめぐる本書の論考をおもに読みなおしつつ、考えていたのはおよそ以上のようなことだ。ここでわたしが、暴力や陰謀などの負のイメージについて、ふみこんで語らずにきたのを不満に思う人も、おそらくはおられるだろう。コロナ禍をとおして、見えないウィルスのイメージにおびえ、翻弄されてきた体験は、もちろんわたしのものでもあり、軽視したいことではない[10]。

とはいえ、本書のイメージ表現にかかわる論文の多くは、イメージと現実の関係を生産的・構築的に考える方法をしめしてくれたし、そうした考えかたをとおして、負のイメージにたいしても、いわばただしく脅える方法を教えてくれるように思う。イメージそのものは、良い現実の代理なのでも、悪い現実の反映なのでもない。イメージによって、われわれは認識の境界線を調整し、異なるものを共生させ、きたるべき現実感・存在論を構築していくことができる。そして、それはひきつづき広義の文学の課題でもあるだろう。

見えないものにおびえたコロナ禍にかんするイメージ的・文学的作品として、わたしがしばしば思いだすのは、施川ユウキ『鬱ごはん』(二〇一〇―)である。隆盛をみた食マンガの一作であり、鬱野たけしという青年の、食をめぐるモノローグ(もしくは幻想との対話)による連作短篇となっている。興味深いのは、食という生活に密着した主題を描いているためでもあるだろう、コロナ禍での現実生活のおおきな変化に対応しつつ、作品と現実の同調の度合いが増していったことだ。四巻・五巻は「「コロナ禍編」ということに、結果的になった[11]」と、筆者みずから「あとがき」に記しているとおりだ。

第四巻におさめられた「真夜中の馬」は、コロナ禍のイメージ表現の傑作だと思われる。鬱野はそこで、「猫動画見る以外何もする気がしない[12]」と語り、部屋にとじこもっている。そして、自問する。「僕の人生に/この先ペットを飼う可能性はあるのだろうか?/自分自身を仕方なしに飼い続けている感覚はある/別の命に責任なんて負えない」(一七六頁)。そのように考える鬱野は、しかし「ARで動物を部屋に置いてみる」(同前)ことを思いつく。スマホのアプリをつかって、部屋のなかに馬のイメージを生みだしてみる。しかし、そのAR化された部屋では「さすがに馬にはせま苦しいか」(一七七頁)と考えた主人公は、外出することにして、土手を降りていき、草原をわたる広い道のうえにその馬を置きはなつ。

広い世界にあらためてはなたれた馬のイメージを、鬱野が思いだす場面は、コロナ禍でのそれぞれの閉塞と解放の記憶に触れるようであり、物悲しくも美しい（『霧の中のハリネズミ』（ユーリ・ノルシュテイン、一九七五）において、ハリネズミのヨージックが想起する、霧のなかで超然と生きるあの馬の気高いイメージが思いだされる）。われわれはますます、見えないもの・存在しないものとともに、そして現実の模倣ではないイメージとともに生きている。そこには、負のイメージもふくまれるだろう。しかし、それでもイメージは、「オリジナル／コピー」や「人間／動物」などの区別をこえて、われわれの生きる風景をあらたに構築していくための契機である。その忘れがたい実例として、鬱野が野外にときはなった馬のイメージを、そして馬によってときはなたれた鬱野の世界のイメージを、図版のない挿絵としてここに置いておきたい。

【注】

（1）アンリ・ベルクソン『物質と記憶』杉山直樹訳、講談社学術文庫、二〇一九（原著一八九六）年。ジャン・ボードリヤール『シミュラークルとシミュレーション』竹原あき子訳、法政大学出版局、一九八四（原著一九八一）年、八頁。ジル・ドゥルーズ『意味の論理学』下巻、小泉義之訳、河出文庫、二〇〇七（原著一九六九）年、一三九―一四一頁。以下、既訳がある文献については邦訳のみを挙げるが、訳語・訳文は文脈にあわせて変更した場合がある。

（2）以下の著作をとくに念頭においている。ジャン＝リュック・ナンシー『イメージの奥底で』西山達也・大道寺玲央訳、以文社、二〇〇六（原著二〇〇三）年、四八―六三頁。ジョルジュ・ディディ＝ユベルマン『時間の前で――美術史とイメージのアナクロニズム』小野康男・三小田祥久訳、法政大学出版局、二〇一二（原著二〇〇〇）年、三―五〇頁。また、以下の著作の記述も参照している。郷原佳以『文学のミニマル・イメージ――モーリス・ブランショ論』左右社、二〇一一年、二一―二四頁。

（3）マリ＝ジョゼ・モンザン『イメージは殺すことができるか』澤田直・黒木秀房訳、法政大学出版局、二〇二一（原著二〇一五）年、一一三頁。

（4）そのイメージにもとづく人類学については、以下を参照。箭内匡『イメージの人類学』せりか書房、二〇一八年。

（5）文学論とイメージ論のかさなりをとくにしめす、本論集著者の著作として、郷原佳以の『文学のミニマル・イメージ』（前掲書）も思いだされる。そこでは、起源からはなれた純粋な類似をしめすブランショの「遺骸的類似」というイメージ概念が、極限的な文学的概念としても展開されていた。

（6）近年の著作の記述としては、以下のものが典型的だと思われる。デイヴィッド・J・チャーマーズ『リアリティ＋――バーチャル世界をめぐる哲学の挑戦』上巻、高橋則明訳、NHK出版、二〇二三（原著二〇二二）年、二九五―二九六頁。

（7）アントナン・アルトー「錬金術的演劇」、『演劇とその分身』鈴木創士訳、河出文庫、二〇一九（原著一九三八）年、七五―七六頁（強調は原文による）。

（8）同前、七七頁（強調は原文による）。

（9）同前、七六頁。アルトーの用語法において、「分身（double）」と「潜在的（virtuel）」が重なることについては、たとえば以下の論文に指摘されているとおりである。坂原眞里「アルトーの残酷演劇と分身 double について」、『仏文研究』一六巻（京都大学フランス語フランス文学研究会）、一九八六年、一三―二八頁。

（10）コロナ禍における見えないイメージの存在感については、本書の伊藤亜紗論文を読みつつ連想されたことでもある。また、この前後の記述にさいして、三浦哲哉が『食べたくなる本』（みすず書房、二〇一九）のなかで原発事故にかんして記していたことも思いだされている（三〇五―三二〇頁）。

（11）施川ユウキ『鬱ごはん』第五巻、秋田書店、二〇二三年、一九一頁。

（12）施川ユウキ『鬱ごはん』第四巻、秋田書店、二〇二二年、一七五頁。以下、同作については頁数のみを本文に記した。

3　イメージと〈現実〉の交差

隠れる手、浮遊する手、現れる手

伊藤亜紗

序

二〇二〇年の新型コロナウイルス感染の世界的流行下で、私たちの日々のコミュニケーションは一気にオンライン化が進んだ。会議や授業のみならず、授賞式やスポーツの応援といった「臨席」そのものに意味があると考えられていた活動や、立ち合い出産や看取りのような人の生死に関わる活動までもが、画面越しに行われるようになった。

それから三年が経ったいまでは対面のコミュニケーションが復活しているが、画像と音声を介したオンラインでのやりとりは、今でもコミュニケーションのひとつの方法として積極的に用いられている。海外とのやりとりや定例会議など、目的に応じて採用できる選択肢が増えたのは、喜ばしいことである。

オンラインでのコミュニケーションは、さまざまな点において、対面でのコミュニケーションとは違っている。

私が学生や知人から見聞きした範囲でも、約束前後の移動や開始までのあいだの「つなぎ時間」が極端に減少したため、雑談の機会がもてず、人間関係が深まりにくくなっていること、少人数のワークを行う際、ブレイクアウトルームという外からの刺激がない「密室」に閉じ込められるため、沈黙が長引きやすいこと、物理的な空間を共有していないため、指示語の使用頻度が減少し、また発話がかぶることをさけるために自然とファシリテーターが生まれること、などの変化が報告されている。

そうした変化の中で、本稿が議論のとっかかりとして注目してみたいのは、オンラインコミュニケーションにおける「手」の問題である。Web会議システムを用いてコミュニケーションをとる場合、私たちは、離れたところにいる相手の声を耳で聴きながら、同時にその人の身体的特徴や表情の変化を目で見て確認することが可能である。つまり、視覚と聴覚という二つのモダリティから、相手についての情報をリアルタイムで得ることができる。こうした特徴は、Web会議システムを用いたコミュニケーションを、電話やチャットといった単一のモダリティに依存したコミュニケーションよりも、「自然な」（＝オフラインの）ものに近づけているように思われる（自分が話すときに自分の姿が見えるというのは「不自然」だが、その問題はここでは立ち入らない）。

しかしながら、その場合の視覚情報は、あくまで画面の枠によって切り取られた範囲内に限定されている。別の言い方をすれば、発信する側が、「見られる範囲」を意識的にコントロールすることが可能である。これは、「自然な」コミュニケーションが、服を着た身体をまるごと相手の眼前に晒している無防備さに比べると、かなり防衛的である。

結果として、多くのユーザーが、自分の胸から上、つまり顔とその周囲のみをカメラ内に収め、同時にその手を、画面の外に隠すという状況が生まれている。コミュニケーションは圧倒的に顔面中心になり、手は、参加者がカップを口に運んだり、鼻をかいたりするときに、ほんの数秒のあいだ画面内に映り込むだけの存在になってしまった。[1]

もっとも、こうした「手の排除」は、必ずしもユーザーが意図的に狙ったものではないのかもしれない。というのも、Zoom、Microsoft Teams、Cisco Webex Meetings、Skypeなどの主要なWeb会議システムは、パソコンで利用する場合、一人一人の話者の姿が横長の画面に表示されるように設定されているからだ。横長の画面では、顔と手の両方を画面に収めることは難しい。だとすればより表現的な部位だと一般にみなされている顔がフィーチャーされるのは、当然のことかもしれない。その意味では、ユーザーはインターフェイスのデザインによって、手の排除を「選ばされている」とも言える。

そうだとしても、やはり手が画面外に隠されるということは、私たちの「自然な」コミュニケーションにとっては、見過ごすことのできない大きな変化である。視覚情報という意味では顔が見えているのだから、手が見えなくても問題ないのではないか、という反論がありえるかもしれない。しかし、事態はそれほど単純ではない。なぜなら、のちに見るように、手は、道具を扱うという意味では私たちの意志の延長である一方で、しばしば私たちの意識的なコントロールを離れて、無意識的に動きうる器官だからだ。つまり、手は、話者が相手に見せようと思って意識的に作った顔面の表情とは異なるメッセージを、聞き手に「もらしてしまう」可能性をはらんでいるのだ。そしてそのことが、コミュニケーションにおけるリアリティの水準に大きな影響を及ぼしている。

Web会議システムが実現するのは、いわば可能なかぎり「もらさない」コミュニケーションである。ユーザーは、手を画面の外に隠すことによって、表現器官を顔に一元化し、相手の視野の中で己の身体が分裂することを防ぐことができるようになったとも言える。

手が隠されることによって、失われたものとは何なのか。このことを明らかにするために、本稿では、隠されなかった手、つまり相手の視野ないし画面内に収められた手に注目する。具体的には、日常の会話、西洋の肖像画、バーチャルリアリティなどにおける手をとりあげる。そして、手が、私たちのコミュニケーションにとってどのような意味を持つのか、手が見る者と結ぶ関係について考察する。

1　日常の中の手

会話と自己接触

まず注目したいのは、私たちの「自然な」コミュニケーション、すなわち視野が顔だけに限定されないようなコミュニケーションにおける手の役割である。ただし、コミュニケーションの作法は文化の産物であり、したがって手の役割に関しても一般化して語ることはできない。以下に挙げるのは、日本において採集された事例にもとづく議論だが、それは必ずしも日本のすべての地域、階級、ジェンダー、人種、あるいは身体的特徴等をもつ者に見られる現象ではないこと、ましてや人類共通の普遍的原理ではないことをあらかじめ断っておく。

人類学者の菅原和孝は、会話中の身体的行動がもつ社会的な意味を明らかにするために、日本の大学生が日常会話をする様子を詳細に分析している。その際、菅原が特に注目したのは「自己接触」、すなわち、会話中に手で自分の体の一部を触る行為である。なぜなら、菅原によれば、自己接触こそ、日本人が会話の中でもっとも頻繁に行っている身体的行動だからである。

照れ隠しに頭を掻く。言い淀んで鼻を触る。こうした自己接触を、確かに私たちは頻繁に行っている。菅原の調査によれば、他者会話（三人以上の参与者を含む会話）では、一人当たりの生起率が〇・九八回／分、二者会話（参与者が二人の会話）では一・八九回／分もの自己接触が見られた。つまり、「人は会話のなかで一分間に一回ぐらいは自己接触するのであり、しかも、二人だけで話しているときのほうが、三人以上でのときよりも頻繁にそうする傾向があるといえる」[2]。さらに、接触のタイミングを分析することにより、「自己接触は、相手の話を聞いているときよりも、自分で話しているときのほうが三倍以上頻繁に起こる」[3]ことが明らかになった。

では、人は何のために自己接触を行うのだろうか。菅原は、その効果を「字義的文脈」と「社会的文脈」に分けて説明している。

「字義的文脈」は、会話を構成することばの線的な配列が形づくる文脈である。たとえば、〈浅ましい根性を出してしまってね、そういう答えが返ってくるのを思わず期待してしまって〉と言いながら、掌で頭部をこするような場面。ここでの自己接触は、ことばで言及した「自分の浅ましい根性」を恥じている心情を演技的に示すためのものであると考えられる。つまり、「字義的文脈」は、ことばに対応した手の動きである。これは比較的わかりやすい。

これに対して、自己接触の大部分は、より複雑な「社会的文脈」において起こる。これはことばとして言われた字面の意味を超え、参与者が背景となる知識や信念なども踏まえて状況を解釈することによって得られる意味を指す。

たとえば男性助手の原が、裕美と房子という二人の女子学生とテーブルを隔てて並んで話をしている場面。裕美は「親がノイローゼになった」という個人的な逸話を原に対して語りはじめるが、房子はその直後から四度にわたってそれに介入し、発話権を奪取しようと試みる。この介入に際して、裕美は、自己接触を行う。最初と二回目の介入を受けたタイミングで裕美は一瞬鼻をこすり、三回目では両手の甲に顔をうずめたあと、両手で髪をはねあげる。そして最終的に房子に発話権を奪われてしまうと、房子が話しているあいだ、裕美は人さし指を鼻の下にあてたまま、凍りついたように房子を見つめつづけていた。

菅原はこの合計三八秒にわたる裕美の自己接触を以下のように分析する。「房子の行為は、この状況をつらぬく真の文脈を露わにした。つまり、裕美と房子はこの集団内でただ二人だけの女性であることから親密であるべきだと期待され、当人たちもそのようにふるまってはいるが、そのじつ、両者の注意は優位者の男性（原）にしか向いていなかったのである。裕美の身体は明らかに房子の介入の試みすべてに敏感に反応している」[4]。つまりここでは自己接触が、二人の表面的な関係に亀裂を入れるような「真の関係」を表出しているのである。

ほかにも菅原は、ビジネスの場面で、ともにプランを作るべき相手の提案を批判したり皮肉を言ったりする際にネクタイをさわるビジネスマンの仕草や、馬鹿騒ぎのあとの物哀しい空白を埋めるかのように、髪の毛にふれたり頭頂を掻いたりする自己接触が参与者全員で同調しておこる場面を分析している。菅原の分析は多岐にわたるので、ここではそのすべてにふれることはしないが、興味深いのは、そもそも社会的文脈においては、字面とは一見無関係に見える自己接触の動作が見られること、そしてそのいくつかにおいては、原・裕美・房子の会話のような、表面的な関係を破壊するような関係が露呈していることである。

このことを、菅原はジェスチャー論の専門家チャールズ・グドウィンの言葉を借りて以下のように整理している。

> たとえば、話者がしゃべりながら鼻をこすったりすると、聞き手のまなざしは話者から逸らされる傾向があるという。このような一見ランダムで「話」とはなんの関連ももたないように見える動作も、「いま何が起こっているのか」を解釈する手がかりを聞き手に与える。つまり、それもまた、ジェスチャーとは異なったかたちでの有意性が宿る座位となりうるのである。しかもそれは、話者と聞き手のあいだに維持されていたたがいへの方向づけの枠組みに「裂開」を生じさせることさえある。(5)

もっとも、この「裂開」というメタファーに関して、菅原は、自己接触を他の参与者のより深い関与を促すものと考えた精神医学者アルバート・シェフレンの見解を併記しており、断定を避けている。いずれにせよ、重要なのは、「自然な」コミュニケーションにおいて、私たちたちは、ときに字面の意味とは無関係な、それどころか矛盾するような意味の交換を、身体を通して行っているという事実だ。そしてそのことが、私たちのコミュニケーションの意味を、一意に決めることができないような、そして解釈者すらその解釈のプロセスを自覚できないような、曖昧で繊細なものにしている。菅原は言う。「自己接触の「意味」とは、他者の醒めた意識によって「解読」されるような性質のものではなく、言語的な意味よりもずっと深い層を流れる何かである[6]」。

自律依存症

字面が伝える意識化された意味と、手が伝える無意識的な意味。このことが意味しているのは、手は、決して意識の従順な補佐役ではない、ということだ。手はときに、意識のコントロールを離れて、私たちのメッセージを分裂させてしまう。日常会話の分析から見えてくるのは、こうした「はぐれていく」手のあり方である。

このことを手の側から分析したのが、精神分析家のダリアン・リーダーの著作『ハンズ――手の精神史』である。リーダーは、映画や小説の分析を通して、私たちの手が、いかに「不従順な器官」であるかを明らかにする。

これらのフィクションの多くで、手は、登場人物の意識的な決断に反した行動をとる。手が殺人や復讐を行うとき、手の持ち主である人物は、あるレベルではそうすることを望んでいるが、社会やその人物のセルフ・イメージはそれを禁止している。映画『キラーハンド』でマイケル・ケインが演じた漫画家は、彼を不当に扱った人物を虐殺した犯人が、実は自分自身の切断された手であったことを知ることになる。手が誰か他の人物の意思を完全に体現している、というシナリオもある。この場合の他の人物とは、霊、あるいは移植手術で手指を提供してくれた人物であったりする。いずれの場合でも、これらの物語の不幸な英雄は、自分自身の身体と戦わなければならない。そのために、手は分割ないし分裂をこうむることになるのである[7]。

『キラーハンド』以外にリーダーがここであげているより最近の例は、ディズニー映画『アナと雪の女王』である。エルサの手は、エルサの意思に反して、ふれるものすべてを氷に変えてしまう力を持っている。エルサは、まさに手によって分割ないし分裂を抱えこむことになった不幸なヒロインであり、彼女は愛するものをこそ傷つけてしまうというジレンマを乗り越えるべく葛藤する。『アナと雪の女王』は、「「彼女のなかにある、この彼女以上のもの」という聖アウグスティヌスの表現を借りれば、「彼女自身のなかにある、この彼女以上の」部分を検閲し、統制し、そしておそらくは受容しようとする彼女の努力をテーマにしている」[8]。あるいは、ポール・ヴァレリーの詩「若きパルク」冒頭に登場する身体から遊離したような手の描写も、こうした「過剰な手」の一例と見ることもできるかもしれない。[9]

リーダーは、こうした分裂は、映画や小説のみならず、私たちの日常生活においても起こっているのではないか、と指摘する。しかも、現代において、手はますます「忙しく」なっている、とリーダーは考える。確かに、スマートフォンやタブレットの普及により、マルチタスクが当たり前になり、歩きながら、食べながら、見ながら、会話しながら、手が常にタッチパネルを触っているという光景は珍しいものではなくなった。

こうした光景には、しばしば「依存症」の名がつけられる。自分で自分の手を制御できないことは正常ではない、というわけである。しかし、リーダーに言わせれば、そもそも手というものが意識的なコントロールを離れて働く性質をもつ以上、自分でコントロールできないこうした手の動きを「依存」と呼ぶのは、本質的に間違っている。むしろ、こうした光景を依存症と呼ぶ背後には、私たちが自律的な存在であるという幻想への依存、つまり「自律依存症」があるのではないか、とリーダーは言う。

いわゆる「依存症」と呼ばれる領域が急速にひろがっていることは、ここから説明できるだろう。買い物依存症、性依存症、インターネット依存症、電話依存症といった診断は世の中にありふれているが、それらの行動は、明らかに意識的に統御できないものであるからこそ、依存症とみなされているのである。しかし、それらの背後にある真の依存症は、自律依存症、すなわち、「私たちは自分自身を完全にコントロールすることができる」という幻想への依存である。私たちがこの自律依存症に巻き込まれれば巻き込まれるほど、依存症とみなされる障害は増えていくだろう。[10]

言うまでもなく、「自律依存症」という表現は、一種の撞着語法である。しかし、そこにはノルベルト・エリアスが論じたような、身体制御の内面化としての近代化のプロセスがもたらした真実があるように思われる。社会的な私は体をコントロールしようとするが、完全にはコントロールしえない。仮にコントロールしえない部分が、社会的なコミュニケーションを補完するような役割を果たしているのだとしても、私たちはそれを抑圧しようとする。

このように考えてくると、手をWeb会議システムのフレームから追い出そうとする私たちの傾向は、制御という社会的な要求と、逸脱という身体的な欲求を、同時にかなえる理想的な方法なのかもしれない。ただし、それはあくまで個人にとってである。コミュニケーションという観点からすれば、それはやりとりが意識的なメッセージの交換に切り詰められてしまうということに他ならない。それは、何ももれてくるものがないような、貧しい関係である。

2　絵画の中の手

自己充足しない身振り

では、生身の手でなく、画像として表象された手は、画像にとって、あるいは画像内の人物にとって、あるいは画像を見る者にとって、どのような意味を持ちうるのだろうか。

まず本章で検討したいのは、絵画に描かれた手である。絵画にはさまざまな仕方で手が描かれており、それに対する分析もたくさんある。その中でも最も有名なもので、かつわれわれの議論にとって重要な役割を手に見出しているのは、美術史家アロイス・リーグルによる議論だろう。

リーグルは、その著作『オランダの集団肖像画』(一九〇二)の中で、十六―十七世紀のオランダの集団肖像画について分析している。周知のとおり、十六―十七世紀は、オランダにとって黄金期にあたる。オランダ東インド会社の設立、そしてチューリップバブルと、経済的な繁栄を背景に、市民たちは、同業者組合などの単位で、こぞって集団肖像画を描かせた。

集団肖像画という世俗的な絵画の中で、物語に代わって画面にまとまりをもたらすものとリーグルが考えたのが「手」であった。リーグルがその初期の例としてとりあげているのが、ディルク・ヤコブが一五二九年に描いた市民警備隊の集団肖像画(**図1**)である。気難しそうな顔が列をなしてならべられている様子が、現代のzoom会議中のデスクトップに見えるのは私だけだろうか。

図1　ディルク・ヤコブ《市民警備隊》(1529年)

具体的に見ていこう。まず、下の列の二人の男性が、マスケット砲と呼ばれる銃の銃身を手につかんでいることが分かる。これは、言うまでもなく彼らのアイデンティティを示すアトリビュート的な道具である。しかし、リーグルが注目するのは、他の男性たちが、同じようにマスケット砲をつかんではいないことである。これは、同時代の他の画家(たとえばスコレル)の集団肖像画では、全員が同じ象徴的な事物を手にしていたことからすると、際立った違いである。リーグルによれば、ヤコブの絵に描かれた男たちのあいだには、「役割分担」があるという。

下の列の右から四番目の男、つまり日付のすぐ下にいる男は、まるで観者の注意をとらえようとしているかのように、手を伸ばしている。彼の同志のうち四人が、今度は、彼を指差しているが、それはおそらく観者に分かるように彼を指導者として選び出し、そうすることによって彼を観者に紹介しようという考えによってであろう。上の列の右端では、男のうち一人が、観者に見えるように羽ペンを持っている。これはおそらく、仲間たちの書状を担当している秘書だろう。さらに、二人の男が自分の手をとなりに位置する男の肩に載せている。これは、仲間意識を示唆しているが、古代エジプト人の家族肖像画にすでに見られる、非常に基本的かつ広く分かりやすいやり方だ。

最後に、三つの例において人物たちの手は手すりのうえに静かに休まっているだけだ。身体的活動が完全にないということに注意を向け、手（物をつかんだり指し示したりする器官）を中立化することによって、人物たちは注意深さという純粋に心的な状態に没入している。人はそれゆえ、この身振りを行為の否定として、いわば非行動の表明として描写することができるだろう。この絵画のなかの行為は確かに物理的な運動を含んでいるが、それらは、十七人のモデルたちが分かち合っている共同体精神にもとづく親密な仲間意識を象徴化するためのものである。(11)

ここでリーグルは、ヤコブの絵画に描かれた人々の手が、「指導者を指し示す」「肩に手を乗せて仲間意識を表す」「あえて手すりの上で静止し、行為しないことによって、注意深さを表現する」など、いくつかの役割を演じていることを指摘している。興味深いのは、この「手が役割を演じる」という状態である。つまり、ここで手は、行為そのものを目的とした動作ではなく、自発的な動機から切り離され、外的な要請によって振り付けられた身振りをしているのである。引用の末尾にもあるように、リーグルはこのような手の身振りを「象徴」と呼ぶ。このような手の用い方はこの時代の絵画に特徴的なものであり、リーグルはこの時代を「象徴の時代」と呼ぶ。

自発的な動機から切り離された手。ここに見られるのも、頭（顔）と分離して遊離するような手のあり方である。リーグルは、こうした「遊離した手」をさまざまな絵画に見出していく。それは集団肖像画だけでなく、たとえばヤン・ファン・スコーレルの《男性の肖像》のような個人肖像画にも見られるものである。この絵画の中で男の手はチョークで計算をしているが、その目は手元を見ておらず、こちらを呆然と見つめている。自動化したような夢遊病的な手は、そのことによってしかし、「計算という行為の純粋に心的な活動状態[12]」を表しているとリーグルは言う。

重要なのは、このような頭（顔）から遊離した象徴的な手のうちに、リーグルは、観者との関係を作り出す力を見出している、ということである。再び集団肖像画について、リーグルは言う。

しかしながら、もしこれらの革新をより注意深く調べるならば、オランダの絵画に特有のことが何か容易に分かるだろう。たとえば、人物たちの行為は決して自己充足的（self-contained）ではなく、常にいわば二つの部分に分裂させられているように見え、その結果、活動している人物たちのそれぞれが、絵画の外にいる不可視のパートナーと相互に関わろう（interacting）としているように見える。〔……〕しかしながら、ヤコブの市民警備隊員たちの自己を意識している（self-conscious）身振りの目的——それが書くための道具を持つことや、リーダーを選び出すことや、一般的な仲間意識を表現することを含んでいようとも——は、第三者とコミュニケーションをとること、あるいはより適切に言えば、絵画に描かれていない、単に想定されるにすぎない、無数の数の第三者とコミュニケーションをとることにあるのだ。これがオランダの集団肖像画を分析する鍵である〔……〕。絵画のなかの様々な行為は、本当に自己充足的であることは決してない。それらをひとつにまとめあげる統一性が達成されるのは、ただ観者の心の中においてのみである。[13]

人物たちを観者のほうへ開くのは、その身振りの「非自己充足性」である。ヤコブの絵に描かれた人々の身振りは、その人物自身のうちに動機をもたず、それゆえ人物自身のうちで完結していない。あるいは絵画自身の内部では完結していない。人物たちの手を、観者という画面外の第三者のほうへ開いていくのは、このある種の「欠如」によってである。欠如があるからこそ、その遊離した手は鑑者に向かって語り出す。手は、人物が語っても思っていないことを、しゃべりだすのである。

先にリーグルが、この時期のオランダの集団肖像画の特徴を「象徴性」に求めていたと指摘した。象徴性という言葉は、一見すると、単に人間の身振りに特定の意味を対応させる記号的な機能を指し示すように見える。しかし、リーグルが想定しているのは、もっとダイナミックな出来事である。つまり、遊離した手は、象徴であるからこそ、その意味を解読し、他の手や人物との関係を解釈する、観者の存在を要請するのである。

転移

では肖像画ではなく自画像の場合はどうだろう。美術史家のマイケル・フリードは、自画像においてリーグルと同じように遊離した手に注目し、それが観者とのあいだに作り出す関係について論じている。ただし、自画像の場合には、画家がモデルでありかつ観者でもあるというねじれた構造が生まれることに注意が必要である。この構造からフリードが見出す「画中の人物と観者関係」（すなわち「描かれた画家と絵を描く画家の関係」）は、リーグルの象徴を介した関係とは異なり、より身体的かつ現象学的なものである。

フリードが取り上げるのは、ギュスターヴ・クールベの自画像である。周知のとおり、クールベは多くの自画

図2　ギュスターヴ・クールベ《革ベルトをした男》(1846年)

像を残しているが、フリードがその中でも紙幅を割いて分析するのは、一八四六年のサロン展に出展された《革ベルトをした男》(**図2**)についてである。フリードによれば、これは「一八四〇年代の自画像のなかでもっとも野心的なもの」である。

フリードはこの作品を四つの観点から分析する。一つ目は、モデルが絵の表面のきわめて近くに据えられている点である。そのせいで、モデルの身体の一部が、こちらに飛び出してくるようだ、とフリードは言う。「モデルの下半身は、カンヴァス枠の下縁で切断されているため、この絵の表面をこえて私たちの空間に、すなわち「世界」に突出してくる感じを抱かされる」[14]。いわば、モデルが「迫って」きて、観者は適切な距離をとれなくなるである。

二点目は、モデルの表情がぼうっとしていること、つまり「奇妙な放心した眠気を催すほどの気分」を表していることである。リーグルがとりあげた《男性の肖像》では、モデルが計算に没入した表情を見せていたが、ここでも男はぼうっとした表情のまま、観者に向けて表情をつくることをやめている。眠りの表現はクールベの作品にはよく見られるものだが、それは「身体の生命のメタファー、「原初的」な、つまり肉体の次元の生命活動を表すもの」[15]だとフリードは言う。「身体を外側から見たというよりも内側から経験したものとして強調」している。つまりモデルの眠そうな表情を、外的な見た目ではなく、その眠いという身体感覚を内側から再現するような仕方で見るように促されると言うのである。

手に関係するのは、三つ目と四つ目の観点である。まず三つ目は、モデルの両手が、その眠たげな表情と相容れない、不穏な緊張感をたたえている点である。この手について、フリードは以下のように述べている。

《革ベルトをした男》の特徴のなかで圧倒的に不穏な気分を起こさせるのはモデルの両手が目立つ点だ。この手の所作は、画家がこの絵の内部に自分自身が体現されているという強い確信を一目でわかるように表したいと願っている、と考える以外に説明がつかないと私は主張したい。だから、モデルの左手は過剰とも思えるくらい肉体的な努力を払ってベルトをにぎっているが、この所作に革の手触り、厚み、抵抗などを経験しようとする努力だけを見るわけにはいかないでだろう。この手はこの過剰そのもののおかげで、それ自体の活動を、つまりその存在をつかんで感じている、実態のある生きた実在として経験してもいると考えてよいだろう。ほぼ同じことがモデルの右手にも言える。右手の緊張具合は、その動作をするためというにはつじつまが合わないほど強いが、そのおかげで右手が内的に捉えられているということが、ベルトをにぎる左手の所作よりもいっそう明快に喚起されるのである。[16]

引用二文目の「絵の内部に自分自身が体現されているという強い確信」については、四つ目の観点につながるものなのでここでは措こう。まずフリードは、革ベルトを掴むモデルの左手は、革ベルトの手触り、厚み、抵抗といった質感を「知覚」しようとしているのではない、と言う。知覚のためであるにしては、あまりにも摑む力が強すぎるからだ。そのかわりに、手はまさにその「掴んでいる」という感覚、つまり純粋な力みを感じているのだ、とフリードは言う。同じことが頬の近くに添えられた右手にも言える。ここで手は何か仕事をしたり、対象を感じ取ったりはしていない。手は、ただ己自身を感じているのであり、そのことが右手においては、左手のように対象にふれていないぶん、いっそう分かりやすく示されている。このとき、手は見た目の形としてではなく、モデルが感じている身体感覚として内側から捉えられている。
四つ目は、描かれたモデルの身体とそれを見る観者の身体の関係のあいだにうまれる、「転移的」とフリードが呼ぶ関係である。「描かれモデルの身体とそれを見る観者の身体の関係」とは、この絵の最初の観者がクールベ自身であることを考えるならば、「描かれた画家の身体と描いている画家の身体の関係」でもある。

私の考えでは、このジェスチャーの決定的な特徴は、それが迫真性にはわずかしか頼っていないのにもかかわらず、自画像の慣習内では獲得できないだろうと普通は考えられていたことをなんとか達成しようとしているところにある。それは、モデルの右手と画家の右手を一直線に並べることだ。あるいはもっと強い言いかたをすれば、それら二つの右手が偶然に一致する、つまり一体になることをまことしやかに想像しうる状況を作ろうとしていることだ。それどころか、クールベが自画像に求める究極の目標は、自分自身とその表象のあいだの距離と差異の両方を、少なくとも廃棄するということを含んでいるようにしばしば見える。私が「自分自身のなまの身体存在に投入した状態を絵に再構築しようとしている」と特徴づけたクールベの欲望は、自分が取り組んでいる絵のなかに自分自身を身体として移し入れないかぎりは満たせないかのようだ。[17]

フリードによれば、この絵を通してクールベは、描かれた自分と一体化しようとしている。一見すると突拍子もない解釈である。しかしフリードは、この描かれた人物の姿勢は、座って絵を描く画家の姿勢と「顕著な点で完全に調和している」と指摘する。具体的に注目すべきは、先にも検討した、モデルの顔の横に添えられた右手だろう。この手は、その向きからしても、力の入り具合からしても、確かにこの絵を描いている画家の、絵筆を持ち、キャンパスに絵具を乗せていく右手と重なる。描かれたモデルの右手は「自分の頬と顎を完全に支えるというより触わるために賢明にもこの絵のなかに戻ろうとしている」[18]。確かにそう言われると、ベルトをにぎる左手も、パレットをにぎる画家の手に見えなくもない。

フリードは、こうした一体化を、精神分析の用語を借りて「転移（translational）」と呼んでいる。「この絵の全体に「転移的」な圧力が働いている」[19]。それは先の引用にもあるように、「自分自身とその表象・再現／リプリゼーションのあいだの距離や差異が破棄されること」である。一つ目の特徴として語られた、モデルの「近さ」は、この転移的関係を誘発する仕掛けであり、二つ目と三つ目の特徴として語られていた「内側から経験したものとして強調する」という現象学的な傾向は、身体的状態の想像的理解を介して、転移をのがれがたいものにする原動力である。絵全体に仕組まれたこうした転移への圧力こそ、フリードがクールベに見出す「絵の内部に自分自身が体現されている強い確信」を実現するものである。そして、その絵を見る私たちも、画中のモデルと一体化しようとするクールベの欲望を追体験することになる。

3　バーチャルリアリティの中の手

Sense of Ownership / Sense of Agency

画中のモデルと一体化するというフリードの視点は、絵画に関するという意味では、確かにかなり大胆なものに聞こえるかもしれない。しかしながら、これをバーチャルリアリティに関する議論としてとらえたらどうだろう。バーチャルリアリティにおいては、時間的・運動的要素が加わるため、たとえ視覚的な類似性が低いような像とのあいだにも、容易にこうした転移が起こるように思われる。

バーチャルリアリティは、必ずしもヘッドマウントディスプレイのようなハイテクな機器を必要とするわけではない。たとえば、佐藤雅彦を中心とするクリエイティブ・グループ、ユーフラテスが、二〇〇八年に発表した《伸びる腕》を見てみよう。この作品では、体験者が机の中に腕を差し込むと、その手の動きと連動して、実際の腕の長さの二倍以上の腕の映像が机の上に映し出される。すると体験者は、机の上に飛び出た、かなり遠くにある牛乳パックに手が届いたかのような感覚を得る。実際には、腕を差し込んだ穴の中の、もっと手前にある牛乳パックを触っているにすぎないのだが、触覚情報よりも視覚情報が優先され、「腕が伸びて手が届いた」かのような感覚が生み出されたと考えられる。ここでは、映像として映し出された手に、体験者の生身の手が転移し、実物とはかなり異なる形状であるにもかかわらず、まるで自分のものであるかのように感じられている。

こうした視覚と触覚に関する錯覚で有名なのは、ラバーハンド錯覚であろう。まず、自分の手とゴム製の偽物の手（ラバーハンド）を机の上に並べて置く。そして自分の手と偽物の手のあいだに衝立をたてるなどして、自分の手が直接見えないようにする。そして二つの手を同時に筆などでこする。すると、見えている偽物の手を自分の手だと思い込んでしまうのである。

「これが自分の手だ」と認識する対象が混乱していることは、二つの手に違う刺激を与えてみると分かる。たとえば、本物の手の上にプラスチックのブロック、偽物の手の上に氷を同時に置くと、多くの人が冷たさを感じることが知られている。逆に、偽物の手に置くものを、氷からプラスチックのブロックに変えると、暖かさを感じるという。本物の手に乗っているものは同じなのに、目から入る情報によって、触覚の感じ方が左右されてしまう。視覚情報に対して、それを補うような皮膚感覚が作り出されているのである。

バーチャルリアリティにおいておこるこうした錯覚的現象に関して、情報工学の分野でしばしば言及されるのは、哲学者ショーン・ギャラガーが提示した「Sense of Ownership（自己帰属感）」「Sense of Agency（運動主体感）」という二つの概念である。

Sense of Ownershipとは「そのことを経験しているのは私である、という感覚」のことである。「例えば、その動きが自発的なものか非自発的なものかにかかわらず、私の身体が動いているという感覚」[20]を指す。例をあげるならば、段差でふいにつまずいたとき、その動きは自発的なものではないが、しかしそれを経験しているのは紛れもなく私だと感じる。これがSense of Ownershipである。

一方、Sense of Agencyとは「その行為を引き起こしている、ないし生み出しているのは私である、という感覚」のことである。たとえばマウスを動かしたときにその動きに連動して画面内のポインタが動くと、私たちはポインタが自分のせいで動いたと感じる。これがSense of Agencyである。ヘッドマウントディスプレイをつけたときに、そこに見えるものに私たちが現実感を抱くのも、映る映像が私たちの頭部の動きに連動して変化する、という要因が大きい。

Sense of Agencyにとって重要なのは「連動」である。友人のパソコンを借りた場合などに、ポインタの反応速度が自分のパソコンより遅かったりすると、違和感を覚えることがある。身体情報学者の稲見昌彦は、「時間的な自己の幅は〇・二秒」[21]と指摘しているが、運動からの遅れが一定時間以上になると、私たちはそのような対象にSense of Agencyを感じられなくなってしまう。つまり対象が、自分とは別の動因によって動いているように感じられたり、あるいは遅れの原因を環境側に求める（対象が水中にある、など）ような錯覚を感じたりする。

先の「伸びる腕」も、この二つの概念を使って説明することができる。机の上に映る映像は、速度は違うが机の中に腕を入れるという運動と連動しているため、Sense of Agencyを感じやすい。さらに、像の見た目が、長さは違うが自分の腕と似ていること、また牛乳パックにふれるという触覚的な刺激がそこに重なり、Sense of Ownershipを感じやすい。こうして「自分の手で遠くにある牛乳パックに手が届いた」かのような錯覚が生まれると考えられる。

このようにバーチャルリアリティにおいても、フリードが論じたような画面内の身体と生身の身体の一体化が起こる。ただし、フリードが論じた絵画における転移が、絵画内の仕掛に誘発されつつ観者の想像力の中で起こるものであったのに対して、バーチャルリアリティにおいて起こる一体化は、認知のプロセスの中で起こるものである。前者が「緊張」という行為とは異なる純粋な身体状態と結びついていたのに対して、後者はむしろ行為を重要なトリガーとし、その回路を変形させることによって生じる現象である。

VRによる幻肢痛緩和

バーチャルリアリティにおいて起こるOwnershipやAgencyの拡張は、物理的な事実という点からすれば確かにフィクションだが、しかし身体的な感覚としては現実である。このことは、フィクションが、私たちの生身の身体感覚を変えうる可能性を示唆している。

その具体的な例が、VRを用いた幻肢痛緩和である。[22] 幻肢とは、病気や事故によって切断したり神経が麻痺したりしていて感じないはずの身体の部位を、あたかも存在するように感じるという現象である。幻肢はしばしば「幻肢痛」と呼ばれる強く、変動の大きい痛みとして感じられる。この痛みを緩和する方法として、近年、VRが注目されている。ただし、これはすべての当事者に有効な方法ではなく、一部の当事者にのみ有効な方法であることが知られている。

幻肢痛緩和VRの仕組みは以下のとおりである。とりあげるのは、自ら当事者である猪俣一則らが開発したシステムである。

体験者は、まず椅子に座り、HMDを頭から装着する。すると、奥には一〇〇メートル走のコースのようなラインがみえ、手前には化粧台のようなテーブルと鏡が見える。そして、そのテーブルの上に、断面の四角い白い手が映っている。

テーブルに向かって座ったまま、手を動かす。もちろん、存在する方の（あるいは動くほうの）手のみである。すると、そのバーチャルな空間にいる自分の手も動くのだが、そのバーチャルな手は、両手が、左右対称に動く。たとえば、健康な手でこぶしをつくると、VR内では、もう片方の（ないはずの、あるいは麻痺しているはずの）手も含めて、両手がそれに合わせてこぶしをつくるのである。開けば、同じように反対側も開く。健康な腕、肩・肘・手首・五本の指の動きを赤外線センターを用いて計測し、リアルタイムで提示しているので、動きに違和感を感じることはない。

当事者ひとりひとりにあわせてカスタマイズすることも可能である。腕を短かく感じるなど、幻肢の位置は人によって違うため、その人その人の幻肢の位置にあわせてバーチャルな手が出るようにプログラムされている。

体験者は、自身が感じる幻肢の位置とこのバーチャルな手がぴったり一致し、さらに動きもシンクロすることで、それをまぎれもなく「自分の」手だと感じる。つまり、VR内の手にOwnershipとAgencyを感じる。すると、この一致が起こっているあいだ、幻肢痛が消える場合があるのである。まさに、VRというフィクションによって、現実の身体感覚が書き換わった瞬間である。

ある当事者は、このつながる感じを「通電」と表現する。「ぼくの左手は親指と人差し指だけまだ触覚神経が生きています。だから、現実の左手をそのVR画面内の左手の位置まで持って行ったら、自分の手の感覚が、ちゃんとハマるんです[23]」。

興味深いのは、この「通電」が、単なるバーチャルな左手と現実の左手の空間的な一致の感覚にはとどまらない、ということである。というのも、多くの当事者が、この一致を「懐かしい」と表現するからである。つまりこのシステムは、VRを介して、幻肢を手の記憶と一致させる装置でもあるのだ。

開発者の猪俣は言う。「私たちは『思い出体験』と呼んでいますが、筋トレするというよりも、かつてできていた動きを再現してもらいます。例えば顔を洗うときに以前は水を両手ですくっていたけれど、片手ではできなくなった。そういう昔できていた動作・体験は、懐かしさよりVRに親和性を感じ、脳に障害なく、すんなり入っていきます[24]」。

「思い出体験」の中で重要な核を占めるのは「両手感」である。言うまでもなく、私たちの二つの手は、単なる右手と左手という「二つの手の和」ではない。それらは相互に連動しあっており、具体的には利き手とそうでない手がお互いの仕事をサポートするような動きをみせる。現状のVRでは、手の動きは左右対称であるため、お互いにサポートするような動きは再現できないが、「ボールを拾う」「ブロックを運ぶ」「水をすくう」のような左右対称の共働作業を体験することはできる。これが「両手感」であり「懐かしさ」である。記憶という、「そこにないけどあるもの」が、フィクションの力をかりながら、幻肢というまた別の意味で「そこにないけどある手」に形を与えるのである。

おわりに

本稿では、道具的でありながら同時に意志を離れて動く性質をもつ「手」という器官に注目し、それがいかに私たちのコミュニケーションや身体的経験の意味を切り裂き、拡張し、変容させているか、現実、絵画、VRという異なるリアリティのレベルにおける事例を順に参照しながら考察した。その過程で見えてきたのは、意識／無意識、表象／実在、過去／現在、虚構／現実といった対立する概念が、もっともラディカルに重なり合う場のひとつとしての、手のあり方である。

こうした「混乱しやすさ」「だまされやすさ」は、生きているかぎり身体から逃れることにできない私たちにとっては救いであるだろう。なぜならそこにこそ、私の身体が、意識的な限界、物理的な限界、時間的な限界をこえて流出する可能性があるからだ。つまり、手は私たちの身体が流れ出す出入口のようなものなのではないだろうか。そして、最後のVRの事例で見たように、そこにこそ、身体という本質的に思い通りにならないものにアプローチする可能性が含まれているのではないだろうか。

Zoom画面から手を隠すことは、この出入口を閉ざすことを意味している。それは、私たちの自律性を過信し、意識的な制御という袋小路に私たちの体を押し込めるやり方である。私たちが対面のコミュニケーションに駆り立てられるとき、それは身体を制御下から解放し、メッセージを「伝える」ものではなく「伝わってしまうもの」の領域に解き放つことを熱望しているのかもしれない。

【注】

(1) もちろん逆のケースもある。まひなどの身体的特性によってカメラの前に手を置いておく姿勢が快適な人の場合には、むしろ直接対面したときよりも手の存在感が増し、常に手がアップで画面内にうつるようになる。
(2) 菅原和孝『ことばと身体』、講談社、二〇一〇年、五五頁。
(3) 前掲書、五九頁。
(4) 前掲書、七二―七六頁。
(5) 前掲書、九七頁。
(6) 前掲書、九八頁。
(7) Darian Leader, *Hands: What We Do with Them – and Why*, Hamish Hamilton, 2016, kindle 位置 No. 67.〔ダリアン・リーダー『ハンズ――手の精神史』松本卓也・牧瀬英幹訳、左右社、二〇二〇年、一四頁〕
(8) *Ibid.*, 位置 No. 75.〔前掲書、一五頁〕
(9) 「この手、わたしの顔に触れようと夢見ながら/ぼんやりと、何か深い目的にでも従っているのか、/この手は待っている、わたしの弱さから涙がひとしずく溶けて流れるのを。」(『若きパルク』)
(10) *Ibid.*, 位置 No. 145.〔前掲書、二四―二五頁〕
(11) Alois Riegle (Trans. into English by Evelyn M. Kain and David Britt), *The Group Portraiture of Holland*, Getty Research Institute for the History of Art and Humanities, 1999, p. 102-103.
(12) *Ibid.*, p. 105.

（13） *Ibid.*, p. 104.

（14） Michael Fried, "Representing Representation: On the Central Group in Courbet's *Studio*," in Stephen Greenblatt, ed., *Allegory and Representation*, The Johns Hopkins University Press, 1981, p. 100.〔マイケル・フリード「表象・再現の表象・再現」、スティーヴン・J・グリーンブラット編『寓意と再現・表象』船倉正憲訳、法政大学出版局、一九九四年、一三〇頁〕

（15） *Ibid.*, p. 101.〔前掲書、一三〇頁〕

（16） *Ibid.*, p. 101.〔前掲書、一三一頁〕

（17） *Ibid.*, p. 102.〔前掲書、一三二頁〕

（18） *Ibid.*, p. 102.〔前掲書、一三二頁〕

（19） *Ibid.*, p. 102.〔前掲書、一三三頁〕

（20） Shaun Gallagher, "Philosophical conceptions of the self: implications for cognitive science," *Trends Cogn. Sci.* 4, 2000, p. 15.

（21） 稲見昌彦『スーパーヒューマン誕生！　人間はＳＦを越える』、ＮＨＫ出版、二〇一六年、七三―七四頁。

（22） 本稿の記述は、当事者の発言も含め拙著『記憶する体』（春秋社、二〇一九年）エピソード８に基づいている。

（23） 著者によるインタビュー。https://phantom.asaito.com/2018/08/20/森一也さん/

（24） 著者によるインタビュー。https://phantom.asaito.com/2018/01/26/inomata/

擬態する身体の解剖学
――アンドレ・マッソン『私の宇宙のアナトミー』における起源との戯れ

松井裕美

序

ヴァルター・ベンヤミンは「子供の本を覗く」というエッセーの中で、どんなに味気ないアルファベット教本でも、子供がそれを手にした途端に本来の教育的な合理性を逸脱することになると述べている。挿絵入りのアルファベット教材を手にした子供は、絵を言葉で説明しようとして落書きをし、さらには絵の世界に浸りきって物語を紡ぎ出すことになるからだ。[1]

このような作業こそ、シュルレアリストたちが過去のイメージに対しておこなったことではないか。デイヴィッド・ホプキンスの著書『ダーク・トイズ』は、第二章「挿絵と低俗性」において、この問いに取り組んでいる。ホプキンスは十九世紀の挿絵本のイメージを着想源とするマックス・エルンストの作品のうちに、子供のアルファベット教本やバロックのエンブレム本といったものにノスタルジックな眼差しを投げかけつつそれらを書き換えていく行為のうちに、シュルレアリスム特有の試みを見出す。[2] それはオリジナルのイメージに対する冒涜というよりもむしろ、イメージそのものが元来有している潜在性、見る者のうちで変容するその可能性を解き放つものである。

エルンストをめぐるそうした議論については、ホプキンス以前にすでにロザリンド・クラウスが、その著書『視覚的無意識』において展開している。クラウスはエルンストの《主の寝室》を例に挙げながら、カタログ的に事物が並べられた教本の挿絵にグアッシュを重ねて別の絵画空間を生み出すこの作品のうちに、子供が絵を描く遊び道具である「魔法のメモパッド」との共通性を見出した。このメモパットのカバー・シートの上から尖筆で描いた線は、カヴァーを下層部の蠟板と切り離すと消えるが、しかし蠟板そのものには筆致が残る。「魔法のメモパッド」は、フロイトの一九二五年の論考の中では感覚的刺激を受け取る意識の構造を説明するために引き合いに出されるのだが、クラウスは同じモデルを、既存のものと目の前のイメージとのあいだの分離や分裂の感覚を説明するために用いている。イメージはカバー・シートの上から描いた線のように、その帰属先（アイデンティティ）を求めて、既存のもの、既知のものに絶えず回帰しようとする。しかしひとたびカヴァーを捲ればそのイメージが消滅し、あとにはその痕跡だけが残るように、私たちはエルンストの「重ね塗り」作品のうちに「喪失を表すことしかできない対象、この対象が失われてしまったのだという事実の中にこそそのアイデンティティを有するような対象」しか見出すことができない、というのである。[3]

ホプキンスはクラウスの主張を踏襲して議論を進めているのだが、両者を決定的に隔てているのは歴史の位置づけである。クラウスは、影響源を探り当てようとする美術史家の関心を「出典探しのゲーム[4]（game of sources）」と皮肉をこめて呼ぶ。彼女は美術の歴史に目を向け、過去に支えられた現在を予定調和的なものと捉える美術史家を老人に喩える。逆に彼女にとって、シュルレアリスムの作品の真髄を理解できるのは、ポピュラー・サイエンスの雑誌や三文小説などの挿絵入りの頁をめくって心をときめかせる子供の目に他ならない。[5] これに対しホプキンスは、歴史的な過去にシュルレアリストが向ける回顧的な眼差しそのものの重要性を強調する。そもそも子供が手にする玩具そのものが、同時代に流通するもののミニチュア化にみられるような共時的な次元だけでなく、聖なる儀礼の場における祭具を起源とするような通時的な時間性をも帯びていることにホプキンスはしばしば立ち戻る。古代の儀礼で用いられていた事物が、それを用いる儀礼の衰退とともに子供が触れる玩具へと劇的な機能転換を果たすように、シュルレアリストたちもまた本来の意味を失った過去のイメージや素材と戯れたのだと、著者は主張する。それはホプキンスの議論においては、失われてしまった子供時代へと回帰しようとする大人の、決して報われない憧憬にも重ねられている。

こうした主張を行うためにホプキンスが理論的な参照点としているアガンベンの論考「玩具の国」は、本稿においても重要な示唆を与えてくれる。アガンベンはそこで、玩具が持つ特殊な「歴史的本質」について論じている。ただしそれは、「多かれ少なかれ遠い過去を現在化し手に触れることができるものにする」ような「古遺物や記録文書」の歴史的価値とは異なっている。玩具は「過去を解体し変形させることによって、あるいは現在をミニチュア化することによって〔……〕、人間的な時間性それ自体、「かつては……であった」と「いまはもう……でない」とのあいだの純粋の隔差ないしはずれ（scarto）そのものを現在化し手に触れることができるものにする」[6]。

では芸術実践により触れることができるようになった過去との「ずれ」は、作品や作者を取り囲む世界との間に、どのような関係を新たに結ぶのだろうか。ホプキンスは前述の著書の後半部分で、五〇年代以降のポップアートや六〇年代のカウンターカルチャーを取り上げながらこの問いに答えようとした。ただしシュルレアリスムについては、その作品に存在する過去と現在との「ずれ」を指摘するにとどめている。そこで本稿では、アンドレ・マッソンの作品を具体的な分析対象としながら、「かつて」と「いま」とのあいだに生じる変化がシュルレアリスムの芸術家と世界との結びつきにどのように関与するのか検討してみたい。

とりわけ本稿が考察対象とするのは、第二次世界大戦中に出版されたマッソンの挿絵本『私の宇宙のアナトミー』（以下『アナトミー』と記す）である。本稿ではまず、『アナトミー』が教本や辞典としての形式を持つことに注目しつつも、マッソン自身が挿絵本のイメージに、説明書きを逸脱する名状し難い性質を与えようとしていたことを確認する。次に『アナトミー』の序章と最終章を具体的に分析しながら、ウィトルウィウス的人体図のようによく知られたイメージを喚起する図版が、そのことによりかえって教科書的な説明との「ずれ」を強調するような両義性を示すことを明らかにする。それはイメージの変容と作者の変容という二つの重要なテーマへとつなげられることになるだろう。続く節では、前節で示した作者の変容というテーマが、死や苦悩とも密接に関わるものであり、この点で第一次世界大戦の記憶の変奏としても捉えられることを指摘する。

　このように本稿では、あえて美術史的な方法によってマッソンのイメージが「かつて何であったのか」ということを問う「出典探しのゲーム」に取り組むが、それは芸術家による起源（ソース）との戯れによっていかに「かつて」が「いま」と「ずれ」ていくのかを見定めるためでもある。したがって『アナトミー』第一章から第三章までの解剖学的イメージを分析する本稿の最終節でもまた、マッソンが着想源としたと考えられるルネッサンスやバロックの視覚文化に触れながら、それがいかに『アナトミー』の中で、イメージの生態学やイメージの存在論という、マッソン独自の問題へと結びついていくのかを検討することになるだろう。そのことで最終的には、イメージの変容がマッソン自らの身体と絡み合う問題であり、この問題に取り組むことがマッソンにとって存在と世界との関係を問うための手段にもなっていたことを明らかにする。

1　辞典としての絵画論

フランソワーズ・ルヴァイアンがアンドレ・マッソンを対象とする一連の研究の中で幾度も触れているように、

シュルレアリスムの芸術家による作品を美術史的な手法で分析することには大きな困難がともなう。それは、彼らの作品が言葉とイメージとの一対一の関係を揺るがす転覆的な性質を持つからというだけではない。彼らの作品は、言葉とイメージのうちにあるそうした複数の関係性と戯れることを私たちに促すのである。このため美術史家は、たとえ作品の外部から鑑賞する客観的な観察者として出発しても、いつの間にか自己の内部で変容するイメージを眺めていることに気づかされる。

例えばジョルジュ・バタイユを中心とするメンバーにより一九三六年から三九年まで刊行された雑誌『アセファル』にマッソンが提供した素描《無頭人（アセファル）》（**図1**）についてのルヴァイアンの記述を見てみよう。彼女はまず、この図像が雑誌の核となるコンセプトを明快に説明する「エンブレム」であるのだと述べる(7)。頭部を持たず、腹部の内臓を曝け出すこの人物像は、リーダーのいない共同体や、合理主義の超克、神話をとおした死や暴力、供犠への接近の試みなどを明快に説明する記号として、最初に私たちの前に現れる。しかしこの図像に表される個々の事物やその配置の意味、そして『アセファル』に登場する他の図像との関係を考え始めるや否や、それが持つ意味は増殖し、特定の概念を視覚的に説明するエンブレムとしては機能しなくなる。「アセファルとは誰か」。この問いに対し、ルヴァイアンは答えを出すのではなく、アセファルの神話的、宗教的、心理的意味に関するさらなる問いを重ねていくことで、両義的なこの形象の意味そのものが、「それが引き起こす問いかけのなかにのみ存在している」ことを示す(8)。美術史家はここで、決定的な帰属を持たないイメージと戯れ続けることを余儀なくされる。したがってルヴァイアンは別の論考では、「規範的で系列的な美術史」よりは「身振りと想像力の人類学」こそ、マッソンの絵画が属する分野だ

図1　アンドレ・マッソン《無頭人》。『アセファル』創刊号（1936年）表紙

と述べている。[9]

だが見方を変えれば、ルヴァイアンはマッソンのイメージ体験のあり方をもっとも起源(オリジナル)に近いかたちで伝えようとしているということもできる。というのも彼女による数々のマッソン論は、この画家の作品が彼の理解者であった同時代の人々に与えていたであろう体験を汲み取ろうとするものだからだ。彼女の文章には、例えばアンドレ・ブルトンが一九三九年に書いたマッソン論が、たとえ暗示的なかたちではあったとしても、つねに重要な参照源の一つとして存在している。ブルトンはそこで、マッソンの作品を「出来事としての芸術作品」として捉えた。マッソンの作品は、さまざまな思想的・文学的起源に「絶好の衝突の場を提供」しつつ、そうした衝突がもたらす問いから解放された「発芽と孵化の現象」からも霊感を汲み、そのことでイメージの「変容」の瞬間を捉えているのだと、このシュルレアリスムの詩人は述べている。[10]

ブルトンの見解はおそらくマッソンのあらゆる時代の作品に当てはまるが、ここではあえて、その言葉を歴史の中に置き直してみよう。するとただちに、まるでブルトンの言葉と呼応するかのようにマッソンが世に出した二冊の挿絵本が浮かび上がってくる。第一に挙げられるのが、『私の宇宙のアナトミー』である。この挿絵本は、ニューヨークの画商クルト・ヴァレンティンにより一九四三年にアメリカで出版された。一九四〇年にマッソンが執筆した序文は、美術史家メイヤー・シャピロが英訳した。[11] それは三八年から四二年までのあいだに制作された素描を集めたものであり、そのうちの多くが三九年から四一年のあいだに制作されたものであると考えられている。[12] これらのイメージには、各章のコンセプトを暗示する引用、各々の作品へのコメントが添えられており、前述のブルトンによるマッソン論もまたそこで引用されている。第二に挙げられるのが『アナトミー』と並行して作成された『神話学』(*Mythologies*)である。マッソンは三つのテーマのアルバム集を構想し、それぞれに「自然の神話学」(一九三八年制作)、「存在の神話学」(一九三九年制作)、「エンブレム的人間」(一九四〇年制作)というタイトルを付したのだが、最終的にはアンリ・パリゾが監修するフォンテーヌ誌出版の「黄金時代叢書」より一九四〇年に一冊の作品集として出版した。

なかでも本稿の議論の中心に据える前者の『アナトミー』は、言葉とイメージの双方によって過去の西洋文化の伝統とのつながりを明示する点で、「変容」というテーマの美術史的、文化史的な次元を追求するものでもあった。しかしその重要性にもかかわらず、過去のイメージとの関係という観点からテキストとイメージのあいだの複雑な関係性を明らかにする研究は、これまでなされていない。もちろん作品に付された文章はいくつかの典拠（ソース）を明らかにしており、この画家が何から影響を受けているのかを知りたければ、論じるまでもなく単にマッソンが書き連ねる固有名詞を辿れば良い。例えばこの図版集の図版三〇に付されたコメントでは、「人間と宇宙との〈統一体〉であることをみずから称する知的で情動的な鎖」が、ヘルメス・トリスメギストスからルネサンスの天才たち、そしてボードレールの「万物照応」やアポリネールの詩へと繋がるものであることが示されている。文学における詩的創作との共通点は、彼にとってとりわけ重要なものだった。『アナトミー』第一章のタイトル「アナロジーの悪魔」が暗示しているのは、同題のマラルメの詩[13]でテーマとされている、作者の意図を超えて否応なしに飛び込んでくるような諸々の事物や諸々の語のあいだの思いがけない連関が、マッソンにとっても想像力の重要な糧となっていたことである。

だがここで問題にしたいのは、「糧になる」ということの意味である。ルヴァイアンも論考「切断と伝統」で述べるように、マッソンの創造的な身振りのうちには記憶の中にあるイメージとの対話が組み込まれていた。マッソンは一九〇七年から一四年まで、ブリュッセルとパリの美術学校で古典的な美術教育を受けており、その後も過去の芸術との対話を続けた。ただし作品内における過去の芸術への典拠はしばしば「ヴェール」や「仮面」で覆われており、「間欠的な記憶として介入」するような性質のものだったとルヴァイアンは述べる[14]。

影響源を総覧（サーヴェイ）するような形式を持つ『アナトミー』においても、実のところ同様の性質が存在する。エンブレム集や辞典の図版、解剖学の教科書、絵画術の書の類を想起させるようにテキストとイメージを配置する紙面は、一見すればマッソンのうちにもたらされた過去のイメージの変容を明快に説明（イラスト）する目的を持つもののように見える。実際のちの対談の中でマッソンは、デューラーやレオナルドによる絵画術の書に類するものとして自らの『アナトミー』に触れている。ただし彼はすぐに、この挿絵本がルネッサンスの絵画術の書における教育的な側面に反するものであったとつけ加える。[15] マッソンはまた画商カーンヴァイラーに宛てた一九三九年の書簡の中で、近年彼が制作している「教本」(『アナトミー』を指すと思われる)を「「諸記号」の辞典」に喩えているが、それは事物に一定の定義を与えるような類のものではなく、「骨と石、石と蛇の頭などなどといったものの友愛を探求する」ものであった。[16] つまりそこで過去のイメージは、絵画術の書や辞典におけるようには体系化された意味を与えられていないのだ。だからこそヴェールや仮面を剥ぐべく「出典探しのゲーム」を始めても、私たちが目の当たりにするのは、起源（ソース）とアナロジックに戯れつつそれとの同一化を拒む諸形態でしかない。

『アナトミー』におけるこうした性質には、世界に秩序を与える辞典の形式を借りて無秩序な言葉遊びを実践するレリスの『語彙集』からの影響が明らかに見られる。一九二五年から二六年にかけて『シュルレアリスム革命』誌に発表されたこの語彙集は、単語のリストと、それぞれの語彙が連想させる言葉を説明として付すことにより構成されている。一九三九年にはそこに新たな語彙を加えて、マッソンの挿絵入りでシモン画廊から出版された。語を構成する「音の要素あるいは視覚的な要素」が、「承認されている意味を超えて」、その言葉を「ほかの言葉と結びつける」よう作用するこの辞書において、言葉に添えられたマッソンの挿絵もまた、テキストを説明したり直観的な理解を補助したりするものではなく、そうした語から別の語やイメージを連想させるような媒体として機能するものであった。[17]

　もちろん辞典や絵画術の書に自らが喩えるような作品をマッソンが作成したことの背景には、レリスの試みに対する画家の側からの応答という以外にも、別の動機があっただろう。当時マッソンが亡命中であったことを考えれば、自らの画業やその着想源を回顧するような版画集をアメリカで出版する手筈を整えることで、新大陸での生活の基盤を固めようとしていたことは想像に難くない。マッソン自らが、当時すでに著名な美術史家であったメイヤー・シャピロに『アナトミー』の翻訳を依頼している点にもまた、国際的な場面における美術史的な評価を意識し始めた芸術家の心理を認めることができる。[18]

しかし実際にそれらの挿絵本の頁をめくってみれば、ノスタルジックな回顧や周囲からの評価を目的とする自己解説という観点からはあまりにも隔たった過去のイメージやテキストとの関係性が現れてくる。『アナトミー』がルネッサンスの絵画術の書やバロックのエンブレム集、あるいは何らかの挿絵入り辞典を想起させる構成を持っていたとしても、それはイメージと言語との間の一対一の関係を瓦解させるものだったのである。とりわけ『アナトミー』では、しばしばイメージは言葉のロジックから独立し展開する力を持つ。

ほかならぬマッソン自身が、その作品内で引用したテキストを通して、イメージそのもののダイナミズムについて考察することを読者に要求している。『アナトミー』第一章に添えられたゲーテの対談録からの引用文において、このロマン主義の詩人は「形成する自然のように、ただスケッチによって話の先を続けて」いけば、自然の中にある「深い意味を秘めている合図」を「正しく読解」することで「やがて一切の文字、一切の言葉をなしで済ませるようになるだろう」と語っている。[19] また『アナトミー』図版八《孵化と発芽》に添えられた説明文には、ブルトンによる前述のマッソン論から、「段階的な拡大と推進」が「文学には翻訳できない」視覚的表現である「造形的メタファー」により与えられるのだと述べた箇所が引用されている。[20] だからこそマッソンのイメージは、客観的な立場から距離を置いて図像に言語的解説を与えようとする観察者にとっては都合の悪いことに、観察者を侵食し、観察者の想像力をも巻き込みながら複数のイメージを呼び込み、客観性など放棄すべきなのではないかと疑いを抱かせるほどに激しいやり方で変容する。[21]

2　芸術家の宇宙と、宇宙の中の芸術家

作品にそくして右記のことを確かめてみよう。『アナトミー』の「序文」に掲載された三枚の挿絵のうち、とりわけ「エンブレム」的な性質を持つのは、二番目と三番目に挿入された図版（図2、3）である。それらは、四肢を広げる人物の肢体や人間的な頭部の不在、股間に描かれた性器の代替物（いずれも性器そのものは描かれていない）など、明らかにマッソンが描く《無頭人》（図1）との類似性を示している。この類似性は、理性を欠くはずの無頭人と世界を幾何学で理解しようとする理知的視点との接近という矛盾を、私たちに突きつけている。というのも「序文」の二番目の挿絵（図2）には、ウィトルウィウス的人体図に着想を得たダイヤグラムが描かれているからだ。ただ挿絵そのものの構造に一度焦点を置けば、この類似性はさほど大きな問題ではなくなる。というのもマッソンが「序文」の挿絵として描く人体図の構成は、理想的な人体比率を示す古代の比率理論に倣うダイアグラムと大きく異なっており、それが持つ象徴的意味も、理性による世界の全体的な把握とは対極的なものであるからだ。

周知のとおりウィトルウィウス的人体図は、人間を宇宙の中心に据えたうえで、人間というミクロコスモスとマクロコスモスとの一致が幾何学的に把握しうることを示す図像である。複数の画家がこの図像を描いたが、なかでも知られているのはレオナルド・ダ・ヴィンチによるものだ[22]（図4）。レオナルドやデューラーらの絵画書の類として『アナトミー』を構想していたマッソンにとって、この図像が読者にルネッサンスの知識人画家を想起させる効果を持つことは、意図されたことだったに違いない。

しかしマッソンは、このルネッサンスの知識人画家の図像と自らの図像を接近させることで、かえってその差異を示してもいる。マッソンが描くダイアグラムには、太陽を頭部に持つ中央の人物のほかに、星を頭部にもつ

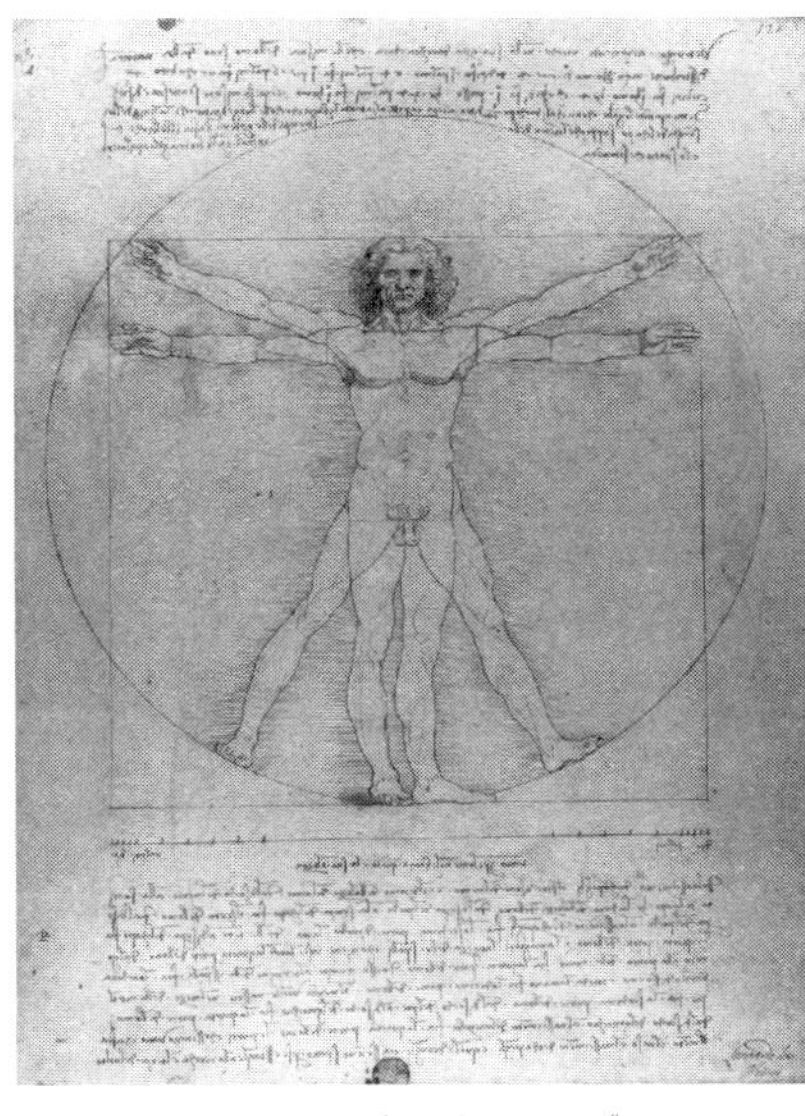

図4　レオナルド・ダ・ヴィンチ《ウィトルウィウス的人体図》1487年。ヴェネツィア，アカデミア美術館

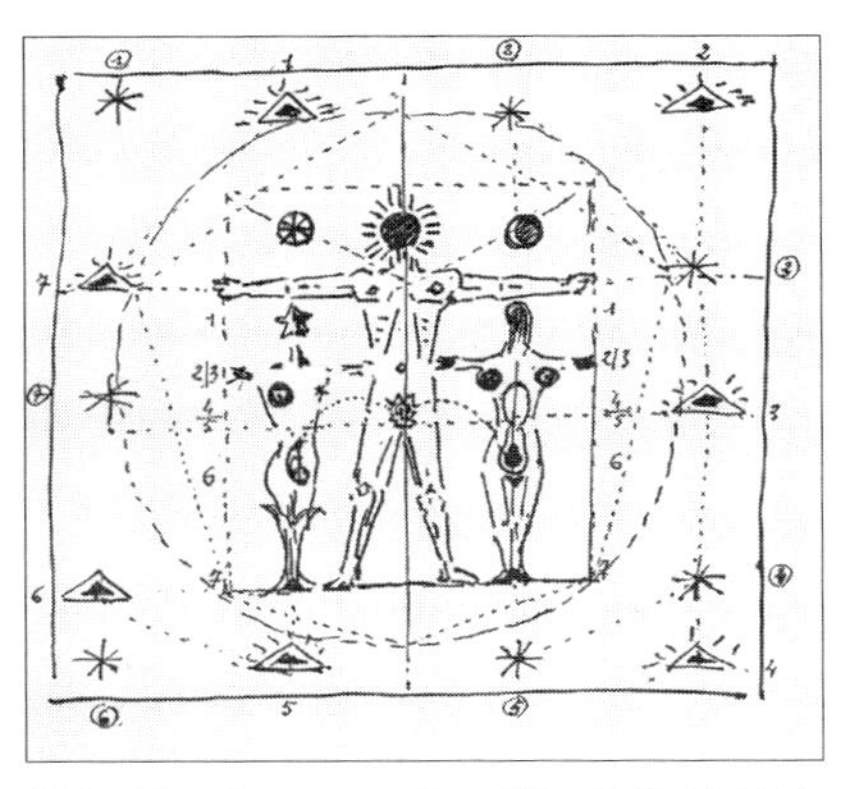

図2　アンドレ・マッソン『私の宇宙のアナトミー』（1943年）「序文」挿絵

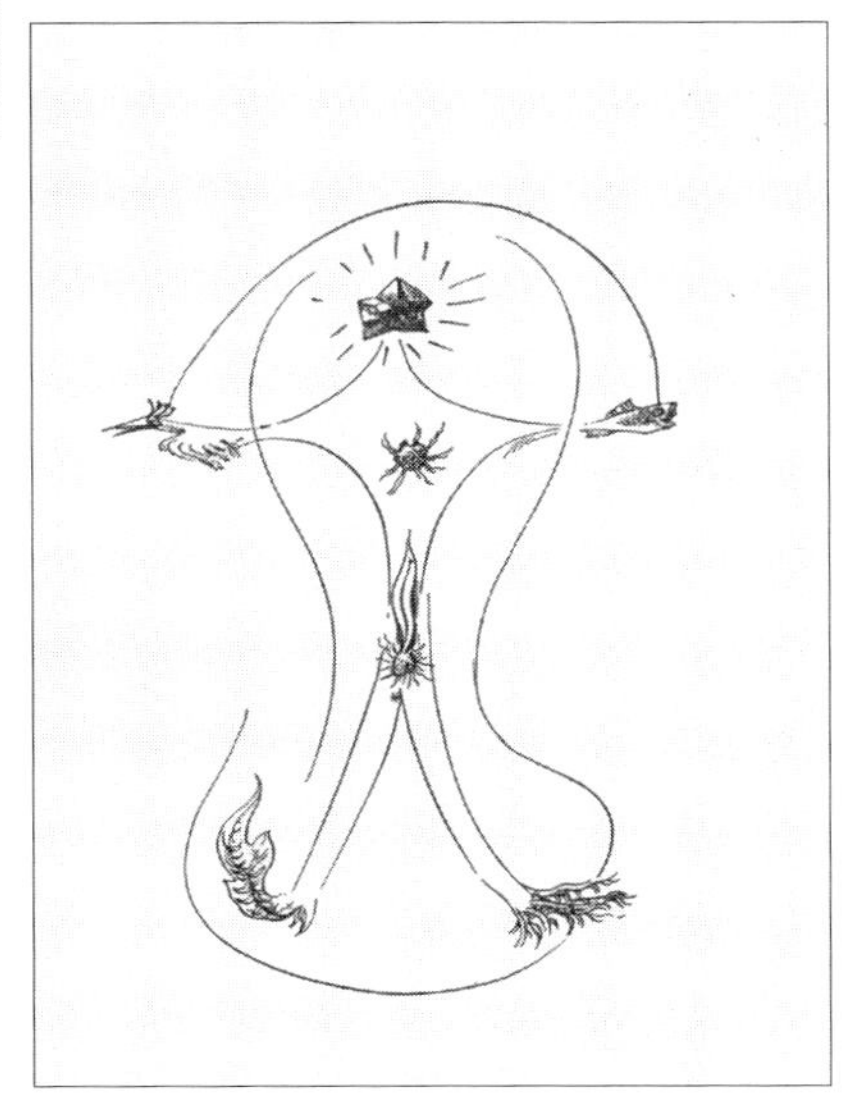

図3　アンドレ・マッソン『私の宇宙のアナトミー』（1943年）「序文」挿絵

二人の女性像が描かれている。彼らが四肢を内接させている正方形の両端の辺には、人物たちの身体の部位を指し示すようなかたちで、1から7までの数字が振られている。外側を枠取る四角形には、人物たちの周囲に配置された二等辺三角形とアスタリスクに相当する位置に、それぞれ時計回りに1から7までの数字が書き込まれている。こうした数字は、あたかもそこに秩序や法則があるように見せかけ、原理を発見するよう私たちに呼びかけてくるのだが、しかし実際にそれらを解読しようとしても、解答が得られることはない。読者である私たちは最終的に、定規やコンパスなしに描かれたと思われるこのダイアグラムが、擬似的な幾何学理論に過ぎないのだと気付かされることになる。一見するとマクロコスモスの幾何学的理論の基本単位を成すかに見える三人の天体の擬人像も、実のところ、彼らの体を離れて外部へと拡大していく宇宙の中の構成員の一部に過ぎないことが明かされる。

このように彼は、ウィトルウィウス的人体図のダイアグラムが持っていた諸々の機能のうち、分類学を超えたアナロジーを生み出し、具体的なものを抽象的なものと結びつけるような作用のみを抽出して、反対に世界の本質を幾何学の助けを借りて合理的に理解しようとするような側面については放棄しているのである。そのことによってマッソンは、人間の理性を超えて展開する宇宙の神秘を示そうとしたのだ。このことを示すかのように、この挿絵が掲載された頁には次のような一節を読むことができる。

思春期の時、私は戦いの残滓の中に、砕けた頭蓋骨を見た。熟れた柘榴と雪の上の血が、戦争の紋章を描いていた。のちにアルプス山脈の孤独の中で、私は天空の闘場に線状細工の完璧な幾何学をなぞる鷲の飛翔を発見した。〈アナロジー〉の秘密の世界、〈記号〉の魔法、〈数字〉の超越が、かくして私に啓示されたのである。

分類学を超えた人間と世界とのアナロジーを示す図像としては、占星術のダイアグラムもまた、一つの着想源にされているのだろう。こうした図像では、人間の体の各部位と星座との対応関係が示された。とりわけアタナシウス・キルヒャーの著書の挿絵（**図5**）のように、からだの外的形態だけでなく内部の臓器が星座の体系と呼応していることを示すミクロコスモス的な人体図は、星辰医学の書物にしばしば認められるものであった。[23] しかし「序文」の挿絵を占星術のダイアグラムと比較するや、直ちにその相違点が浮き彫りになる。「序文」末尾に掲載された挿絵を見てみよう（**図3**）。黄道十二星座の体系では、通常は足が魚に相当するが、マッソンの図像の場合には魚に変化しているのは左手である。またマッソンの図像において、右手は鳥、両足は木の根と葉に変化しており、星辰医学の身体図式に従うものではない。そもそもこの挿絵の人物は、厳格な幾何学的ダイアグラムからは完全に解き放たれた存在として描かれている。そこに現れているのは宇宙における普遍の法則や秩序を体現する人間の姿ではなく、カオスの中で変容を遂げる人間の身体なのである。「序文」を含む著述の中で、マッソンは空気・水・火・土を示す「四大素」という鍵語をしばしば用いているが、この「序文」最後の挿絵の人物は、まさにこれら世界の根源的な要素を象徴する自然の生き物や事物と相互浸透しようとしている最中なのだ。

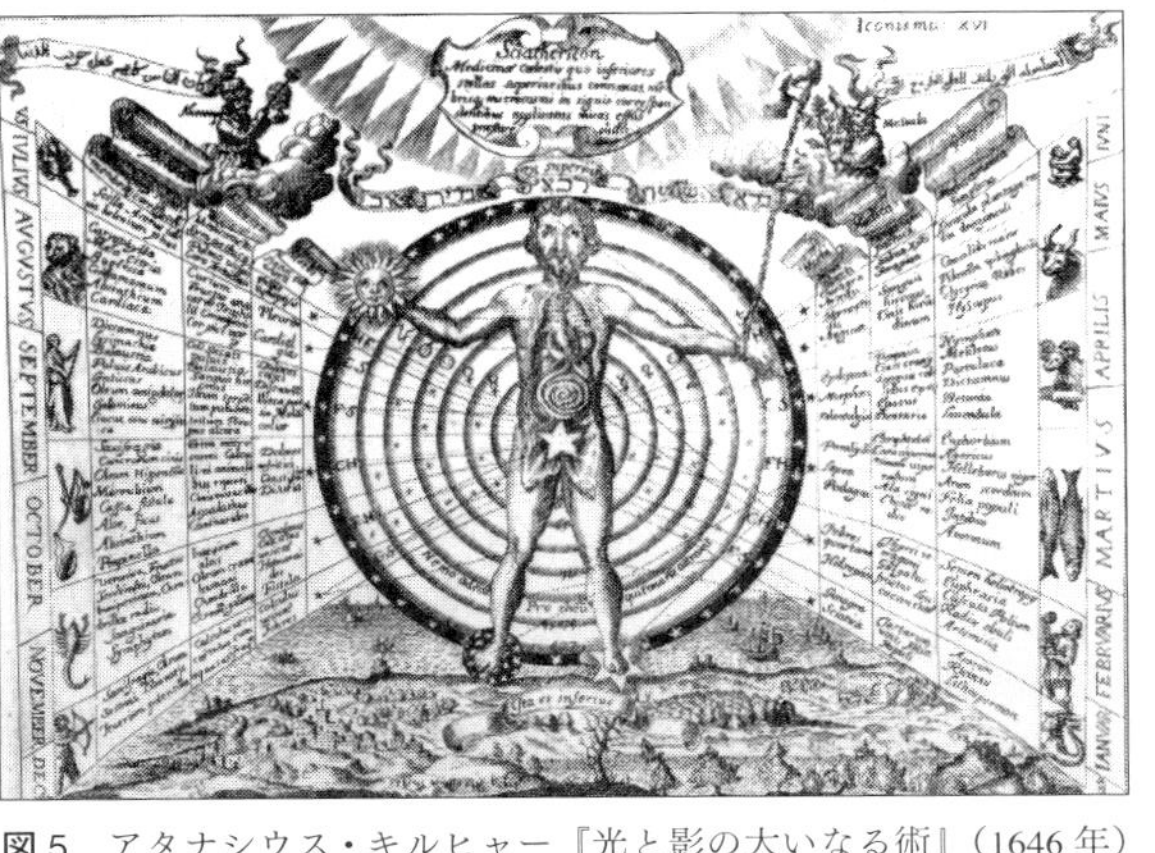

図5　アタナシウス・キルヒャー『光と影の大いなる術』（1646年）挿絵

そうした相互浸透の動きと、絶え間ない変容からもたらされる無限の多様化から構成される世界を、マッソンは「序文」の中でしばしば「友愛界（reine de fraternité）」と呼んでいる。ここで用いられる語 reine は、「王国」を意味する語であると同時に、生物学における「界」を示すものであり、「植物界」や「動物界」といった大きな区分を示す分類階級である。そこにあえて「友愛」[24]という、対等な兄弟間の関係性を意味する言葉を添えたのは、階級化された区分を超えた関係性にマッソンが関心を寄せたからにほかならない。事実彼は「序文」において、「人間身体の素晴らしい構造が、確固たる光線の海の星である放散虫ほど美しいわけではない」ように、「自然の形態のサイクルには、いかなるヒエラルキーもない」と断言している。

マッソンが自然に対して感じていた親密な感情については幾度も画家自身によって語られてきた。しかし『アナトミー』の序文ほど、この画家の想像的世界における自然のイメージの変容を画家自身の言葉で生き生きと伝える文章は存在しない。そこに綴られているのは、海の泡がハイヒールへ、煙の螺旋が格子へと変化するような、自然界と人間界の垣根を超えるイメージの変容だ。この変容は、不定形な物質から確固たる構造を備えた人工的なプロダクトを生成するような錬金術的なダイナミズムを備えている。序文の別の箇所では、その反対の動き、すなわち規則正しい形態から規則を逸脱する動きを持ったイメージへの変容もまた登場する。例えば「ダンテが定めた永遠の光へと導く玄武岩の柱の無限の反復」を追い求めると、それは揺れる炎のイメージへと変化していくのだという。

この「王国」にあっては、芸術家もまた「国王」ではなく、住人の一人にすぎない。しかし「序文」最終段落で述べられるように、マッソンは友愛界における極めて特殊な住人でもある。彼は「序文」の最終段落で、「友愛界と四大素がその姿を映す鏡」として自らを描き出している。この記述には、「単純な実体」のうちに「他のすべての実体を表出する連関」、すなわち「宇宙の生きた永遠の鏡」としての性質を見出すライプニッツの『モナドロジー』の一節に類するような、ミクロコスモスとしての個人を見出すことも可能かもしれない。鏡そのものとなった人間は、無から世界を築く神のような存在ではないが、少なくとも世界を統べる力の所産をその身に映すことができるのである。[25]この「鏡人間」は、場合によっては世界だけでなく、その中に存在する自らの姿をも映し出す。ヴァレリーの『テスト氏の《航海日誌》から』では、「ガラスの男」は外界のイメージを「真っ直ぐ」に受け取る鋭敏な感覚の持ち主であるだけでなく、「自分の後を追いかけ、自分に答え、自分を反射し、自分を反響させ、無限の鏡に震える」[26]存在でもある。鏡としてのマッソンが己に差し出すのもまた、外界の自然の姿というよりは、「私の宇宙」のイメージである。彼は「鏡」への言及に続けて、己を「自由の皮膜に固定された基点」であるとし、「砂の骸骨から星の肉体に至るまで、私の宇宙のイメージが刻まれている芸術の窓へと、生き生きとした眼を開く」主体として捉える。彼が位置しているのは、外部と内部の世界を隔てつつ自由に振舞う皮膜の上に定められた一点なのであり、そこを基点としながら彼が見ているのは、外部世界の諸事物がこの膜を通って自らの想像的な宇宙へと招き入れられ、互いに新たな関係性を結ぶに至る心的風景に他ならない。

マッソンの『アナトミー』は、そうした想像的な世界の様子を映し出すだけではない。後続する章では、マッソンはペンをメスのように扱いながら、そうした想像力を様々なテーマから「解剖」していく。マッソンは第一章「アナロジーの悪魔」において、自らの創造的な世界を幾何学的、解剖学的なヴィジョンのうちに説明し、第二章「活気を帯びた自然」では、科学的知識の枠を逸脱する人間と自然との融合を取り上げる。また「自動人形」を主題にした第三章では、人間の分身であるイメージそのものが持つ生と死を描き、第四章「欲望のテーマ」では、男女の結合と対立、死と結びついたエロスを視覚化する。第五章「ユーモアの訪問」で日常の事物が人間の生活の中で固有の生命を獲得し反乱を起こす様子を描いたのちに、第六章「神話的な躍動」では、人間自身が建造物と一体化するヴィジョンを示す。マッソンが全体として提示しているのは、分類学的な知から抜け出すイメージの変容とその固有の生命が、やがては欲望やユーモア、神話を生み出すダイナミズムの中で展開していく一連のプロセスである。

このような芸術家の想像力の「解剖」は、最終章「エンブレム的な人間」では、芸術家そのものの立場への言

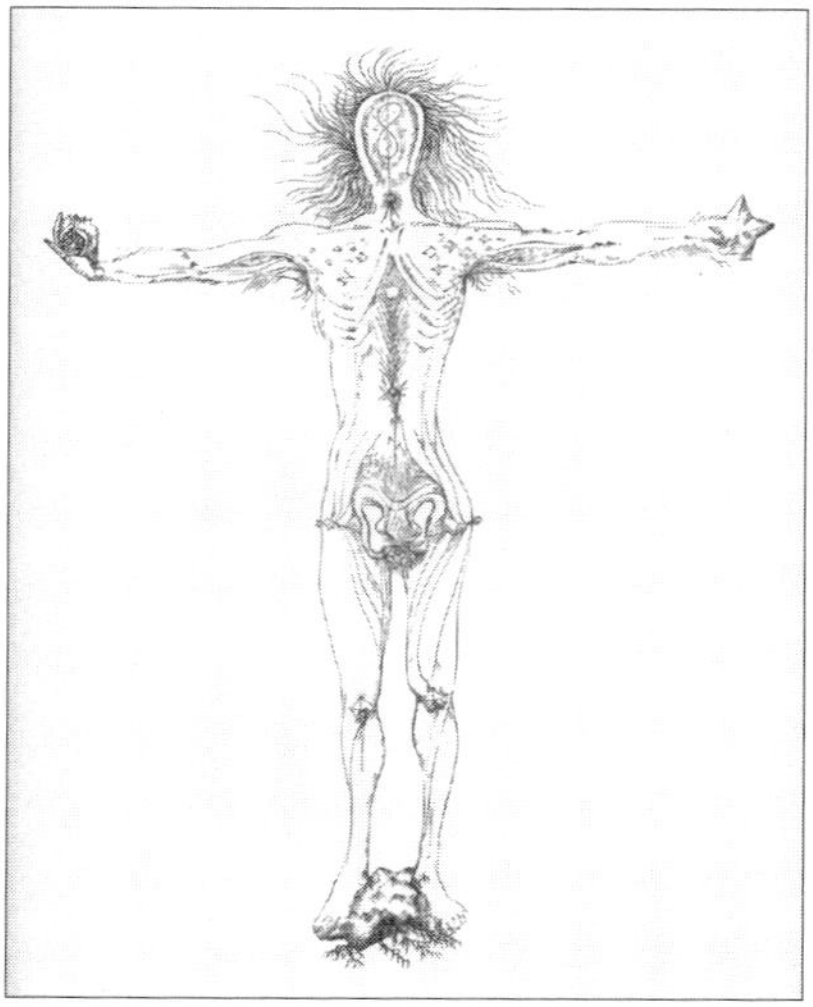

図6　アンドレ・マッソン《人間は宇宙の鏡である（エンブレム的人間）》。アンドレ・マッソン『私の宇宙のアナトミー』（1943年）第7章図版（図版30）

及にたどり着くことになる。この章は、ジョヴァンニ・ピコ・デッラ・ミランドラの著書『人間の尊厳について』の引用から始まる。そこでこのルネッサンスの人文学者は、次のように述べている。

> 我々は、お前を天上的なものとしても、地上的なものとしても、試すべきものとしても、不死なるものとしても造らなかったが、それは、お前自身のいわば「自由意志を備えた名誉ある造形者・形成者」として、お前が選び取る形をお前自身がつくりだすためである。[27]

マッソンの引用はここで終わる。しかしこの節に続くピコ・デッラ・ミランドラの記述にもまた、マッソンの作品理解の補助となる箇所が認められる。ピコ・デッラ・ミランドラは、人間が自分の自由意志に基づき植物にも獣にも、また天使にも神の子にもなることが可能なのだと告げ、人間に授けられた「あらゆる種類の種子とあらゆる種類の生命の芽」がもたらす潜在性を、「われわれの中にいるカメレオン」と呼んでいる。ここでマッソンの『アナトミー』の序文に立ち戻ってみるならば、彼が末尾で論じている作者の在り方、すなわち、世界の「鏡」でありながら、同時に「私の宇宙のイメージが刻まれている芸術の窓へと、生き生きとした眼を開く」存在は、やがて世界のイメージの中から自ら選び取った自己像を形成していくことになるのだろう。『アナトミー』最終章に含まれる唯一の図版もまた、そのことを示唆している（**図6**）。《人間は宇宙の鏡である》と題されたこの素描に現れる身体は、「序文」に登場する挿絵の中の人物のように、世界の中心で両手を広げながらも、まるで終わりのない変態（メタモルフォーシス）のただなかにあるかのように、自然の形象に触れ変容しようとしている。イメージそのものが固有の生命を得て周囲との関係性の中で変容するプロセスは、作者もまたイメージとの接触のなかでその姿を変え得ることを暗示している。

挿絵におけるそうした性質を踏まえると、この章のタイトルの中で引き合いに出される「エンブレム」（『アナトミー』英語版では、この図版のタイトル自体が《エンブレム的人間》となっている）がある種の両義的な意味を持っていることが明らかとなる。エンブレムは通常、特定の概念を視覚的に説明しうるものでなければならない。そうした図像を集めたエンブレム集においては、この特定の概念を的確に示す言葉とともに、図像が紹介されることになる。これに対しマッソンが描く「エンブレム的人間」は、一方では未だ決定的な定義に欠けた形状を持つ点で、それに一致するような言葉を持たず、こう言ってよければ「反エンブレム的」なものである。したがって最終章のタイトルは、一見その内容と矛盾するように思われるかもしれない。ただし他方では、定義に欠けるがゆえにこそ、それを見る者に直観的に、人間が抱える無限の潜在性という概念を伝えることが可能となる。つまりそれは決定的な意味の不在によってこそ、逆説的にも、見る者によって概念を充填されるような「虚」を意味するエンブレムとしての機能を獲得するのだ。

3　擬態する身体と戦争の記憶

『アナトミー』以前のマッソンの作品においても、周囲の環境に相互浸透しつつ変容のドラマを繰り広げる身体像は重要なモチーフであった。これらの変容のイメージに、オヴィディウスの『変身物語』といった神話的な典拠があることは疑いないが、彼はそこから自然と人間との相互関係というテーマを抽出し、独自の神話的イメ

図7　アンドレ・マッソン《画家と時間 I》1938年。カンヴァスに油彩，116 × 73 cm。ローマ国立近代美術館

ージを打ち立てようとした。それはまさに、ピコ・デッラ・ミランドラが人間のうちに見出した「カメレオン」のような性質、周囲の環境との関係の中でそのあり方を変える人間の可塑性へと向けられた関心にほかならない。

　人間の自然物への変容は、ユートピア的な融合のみを意味していたわけではない。例えばマッソンが捉える変容の瞬間は、一九三八年の油彩画《画家と時間》（**図7**）のように、悲痛な叫びをも引き起こすものだった。変容の最中に人物が上げる悲鳴は、すでに貝殻となった口から発せられ、開かれた目は花やその蕾として描かれている。しかしこの人物は、叫ぶという行為そのものによって周囲の環境から依然として独立した個体であることを強調している。実際これと非常に近い構図を持つ翌年のマッソンの作品《ハインリッヒ・フォン・クライストの肖像》について画家がのちに記すところによれば、変容の最中に人間があげる叫びは「暴力的な死の後の変容の完成」を阻むものだった[28]。

　自然への融合が引き起こす自己の消滅の恐怖が第一次世界大戦における若きマッソンの歩兵としての従軍体験と結びつくものであることは明らかだ。彼がクレベールとの対談の中で語ったところによると、塹壕が不足すれば人々は敵から身を隠すために「大地に己の身を深く埋めていた」のであり、それは「大地を抱きしめる」よう

な感覚であったという。[29] しかし大地との完全な一体化は死を意味する。マッソンの一九七四年の著書『世界の記憶』でもたびたび、泥にとらわれて飲み込まれそうになる体験や、ばらばらになって瓦礫や大地と見分けがつかなくなった身体という、彼が戦場で経験していた恐怖や光景が、絵と文で綴られている。[30] そうしたトラウマ的体験の痕跡が、一九二〇年代以降のマッソンの作品にたびたび見出せることは、すでに指摘されている通りだ。[31]
《画家と時間》に描かれる叫びもまた、第一次世界大戦の記憶の変奏として理解することができる。マッソンは『世界の記憶』の「恐怖の解剖学」と題された章の中で、死の瞬間を結晶化させたような屍体の叫びについて触れている。彼は「うつ伏せになりつつ両肘で〔肩を〕支えて頭を上げ、口を思い切り大きく開いていた」兵士を見つけた際、負傷兵が助けを求めているのだと思い近づくのだが、代わりに「叫び声がそのまま凍りついた」屍体を目にし、激しい戦慄とパニックを経験したのだと言う。[32]

ただし《画家と時間》が戦場での過去を描くものではないことにも注意が必要だ。この絵画の中で周囲の環境と一体化しそうになりながら最後の抵抗を試みる人物は、イーゼルに乗せられたカンヴァスの中のイメージとして描かれている。この画中画の下方から伸びている画家の右手は、柘榴へと変容するモデルの胸を描いている最中である。柘榴は多産の象徴である一方、キリスト教では受難のモチーフであり、また手榴弾との関連性からマッソンの作中では死とも結びつくモチーフである。画家が描く線は、作者が第一次世界大戦の戦場で出会った死のイメージを創作の時間のうちに召喚しつつも、一つの生の終わりを結論として導くのではなく、植物が象徴する別の生と死のドラマという、新しいサイクルを開始させている。マッソンはここで、死のイメージが歴史的過去として結晶化してしまうことを敢えて避け、それが自身の現在の美学的な問いとも接続するものであることを示そうとしているのである。記憶の中に刻印された叫びのイメージは、ファシズムが台頭しスペイン内乱が勃発する中で新たな世界大戦の気配を人々が感じていた不穏な時代において画家のイーゼルの上に召喚されたのだが、画家はそれを、制作の現在的な時間のうちにある新たなイメージの変容のダイナミズムの中に置き直したのである。

実のところ、『世界の記憶』の「恐怖の解剖学」で語られた先のエピソードも、回想のなかで芸術作品と結びつけ語られている。[33] マッソンは叫び声を上げたまま命を落とした兵士に出会い恐怖を感じた際に、咄嗟に新アッシリア帝国の《傷つける雌獅子》（ロンドン、ナショナル・ギャラリー）を思い浮かべたという。この記憶が過去の正確な描写であるにせよ、事後的に作り上げられたものであるにせよ、重要なのは、彼が回想のなかで、戦場での恐怖の記憶を、マッソン自身が「審美的な記憶」と呼ぶものと結びつけている点である。ウィルアム・ルービンも指摘するように、瀕死の雌獅子の姿は、やがてマッソンの作品の中で「エロスとタナトス」というテーマと接続することとなる。[34] また叫びの表象そのものは、『世界の記憶』の一連の挿絵の中で、最初は蛇に絡まれ苦痛の叫びをあげるヘレニズム彫刻の男性像、次いでハインリッヒ・フォン・クライストの絶望する姿により予告され、最後に福者ルドヴィカ・アルベルトーニの法悦の顔へと受け継がれていくことになる。[35] つまりマッソンの回想録においては、個人的な記憶が、時代を超えた記憶や、人間の生と死、そしてエロスをめぐる根源的な問いへとつながりうることが示されているのだ。この本の冒頭に掲載された対談でガエタン・ピコンがマッソンに向けた言葉を借りれば、そこではまさに、「作品は苦難を覆い隠すのではなく、苦難を掻き立て、他方ではその記号（シーニュ）を変えていく」ことになるのである。[36]

以上のことを踏まえれば、前述の油彩画が「画家の時間」ではなく「画家と時間」と題されたことの理由もまた、明らかとなる。この作品を制作する画家のうちに召喚されるのは画家個人の時間だけではない。そこには第一次世界大戦で一兵士が経験した個人の記憶があり、他の多くの兵士が共有した集合的な記憶がある。またそうした過去の記憶を想起し変容させる現在において画家が示す苦悩や不安は、近づきつつある第二次世界大戦という不穏な未来の予兆ともなっているのである。

4　解剖学的イメージからイメージの生態学、そしてイメージの存在論へ

身体の変容を固体の消滅の危機として理解する点には、ロジェ・カイヨワとの関連性を見出すことも可能である。カイヨワは、一九三四年に『ミノトール』誌に掲載した論考「ウスバカマキリ　生物学から精神分析へ」において、周囲の環境へとその姿を似せ「非個人化する」カマキリの擬態を、原初の無感覚状態や生誕前の無意識の状態に回帰しようとする人間の根源的な欲望と結びつけて論じた。[37] 三七年に同誌に発表した論考「擬態と伝説的精神衰弱」では、表面だけでなくその構造すらも変化させることがある生き物たちの擬態のうちに、「人格感情と生命の減衰」や、自己保存本能と相反する自己「放棄本能」、つまり「生の躍動の無力化」を認めている。自然界の現実に存在するこの魔術的作用はカイヨワにとって、「万物照応」の概念や、トーテミズム、そしてシュルレアリムの芸術家たち、とりわけサルバドール・ダリの作品と結びつきうるものだった。[38]

ただしカイヨワの人類学的な記述とマッソンの作品を決定的に隔てているのは、マッソンが擬態というテーマを自らの身体的感覚と結びつける際の強度にある。マッソンにとって擬態は、イメージの変容を意味するだけでなく、ほかならぬ「私」の消滅の危機を意味していた。このために彼の作品に表される擬態中の身体は、すでに《画家と時間》について述べたように、環境と一体化することへの苦悩や戸惑いと共に描かれる。それは学問的な客観性を維持しようとするカイヨワの文体には認められない情念（パトス）の表現なのである。この情念は同時に、それを抱く身体の生命と分かち難く結びつきもする。カイヨワが擬態のうちに「生の躍動の無力化」を認めたのとは対照的に、マッソンは擬態から一転して別の姿を見せる昆虫のうちに、まだ無力化されていない「生の躍動」の表出を見ている。マッソンがジョルジュ・ランブールに語るところによれば、彼は、飛び立つ間際の虫たちが、じっとしている時には「擬態」のために周囲と区別がつかなかったその羽の下に、美しく輝く色を一瞬見せるこ

とにこそ、驚きと魅力を感じていたというのだ[39]。

『アナトミー』の第一章から第三章には、実のところ、変容する身体の情念や生命を、美術史的な過去のイメージの変容と重ねて描く傾向が認められる。ここではそのことを明らかにするために、とりわけ幾何学や解剖学といった、制作の際に芸術家たちが共有していた知がどのような役割を与えられていくのかに注目してみよう。

第一章を構成する八枚の図版においてはいずれも、紙面の上に並べられたイメージの中に、人体比率や筋肉構造・骨格構造といった、美術解剖学の基礎を成す科学的ヴィジョンが紛れ込んでいる。それらの多くはルネッサンスやバロックの視覚文化に関与するものである。

図版四《幾何学的な美》（図8）に描かれた「ルーカ・パチョーリの説に基づく男」（マッソン自身のコメントによる）では、その胴部を構成する多面体は、ルネサンスの数学者パチョーリによる著書『神聖比例論』（一五〇九）に掲載された、レオナルド・ダ・ヴィンチの原画に基づく正多面体の図版を参照するものだが、それは矛

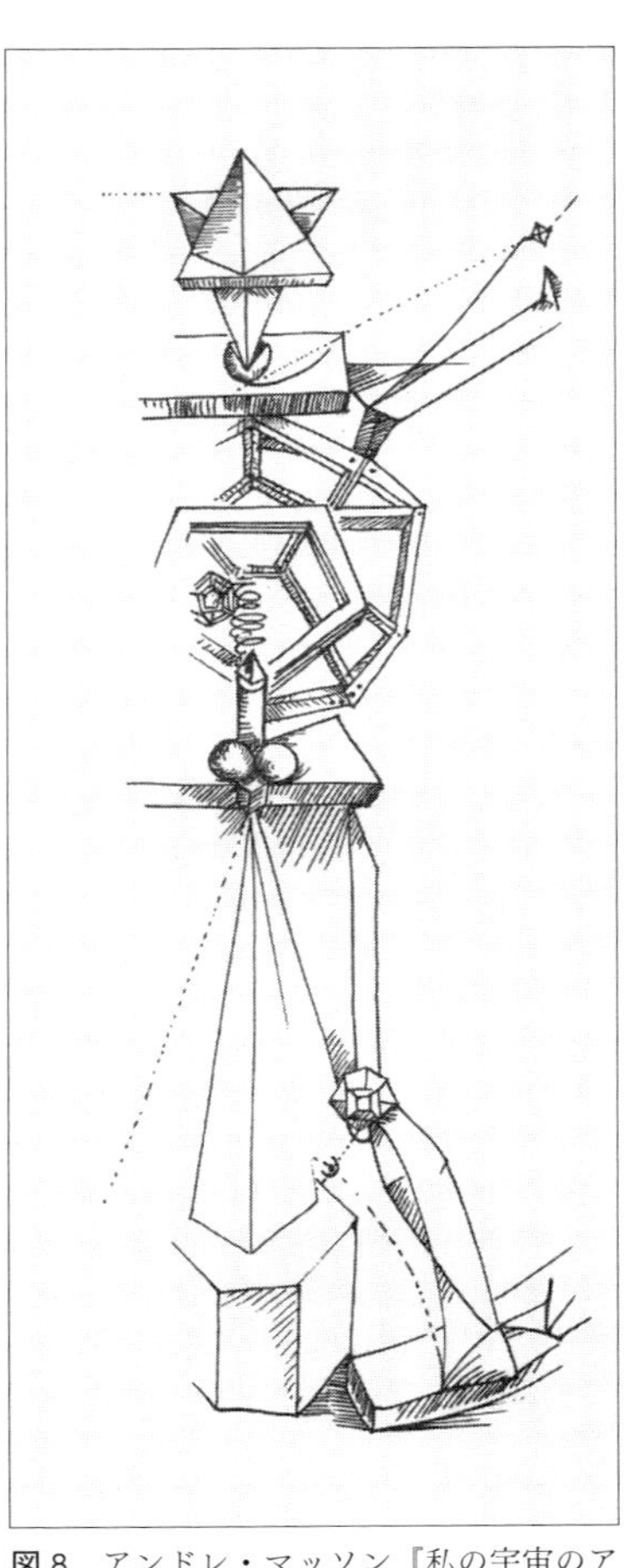

図8　アンドレ・マッソン『私の宇宙のアナトミー』（1943年）第一章図版（図版4《幾何学的な美》部分「ルーカ・パチョーリの説に基づく男」）

図 9　アンドレ・マッソン『私の宇宙のアナトミー』（1943 年）第一章図版（図版 2《宇宙の単位》部分）

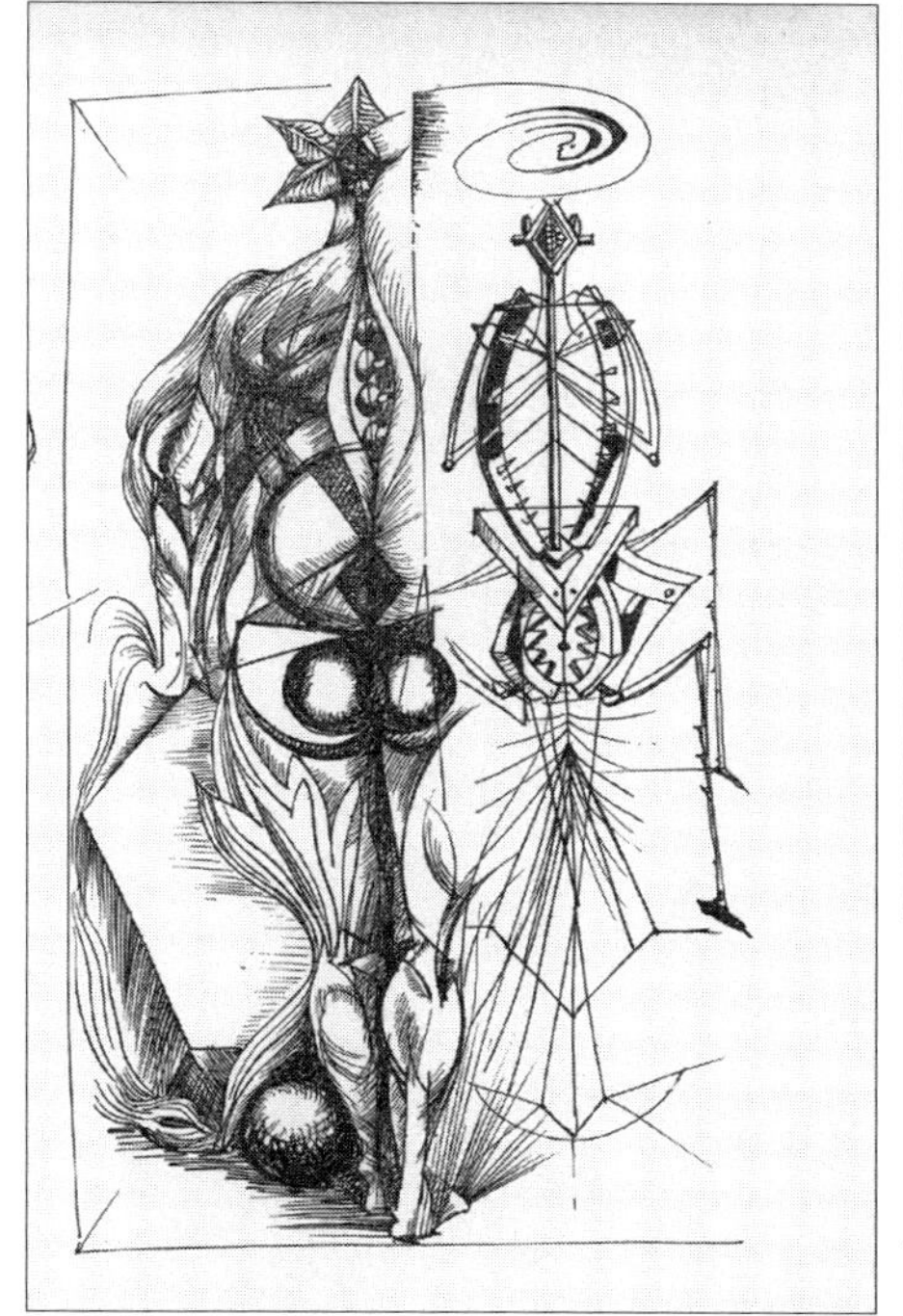

図 10　アンドレ・マッソン『私の宇宙のアナトミー』（1943 年）第一章図版（図版 2《宇宙の単位》部分）

盾したことに、幾何学的抽象化に抗う身体像の一部を成している。この人物の股間に描かれた二つの球体と円錐は、起立する男性器であり、身体像が性欲を持った肉体であることを強調しているのだ。全体としてそれは、パチョーリの神聖なる比率概念を、十七世紀のイタリアの画家ブラチェルリの素描に認められるようなユーモアによってパロディー化するものとなっている。ブラチェルリがバロックの時代に描いたユーモラスなイメージは、一九二五年には『レフォール・モデルヌ』誌において「キュビスムの先祖」として紹介され、ダリをはじめとするシュルレアリスムの画家たちにも影響を与えたことが知られている[40]。そうしたユーモアを受け継ぐマッソンの素描は、ルネッサンスの視覚文化へと明らかなオマージュを捧げながらも、それが依拠していた新プラトン主義的な知とは距離を置こうとしていたと言える。

解剖学的知識の使用についても同様の傾向が認められる。図版二《宇宙の単位》には、植物と人間、昆虫が融合する五体の身体像が描かれており、そのうちの二体（図9および図10左）においては、剥き出しになった骨格や筋肉が自然物へと変容している。双方ともに、それぞれの筋肉の領域を規定する線には独特の揺らぎが認められ、そのことが自然物の非幾何学的な構造との接続を可能にしている。こうした特徴は、ドイツの解剖学者アルビヌスの一七四七年の著書に掲載された解剖学図像に典型的に認められるような新古典主義的な繊細な線ではなく、ブリュッセル出身の解剖学者ヴェザリウスの一五四三年の著書に掲載された図像における、ドラマチックで表現的な線を想起させる（図11）。マッソンの図像とヴェザリウスの図像との比較は、他にも興味深い共通点を持っている。ヴェザリウスの図像においては、人体から剥がされた腱がだらりと垂れ、彼の周囲を取り巻く植物の葉や根、石と呼応するかのように描かれている。マッソンの描く解剖学的身体像と自然物との融合は、そうした呼応関係をラディカルに解釈したものであると考えられるのだ。

また右から二番目の身体像（図10の左側）において強調された筋肉構造は、エラールとジェンガらが一六九一年に出版した著書『素描の実践と理解のための解剖学』に掲載された、ファルネーゼによるヘラクレス像の図版

図 11　アンドレアス・ヴェザリウス『ファブリカ(人体の構造に関する七つの本)』(1543 年) 挿絵

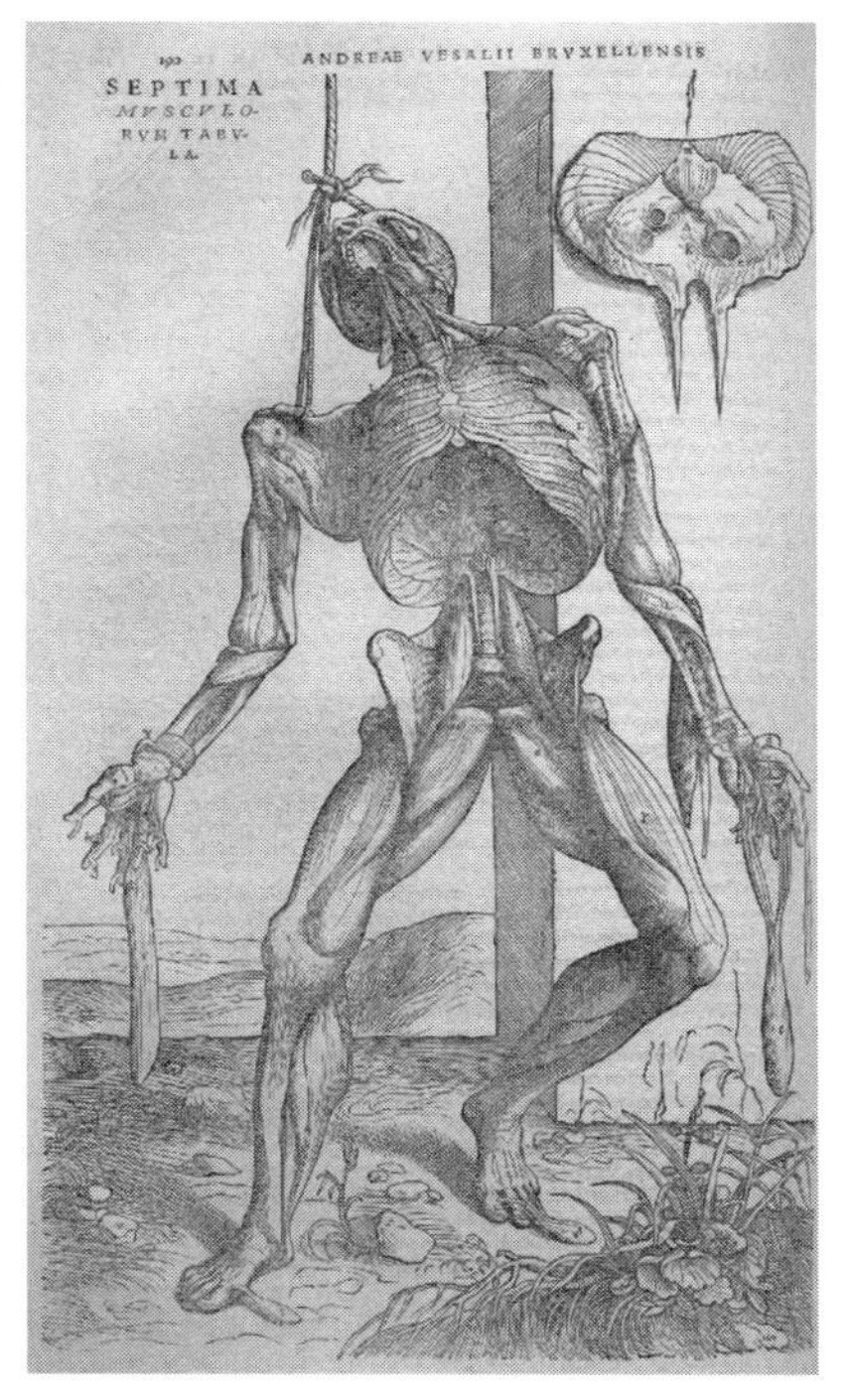

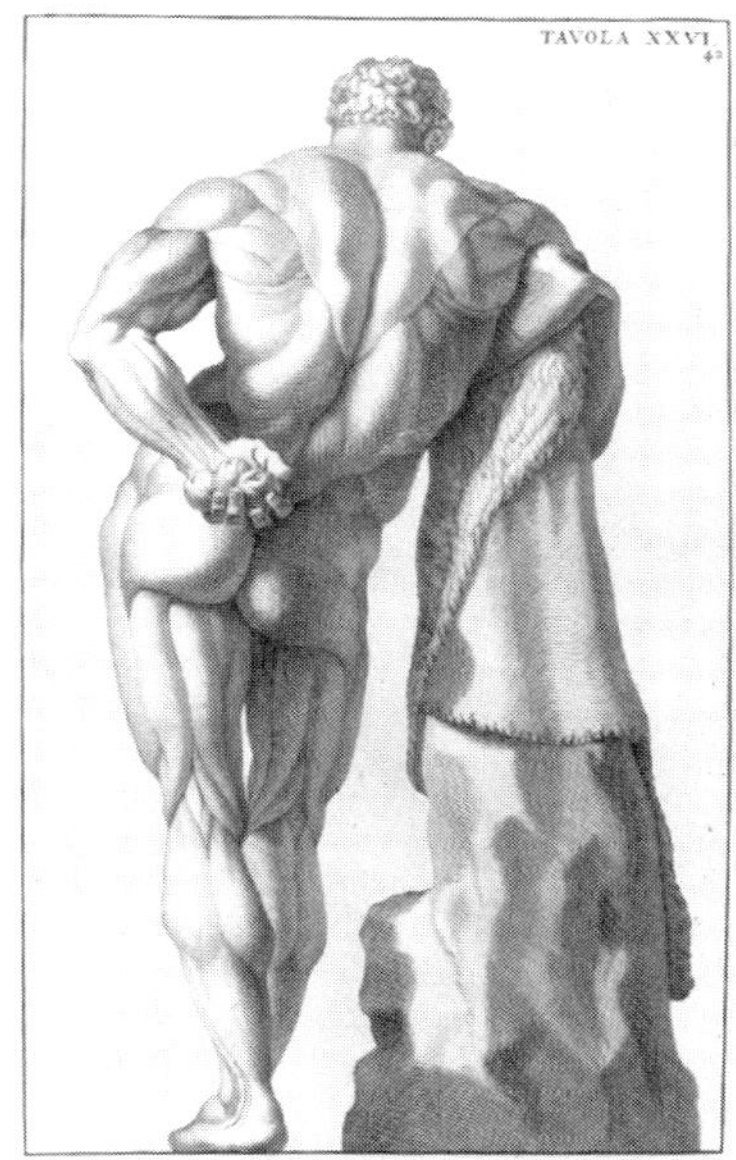

図 12　ベルナルディーノ・ジェンガ，ジョヴァンニ・マリア・ランチージによる素描，シャルル・エラールによる版画『素描の実践と理解のための解剖学』(1691 年) 挿絵

を想起させる（図12）。エラールらの試みは、古代彫刻の傑作を解剖学的知見から分析する点で、出版された当時においては画期的なものだった。しかし筋肉のヴォリュームを過剰に強調するその図像については、十八世紀には美術アカデミーの内部から批判の声があがる(41)。

つまりマッソンは、いずれは正確さや精密さの観点から新古典主義以降に別の図像に取って代わられることになるルネッサンスやバロックの解剖学的図像に立ち戻り、真実や自然への忠実さという観点からではなく、その表現的な特性から再評価して着想源にしたのである。十九世紀にはすでにこれらのイメージは広く流布しており、マッソンが学生時代に右記の解剖学図を見る機会は十分にあっただろう(42)。

ところで、マッソンが描くヘラクレス風の男性像においてさらに興味深いのは、隣にカマキリが描かれていることである（図10の右側）。他のシュルレアリストたちと同様、マッソンもまた、人間の想像力を具現化するカマキリの生態に特別な関心を寄せ、油彩画や詩のモチーフにした(43)。そうした作品の多くは昆虫の存在にフォーカスを絞って描くものであり、人間との関係は示唆されていなかった。しかし『アナトミー』の図版では、人間とカマキリのイメージは互いに同じ大きさで並置されており、否応なしに両者の関係についての考察を迫るものとなっている。カマキリは腰の部分に歯を持っていることから、おそらくは歯の生えた女性器を恐れる去勢コンプレックスと、交尾の最中に雄を食べる雌カマキリとを重ね合わせたカイヨワの論文に着想を得たものであると考えられる(44)。変容の最中にある解剖学的男性像と、男性を無力化し脅かす存在である雌カマキリとの図面的な並置は、ここでは環境へと「擬態」し自己を放棄する衝動と無力化への恐怖という、変容が持つ二面性を示すだけでなく、エロスとタナトスというテーマに重ねられてもいるのだ。

マッソンの作品には歯の生えた女性器が繰り返し描かれており、カイヨワのカマキリ論との関係についてもすでに指摘されている(45)。『アナトミー』の「序文」冒頭を飾る挿絵にもこのモチーフが描かれている。ただし女性器への恐れをイメージ化するに際してマッソンが参照したのは、そうした同時代的なリソースばかりではない。

図 13　アンドレ・マッソン『私の宇宙のアナトミー』（1943 年）第一章図版（図版 8《孵化と発芽》部分）

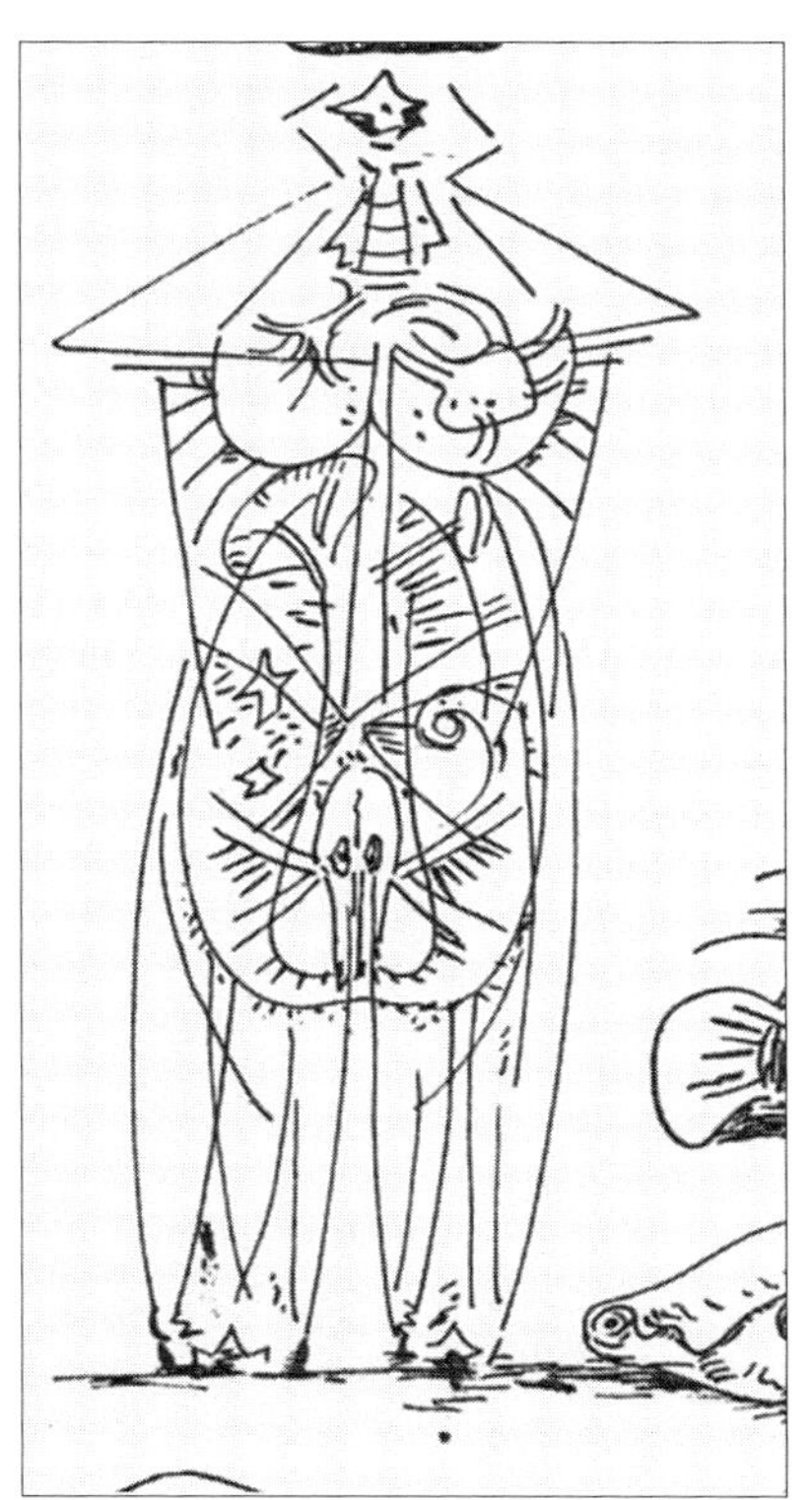

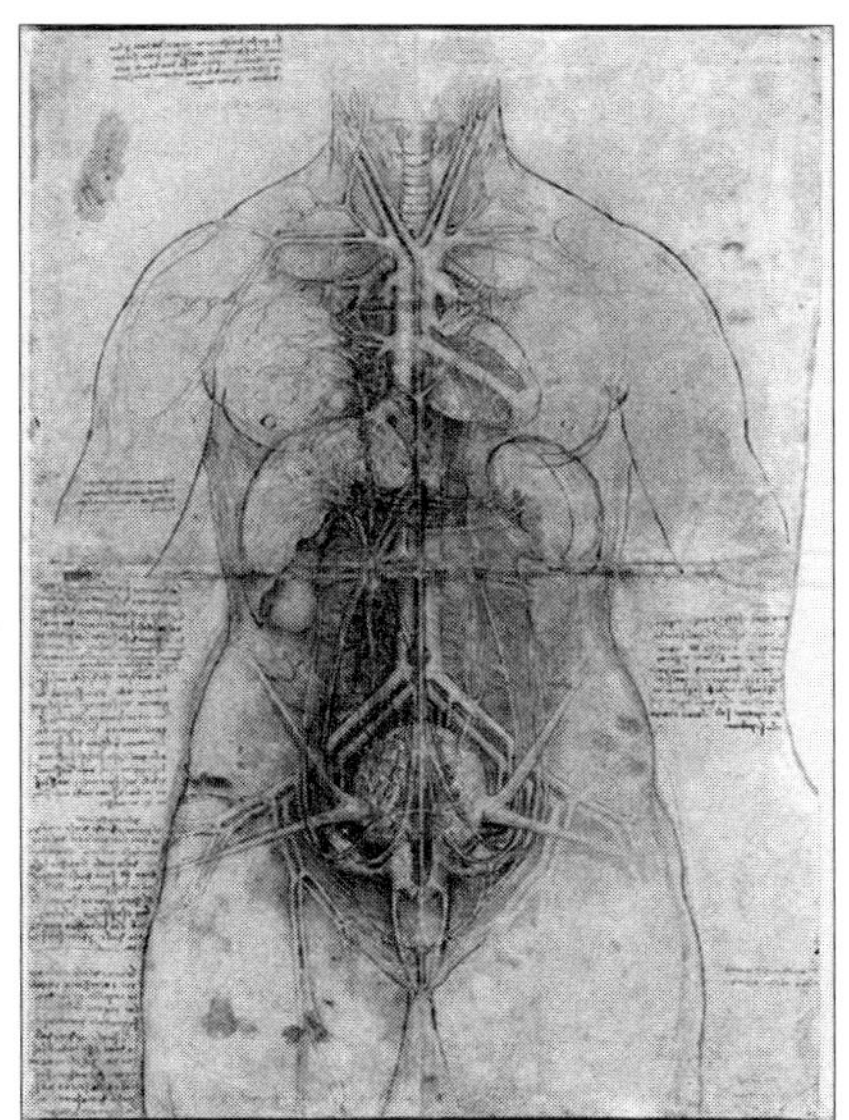

図 14　レオナルド・ダ・ヴィンチ《女性の循環器組織と主要臓器》1511～13 年頃。英国女王陛下コレクション（RL 12281R）

『アナトミー』第一章の最後を飾る図版八《孵化と発芽》では、レオナルドの手による女性の解剖学素描から影響を受けたと考えられるものがある（図13）。レオナルドのあるデッサン（図14）は、解剖学的には不正確なものであることが知られているが、マッソンにとって、レオナルドの解剖学図像における角が生えた動物の頭蓋骨の形状をした子宮は、歯が生えた膣と同様、女性身体が秘める神秘的な暴力性を暗示するものに思われたのではないだろうか。[46] もちろんそうした暴力性は女性の肉体にのみ見出されたわけではない。なぜならそれは、髑髏をその股間に備えた《無頭人》（図1）の姿にも受け継がれていくからだ。

マッソンがレオナルドから受けた影響は図像的なものにとどまらない。『アナトミー』第二章「活気をおびた自然」冒頭に掲げられている、レオナルドの絵画論から引用された次の一節は、自然と解剖学、マクロコスモスとミクロコスモスとのあいだにアナロジーを見出すルネッサンスの巨匠の想像力に、マッソンが共鳴していたことを示している。

> 自然は植物のような魂を持ち、その肉体は大地で、その骨は山へと発展する岩の集まりの秩序であり、その腱は火砕岩で、その血は水脈であり、心臓の周りにある血の湖は太陽であり、肺による私たちの呼吸と脈動による血液の増減は、大地における海の潮の満ち引きのようだ。世界の魂の熱は大地で煎じられた炎であり、この炎を棲家とする植物の魂は、温泉や硫黄鉱山、火山の噴出により、いたるところで溢れ出てくるのだ。[47]

レオナルドは生物の身体のメカニズムを機械とのアナロジーにより理解し、工学的な発明に役立てたことでも知られているが、マッソンはむしろこの巨匠の別の側面、すなわち大地と生物の解剖学的構造とを相互浸透させる想像力に魅了されていたのだ。

レオナルドにおける目眩を引き起こすようなアナロジーへとマッソンが向ける敬愛は、やがてマッソンの内部

図 15　アンドレ・マッソン『私の宇宙のアナトミー』（1943 年）第二章図版（図版 9《植物の愛》）

図 16　アンドレ・マッソン『私の宇宙のアナトミー』（1943 年）第二章図版（図版 11《頁岩採掘場での諸変異》）

でレオナルド自身の普遍主義的な世界観に抗う力となり、このシュルレアリスムの画家の解剖学的ヴィジョンを、予測不可能な変容のドラマへと向かわせることになる。このことを端的に表すのが『アナトミー』第二章の図版である。第二章を構成する三枚の図版は、図面的な特徴を持つ第一章の図版に比べてよりドラマチックなものとなっている。例えば図版九《植物の愛》（図15）に描かれているのは、融合しようとしている二つの個体である。それらは肉や骨をあらわにした人間の解剖学的構造を持っているが、他方で大地に根を生やす植物へと変容している最中でもある。左の個体の胴体には、植物の茎と枝に擬えられた脊椎と肋骨の先に、花の蕾のような乳房がついている。右側の個体の股間には、果物の実のような睾丸が描かれている。彼らは男女のカップルなのである。しかしここでは、植物が擬人化されているのでも、人間が植物化されているのでもない。彼らは植物と人間との融合の中で、植物でも動物でもない、別の想像的な存在へと生成しているのだ。レオナルドにおいて解剖学と自然とのアナロジーが、両者の間の普遍的な共通原理を示すものであったとすれば、マッソンにおいてはこの原理そのものが、二つの異なるもののあいだの結びつきの中で絶え間なく変容しているのである。第一章の図版が、個別のイメージを「解剖」し図面的な空間の上に陳列する性質を持っていたとすれば、第二章では、今まさに動きつつある一つのイメージが、周囲の別のイメージとの関係の中で変容する、その「生態」を捉えることへと、関心が移っている。

同章の図版一一《頁岩採掘場での諸変異》（図16）では、生物の化石が含まれている場合が多いとされるこの岩石の中から、樹木や星、男女のイメージが誕生し分離しようとする様が描かれている。マッソンの宇宙の中では、イメージは単体で存在するのではなく、諸々の自然物や事物との関係性の中でこそ生み出されるのであり、絶え間ない融合と分離の繰り返しの中で、定められた恒久のかたちを持つことはない。そこでは人間のイメージは、ウィトルウィルス的人体図が前提としていたような、宇宙の原理と同一化する普遍的で幾何学的な美を宿すものではなく、ヒエラルキーを排したイメージの関係性のうちに組み込まれている。これらの関係は平穏なもの

図 18　アンドレ・マッソン『私の宇宙のアナトミー』（1943 年）第三章図版（図版 13《脱出の試み》）

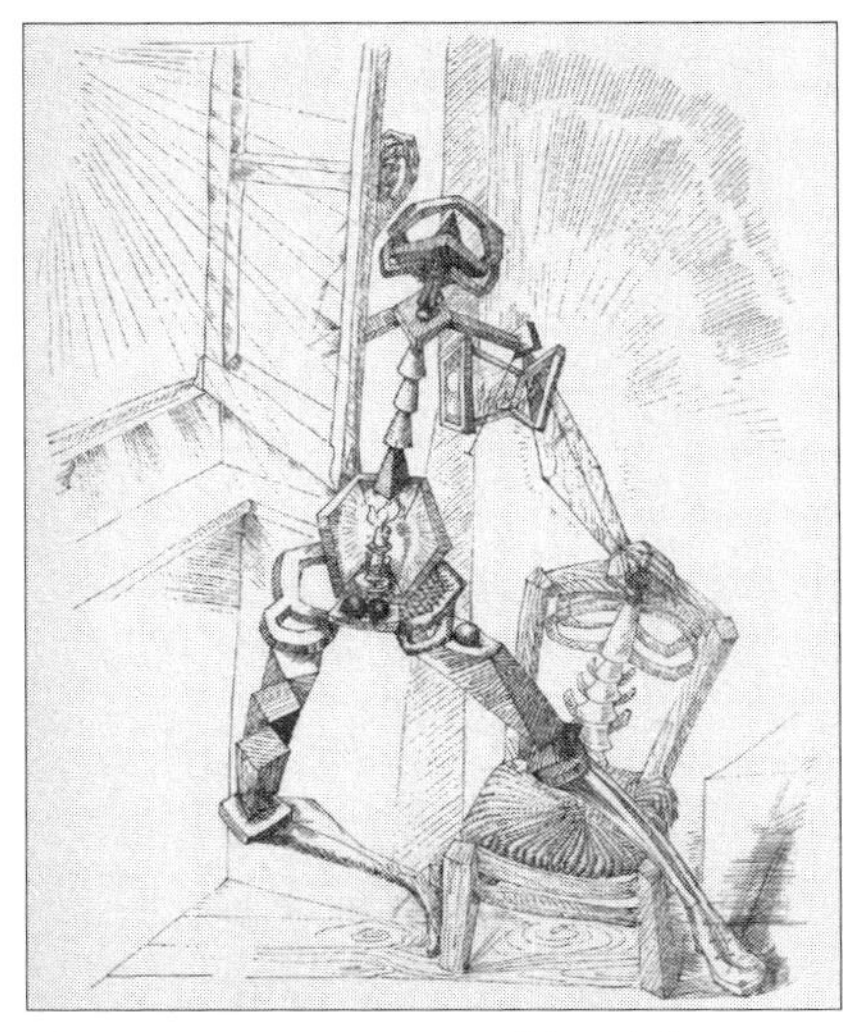

図 17　アンドレ・マッソン『私の宇宙のアナトミー』（1943 年）第三章図版（図版 12《誕生》）

図 19　アンドレ・マッソン『私の宇宙のアナトミー』（1943 年）第三章図版（図版 14《死》）

ではない。描かれた人間たちは身を捩り、のけぞって、変容のダイナミズムに抵抗しようとしている。

変容するイメージは、『アナトミー』第三章「自動人形の悲劇」ではより確固とした個体としての生命を与えられることになる。この章のコメントで述べられているように、自動人形とは、ここでは解剖学と機械とのアナロジーから生まれたオブジェではなく、むしろそうしたレオナルド的な発想から逸脱するものであり、ナルキッソスの神話における水に映る影像のように、人間を模倣する分身である。彼が語るところによれば、それは「トマス・アクィナスが壊してしまったアルベルトゥス・マグヌスの伝説的な自動人形でも、またコンディヤックの感覚論的な自動人形でもなく、分身という問題、ナルキッソスの問題を導く、存在に関わるマルティン・ハイデガーの自動人形なのである。それはつきまとう影のように自身の死をたずさえながら、揺り籠から墓場まで進化する自動人形なのである」（原文強調）。

クラーク・V・ポーリングがその研究において注目しているように、マッソンがフランス語の原文で斜体にして強調している「存在に関わる（existentiel）」という形容詞は、ハイデッガーが一九二九年にフライブルク大学で行った講義「形而上学とは何か」の、アンリ・コルバンによる一九三八年の仏語訳では、日常生活のうちにある非本来的な自己に対して用いられる表現であり、死に臨む人間の「実存的（existential）」な問いとは厳密には区別されるべきものとされている。[48] ただしこうした説明は、この章を構成する三枚の図版とは実のところ矛盾している。そこでは、幾何学的に構成された人間の分身は、誕生するやいなや周囲の環境へと溶解してしまう恐怖に慄き、地上の監獄からの脱出を試み、最後には自らの更なる分身によって殺害されることになる（図17、18、19）。人間の写し身である自動人形そのものが、日常の中にある非本来的なあり方からの逸脱を試み、自らの分身に苦しめられ、そして自らの死に臨む、あたかもハイデッガーが言うところの「本来的な現存在」であるかのように描かれているのだ。こうして、『アナロジー』第二章において示されたイメージの生態学は、第三章において、イメージの存在論へ展開することになる。

マッソンがハイデッガーの存在論をどのように解釈し作品に取り入れていたのかについては別途考察が必要になるが、ここでは、イメージそれ自体が有する生命とその世界との関係を画家がどのように視覚的に示しているのかに注目してみたい。

まずは形式的な面に注目してみよう。自動人形の誕生の場面を扱った図版一二(図17)は、様式の上ではピカソの初期キュビスム期の身体表現と類似している。ヴェザリウスの『ファブリカ』の図版の一枚(図11)を参照したと考えられるこの人物は、膝を曲げ窓にもたれかかる骸骨として描かれている。ただし細部の形状は実際の骨格組織とは異なり幾何学的に翻案されている。こうした造形的な特徴は、ユーモアに満ちたブラチェルリ風のアッサンブラージュだけでなく、一九〇九年夏にピカソが描いていた無機質な身体像(図20)を想起させる。ピカソ自身、こうした身体像を描く際に解剖学的なデッサンを一つの着想源としており、その結果生み出されたクリスタル状の人物像は、アナトミックなイメージからアナリティックな身体像への過渡期に位置づけられるものであった[49]。またマッソンの作品に描かれている藁の座部の質素な椅子は、後期印象派の画家ファン・ゴッホがアルルで描いていたモチーフを想起させる。実際バタイユが執筆し『ドキュマン』に掲載された一九三〇年のゴッホ論には、ゴッホによる同種の椅子の油彩画が挿絵として添えられており、油彩画の主題としては異様なその絵画にマッソンが眼をとめなかったはずがない。他方でマッソンが描く背もたれには背骨と肋骨のような構造があり、ピカソが二〇年代後半から

図20　パブロ・ピカソ《裸婦》1909年。カンヴァスに油彩、89.5 × 71.1 cm。個人蔵(Sotheby's New York, 1998, lot 112)

三〇年代初頭にかけて描いたデッサンにおける椅子と人間の身体とのアナロジーにも着想を得ているに違いない。ピカソの素描の一部は《アナトミー》と題された素描群として一九三三年に『ミノトール』誌に掲載されている[50]。

形式面だけでなく象徴的な面においても、この図版はピカソとゴッホ二名へのオマージュとなっている。窓からそそぐ太陽は、ルネサンス以来の絵画的伝統を想起させながらも、同時にそれとの決別を表明するモチーフである。ルネッサンスの建築家アルベルティが『絵画論』のなかで、絵を描く際に必要になる光学的な知識を「開かれた窓」の喩えを用いて説明していることは周知のとおりだが[51]、フレームをとおして描くべき対象を適切に見ることができるアルベルティの窓とは対象的に、マッソンが描く窓は、強烈な光を導き入れることで前に立つ人間に目眩を引き起こさせている。そこでは明らかに、バタイユの二つの論考、すなわち一九三〇年の「腐った太陽」と、三七年の「プロメテウスとしてのファン・ゴッホ」に登場する太陽への言及が踏まえられている。前者においてバタイユは、アカデミックな絵画における太陽が「精神的高揚を適度なものに抑え」つつ「数学的静謐」とも結びつきうる観念化されたものであるのに対し、ピカソの絵のみは、「見る者の眼を眩ませる意図を持つ閃光を探求する」太陽が「歴然と感じられる」のだとした。ピカソの作品に宿るのは、諸形態を解体させる破滅的な光なのである[52]。また「プロメテウスとしてのファン・ゴッホ」では、太陽を作品に導き入れた時、ゴッホの「作品全体は、光輝、爆発、炎になりおおせたのだ」（原文強調）と、バタイユは述べている[53]。マッソンは、当時美学的・政治的関心を共有していたバタイユのこうした著述から着想を得つつ、太陽を絵画に導き入れるまでに至ったゴッホのように、自身もまたピカソの作品に宿る破壊の力を導き入れようとしていたのだろう。マッソンの図版の解剖学的身体像もまた、ピカソのキュビスム期の幾何学表現を想起させるものであるとすれば、それはまさに、解剖学をアカデミックな理想とは乖離させた知識として絵画イメージに導き入れ、身体像を解体する破壊的な力として作用させたピカソへのオマージュとして考えうる。

しかしこの人物が周囲のモチーフと結ぶ関係に注目してみれば、マッソンの身体像は形式的にも内容的にもピカソのそれと分け隔てられるものであることがわかる。この人物は、ピカソの作品のように背景と一体化することはなく、また椅子とも明確に異なる存在として描き分けられている。それはみずからの肉体の重みを足と腕の力で支える一個の独立した存在、幾何学的な骨格に還元されてなお、肉体の解体に耐える人間の姿なのであり、ピカソのキュビスム期の作品に描かれた女性像のように、何の抵抗を示すこともなく背景を構成する幾何学に溶け込む受け身の身体ではない。またこの人間の下腹部には、起立した男性器を象徴する蝋燭が置かれており、彼が性欲を宿した肉体の持ち主であることが明示されている。マッソンはその著述において、キュビスムが成し遂げた造形的実験を惜しまず賞賛する一方、一九四一年の講演「キュビスムとシュルレアリスムの諸起源」において、それが「夢を表現することを拒むばかりか、飢えと愛と暴力という、存在の根っこにある本能をも拒んでいる」[54]のだと述べている。マッソンはまさに、キュビスムの造形的革新性を吸収しつつも、キュビスムに欠けていたまさにこれらの要素を取り入れたのである。

最後にこの人物の左胸に大きく広げられた窓があることに注目してみよう。左側のガラスには、画面左手の窓から光を降り注いでいる太陽の円形が映っている。しかし人物の心臓を開くこの小さな窓にもまた、それ自身の開口部で燃える炎が描きこまれていて、画面右手の壁を明るく照らしている。この自動人形は、世界の光を映し出す鏡であると同時に、体内に宿る光源で世界を照らしているのである。つまり彼は、開かれた窓そのものとなって、内なる光を周囲に発し、世界に変化をもたらす存在として描かれているのだ。水面に映るナルキッソスの影、すなわち外部からもたらされた光の反射によって生まれる写し身でしかなかった自動人形が、周囲と完全に一体化して自己を失ってしまうかもしれない苦悩に耐えながらも、世界へと関わっていく存在として誕生する瞬間が、ここではテーマになっている。それはまさに、過去の知的・造形的産物を導き入れながらも、それらの「光」とは異なる輝きで世界を照らすマッソンのイメージが持つ、固有の生命を象徴しているのだ。

外部からの光を受けて世界を映し出す鏡でありながら、同時に固有の光で世界を照らすことができる存在としてのイメージの位置づけを、マッソンはそのまま、イメージを生み出す人間そのものにも与えている。『アナトミー』最終章の図版《人間は宇宙の鏡である》（図6）に描かれた人物は、まだ完全にはその形状を定めることはなく、身体の内部構造を顕にしている。皮はこれから形成されるところなのだろう。しかしよく見ると彼の中身は空洞ではない。この人間は頭部に無限を象徴する記号「8」をいだき、肋骨の間に小惑星の炎を灯す。彼は世界のイメージを「鏡」として映し出し、自然の事物のうつし身として変容していく存在でありながら、同時に固有の光と宇宙を有する存在でもあるのだ。『アナトミー』第三章以前で示されていたような、過去の絵画や世界の事物との類似を示しながらも、それらとは常に差異を孕みながら固有の存在として変容し、新しい宇宙を形成するマッソンのイメージの運命が、ここでは、世界にすでに存在している事物と対話しつつも独自の宇宙を作り上げていく人間の定義不可能性と、完全にリンクしている。

結び

典拠（ソース）となったものが同時代のイメージや言説であれ、あるいは十九世紀や、それより以前のルネッサンス、バロックのものであれ、これまでの分析の中で明らかになったのは、子供が教科書に落書きをして新しい物語を紡ぎ出すように、マッソンもまた、エンブレム集や辞典、何らかの教本を典拠として構成された紙面の上で新たな変容のドラマを繰り広げていたということである。このドラマは現代のわたしたちに「出典探し」へと参与することを要求するが、しかしその作業によって浮かび上がってくるのは、起源から変容していくイメージの動態と、自らもさまざまな源泉を糧としながら変容していく作者自身の苦悩である。

しかしこの苦悩は、作者の生の証でもある。マッソンは人体比率や幾何学モデル、解剖学図像といった既存のイメージに「落書き」をするだけでは飽き足らず、『アナトミー』最終章においてエンブレムからアトリビュートを消去し、その定義不可能性を通してこそ、逆説的にも、「変容」という概念を想起させるエンブレム的作用を図像に与えた。そこに私たちが見出すことができるイメージは、必ずしもクラウスが言うような「喪失を表すことしかできない対象[55]」という、いかにもメランコリーを引き起こすものばかりではない。むしろ「変容」は、マッソンがその存続の危機を実感した最初の世界大戦以来、痛みを伴いながらも容赦ない現実の中で生きながらえるための一つの手段であり続け、さらにはスペイン内戦の勃発が予感させた二度目の世界大戦の危機に脅かされてもなお、世界に翻弄されつつ世界を変革する希望を持ち続けるための、一つの戦略でもあったと言える。

本稿で作品分析に即して示したように、肉体を切り裂かれる苦痛といずれ死すべき宿命への不安を抱えつつも自己を世界へと開き、その内部を周囲の環境へと接続させるマッソンの解剖学的イメージもまた、死と隣接した肉体こそが抱く強烈な生の賛美の現れであった。『アナトミー』の解剖学的イメージは、死者の解体と腑分けによる構造の知的解明という目的とは無関係のものであり、むしろ血が通った生者の皮膚を開き、その内臓をあらわにすることで、生ける身体の構造そのものを変化させるような源泉（ソース）として機能する。

この解剖学的イメージはまた、きわめて特異なかたちで美術史という典拠（ソース）にも言及する。というのも、通常であれば作品の完成に至るプロセスの中でのみ登場する解剖学的ヴィジョンをあえて読者に見せるという試みのうちには、完成した作品から構成される歴史ではなく芸術家たちの制作行為の歴史として美術史を捉え、その只中に自らの制作の「時間」を位置づけるという密かな野心が存在するからだ。そこには確かに、回帰し同一化することが不可能な起源としての過去のイメージがある。だがそれは、過去に戻れないことを嘆くメランコリーや諦念の類の感情とは無縁である。

事実、偉大なる芸術家がみな、容易には同一化し難い固有の「生命」をその作品に与えるがゆえに賞賛に値することを、彼は一九五六年に上梓した『芸術家の変容』において述べている。

偉大なる時代の芸術は常に、生命と芸術に対する二重の賛歌なのである。決して、芸術だけが讃えられていたわけではないのだ。ジョット、そして全く同様にルーベンス、またゴヤやルノワールさえも、人間存在について自らが持っていたヴィジョンを高揚させるために描いていた。彼らは、円錐形と立方体、円柱の内部を巡回するために諸形態と諸々の色彩を「ある一定の秩序の集まり」の中に配置することで満足していたわけではないのだ。(56)

世界を幾何学的な立体に還元させるという、セザンヌの言葉として流通した教えや、「タブローというものは、軍馬や裸婦、あるいはなにかを物語るエピソードである前に、ある一定の秩序のもとに集められた、色彩に覆われた平らな面である」(57)としたモーリス・ドニの定式が、形式主義的なモダニズム美術の行方を予言するものだったとすれば、マッソンはそうした形式的な側面からではなく、作り手のヴィジョンの高揚という点から過去の芸術を評価したのである。

過去の芸術家たちによる制作行為の中で固有の生命を宿すイメージは、『アナトミー』において完全に抽象化されたり形骸化されたりすることはなく、既存の分類を超えて別の事物のイメージとの「アナロジー」という関係性のうちに置かれることになる。そしてこの関係性の中でこそ、それぞれのイメージは新たな命を獲得することになる。マッソンの作品において示される過去のイメージとのアナロジーは、現在目の前に現れつつあるイメージに、秩序体系を問い直す予測不可能なダイナミズムを与えるものであり、同時にその予測不可能な結びつきを通して、危機の時代における人間の可能性を探るものだったのである。

第二次世界大戦の最中に出版されていながら、彼を取り巻く政治的な現状には一切の直接的な言及を行わない『アナトミー』が、それでもやはり政治的な意味を持ち得るのは、まさにこの点においてである。『アナトミー』に描かれた、「友愛」という階級のない繋がりによって諸事物が関連づけられていく世界は、ファシズムの圧政への抵抗として解釈する可能性へと開かれている。また変容する諸々のイメージに投影された生命は、たとえ苦痛や不安といった情念とともにあるにせよ、危機的な状況がもたらす死の恐怖に屈することへの作者の抵抗の表れとして理解することもできる。最後につけ加えるなら、既に引用した『アナトミー』の「序文」の一節の中で語られる第一次世界大戦の血の「紋章」が、そうしたイメージの関係性のうちに組み込まれていることも思い起こしてみよう。実際のところ亡命の最中に書かれたこの文章は、彼が第一次世界大戦について公に述懐した初めてのテキストだったのであり、彼を取り巻く当時の政治状況と無関係であったはずがない。

そうしたことを、《無頭人》をはじめとする同時代のほかの作品との関連の中で論じるためには、また別の紙面を必要とする。だがここでは、一九三九年にブルトンが書いたマッソン論に立ち戻り、『アナトミー』と同時代の政治的現実との接続の可能性について指摘するにとどめたい。ブルトンはそこで、この画家のうちに「真正の芸術家と真正の革命家とが十全に両立している」こと、つまり芸術的な意義のみならず革命に資する政治的な意義もまたその創造行為のうちに認められることについて述べている。[58] さらにブルトンはこの言葉に続けて、「友愛」という言葉に脈略もなく触れることでこの論考を締め括る。[59] この短い一節には、「私の宇宙」を解剖して世界へと開き自身の「友愛界」へと読者を招き入れることで、同胞とともに危機の時代への抵抗を示そうとするような、マッソンの『アナトミー』の本質を言い当てるものであったのではないだろうか。

皮肉なことにもマッソンとブルトンは、この挿絵本が実際に出版される年には様々な理由から決定的に仲違いする定めにあった。だが制作時の段階で『アナトミー』の一読者としてマッソンが想定していた人々の中にブルトンがいたことは疑いない。当時の彼らの作品のうちに認められる「かつて」と「いま」との「ずれ」について考察することは、マッソンが周囲の人々と共有していた知的で創造的な連想の鎖を私たちのうちに現在化させるだけでなく、全体主義的同一化に抵抗し、想像力を媒介として同胞たちと連帯しようとしていた彼らの戦術についても新たな光を投げかけてくれるのではないだろうか。

【注】

（1） ヴァルター・ベンヤミン「子供の本を覗く」西村龍一訳、『ベンヤミン・コレクション2 エッセイの思想』浅井健二郎編訳、筑摩書房（ちくま学芸文庫）、一九九六年、三八頁。

（2） David Hopkins, *Dark Toys. Surrealism and the Culture of Childhood*, New Haven and London, Yale University Press, 2021, p. 53-54.

（3） Rosalind Krauss, *The Optical Unconscious*, Cambridge and London, The MIT Press, 1994, p. 54-58. 訳出にあたり次の既訳を参考にした。ロザリンド・クラウス『視覚的無意識』谷川渥・小西信之訳、月曜社、二〇一九年、八四―九一頁。

（4） Krauss, *The Optical Unconscious*, p. 54.〔前掲邦訳、八四頁〕

（5） Krauss, *The Optical Unconscious*, p. 35.〔前掲邦訳、五六頁〕

（6） ジョルジョ・アガンベン『幼児期と歴史――経験の破壊と歴史の起源』上村忠男訳、岩波書店、二〇〇七年、一二七―一二八頁。

（7） Françoise Levaillant, « Masson, Bataille ou l'incongruité des signes (1928-1937) », *Bataille II / Masson*, cat. exp., Billom, Association Billom-Bataille, 1980, repris dans *André Masson*, cat. exp., Nîme, Ville de Nîme, 1985, p. 37.〔フランソワーズ・ルヴァイアン「マッソン、バタイユまたは記号の不適合（一九二九～一九三七年）」太田泰人訳、『記号の殺戮』みすず書房、一九九五年、二〇六頁〕

（8） *Ibid.*, p. 39.〔前掲邦訳、二一〇頁〕

（9） Françoise Levaillant, « Mythographies masquées d'André Masson », *Critique*, 1977, no. 360, p. 484.〔フランソワーズ・ルヴァイアン「マッソンの隠された神話誌学」太田泰人訳、『記号の殺戮』みすず書房、一九九五年、一三六頁〕

（10） André Breton, « Prestige d'André Masson », *Minotaure*, no. 12-13, mai 1939, repris dans André Breton, *Le surréalisme et la peinture*, Paris, Gallimard, 1965, p. 201-203.〔「アンドレ・マッソンの幻惑」巖谷國士訳、『シュルレアリスムと絵画』人文書院、一九九七年、一八五頁〕 変容への同様の言及はレリスのマッソン論にも見出せる。Cf. Michel Leiris, « La ligne sans bride » [1971], dans Michel Leiris, Pierre Vilar (éd.), *Écrits sur l'art*, Paris, CNRS Éditions, 2011, p. 122-134.〔ミシェル・レリス「手綱をはなれた線」、『デュシャン、ミロ、マッソン、ラム』岡谷公二編訳、人文書院、二〇〇二年、一三三―一五四頁〕

（11） フランス語の原文は、長らく行方不明となっていたものの、一九八七年に発見され、翌年出版されたフランス語版に掲載された。一九四三年の英語版と一九八八年のフランス語版では、序文や章、作品のタイトルなどにおいて相違があるため、主に次のフランス語版を参照した。André Masson, *Anatomie de mon univers*, Marseille, André Dimanche Éditeur, 1988. なお、この挿絵本には頁数の記載がないため、本稿で引用する際には書誌情報を省略する。

(12) Saphire Laurence et Patrick Cramer, *André Masson. The Illustrated Books : Catalogue Raisonné*, Genève, Patrick Cramer Publisher, 1994, p. 52.

(13) Stéphane Mallarmé, « Le démon de l'analogie » dans *Divagations*, Paris, E. Fasquelle, 1897, p. 12-14.

(14) Françoise Levaillant, « André Masson. Rupture et tradition », *André Masson*, Milan, Mazzotta, 1988, p. 10.

(15) Jean-Paul Clébert, *Mythologie d'André Masson*, Genève, Pierre Cailler, 1979, p. 63.

(16) Lettre d'André Masson à Daniel-Henry Kahnweiler, citée dans André Masson et Françoise Levaillant (éd.), *André Masson. Le Rebelle du surréalisme. Écrits et propos sur l'art*, Paris, Hermann, 1976, p. 261.

(17) 引用は全て次の著書において紹介されていたレリスの言葉である。Pierre Gaillard, *Bibliographie des écrits de Michel Leiris, 1924 à 1995*, Paris, Jean-Michel Place, 1996, p. 100. マッソンの挿絵におけるこうした性質については次の論文を参照のこと。Fabio Vasarri, « Calembours poétiques et tradition : *Glossaire j'y serre mes gloses*, de Michel Leiris à André Masson », *Revue italienne d'études françaises*, no. 6, 2016 (https://doi.org/10.4000/rief.1305).

(18) André Masson, Lettre à Meyer Schapiro, 28 août 1942, dans Françoise Levaillant (éd.) *Les années surréalistes. Correspondance 1916-1942*, Paris, La Manufacture, 1990, p. 485.

(19) マッソンはこの一節をアンリ・ブラーズ・ド・ベリーの論文における仏語訳から引用している。Cf. Henri Blaze de Bury, « Essai sur Goethe et le seconde Faust », *Le Faust de Goethe*, Paris, Charpentier, 1853 [6e éd.], p. 97. 邦訳にあたって次の既訳を参照した。『ゲーテ対話録 第2巻』ビーダーマン編、菊池栄一訳、白水社、一九六三年、五三頁。

(20) Breton, *Le surréalisme et la peinture*, p. 203.

(21) イメージが観察者をいかに巻き込んでいくのかという問題意識、またそうした現象における観察者と作品との距離の関係について思いを巡らせるきっかけとなったのは、平倉圭の下記の著書であり、また本屋Ｂ＆Ｂで二〇一九年十一月三日に行った対談である。平倉圭『かたちは思考する——芸術制作の分析』東京大学出版会、二〇一九年。

(22) ウィトルウィウス的人体図を「ミクロコスモス」と結びつける理解は、中世から一般的なものとなっていた。その中世からルネッサンスまでの受容については次の研究においてまとめられている。Claire Barbillon, *Les canons du corps humain au XIXe siècle : L'art et la règle*, Paris, Odile Jacob, 2004, p. 30-43. ただしそこで論じられているように、レオナルドの比率理論は、経験主義的な独自の探究との対話の中で確立したものであることも忘れてはならないだろう。

(23) ルネッサンス期のスイスの医学者パラケルススも、星辰医学を普及させた人物の一人であり、マッソンにも大きな影響を与えていたことが知られている。Jean-Michel Bouhours, « Miroir d'un univers instable », dans *André Masson. Une mythologie de l'être et de la nature*, cat. exp., Céret, Musée d'art moderne de Céret, 2019, p. 116-118. こうした関心を、マッソンの友人であるレリスもまた共有していた。レリスがパラケルススに関心を抱いていたことは先行研究でも指摘されているが、加えて彼の一九四八年の著書『ゲームの規則I　抹消』には、「錬金術か占星術の教本から採った惑星の人間」のイメージの切り抜きを、他のイメージや文章の断片とともに収集しノートに貼っていたことが記されていることは重要である。Michel Leiris, *La règle du jeu I: Biffures*, Paris, Gallimard, 1975 [1948c], p. 276.〔ミシェル・レリス『ゲームの規則I　抹消』岡谷公二訳、平凡社、二〇一七年、三〇八頁〕

（24）「友愛（fraternité）」は十六世紀から十八世紀まで、多くの場合はキリスト教の信徒会や同業者組合など、何らかの義務を伴う関係性について用いられる言葉であったが、フリーメーソンは個人の選択に基づき自発的に参与する社会性を意味するものとしてこの言葉を使用した。その後この語が「博愛（philanthropie）」と同義で用いられることもあったにせよ、マッソンが同時期に「アセファル」の秘密結社的な活動に関わっていたことを考えれば、彼がここで想定している「友愛界」もまた、共和国というよりも、フリーメーソン的な秘密結社に近いものであると考えられる。

（25）ライプニッツ『モナドロジー　他二篇』谷川多佳子・岡部英男訳、岩波書店（岩波文庫）、二〇一九年、五一頁。鏡に変化する人間のモチーフとしては次の記述も参照のこと。ユルギス・バルトルシャイティス『鏡』谷川渥訳、国書刊行会、一九九四年、一三二―一三六頁。

（26）ポール・ヴァレリー「テスト氏の《航海日誌》から」（一九二五年）、『ヴァレリー集成I』恒川邦夫編訳、筑摩書房、二〇一一年、七〇頁。

（27）マッソンによる引用文の訳出にあたって次の既訳を参考にした。ジョヴァンニ・ピコ・デッラ・ミランドラ『人間の尊厳について』大出哲・阿部包・伊藤博明訳、国文社（アウロラ叢書）、一六―一七頁。

（28）André Masson, *Métamorphose de l'artiste*, Genève, Édition Cailler, 1956, tome 1, p. 40.

（29）Jean-Paul Clébert, *Mythologie d'André Masson*, Genève, Pierre Cailler, 1979 , p. 22.

（30）André Masson, *La mémoire du monde*, Genève, Skira, 1974.〔本書では次の既訳を参考にしてフランス語原文より訳出した。アンドレ・マッソン『世界の記憶』東野芳明訳、新潮社（「創造の小径」叢書）、一九七七年〕

（31）次の先行研究では、第一次世界大戦の体験がマッソンに与えた影響について詳しく論じられている。Clark V. Poling, *André Masson and the Surrealist Self*, New Haven and London, Yale University Press, 2008.

（32）Masson, *La mémoire du monde*, p. 68-69.〔前掲邦訳、六五頁〕

（33） *Ibid*, p. 69.

（34） William Rubin, "André Masson and Twentieth-Century Painting," *André Masson*, exh. cat., New York, The Museum of Modern Art, 1976, p. 30.

（35） Masson, *La mémoire du monde*, p. 34, 53 et 147.

（36） Masson, *La mémoire du monde*, p. 8.〔前掲邦訳、一六九頁〕

（37） Roger Caillois, « La Mante religieuse, de la biologie à la psychanalyse », *Minotaure*, no. 5, 1934, p. 23-26.

（38） Roger Caillois, « Mimétisme et Psychasthénie légendaire », *Minotaure*, no. 7, 1936, p. 5-10. サルバドール・ダリもまた、カイヨワに応えるかのように、一九四二年に「全面戦争には全面的カモフラージュで」と題した論考を発表し、自らが「パラノイア的」と呼ぶダブルイメージ（異なる複数の事物に見えるイメージ）のうちに、「擬態」とのつながりを見ている。ただしこの画家にとって、擬態はイメージの明滅という問題に置き換えられることになる。Salvador Dali, "Total Camouflage for Total War," *Esquire*, no. 2, August 1942, p. 64-66, 129-13.〔サルバドール・ダリ「全面戦争には全面的カモフラージュで」『ダリはダリだ　ダリ著作集』北山研二訳、未知社、二〇一〇年、三六九―三七六頁〕

（39） Georges Limbour, « La saison des insectes » [1940], Robert Desnos et Armand Salacrou (éd.), *André Masson*, Marseille, André Dimanche Éditeur, 1993, p. 102.

（40） Cf. Felix Fanés, *Salvador Dali, The Construction of the Image 1925-1930*, New Haven and London, Yale University Press, 2007, p. 158.

（41） Morwena Joly, *La Leçon d'anatomie : Le corps des artistes de la Renaissance au Romantisme*, Paris, Hazan, 2008, p. 51-55.

（42） 美術解剖学の歴史を図像入りでまとめた著書が十九世紀に複数出版されたことについては、次の拙論で論じた。Hiromi Matsui, « L'établissement de l'historicité de l'anatomie artistique dans la dernière moitié du XIXe siècle », *Cahiers Interdisciplinaires de Recherche en Histoire, Lettres, Langues et Arts*, no. 40 (Paris, L'Harmattan), juin 2014, p. 255-277.

（43） Poling, *André Masson and the Surrealist Self*, p. 114-119.

（44） Caillois, « La Mante religieuse », p. 25.

（45） Poling, *André Masson and the Surrealist Self*, p. 124-126.

（46） マッソンが『アナトミー』を制作する頃までには、ウィンザー城の王立図書館所蔵のこのレオナルドの素描は複数の書物で紹介されていた。マッソンはそのいずれかを目にしたに違いない。

（47） 『アナトミー』仏語版から筆者が直訳した。レオナルドの手稿における該当箇所（レスター草稿、34. a）の既訳として下記のものを参照した。マーティン・ケンプ『レオナルド・ダ・ヴィンチ——芸術と科学を越境する旅人』藤原えりみ訳、大月書店、二〇〇六年、一二三頁。マッソンがどの著書を直接参照したのかは定かではない。十九世紀には次の書籍で、該当箇所のイタリア語原文と英語訳が出版された。Jean Paul Richter, *The Literary works of Leonardo da Vinci*, London, S. Low, Marston, Searle & Rivington, 1883, p. 220-221. ただしその英語訳は、マッソンの『アナトミー』の英語版における引用とは一致しない。シャピロが『アナトミー』に掲載されたレオナルドの文章の英語訳にどれだけ貢献しているのかも含めて、この点は今後さらに調査・検討する必要がある。

(48) Henry Corbin, "Avant-propos du traducteur", dans Martin Heidegger, *Qu'est-ce que la métaphysique ?*, Paris, Gallimard, 1938, p. 13. ポーリングによる次の指摘を参照のこと。Poling, *André Masson and the Surrealist Self*, p. 143.

(49) 拙著の次の箇所で既に論じた。『キュビスム芸術史——20世紀西洋美術と新しい〈現実〉』名古屋大学出版会、二〇一九年、八七—一二六頁。

(50) Georges Bataille, « La mutilation sacrificielle et l'oreille coupée de Vincent Van Gogh », *Documents*, 1930, p. 14 et 15. ピカソの挿絵については次を参照のこと。Pablo Picasso, « Une Anatomie », *Minotaure*, 1933, no. 1, p. 37.

(51) なお、アルベルティの「窓」の喩えを遠近法の原理と結びつける傾向が美術史研究においてしばしば認められるものの、実際には高度な遠近法ではなく光学の基礎を初学者に伝えるためのものでしかなかったことがジェームズ・エルキンスにより指摘されている。James Elkins, "Renaissance Perspective", *Journal of the History of Ideas*, vol. 53, no. 2, 1992, p. 211-214.

(52) Georges Bataille, « Soleil pourri », *Documents*, 2ème année, no. 3, 1930 (Hommage à Picasso), repris dans Georges Bataille, *Œuvres complètes*, I. *Premiers Écrits, 1922-1940*, Paris, Gallimard, 1970, p. 231-232.〔ジョルジュ・バタイユ「腐った太陽」『ドキュマン』片山正樹訳、二見書房、一九七四年、一一七—一二〇頁〕

(53) Georges Bataille, « Van Gogh Prométhée », *Verve*, 1re année, no. 1, décembre 1937, repris dans Georges Bataille, *Œuvres complètes*, I. *Premiers Écrits, 1922-1940*, Paris, Gallimard, 1970, p. 499.〔ジョルジュ・バタイユ「プロメテウスとしてのヴァン・ゴッホ」『ランスの大聖堂』酒井健訳、みすず書房、一九九八年、三六頁〕

(54) André Masson, « Origines du Cubisme et du Surréalisme » [1941], repris dans Levaillant (éd.), *André Masson*, p. 21.

(55) Krauss, *The Optical Unconscious*, p. 58.〔前掲邦訳、八六頁〕

(56) Masson, *Métamorphose de l'artiste*, p. 35.

(57) Maurice Denis, « Définition du néo-traditionalisme », *Art et critique*, 23 et 30 août 1890, repris dans *Théories, 1890-1910. Du*

symbolisme et de Gauguin vers un nouvel ordre classique, Paris, L. Rouart et J. Watelin éditeurs, 1920, p. 1.

(58) Breton, *Le surréalisme et la peinture*, p. 203-204.〔前掲訳書、一八六頁〕

(59) 彼はこの言葉をイタリックで強調している。*Ibid.*, p. 204.

図版出典

図2・3・6・8〜10・13・15〜19　筆者撮影。

図7　*André Masson. Catalogue raisonné de l'œuvre peint, 1919-1941*, Vaumarcus, ArtAcatos, 2010, vol. 2, p. 338.

図20　Josep Palau i Fabre, *Picasso: Cubism : 1907-1917*, Barcelona, Ediciones Polígrafa, 1990, no. 425.

ミツバチの社会からミツバチとの社会へ
——社会イメージの思想史

橋本一径

1　ミツバチの社会性

働きバチの針には逆トゲ状の突起があり、刺したあとに引き抜こうとすれば内臓の一部が破裂してしまうため、外敵などの侵入から巣を守ろうとしてその針を使えば、自らも致命傷を負うことになってしまう。そのような働きバチの身を挺しての攻撃は、個体としての生命を犠牲にして、群れの存続を守ろうとする行動のようにも見える。人間の社会の成り立ちを進化論的に説明しようとする「社会ダーウィニズム」が、社会性の萌芽として着目したのは、このような動物たちの「利他的」な行動であった。主たる論者のひとりであるハーバート・スペンサーによれば、動物たちが子孫を守るため本能的に行う利他行動と、人間の意識的な利他行動は、「同じ本質」[1]を共有している。そのような共通の本質を備えた利他行動は、家族的なものから社会的なものへと、段階を経て進化していくだろう。スペンサー曰く、「家族的集団内での利他的関係が高度に発達した形態にまで到達してからでないと、政治的集団内での利他的関係が十分に発達しうるための諸条件は整わない[2]」。

人間の社会の成り立ちを生物学的に明らかにしようという試みは、やがて「社会生物学」において議論の舞台を遺伝子へと移すが、利他行動はそこでもやはり争点のひとつであり続ける。とりわけ特権的な扱いを受けることになるのが、冒頭に記したようなミツバチの利他行動である。集団遺伝学の第一人者J・B・S・ホールデンは、一九三二年の著作『進化の原因』において、以下のように記している。

社会的昆虫の場合には、無生殖雌虫〔働きバチ〕の限りない献身や自己犠牲が、生物学的な利点となりうる。あるひとつのハチの巣における働きバチと若い女王バチは、同じ遺伝子型を持った標本であり、このため巣にとって有利となる働きバチの行動はどんなものでも(自殺的であっても)女王バチの生存を促進するので、種全体に広まる。このような拡散を唯一妨げるのは、当該の遺伝子が過度の利他行動を女王バチに取らせてしまう可能性である。こうした行動の原因となる遺伝子は取り除かれるだろう[3]。

一九七五年に刊行されたエドワード・O・ウィルソンの大著『社会生物学』においても、バクテリアから人間までを貫いて社会性を生物学的に説明するための鍵を握るのが、利他行動である。ウィルソン自身が昆虫学者という出自を持つこともあってか、昆虫の社会性に割かれる紙幅は多く、なかでもミツバチについては、冒頭に挙げたような働きバチによる捨て身の攻撃の他にも、以下のような食物の分配が、利他行動の代表として言及されている。

自殺をのぞけば、食物を他個体へ譲る行為ほどはっきりと利他的なものはない。社会性昆虫は、食物の分配方法を高度に発達させてきた。〔……〕アリやミツバチでは、新たに食物を摂取した働きアリ/バチ

（workers）は、せがまれなくても同じ巣の他個体にその食物を吐きもどして分け与えることが多く、胃の内容物の量がコロニー全体の平均レベル以下になるまでその行為を続けるようである。〔……〕砂糖水しか与えられていないミツバチでも幼虫を育てることができるのは、自らの組織のタンパク質を代謝して食べさせているからに他ならない。(4)

このようにミツバチの利他行動は、社会ダーウィニズムさらには社会生物学において、社会性の起源のひとつと見なされることになるのだが、ミツバチの群れに人間社会の姿が投影されるというのは、生物学的な議論に始まったことではない。人類とハチミツとの関係は一万年前までさかのぼりうるとされ(5)、近代に入り砂糖の入手が容易となるまで、多くの文明において、唯一の貴重な甘味料として重宝されてきた。その一方でハチミツをもたらしてくれるミツバチの生態については謎が多く、それゆえにこそ古くから多くの関心がミツバチに向けられることになった。たとえばアリストテレスの『動物誌』は、ミツバチに少なからぬ文量を割きながら、「花から収穫するもの、水を運ぶもの、巣板を平にしたり立て直したりするもの」などからなる分業体制や、「針を抜くと腸も一緒に飛び出る」ために命がけとなる働きバチの攻撃について言及している(6)。

とりわけウェルギリウスの『農耕詩』は、ミツバチの群れが構成する社会を、道徳的・政治的な理想として描いたことで、後世に大きな影響を与えた。『農耕詩』の第四歌は、オルペウスが冥府で振り向いたために愛する妻エウリュディケの救出に失敗するという有名なエピソードの初出としても知られるが、第一歌では畑作、第二歌では果樹、第三歌では牧畜を歌ってきたウェルギリウスが、この最終歌となるこの第四歌の全体を養蜂に捧げているという事実は、古代の農耕において養蜂の占める位置の大きさを物語るものだろう。そこにおいて「小さな市民たち」と呼ばれるミツバチたちは、その勤勉さと並んで、王に対する強い忠誠が賞賛されることになる。

さらにまた、エジプト人も、強大なリュディアの人も、
パルティアの民も、ヒュダスペス河畔のメディア人も、蜜蜂ほどに
王を敬うことはない。王が安泰であるかぎり、みなが心を一つにする。
〔……〕
王は労働を監視し、崇敬の的となる。すべての蜂は、
しきりに羽音を立てて王を取り囲み、群れをなして護衛する。
また、たびたび王を肩に担ぎ、体を戦いにさらし、
多数の傷を受けながら、美しい戦死をめざして進んでいく。(7)

ウェルギリウスの時代には、ミツバチのコロニーの頂点にいるのが女王バチであることが知られていなかったのに加えて、生殖についてもまた、ミツバチは性交をせずに繁殖するという、アリストテレスに起因する誤解に、ウェルギリウスも囚われたままだった。この誤解はキリスト教世界において処女生殖として過剰な意味を与えられ、ミツバチの群れは、政治的のみならず道徳的な面でも、人間の社会の理想を体現するものとして、さかんに語られるようになった。(8)十三世紀のトマス・アクィナスによる『君主の統治について』においては、「蜂の間に〔……〕単一の王が存在(9)」することが、全宇宙に唯一の神が存在することと並んで語られ、人間の国家もまた一人の君主により支配されることを正当化する根拠として、ミツバチが一役買うことになる。

2　社会のイメージ

十八世紀初頭に、各人が自らの強欲に従うことこそが公益につながるのだと主張して、各国で禁書目録に加え

られたバーナード・デ・マンデヴィルの『蜂の寓話』は、このようなミツバチの言説の歴史の中に置き直してみると、なおさらスキャンダラスである。この寓話の中には、王のために自らを犠牲にする勤勉な働きバチの姿は、もはや見出すことができない。マンデヴィルが歌い上げるのは、ミツバチたちが「奢侈と安楽に暮らす」巣であり、そこでは「各部分は悪徳に満ちて」いるのに、「全部そろえばまさに天国」であるという。[10] そしてマンデヴィルからの影響の色濃いアダム・スミスによる、[11] いわゆる「神の見えざる手」の議論になると、私利私欲の肯定のために、ミツバチの生態が引き合いに出されることはなくなる。アダム・スミス曰く、富者は「生まれつき利己的で強欲であるにもかかわらず」、それと知らずに「社会の利益を促進」しているのだという。[12]

王のために自己を犠牲にする勤勉な存在としてであれ、私利私欲に邁進する利己的な存在としてであれ、人間の社会を語るためにミツバチが必要とされることは、もはやなくなった。博物学者ビュフォンにとって、人間社会とミツバチの集団との違いは明らかであり、両者は比較にすら値しない。「人間において社会は、ただひとつの家族だけをとってみても、理性的な能力を前提としている。〔……〕それに対してミツバチのような虫たちは、求め合うまでもなくひとつになるのであり、その社会は何も前提とはしていない」。[13] もちろん、働きバチのように忠実な臣下というのは権力者にとっては都合がよいので、たとえば自らの紋章にミツバチを選んだナポレオンのように、かつてそこに投影されていた社会がノスタルジックに想起されることはあった。しかしながら、産業革命を経た後の西洋社会においては、かつては人間社会の理想とみなされた働きバチの勤勉は、むしろ人間性を失った機械の部品のような存在として、恐怖すら抱かれるようになる。『ミツバチと文明』の著者クレア・プレストンは、以下のように記す。

かつては社会的共同作業における道徳的な公正さの象徴だったミツバチだが、今や急進的で恐れを抱くほどの「無私」と解釈され、もはや工場か鋳造所にしか見えなくなってしまった巣の、匿名の同じ一部品を表す自然界のシンボルととらえられるようになった(14)。

つまり社会ダーウィニズムや社会生物学が、社会性の起源として動物たちの利他行動に着目したとき、ミツバチは再発見されたのである。人々はミツバチの群れに、自分たちの社会の姿を再び投影するようになった。ミツバチたちの有り様にとりたてて変化が生じたわけではないとするなら、変わったのはむしろ人間の社会のほうであるに違いあるまい。社会とは実体として把握するのが困難あるいは不可能なものである以上、イメージの介在が不可欠である。コルネリュウス・カストリアディスの言葉を借りれば、社会とは、「想像的に制定」されるものである。カストリアディス曰く、「人間社会の進化のある段階において、現実よりもリアリティの備わった想像的なもの（imaginaire）が制定されることは〔……〕、社会の目的に適っており〔……〕、本質的な機能を果たしている(15)」。このような「想像的なもの」が果たす「本質的な機能」とは、アイデンティティの問いに答えることである。

これまでのどんな社会も、次のようないくつかの根本的な問いに答えようと努力してきた。集団としての私たちは何者なのか？　私たちは互いにとって何なのか？　私たちはどこに、何の中にいるのか？　私たちは何を求め、何を欲し、何を欠いているのか？　社会は自らの「アイデンティティ」を定義する必要がある。〔……〕これらの「問い」への「答え」がなければ、これらの「定義」がなければ、人間世界は、社会は、文化は存在しないのである。〔……〕想像的なものの意味作用の役割とは、これらの問いに答えをもたらすことだ(16)。

動物たちの利他行動に社会の起源を求めた「社会ダーウィニズム」や「社会生物学」は、まさしくこのような社会にとっての「アイデンティティ」の問いに答えようとするものだったと言えるのではないだろうか。そしてこの新たな「アイデンティティ」の定義は、ミツバチを始めとする動物たちの社会と、人間たちのそれとの間に、積極的に共通点を見出そうとする。「シロアリのコロニーやシチメンチョウの兄弟のふるまいから人間の社会行動まで」[17]を貫く一本の太い糸が存在するとする、『社会生物学』の著者ウィルソンは、昆虫学という出自から人文科学や社会科学をも含む「新たな総合」へと自らの研究を深化させていく過程を、以下のように説明する。

> もしシロアリのコロニーとアカゲザルの群れの分析に、同一のパラメーターと定量的理論が用いられるようになれば、ここにわれわれは統一科学としての社会生物学を手にすることになる。これは不可能に近い難事に思われるかもしれない。しかし自身の研究がすすむにつれて、私はますます無脊椎動物と脊椎動物の社会の機能的類似性を痛感するようになり、逆に当初二つの社会をへだてる深い溝とも思えた、両者の構造的差異がしだいに気にならなくなった。[18]

ウィルソンは自らの社会生物学がやがて、「古代宗教の諸見識を、倫理の進化的な起源に関する正確な説明[19]」に変えるだろうとの野望を抱いていた。つまり倫理についての神話的な説明を科学によって置き換えることこそが、ウィルソンの目論見であったのであり、その壮大さゆえに『社会生物学』は、刊行直後から様々な論争を巻き起こした[20]。本稿が試みようとしているのは、動物たちの利他行動を人間の社会や倫理の起源とみなす社会生物学の議論の科学的な真否について、論争を再燃させることではなく、こうした議論がカストリアディスの言う「想像的なものの意味作用の役割」を果たしてきたのではないかと問うてみることである。すでに見たようにその役割とはつまり、社会の「アイデンティティ」をめぐる問いに答える役割である。カストリアディスによればかつては「神、あるいはより一般的には宗教にまつわる想像的なもの[21]」が担ってきたこの役割を、社会生物学はまさしく引き受けて、私たちが属している社会がどのような姿をしているのかを浮かび上がらせる。ではその社会とは、いったいいかなる姿をしているのだろうか。

「協調的に組織された、同じ種（species）に属する個体の集まり」[22]。ウィルソンによるこの簡潔な社会の定義の中にすでに、新たな社会像は垣間見えている。すなわち社会とは人類以外の種にも見出せるものだということである。これは決して自明のことではない。西洋の個人主義社会が単位とする「個人」とは「所有者」であり、そこでは「所有する」人と「所有される」モノとが厳密に区別される。C・B・マクファーソンが『所有的個人主義の政治理論』で述べるように、「社会とは所有者間の交換関係からなる」[23]。このような人とモノとの二分法において、動物が位置づけられるのはモノの側である。「所有者」たる個人の自由な利益の追求を擁護したアダム・スミスが、マンデヴィルの影響を受けながらも、その社会像からミツバチの姿を取り除いたのはこのためであろう。人間の社会は決してミツバチの群れではない。モノである動物が、「社会」をなすことはできないのである。

3 「人間であれ動物であれ」――家畜たちの社会

ミツバチの群れが生物学者たちにより「再発見」されたとき、そこに見出されたのは、動物をモノとして排除する社会とは別の社会である。そしてそのような社会は生物学者たちによる独創であったわけではない。十九世紀末に社会ダーウィニズムの議論が花開いたのと同じ頃に、人と動物とを厳格に分け隔てていた境界を侵食するような動きが、他でも生じていたのである。たとえばそれは菜食主義をめぐる動きだ。「ヴェジタリアン（vegetarian）」という言葉は一八三〇年代に初めて用いられるようになり、一八四七年に英国で世界初の「ヴェジタリアン協会」が創設されると、米国（一八五〇年）、ドイツ（一八六七年）、フランス（一八八〇年）さらにはオーストラリア（一八八六年）と、同種の協会の設立が相次いだ[24]。

もちろん肉食を忌避する者の存在は、西洋ならばたとえばピタゴラスの例がよく知られているように、古代からよく知られていた。しかしながらヴェジタリアン協会の設立が進んでいた頃に、肉食を拒む理由として前景を占めるようになってきたのは、「動物の権利」の擁護である。動物に対する憐憫や同情から肉食を批判する議論は、ヴォルテールやルソーを始めとする啓蒙思想の系譜に位置づけられるものである。[25] しかしながら、一八九二年にヘンリー・ソルトによる決定的な書物『動物たちの権利(*Animals' Rights*)』が刊行された時点でも、肉食を忌避する議論としては、人間の肉体や精神への悪影響を唱えるものがむしろ主流だった。たとえば英国ヴェジタリアン協会の副会長を務めたアンナ・キングスフォードが一八八〇年にパリで提出した医学博士論文『人の植物食について(菜食主義)』の争点は、人間にとって必要とされる栄養素が、野菜だけでも十分に摂取できるのを証明することであった。[26] あるいはフランスのヴェジタリアン協会が一九〇一年に刊行したパンフレットでは、以下のように屠殺の残酷さが言及されるものの、主眼はあくまで人間に対する悪影響である。

> 人間においては理性と美徳とが肉体的影響の大半を抑え込むが、動物の肉の摂取に起因する身体的な発熱のみならず、屠殺のおぞましい場面を繰り返し見ることによっても、理性や美徳の失調は増大し、悪化してしまうのである。〔……〕肉屋の若者たちが仲間をすぐに流血させがちであるのは、屠殺場で家畜の血を流す習慣がそうさせるのである。[27]

このような、言わば人間中心主義的な菜食主義に対して、「動物の権利」をめぐる議論は、動物をモノ扱いする人間中心主義を是正し、人間のみに認められている権利を、動物にも認めることを目指すものだった。「社会ダーウィニズム」や「社会生物学」が人間以外の動物たちの群れにも「社会」を見たときのように、人と動物とを分け隔てる境界が、ここでもまた乗り越えられようとしている。[28]『動物たちの権利』の著者ヘンリー・ソルトは、こうした権利の拡大が歴史的な必然であるとして、以下のように述べる。

高度に発達した家畜の現在における状況は、百年前の黒人奴隷の状況と非常に似通っている。振り返ってみれば、彼らの場合にもまったく同様に、人間性の範疇から除外されていたのがわかる。そしてこの除外を正当化するための偽善的な誤謬も同様である。その結果としての、彼らに社会的な「権利」を認めることに対する、意図的で頑固な拒絶も同様だ。振り返ってみるのは有益である、それから前を向けば、決して間違えることはないだろう。[29]

かつては「人間性」から除外されて、モノとして取引されていた奴隷に、やがて権利が認められるようになったのと同じように、やはりモノ扱いされている動物にも、権利の認められる日がいずれ訪れるだろう。ソルトはこのように述べるものの、しかしこうした権利の拡大は、いったいどこまで進むべきものなのか。どこまでも進むべきだ、というのがソルトの答えである。家畜に対する残虐行為を禁じた「マーティン法」(一八二二年)が、英国議会により制定された日は、ソルトによれば「人類の法制史にとって記念すべき日」[30]であるが、保護の対象が一部の家畜に限られている点で、この法律は十分ではない。ある動物に認められている権利を、他の動物に認めないのは困難であるとして、ソルトは以下のように述べる。

こうした立法を前にして、「権利」が人間だけに授けられた特権であることを維持するのは、ほとんど不可能である。ある動物がすでに保護の範疇に加えられているとすれば、将来にはさらに多くが加えられてしかるべきではないのか。[31]

犬や猫を溺愛する人が豚や牛を食べるのに頓着しないことが、動物愛護の偽善性として糾弾されるのは、確かによくあることであり、こうした批判を免れるためには、ソルトの述べるように、あらゆる動物に等しく権利を認めるしかないだろう。ソルトが「害獣（vermin）」の保護にも言及するのはこのためである。[32] しかしこの理路を突き詰めれば、やがて昆虫の権利や、果ては植物の権利を認めるか否かといった議論に行き着くことは避けられまい。ソルトもまた、「動物の解放」の前には「巨大な困難」が横たわっていることを認めざるを得ない。[33] とりわけ家畜による労働については、それが「現代社会システムの欠かせない部分」になっているのだとして、「将来のより理想的な関係に向けての目下のステップ」という、言わば次善の策を提案する。

家畜による奉仕は、良きにつけ悪しきにつけ、現代社会システムの欠かせない部分となっている事実と向き合わなければならない。こうした奉仕を直ちに取り除くことができないのは、人間の労働自体を取り除くことができないのと同じである。しかしながら、少なくとも将来のより理想的な関係に向けての目下のステップとして、人間であれ動物であれ、あらゆる労働がなされる条件を、生涯にわたる不正義と冷遇の経験ではなく、仕事をしながら喜びをはっきりと得られるようなものにすることはできるのである。[34]

古代から現代までの菜食主義の歴史をきわめて手際よく整理してみせたロラン・ラリュによって、「楽観的菜食主義者」[35]と評されるヘンリー・ソルトは、動物と人間との「より理想的な関係」がやがて訪れるであろうことを、決して疑ってはいなかったのかもしれない。一方でソルトは、「完璧な人道的倫理」が「思考可能であっても実践は不可能」と、現実主義的な顔も覗かせる。その上でソルトは、重要なのは動物の権利の「主たる原則」を全般的に示すとともに、「もっとも目に余る個別の侵害」を指摘することであると述べる。[36] つまり家畜について言われていたように、動物にとって「生涯にわたる不正と虐待の経験」となってしまうような待遇を個別に改善することが、その動物を家畜状態から解放することよりも、現実的であるということである。

人間中心主義の解消は、あくまで思考可能な理念にとどまるしかないということだろうか。しかし見逃すことができないのは、ソルトが『動物たちの権利』を刊行したのと同じ頃に、人間たちの「家畜化」も始まっていたということである。十九世紀末にアルフォンス・ベルティヨンがパリの警察で実践を始めた身体測定法を嚆矢として、やがて指紋に代表される、いわゆる「生体認証」が、その応用の場を広げ続けているのは、周知のとおりだ。[37] これらの身元確認法は、身体の一部を登録し、認証するという点で、豚や牛の耳などに管理のために取り付けられたバーコードと、原理は同じである。幸か不幸か、人間は耳にバーコードのピアスを開けるまでもなく、指先に生まれながらのバーコードが備わっていた。つまりここで言う「家畜」とは、身体を登録されることで管理される存在のことだ。近代国家の国民登録制度自体は革命後のフランスで始まった市民登録に由来するが、一九世紀末になって、そこに身体が結び付けられたのである。

人類にとっての「最初の家畜」[38] とも言われるミツバチが、社会の起源として再び見出されたとき、人間たちもまた「家畜」と化していた。そのような人間と動物が共有する新たな社会において主体をなすのは、「所有者」たる個人ではなく、身体的に管理される「家畜」である。このような新たな社会の出現は、ミシェル・フーコーが「生政治」と呼んだものの成立と重なるだろう。ただしそこにおいて権力が行使されるのは、フーコーの言うように「生命そのもののレベル」[39] であるよりは、登録され管理される身体である。そうした管理からの脱却を、私たちは志向すべきなのだろうか？　しかし生体認証を不要とする未来を想像することが難しいように、私たちが「家畜」であることをやめるのも、おそらく困難である。だから求められているのは、ヘンリー・ソルトが言うように、「人間であれ動物であれ」、家畜としてよりマシな待遇を受けることを目指しつつ、「生政治」ならぬ「畜生政治」の支配するこの社会がどのような姿をしているのか、そのイメージをさらに明確化する努力である。

ミツバチの社会が生物学者らにより再発見される過程を確認しながら、私たちが試みてきたのは、社会のイメージの変遷をたどり直すことである。社会は、そしてそこに生きる私たちは、どのような姿をしているのか。カストリアディスによればかつては「神、あるいはより一般的には宗教にまつわる想像的なもの[40]」が担っていた、このようなアイデンティティの問いに応答する役割を、今では「科学」が担っているのではないか。問題となるのは「科学」のイメージとしての機能である。科学的言説によってもたらされる「本当らしさ」のイメージとは、科学の営みと本質的に結びついており、科学もまたそれに依存しているのではないか。そのように問うてみたとき、私たちは再びミツバチに、より正確にはミツバチの消滅に出くわすことになるだろう。

＊

世界各地でミツバチの消滅が報告され始めたのは、一九九〇年代のことである。二〇〇八年にはナイト・シャマラン監督のサスペンス映画『ハプニング』のモチーフとなり、その謎めいた性格が強調されることになったが、この消滅の真の原因は今日に至ってもなお不明とされている。だが、本当にミツバチは神隠しに会ったように忽然と姿を消してしまったのだろうか。ネオニコチノイドと呼ばれる新しい殺虫剤の使用が開始されたのもまた、一九九〇年代のことだった。素朴に考えれば、これまでのものに比べて殺傷能力の非常に高いこの新しい殺虫剤の使用の開始と、ミツバチの消滅との間に関連があるのは明らかである。ところがこうした「素朴」な直感は、「科学」により打ち消されることになる。スズメバチのような外敵や、ダニ類のような寄生虫が、殺虫剤と並ぶミツバチの減少の要因であることを示そうとする科学的な論文が数多く発表され、結果として真の原因は不明という状態が保たれることになったのだ。真犯人として名指されることを免れたネオニコチノイド系の殺虫剤は、こうして使用が続けられることになる[41]。

企業の製品の環境や人体への悪影響が疑われたときに、別の原因の可能性を示す研究が量産され、結果的に真の原因はわからないという「無知」状態が生み出されるという構造は、すでに一九五〇年代にタバコの発がん性が指摘されて以来、繰り返されてきたものである。[42]しかしながら、タバコ産業が、自らの設立したタバコ研究評議会（ＣＴＲ）に巨額の資金を投じ、お抱えの研究者たちに論文を書かせて公共の保健局などの研究に対抗するという、露骨なやり方をしていたのに対して、ミツバチの消滅になると、やり口はより巧妙化する。農薬メーカーは公的な科学研究助成金に出資を行っているのだ。[43]こうした農薬メーカーと同じグループをなす世界的な薬品メーカーの中には、コロナ禍において誰もがその名を知ることになったワクチンメーカーも含まれている。そうしたメーカーが人間だけでなく家畜やペット向けのワクチンも製造しているのは、当然と言えるのかもしれない。

ミツバチから牛や犬そして人間までの、言わば生殺与奪の権を握る薬品メーカーが、「九〇％は公的資金で賄われている事業に心づけを足すことで、科学を道具に変える[44]」。つまりそこでは「科学」が「国家」をも巻き込んで、「家畜」たちに対して権力を行使している。そこにおいて私たちが牛や豚と同様に生体認証によって管理される家畜であることは、もはや否定し難いのだとすれば、必要なのはおそらく、ミツバチたちの死を我が事として引き受けることであろう。ミツバチの社会を単に人間社会の起源や隠喩とするのではなく、ミツバチたちと共にある社会のイメージを描き出すことが、「畜生政治」における家畜たちの尊厳を確立するための第一歩となるはずだ。

【注】

（＊）本論文は『現代思想』二〇二一年十月号掲載の拙論「社会的動物／家畜的人間」を改題のうえ加筆・修正したものである。

（1）Herbert Spencer, *The Data of Ethics*, New York, Appleton, 1880, p. 203.

（2）*Ibid*., p. 204.

（3）J.B.S. Haldane, *The Causes of Evolution*, New York, Longmans & Green, 1932, p. 207-208.

（4）Edward O. Wilson, *Sociobiology: The New Synthesis* [1975], Twenty-Fifth Anniversary Edition, Cambridge, Massachusetts, and London, England, The Belknap Press of Harvard University Press, 2000, p. 189-190.〔エドワード・O・ウィルソン『社会生物学』、第一巻、伊藤嘉昭監修、坂上昭一・粕谷英一・宮井俊一・伊藤嘉昭訳、思索社、一九八三年、二五九頁。訳文は一部変更〕

（5）ルーシー・M・ロング『ハチミツの歴史』大山晶訳、原書房、二〇一七年、一九頁。

（6）アリストテレス「動物誌」第八巻第四〇章、『アリストテレス全集　9』金子善彦・伊藤雅巳・金澤修・濱岡剛訳、岩波書店、二〇一五年、一五九―一六〇頁。

（7）ウェルギリウス「農耕詩」第四歌、二一〇―二一九行、『牧歌／農耕詩』小川正廣訳、京都大学学術出版会、二〇〇四年、一八八―一八九頁。

（8）中世キリスト教世界におけるミツバチの隠喩については以下を参照。甚野尚志『中世ヨーロッパの社会観』、講談社学術文庫、二〇〇七年、二六―七七頁。

（9）トマス・アクィナス『君主の統治について』第一巻第二章、柴田平三郎訳、岩波文庫、二〇〇九年、二七頁。以下も参照のこと。甚野、前掲書、六五頁。

（10）バーナード・マンデヴィル『蜂の寓話――私悪すなわち公益』［一七一四］、泉谷治訳、法政大学出版局、一九八五年、一一―一九頁。

（11）マンデヴィルがもたらした、アダム・スミスさらには現代の新自由主義の経済思想にまで及ぶ広範な影響については、ダニ＝ロベール・デュフールの以下をはじめとする一連の著作を参照のこと。Dany-Robert Dufour, *Baise ton prochain. Une histoire souterraine du capitalisme*, Arles, Actes Sud, 2019.

（12）アダム・スミス『道徳感情論』［一七九〇］、高哲男訳、講談社学術文庫、二〇一三年、三三九―三四〇頁。

（13）Georges-Louis Leclerc de Buffon, *Œuvres complètes IV. Histoire naturelle, générale et particulière, avec la description du cabinet du Roi*, Tome IV, [1753], texte établi, introduit et annoté par Stéphane Schmit avec la collaboration de Cédric Crémière, Paris, Honoré Champion,

2010, p. 188.

(14) クレア・プレストン『ミツバチと文明』倉橋俊介訳、草思社、二〇二〇年、一七七—一七八頁。

(15) Cornelius Castoriadis, *L'institution imaginaire de la société*, Paris, Seuil, 1975, p. 192.

(16) *Ibid.*, p. 221.

(17) Wilson, *op. cit.*, p. 191.〔ウィルソン、前掲書、二六三頁〕

(18) *Ibid.*, p. 22.〔同上、七頁〕

(19) *Ibid.*, p. 191.〔同上、二六三頁。訳文は一部変更〕

(20) 社会生物学をめぐる論争については以下を参照。ウリカ・セーゲルストローレ『社会生物学論争史』、全二巻、垂水雄二訳、みすず書房、二〇〇五年。

(21) Castoriadis, *op. cit.*, p. 192.

(22) Wilson, *op. cit.*, p. 26.〔ウィルソン、前掲書、一一頁。訳文は一部変更〕

(23) C. B. Macpherson, *The Political Theory of Possessive Individualism*, Oxford University Press, 1964, p. 3.〔C・B・マクファーソン『所有的個人主義の政治理論』藤野渉ほか訳、合同出版、一九八〇年、一三頁、訳文は一部変更〕

(24) Renan Larue, *Le végétarisme et ses ennemis*, Paris, PUF, 2015, p. 215.

(25) *Ibid.*, p. 161-176.

(26) Anna Bonus Kingsford, *De l'alimentation végétale chez l'homme (végétarisme)*, Paris, Parent, 1880. 同書のたとえば以下のような記述を参照。「つまり明らかに示されているのは、植物性物質には養分として必要な、また力と熱の発生のために必要な要素のすべてを含むだけでなく、動物性物質よりもそれを多く含んでいるということである」(*Ibid.*, p. 39)。

(27) *La Réforme de l'alimentation, exposé sommaire du végétarisme. II. Ses avantages au point de vue moral, économique et social, par un membre de la Société végétarienne de France*, Société végétarienne de France, 1901, p. 10.

(28) ヘンリー・ソルトが『動物たちの権利』における「権利」の概念を、以下のようにハーバート・スペンサーに依拠させているのは決して偶然ではない。「動物は人間と同様に〔……〕独自の個別性を有しており、したがってハーバート・スペンサーが述べたような「制限的自由」にふさわしい範囲内で自らの生を生きることを、正しく認められているのだ」(Henry S. Salt, *Animals' Rights: Considered in Relation to Social Progress*, London, George Bell & Sons, 1892, p. 9)。ソルトがここで依拠するのは、スペンサーが「正義」を動物の利他行動から進化論的に説明した正義論である(Herbert Spencer, *Justice: Being Part IV of the Principles of Ethics*,

London, Williams and Norgate, 1891)。また、ソルトは『動物たちの正義』の巻末に、動物権利論の発展の歴史をたどるための文献リストを掲げているが、その筆頭に挙げられているのがマンデヴィルの『蜂の寓話』であるのは興味深い（Salt, *op. cit.*, p. 133)。

（29） *Ibid.*, p. 21.

（30） *Ibid.*, p. 7.

（31） *Ibid.*, p. 8.

（32） 「「害獣」にもある種の保護を拡大し、彼らに無頓着に課されるまったく不必要な拷問から守る必要がある」（*Ibid.*, p. 128)。

（33） *Ibid.*, p. 22.

（34） *Ibid.*, p 33-34.

（35） Larue, *op. cit.*, p. 204.

（36） Salt, *op. cit.*, p. 22-23.

（37） 指紋法の歴史については以下を参照されたい。橋本一径『指紋論』、青土社、二〇一〇年。

（38） プレストン、前掲書、一一頁。

（39） ミシェル・フーコー『性の歴史Ⅰ――知への意志』渡邊守章訳、新潮社、一九八六年、一八〇頁。

（40） Castoriadis, *op. cit.*, p. 192.

（41） 詳細は以下の書物の第四章「空の巣箱の「謎」（Le « mystère » de la ruche vide)」を参照のこと。Stéphane Foucart, *La fabrique du mensonge. Comment les industriels manipulent la science et nous mettent en danger*, Paris, Denoël, 2013 [version Kobo].

（42） このようなタバコ産業による科学の威を借りた無知の生産を分析したロバート・プロクターが提唱するのが「無知学（アグノトロジー)」である。その概略については以下を参照。鶴田想人「無知学（アグノトロジー）の現在」、『現代思想』、二〇二三年六月号（特集「無知学／アグノトロジーとは何か」)、二四－三五頁。

（43） Stéphane Foucart, *op. cit.*, chapitre IV [version Kobo].

（44） *Ibid.*

引用とイメージと彷徨と
――『アンナ』、ボシュエ、ゲンズブール

森元庸介

前奏　ゲンズブールの説経節

季節は秋から冬にかけてだろう、薄曇りのパリの空の下、サン・ミシェル界隈のありふれたカフェの一隅でセルジュ・ゲンズブールが煙草を手に黒ビールを一口舐め、隣に座るジャン＝クロード・ブリアリに切り出す。

煩悩まみれの人生っていったい何だ？　欲しくなったらいやになって、いやになったら欲しくなって、欲しくなったらいやになって、いやになったら欲しくなっての交替運動ってだけじゃないか。

やおら始められた講釈にブリアリは「ふざけんなよ！」と苛立つが、相手に聞く耳などない。「黙ってな、終わりまで喋らせろ――心はいつも落ち着かずに揺れて、熱に浮かれて、熱に浮かれては熱が引いて、熱に浮かれて

は熱が引いて……」――「ふざけんなよ!」と再び抗議する相手を気にも留めず、ゲンズブールはさらにつづける。

だけど、そんなふうに欲しくなったらいやになって、いやになったら欲しくなって、欲しくなったらいやになって、いやになったら欲しくなって、ずっとふらつきながら、さまよう自由なんて勘違いに気を迷わせるばかりなのさ。

一九六六年製作、翌六七年放映のテレビ・フィルム『アンナ』の中盤からやりとりを切り抜いた。一篇はミュージカル・フィルムなのでもあり、本当をいえば右の場面でのゲンズブールもブリアリに話しかけているのではなく、みずから手がけた少し気怠く、だがたしかな熱を発するロック・チューンに乗せて歌いかけている。二分三〇秒あまりの楽曲のタイトルは「猛烈な毒、それが恋さ(Un poison violent, c'est ça l'amour)」――つまり、行き過ぎた恋心は破滅のもとだと忠告する内容なのだった。それにしても全体に抹香臭さが漂うのはいったいなにゆえのことか。事情はゲンズブール自身が次のように教えてくれる。

誰がいったかわかるか?――いや――ボシュエさ。

かくして右のくだりは、十七世紀フランスのもっとも重要なキリスト教思想家のひとり、あるいはまた演説家としてフランス文学史の全体を見渡してもひとり懸絶した別格の位置を占めるジャック=ベニーニュ・ボシュエが一六六六年――つまり『アンナ』の制作から正確に三百年前――、国王と宮廷人を前におこなった説教からほぼそのままに借用されたものである。

「文学作品」が「ポピュラー・ミュージック」に取り込まれることはフランスにあって珍しい話ではなく[1]、ゲンズブール当人がそうした潮流を代表するひとりと目されている。真骨頂は語法とモティーフの自在な「リミックス」にあることが夙に指摘されるが[2]、とりわけ初期には（明らかな志向のちがいは措いても）先行世代のジョルジュ・ブラッサンスやレオ・フェレと同様、ミュッセに拠る「十月の夜」（五九年）、「ネルヴァルのロック」やユゴーの「マグリアの歌」（ともに六一年）、詩篇「踊る蛇」にもとづくその名も「ボードレール」（六二年）など、原詩がそのまま引かれるケースはもちろんある（後年の当人は否定的に回顧したりもしているが[3]）。ただ、その際の主たるコーパスが十九世紀の韻文詩――上記に加え、たとえばヴェルレーヌ、とりわけランボー――となる点で、選択は王道的、あるいは見方によって守旧的ということになるかもしれない（実際、ゲンズブールには当初そうした評価が付いて回った）。ひるがえって十七世紀の（むろんそれもまた口誦的なのだとはいえ）散文テクスト、なにより聖職者の説教が――やがて見るとおりの操作は加えられるものの使用される字句はそのままに――楽曲化されたとなると、ことはかえって守旧性云々という範囲に収まりづらく、音楽家個人のキャリアに照らして、あるいは引用、またはアダプテーションと呼び習わされる現象の歴史一般に照らして、それなりに珍しい事例ということになるだろう。

どのようにしてそういうことが生じたのか。紹介的な記述を旨として以下を綴るにあたり、楽曲が収められた映像作品『アンナ』のことから始めよう。

1　イメージとイメージと――『アンナ』について

改めて、『アンナ』は一九六六年の後半に製作され、明けて六七年の一月十三日、国営フランス放送協会（ORTF）第一チャンネルで放映されたテレビ・フィルムである。フランスのテレビ史上、最初期のカラー作品のひとつとしても知られるが、放送自体はモノクロでおこなわれた（当時、カラー専用の受信機はまだほとんど流通していない）[4]。そのせいもあってか本国ではほぼ完全に忘却され、ゲンズブールの手がけたサウンド・トラックだけがコレクターズ・アイテムとして神話化される時期が長くつづいた。九〇年以降に何度かの再放送があり、DVDとしてパッケージ化されたのはようやく二〇〇九年である（なお、日本では九八年に劇場公開、翌九九年にVHSとDVDが発売、さらに二〇一九年にはフランス（二〇二三年）に先駆けてリマスター版が再び劇場公開された）[5]。

各所に散らばった形容を拾い集めると、ヌーヴェル・ヴァーグとポップ／サイケデリック・カルチャーが邂逅した知られざる逸品、というあたりに落ち着きそうだ。まちがってはいない、あるいは、それ以上に言葉を費やしてもしかたがないかもしれない。「ゴダール風の色彩、ルルーシュ風にぶらつくカメラ、ウィリアム・クライン風の広角撮影が音楽〔……〕のおかげでなんとか貼り合わされ」ていると形容したのは幾度目かの再放送時に『ル・モンド』が掲載した寸評である[6]。でたらめなパッチワーク、あるいはスコピトン（scopitone）めいた映像の寄せ集めにすぎないと腐しているのだが、それならそれでずいぶんと惜しみのないコラージュではないか。「貼り合わ」せに貢献したとされるゲンズブールは、フィルムを顧みて「サントラは少し古びたが、映像はそうじゃない」と回顧している[7]。同じくかれが「めちゃくちゃに出世するだろうと思った」と才能を讃えた監督のピエール・コラルニクについては、ゲンズブール／バーキンを主演に迎えた『ガラスの墓標』（七〇年）がよく知られるだろう。ヴァルダ、ゴダール、さらにロブ＝グリエとの仕事で頭角を現していた若手のウィリー・クラントが撮影を担当し、破格の制作費八〇万フランを要する冒険的な企画を主導したのは「歌謡界の知性」と謳われ、ゲンズブールをはじめ数多の才能を発掘してきたミシェル・アルノーである。

しかし、そうしたあれやこれやも、ゴダール、ヴァルダ、またリヴェット作品での主演を経て当時二十六歳、絶頂期そのもののアンナ・カリーナが透明なビニール・コートから黒のレザー、白衣の下のカラフルなセーター、シンプルなナイト・ドレスまで素材も色彩も多様なコスチュームをまとい、あらゆる軛を解かれるように歌い踊るのでなかったら、畢竟なにほどの意味もなく終わったかもしれない。『女は女である』や『はなればなれに』、『気狂いピエロ』で間歇的に披露された自然な歌声もよいが、本作ではゲンズブールの指導が彼女の歌い手としての資質を開花させ、とりわけ「太陽の真下で（Sous le soleil exactement）」は今日まで歌い継がれるスタンダード・ナンバーである。結局のところ、タイトルが端的に示すとおり、フィルムはひとりアンナのためのもの、アンナのものといってよい。

だから筋立てなどはどうでもよい、と安直に考えることはすまい。ブリアリ――カリーナとの共演はゴダール『女は女である』につづいて二度目――が演じるセルジュはシャンゼリゼ通り三五番地に拠を構える広告代理店ピュブレックス（Publex）（「(pub-）こそ法（lex）」）の若い社主である。親から継いだのか親族の後ろ盾があるのか（エキセントリックだが恐ろしく守旧的なふたりの叔母があれこれ嘴を挟んでくる）、ともあれ経営は順調のようだ。もちろん、プレイボーイでもある（「ぼくには気楽な付き合いが向いていたんだ（J'étais fait pour les sympathies）」――しかし、カリーナとは反対にゲンズブールを「ずっこけさせた」とされる絶妙の歌唱力とともにそうは見えないことが本作においてはむしろよい）。

そのかれが、愛をめぐる彷徨へ引きずり込まれる。スタッフが東駅で広告用に撮影した無数の写真の一枚に眼をやったことが発端だ。あてもなく仕事を探しにパリへ上ってきた田舎娘のアンナ――むろん、カリーナ自身の経歴が重なる――がそこに写り込んでいた。セルジュは一目で恋に落ち、「友人」（ゲンズブールが演じている――ちなみに、「セルジュ」の名をブリアリに譲ったかれには役名がない。名づけをめぐる懐かしくもある遊び……）が「スタンダールのいう結晶作用だろ（C'est la cristallisation comme dit Stendhal）」と茶を入れてくるのもものかは、正体の摑めぬ相手を探し出そうとスタッフに街ゆく女たちを手当たりしだいに撮影させ、自身も盛り場をあてなくさまよう。そのうち彼女に出くわすことがあるかもしれない――いや、そんなことがあるはずもない、だから、くだんのモノクロームに映ったアンナの眼から口許までをブロウアップし、カラーリングまでほどこしたポスターを街中に貼り出させる。例の叔母たちは甥の愚行に呆れつつも財力にものいわせてテレビ番組をジャックし、心当たりの者はすぐに名乗り出るようにと高飛車なアナウンスを流させる。だが、いずれの方策も奏功することなく、セルジュはただひたすらアンナもどきの女たちと行き合い、追いかけ回されるばかりだ（いわば反転した「カタログの歌」であり、それが一連のレビューの口実となる――もちろん、そのあちらこちらにアンナが紛れ込んでいたりもするわけだが）。

そうまでして探されているアンナはどこにいるのか。ほかならぬピュブレックスに職を得て、グラフィストとして働いているのだった。けれども、セルジュはそのことを知らない。社内と街中とで二度にわたり直に言葉を交わしさえするのに。なぜか。極度の近視であるアンナは人前で眼鏡を手放せないが、東駅に降りた際に周囲を入り乱れる撮影隊に突き飛ばされ、くだんの写真には裸眼で写っていたのだった……。あきれるほど他愛ない、と片づけるのではなく、もう少し近づいて様子を見よう。

物語の必然としてアンナもまたセルジュに心惹かれているのだが自身の思いを表すことはしない。夢見る恋に怖気づく真に内気な娘であり、仕事場で彩色するカートゥーンにキス・シーンがあるだけで眉を顰めるほどだ。とはいえ、街中に貼られたポスターやテレビを流れる告知にも――彼女はたしかにそれを眼にしてもいるのに――反応を返さないのはどうしたわけなのか。

この点について、九九年発売の日本版ＤＶＤに解説を寄せた川勝正幸は「女は自分自身ではなく自分のイメージを愛する男を許すことができない」のだと述べ、そこに作品の「現在性」を看て取ってもいる。[8] 適正（コレクト）な解釈であろう。実際、上述したふたつの場面における視線のゲーム（jeu du regard）――そこでのアンナはなるほど絶妙にセルジュを誘い、逃げてはぐらかすように見える――は、アンナがことのしだいを知っていることを示唆するかのようだ。あるいはまた、彼女がふとこぼす「あなたがわたしを見てくれさえすれば、わたしはあなたのものになるのに」という言葉もそのことを裏書きするかのようだ（「だんだんそうなって、だんだんそうでなくなって（De plus en plus, de moins en moins）」）。それでも、整合性を云々する作品でないことを承知のうえで少しく修正を加える余地があるかもしれない、そう感じるのは、たとえば、孤独な恋心をめぐる嘆きの歌「変哲もないある日（Un jour comme un autre）」から作中もっとも躍動的なダンス・チューンのひとつ「ローラー・ガール（Roller Girl）」へ至る、次のような場面に触れてのことである。(9)

休日の朝、自室でワインを啜って目玉焼きを食べるアンナは、セルジュのあてどない迷走ぶりを考えて独りごつ――

やんなっちゃう、かれってば眼はいいはずなんだけど。真っ暗でも他の娘たちのことは見えてるんだもの。不器用ってことはないはず。

眼は利くだろうし、（わたしみたいな）奥手ではないのだから、すぐそこにいるわたしをいずれは見つけてくれるにちがいない――のだとすれば、なるほど彼女はセルジュの探している相手が本当のところは自分であるのだとやはり自覚しているかのようだ。けれども直後、鏡に向かって漏らされる以下の呟きはどうか。

あの娘の何が特別っていうの？　脚もないくせに。

顔立ちばかりをブロウアップされ、だから「脚もない」ポスターの「あの娘」はむろん、眼の前の鏡に眼鏡を外して映っている彼女自身である。そのうえでなお独白はイメージと取りちがえられた自身を対象化する発話なのだと解するのがスマートかもしれない。しかしあえてそのまま受け取るなら、彼女の眼には鏡に映る（眼鏡をかけた）自分の姿が「あの娘の」姿と重なって見えない――眼鏡をかけたまま眼鏡を外した自分を鏡に映すことは誰にもできない（！）わけだから――、つまるところ、彼女にもまた鏡を外した自分の姿がごく端的な意味で見えていない、ということはさらに、追い求められているのが自分であることを知らない、ということになるのではないのか。

汲々たる「考察」をつづけよう。少し酩酊し始めたらしいアンナはさらに「彼女は何をして暮らしてるのかしら？」と問いかけ、「クレイジー・ホース、それともミルク・バー〔の踊り子〕？」とあてなく答えを探った末に「モデル（カヴァー・ガール）なんだわ」と独り合点し、いったんそう決めつけるや返す刀で当の「モデル」との想像的な同一化を始めるのだった。「わたしは騙し絵の恋人／わたしは壁に飾られる女／最強のヴァンプ／マンガの中のとびきりヤバい女」――そして、ブルジット・バルドー歌う「ハーレー・ダビッドソン」（六七年）の先駆版ともいうべき「ローラー・ガール」が鳴り渡る。

わたしはみんなが貼りまくる娘／ハーレー・ダヴィッドソンに／BMVに、バカでかいトラックに
わたしはローラー・ガール〔……〕
わたしはフキダシの娘／コミックスのロリータ／マンガの中のとびきりヤバい女
〔……〕
わたしは騙し絵の恋人／写真の娘／必殺の危険、フィクションの恋人

（「ローラー・ガール」）

「あの娘」が誰なのかは知らない、ただ、イメージへ切り詰められた――そうした言葉を用いてよければ「疎外」された――存在であるのはまちがいない。わたしは彼女をそう切り捨て、しかし次の瞬間、切り捨てた娘＝イメージに誘いかけられるように歌い始め、踊り、そうして彼女と同一化し、同一化することで自身の孤独と彼

女の疎外を重ねる。つまり単に憧憬を歌った歌なのでないとして、想像の連鎖がそのようにしてひとりになることを導くのだとすれば、必然として、現実における「わたし」と「彼女」は異なるふたりであった、あるいはふたりであると思われていたのでなければならない。

　こうやって結論を出すふりをして、しかし、アンナが自分と「あの娘」は別人だと思い込んでいるのか、あるいは自分こそが「あの娘」だと知りながら自分（とセルジュ）を突き放しているのかを詮議することが真に無駄であるという自明の理が確認される。地の語りと歌の語りのあいだに隔てがあり、だからそのふたつの語りを重ねることもでき、ひとりの声がそのままふたりの声となる――自分が他人でないこと／自分が他人でもあることをともに成立させる歌劇のもっとも根本的な詩法がここでも作動している。[10] さらにしかしまた、いずれは終えられねばならぬことも歌に課されたすぐれて固有の条件なのであって、詞章の締めくくりに置かれた「フィクションの恋人（amour fiction）」は歌の魔力を精確に言い示しながら、それによって同時に魔力を解き、歌い手を現実へと差し戻してしまう。エネルギーの発散を経て憔悴し、横たわったアンナが漏らす、その呟きのか細さよ――「このままじゃ、わたし、だめになってしまう」。

　かくして、みずから撒き散らしたイメージに惑って愛の対象を追いかけるほどにそこから遠ざかるセルジュと点対称を成すように、アンナは自身のものではないと自身では信じている自身のイメージから遠ざかり、省みるなら絶望的といってよいほどの孤独（「わたしひとりがひとり（Je suis la seule à être seule）」）のうちにたゆたう。取りちがえの劇はここで、たとえばヒッチコックの『めまい』、トリュフォー『暗くなるまでこの恋を』でそうあるように、いずれは定められるひとつの姿／心へ求心的に向かうのではなく、求められる姿／求める心の定めえぬ揺曳それ自体が作り出す二重の焦点をめぐって交わりながら重なることのない弧を描きつづける。イメージというモティーフは作品にとって他の何かと交換してよい任意の意匠などではなく、全篇の展開それ自体と一致した根本動機にほかならないのだった。

細部に拘泥した。イメージをめぐる取りちがえに言及したついでに、というのではないが視線を少し向け変え、『アンナ』の同時代的な位置について、ごく見やすい少数のトピックとともに当たりをだけつけておこう。

まずもって、ブロウアップをめぐるフィルムといえば誰もがアントニオーニのその名も『ブロウアップ』（邦題『欲望』）を思い浮かべるはずだ。[11] フランス公開は、『アンナ』放映と同じ六七年の五月のことでもあった。ただ、拡大という同じイメージ操作を起点としながら、その意味は両者のあいだで顕著な対照を示している。自身が意図して作り出したイメージに図らずも見出された細部への接近（窃視の欲望）に憑かれて拡大をおこなう『ブロウアップ』の写真家トーマス（デヴィッド・ヘミングス）と異なり、『アンナ』のセルジュにとっての拡大は図らずも見出されたイメージを意図して匿名空間に拡散させるための手段である。拡散のために拡大せねばならない。別段それを見ようとしているのでもない者——無数かつ不特定の都市歩行者、またそのうちにいるはずの女＝アンナ——の視界に割り込むには、ごく単純に一定以上のサイズが必要だからだ。

そのようにして、今日にいう注意経済（アテンション・エコノミー）のプリミティヴな原型らしきものが認められるとすれば、イメージの問いはひとりイメージのみに関わる問いでもない。

「拡散」を鍵語のひとつとし、後期資本主義の到来が国際関係から文化政治までを貫いて引き起こした地殻変動を測定したのは、論攷「六〇年代を時代区分する」[12] におけるフレデリック・ジェイムソンである。曰く、六〇年代にはふたつの「ラディカルな断絶」があり、（ほかならぬ）「一九六七年前後」にそのひとつが認められる（ちなみにもうひとつは「一九七三年前後」——ジェイムソンによれば、六〇年代はそこで決定的に終わる[13]）。フランス文学であれば「旧いヌーヴォー・ロマンとフィリップ・ソレルスのそれ、あるいは完全に分裂的な書法」のあいだを走るとされたその断絶の内実は、たとえば以下のようにも定義されよう。

> 自律的な空間ないし圏域としての文化が凋落するとともに文化は世俗のうちに埋没するが、結果としてし

かし消滅するのではなく驚くべきしかたで拡散し、文化が社会生活一般と重なり合うまでに至る。すべてのレヴェルがいまや「文化と化し（acculturated）」、あらゆるものがスペクタクルの社会、イメージの社会、あるいはシミュラークルの社会にあって文化的なものとなりおおせ、上部構造から下部構造それ自体のメカニズムへと引き下ろされている。(14)

『アンナ』のために書かれた文のようだという妄想すらよぎるが、言及された複数の指標のうち「スペクタクルの社会」についてだけ注意を向けておく。シチュアシオニスムを代表するギィ・ドゥボール『スペクタクルの社会』が刊行されたのはこれもまた『アンナ』放映と同じ六七年、その十一月のことだった。「単なるイメージの集合ではなく、人間どうしのイメージに媒介された社会的関係」（テーゼ四）(15)そのものであるスペクタクルがあらゆる領域に分離（séparation）――あるいは疎外――を引き入れながら逆説的にも社会の一体化（unification）の原理となり、だからこそ諸々の分離をなおいっそう強化してゆく――「孤立化させられた個人〔が〕一緒くたに孤立化させられた個人として再把捉(16)」されるときがそうであるように。ドゥボールを筆頭とするシチュアシオニストはすでに五〇年代の始めからそのようなスペクタクルの全面化という趨勢を分析し、そればかりでなく対抗戦術として乗っ取り、換骨奪胎、つまりは「転用（détournement）」を唱え、困難な実践をさまざまに試行していたわけだが、しかし、いまの文脈でそのことに言及するのもまたひとえにコントラストを浮き上がらせるためである。『アンナ』のセルジュにとって「転用」があるとすれば、みずからに利用可能な産業リソース――とりもなおさず広告(17)――を臆面なく私的目的のために投入することにほかならなかったのだから。作中人物はそのように転倒しているかもしれないがそうした転倒ぶりを描く作品そのものには批判的契機が宿されている、などとはいうまい。『アンナ』に含まれる教えがあるとすれば、それは状況（シチュアシオン）の構築という能動性への狂おしい希求の対極、いってみれば現象の渦中（イン・シチュ）に生み出された自失、純然たる受動状態のドキュメントたりえている点なのであって、それ以上のものを読み込もうとすれば同時にいくつものことがらを損なってしまう。

だからといって、挿話的なのであれ微温的なのであれ、最小限度には批判的な、あるいはせめて観察者的な視点がフィルムにまるで欠けているわけではない。そしていうまでもなく、作中にあってそのような視点を託される存在はゲンズブールを措いてほかにいない。セルジュをつかまえて意地の悪い忠告を与える一方、アンナの仕事場にふらり入り込んで彼女の恋心と鬱屈を冷やかしたりもするかれはむろん顛末の全体を見通しており、さりながらふたりを結びつけようとするのでなく、仄かな共感を滲ませながらも傍観者の位置に留まることだろう。かれの位置をつうじて観者にもようやくことがらを俯瞰する余地が確保されるのであり、「メフィスト的」と呼ぶのがやはりふさわしかろうそのプレゼンスがなかったなら、なるほど『アンナ』は真に一貫性を欠いたクリップ的映像の集積となったかもしれない。だが、そのようにいえるのも畢竟、ゲンズブールがサウンド・トラックの全篇を手がけたという事実があればこそだ。[18] そのうちでも（恋愛譚それ自体をいわば突き放す）核心的な位置を占めるのがくだんの「猛烈な毒、それが恋さ」であり、こうしてようやく、引用された楽曲のテクスト的中核であるボシュエの説教について考える素地が整った。しかし、それについて考えるとは、実のところ、なかば以上はその来歴をたどることである。いったい、ボシュエのテクストはいかなる道筋を通って、ゲンズブールのもとへ届いたのか。

時間を巻き戻そう。

2　ボシュエからスナールへ——説教と弁論

ボシュエそのひとについては、教科書的な確認に留める。思想史において、かれはまずフランスにおける（問題なしとはしない表現だが）王権神授説の確立者、またそれと連動しながら、ローマに対するフランス教会の相対的独立の主張、いわゆるガリカニスムの主導者として知られる。加えて、プロテスタントとの論争の矢面に立つと同時に、盟友フェヌロンが神秘主義的傾向（キエティスム）への傾斜を明らかにすると、いわゆる「純粋愛論争」をつうじて均衡を重視した信仰の正統性を守護する立場に回った。さらに、既述のとおり演説家としてフランス文学史上に特別な位置を占め、少なくとも前世紀初頭までは学校教育における正典の位置を占める著作家でもあった。専門世界の外では読まれる機会をめっきり減らしてのことではあれ、今日なお、宗教／文学における古典的権威の体現者として集合記憶のうちに地位を保った存在である。

部分的にはすでに指摘したことだが、ゲンズブールが引いたのは、そのボシュエによって一六六六年の四旬節第三水曜日（三月三十一日）、ルイ十四世と王族、宮廷人を前におこなわれた説教である[19]。不世出の雄弁家が残した説教のうちでも推敲跡の著しい一篇とされる[20]。入念な彫琢には相応の理由があったかもしれず、偉大な母アンヌ・ドートリシュが没して二カ月あまり、当時二十三歳の国王は放蕩への傾きをいよいよ明らかにせんとしていた。ボシュエとしては、そのかれに戒めを与えるのでなければ「みずからに課された聖なる務めを果たさぬことになってしまいます[21]」。選ばれた主題は、はたして「放蕩児の帰還」である。

「ルカによる福音書」の第十五章（一一―三二）でイエスの口から語られる寓話の内容はよく知られていよう。裕福な父親にふたりの息子がいる。父は下の子の求めに応じ、ふたりに財産を分け与えた。従前と変わらず父にまめまめしく仕える兄と反対に、家を出た弟は放蕩のあげく財産を使い果たし、拾われた先で豚の世話をしながらその「豚の食べるいなご豆を食べる」までに身を落とす。愚行をようやく悔いて家に戻り「雇い人」の身分でよいから傍に置いてくれと懇願したところ、父は怒るどころか喜んでかれを迎え入れ、祝いの宴をさえ開こうという。実直な兄が不公平だと言い募ると父は応える――「子よ、おまえはいつもわたしと一緒にいる。わたしのものは全部おまえのものだ。だが、おまえのあの弟は死んだのに生き返った。いなくなっていたのに見つかったのだ。祝宴を開いて楽しみ喜ぶのは当たり前ではないか」。

背景となる古代ユダヤ社会の家族／財産制度、ルカ福音書とギリシア＝ローマの思想文脈の関係、解釈史上のさまざまな展開（とりわけ兄をユダヤ人、弟をキリスト教徒に見立てるテクスト操作）など、寓話をめぐっては無数の分岐を考えることができる。[22] ただ、ルイへの訓戒を当座の目的とし、その意味では実務的な性質も帯びていたボシュエの説教は、放蕩する息子を堕落状態にある人間、鷹揚な父を神に比定する標準的な図式にしたがいつつ、主題を快楽と悔悛の対比に絞り込んでいる。説教の構成が予告される「第二導入部」の次のくだりを見ておこう。

かれ〔＝放蕩息子〕の不節制、かれの散財、かれが選び取ったこの悦楽まみれの生が隷従、飢餓、そして絶望へとかれを追い込みます。かくして、みなさん、ご覧のとおり、かれの喜悦はまさしく苦渋へ転じるのです。「喜悦の果てを悲嘆が占める」〔と聖書（「箴言」一四・一三）にいわれるとおりです〕。しかし、もうひとつの変転があり、それもまた同じく目を瞠るべきものです。すなわち、こうした不幸の長い連鎖によってかれは自分自身へ立ち返り、ついに父のもとへ戻って自分の無軌道のすべてを悔い、またそれに傷つき、しかし、父の寛大な赦しに迎えられ、乱れた快楽のために失ったものを落涙と後悔をつうじて取り戻すのです。[23]

放蕩児のさまよいは現世における感覚的、肉体的な快楽――端的にいえば性愛――の追求をほぼそのままに映し、結果としてかれが陥った貧窮は霊的な荒廃、絶望の象りであり、それにもかかわらず与えられた父の赦しは回心と悔悛を承けて神が授ける恩寵の普遍的かつ即時的な効力を物語る。こうして骨子をだけ取り出せばいかにも味気ないようだが、ふたつの過程の並行と反転、また対比の見やすさこそが当該の寓話の美点ともいえ、説教家自身もまた「かくも美しく、かくも有益なスペクタクル」、「悔悛による恩寵のかくも完成された絵解き（イマージュ）」を讃えながら、[24]それぞれを説教の前段（「第一要点」）と後段（「第二要点」）に配してゆく。

ゲンズブールが歌ったくだりはもちろん前段に含まれるわけだが、その内容をかいつまむなら（一）感覚的快楽がいわば偽りの友、すなわち「わたしたちの友であることを口実にかくも甚だしい害」を与える「危険な助言者」であること、（二）それによって「どれほどの恥辱、財産上のどれほどの破滅、精神上のどれほどの無節制、身体上のどれほどの不具まで」もが引き起こされるのかは明らかでありながら、人間が抗いがたくその力に引きずられてあること、（三）しかしまた経験が教えるとおり「時の経過とともに煩わしく耐えがたいものへ変ずることのないほど快い状態など」ありえず、（四）つまり、どんな個別的な快楽もひとを持続的、恒常的に満たしはしないのであれば、逆に「感覚の快のいっさいは移ろい（ヴァリエテ）に存する」ということになる。[25]感覚の快楽は強く、であるから保たれず、つまり移ろいやすく、それゆえ人間は……という以上の運びを経て、問題となる一節が導かれる。ここではボシュエのテクストに即し、ゲンズブールが省いた部分を復元（ふくげん）し、逆にかれが取り入れた部分はゴチック体で示しながら、拙い遊びであるが語調を変えて訳出してみよう。

それゆえ感覚に執着する者は誰であれ、必然として対象から対象へさまよい、いわば位置を変えることで自身を欺いてゆきます。そのようにして、邪欲（concupiscence）、すなわち快楽への愛は常に変化するのであり、というのも、その熱情は持続のうちであれ、死に絶えながら、変化をつうじて甦るのだからです。**かくて、感覚のうちの生とは、欲求から嫌悪へ、嫌悪から欲求へという立ち替わりの運動にほかならず、魂は減衰する熱情と更新される熱情のあいだを不確かに漂うばかりなのではないでしょうか。**「邪欲は定かならぬもの」〔と聖書（「知恵の書」四・一二）にいわれるとおりに〕。これこそが感覚のうちの生のありさまです。**さりながら、この終わりなき運動のうちにあって、ひとは彷徨える自由という虚像に気を紛らわせることをやめません。**「己の彷徨える欲望を自由の輝きと受け取る者のごとく」〔とアウグスティヌスが述べるとおりに」[26]。

楽曲における引用との対照はいずれおこなうとして、いまは大まかな内容をだけ確認したい。だが、いうべきことはあまりない気もする。欲求は欠落と一体であり、その欠落はさらに飽和と表裏の関係にあって、ひとは飽和がもたらす嫌悪を逃れるべく繰り返し新たな欲求へ赴く、というよりも、そうすることを強いられる。だから、追い求められる対象は転々と移ろいゆくが、それ自体が終わりのない空回り、さまよいでしかなく、ひとは徹底して自身に隷従しているのでありながら彷徨と自由を取りちがえ、自身の隷従状態を直視する辛労をさえ免れてしまう。ボシュエに頻出する主題であり[27]、しかしかれの独創というのではもちろんなく、末尾に名を挙げられたアウグスティヌスをもっとも強力な範例として西方キリスト教が共有した典型的な人間＝世界観が、卓抜な措辞に彩られてではあれ発想のレヴェルではごく謹直になぞられている[28]。むろん、錯誤から脱するための唯一の経路である神の恩寵、またその前提となる悔悛については後段で取り上げられてゆくわけだが、この場で立ち入る必要はあるまい。ボシュエからゲンズブールに至る道のりをつづけて追うことにしよう。

＊

本当をいって、ゲンズブールの楽曲を別にするなら、右で見た一節が専門研究者以外に今日いかほどか記憶されているのはたぶん、フランス文学史を彩って名高い裁判に顔を覗かせたことによってである。

一八五六年の十月から十二月にかけ、ギュスターヴ・フローベールは『ボヴァリー夫人』を『パリ評論』に発表し、淫猥とされたその内容のために翌年一月、「公共・宗教道徳、良俗の紊乱」の廉で訴追を受ける。弁護を引き受けたのは作家と同郷のルーアン出身、かつては国民議会議長、また内務大臣を務めもしたジュール・スナール。この法曹界の大物にとって文学や芸術の自律性を法廷で言い立てることなど論外であり、一篇の目的は挙げて「悪徳への嫌悪をつうじた美徳の鼓吹」[29]にあったとする——当時にあって常套的な——防御線を敷くことで親交ある一家の息子に無罪判決を勝ち獲ってやる。四時間におよんだという悠然たる弁論は古今の文学的権威を動員するが、その筆頭に（やはり十七世紀の説教家として知られるジャン＝バティスト・マシヨンと並んで）名を挙げられるのがボシュエだ。「みなさんは〔フローベール氏が〕ボシュエとマシヨンに深く影響されていることをやがて理解されるでしょう」[30]。「やがて」とあるのは後半、実際にボシュエからの引用が連ねられるくだりを予告してのことだが、その先陣を切るのが右に見た「それゆえ感覚に執着する者は……」に始まるくだんの一節にほかならない[31]。そのうえでスナールはいう。ボシュエの説教とフローベールの小説を読み比べてみれば、後者について「断罪されたくだりのすべて」が、前者と同じく、「不法な快楽」を肯定するどころかその危険な魅惑について警告を発しているのであることは明白であり、畢竟、『ボヴァリー夫人』は「ボシュエの〔、ただし〕剽窃なのではなく——一個の思想を我がものとした者は剽窃者にあらず——模倣にほかならないのです」[32]。

真率さの欠如に呆れる向きもあるだろうが、すでに数多の検証が加えられた一件でもあり[33]、やはり深くは立ち入らない。ただ、スナールによるちょっとした仕掛けのことは指摘しておこう。問題のくだりを引くにあたり、弁護人は当初その出所を伏せ、「フローベールはこうした着想をどこから得たのでしょうか」と思わせぶりに前置きしつつ、いざ引用を終えるとすぐに次のように述べていたのだった。

これこそが感覚のうちの生のありさまです。こう述べたのは誰でしょうか。このように止むことなき亢奮と熱情について、いましがたみなさんが耳にされた言葉を記したのは誰でしょうか。フローベール氏が昼も夜も繙き[34]、帝国検事殿が断罪されたくだりについて着想を得た書物とは何でしょうか。ボシュエなのです！

内容と文体から正統的であることはたしかなテクストを引きながら典拠を隠し、検察側に緊張を強いつつ傍聴席の興味を刺激し、思い当たりこそしないが開陳されてみればさもありなんという答えでもって場を掌握する。小手先の細工かもしれない。ただ、新人作家の放蕩を断罪することが同時に謹厳を代表する権威を断罪することにもなりかねぬ状況、大仰にいうなら袋小路(アポリア)を効率よく作り出す点で、その細工は戦術的にはきわめて効果的なものであった。[35] 同時に、一見して意表を突くかのような取り合わせが効果を挙げるのは、取り合わされたふたつの項が実際には相通じることが少なくともア・ポステリオリにたやすく感取できるからである。反転した官能性への傾向はボシュエについてしばしば指摘されるところであり、[36] 実際、ここで取り上げている一節にも、感覚の危険を剔抉する描写の卓抜なあまりにその魅惑をかえって引き立てるような気配はたしかにある。[37] 検閲とその対象のあいだに潜在する鏡像関係のことは拘泥するまでもないとして、[38] いまの場合、絶妙の選択と絶妙のタイミングでそれを検閲者に突き返した弁護人の手際は安直に軽侮すべきものではない。

そのうえで、ほかならぬゲンズブールもまたそのような力学の作動を過たず感知し、自身の楽曲においてみごとな変奏を加えたように思われる。という以前に、右の経緯に照らしてみるなら、憮然たる表情のブリアリに向けて得意顔を隠さず「ボシュエさ」とみずからの引用元を告げたとき、かれは十九世紀の法律家の身振りをきわめて忠実になぞっていたことにもなるわけだ。それは偶然の一致であったか。むろん否である。

3　歌う説教師——快楽の転置

ゲンズブールはフローベールのよき読者であった。右の裁判のことも当然よく知っており、ということはつまり、ボシュエを引用しながらスナールの流儀を反復したのもまったく意図してのことなのだった。無用の傍証を連ねよう。

一九九〇年、キャリアの最後となった監督フィルム『スタン・ザ・フラッシャー』の終盤、絶望に沈んだ英語教師スタン（クロード・ベリ）に向けて友人（リシャール・ボーランジェ）がくだんの一節を諳んじ（『アンナ』の陰鬱なリプライズ……）、こう付け加える——「ボシュエがいったんだ、『ボヴァリー夫人』裁判でフローベールを擁護した弁護士が引用している」。その六年前、TF1のインタビュー番組『一週間休みなし（7 sur 7）』八四年三月十一日の放送回（おもむろに五百フラン紙幣を取り出して火をつけたことがあまりによく知られる）でも、同裁判に言及しながら一節をわずかにもじりつつ諳んじて独擅場の結句とした。さらにその十五年前（『アンナ』からは二年後）となる六九年には、ジェーン・バーキンとの関係のきっかけとなるフィルム『スローガン』の中盤、敏腕広告ディレクター（ここでも……）のセルジュ（ここでも……）に扮し、バスタブでバーキン演じるエヴリーヌに同じくだりを披露している。いや、すでにアルバム・デビューから三年後の一九六一年、「感覚による錯誤（Illusion des sens）」というタイトルのもと、ステージ上でその朗唱を披露していたことが伝えられてもいる[39]……。

ボシュエのテクストがゲンズブールのもとへ届けられた経路は以上によって確認された。同時に、キャリアの始まりから終わりまで、『アンナ』を含めるなら確認できるかぎり公の場で五度にわたって引用された一節は、つまるところ音楽家の文学的エンブレムのひとつであったことも確認される。衒いがなかったわけでなく、ひとの意表を突く楽しみもあったのだと思うが、粘性を打刻するようなテクストの音響性（その一端はすぐに見る）、また、快楽への沈溺と世俗への嫌悪の共存——「自分はこの世にいないから。どんな世にもいない[40]（Je ne suis pas de ce monde. Je ne suis d'aucun monde）」——という自身の性向にあまりによく照応するモティーフが決定的だったことはまちがいない。ただ、反復につれて引用が自己引用に近づき、結果的に自家中毒の気配を漂わせもしたのだとすれば、（今日では記録に残らぬ舞台上での朗唱を措いて）その幕開きとなった楽曲は毒を歌いながら少しも毒気にあてられはしない勁さを感じさせる。以下、遅まきながら註釈を試みるにあたり、冒頭では細切れに引いた詞章をまとめ、原文を付して再掲することにしよう。

煩悩まみれの人生っていったい何だ？　欲しくなったら飽きて、飽きたら欲しくなって、欲しくなったら飽きて、飽きたら欲しくなっての交替運動ってだけじゃないか

Qu’est-ce autre chose que la vie des sens / Qu’un mouvement alternatif / Qui va de l’appétit au dégoût / Et du dégoût à l’appétit / De l’appétit au dégoût / Et du dégoût à l’appétit

（ふざけんなよ！――黙ってな、終わりまで喋らせろ）

(Je m’en fous ! — Ta gueule ! Laisse-moi finir !)

心はいつも落ち着かずに漂うばかり、熱に浮かれて、熱に浮かれては熱が引いて、熱に浮かれては熱が引いて

L’âme flottant toujours incertaine / Entre l’ardeur qui se renouvelle / L’ardeur qui se renouvelle / Et l’ardeur qui se ralentit. / L’ardeur qui se renouvelle. / Et l’ardeur qui se ralentit

（ふざけんなよ！）

(Je m’en fous !)

だけど、そんなふうに欲しくなったら飽きて、欲しくなったら飽きて、飽きたら欲しくなって、ずっとふらつきながら、さまよう自由なんて勘ちがいに気を迷わせるばかりなのさ

Mais dans ce mouvement perpétuel / De l'appétit au dégoût / De l'appétit au dégoût / Et du dégoût à l'appétit / On ne laisse pas de se divertir / Par l'image d'une liberté errante

(誰がいったかわかるか?――いや――ボシュエさ)

(Tu sais de qui c'est ? — Non — Bossuet)

だいぶ前に述べたとおり、ゲンズブールはボシュエの言葉を差し替えたり自身の言葉を付け加えたりはしていないが、形式に関してまったく忠実というわけなのでもない。まずもって、説教はここでともあれ対話へと変形されているのだから。どうでもよいことでもない。各連のあいだに挟まれた若き社主セルジュの叫びは、少し考えるなら、三百年前の若き君主ルイの内心の舌打ちであったとして不思議でない。だからまた、それを制して言葉を連ねるゲンズブールの姿が(戯画化の弊を押していえば)説教壇の高みから語り下ろすボシュエの姿と重なりもする。結果的に、蕩児への戒告という元々の状況が二十世紀に移し替えられながら復元されているのであり、おそらくは無意識に為された操作が、そうであるだけにいっそうよく音楽家の歴史家的直感を証し立てる。

しかしまた、テクストが単に欲望と飽和の交替運動をいって終わっていたなら、どれほど時宜にかなっていたのであっても引用は不可欠な辛味を欠いたかもしれない。そのようにいうのはもちろん、全体の結語となる「さまよう自由なんて勘ちがいに気を迷わせるばかりなのさ」を考えてのことである。[41]「勘ちがい」としたのはフランス語の image、ボシュエのテクストに即して先に掲げた別ヴァージョンでは「虚像」としてみたが、それもこれも引っくるめて、つまるところは「イメージ」だ。思い起こすまでもなく、セルジュの彷徨はイメージに翻弄された結果だった。アンナは拡散する自身のイメージのために孤独のうちへ分離された。つまり、フィルムの核心ならざる核心はイメージという主題のうちにあった。とすれば、右のごく短い連辞は作品の全体をみごとに集約する精確かつ辛辣なエピグラムそのものとなっているわけだ。めぐりあわせの結果ではある。だが、それだけなのでもない。楽曲の該当箇所、第三連の終わりにあたる冒頭から五四―五五秒を再生すると、errante（さまよう）が直前の liberté（自由）からわずかな空隙（サンコープ）によって一瞬、しかし瞭然と区切られているのが聞こえる。そのようにして彷徨のモティーフはなかば単体で切り出され、跳ね返るようにして、「自由」が「イメージ」――「勘ちがい／虚像」――にすぎないそのゆえんもまた説得的に浮かび上がる（フランス語の句読法に即して細かなことをいえば、「さまよう」主体が「自由」から「イメージ」に移行したように聞こえる）。歌唱における極細の介入はここでひとつの註釈行為であり、なるほど偶発的なものであったのかもしれぬ邂逅を制作上の必然へと鋳直しながら、イメージをめぐるイメージの連なりとしての『アンナ』に決定的な刻印を押すのだ。

　さらにいま少し。オリジナルの措辞が尊重されているのは事実だが、反復、またそれにともなう転置は加えられている。並べて対照する労は執らず、第一連で「欲しくなったら飽きて、飽きたら欲しくなって」が一度、第二連で「熱に浮かれて」と「熱に浮かれては熱が引いて」がそれぞれ一度ずつ余計に加えられ、第三連には第一連のヴァリエーション「欲しくなったら飽きて、欲しくなったら飽きて、飽きたら欲しくなって」が挟み込まれていることを確認しておく。歌唱化にともなうもっとも基礎的な現象である反復はゲンズブールにおいて自然と見紛うばかりの技法となっているが、いまの場合も漫然と導き入れられているのではやはりない。二組の明瞭な対比――「欲しくなっては（de l'appétit）／いやになって（au dégoût）」（とその逆）、また「熱に浮かれては（l'ardeur qui se renouvelle）／熱が引いて（et l'ardeur qui se ralentit）――がともにシンプルな四ビートと同期して交替運動の規則性を描き出す一方、交替それ自体が単なる仮象にすぎないのだとする元の説教のメイン・モティーフにはモノクロマティックに滞留するギター・リフがあてがわれる。十七世紀の説教と二十世紀のロックの取り合わせは純然たる綺想のようでありながら、楽曲の具体に即するなら律儀といってよいほどの照応ぶりを示しているわけだ。

しかし、それで一件が落着するといえば、やはりそうではない。

音響の点から見るなら、位置を交替させながら第一連では四度、第三連では三度にわたって現れる「欲しくなって（appétit）」と「いやになって（dégoût）」の二語に含まれる子音はすべて破裂音（[a-pe-ti]、[de-gu]）、粗雑な言い方をして、フランス語のうちでも（その出現頻度ではなくノイズ性によって）とりわけ耳につきやすい音である。そのことがとくに顕著な無声子音ふたつ（[p]と[t]）を含む前者のappétitについて、ゲンズブールがそれを嬉々として発していることは録音を一聴すれば明らかだ。繰り返しが響きの印象を強めることもあり、その背後にpet（ぺ）——「屁」、転じて「騒動」、さらには危険を告げる間投詞——を聴き取っても咎められはすまい[42]。連の最後では、とりわけ強くストレスのかけられた[p]が引き伸ばされる[ti]と結ばれ、さらに後者が第二連の「引いて（se ralentit）」の末尾[ti]に受け継がれるとともに口唇的快楽は最大化される。言い添えるなら、日本語で「引いて」としたその代名動詞se ralentirは形容詞「遅い（lent）」から成り、字義的にはもちろん「減速する」を意味するわけだが、歌唱は、それと対になる直前の「浮かれて（se renouvelle）」——字義的にいえば「新しくなる」——の切り上げられた語尾[ɛl]との対比を強調しつつ、緩急の変化を音響レヴエルであからまさに擬態してもいるのだった。

加速と減速を入れ替えながら、繰り返し引いては寄せ、接着と破裂をともないもする欲望の熱波——勿体をつける必要もない、ごく単純に、ゲンズブールの自在な歌唱は文字の連なりに「運動（mouvement）」を吹き込み、それによって全体を性化し、放蕩を戒めるテクストが放蕩を映し出す歌となって響く。ただ、冒瀆性や侵犯性を詮議することはここでいかにも空々しい。ボシュエのテクスト自体に宿された官能性は研究者たちによって大なり小なり指摘されてきた[43]。そのポテンシャルはまた、楽曲から百年と少し前、性愛とその表現を最大の焦点とした文学裁判において間接的ながらに現働化していた。ゲンズブールはもう一歩ばかり先へそれを進めたというだけのことではないのか。そのように音楽家の才気を法律家の狡知の延長線上に位置づけたからといって芸術を貶めることにもなるまい。ゲンズブールそのひとが、引用にともなう演出――「ボシュエさ」へ――をまで含めてスナールの身ぶりに倣っているのだから。もっといえば、一歩ばかり先へ進めれば十分であったその一歩を進めるに留まったというそのこと自体が貴かな達成なのではないだろうか。テクストに挿し加えられた色は深読みするまでもなく耳に明らかなのであり、同時にそれ以上では決してなくて矩を踰えず絶妙に淡く、なにより聞き取られたかと思うや停滞することなしに過ぎ去ってゆく。宗教家の説教を踏まえ、法律家によるその転用(44)をなぞりながら――ということはさらに、結果として小説家フローベールにまでこだまを返しながら――軽捷に発揮された技倆は衒気の澱も挑発の棘も寄せつけず、世に汎く知られてはあるまいが匹敵する作例をおそらく知らない引用の快作を生み出した。優劣を論じる気はもとよりないとはいえ、たとえば六七年の終わりに最初のヴァージョンが録音され、同じく反復をモティーフとしたあまりに名高い「ジュ・テーム……モワ・ノン・プリュ」と好一対を成すようなその軽さが、いまここで顧みるかぎり、特別に嘉された創造の徴であるように映る。

後奏　彷徨のゆくえ

その軽みと対照的に重苦しい記述を連ねながら、楽曲「猛烈な毒、それが恋さ」、さらにフィルム『アンナ』について、その後段を手つかずで残したままにしている。だが、いまさら話の穂を長く接いでも疎ましい。純然たる余録として以下をのみ記す。

中盤移行、楽曲のトーンは変化し、もともと不明確なのであったメロディーが一種のレチタティーヴォへ近づく。ボシュエの名に反応したブリアリは「ブラヴォー、追悼演説でも打(ぶ)とうってのか」と反撃するが、ゲンズブールはあいかわらず軽くいなし、そうするには自分が「あまりにシニカルだ」と前置きしつつ説教から独自に引き出した教訓を次のようにまとめる。

　猛烈な毒、それが恋さ
　定量より呷っちゃだめだ
　車みたいなもんさ
　メーターは一八〇キロ、ぎりぎり一九〇までだ
　二〇〇になりゃ血が飛び散るだろうさ（Effusion de sang）
　だから忠告しておくぜ
　自分を大切にするんだ、やめておけ

内容と形式の双方で前半を占めていた緩急のモティーフがシンプルな直喩によって車速のイメージへ収束し、それまで駆使されていた修辞は即物的な数字に還元される。そうかと思うとメーターはすぐに振り切れ、語呂合わせが「二〇〇（deux cent［dø sɑ］）」を「血の（de sang［də sɑ］）」に重ね、ブリアリが発した「追悼演説」の語とともに喚起された死のモティーフを引き継ぐ。

エロスとタナトスの組み合わせという定型中の定型がここで意義深いのは、それによってゲンズブールの詞章がしごくあっさりボシュエの引力圏から離脱するからだ。聖書における「放蕩児」の寓話が寓話として成り立つのはいうまでもなく「帰還」によって閉じられるからであり、だから、ボシュエもまた（本稿ではほとんど考慮の埒外に放置した）説教の後段では彷徨の果てに見出されるべき家、あるいは古典的な譬喩に則して「港」の安らぎ、つまりは悔悛の苦渋をつうじて得られた霊的喜悦の清浄を強調していた。論証を抜きに、また皮相を承知でいえば、しかし、肉的快楽の危険をいう前段の反転した引き写しとならざるをえないその展開は必然として弛

緩する。説教に後段のあることを知っていたのだとたとえ仮定したとしても、ゲンズブールが使用価値を認めたのはやはり前段だけであったにちがいない。ひるがえって、かれが自前で接続した後段が放蕩児に帰る先を用意することなどありえない。「忠告（conseil）」における未然の事態として――ぎこちなくいえばそうならぬためにいわれているのではあれ、詞章が字義性において告げるのは、欲望とはつまるところ発されればそれきりなのであること、踏み留まり、引き返し、あるいはまた別の道を選ぶことなど望むべくもなく、ただ単に破滅へ至り着くだけなのであること以外ではない。そもそも恋物語における「やめておけ」ほどに無効であることを定められた発話もなく、はたせるかな、ブリアリは忠告を振り払って街頭に消え、ゲンズブールもまたこれをかぎりに画面から姿を消す。作中における骰子一擲であり、取りちがえの物語にもとより終わりなどありえぬことが取り戻しようもなく告げられる。ブリアリはブリアリで正しく、ゲンズブールが変奏したボシュエの説教は、なるほど一種の先取りされた追悼演説であった。

　ということはまた、以降のフィルムを流れる時間は、与えられるべくもないものがなお与えられるというかぎりでまさしく望外のそれである。セルジュは――必然として仮死の過程を潜るのはたしかなのだが――どこを、どのようにさまようだろう？　アンナはそのとき、どこへ向かい、どうするだろう？　あるいは何になるだろう？　天上ではもとよりなく、といってただ地上なのでもおそらくない、どことも指し示せぬ場所へ溶けゆくようなことのしだいには、もちろん、直に立ち会ってもらうほかない。

【注】

（1）　一九五〇年代以降におけるシンガー・ソングライター（ACI : Auteur-Compositeur-Interprète）の活躍、その文学的「正典化」とも関連するこの点について、ひとまず以下を参照。Dimitris Papanikolaou, *Singing Poets. Literature and Popular Music in France and Greece*, London, Modern Humanities Research Association and Maney Publishing, 2007, p. 12-60.（とくに p. 28-30, 36-38）

（2）　具体的には以下の記事が参考になった。Chloé Thibaud, « Comment Serge Gainsbourg a remixé Rimbaud, Baudelaire, Poe… », *L'Obs*, le 13 septembre 2014 (https://bibliobs.nouvelobs.com/actualites/20140728.OBS4884/comment-serge-gainsbourg-a-remixe-rimbaud-baudelaire-poe.html).

（3）　Lucien Rioux, *Serge Gainsbourg*, Paris, Seghers, 1969, p. 79.

（4）　以下、『アンナ』の製作状況に関しては次の記述を参照する。Gilles Verlant, *Gainsbourg*, Paris, Albin Michel, 2000, p. 306-311.

（5）　リマスター版の日本公開に際して『シネマ・ヴァレリア』（第七号）が特集を組んでいるが、残念ながら入手が叶わなかった。

（6）　Jean-Louis Perrier, « Ciné-scopitone », *Le Monde*, le 26 février 1995.「スコピトン」はフィルム再生機能をそなえ、六〇年代に普及したジューク・ボックスの一種。

（7）　「古びた」かどうかはともかく、サウンド・トラックは六五年末にロンドンで録音されたシングル「誰が「イン」で誰が「アウト」」（六六年）を引き継ぎながらロックへの傾斜を顕著に示し、作家のキャリアにおける時系列的な位置はたしかに見やすい（以下の整理が参考になった。Stéphane Deschamps, *Gainsbourg. Années héroïques*, Paris, Chronique, 2020, p. 68-71）。

（8）　日本版ＤＶＤ（日本コロムビア／COBM-5020）、ブックレット収録の「解説」。

（9）　本来はカリーナとゲンズブールが劇中で言葉を交わす唯一の場面も取り上げるべきだが、長くなるので割愛する。

（10）　これについて、領域と文脈を異にするが、以下の論攷から示唆を受けた。新田孝行「オペラと反実仮想――声、ストーリーテリング、パフォーマンス」、『表象』第一七号（二〇二三年）、一五三―一六七頁。

（11）　本来であれば六六年公開のウィリアム・クライン『ポリー・マグー　お前は誰だ?』との比較も必須であろうが、困惑させるほど類似した作品であり、かえって踏み込めない。

（12）　Frederic Jameson, « Periodizing the 60s » [1984], *The Ideologies of Theory*, London / New York, Verso, 2008, p. 483-515.

（13）　*Ibid.*, p. 505.　パパニコラウはこの区分を援用しながら、フランスの音楽シーンでは「ブラッサンス対ゲンズブール」という図式がそれに該当するという（Papanikoraou, *Singing Poets*, *op. cit.*, p. 105）。

（14）　Jameson, « Periodizing the 60s », art. cit., p. 506.

(15)　Guy Debord, *La Société du spectacle* [1967], *Œuvres*, Paris, Gallimard, « Quarto », 2006, p. 767.　ドゥボールによるスペクタクル批判を集約するともいえるこのテーゼについては以下を参照。Patrick Marcolini, *Le Mouvement situationniste. Une histoire intellectuelle*, Montreuil, L'Échappée, 2012, p. 113 *sq* ; Bertrand Cochard, *Guy Debord et la philosophie*, Paris, Hermann, 2021, p. 251 *sq*.

(16)　テーゼ一七七から（*ibid*., p. 841）。

(17)　『スペクタクルの社会』が明示的に言及する回数は決して多くないが、立論の全体を考えるなら広告はスペクタクルの範例でさえある。ひとまず、テーゼ一五四から次の簡潔な言明をのみ引く。「近代の延命の時間はその使用価値が低下した分だけ、スペクタクルのうちで自身を誇示せねばならない。時間の現実は時間の広告によって置き換えられたのだ」（*Ibid*., p. 833.　強調は著者）。

(18)　ここまでに触れなかったが、クレジットにしたがえば『アンナ』のシナリオを手がけたのは晩年にアカデミー入りも果たしたジャン＝ルー・ダバディであるものの、作中で楽曲ならびに歌詞が占める位置を考えるだにゲンズブールの果たした役割はきわめて大きかったように思われる。

(19)　しばしば一六六二年の説教として言及されるが、次註に挙げる校訂版の年代推定にしたがう。また、本稿での主題にとくに関連する研究書として以下がある。Agnès Lachaume, *Le Langage du désir chez Bossuet. Chercher quelque ombre d'infinité*, Paris, Honoré Champion, 2017（ゲンズブールによる引用は p. 87-88 で短く言及されている）.

(20)　Jacques-Bénigne Bossuet, « Sermon sur l'enfant prodigue » (31 mars 1666), *Œuvres oratoires*, éd. Joseph Lebarq, Paris, Desclée de Brouwer, 7 vol., 1914-1926, t. V, p. 64.

(21)　*Ibid*., p. 65.

(22)　当該寓話の文学的・芸術的アプロプリエーションを概観した以下をのみ挙げる。Marc Bochet, *Allers et retours de l'enfant prodigue : l'enfant retourné. Variations littéraires et artistiques sur une figure biblique*, Paris, Honoré Champion, 2009（ボシュエについての言及は p. 23）.　膨大な研究については、ひとまず以下の論集に収められた文献表を参照。Claude Lichtert (dir.), *La Parabole du fils prodigue. Lectures plurielles*, Paris, L'Harmattan, 2022, p. 145-152.

(23)　Bossuet, « Sermon sur l'enfant prodigue », *op. cit*., p. 66-67.

(24)　*Ibid*., p. 65.　なお、後年のボシュエに反演劇論（*Maximes et réflexions sur la comédie*, 1694）のあることを含め、「スペクタクル」の語の使用はどうでもよいことではない。たとえば以下を参照。Jean-Philippe Grosperrin, « "Accourez à ce spectacle de la foi" : économie de scène dans la prédication classique » [2001], *id* (éd.), *Bossuet / Sermons*, Paris, Klincksieck, 2002, p. 165-180.

(25) *Ibid.*, p. 69-73.

(26) *Ibid.*, p. 73. アウグスティヌスの引用は『詩篇註解』一三六・九から。

(27) 時期の近いテクストから二例を挙げる。「嫌悪、欲求、さらに嫌悪、しかしまた熱情の更新。これこそがあらゆる快楽のうちで生じているものです」（« Esquisse sur le danger des plaisirs des sens » [1694], *Œuvres oratoires*, *op. cit.*, t. IV, p. 552-553）。「嫌悪、熱情の更新、さらに嫌悪、立ち替わりの運動。キリスト教徒を自称する者たちはこんなことに忙殺されているのです。〔……〕かれらは快楽のためには疲れを知らず、悔悛のためには不具になってゆきます」（« Sermon pour le jour du Noël », *ibid.*, t. V, p. 633）。また、背景となる「邪欲（concupiscence）」については、とくに以下の論攷を参照。Gérard Ferreyrolles, « Du discours théologique à la réflexion morale : prolégomènes à la concupiscence » [1998], *De Pascal à Bossuet. La littérature entre théologie et anthropologie*, Paris, Honoré champion, 2020, p. 532-543 ; *id.*, « Augustinisme et concupiscence : les chemins de la réconciliation » [1997], *ibid.*, p. 545-556.

(28) 広い視角からの簡潔な要約として以下を参照。Jacques Le Brun, *La Spiritualité de Bossuet*, Paris, Klincksieck, 1972, p. 184-195.

(29) 裁判記録は一八七三年版（いわゆる決定版）以来、『ボヴァリー夫人』のさまざまな版に収められてきたが、ここでは以下を参照。[Jules Senard], « Plaidoirie du défenseur », Gustave Flaubert, *Œuvres complètes*, Paris, Gallimard, « Bibliothèque de la Pléiade », 5 vol., 2001-2021, t. III, p. 482. 付言すると、冒頭近くでホラティウス「詩法」（一四二）――それ自体『オデュッセイア』冒頭の翻訳である――が典拠を明かさずにラテン語で引かれており、圧迫の意図はあからさまである。スナールの法廷戦術については以下を参照。Yves Leclerc, *Crimes écrits. La littérature en procès au XIX*^{e} *siècle* [1991], Paris, Classique Garnier, 2021, p. 34（ちなみに、スナールに対する著者の評価は辛い。とくにp. 176-178を参照）。

(30) *Ibid.*, p. 489.

(31) *Ibid.*, p. 515.

(32) *Ibid.*

(33) Stéphanie Dord-Crouslé, « Le Bossuet de Flaubert ou la dialectique de l'aigle et de l'oie », *Revue Bossuet*, nº 6 (2015), p. 85-101. 加えて以下も参照。Nobuyuki Hirasawa, *Flaubert. Le libéralisme en littérature* (thèse de doctorat soutenue le 16 décembre 2021 à l'Université Gustave Eiffel), p. 282-283（https://theses.hal.science/tel-03636940）。

(34) Senard, « Plaidoirie », art. cit., p. 515.

(35) 以下を参照。Lachaume, *Le Langage du désir*, *op. cit.*, p. 401.

(36) アニェス・ラショームはたとえばボシュエとリベルタン文学を接近させる類の読解を戒めつつも（*ibid.*, p. 402-404）、ジャック・ル・ブランの次の指摘を引く。「かれ〔ボシュエ〕は神への愛を感覚的な語彙で表現している」(Jacques Le Brun, *La Spiritualité de Bossuet*, *op. cit.*, p. 386)。

(37) やはりラショームは、くだんの説教中の「快楽への愛は常に変化する（l'amour des plaisir est changeant）」を『ドン・ジュアン』の「そうして愛の快楽のいっさいは変化のうちにあるのだ（tout le plaisir de l'amour est dans le changement）」（第一幕・二場）と比較している（*ibid.*, p. 87, n. 19）。

(38) 「いうまでもなく、犠牲者たちは検閲者や判事たちの偽善のみならず背徳をも疑ってゆく。良俗に対するかくまでの執着は個人的、集団的な背徳の刻印、徴候であり、それを合法的な方途によって払い除けようとしているのではないかと」（Leclerc, *Crimes écrits*, *op. cit.*, p. 39. 関連して、ピナール死後の小さな醜聞については以下を参照。*Ibid.*, p. 201-203）。

(39) Verlant, *Gainsbourg*, *op. cit.*, 2000, p. 202-203（書誌情報の誤りなどはここで指摘しない）.「感覚による錯誤」の文言は、スナールが弁論で利用したことが確実な以下の抜粋集でくだんの一節に付されていた（スナールも弁論においてそれを踏襲している）。*Chefs-d'œuvre oratoires de Bossuet*, Paris, Firmin Didot Frères, 2 vol., 1855, t. II, p. 437-438.

(40) Rioux, *Serge Gainsbourg*, *op. cit.*, p. 79. ただ、この文言もまた繰り返し引用されてゆく。当人の名による再録として、たとえば以下。Serge Gainsbourg, *Au pays des malices*, Paris, Le Temps singulier, 1980, p. 321.

(41) ボシュエについていえば、「さまよえる自由の虚像」という言い回しはたとえば次の説教にもそのまま登場している。また、同様の主題のさまざまな変奏から、とくに以下を参照。« Sermon du mauvais riche »[5 mars 1662], *Œuvres oratoires*, *op. cit.*, t. IV, p. 205-206. « Pour la vêture d'une postulante bernardine » [28 août 1639], *ibid.*, t. III, p. 46-47.

(42) ゆきずりに指摘しておくと、ほかならぬボシュエの同時代、一部の著作家が音響レヴェルでの猥褻に対して過剰なほどの注意を向けたことが指摘される（それ自体がある程度まで遊戯めいているのかもしれないが、たとえば過去分詞 convaincu あるいは動詞 vivre の直説法現在・単数などが問題視された）。以下を参照。Ferdinand Brunot, *Histoire de la langue française des origines à 1900*, Paris, Armand Colin, 11 vol., 1905-1979, t. IV-1 (1912), p. 282-291. 以下に教わった。Ferreyrolles, « Du discours de la théologie à la réflexion morale », art. cit., p. 537.

(43) 前注36を参照。

(44) ドゥボールであれば、それこそが転用ならざる引用なのだというかもしれない。「転用は引用の反対物、それが引用になったという事実それだけで常に贋造されたものとなる理論的権威の反対物である〔……〕」（テーゼ二〇八、Debord, *La Société du spectacle*, *op. cit.*, p. 854）。

4　マンガにとって〈現実〉とは何か？

キャラクターが私を見つめる
──マンガにとって〈現実〉とは何か

鈴木雅雄

1　マンガは「現実的」ではない

思い切って原理的な話からはじめてみよう。マンガの最大の謎とはおそらく、キャラクターの同一性のそれである。日本のマンガ研究においてこの謎は、「二度と同じ顔が描かれることはない／同一の顔を際限なく描き続けることができる」(1)という、四方田犬彦の定式にもとづいて語られてきた。こうしたキャラクターの様態は、近代的なメディアとしてのマンガの誕生以前には、たしかにあまり類例がない。連続的なイメージを用いて物語を語るメディアの歴史のなかで、イメージがイメージ自体の力によって人物の同一性を作り出そうとする試みは、十九世紀前半のロドルフ・テプフェール以前には、あまり目立ったものがないのではないか。しばしばマンガの祖先のように言われる事例、「死者の書」や中世の写本、絵巻物などにおいても、たしかにシチュエーションや何らかのアトリビュートによって、人物が誰であるかがわかるようになってはいるが、具体的な状況から切り離されてもなお同一性を保てるキャラクターを差し出そうとする意図は見つけにくいし、それはホガースの連続版画などにいたるまで変わらない。同一の人物を描いた複数の肖像画が同じ人物の表象であることを保証するのは、最終的には指向対象の同一性だが、小説のイラストや、先に挙げた歴史的な物語図像においてもまた、たとえ想像上ないし神話上のものであるにせよ、イメージに先行する人物の存在がその同一性を支えている。だが近代的なキャラクターは、先行する指向対象なしに同一性を手にしてしまう、特異なイメージなのである。

マンガと現実との関係を考えるのが難しいのは、まさにこのキャラクターの自立的な性格のせいではあるまいか。近代的な意味でのキャラクターとは、そもそも現実から独立したイメージであり、より正確にいえば、現実とのあいだに表象するものとされるものの関係を取り結ぶ必要のないイメージなのである。たしかにマンガが「リアル」になりにくい理由は、もっと簡単に説明することもできそうだ。キャラクターの同一性を保証する簡単な方法は記号化であり、目立ちやすい髪形などの身体的特徴を強調することは、必然的にイメージから現実性を奪うと考えられる。この説明が間違っているわけではないが、記号化はキャラクターの必要条件ではない。キャラクターが図像のみの力で同一性を持つという命題とは矛盾するようだが、複数のイメージを同一の対象と認めるのはどこまでいっても見る主体なのであり、人物の身体的特徴だけによって説明しきることはできないからだ。デフォルメされた造形は、あくまでそのプロセスを後押しする要因の一つにすぎない。

ではなぜ読者がその同一性を可能にできるのかといえば、とりあえず私たちが歴史上のある時期に身に着けた、何らかの習慣のせいであるといっておくより他にない。実に不思議なことだが、私たちはどうやら十九世紀の前半あたりに、任意のイメージ群を、いかなる外在的な支えもなしに——現実とのいかなる関係も前提せずに——同一のものとみなす能力を手にしてしまったらしい。これは明らかに、現実の視覚体験では意識されにくい能力である。もちろん私たちは日常においても、何らかの基準に基づいて人物や事物に同一性を見出しているが、自らが対象に同一性を与えていると考えることは少ない。映画やアニメーションを見る場合でも同様だろう。だからマンガ体験特有の不可思議があるのだが、それを理論的に説明するのは実に困難なのである。だがいつしか私たちが身に着けたこの能力を支えているのが、複数のイメージを区別しつつ結び合わせる、何らかのフレームの機能だと考えることはできないだろうか。

図像が一つの世界の再現ないし表象を目指すなら、その世界の統一性が保証されねばならず、そのとき図像はフレームで囲まれた空間のなかに閉じこめられる必要がある。絵画であれ映画であれ、通常イメージは、フレームによって切り取られ、いったん現実と隔てられることでのみ、現実の表象としてのステイタスを手に入れることができるからだ。おそらく表象とは、フレームのなかに押しとどめることのできるイメージのことなのである。だとすれば、反対にフレームを越えて機能してしまうキャラクターは、表象ではないといわなくてはならない。もちろん絵画のフレームと映画のフレームの違いについても様々な議論があるが、一つのフレームに収まっているという両者の共通点は、やはり本質的なものであり、マンガはこれとは異なっている。

たとえば絵画において、人物図像が文字通りフレーム（額縁）を踏み越えると、それはいわゆるトリック・アートになるが、長い歴史を持つこのジャンルの作品は、逆説的な形で絵画がフレームを踏み越えられないことを証明している。絵画は現実のふりをするときフレームを無効化しようとするが、逆にいえば絵画はフレームのなかで、現実と区別されてあることによってのみ作品となるのである。おそらく映画における3D映像についても同じようなことがいえるだろう。それは表象ではなく現実のシミュレーションに他ならない。トリック・アートや3D映像が芸術的な価値を認められにくい理由もそこにある。表象の持つリアリティとは不在の現実に似たイメージのリアリティ、つまりイコンがまとうリアリティだが、トリック・アートや3D映像のそれは観客との直接的な関係において成り立つリアリティ、すなわちインデックス的なリアリティである。多くの場合前者は芸術、後者は遊戯（アトラクション）と呼ばれ、視覚芸術は通常この区別の上に成り立っている。ところがマンガはこれと異なり、平気でフレームを踏み越えるばかりか、イコンのリアリティとインデックスのリアリティを結びつ

図1　ロドルフ・テプフェール『ヴュー・ボワ氏』，1839年，71ページ。

け、支え合うように仕向けてさえいるのではないか。そしてそのことが、原理的に現実を表象することの困難なマンガというメディアが、にもかかわらず現実とのあいだに取り結びうる別の関係を示唆しているのではないか。——ここで提出したいのはそのような仮説である。だがこのあたりで抽象的な序論を切り上げ、マンガにおいてキャラクターがフレームを踏み越えるとはいかなることか、実例で確認しよう。

ヴュー・ボワ氏が愛する人を追いかけて走っていく（**図1**）。そして勢い余って藁の山に突っ込んでしまう。私たちはこの二コマをそのような連続性のなかで捉えるが、よく見てみれば左右のコマは背景が異なっており、物語世界内の時間において連続しているわけではない。にもかかわらず私たちが、ヴュー・ボワ氏はフレームを踏み越えて突進したのだと感じてしまうなら、キャラクターはコマのなか（だけ）でなくページの上で前進しているのであり、物語内の登場人物として（だけ）でなく、紙面に描かれた存在としての同一性を生み出していることになる。テプフェールがマンガの発明者だとすれば、それはこのようにして、フレームを踏み越えるキャラクターとキャラクターによって踏み越えられるフレームを一挙に可能にしたからだ(2)。そのとき複数の区別された人物図像が、それ自体の力で同一の対象となることが可能になったのであり、歴史的な経緯を一切省いて暴力的に断言するなら、私たちはいまだにこのイメージ体験を生き続けているのである。

だがフレームを踏み越えるとは、同一人物がコマからコマへ移動するような事態だけを意味するわけではない。マンガでは二人の人物が、物語内の空間では隔たった場所にいても、隣り合ったコマに置かれることで向かい合ってしまうようなことがある。キャラクターの視線はページの上で（も）機能するのであり、私たちは意識しなくても、この現象を利用して物語を読み取っている。この例（**図2**）では、ページ中央で男性キャラクターが、やや視線を落としながら話しており、その左のコマでは女性キャラクターが男性を見つめながら話を聞いている。

図2　吉田秋生『海街 diary 9　行ってくる』，小学館，2018年，63ページ。

誰もがそのように解釈するだろう。だがそれは二つの別のコマであり、すると彼女が彼を見つめているのはコマのなかの出来事ではなく、ページの上での出来事だといわなくてはならない。

さらに次のような指摘もできる。最初のコマ（右上）と最後のコマ（左下）では同じ女性キャラクターが、ほぼ同じアングルで描かれている。最初のコマで彼女は男性の発言に注意を引かれたらしく、「え?」という声を上げており、逆に最後のコマでは、相手の真意を理解したことが内語によって暗示されているが、だからこのページ全体は、その理解のプロセスを表現したシークエンスとして受け取られることになるだろう。物語の流れのなかでそのシークエンスが一つのまとまりとして区切られ、受容されるのは、ほぼ同じ外見を持った二つのコマがページを構造化しているからだ。つまりマンガにおいては出来事や、あるいは物語そのものが、コマのなかに描かれたものの連続性によって（だけ）でなく、コマを踏み越える図像の力によって生じるのである。フレームがフィクションの世界を現実と区切り、現実の表象を可能にするためのものであるとするなら、マンガのキャラクターはそのフレームを侵犯し続け、そのことで物語を発生させるとともに、自らの同一性を作り出し続ける。マンガとは、フィクションのリアリティから逃走し続けるまさにその身振りによって、物語を語るメディアなのである。

2　キャラクターの記号論的身分

もちろんマンガの紙面には、フレームを越えて機能するキャラクターを見出しにくい事例が無数に含まれている。比較的古いマンガには（『のらくろ』まで遡らなくとも、たとえば『天才バカボン』などを開いてみるだけでいい）、どのコマにも会話をするキャラクターたちの全身像が描かれるばかりで、フレームを越えた視線のやり取りを見つけにくいものが多いし[3]、海外に目を向ければ、バンド・デシネは一般に日本のマンガよりコマの独立性が強く、キャラクターはそれほどはっきりページ全体の上で機能してはいないように見える。十九世紀以降、キャラクターがフレームを踏み越えられるようになったとしても、その踏み越えが常に明示的になされるわけではない。だがとにかく紙面上の人物図像は、歴史上のある時点でフレームのなかと外で同時に機能する力を手にしたのであり、そのことが複数のフレーム内の図像を同一のものとみなすのを可能にしているというのが、ここでの仮説である。ではそのような人物図像は、理論的にはどのような身分を持っているだろうか。

繰り返そう。近代的なキャラクターとは、形や同一性を持っているのに先在する何かの表象ではないイメージ——不在の何かの代理ではないイメージ——である[4]。このテーゼは、キャラクターはイコン的な記号ではない（少なくともそれだけには限定されない）と言い換えることができる。パースによる記号の分類が非常に複雑なものであるのは周知の通りだが、ここでは煩雑な議論は避け、シンボル／イコン／インデックスというよく知られた三分類を受け入れておこう。キャラクターはイコンよりシンボルに（つまり恣意的な記号に）近いものと考えられがちだが、これとは異なった可能性を提示してくれる議論もある。西兼志は、ダニエル・ブーニューの「記号論的ピラミッド」に依拠しつつ、それはむしろインデックスに近い記号だと論じている（ちなみにその議論において、シンボルに近いイコンとして挙げられているのはキャラクターではなく「ロゴ」である[5]）。人間にとって「顔」とは基本的なコミュニケーション・ツールであり、とりわけ直接的な対面状況で機能する接触的記号だと見なすことができる。誰もがピース・マークのような簡単な構造にも「顔」を見出してしまう以上、それは恣意的な記号とは正反対の様態を持つというのである。

この観点は、私たちの議論にとって非常に重要なものだ。インデックスは対象の代理にはならず、対象との接触や連結において機能する記号だが、マンガのキャラクターもまたそうした何かであるのかもしれない。キャラクターとは、物語世界のなか（だけ）でなくページの上で、すなわち私たちの目の前でいわば「現実に」機能し、私たちに働きかけてくるイメージである。もちろんマンガの図像が基本的にはイコンのレベルに位置することを否定できるわけではないが、こうした見方は私たちが、キャラクターとのあいだにより直接的な関係をも作り出している可能性を示唆するだろう。

「キャラクター」と「キャラ」を区別する伊藤剛のよく知られた理論が捉えていたのは、まさにこの事態だった[6]。伊藤がいう意味での「キャラクター」とはコマのなかの存在であり、「キャラ」とはページの上の存在だが、するとマンガの人物図像は、「キャラクター」としては典型的なイコンであり、「キャラ」として見ればよりインデックスに近いイコンだということになる。そして「キャラ」がフレームを踏み越えてページ全体の上で機能するのが、「フレームの不確定性」と呼ばれる事態であった。たしかにどのようなイメージ・メディアにおいても、イコンのレベルとインデックスのレベルが共存するのはごく普通の事態だろう。観者の方を向いた肖像画や、観客の方に視線を向ける映画俳優は、イコンとして機能すると同時に、インデックス的な役割を果たしてもいる。《オランピア》は一人の高級娼婦の表象であると同時に、その視線によって見るものを直接的にたじろがせる。だが二つのレベルの交錯が生み出す矛盾を積極的に機能させ、そこから物語を生成させるようなプロセスは、マンガでこそ強く顕在化する。そこではイコンとしてのキャラクターが物語を提示し、インデックスとしてのキャラが図像の同一性を保証するのである。

　キャラクター（コマのなかのイコン）とキャラ（ページの上で機能するインデックス）の二重性という観点は、実はマンガ論のなかで、さほど孤立したものではない。スコット・マクラウドであれティエリ・グルンステンであれ、およそマンガの一般理論を打ち立てようとする論者は、線状性と平面性、継起性と構築性の関係を（より端的にいえば時間と空間の関係を）問題にせざるをえなかった。[7]伊藤剛による理論化も、実は同じ課題を引き受けたものであり、しかも決定的な点で議論のパラダイムを更新しているように思う。線状性と平面性の関係を問題化した、比較的新しく、非常に優れた論考としてトム・ガニングのものを取り上げ、比較してみよう。[8]映画論の知見に裏付けられたガニングの視線は、二つのベクトルの交差を巧みな手際で俎上に乗せており、マンガとは空間と時間、運動とパターン、イメージとストーリーが交渉する新たな方法であるという認識を、私たちも完全に共有できる。だがここで継起性と同時性は、それぞれ言語と絵画に結びつけられ、ちょうどヴィトゲンシュタインの「アヒルウサギ」のように、片方が前景化すればもう片方は後景化するようなものとして理解されている。つまり線状性と平面性は対立するものとして捉えられるのだが、その前提は、コマが時間を、ページが空間を司るという考え方に他ならない。連続したコマを追うのが時間の体験であり、ページを一つの絵画として見るの

図3　ロドルフ・テプフェール『ジャボ氏』，1833年，39ページ。

は空間的体験だというこの発想は、一見反駁しようのないほど当然に見えるが、伊藤剛の図式はまさにこれを覆すものだ。コマに属する「キャラクター」はコマのなかで本当らしい空間を演出するが、コマというフレームを踏み越えることができない。ページに属する「キャラ」こそが、コマとコマを結びつけ、時間と物語を可能にするのである。コマが表現するのは物語世界内の空間にすぎず、時間を作り出すのはページであるというこの交叉現象を見落とすと、マンガは相互に外在的な線状性と平面性の（したがって結局は文学と絵画の）「雑種」であると考えることになるだろう。マクラウドやグルンステンと同様に、ガニングもまたこの常識を受け入れてしまうのである。

たとえばガニングは、隣り合った二つの部屋のなかの出来事が交互に映し出される『ジャボ氏』の有名な一ページ（**図3**）について、コマからコマへと進展する原因と結果の線的な論理が強固に存在すると同時に、「ページ全体の効果として伝達されるのは［むしろ］、均衡と交替であり、異なったサイズのフレームによるリズムであり、「デクパージュ」によって獲得される分離と分節である」[9]という。物語の進行（時間）とページの効果（空間）とはひとまず別のものであり、合わさることでマンガを作り上げるというのである。だがイラストの連続には還元できないものとしてのマンガが生まれるのは、ページ上の空間的構造こそが物語を作り出すからだ。服に火がついて叫ぶジャボ氏と、それが自らに向けられた愛の炎の燃え上がりだと誤解する隣の部屋の侯爵夫人は、一方で線的な物語を演じ、他方でページの上でリズムやデザインを作り出すのではない。二人がコマのなかだけでなく、ページの上で向き合うことで、イラスト付きの小説でも絵本でもない、マンガとしての二人の物語は作り出される。ページという空間と、そこで機能する「キャラ」こそが、物語とその時間とを可能にするのである。

もちろんガニングは、ページの上で生じている出来事のあり方にはっきりと意識的だ。なかでも印象的なのは、ウィンザー・マッケイ『夢の国のリトル・ニモ』の有名な一ページの分析である。連続する縦長の五つのコマのなかで、徐々に巨大化し、読者の方に迫ってくる象の表現が、読者／観客を呑み込もうとする、初期映画に特徴的な表現――まさにインデックス的な表現――の伝統に連なるものだという指摘は、正当かつ重要なものだ。だがページの上で起こるこの出来事と、象がニモとプリンセスに迫っていくという物語内の出来事は、一方が前景化すれば他方が後景に退くようなものではない。象はキャラとして（インデックスとして）私たちを呑み込もうとし、まさにそのことによって、キャラクターとして（イコンとして）ニモに接近するのである。

だからマンガは文字の線状性とイメージの平面性からなる「雑種」だというべきではない。あるいは仮に雑種というなら、それはむしろ純粋なものとしての文学や絵画より権利上先行する雑種であろう。ガニングもまた論考の後半で、アンドレ・ルロワ゠グーランを援用しつつ、線的な記号と平面的なイメージが原初において一つのものの二つの側面であったかのように語っているが、彼の具体的な分析はマンガを二つのシステムの合成として捉えてしまう。だがマンガが差し出す人物図像は、コマのなかで誰かを表現する「キャラクター」であると同時に、いわばページの上で直接「私」に呼びかける「キャラ」なのであり、そのことがキャラクターの同一性を、したがってまた物語を、可能にしているのである。

3 イコンとインデックス――「私」か「あなた」か

ここまでの議論を踏まえて、あらためてキャラクターをめぐる私たちの体験と現実との関係を考えてみよう。マンガには、コマのなかで（仮想的な）現実を表象することと、ページの上で読者の前に現実的なものを差し出すことという二つのベクトルがあり、いわば双方が他方の条件となっている。キャラクターがコマを踏み越えなければ、コマの集合はバラバラのイラストになりかねないし、あるいは単なる連続写真であるかもしれない。だが逆にキャラクターが現前性のレベルにだけとどまっていたのでは、本格的な物語は起動しないだろう。だから読者はイコンとインデックスのあいだで（二つの現実性のあいだで）往還を繰り返しながら、両者を結び合わせる必要がある。

マンガがバラバラのイメージの連続以上のものとして経験されるもっともわかりやすい形が、いわゆる「コマを突き破るような表現」だが、確認してきたように、たとえキャラクターがコマを突き破っていなくても、それがページの上で機能していることは物語の展開を規定する。またコマ枠を踏み越えるような表現にしても、文字通りコマを突き破ってしまう、ギャグとしての色合いが強いケースより、ここではその踏み越えが説話論的な機能を果たしているようなケースの方が重要だ。コマ枠が文字通り物質化してしまうメタフィクショナルな事例は、物語世界がいったん括弧に括られるような印象を与えてしまうので、イコンであることとインデックスであることとは（アヒルウサギのような）二者択一の関係に見えやすい。だが今の日本のマンガでは、コマ枠の踏み越えは、いわば物語をよりリアルに感じ取らせるために使われるのが普通だろう。ここではコマから突き出したキャラクターの左手を、次のコマで相対するもう一人のキャラクターが目で追っているように見える（**図4**）。出来事は、コマのなかでと同時にページの上で生じているのである。さらにいえば、キャラクターの一部（多くは頭の上の

図４　末次由紀『ちはやふる』第48巻，講談社，2022年，95ページ。

方）だけがコマからはみ出しているようなきわめて頻繁に見られる事態がすでに、キャラクターを読者のいる空間の方に引き寄せるものであり、インデックス的な性格を持っているといえそうだ。これは親近感（現前性）の問題だけでなく、説話論的な機能を持つこともある。このコマ（図５）では手前の少女が、背後の少女たちからの呼びかけに耳を貸さず、一心に何かをしているらしいが（実は生き物が好きな彼女はダンゴムシの足の数を数えている）、前者がコマ枠の外にいることから、読者はそこに一種の断絶を読み取るように促されるだろう。「本当らしさ」を保証するはずのフレームを侵犯するまさにその身振りによって、キャラクターは物語を機能させるのであり、現前性へと踏み出す行為が同時に物語を支えるというこのあり方こそが、マンガ体験の核心にある。そのようなイコンとインデックスの往還のなかでも、キャラクターがキャラクターとして認識されるためのもっとも原初的な事態、すなわち顔の現れを取り上げ、それがしばしばこの二つの様態の交差（と支え合い）を演出するものであることを示してみたい。

　ここからインデックス的（指標的）記号としての「顔」の機能が議論の中心となるが、そのためにはいわゆる「同一化技法」を再考する必要がある。竹内オサムが提示した範例的な三種類の同一化技法[10]のうち、「身体消失型」と「モンタージュ型」の具体例を見比べると、興味深い事実に気づく（図６）。両者のあいだで、「私」の位置の反転が起きているからだ。身体消失型の事例では、読者はキャラクターに指さされている人物に同一化する。コマのなかにいるのは「あなた」、指さされているのは「私」である。モンタージュ型の場合、見る主体と見られる対象が二つのコマに割り振られているが、読者は通常見る主体の側に同一化して対象を見つめる。したがってこの事例で一コマ目を見る限り、コマのなかにいるのは「私」であり、その「私」が「あなた（たち）」あるいは「彼（ら）」を見ていることになる。もちろんこれは人物が人物を見ているようなケースが例として選ばれているからであり、「同一化技法・モンタージュ型」には他のさまざまな様態が含まれる。事物や景色を見ていることもあるし（むしろその方が典型的な事例であろう）、また見る主体が読者の方を見つめているような構図も一つの特殊事例にすぎない。事実、例として挙げられたイメージでも、一コマ目の女性の視線はまっすぐ読

図5　椙下聖海『マグメル深海水族館』第4巻，新潮社，2019年，6ページ。

図6　竹内オサム『マンガ表現学入門』，筑摩書房，2005年，91ページ。

者の方に向けられてはいないようにも見える。さらにキャラクターは「見る」だけでなく、対象を指さすことで、読者の注意を対象に向けさせたりもするだろう。だがここでの議論にとって重要なのは、コマのなかでこちらを見つめるキャラクターが、「私」でも「あなた」でもありうるという事実それ自体である。ではそれが「私」であるか「あなた」であるかは、どのようにして決定されるのだろうか。

こちらを向いた顔が文脈抜きで描かれていれば（たとえば冒頭の一コマ目でそうしたことがあれば）、いきなり同一化することは難しく、読者は単純にその顔と向かい合ってしまうだろう。それは私たちが、こちらを向いた肖像画と相対するときの経験とも一致する。こちらを向いた顔は、たとえそれが描かれたもの（イコン）だとわかっていても、常に強い力を発揮する。そこにはインデックス的なコミュニケーションの構造が、ほとんど暴力的に成立してしまうのである。ではこちらを向いたキャラクターは、どのようなとき「私」になるだろうか。読者のキャラクターへの同一化は、構図や視角のみによって決まるわけでない。絵画においても、風景を眺める後ろ姿の人物が描かれていたり、ある人物にスポットの当たるような効果が用いられていたりするとき、観者はその人物に寄り添うようにして情景を眺める。一九世紀にいたるまでの絵画やイラストがそのようなあり方を開拓してきたことを、西村清和は的確に跡づけ、近代的リアリズムが獲得したその様態を「〈ともにある〉視点」と呼んでいる。[11] もちろんマンガの場合、同一化の対象はストーリー展開によって大きく規定されるし、特に当該のコマの前後で内語が用いられていれば、読者は構図のいかんにかかわらず、内語の発話者に寄り添って読み進むのが一般的である。そして物語や言葉ではなく図像そのものがこうした効果を作り出す典型的な方法が、キャラクターを見る主体として表現すること、つまり広義での同一化技法に他ならない。この事例（図7）では、ページ上半分に関する限り、男性は女性を見ているが女性は男性を見ていないので、読者は男性に寄り添って女性の美しさに見とれるよう導かれる（これは読者のジェンダーとは、ひとまず別の問題である）。ページの下半分では女性もこちらを向いているが、男性の顔が目だけになることによって、読者は彼を見る主体として捉え続けるように要請される。背景の不在もまた、キャラクターへの同一化を誘う要素といえるかもしれない。

要約しておこう。キャラクターはページの上では、すなわち読者にとっての「今ここ」では、「私」に視線を向けるとき「あなた」であるが、コマのなかでは、つまり物語を媒介にするならば、たとえこちらに視線を向けていても、他の誰かを見つめる「私」になりうる。前者はインデックス的なレベルの経験であり、後者は一義的にはイコン的なレベルの経験である。たしかに同一化技法は、マンガに没入させる代表的な技法と見なされることが多い。だが没入とは多くの場合、登場人物の誰かに寄り添うようにして物語に立ち会い、フレームを忘れる（イコン的な）経験なのだとすると、キャラクターと直接向かい合ってしまうという（インデックス的な）状況は、身体を持たない存在となって物語世界を安全にたゆたうことを禁じ、フレームを意識化させるものであり、没入を破ってしまう可能性をはらむ。ではなぜそのような状況が、かくも頻繁に生じるのだろう。イコンとインデックス両方のレベルが支え合わなければマンガは物語として機能できないことを確認したが、この二つのレベルのあいだでの往還は、マンガに何か決定的なものを付け加えるのではないか。

図7　森本梢子『じゃのめのめ』第1巻, 集英社, 2022年，47ページ。

このことは、絵画や映画では起きず、マンガでだけ起きることは何であるかという問題にも、一つの答えを示唆してくれる。近代絵画のリアリズムは描かれた人物を「私」にするためのさまざまなレトリックを開発したが（それが西村のいう「〈ともにある〉視点」である）、「私」と「あなた」のあいだでの往還を実現することはできない。では映画はどうか。たしかに映画には、モンタージュの技法のせいで、その可能性が与えられているように見える。だがマンガは、見る主体と見られる対象を同じページに並置することによって、映画には不可能な多くの体験を可能にするのである。そこに焦点を当ててみたい。

4　イコンとインデックスとの往還

典型的な「同一化技法・モンタージュ型」では、見る主体と見られる対象は順に提示されるが、マンガではしばしば、両者が継起的に読み取られるのではなく、前後関係の不確定な形で提示されるようなことが起こる。この事例（図8）では、舞台上でジャンプするダンサーを観客である子どもたちが驚きと興奮の表情で見つめている。ダンサーは暗闇のなか、一定のリズムでフラッシュが焚かれるのに合わせてジャンプするので、空中に浮いているように見える。観客たちはそのさまざまな瞬間を一つひとつ、しかも同時に眺めているのだが、このとき私たちは、観客に同一化してから、その目を通してダンサーを見つめているのではない。観客に同一化してダンサーのジャンプを見つめるとともに、観客たちの高揚した表情をそれ自体として見つめてもいる。その顔は、「私」であることと「あなた」であることを——イコンであることとインデックスであることを——、同時に可能にしているかのようだ。ある対象を直接見るとともにキャラクターの視点を通しても見るという経験、物語への没入とキャラクターとの対面を両立させるような経験は、こんなふうにしていつでもマンガのなかに忍び込むことができるのである。

次に灰原薬『応天の門』から、よく似たコマ割りのページを二カ所取り出してみよう。どちらも二人の人物

図 9　灰原薬『応天の門』第 10 巻，新潮社，2018 年，150 ページ。

図 8　ジョージ朝倉『ダンス・ダンス・ダンスール』第 7 巻，2017 年，167 ページ。

図 10　灰原薬『応天の門』第 15 巻，新潮社，2021 年，115 ページ。

の一人がもう一人を見つめている（あるいは二人が見つめ合っている）場面だが、二人のあいだには縦に並んだ数コマがはさまれている。つまり人物は、あいだのコマをまたいでもう一人を見つめているのである。一例目（図9）では右のコマの人物（菅原道真）が視線を下げているので、左のコマの人物（昭姫）が見る側であり、基本的に読者は後者の視線に寄り添うことになるだろう。標準的な「同一化技法・モンタージュ型」では、見る主体のコマが先に来るが、マンガという媒体では先のコマも自然と目に入っているので、読み順としてはあとに来るコマの人物が見る主体になるケースも稀ではない。だが見る主体は、ここではただ相手を見つめるだけでなく、あいだに挟まれたコマで展開している事態をも了解していると、読者は解釈するし、そのことでキャラクターの視線は、ページのかなり広い領域を（ときにはページ全体を）支配するものとなる。左のコマの昭姫はしたがって、数コマ分の時間にわたり、他の人物たちを見つめているのであり、単独のコマでは実現できないような時間的持続を生きているといえる。このとき私たちは、彼女の視線に導かれて道真を眺めるだけでなく、数コマ分の時間のなかで、前者が後者に向ける微妙な視線の意味を読み取ろうとするだろう。昭姫は同一化すべき「私」であるとともに解釈すべき「あなた」でもあり、まさにそのことが、コマからコマへと単純に進むのとは異なった、ページの上でだけ可能になる（つまりはマンガにおいてこそ可能になる）特殊な時間を生み出すのである。もう一つの事例（図10）はさらに巧みに設計されている。

　これは因縁のある二人（在原業平と恒貞親王）が再会を果たす場面だが、あいだに挟まれた三コマでは物語が進んでいるので、右のコマの業平と左のコマの恒貞親王は、当然ながら異なった瞬間にいる。だが二人が今ここで、ページの上で見つめ合っているという感覚は、何としても否定しがたい。また読者がどちらの視点に寄り添うのかも微妙である。これに先立つページの最後は業平が親王に気づくコマになっているので、このページの最初のコマの時点では読者は業平に同一化していると考えるのが自然だろう。だが最後のコマの時点では、親王がページの上で業平の方を向いているという事実も手伝って、読者は親王の視点に同一化し、こちらを向いた業平と向かい合うような感覚を覚えるのではないか。見る主体と見られる対象、「私」と「あなた」とは入れ替わり、その入れ替わりが生み出す目眩のようなもののなかで、読者は人物二人が互いに向ける、複雑な思いのやり取りを感じ取るよう促されるのである。この間、業平がずっとこちらを見つめたままだという感覚も、こうした視点の入れ替わりの印象を支えているに違いない。絵画における「〈ともにある〉視点」とも、映画的なモンタージュとも異なって、マンガにおける（いわゆる）同一化は、キャラクターどうしを、私を通して見つめ合わせることさえ可能にする。このとき読者は、現実であるかのような場面を見ているのではないし、自分が現実に参加しているかのように感じるのでもない。自分が現実でないものを現実にしてしまうのを経験しているのである。

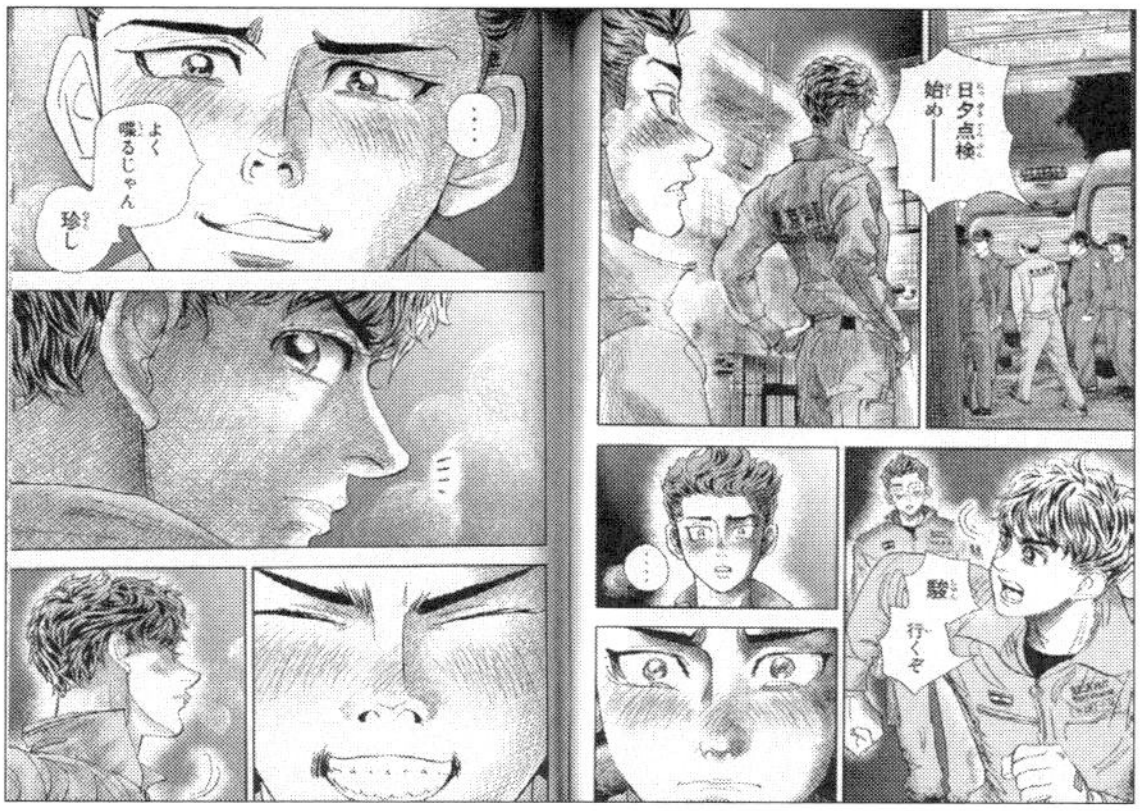

図11　曽田正人・冨山玖呂『め組の大吾　救国のオレンジ』第5巻，講談社，2022年。

こうした議論を踏まえて見直すなら、通常の「同一化技法・モンタージュ型」が、すでにして同じような両義性を内包しているともいえそうだ。一コマ目に描かれたキャラクターが読者に視線を向けているとき、それはまず「あなた」なのだが、二コマ目でキャラクターの視線の先にあるものが示されるとき、一コマ目の図像は遡及的に「私」になるのだという言い方もできる。『応天の門』で業平の図像が「私」から「あなた」に替わったのとは反対に、「あなた」だった図像が「私」になるのである。これ（図11）は『め組の大吾　救国のオレンジ』のある見開きだが、二人のキャラクターのうちの一人（斧田駿）はほぼすべて正面から、もう一人（十朱大吾）はほぼすべて横顔で捕らえられている。実はこの見開きの八ページほど前から続いている二人の会話シーンでは、この原則が一貫して適用されていて、ほとんど例外がない。この間、駿にだけ内語があるせいで、読者は彼の側から場面を追っていると考えられ、したがってこちらを向いたその顔は「私」であるはずだ。しかしコマからコマへとときに大きさを変えながら反復され、感情の変化が逐一表現される駿の正面像が、読者にとって眺めるべき対象であるという印象もまた否定しがたい。彼はこのとき、内面から追体験すべき「キャラクター」であると同時に、眺められ、おそらくは愛されるべき「キャラ」でもある。『応天の門』のようにテクニカルな構造がなくても、マンガでは見る主体と見られる対象が同時に示され、したがってまた読者自身がキャラクターを見る主体に変えるプロセスが示される。マンガは常に、「私」が寄り添い同一化すべき「彼／彼女」と、「私」が向かい合い、惹かれたり嫌悪感を感じたりする「あなた」とのあいだで揺れ続けるが、まさにその振幅から特異な現実性を――「私」が作り出したものだと知っているのに、「私」には我有化できない現実性を――引き出している。キャラクターは、一見おとなしくコマのなかに収まったイコンに見えるときでさえ、ページの上のインデックスであるという本性を露わにする可能性を持った「キャラ」であり続けるのである。

5　キャラクターの社会的・歴史的身分

マンガと現実の関係というとき真っ先に想像されるのは、おそらく重大な歴史的事件や現在の社会問題に対し、マンガには何ができるかといったテーマだろう。ここでの議論は、たしかにそうした期待に応えるものではない。「キャラ」が読者とのあいだで直接的なコミュニケーション（のようなもの）を実現するとしても、それは外的世界の出来事とはずいぶんと隔たった現象だろう。ただし次のような事実を思い起こすことはできる。たとえばメディア論の分野では、パレオTV――ニュース番組に象徴されるような、現実世界の出来事を視聴者と接続するあり方――とネオTV――ヴァラエティー番組に代表されるような、スタジオのタレントと視聴者の対面的かつインデックス的なコミュニケーションに焦点化したあり方――の対立が問題にされ、後者のあり方に陥ってしまったテレビの現状が批判的に語られることがある。[12] ここにあるのは、間接的にしか知りえないものの不確かさを耐え忍ぶか、直接的な体験に自閉するかという選択の問題だが、いわばマンガは、この二つのレベルのあいだに通り道を作るための方法を、発明し続けてきたのではないか。

たしかにマンガには一方で、物語世界の本当らしさをますために、イメージをコマのなかに囲い込み、インデックスのレベルを押し隠そうとする方向性もあった。伊藤剛が「フレームの不確定性の抑圧」と呼ぶ事態である。だがたとえコマを突き破ったりしなくても、「キャラ」はコマを踏み越え、ページの上で機能していることを何度も強調してきた。さらにいえば、さほどデフォルメされていない画風のマンガであっても、あるいはそうした作品でこそ、こちらを向いたキャラクターの顔が強いインデックス的なショック効果を発揮するケースも珍しくない。それが印象的に利用された最近の事例として、『ダーウィン事変』を挙げることができる。人間とチンパンジーのミックスであるヒューマンジーを主役に据えたこの作品は、通常は（人間によって）見られる対象であるはずの動物に近い存在が、逆に人間を見つめる主体となる瞬間をさまざまに演出す

図 12　うめざわしゅん『ダーウィン事変』第 1 巻，講談社，2020 年，40 ページ。

るが、ヒューマンジーであるチャーリーの正面像は、そのような目的のために多用されている（図12）。その顔は、物理的な意味では現実の痕跡などでは一切ないのだが、語られている出来事を真実らしく表現するのではなく、根拠もないのに抗いがたい奇妙な現実性を作り出してしまう。たとえばこんなふうにして、マンガはすでに二百年近く、イコンとインデックスを往還しつつ、「私」に出来事を作り出させるさまざまな方法を発明し続けてきたのである。

マンガにおける記号的身体と傷つくことのできる身体をめぐって重ねられてきた、よく知られた議論[13]についても、一言コメントしておきたい。戦中・戦後の作品において手塚治虫が、記号性の高いキャラクターの身体に傷つく能力を与えたという見方は、たしかに根拠のあるものだろう。だがこの出来事は、より広い文脈で相対化されなくてはならない。本当に説明すべきことがあるとすれば、それは記号的身体がなぜ傷つくことができるようになったかではなく、そもそもなぜ記号的身体と呼ばれるようなイメージが成立しえたのかという点なのではないか。傷つく身体ははるか以前から描かれ続けてきたのであり、記号的身体の登場こそが、（やや大げさにいえば）人類史上の大事件であるからだ。

歴史的な議論に深く立ち入る余裕はないが、フレームを踏み越える（近代的な）キャラクターの誕生を画するのが一八三〇年代におけるテプフェールの仕事であるとするなら、記号的身体（傷つかないことのできる身体）の発明も、やはりそのころに位置づけるべきだろう。それはまさに、近代的なメディアとしてのマンガの条件そのものでもあった。形象はフレームを踏み越えるとき、表象であることをやめキャラクター（伊藤剛の用法でいえば「キャラ」）となる。それはもはや現実に接近したり、その代理になったりはしない。キャラクターはページの上の存在である限り傷つくことはできず、傷つくことを演じるにすぎない。リアルな印象を与えるかどうかという表現上の差異は、結局は演技の質の差異である。言い換えればそれはそれぞれの作品のコードの問題であり、そのコードに対する読者の信頼の問題なのだといってよい。もちろん戦後の日本マンガにおいて新しいコードが成立したと——そしてその発明が手塚治虫に帰せられると——考えることには歴史的な妥当性があるだろうし、それを重要な出来事とみなすことにもたしかに正当性がある。しかしそれは、あくまで近代的なキャラクターの歴史のなかの一つのエピソードなのである。

マンガが自然主義的な装いをまとおうとするとき、「フレームの不確定性」が抑圧され、同時に読者は同一化技法に代表されるような手法でキャラクターに寄り添うよう促される。あえてそれを「リアリズム」と表現するなら、「リアリズム」とはコマのなかの出来事であり、イコンのレベルの出来事であり、「キャラ」ではなく「キャラクター」の演じる出来事であって、キャラクターに寄り添う「私」の問題だといえる。他方、人物図像がページの上の存在であることが暴露され、「リアル」なものとなるとき、読者は「キャラ」に見つめられ、「キャラ」と向かい合ってしまう。「キャラ」が展開するページの上の出来事は、インデックスのレベルに深く根差した出来事であり、つまりは「あなた」の問題である。マンガを読むとは、「コマのなかのキャラクター（イコン）を「私」として経験する没入的なリアリズム」と、「ページの上のキャラ（インデックス）を「あなた」として見つめる、現前の体験としてのリアル」のあいだを絶え間なく往還し、何度でも物語の外に踏み出しながら、その踏み越え自体によって自らが物語を語る身振りなのである。

6　キャラクターがいるということ

マンガは「現実」を表現するのに向かないメディアである。端的に、それは現実を「表象」できないといってもいい。その代わりにマンガは、読者の手元で一つのリアリティを作り出し、それを語られる物語とつなげようとする。語られる出来事（それは現実世界で起きた出来事でもありうる）に結びつけられるリアリティは、いかなる意味でも現実世界の痕跡をとどめるようなものではないし、「私」の手元でひとときだけ開花する幻影にすぎないかもしれない。だが「私」はそのとき、現実の出来事とはまったく無関係とも思えるそのリアリティに賭けてみようとすることになる。誰かと共有されている保証もない、自らの手元の不確かなリアリティを、それでも現実と結びつけることができるかもしれないと信じさせること。マンガが現実に対してできるのは、おそらくそれだけだ。しかしだからこそマンガというメディアには、現実を前にして、それを「表現」するのとは異なった形で関わる方法を考え続けるという使命があるといえるのではないか。

結論として、さらに大きな話をしてみよう。表象するのとは異なった形で世界と関わるというこの使命は、世界が一つの枠組み（あるいはフレーム）のなかに収まることがありえないという、近代の条件が必然的に生み出したものであるかもしれない。世界があり、そのなかにフレームで囲まれたエリアがあり、それが世界の代理として機能する。そんなあり方が不可能になったとき、マンガははじまる。キャラクターとは現実に対する剰余だが、しかも（表象とは異なって）現実と安定した関係を取り結ぶことのない剰余である。そしてそれが生み出されてしまうという事実は、もはや世界が一つの全体ではありえないことを証明しているに違いない。

物語に先行するイメージ、先在する何かを表象＝代理するのではないイメージ、キャラクターがそうしたものであるとするなら、それは超越的なものへの抵抗となる。コナンのイメージが、そこには不在のコナンの代理であると、私たちは考えない。それは端的にコナン自身なのである。イメージはまさにイメージそれ自体であり、しかも（ウォーホールのキャンベルスープ缶のように）空虚なイメージではなく、明確な「性格」を持ち（何しろキャラクターなのだから）、好意や嫌悪を引き起こす。現実の人間ではないのに独立した人格を備えたかのような存在は、大多数に共有されたフレーム（世界観）がある世界でなら神や精霊と呼ばれるだろう。神や精霊は当該の社会に属する人々にとって、物質的な現実とは異なるとしても、恣意的に操作できないという意味での現実性を持つが、キャラクターはそれを生み出した社会の成員たち自身にとっても現実ではない。キャラクターは、現実でないと分かっていても現実性をまとって機能するのだが、それが証明しているのはだから、私たちが今、絶対性の成立しえない世界、全体性を捉えることのできない世界を生きているという、当たり前といえば当たり前の事実なのである。

誰もが現実と信じるものがあるなら、原理的にそれはフレームの存在を許容することができないし、したがってそのときフレームは不可視のものとなる。反対に全体性のありえない世界では無数のフレームが現れ、イメージもまたそれを踏み越えて機能する。ただし私たちは何らかのフレームを選択せずに生きることはできないし、ましてそれは意図的な選択というよりは、気がつけば特定のフレームを選択してしまっているというのが実情だろう。だが外部があることはわかっているのに、あるいはわかっているからこそ現れるキャラクターは、現実のいいいようなものでなく、まさに今ここにおける現実として現象してしまう。キャラクターとは近代人にとって、現実ではないが現実になろうとし続ける、厄介で愛おしい、避けるすべのない幽霊である。

【注】

（1）　四方田犬彦『漫画原論』、筑摩書房、一九九四年、一四二ページ。

（2）　テプフェールの歴史的な位置づけについては、不完全ながら次の論考で扱った。鈴木雅雄「コマの誕生と漂流」、中田健太郎・鈴木雅雄編『マンガメディア文化論』、水声社、二〇二二年。

（3）　ただし別の場所で指摘したように（「フキダシのないセリフ」、中田健太郎・鈴木雅雄編『マンガ視覚文化論』、水声社、二〇一七年）、オッパーやスウィナートンのような、規則正しく同じ大きさのコマが並んでいる初期アメリカン・コミックスにおいても、一つのコマのなかで複数の時間の流れが提示されているようなケースは多い。それはコマのなかに複数のフレームが存在しているような状態だが、ここでは議論を複雑にしないために、フレームの明示されたケースに議論を限っておくことにする。

(4) ここからの議論は、林道郎・西兼志両氏が『マンガメディア文化論』で展開してくれたキャラクター論を、より具体例に沿って展開する試みだともいえる(『マンガメディア文化論』、前掲書)。お二人に感謝したい。
(5) 以下の論文を参照。西兼志「コミュニケーションのvectorとしての〈キャラ〉」、石田英敬・吉見俊哉・マイク・フェザーストーン編『メディア表象』、東京大学出版会、二〇一五年、一八三―二〇六ページ。
(6) 伊藤剛『テヅカ・イズ・デッド』、星海社新書、二〇一四年(初版:NTT出版、二〇〇五年)。
(7) スコット・マクラウド『マンガ学』(完全新訳版)椎名ゆかり訳、小田切博監修、復刊ドットコム、二〇二〇年。ティエリ・グルンステン『マンガのシステム』野田謙介訳、青土社、二〇〇九年。
(8) トム・ガニング「継起性の芸術」三輪健太朗訳、『映像が動き出すとき』長谷正人編訳、みすず書房、二〇二一年、九三―一四二ページ。
(9) 同書、一一四ページ。
(10) 竹内オサム『マンガ表現学入門』、筑摩書房、二〇〇五年(図版は九一ページから)。
(11) 西村清和『イメージの修辞学』、三元社、二〇〇九年(特に第Ⅲ部)。
(12) 次の研究などを念頭に置いている。水島久光・西兼志『窓あるいは鏡――ネオTV的日常生活批判』、慶應義塾大学出版会、二〇〇八年。
(13) 大塚英志『アトムの命題』(徳間書店、二〇〇三年)、およびそれについての伊藤剛(前掲書、第三章、第四章)の評価を参照。

* この論文は、JSPS科研費B1K800038101の助成を受けたものです。

マンガは暴力をシリアスに描けるか
――マンガにおけるメタ視点をめぐる試論

森田直子

1　なぜ暴力か

はじめに、松本大洋『竹光侍』（二〇〇六―二〇一〇）の一ページをご覧いただきたい（図1）。一人の侍が、相手を正面から切りつける。「ずっ」という文字と、人物の胸の上の、血と思われる迸りとは、どちらも濃く太い線で描かれ、筆触も似ている。しかし、「ずっ」は物語世界内には存在せず、読者にしか見えていない。血しぶきのほうは、物語世界内の描写の一部であり、作中人物にも読者にも見えている。読者は物語内で何が起こったかだけを読み取っているわけではない。ほぼ垂直に伸びる血しぶきや三辺が開いたままの粗削りの枠線からはスピード感や緊迫感を、太い描線と細い描線の配置からは視覚的なリズムを、同時に読み取っていることだろう。

本稿では、「文学・芸術にとって〈現実〉とは何か？」という問いについて、マンガにおける暴力の表象と、マンガで何かを語り描くことへのメタ的意識という観点から論じたい。(1)

図1　松本大洋・永福一成『竹光侍』第3巻，小学館，2007年，156ページ。

「暴力（violence）」とは通常、無法もしくは過剰な力の行使をさす。[2] この「力」の向かう先は必ずしも人間とは限らず（戦争で建築物が破壊される場合など）、非物理的な暴力（心理的虐待など）も存在するが、本稿では身体への傷害、とくに流血をもたらす暴力を中心に扱う。本稿で扱うような傷害や流血の描写については「残酷描写」という表現もよく用いられるが、身体に加えられる物理的な力という側面を強調するため、「暴力」というタームを主に用いることとする。

暴力は、それをこうむる側にはもちろんのこと、加える側にも、その場の傍観者にも、メディアを通してそれを見る者にも、物理的現実の威力を突きつける。暴力の喚起する強い感情に追いつこうとしてなのか、本当らしさ、迫真性のある暴力の表象が、とりわけ映像メディアによって試みられてきた。日本のマンガにおいても、一九五〇年代の劇画の登場以降、読者やジャンルの多様化とともに暴力を含む身体描写のリアリティを追求するものが増えていった。しかし**図1**ですでに見たように、マンガにおいては、メディアの媒介を忘れさせるような臨場感ある再現だけでなく、表現自体に注目させながら暴力を描き出すことが模索されてきた。[3] マンガという物語メディアが、しばしば表現手段のほうへ読者の注意を向けさせ、作中世界に没入させない傾向をもつことは、暴力を描くうえで足枷にならないか。逆にそのような性質に利点があるとすればそれは何か。本稿で投げかけたいのはこうした問いである。

図２　Nicholas Gurewitch, "Game System". (2010)　https://pbfcomics.com/comics/game-system/

２　マンガの中のＶＲ（の中の暴力）

マンガという物語メディアの特性に着目する本稿のアプローチを明確にするため、ここでアメリカのコミック・アーティスト、ニコラス・ガーウィッチ（Nicholas Gurewitch）による人気四コママンガシリーズ『ザ・ペリー・バイブル・フェローシップ』の一作「ゲーム・システム」（図２）を取り上げよう。この作品は、ＶＲ（仮想現実）[4]ゲームの進化した形をブラック・ユーモアを込めて描いている。一人の少年が、ヘッドマウントディスプレイを装着してコンピュータゲームを開始したところだ。そのゲームとは、二コマ目にあるように、プレイヤー自身がヴァーチャル世界内で緑色の怪獣と一対一で戦うというものである。モニター画像によると、少年はすでに怪獣から攻撃され、傷を負っている。三コマ目で、プレイヤーの隣には、ゲームの順番を待つ友人がいることがわかる。友人は、プレイ中の子どもの胸に三すじの引っかき傷が現れたのを指さして「すごい！（Awesome!）」と声を発している。四コマ目では、プレイヤーの両目の周りにアザができ、裂傷は顔、肩、脚と全身に広がり、傷口の一部からは血が流れている。友人は、「ねえ、ぼくの番だよ（C'mon, it's my turn）」とせかしている。

ジョナサン・ガブリーは、アメリカン・コミックスにおける暴力の美学に関する論考のなかでこの四コママンガを取り上げ、二つ目と三つ目のコマ配置に見られる修辞に注意を促している。[5]二つのコマはほぼ同時の出来事を描いているが、ゲーム画面上の暴力は想定範囲内であるのに対し、プレイヤーの生身の身体に見られる暴力の痕跡は友人、ひいては読者にとって予想外である。両者を対置することで、三コマ目のもたらす驚きが強調される。

ガブリーは本作にマンガとゲームという異なる二つのメディアがかかわっていることには言及していないのだが、二コマ目と三コマ目の対比から浮かび上がるのは、二つのメディアに対するメタ批評的視点である。まず、もっとも表層的なレベルでこのマンガは、ビデオゲームを批判する言説――プレイヤーがゲーム体験と現実を混同し、現実においても攻撃的になるのではないかという（科学的には否定されている）懸念――のパロディとなっている。テレビや映画など、オーディエンスに「受動的」に暴力を鑑賞させるメディアと異なり、相互作用を介在させるビデオゲームがプレイヤー自身に暴力や殺人を擬似体験させることについては、一九七六年の「デス・レース」のリリース以来、現在に至るまで多くの論争が繰り広げられてきた[6]。ガーウィッチのマンガの眼目は、プレイヤーが暴力の加害者としてではなく、被害者としての姿で描かれている点にあるだろう。ゲームのし過ぎで心身の健康を損なう、という意味での被害者ではない。インタラクティブ・ゲームはユーザーを攻撃的にすると言われてきたけれど、どんどん進化すればヴァーチャルな対戦相手のほうも攻撃力を高め、いつかプレイヤーを本当に負傷させるようになるかもしれない、というわけである。

さらに、ゲームのモニター画面と、その外側のマンガの表現空間との入れ子構造にも注目できる。VRデバイスを装着せずに、第三者の立場でモニター画面を見ている友人は退屈しており、自分も早く遊びたがっている。ゲームをしている最中の子どもの方は、VRのもたらす迫真性に心奪われており、血まみれになってもコントローラを譲るまいとするその様子は、笑いもしくは恐怖を誘う[7]。

しばしば「没入感」と呼ばれるインタラクティブ・ゲーム体験の特徴がここによく表れている。しかし、入れ子になったモニター画面を、まさに今私たちが目にしているマンガに見立ててみてはどうだろうか[8]。マンガを読む読者は、ビデオゲームをするプレイヤーとは別の形で虚構に参加し、描かれた暴力に反応している。ビデオゲームとは異なる、マンガ読者のフィクションへのコミットのしかたも、この四コママンガは示唆しているのではないだろうか。

　実際、本作を注意深く読むとき、複数の解釈が可能となる。まず、最も常識的な解釈は、このマンガが現実を参照しているとみなすものである。このマンガが制作された二〇一〇年の段階で、身体接触の感覚を含めたＶＲがどの程度開発されていたか定かではないが、プレイヤーの生身の身体に傷を負わせるほど高度な臨場感をもたらすゲームがあったらこんな感じだろうというわけである。[9]ガーウィッチが本作で採用している画風は平面的で素朴だが、カラー作品である分、少なくとも白黒のマンガよりも血の表象は写実的だと言える。シンプルな図像のなかで、赤い染みだけが妙にリアルに映る。

　ここで、別の深読みもできるだろう。鮮やかな赤い染みを血だと思うのは、先入観に過ぎないのではないか？たしかに四コマ目の「負傷」した姿はリアルだが、実際には攻撃を受けたプレイヤーの身体にギミックの血痕が生じるしかけになっているのかもしれない。マンガでは、これが血（の図像）なのか偽物（の図像）なのかは確かめようがない。

　さらに気になるのは、血を流しているキャラクターがとても楽しそうな表情をしていることだ。血と笑顔の組み合わせは不気味であり、読者を困惑させる。このマンガは「ホラーもの」としても読めるのか。ゲームを交替した子どももまた、やがて血まみれになるのか。血が出るまで戦うということが楽しいのか。それとも、血が気にならないほどゲームが楽しいのか。多くのことが読者の想像にゆだねられている。

　ＶＲゲームは想像世界を、まるでその場にいるかのように能動的に体験することを可能にするメディアである。ＶＲ技術によって実現されるフィクション世界は、現実そっくりという意味で、コード化の度合はきわめて低い。それに対して、マンガは記号化のレベルや方法が作家やジャンルによってさまざまであり、解釈も一つに定まらない。たとえば、先ほどから、ゲームに興じるのは「少年」「子ども」だとみなしてきた。目と口しか描かれていない顔、衣服は短パンとスニーカーだけの白いキャラクターにさまざまな要素を補充して、ひとまず人間の少年とみなしている。この少年は人間ではないのかも、と思い始めたら、このマンガはまた別の物語として読めるのかもしれない。

ＶＲゲームとの比較で明らかなように、マンガは単純な表現手段によって成り立っているがゆえに、血という現実的インパクトの強い題材をめぐって、メタ・メディア的な意識を呼び起こす。これは、マンガという物語メディアが始まったときからの特性でもあった。以下では、二百年ほど歴史をさかのぼってそのことを確かめよう。

3　血を描かない物語メディアとしてのマンガの誕生

マンガが自律した物語メディアとして成立したのはいつか、という問いに対しては、複数の考え方がある。[10] そのうちの一つはスイス人のロドルフ・テプフェールが一八三〇年代から四〇年代にかけて手がけた創作と理論構築が発端になったというものだ。その根拠についてここで深く述べることはしないが、本稿との関連でいえば、テプフェール流のマンガ（テプフェールの言葉では「版画物語（histoires en estampes）」または「版画文学（littérature en estampes）」）が暴力を深刻には描かないメディアとして誕生したことは、その後のマンガの展開を考えるうえで示唆に富んでいる。

テプフェールがマンガを描くようになったのは、学校生徒や友人を笑わせ、楽しませるためだった。彼のマンガは、登場人物に感情移入して物語に没入して読んでいくタイプのものではなく、何かに囚われた人や悲劇に見舞われた人を一定の距離から眺めて楽しむというものだった。悲劇や不幸は決してシリアスには扱われず、投獄や自殺未遂でさえ滑稽な出来事としてユーモラスに描かれた。[11] 表現が卑俗にならないよう、テプフェールは生々しい傷や流血シーンなどは描いていない。[12] テプフェールが暴力を深刻には描かなかったことについて、以下、決闘の場面を例に挙げて具体的に示したい。

まず、『ジャボ氏』（一八三三）には、主人公がピストルで決闘をする場面がある。ジャボ氏ははじめての舞踏会で口論になった相手五人と、翌日朝九時から午後一時まで、一時間おきに決闘する約束を交わす。ここですでに、疑問が浮かび上がる。ジャボ氏は、午後一時の決闘のときまで生き残る自信があったのだろうか？　おそらくそこまでは考えず、決闘の前の晩は五人一度に串刺しにして貴婦人の賞賛を得る夢まで見ている（図3）。相手側の五人は本気で対決する気がなく、あらかじめ相談のうえピストルには弾の代わりにパンの身を詰める。決闘では、ジャボ氏は大真面目に相手の攻撃を受け、自分は（弾がパンだと知らずに）空に向かって撃ち、結局相手方五人と和解する。決闘の場でのジャボ氏の行動についてのキャプションでは、相手の弾を受ける際も自分が撃つ際もジャボ氏が「堂々と（noblement）」とふるまったと述べられる。[13] 自分は危険に身をさらし、相手のことは危険にさらすまいとするジャボ氏の芝居がかった態度を表す言葉ともとれるし、決闘を社会的上昇の手段としか考えない彼の滑稽さを皮肉る語り手のコメントとも考えられる。

図 3　Rodolphe Töpffer, *Histoire de Mr. Jabot*, Genève, J. Freydig, 1833, p. 30.

テプフェールの別の作品、『ヴィユ・ボワ氏』（一八三九）の主人公は、目的のためには暴力も厭わない人物ではあるが、決闘場面ではやはり流血が回避されている。[14]

図４　ロドルフ・テプフェール『M. ヴィユ・ボワ』佐々木果（翻訳・解説），オフィスヘリア，2008年，18ページ。

一八ページ（図４）の左の絵では、一見したところ剣は相手の身体を貫き、刺された人は意識を失っている。しかしキャプションに「仕返しだ。ヴィユ・ボワ氏は恋敵を殺す……幸いにも剣は脇の下をすりぬけている」とあり、右のキャプションには「恋敵はすっかり安堵して、生き返る」とある。恋敵が「安堵」した後に「生き返る」という書き方には、作中人物が死すらも演技しているかのような滑稽さがある。

なお、当時のヨーロッパで、決闘は絵空事ではなく現実的なできごとであった点は重要である。とりわけフランスでは、十九世紀の著名人（政治家、文人、科学者等）のうち、人生で一度や二度決闘の場に立たされなかった者のほうが稀だとされる[15]。形だけの決闘、誰も死なない決闘という題材は笑いをとることができた一方で、決闘自体は犯罪や事故と同様、日常にひそむ死の危険の一つでもあった。

危険なはずの決闘が描かれても誰も死なない、それを作者も読者も意識していること、ここにテプフェール流マンガの「お約束」へのまなざしがある。物語世界の内と外との境界を越えるメタ的な意識は、テプフェールがマンガ創作上の基本とした「笑い」にもつながるものだ。逆に、人が決闘で死ぬかもしれない世界を写実的に描くマンガの場合には、表現へのメタ的な意識は、物語への没入感を妨げることが予想される。これについては後ほど検討したい。

4 ドレが血のタブーに挑戦する

血を描かない物語メディアとして生まれたテプフェールのマンガの重要な後継者に、フランスの挿絵画家として知られるギュスターヴ・ドレがいる。テプフェールより一世代後に生まれたドレは、挿絵画家になる前の十代から二十代にかけて、独創性に満ちた長篇マンガを四篇刊行する。最後の作品にあたる『神聖ロシアのピトレスクで悲劇的・諷刺的な歴史』（一八五四）は、全一〇四ページ、図版の数は五百にのぼる大作である。[16] 難解な年代記風の文字列がインクで塗りつぶされたページ（五ページ）、枠だけで中身が空白のコマが並ぶページ（七ページ）など、『トリストラム・シャンディ』風の自己言及的な表現も多く見られる。[17] 約百ページのなかに絵と文双方について考えられる限りの実験――多様な視点と画風、言葉遊びや文体模倣、偽史語りなど――を詰め込んだ、怪物的な作品となっている。

本書には、クリミア戦争下における反ロシア・プロパガンダの側面もある。当時フランスは、イギリスとともにオスマン帝国と同盟を組み、ロシアとの戦いに乗り出したところであった。こうした背景のもと、ドレは古代から十九世紀にいたるロシアの「歴史」と称して、極端に戯画化された歴代君主たちの残虐行為を描く（図5）。本書の八九ページは、マンガ史では良く知られる一ページである（図6）。ドレは、白黒印刷を基調とする本にわざわざ赤い染みを入れ、血を演出した。[18] キャプションには「一五四二――一五八〇年。イワン雷帝の治世の続き。これほどの犯罪を前にしては、あらまししか目に入らないよう、目を一瞬閉じるのがいいでしょう」とある。ガーウィッチのマンガで確認したように、赤い染みは非常に即物的である。読者は目を閉じるどころか、驚いて目を見開いてしまうだろう。ドレは、誇張とユーモアが高じて幻想の域に達している残虐描写の只中に、突如、現

図 5　Gustave Doré, *Histoire dramatique, pittoresque et caricaturale de la Sainte Russie*, Paris, J. Bry aîné, 1854, p.61.

図 6　Gustave Doré, *Histoire dramatique, pittoresque et caricaturale de la Sainte Russie*, Paris, J. Bry aîné, 1854, p. 89.

実の生々しさを突き付けている。とはいえ、赤いインクとて、本物の血ではなく「インクにすぎない」、つまりマンガを物質的に構成している要素にすぎない。表現手段へのメタ的意識が暴走していると同時に、現実の戦争を背景としている——つまり人が死傷するリアルな世界を念頭においた——この作品は、政治的カリカチュアとフィクションの境界をあいまいにする問題作である。[19]

5 マッケイにおける人体の不思議

本稿で強調してきたような、マンガへのメタ的な意識が見られる作品を数多く生み出した作家に、二十世紀初頭のアメリカで活躍したウィンザー・マッケイがいる。彼は代表作『夢の国のリトル・ニモ』(一九〇五―一九一四)でも、このあと扱う『レアビット狂の夢』(一九〇四―一九一三)でも、夢の中の世界を舞台に設定しており、現実の物理法則や合理性を逸脱した出来事を多く描いたことで知られる。「悪夢」の名にふさわしい多種多様なカタストロフィーが描かれるが、それらは「暴力」の範疇に含めるには広すぎるため、本稿では『レアビット狂の夢』に見られる流血場面を中心に論じたい。なお、『レアビット狂の夢』は日曜のカラー付録ではなく平日の新聞内の連載であるため、白黒で制作されている。

「ニューヨーク・イヴニング・テレグラム」一九〇四年十月十日付のストリップの主人公は夢の中で、修行中のボクサーになっている。彼は、マッコイ、シャーキー、コーベット、フィッツィモンズといった当時名の通ったプロボクサーたちに試合を申し込み、次々とノックダウンする。夢を見ていた人は、自分がおさめた華々しい勝利に後味の悪さを感じている(**図7**)。このマンガでは、ボクシングでのパンチで星マークが飛んでいるが、倒されたボクサーたちは全員血を流しており、五人の敵を倒した新米ボクサーは、体中血まみれになっている。星マークは、起源は不明だが十九世紀末のアメリカなどで使われ始めた記号(漫符)である。「衝撃の星印(impact stars)」もしくは「痛みの星印（pain stars）」と呼ばれ、暴力が激烈なものであること、被害者の苦痛が激しく、ときに意識が混乱していることを示す。[20] おびただしい流血が残虐な印象を与えるのに対し、星マークが、作中人物には見えない「マンガのお約束」であることによって、写実性すなわちシリアスさからの距離感を作りだす。「いい練習になったが、血のせいで喜びは台無しだ（That's good exercise! But the blood spoils the pleasure.）」という自己中心的な言葉に、倒した相手への気遣いが全く感じられないのも、夢の中ならではなのだろうか。この作品は、筆者が確認したかぎりで、「レアビット狂の夢」の八百を超えるエピソードのうち唯一明白な流血が描かれている作品である。[21]

マッケイは同じ年の『レアビット狂の夢』のエピソードで、決闘も描いている（一九〇四年十二月二十二日付）。一人の女性をめぐって二人の男性が争うことになるが、場所は農場であり、二人が発砲すると、なぜか本人たちではなく後方の動物たちが次々に斃れる（わざと目標を外したのだろうか）。そこに駆け付けた農夫が、多くの動物を失った怒りから二人に向けて銃を撃つ。農夫は粉末状になった二人を箒で片づけながら、これで猫用のミンスパイを作ろうと独りごつ（**図8**）。このマンガで不思議なのは、二人が撃ち合っているあいだ、ピストルの弾は水玉状に画面に飛び散り、最後の農夫の銃撃によって、二人のシルエットは点描画のように点の集合として表現されることだ。こちらも**図7**のマンガと同じく、（実は夢だったということ以外）落ちらしい落ちがないが、流血がないことによって、マンガの中の人物は実は点の集合にすぎないと暴露しているという見方もできる。決闘の原因を作った女性は――後ろ姿しか描かれないので、表情はわからないが――嘆きつつも、安全な場所から眺めているだけのように見える。

ところで、先に言及したテプフェールが、**図8**と若干の共通点をもつ表現を用いているので紹介したい。テプフェールは最晩年、マンガ家・挿絵画家カムの協力を得て週刊の絵入り雑誌「イリュストラシオン」に『クリプトガム氏』（一八四五）を連載した。この作品では、終盤で片思いに敗れたエルヴィールが絶望のあまり憤死し、

図 7　Winsor McCay, *Dream of the Rarebit Fiend*, New York Evening Telegram: 1904, Oct. 10.

図 8　Winsor McCay, *Dream of the Rarebit Fiend*, New York Evening Telegram: 1904, Dec. 22.

図9　Rodolphe Töpffer, *Histoire de M. Cryptogame*, 5e édition, J. Claye, 1860, p. 61.

身体が粉々に砕けるシーンがある[22]（図9の左）。何ら物理的な要因のない、非現実的な描写なのだが、暴力的な死には違いない。読者はエルヴィールが塵になってしまったことを、テプフェール流の冗談、すなわち紙の上の点と線による無害なものとして一応は受け取るだろう。でも、クリプトガム氏（エルヴィールの片思いの相手）が彼女の死を悼んで花を散らすのを見ると、むしろその死をリアルに感じる。マンガならではのメタ的な人体表現も、物語世界内での受け止められ方によってはリアルさを取り戻すところが興味深い。

ここまで、作品内の暴力表象に、作品外への通路をもたらすメタ・レベルへの意識がかかわってくるというマンガの特性を、マンガ史における特徴的な事例を拾いながら論じてきた。マンガの自己言及的な表現が、必ず決闘や戦争など、作者の生きる現実の脅威を背景としている場合があることは重要であろう。しも物語メディア内だけで完結せず、

とはいえ、現実における出来事と、虚構作品のなかの出来事との関係は複雑であり、両者のあいだに関係を見出そうとすることには慎重になるべきだ。そのうえで、対照的な二つの見方だけ提示しておこう。ロベール・ミュシャンブレッドが、十六世紀以降のヨーロッパにおける殺人件数の顕著な減少と、同じ時期からの瓦版(canard)をはじめとする民衆向け読み物における凶悪犯罪テーマの隆盛とのあいだに相関を見たように、日常でめったに経験しないからこそ暴力は娯楽の対象になりうるという面はある。[23] 一方、マンガにおける暴力描写について言えば、大衆文学において発達した犯罪・冒険・推理ものが一九三〇年代からマンガにも定着していったこと、一九六〇年代以降は各国で大人向けマンガが成熟し、残酷な暴力描写も見られるようになったことなどの

背景には、それまでに人類が新たに経験したことの重みも想像できる。マンガの変化はおそらく、近代化や都市化が人間にさまざまなひずみももたらしたこと、世界大戦において暴力をエスカレートさせたこと、そして戦争体験者がマンガ制作にかかわったことと無関係ではないだろう。[24]

おおざっぱな見取り図だけを投げ出した形になったが、ここで話を戻し、最後に現代日本のマンガから一作品を選び、シリアスな暴力描写におけるメタ的視点の位置づけについて触れたい。

6 リアルな暴力描写のなかのメタ表現

先にテプフェールにおける決闘場面に言及した際、決闘で人が死ぬかもしれないようなシリアスなマンガでは、表現へのメタ的な意識は物語への没入感を妨げることが予想される、と述べた。この点を確かめるため、迫真的な暴力描写を多く含む二十一世紀の日本の青年マンガへと目を転じてみよう。

魚豊『チ。』(二〇二〇―二〇二二)は、十五世紀を舞台とし、地動説に惹かれる人々と、彼らを追い詰める異端審問システムとの攻防を描く作品である。十六―十七世紀のジョルダーノ・ブルーノ、ガリレオ・ガリレイなどを連想させる内容だが、架空の国が舞台となっており、歴史ものとはいえ基本的にフィクションとして構成されている。[25]

本作では、拷問を受けても地動説を捨てず、どうにかして後世に新しい宇宙観を託そうとする人々の情熱が描かれる。目を覆うような拷問の残酷さは、地動説の抗しがたい魅力、知への欲求の激しさを強調する。このような物語を成立させるために、本作では暴力(拷問)は必然的にリアルで恐ろしいものとして描かれている。しかしながら、本作にはマンガにおける血や暴力についての自己言及的表現も少なからず見出される。

たとえば、第一巻の二ページ目と三ページ目の見開きでは、右側の人物が「苦悩の梨」と呼ばれる拷問具を左側の人物の口の中に押し込んでいる場面が描かれている（図10）。左側の人物は、鼻と口から大量に出血している。二人の人物は誰なのか、拷問の前には何があったのか、といった情報は一つも与えられることなく唐突に残酷なシーンが提示されるのだが、次のページからは別の時間と場所で物語が始まるため、図10は、いわば物語から独立した図となっている。左側の人物（オグジー）は、第二巻にならないと登場しないし、拷問シーンに至っては本作のクライマックスともいえる第五巻でようやく扱われる。あとで読者が読むことになる場面を先に前触れとして出すのは、よくある手法なのかもしれない。だがこの例の場合、長篇マンガにおける暴力表現が通常は何らかのコンテクストの中に置かれるという約束事（convention）に違反してみせることでその約束事をかえってうきぼりにしているのではないだろうか。実際、読者は読み進むうちに、何度も出てくる拷問シーンを物語展開のパターンの一段階として受け入れるようになる。つまり、ある人物が地動説に興味を持つようになる、するとそのことを嗅ぎつけた異端審問官（ノヴァク）が捜査に乗り出してその人物を捕捉する、被疑者は地動説に関する資料や協力者の存在を認めるまで拷問され、地動説を捨てなければ処刑される、というパターンである。このパターンのなかでは、拷問のおぞましさもまた物語上の役割をもち、無償の暴力であることをやめるだろう。

次にメタ的と言えるのは、本作品のタイトルである。「（地球、地動説の）地」「血」「知」の三つに通じる『チ。』というタイトルは、物語を外側からコメントする位置づけにある。[26] 地動説に代表される知は「この世を変えるのに必要[27]」であり、主要登場人物たちが命をかけて守ろうとするものである。一方血は、「異端を阻止するために最も重要なもの[28]」である。水責めなど、血が流れない拷問もあるが、ここでいう血とは、拷問によってもたらされる「身体的苦痛」の云いである。ノヴァクは、資料の保管場所や協力者などの情報を得ようとして拷問するが、拷問される側は苦痛に意識が集中するため、正常な思考を妨げられる。[29] つまり、血に象徴される身体的苦痛は、知を継承しようとする者たちにとって大きな障害となるのであり、本作における暴力の位置づけは、**図10・図11**にもよく表れている。

図10　魚豊『チ。』第1巻，小学館，2021年，2-3ページ。

図11　魚豊『チ。』第5巻，小学館，2021年，68ページ。

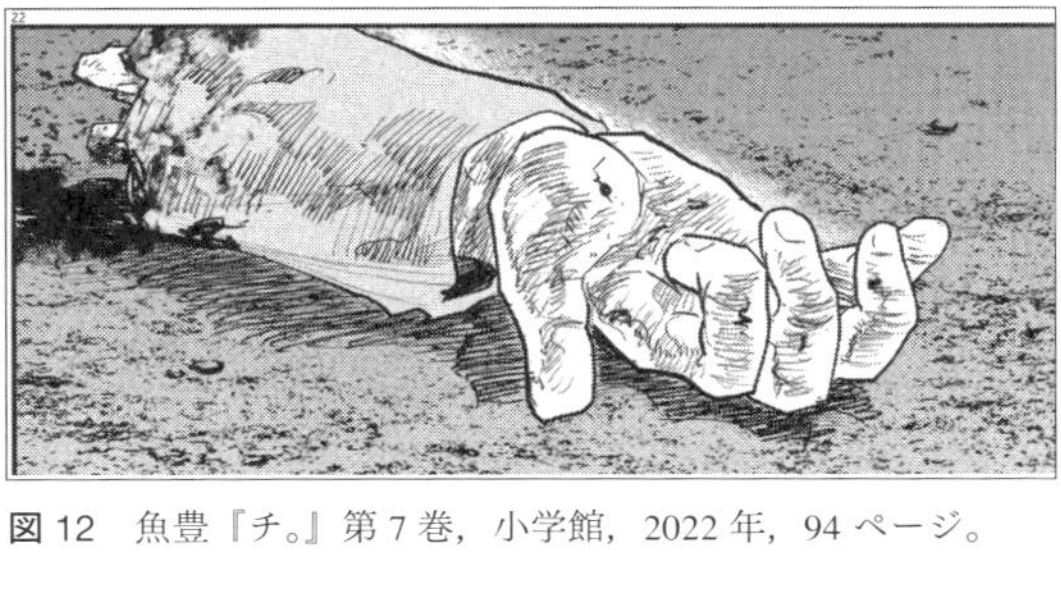

図12　魚豊『チ。』第7巻，小学館，2022年，94ページ。

しかしここで注意したいのは、これらの図にはフキダシに入った「ポタポタ」「ブヂッ」などのオノマトペが書き込まれているという点である。フキダシは、星マークと同じように、伝達内容（つまり音や衝撃、暴力の苛烈さ）のみが作中人物と読者に共有され、記号表現すなわちフキダシの輪郭は（オノマトペの文字と同様）読者にしか見えない[30]。まるで拷問されている人のセリフであるかのような「ポタポタ」「ブヂッ」は、拷問場面にわずかながらユーモアをもたらし、シリアスさへの没入を妨げている[31]。

ちなみに、『チ。』には残酷な決闘のシーンもある。地動説に興味を持つ前のオグジーの職業は代闘士（決闘する本人に代わって戦う仕事、つまりプロの殺し屋）であった。オグジーの（代闘士ではない）対戦者は、相手がプロだと気づいて「負けたら、死ぬじゃないかっ」とつぶやき、オグジーは「はい。そういうものですので」と答える[32]。相手がプロではなくても負けたら死ぬのは同じでは、と言いたくなる場面だが、当人同士の話し合いで殺傷を避けることを対戦者が期待していた可能性もある。オグジーが無慈悲に相手の命を奪う場面であるだけに、わずかなユーモアが息抜きになっている。

とはいえ、『チ。』における暴力がすべてコメントめいた言及やユーモアに取り巻かれていると判断するのは間違いだろう。本作における「知」は、文字の習得や活版印刷、そして火薬の発明ともかかわっている。地動説に関するオグジーの手記を命がけで守る元科学者の女性が用いるのは、当時の人々の想像を超える破壊力をもつ発明品である。審問官と武装集団を遠ざけるため、あらかじめ仕掛けた火薬の爆発によって、彼女の身体はバラバラに引きちぎられる。彼女は地動説を守るために火薬を研究し、拷問とは別次元の暴力をわが身に引き受けるのだ。火薬による自死こそは本作で最もシリアスに描かれるべき暴力であることを、我々は絵を見て理解する。審問官の目の前に落ちていた手（図12）は、何らメタ的表現を伴わず、作品内の他の身体表象と比較してもきわめて精緻かつ写実的に描かれているからである。切断された手の即物的な描写は、人間の知性が新たに生み出した暴力の結果に対して我々が向けるべき厳粛な感情と呼応している。

本稿では、二百年来のマンガの歴史のなかで、血や暴力という現実的インパクトの強い題材が、マンガの形式や表現自体への意識と矛盾するように見えながら、それと深くかかわり合っていることを論じた。最後に『チ。』を通して確認したように、暴力を迫真的に描いているように見えるマンガでも、そのシリアスな態度を相対化するかのように、多くの箇所でメタ・レベルの視点を活用し、読者の反応をコントロールしている。

最後に、残された課題を挙げておく。本稿の考察には、実のところ、残虐な描写が苦手な一読者（筆者）の主観が反映している可能性が否めない。本来であれば、暴力表現の美的要素についても触れるべきであろうし、暴力描写を淡々と繰り広げるハードボイルド作品、暴力の過剰性こそがメタ的に映るような作品についても、合わせて検討すべきと思われる。また、暴力自体の表象だけでなく、暴力被害者へと向けられた作中人物の悲しみや共感などが暴力をシリアスに描くことにつながっている点もまた、重要だろう。

【注】

（1） 本稿の対象とする「マンガ」は、日本のマンガに限定せず、アメリカやヨーロッパのものを含むコミックス一般を想定している。

（2） 『大辞林』（第四版、三省堂、二〇一九年）は、「暴力」の定義として「①乱暴な力。無法な力。②物理的強制力を行使すること。特に、それにより身体などに苦痛を与えること」を挙げる。②は（建前上は正当な）物理的力の行使であり、戦争や、本稿の終わりに扱う拷問はこれにあたるだろう。

（3） さまざまなメディアがデジタル化され、コンピュータ上で一元的に処理可能になる状況下においてもマンガの「メディア固有性」を論じることは可能か、という大きな問題は、本稿の関心と深く関連しているが、ここでは正面から扱うことができなかった。美学における「ポストメディウム的条件」に関して、以下の文献における議論を参照した。Rosalind Krauss, *Perpetual Inventory*, Cambridge: MA, MIT Press, 2010; Krauss, *"A Voyage on the North Sea": Art in the Age of the Post-Medium Condition*, London, Thames and Hudson, 1999. また、門林岳史の以下の論考に大いに示唆を受けた。門林岳史「メディウムを混ぜかえす――映画理論から見たロザリンド・クラウスの「ポストメディウム」概念」、坂本泰宏・田中純・竹峰義和編『イメージ学の現在――ヴァールブルクから神経系イメージ学へ』、東京大学出版会、二〇一九年、二五一―二七八頁。

（4） VRは通常「仮想現実」と訳されるが、「事実上の」「実質的な」を意味する形容詞 virtual を「仮想」と訳すことの問題が指摘されている。VRを「人工現実感」と訳すことを提唱する論者もある。舘暲・佐藤誠・廣瀬通孝監修『バーチャルリアリティ学』、コロナ社、二〇一一年、および塩瀬隆之「ヴァーチャルリアリティーはフィクションに何をもたらすか」、大浦康介編『フィクション論への誘い』世界思想社、二〇一三年、二四〇―二五七頁を参照。

(5) Jonathan Gaboury, "The Violence Museum: Aesthetic Wounds from Popeye to We3", *ImageText*, Volume 6, Issue 1 (2011).

(6) (ビデオ)ゲームのもたらしたモラル・パニックの歴史については以下を参照した。https://reason.com/2014/05/07/a-short-history-of-game-panics/　むろんビデオゲーム以前に、一九五〇年前後のアメリカやフランス、日本で、暴力や流血を描いたマンガが青少年に有害であるとする反コミックキャンペーンや自主規制の動きがあったことも連想される。

(7) 塩瀬隆之は前掲論文で、「VRでは高度なグラフィックス技術よりもむしろ〔……〕リアルタイムの相互作用性こそが重要である」とする。マンガの中のモニター画面には落書きのような怪獣の図が描かれているが、少年を夢中にしているのはヘッドマウントディスプレイに示された三次元世界のなかで「頭を右に向ければ像が左に飛ぶなど、頭部方向の変化に合わせてリアルタイムで画像合成」されていくことの方だと思われる(塩瀬前掲論文、二四九頁)。

(8) ガーウィッチの『ザ・ペリー・バイブル・フェローシップ』は学生新聞の連載の形で始まり、その後「ガーディアン」「プレイボーイ」などを経てウェブコミックとして継続した。現在はウェブ上にバックナンバーがアーカイブされているため、実質的にモニター上で読むマンガとなっている。近年の連載ではコマ配置が自由になっているが、本稿で扱ったマンガは伝統的な四コママンガの形式を踏襲していることから、ガーウィッチの(デジタル)マンガをローテクでアナログなマンガの延長として扱っている。デジタルマンガの展開とマンガ読書体験の変化については、以下を参照した。中田健太郎「デジタルマンガのなかの近代性」、鈴木雅雄・中田健太郎編『マンガメディア文化論』、水声社、二〇二二年、三二九―三四七頁。

(9) 塩瀬は前掲論文において、VRがもたらす相互作用性は物理的な作用反作用ではない、つまりVR世界内で振り上げた拳が壁や人にぶつかっても、拳が現実世界で痛むことはないと説明している(塩瀬前掲論文、二五一頁)。ただし、二〇二〇年前後より、VRやAR(拡張現実)に触覚を再現する技術「ハプティクス」が注目されており、架空の爆発の衝撃や銃を撃ったときの反動の体験を可能にする機器の開発が進められている。(山田彩未、仲井成志「VRゲームの触覚、記者が体験　リアルな衝撃に思わず声」『日経産業新聞』二〇二一年四月九日、一頁)。

(10) マンガという物語形式の誕生に複数の契機があったとする見方については、以下を参照。Thierry Smolderen. *Naissances de la bande dessinée*, Bruxelles, Les Impressions nouvelles, 2009.

(11) テプフェールによるマンガが、笑いやギャグを基調としていること、長いストーリー構造を持つにもかかわらず読者と登場人物の距離が保たれることについては、以下で論じた。森田直子『「ストーリー漫画の父」テプフェール』、萌書房、二〇一九年（とりわけ序章および第一章）。

（12）例外として、『クリプトガム氏』（一八四五）には、アルジェリアで囚われの身となった女主人公エルヴィールが太守の胸に深々と剣を突き立てて殺す場面がある（傷がはっきりと描かれるが流血はしていない）。とはいえ、エルヴィールと太守がユディットとホロフェルネスという旧約聖書内の人物に見立てられていることや、一つ前のコマで二人が仲睦まじそうにしている図との対比のギャグ的効果も意図されていることで、残虐行為の生々しさが和らげられている。聖書や神話の挿話であれば、流血場面であっても高貴な主題になりえた。

（13）*Histoire de Mr. Jabot*, Genève, J. Freydig, 1833, p. 31-32. 森田前掲書、二八二—二八三頁。

（14）ロドルフ・テプフェール『M・ヴィユ・ボワ』佐々木果（翻訳・解説）、オフィスヘリア、二〇〇八年（Rodolphe Töpffer, *Monsieur Vieux Bois*, Genève, seconde édition, 1839 の復刻）。引用に際してキャプションの訳は一部変更した。

（15）テプフェール同時代では、数学者のエヴァリスト・ガロア（一八一一—一八三二）、ジャーナリストのアルマン・カレル（一八〇〇—一八三八）の決闘がよく知られる。一八三七年の破棄院の判例によって決闘による傷害・致死が法的制裁の対象となったものの、当局は依然として決闘に対して寛容であった。ジャン＝ノエル・ジャヌネは、名誉のかかった決闘を拒絶することが当時いかに困難だったかを論じている。Jean-Noël Jeanneney, *Le duel. Une passion française 1789-1914*, Paris, Éditions du Seuil, 2004.

（16）Gustave Doré, *Histoire dramatique, pittoresque et caricaturale de la Sainte Russie*, Paris, J. Bry aîné, 1854. フランス国立図書館サイトからダウンロード可能。http://catalogue.bnf.fr/ark:/12148/cb334196026

（17）作者や表現手段自体に言及する手法は、ドレの三作目のマンガ『物見遊山の愉快と不愉快』（一八五一）や、同時代のカムにも多く見られる。フランスの初期マンガにおける自己言及的表現を含めた形式上の実験については以下を参照。Patricia Mainardi, "The Invention of Comics", *Nineteenth-Century Art Worldwide*, Volume 6, Issue 1, Spring 2007. また、カムやドレの自己言及的表現と読みの視線の関係について、以下を参照。鈴木雅雄「コマの誕生と漂流」、鈴木雅雄・中田健太郎編『マンガメディア文化論』、水声社、二〇二二年、四一—六九頁。

（18）造本時に一冊ずつステンシル染めによって赤い色を入れたと考えられる（Thierry Groensteen, « Gustave Doré, pionnier de la bande dessinée », sur son site : http://www.editionsdelan2.com/groensteen/spip.php?article14.）。赤い染みはあと一カ所、九七頁でもイワン雷帝の後継者たちの黒海沿岸での殺戮を表すために用いられている。

（19）本作品の政治的含意や後世における受容については以下を参照。David Kunzle, *The History of the Comic Strip. Vol.2: The*

History of the Comic Strip, the Nineteenth Century, Berkeley, University of California Press, 1990, p. 123-134.

（20） 星マークと流血の併用は今日では珍しく思われるが、他にも用例があるのか調査中である。マンガにおける星マークの登場と、その物語論的な位相について、アイケ・エクスナの以下の論考を参考にした。Eike Exner, "The Creation of the Comic Strip as an Audiovisual Stage in the New York Journal 1896-1900", *ImageText*, Volume 10, Issue 1, 2018.

（21） 「レアビット狂の夢」全エピソードとカタログ・レゾネについては以下で参照した。Winsor McCay and Ulrich Merkl, *The complete Dream of the Rarebit Fiend (1904-1913) by Winsor McCay 'Silas,'* rarebit-fiend-book.com, 2007.

（22） テプフェールの原画を木口木版で印刷するため、テプフェールの推薦によりカムが版画用の下絵を担当した。ティエリ・グルンステン、ブノワ・ペータース『テプフェール——マンガの発明』古永真一・原正人・森田直子訳、法政大学出版局、二〇一四年、一八〇—一九〇頁。

（23） Robert Muchembled, *Une histoire de la violence*, Seuil, 2008, chap. VIII.

（24） 日本のマンガにおける暴力描写のリアリティへの指向については、吉村和真「『はだしのゲン』のインパクト——マンガの残酷表現をめぐる一考察」（吉村和真・福間良明編『「はだしのゲン」がいた風景』、梓出版社、二〇〇六年、二四六—二九三頁）を参照。マンガ読者の年齢層の変化、作者や読者の戦争体験とメディア体験などについて有益な示唆を得た。ギヨーム・ラボリーもまた、各国のマンガの暴力描写と第二次大戦との関係に触れている。Guillaume Laborie, « violence », *neuvième art 2.0, la revue en ligne de la Cité internationale de la bande dessiné et de l'image*, septembre 2017. http://neuviemeart.citebd.org/spip.php?article1172

（25） 最終巻の末尾百ページ弱では、物語本編と直接つながりのないエピソードが描かれ、そこでは著作を通して後年コペルニクスに影響を与えることになる実在人物（アルベルト・ブルゼフスキ）が登場する。

（26） タイトルは作品の外部に位置するので、必然的にメタ的に機能する。しかし、『チ。』の場合はとりわけ作品に対する批評性の高いタイトルだと言える。

（27） 魚豊『チ。』第五巻、小学館、二〇二一年、一六九頁。

（28） 魚豊『チ。』第四巻、小学館、二〇二一年、七一頁。

（29） Elaine Scarry, *The Body in Pain*, New York and Oxford, Oxford UP, 1985, chap. 1.

（30） Eike Exner, *op. cit.*

（31） フキダシのないオノマトペ（たとえば**図1**）にはユーモアの要素がないことがわかる。

（32） 魚豊『チ。』第二巻、小学館、二〇二一年、一四頁。

マンガにおける文学、あるいはマンガとしての文学
――どんどん行ってしまうものをめぐって

中田健太郎

わたしは、文学を読むときには書きこみをするが、マンガを読むときには書きこみをしない。これはきっと、めずらしい読書態度ではないのだろう。あたりまえのことだと感じる人さえいるかもしれない。

それでも、あたりまえのことも言葉にしてみることにしよう。わたしはいったいなぜ、マンガを読むときには書きこみをしないのか。それは、マンガの画面が手書きの文字を、テキストとしてもイメージとしてもうけいれてしまうからだ。マンガは手書きの文字をそのまま画面のうちにうけいれ、とけこませてしまうので、書きこみはその作品世界に干渉し、それを変質させかねない。そのように恐れるのだろう。

逆のことを言えば、文学書に書きこみをするときには、その作品世界は決定的には変質しないように考えている。文学作品は、手書きの文字を全面的にはうけいれない、多少とも隔絶された世界に存在している、といった前提があるようだ。それは、活字によって外部から区別され、守られている世界であろう。

じっさい、活字によらない文学作品にかんしては、事情がいくらか異なってくる。たとえば、肉筆による写本

や手紙に書きこみをするのには、抵抗を感じる人がおおいだろう。それらは活字に守られておらず、書きこみのイメージをうけいれてしまうからだ。あるいは、活字の外部にひらかれている文学についても、注意が必要だろう。『トリストラム・シャンディ』（ローレンス・スターン）のように図やイメージをふくみこんでいるテキストや、『骰子一擲』（ステファヌ・マラルメ）のように余白も意味を担っているテキストに書きこみをすれば、作品世界に多少とも干渉することになる。

そのように考えると、書きこみを拒まないものとして冒頭に想定した文学作品は、活字のみによってなりたつ、相当にせまい文学観にもとづいていたことがあきらかである。この文学観をつきつめると、活字はテキスト内容のみを伝達する、透明な媒体として理念化される。それはたとえば、ベアトリス・ウォードがグラフィック・デザイン論の古典「クリスタルゴブレット」（一九三〇）においてしめした、活字のひとつの理想である。

ワインの色をたのしむのには透明なクリスタルグラスがふさわしい、という名高い比喩によってウォードは、文章を味わうのにはメッセージを疎外しない透明な活字媒体がふさわしいのだと、象徴的に語っていた。

ワイングラスには、ボウルに指紋がつかないようにするため、長くて細いステムがあります。なぜでしょうか？　それは、あなたの目と燃えるように赤いワインのあいだに、曇りがついてはいけないからです。本の余白もおなじように、活字面を指で触らなくてよいようにしてくれるものではないでしょうか。(1)

このようなグラス・活字を選ぶ人を、ウォードは直後に「モダニスト」と呼んでいるのである。

触れることのできない、いわば支持体をもたないものとしての活字。だが、そのモダニズム的な理念は、現代のわれわれから遠ざかろうとしているのではないだろうか。活字面はいまや、だれもが指摘するとおり、デジタルスクリーンのなかでイメージをふくむ各種データと混在して見えている。それはとりわけグーグルの思想のもと、つねに検索によって外部へと開かれている。われわれはますます活字面に「指で触れる」ようになっており、スマホのスクリーンはいつも指紋でいっぱいである。そして、活字がそのようなスクリーン環境にときはなたれていることは、紙面のうえの活字にたいするわれわれの意識をも、すこしずつ変容させずにはいない。活字面はしだいに、干渉をうけない隔絶された領域ではなくなっていくのだろう。

とはいえ、このようないかにも文学研究者的な嘆きにとどまらないように、本稿では冒頭のマンガと文学の対比に棹さして考えてみたい。われわれはながらく、文学の活字面を触れることのできないものとして考えようとしてきた。その一方で、マンガの画面は触れられるものとして、書きこめば干渉してしまう領域として、その支持体を意識してきた。この対照から、文学をいくらか広義に考えるために、そして、広義になっていく文学について考えるために、引きだせるものがまだあるのではないだろうか。[2]

1　文学としてのマンガ?

マンガと文学の関係、という問題について考えるとき、避けてとおることができないのは、マンガを文学の一ジャンルとしてとらえようとする言説であり、それはしばしば(好意的な意図によって)マンガにおける文学性を見いだそうとする。この種の言説が根ぶかいのは、そもそもの定義にかかわっているからでもある。マンガの「発明者」とされることのおおいロドルフ・テプフェールは、最初のマンガ論ともいえる『観相学試論』(一八四五)のなかで、つぎのように記していた。

物語は、章・行・言葉をつかって書くことができる。これはいわゆる文学である。物語はまた、絵によって表現された場面の連続によっても書くことができる。これは版画文学である。[3]

「版画文学（littérature en estampes）」というのがマンガメディアにあたえられた最初の名前であり、それは「いわゆる文学（littérature proprement dite）」とは区別されつつ、「文学」を冠するなにかとして定義されたのだった。

文学者ジャック・デュレンマットは、このように「版画文学」を定義するテプフェールをとりあげながら、レッシングの『ラオコオン』（一七六六）の議論とむすびつけていた。ごくかいつまんでふりかえると、古代以来の「詩は絵画のごとく」（ホラティウス）という格言に抗して、レッシングは時間芸術としての文学と、空間芸術としての絵画の対照性を強調したのだった（そのようにして、芸術メディアの自律性を強調した議論は、モダニズム的な理念に通じているとも言われる）。それにたいしてテプフェールは、絵画・デッサンが文学・言葉のような意味作用をもつことにもとづいて、二つの芸術の「完全な相補性を宣言している」[4]のだと、デュレンマットは評する。マンガが文学と絵画の相補性を実現しているのだとしても、それはあくまでも「絵によって表現された」文学であり、文学化された絵画ではないという、不均衡には注意する必要があるだろう。このように、マンガを文学として、あるいは言語的表現として語る議論には、根づよい理由がある[5]。

デュレンマットが上記のように論じているのは、まさに『マンガと文学』（二〇一三）と題された著作においてである。それは、マンガを文学の一ジャンルとして位置づけようといった意図の研究ではなく、さまざまな作家の証言に耳をかたむけながら、マンガと文学の接点を検討していく、模範的な総論だといえる。とはいえ、その著作が文学論ではなくマンガ論として読まれることはあきらかであり、マンガと文学はほんとうに並立しているわけではない。主題となっているのは、文学におけるマンガではなく、あきらかにマンガにおける文学のほうである。そこでは、上記のような定義・名づけの問題からはじまり、たとえばマンガにおける文学の翻案や、マンガにおける小説的な章立て・句読法、マンガにおける歴史もの・自伝ものなど、マンガのうちに見いだされる文学の諸問題がとりあげられている。

『マンガと文学』があつかっている、マンガにおける文学性の事例はきわめて豊富である。豊富であるだけではなく、そこで大きくとりあげられる作品が、アメリカやフランスのマンガ言説史の中軸を構成してきたことにも、あらためて気づかされる。それはつまり、物語メディアとしてのマンガ史である。そこでは、(『タンタン』シリーズの作家)エルジェをめぐる作家研究・文学研究にかんして、一章が割かれる。あるいは、比較的高い年齢層に向けたつづきものマンガを提案した、『(つづく)』誌(一九七八—一九九七)の功績が強調される。その雑誌の創刊とおなじ年、アメリカではウィル・アイズナーが「グラフィック・ノベル」という呼称をもちいはじめる。それは、マンガのなかの文学性の指標として、あるいは大人向けマンガの商標として、現在にまでつづくマンガのサブジャンルを形成している。さらに、『マウス』(スピーゲルマン、一九八六/一九九一)がピューリッツァー賞を受賞したことで、マンガによるルポルタージュ・ドキュメンタリー文学の可能性が象徴的にたしかめられる。九〇年代以降のフランスで、ラソシアスィオン社が牽引する自伝マンガは、国際的な注目をあつめていく[6]。

マンガと文学の接点としてまず思い浮かべられる、上記のような潮流は、批評・研究の対象となってきたマンガの系譜であり、いわゆる大人によって対象化されてきたマンガの領域でもある。その背景には、子ども向けだとして語られずにきたマンガや、悪書だとして批判・弾圧の対象となったマンガが存在していることは、忘れてはならないだろう(一九五〇年代の日本とアメリカが、象徴的な弾圧の事例をしめしている)。このような問題については社会学的分析にゆだねるところがおおきいが、それでもマンガにおける文学性が、各国マンガの言説史の形成にふかく結びついた指標であったことは、ここで確認しておきたい[7]。

それでは、日本においてはどうだっただろう。日本のマンガ史にかんしても、文学という指標を過小評価することはできない。夏目漱石の力添えを得つつ、岡本一平の「漫画漫文」スタイルが、大正時代のマンガのおおきな軸をなしていく。それは、絵と文をあわせもつというのみならず、絵によって物語るひとつのスタイルの確立であった。昭和初期の新漫画派集団の「ナンセンス漫画」は、それに対抗するものとして展開していくことになる。第二次世界大戦後の日本マンガにおいて、手塚治虫が『新寶島』から『ネオ・ファウスト』にいたる（文学からの多様な次元の本歌取り・翻案をもふくむ）作品歴によってしめした「ストーリーマンガ」が、メディアのイメージに不可逆の衝撃をあたえたことはうたがいない。それは、マンガによって文学を語る、といった紋切り型によって追認されてきた衝撃である。

マンガによって文学を語る、というときの「文学」は、もちろんこのうえもなく曖昧なものである。大橋崇行が論文「マンガ、文学、ライトノベル」において指摘しているとおり、日本のマンガ言説において文学は、「私」や「内面」の表現といった、曖昧な意味でもちいられてきた。とはいえ、それがとるにたらない言説であったかというと、そうではない。これも大橋がとりあげているとおりだが、この文学観は大塚英志に端を発するキャラクター論のような、日本マンガの言説史上無視しえない議論の背景にあるものだと考えられるからだ[8]。大塚はいくつかの著作をとおして、手塚マンガがその記号的なキャラクターによって、身体の要請する内面性を、象徴的には死や性を描こうとしたところに、退行と成熟を同時にかかえこむ、現代（日本）的課題が生じたのだと論じてきた[9]。

このような見立てにもとづいて大塚は、日本マンガの展開を、内面性への困難な志向を技術的に実現していく過程としてしめしたこともある。たとえば萩尾望都や大島弓子らの、七〇年代以降の少女マンガの画面における言葉の多層性が、その内面性の表現として位置づけられる。「〈内面〉を発見した少女まんがは、人物描写がメルヒェンの水準にとどまっていた手塚的少年まんがから大きく離脱し、〈内面〉を語ることを制度化していく過程で結果として「文学」に酷似していく[10]」。いっぽうで、六〇年代から七〇年代にかけてブームとなった劇画は、手塚の記号的・平面的身体に、暴力表現をとおして厚みをもたらすものだったと評される。

こうした議論は、マンガと文学の関係をめぐるわれわれの考察にとって、示唆に富んでいる。大塚は、マンガにおける文学性を問題にしながら、マンガを文学として語ろうとしていたわけではない。マンガにおける文学は、そこでは内的な要素とも外的な要素とも言いがたい。むしろ、マンガの文学にたいする志向性が、日本マンガのジャンルとしての展開を駆動してきたというわけだ。われわれとしてはすくなくとも、マンガを文学の一ジャンルとして位置づけて満足するわけにはいかない。

2 マンガとしての文学？

文学としてマンガをとらえようとする、そしてマンガにおける文学性を見いだそうとする、いくつかの言説について駆け足ながらに確認をしてきた。われわれとしてはここで、マンガと文学の関係を逆転させた言説のほうへ、焦点をあてていきたいと思う。つまり、マンガとして文学をとらえようとする、あるいは文学におけるマンガ性を見いだそうとする言説である。

そのような見通しにおいて、アリー・モルガンの『描かれた文学の原則』（二〇〇三）は、おおきな里程標となるだろう。フランスの膨大なマンガ研究言説を渉猟し、その経験論的側面と記号論的側面の双方について（さらには教育学的・社会学的言説についても加えて）概括していく同書の内容は、きわめて豊かであり、要約をゆるさない。とはいえ、その概括の出発点となる概念自体が、すでに興味深いものである。モルガンは、マンガのほかに連続版画などもふくみこんだ、物語るイメージのメディアとして「描かれた文学（littératures dessinées）」という概念を提起している。そうすると、旧来の文学は「書かれた文学（littératures écrits）」だということになる。そして文学（littérature）全体は、読まれるメディアとしてより一般的な水準で再考されることになる[11]。

モルガンがおこなっているのは、文学のうちにマンガとの関係を見いだすことによって、マンガをふくんだものとして文学概念を刷新していく試みだといえる。その研究は、「書かれた文学」にかんしても、書物にとどまらず、絵画や建築などの多様な支持体にもとづくメディアとして、再考させてくれるものとなる。しかも、それは多様なメディアを混交していく考察なのではなく、むしろマンガをテキストとデッサンの混合メディアと考えるような折衷主義は、くりかえし批判されている。[12]

モルガンの試みは、おそらく見かけほど極端なものではない。テプフェールの当初の定義にもどるなら、マンガはそもそも「版画文学」として位置づけられていたのであり、それとの関係において「いわゆる文学」を再検討し、文学一般について構想する可能性は、つねに開かれていたと言うこともできる。

もうひとつ、定義の事例を挙げてみることにしよう。マンガによるマンガ論の名著であり、また英語圏のマンガ研究の古典ともなっている、スコット・マクラウド『マンガ学』第一章の事例である。そこでマクラウドは、聴衆の声をうけながら、じょじょにマンガの概念を修正していた。「意図的な連続性をもって並置された静止イメージ」という定義にたいして、聴衆から「その定義だったら、言葉も含まれちゃうんじゃないの?」、「文字だって静止イメージだよな?」といった指摘がはいる。そこでマクラウドは、微修正をおこない、「意図的な連続性をもって並置された絵やその他のイメージ」という定義を採用することになった。[13]

だが、あらためて考えてみると、この採用された定義は聴衆の懸念を十分に解消しておらず、言葉だけからなる「マンガ」を容認している。「絵やその他のイメージ」という言いかたは、絵を必要条件とはしていないし、「その他のイメージ」のなかに文字はふくまれつづけている。じっさい、文字のないマンガがあるように、絵のないマンガや文字だけのマンガも実例の挙がるものだ。現代詩ユニットTOLTAが発表した『トルタのマンガ』(二〇一一)は、文字(セリフ・擬音)とコマ・フキダシをもちいて、つまり絵以外の要素によって、多様な作品を実現していた。

実験的な事例ばかりが問題なのでは、もちろんない。たとえば、柳沢きみおの『大市民』は、著者自身が投影されている主人公・山形鐘一郎が、周囲の人物に人生観を語る人気シリーズであるが、シリーズ後半に向かうにつれて物語や脇役はほぼ消尽し、山形は(基本的には飲酒しつつ)独白をつづけることになる。『大市民　最終章』（二〇一五）では、ついに独白が全面化し、絵が不要となったページもあらわれる（**図1**）。その読書感は随筆に相当以上に近づいており、ここに文学としてのマンガを見るか、マンガとしての文学を見るかは、態度の問題である。

絵と言葉のどちらに主導権があたえられているかという、質的・量的比重も、マンガと文学の決定的な弁別基準とはならないだろう。たとえば、小林エリカの『終わりとはじまり』（二〇〇六）は、既存の詩の引用にもとづいて、マンガの画面を構成している。詩が主旋律をなし、絵・コマ構成が付随して展開しているわけだが、それを文学としてのマンガとうけとることも、マンガとしての文学とうけとることも不可能ではないはずだ。メインストリームにある、『週刊少年ジャンプ』の人気作『HUNTER×HUNTER』（冨樫義博、一九九八年連載開始）の一場面はどうだろう（**図2**）。この作品では（「暗黒大陸編」以来ますます）、発話のみならず、内語や設定などの多様な言語モードが複層的に展開されがちであり、一ページの文字情報が一般的な小説よりおおく見えることもめずらしくない。**図2**の冒頭の三コマでは、一人物の内語が、ひとつの場面を三つに分割して覆っている。場面にもとづいて言葉が発されているのではなく、言葉の量にもとづいて場面が構成されているわけだが、それでもこれはマンガとして読まれている。「意図的な連続性をもって並置された絵やその他のイメージ」というマクラウドの定義は、一見して自然なものだが、それだけにマンガと

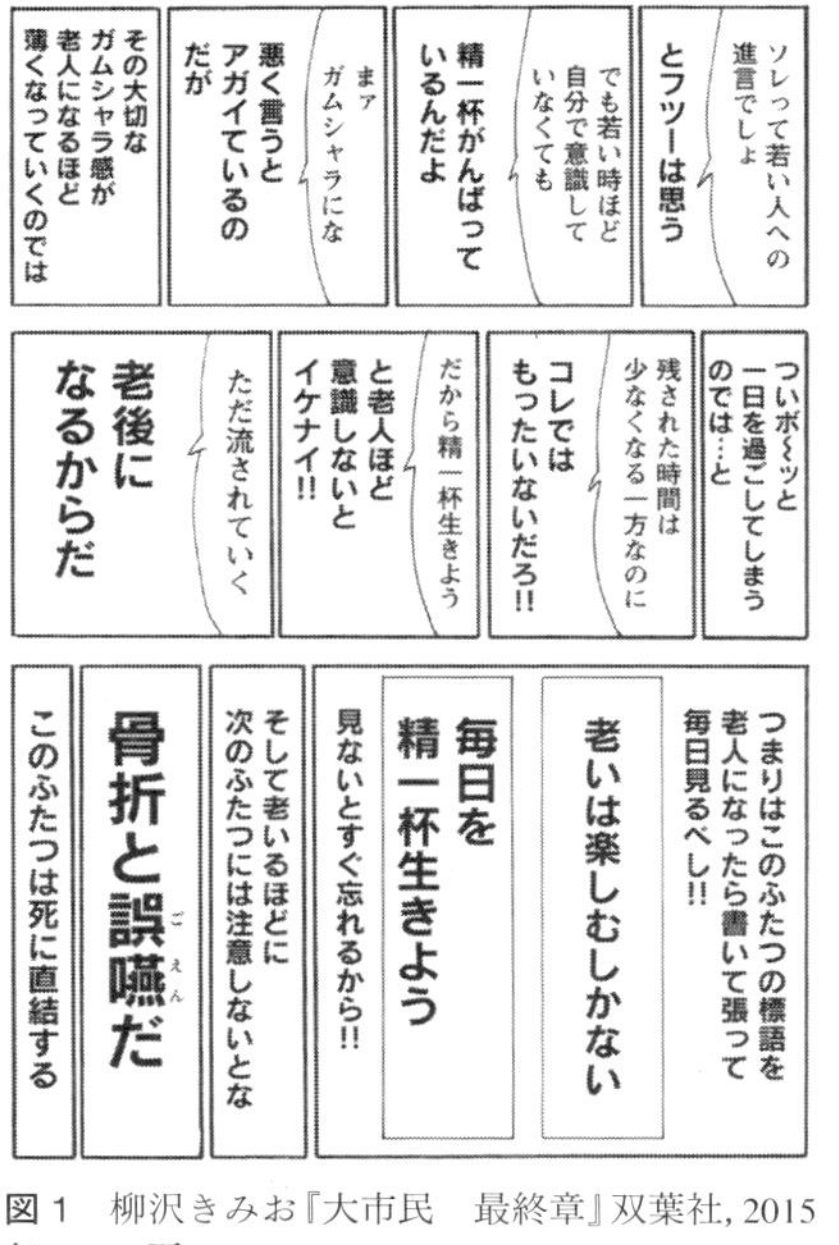

図1　柳沢きみお『大市民　最終章』双葉社, 2015年, 127頁。

図2　冨樫義博『HUNTER × HUNTER』集英社, 2022年, 176頁。

文学の境界線について、あらためて考えさせる。そのマンガの定義は、文字のみによる表現を排除しておらず、「いわゆる文学」をうちにふくんでいるように読めるのである。

　このようにしてわれわれは、文学をうちにふくんだマンガ・「描かれた文学」・マンガとしての文学について考えはじめている。いましろたかしは、かわらずに卓抜なエッセイマンガのなかで、「マンガとは言語活動であり「文章表現の一種」なのだ」、「エッセイ・現代詩・物語…文章でやれることは大体マンガでも可能であります」と明言していた。さらに、「マンガと小説は土佐犬とプードルくらいの違いはあるが同じ犬なのだ」と、興味深い比喩を用いている[14]。マンガとしての文学を考えることは、おそらく土佐犬やプードルだけを見ていてもわからない、犬一般にたいする知見をもたらしてくれるだろう。

3 『ファン・ホーム』試論――マンガとしての大文学

マンガとしての文学について考えるために、ひとつ象徴的な事例をとりあげてみたい。アリソン・ベクダルの『ファン・ホーム――ある家族の悲喜劇』（二〇〇六）は、近年のマンガ（グラフィック・ノベル）で、文学的に評価された作品の筆頭と言ってもよいだろう。ブックガイド・文学ランキングでも、本作はしきりにとりあげられる。ミュージカル化されトニー賞を受賞したことも、メディアの垣根をこえた受容に拍車をかけた。大学の授業であつかわれるテキストとしても、『マウス』以来ひさびさの定番となっており、副読本・リーダーの類も複数出版されている。文学の古典を読むためのマンガの副読本はおおいが、マンガの古典を読むための副読本は、まだそこまで一般的ではないにもかかわらず。

じっさい、『ファン・ホーム』は副読本がほしくなる、緻密に構成された文学作品である。その内容においても、その表現においても、これほど文学的な作品は稀である。それは、マンガにおいて稀だという話ではもちろんない。

本作は、父にたいする著者の伝記的追憶である。父は、死体処理をおこなう葬儀屋と、英語をおしえる高校教師を仕事としていた（なんと文学的な兼業！）。父は自身の同性愛者としてのセクシャリティを隠してきたのだが、微罪の立件により社会的立場があやうくなり、また男子高校生などとの性的関係がやがて露見しはじめる。いっぽうで主人公は、大学に入り同性愛者として自覚し、家族に手紙でそれをつたえる。ほどなくして、母は父に離婚をきりだし、その二週間後には父が「事故死」してしまう。

見事に文学的意匠に満ちた、と言いたくなる家族の伝記であるが、ベクダルはそれを一見過剰なほどの文学的引用・参照にもとづいて、テキストとして織りあげていく。父は文学を読み、文学に自身をなぞらえる人として追憶されている。英文学の大学院を中退して軍隊にいたという父は、フィッツジェラルド作品に自身を投影していた存在として（同時に、ギャッビー的に虚実を交えて生きうる存在として）綴られる。「事故死」を報じられた父の机には、カミュの『幸福な死』が「わざとらしく家の中に置きっ放しにされて[15]」おり、父の死を自殺としてしめしているようだ。七つの章のタイトルはそれぞれ文学作品に結びついており、それらの作品に紐づけられながら家族の物語は紡がれていく。「わたしにとって両親は、小説の言葉で語るのが一番現実的」（七一頁）な存在だったからである。

もっともつよい参照枠は、ジョイスの『ユリシーズ』にあり、主人公は大学の英文学の授業でこの小説にとりくむ。『ユリシーズ』は、言うまでもなく（と言うことになるが）、『オデュッセイア』という父の探究譚を参照しており、本作において『ユリシーズ』を読解することは、父のすがたを追いもとめること、父の物語を構築することに重ねられている。「彼がユダヤ人であると彼は考えていると彼は考えていたけれども、彼がそうでないことを彼が知っていると彼が知っていることを彼は知っていた」（二一二頁）という、『ユリシーズ』の教理問答的語りにまぶたを押さえこむ著者は、しかし「父が同性愛者であるとわたしは考えていると父は考えていたけれども、わたしもそうであることを父が知っているとわたしが知っていることを父は知っていた」（二一六頁）と綴っている。このようにして、父の文学的人生は、文学テキストの引用・参照によって織りあげられていくのである。

文学が、「文学」とされるテキストとの関係性によって定義されるものだとすれば、『ファン・ホーム』ほどに文学的な作品は稀である。とはいえ、ここまでであれば、文学的小説にも可能な範疇であろう。本作がそれにも増して文学的だと思われるのは、これがマンガによって「描かれた文学」であるからだ。『ファン・ホーム』を織りあげるさまざまな先行テキストは、支持体のないかたちで引用されるのではなく、しばしばコマ枠のなかに存在感をもって描かれており、人物たちが読む本のかたちで、ときには書きこみをほどこされてあらわれる[16]。コマのなかに引用されてくるテキストは多様である。母の演じる演劇台本があり、執筆中の修士論文がある。父の死をつたえることになる新聞があり、家族には窮屈だった町の地図がある。父の若いころの写真があり、描いてくれたクレヨン画がある。セクシャリティの意味をもとめた辞書があり、それをつたえた手紙がある。母の読む楽譜があり、父の声ののこされたテープもある。それらの広義のテキストが、家族との関係性を帯びたイメージをともなって描かれているのである。

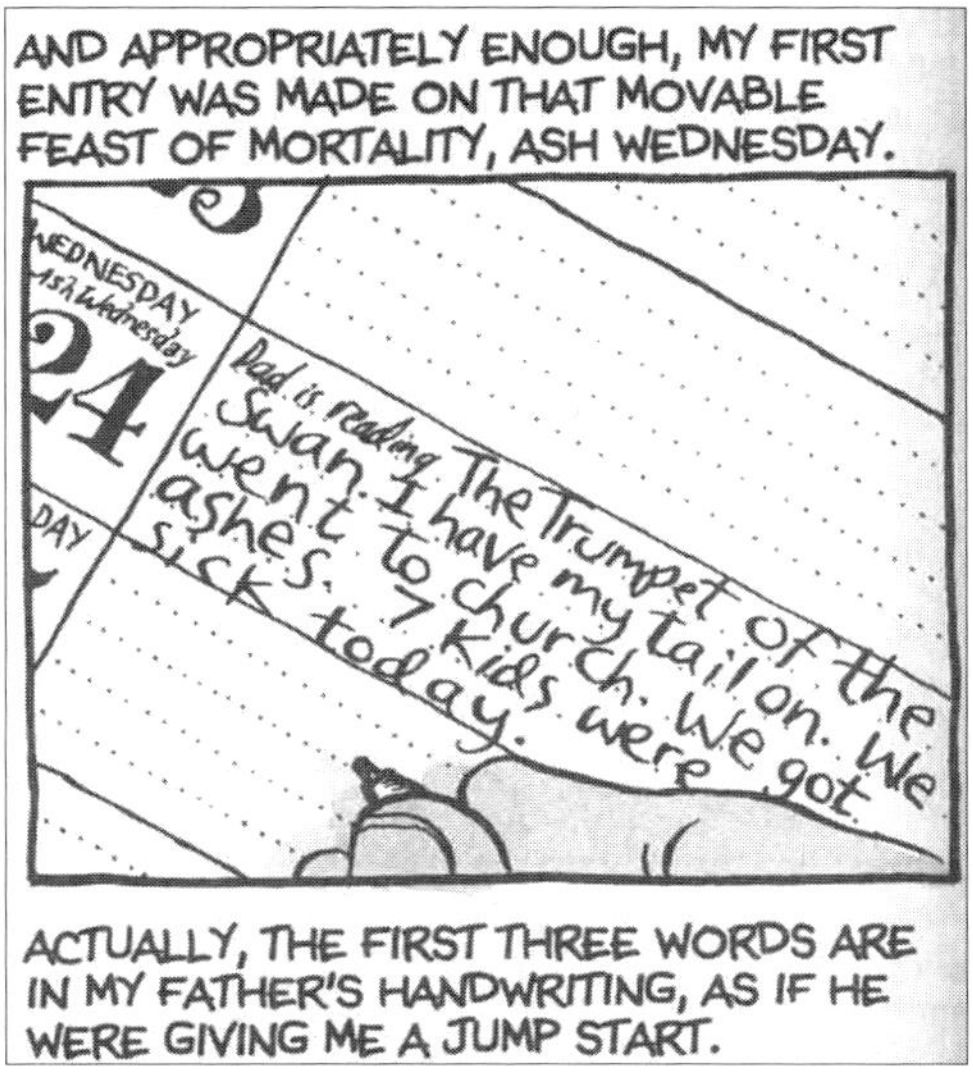

図 3　Alison Bechdel, *Fun Home : A family tragicomic*, Mariner Books, 2007, p. 140.

テキストがイメージとともに引用されることの文学的効果について、ひとつだけ例を挙げてみよう。それは日記の事例である。**図3**にしめされているのは、著者のはじめての日記だが、「父が本を読んでいる（Dad is reading）」という父の筆跡につづいて、子ども時代の著者が書いているのがわかる。イメージをともなうことでこの引用は、父の筆跡が「まるでわたしに書くきっかけを与えたみたいだった」という述懐の意味を、文字通り以上にしめすことになる。父は「起こっていることを書きなさい」と教えてくれるが、その教えは「自伝への強迫神経症的性向」に連なるものだと、やがてわかる。子ども時代の著者は、「自分の書いたものが確実に、そして客

図4　*Ibid*., p. 143.

観的に真実だと、どうやったらわたしに知ることができるだろう？」という「認識論的危機」のため、「と思う（I think）」という文字を日記に混入させるようになる。この文字はやがて形象化され、「一種のお守り」となっていく（一四四—一四六頁）。

図4にしめす場面で、著者はこの「お守り」を日記全体におよぼしている。最後のおおきなコマがしめしているのは、著者が子ども時代に体験した、蛇と（父が家に招き入れたロイという男性の）銃をめぐる、精神分析的な読みを誘う逸話である。その逸話を、しかし著者はほとんど日記に記すことができなかった。そのようにして、「言葉と意味の間に厄介な差異が現れる」（一四七頁）とき、助けとなるのがあの形象化されたお守りだったのだ。

そして、語ることと真実のあいだに生じるこの神経症的な注意は、じつは本作を覆っているものでもある。「ごく個人的で無意味な父の死を、より一貫性のある物語とつなげることによって、死後とはいえ、意味のあるものに変えようとしているのかもしれない」（二〇〇頁）。大量のテキストの引用・参照にもとづいて、父の真実を物語化しているという懸念が、著者の語り口の随所から漏れてくる。この乖離への意識こそが、本作を素朴に文学的であることから救っているのだろう。ベクダルは虚構の物語を構築しようとしているわけではなく、それでも虚実を織りあわせていく物語にわけいりながら、語られなかった父のテキストをもとめているのだ。だからこそ、父のセクシャリティについて直接話すことができた、車内での会話の場面は、見開き二ページの定型的なコマ割りによって、できるかぎりニュートラルな語り口でしめされる。それは、父の真実にもっとも肉薄しえた対話にちがいないからだ。そのテキストもまた、マンガの画面のなかで父の物語に織りなされていくことを、著者はよく知っている。

4 テプフェールと東海林さだお——マンガ的エクリチュール（一）

マンガと文学の関係に着目してきたここまでの記述は、一般的に思われている以上に両者を近づけるところがあったのにちがいない。とはいえ、われわれはマンガと文学のメディア的差異を曖昧にしたいわけではなかった。むしろ、「描かれた文学」と「書かれた文学」としての両者の差異を確認することが、文学一般にたいする知見を開くことになるのだと思う。だから本論の最後の課題として、マンガというメディアにおいてこそ可能となる文学的書法・エクリチュールについて、主題化しておきたい。

マンガが可能にしたエクリチュールとはなにか、という問題は、このメディアの定義にかかわるものである。ロドルフ・テプフェールがこのメディアの「発明者」だといわれるのは、彼がコマをはじめて現在のようなかたちでもちいたためであり、そのときマンガというメディアの定義はコマ表現にもとめられる。コマは、運動を分割していることもあるし、絵画を区分していることもあるし、あるいは文章の余白となることもある。とはいえ、コマがマンガを特別なメディアとしているのは、それが認識の単位としてつづいていくためである。マンガにおいては、人物が運動するからコマが生じるわけでも、発話がなされるからコマが生じるわけでもない。コマは物語に先だっている。つぎのコマがつづいていくから、キャラたちはつぎの時空へと飛びこんでいくのである。

テプフェールの第一作『ヴュー・ボワ氏』（一八二七／一八三七）の、おそらくもっとも有名なページを見てみよう（図5）。一コマ目でヴュー・ボワ氏が首をつろうとし、二コマ目で思い人の声を聞いてかけだし、三コマ目で首をつっていた梁が外へとびだしていく。ひとつのコマのなかでおこる物語は言語化可能ではあるが、しかしここにはコマでしか展開しえない面白さがたしかにある。もしもヴュー・ボワ氏がコマによって認識論的断絶をもたない時空を生きていたとしたら、ひとつめのコマの絶望は彼の人生のなかで持続してしまうだろう。しかし、彼は二コマ目ではその絶望をすっかり忘れている。それは物語上では思い人の声を聞いたからであるが、それをわれわれに納得させているのは、彼がつぎのコマに移ったからというマンガ上の要請にほかならない。つぎなるコマのもたらす要請には、梁も抗えないのである（簡単にしか触れられないが、『ヴュー・ボワ氏』がセルバンテスの『ドン・キホーテ』とおなじく、騎士道物語のある種のパロディであることは重要であろう。物語にたいする酷薄な距離感とともに物語るそれぞれのしかたによって、『ドン・キホーテ』は近代小説の嚆矢となり、『ヴュー・ボワ氏』はマンガをたちあげている）。

もちろん、テプフェールのしめしたコマの機能は多彩であるが、物語にさきだつというコマの性質は、マンガのエクリチュールを規定している決定的なものだと思われる。これもテプフェール作品のなかでもっとも引用される図版のひとつだが、図6を見てみよう。『アルベール物語』（一八四五）で主人公たちが、さまざまなものに乾杯をしている。「自由」、「平等」、「博愛」などへの乾杯が、延々とつづいている。いや、コマがつづいていくために、乾杯が延々とつづけられている。じっさいに乾杯の場面を描写することが問題ではないのは、後半のコマのしたの文字が省略されていることからもあきらかだ。コマのつづくかぎりどんどん乾杯がつづいてしまうこと、それこそがマンガのコマの実現している自動的展開の面白さなのだ。

このようなコマの自動性を鮮烈にしめすものとして、東海林さだおの傑作「緑の水平線」（一九六九）を挙げておきたい。同作は、『新漫画文学全集』と題する、東海林の人気連載の一篇である。われわれの主題にとって、名もゆかしい『新漫画文学全集』であるが、それは古今東西の文学作品の表題だけを借りてきた連作短篇であり、

図 5　Rodolphe Töpffer, *Tous les albums de Töpffer : Père de la BD*, Éditions Léopold, 2014, p. 19.

図 6　*Ibid.*, p. 312.

翻案を意図したようなものではない。表題は状況の着想源にはなっているようで、そのあたえられた状況におい
て、人物たちは(東海林さだおのマンガのおおくと同様に)それぞれの欲動に忠実にうごいていく。脊髄反射の
ように、性に、金につきうごかされていく彼らは、思い人の声を聞いてかけだしていくヴュー・ボワ氏のように、
ある種の機械的なすがすがしさをもっている。このような機械性のなかに、東海林のサラリーマン文学があると
言うことも、できなくはない。

ともかく、図7を見ることにしよう。「緑の水平線」は、コマが縦にならぶ定型的な画面による作品だ。ひと
りの男が「トントントン」とボートをつくっている。ボートができあがると、男は妻に「じゃできたから行くか
らな」と告げる。沖へでていくのだという。「沖へ出てどうするんだよ」という妻に、男は「どんどんどんどん
行ってしまうのだョ」と答える。「ドンドンドンドンって太鼓たたいてんじゃないんだよホントに」と妻はいき
どおるが、なにを聞いても、仲人を呼んできても、男の返答はかわらない。「ハイどんどんどんどん行ってしま
います」、「しかたがないんです」と言うばかりだ。やがて、妻も男の決意をうけいれて準備をする(図8)。「ほ
んとにどんどん行ってしまうんだねェ」という妻に、「しかたがないんだよ」と答える。男のボートは、沖をし
ばらくすすむと、ほどなくして沈んでいく(図9)。男は、「だんだん沈んでいくなァ」とつぶやき、あらがいも
しないのである。[17]

「トントン」という作業と、「だんだん」沈むことのあいだにある、太鼓の音のような「どんどん」と「行って
しまう」思いが、本作の原理であることはうたがいない。文学好きであれば、バートルビー的な不活性の決意
を論じたくなるかもしれない。とはいえ、ここでわれわれにとってより重要なのは、この「どんどん行ってしま
う」思いが、マンガのコマの展開のなかで、ほんとうにどんどん、とまらずにすすんでいくことだ。連なるコマ
のなかで、この男はもうひきかえすことができないのである。「どんどん行ってしまう」ことは、マンガのコマ
の原理でもあって、意思に先だって彼をどうしようもなくつれさっていくのである。

図8　同前，239頁。

図7　東海林さだお『新漫画文学全集』第3巻（衝撃篇），ちくま文庫，1994年，235頁。

図9　同前，240頁。

テプフェールと東海林の作品をとおして確認したのは、この「どんどん行ってしまう」コマの自動性にほかならない。コマによるエクリチュールは、物語や人物の意思に先だって、つぎへつぎへと現在をあけわたしていく。記号自体の意味よりも、そのほかの記号との差異によって自律的に展開していくことは、「差延」（デリダ）や「シニフィアン連鎖」（ラカン）といった概念で語られてきた、エクリチュールの性質でもあるだろう。このようなエクリチュール概念を、われわれは「描かれた文学」にも拡張しようとしている。おそらく、あらゆるメディアのエクリチュールはそれぞれの自律性・自動性をもっているのだろう。そして「緑の水平線」は、マンガのエクリチュールのとめどない自動性に、そのままにしたがっているがゆえに傑作なのだ。

あらゆるメディアのエクリチュールはそれぞれの自動性をもっている、と言ったが、これはシュルレアリスムのオートマティスムの思想でもあった。アンドレ・ブルトンたちは、「書かれた文学」のエクリチュールにたいする探究として、自動記述の実験を位置づけたわけだが、その探究はやがてデッサンへ、そのほかの造形表現へと拡張されていった。ブルトンはオートマティスムを、メロディや鳥の巣の構造などにも見いだされる「リズム的単位」を実現するものだと論じたことがある。[18]「描かれた文学」のエクリチュールも、あるリズム的単位を構成しているようだ。それは、コマによってどんどん進行していくリズムにほかならない。[19]

5 『檻』試論――マンガ的エクリチュール（二）

マンガとオートマティスムといえば、メビウスのデッサンの自動性などがまず想起されるのかもしれない。とはいえ、テプフェールや東海林さだおの作品の検討をとおして、われわれにあきらかとなってきたのは、マンガ的エクリチュールの自動的性質が、なによりもコマの展開にかかわっているということである。このコマの展開の自動性そのものに迫った作品として、マーティン・ヴォン＝ジェームズの『檻』（一九七五／一九八六）を挙げて、本稿の検討の終着点としたい。

ヴォン゠ジェームズは、カナダとイギリスのふたつの国籍をもつ、コスモポリタンなイラストレーター・マンガ家である。[20] イギリスに生まれ、オーストラリアで美術を学んだという。一九七二年には奨学金を得てパリに赴き、そこでミニュイ出版での仕事をつうじて、ヌーヴォー・ロマンの作家たちと知り合っている。とはいえ、それ以前よりヌーヴォー・ロマンの理論には親しんでおり、その影響のもと、七一―七二年ころには「ヴィジュアル・ノベル」という自身のスタイルを構想していた。ヴィジュアル・ノベルは、一ページに一コマないし、見開き二ページに一コマを配するのを基本とした、絵物語のような「描かれた文学」であり、おおくの場合コマの下部に、それ自体小説として読めるような量の文章をともなっている。『檻』はその代表作であり、前衛マンガのひとつの金字塔と言える。一九七五年に英語のオリジナル版が、八六年には文章内容を改訂したフランス語版が発表されている。

本作の序文においてヴォン゠ジェームズは、マラルメの「虚無」の概念を参照しつつ、虚無としてあらわれる白紙のページを埋めることを、作家・アーティストの宿命のように語っていた。「それを埋めるためにわたしは、雪の玉のようにころがりトランプカードのタワーのようにそびえる、無時間的かつ自動累積的なイメージをつくりだす、ある種のジェネレーターを必要としていました[21]」。そのように記す著者は、『檻』の見開きに配された二つのコマを、一見脈略のないようなイメージで埋めていく。しかし興味深いのは、その自動的に生成されたようなイメージが「累積的」でもあるということだ。

「自動累積的」であるとはどういうことか。たとえば、冒頭のシークエンスを確認してみよう。「檻はかわらずにそこにある、未完成ですでに廃墟となって／まるでその建設が尚早に中断されていたかのように[22]」。このような謎めいた文章とともに、見開きのふたつのコマには、大量の白紙の原稿がならんでいるのが描かれる。読みすすめていくと、画面奥にピラミッドがあらわれ、やがて先述の白紙の原稿にはインクがとびちっている。さらにすすむと、タイプライターのような電話のような形象が道ぞいにならび、ピラミッドの階段へとつづいている。階段をのぼっていくと、岩のようなコードのようなものが描かれた原稿が降ってきて、つぎのコマでは、岩のようなコードのようなものの実物が降ってくる。ピラミッドの頂上にいたると、ベッドのようなかたちの石組みがあり、その頭部の位置に血のようなインクがとびちっている。そして、つぎの場面へすすむと、ベッドの形象は室内に移され、その部屋がじょじょに砂に埋まっていく。

このようにして、イメージは一見脈略がないように紙面を埋めているのだが、重要なのは描かれたイメージがなんらかのかたちでひきつがれ、その痕跡をのこしていることだ。コマのなかに描かれるものは、まえのコマのなにかをひきつぎ、それとの差異によって駆動しつづけていく。このようにして著者は、「自動累積的なイメージ」を生成するジェネレーターをうごかしているわけだが、それは本論の言葉でいえば、コマとコマの差異によって展開していく、「描かれた文学」のエクリチュールの働きにほかならない。

イメージはつぎつぎと展開し、ピラミッド・室内・揚水場・現代都市など、さまざまな場面を生みだしていく。しかし、生みだされる場面ごとの意味をもとめてもむなしく、むしろ本作において重要なのは、イメージの展開していく軌跡そのものである。だからこそ、画面にはあらゆるイメージの痕跡が累積していくことになる。たとえば揚水場の内部のシークエンスでは、ヘッドホンや双眼鏡、テープレコーダーやカメラ、マイクやレコードなど、イメージを記録・観測するための装置がさまざまに散乱していく。アンドレ・ブルトンがシュルレアリストたちに、オートマティスムの声の「謙虚な記録装置」[23]となることをもとめていたのを思いだすところもある。『檻』においても、記録・観測装置の集積は、ある種の人物像を垣間見せるのである（図10）。

作品はさらに、この人物の形象をしばりつけて、殺害するようなイメージをしめすことになる（図11）。この殺害のイメージについて、ヴォン＝ジェームズ自身は、「人物のいない物語という着想から出発しながら、私はそれにふくまれるべつの物語、つまりこの不在の人物の殺害という物語にすぐさま落ちこみました[24]」と語ってい

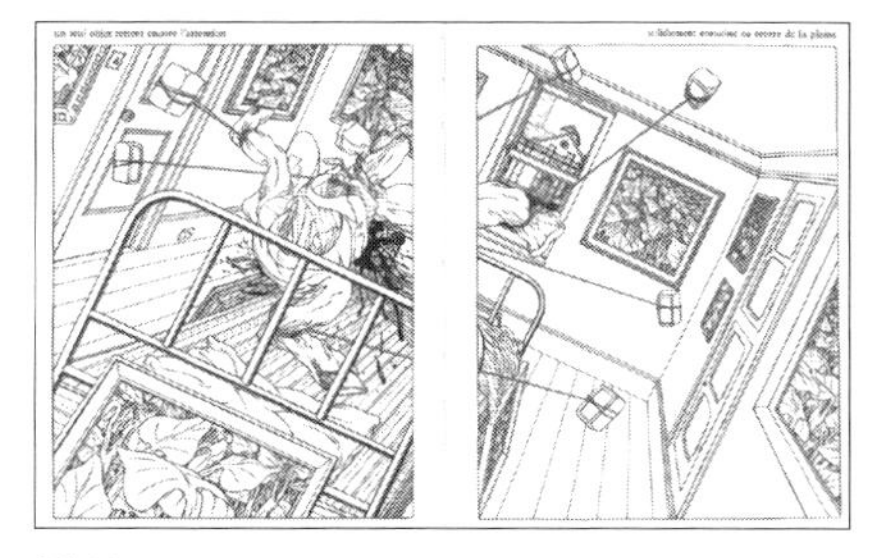

図 11　*Ibid.*, p. 130-131.

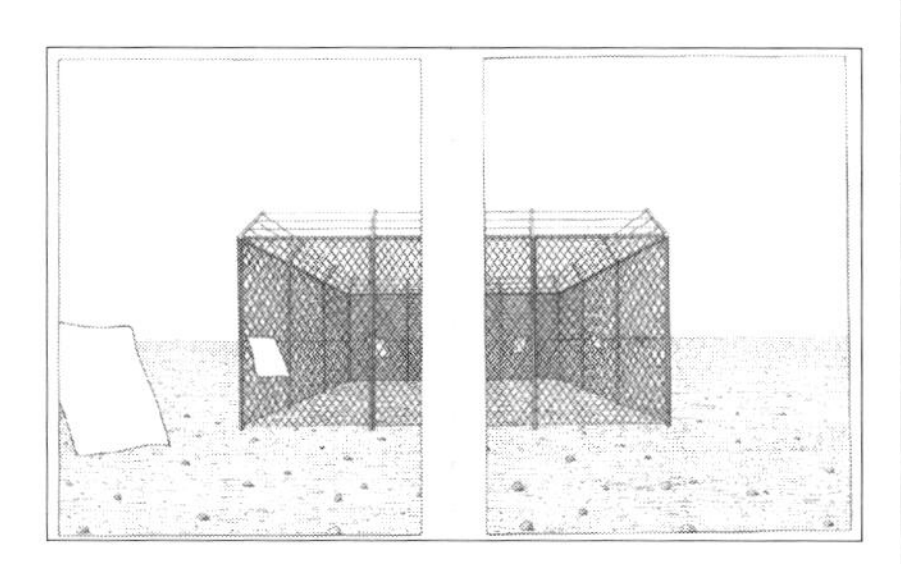

図 12　*Ibid.*, p. 182-183.

図 10　Martin Vaughn-James, *La Cage*, Les Impressions Nouvelles, 2010, p. 69.

るという。物語と登場人物をそのままでは描かず、困難なかたちで再構成してさししめす、ヌーヴォー・ロマン的な解説だということができるだろう[25]。とはいえ、この困難な人物形象を、到来するエクリチュールを記録しようとしている、著者自身のすがたとして理解することも不可能ではないはずだ。

いずれにせよ、『檻』のテクストは明確な物語も人物も結ばないまま、場面をかえていく。あらわれる形象はつぎのコマにひきつがれ、やがて朽ち果てた廃墟としてしめされる。そのようなイメージの変遷の果てに、最後にあらわれるのは、やはり檻であった（図12）。「檻はかわらずにそこにある、未完成ですでに廃墟となって」という、冒頭の文言のとおり、檻だけはかわらずにそこにあり、イメージの展開を見つめていたということになる。だとすれば、この作品のイメージをうけとめ、その展開を駆動しつづけてきた檻とは、マンガのコマそのものなのではないだろうか。つねに未完成にたいして開かれ、形象を「描かれた文学」のエクリチュールへとあけわたしていく、檻・コマの働きこそが、この実験をとおしてメディアの文体としてたしかめられたのではないだろうか。ヌーヴォー・ロマン的な実験の目的を、おそらくはいくらか逸脱しながら、そのようにしてヴォン＝ジェームズは、マンガというメディアの自動性を確認していたように思われる。

＊

マンガにおける文学性や、マンガ的エクリチュールの可能性について、いくつかの具体例をとおして検討してきた。あらためて言えば、それは文学としてマンガを検討するためではなかった。本論が、マンガとして文学を検討する契機となっていることを願うばかりだ。

マンガという「描かれた文学」との関係によって、いわゆる「書かれた文学」をもふくむ文学一般について考察する議論は、まだ端緒についたところだろう。とはいえ、それはスクリーンのなかでイメージやデータと混在して否応なく拡張されていく文学概念について、あらたに考えさせてくれる議論になると思われる。すくなくとも、文学一般のエクリチュールが、「クリスタルゴブレット」のなかにおさまるものでないことは、われわれにはすでにあきらかだ。エクリチュールは多様なメディアのなかで、それぞれのリズムを生きているはずである。

【注】

（＊）　既訳がある文献については邦訳のみを挙げるが、訳語・訳文は文脈にあわせて変更した場合がある。

（1）　ベアトリス・ウォード「「クリスタルゴブレット」あるいは「印刷は見えないものであるべきか」」内之倉彰／ブラザトン・ダンカン／オガワヨウヘイ／本多り子編訳、『typographics ti:』三〇一号、二〇二二年、四頁。つぎの訳文も参考にした。ヘレン・アームストロング編『Graphic Design Theory――グラフィックデザイナーたちの〈理論〉』小川浩一訳、ＢＮＮ新社、二〇一七年、八〇頁。ウォードの議論の位置づけについては、書籍における広義の「物質性」を論じる、以下の著作を参考にしている。Aaron Kashtan, *Between Pen and Pixel: Comics, Materiality, and the Book of the Future*, The Ohio State University press, 2018, p. 6-11.

（2）　本論集のもととなった連続講演のひとつ、伊藤亜紗「画面越しの手」にさいして、鈴木雅雄はマンガについて、「つねに手が遊んでいないメディア」といった旨のコメントをしていた。本論は、そのコメントをひとつの導きとして、手をつねにうけいれてきたマンガの支持体を主題としつつ、マンガと文学の関係について再考しようとしたものである。なお、冒頭に触れた「デジタルスクリーン」という支持体にかんして、ここでは紙面を割くことができなかったが、以下の論文ではとりあげている。中田健太郎「デジタルマンガのなかの近代性」、鈴木雅雄・中田健太郎編『マンガメディア文化論――フレームを越えて生きる方法』、水声社、二〇二二年、三一九―三四七頁。

（3）　ロドルフ・テプフェール『観相学試論』森田直子訳、ティエリ・グルンステン、ブノワ・ペータース『テプフェール――マンガの発明』古永真一・原正人・森田直子訳、法政大学出版局、二〇一四年、一九五頁。

（4） Jacques Dürrenmatt, *Bande dessinée et littérature*, Classiques Garnier, 2013, p. 16. この段落の議論については、以下を参照：p. 15-17.

（5） マンガを言語的表現としてあつかう研究も、旧来の構造主義的分析から、近年の認知言語学的分析まで幅広い。後者の成果として、たとえば以下のものを念頭においている。ニール・コーン『マンガの認知科学――ビジュアル言語で読み解くその世界』中澤潤訳、北大路書房、二〇二〇（原著二〇一三）年。出原健一『マンガ学からの言語研究――「視点」をめぐって』、ひつじ書房、二〇二一年。

（6） Jacques Dürrenmatt, *Bande dessinée et littérature*, *op. cit.*, p. 19-22, 49-55, 195-206.

（7） ヴィットーリオ・フリジェリオのようなイタリアの仏文学者が、デュレンマットの先述の著作におおきく依拠していることを明言しつつ、マンガと文学の関係にかんする決定的な位置を（イタリア出身の作家）ウーゴ・プラットにあたえて、つぎの小著をあらわしているのは兆候的である。Vittorio Frigerio, *Bande dessinée et littérature : intersections, fascinations, divergences*, Quodlibet, 2018, p. 9, 15.

（8） 大橋崇行「マンガ、文学、ライトノベル」、小山昌宏・玉川博章・小池隆太編『マンガ研究13講』、水声社、二〇一六年、八六―八九頁。

（9） とりわけ、以下の著作を念頭においている。大塚英志『戦後まんがの表現空間――記号的身体の呪縛』、法藏館、一九九四年、五―三一頁。大塚英志『アトムの命題――手塚治虫と戦後まんがの主題』、角川文庫、二〇〇九年。

（10） 大塚英志『戦後まんがの表現空間――記号的身体の呪縛』、前掲書、六五―六六頁。直後の劇画についての言及は、同書六六頁参照。マンガの画面の言語的多層性については、つぎの論考も重要である。吉本隆明「語相論」（一九八三）、『吉本隆明全マンガ論――表現としてのマンガ・アニメ』、小学館クリエイティブ、二〇〇九年、一三七―一六六頁。

（11） Harry Morgan, *Principes des littératures dessinées*, Éditions de l'An 2, 2003, p. 9, 387. この著作については、二〇一七―二〇一八年の私的な研究会において、野田謙介がレジュメにまとめつつ精読していたことがあり、本稿はその読解におおくを負っている。

（12） *Ibid.*, p. 9, 26-27.

（13） スコット・マクラウド『マンガ学――マンガによるマンガのためのマンガ理論　完全新訳版』小田切博監修、椎名ゆかり訳、復刊ドットコム、二〇二〇年、一六―一七頁。

（14） いましろたかし『新釣れんボーイ』、KADOKAWA、二〇一六年、二六―二九頁。

（15） アリソン・ベクダル『ファン・ホーム――ある家族の悲喜劇〈新装版〉』椎名ゆかり訳、小学館集英社プロダクション、二〇一七年、三一頁。同書の引用・参照については、以下本文に該当頁のみを挙げる。

(16)『ファン・ホーム』にあらわれる書籍・テキストの「物質性」については、以下で検討されている。Aaron Kashtan, *Between Pen and Pixel: Comics, Materiality, and the Book of the Future*, *op. cit.*, p. 6-11.

(17) 東海林さだお『新漫画文学全集』第三巻（衝撃篇）、ちくま文庫、一九九四年、二三四―二四〇頁。以下の巻頭作品としても収録されている。夏目房之介・呉智英編著『夏目&呉の復活！大人まんが』、実業之日本社、二〇〇二年、一〇―一六頁。

(18) アンドレ・ブルトン「シュルレアリスム芸術の発生と展望」（一九四一）、巖谷國士訳、『シュルレアリスムと絵画』、人文書院、一九九七年、九一頁（強調は原文による）。

(19) テプフェールのコマにおける自動性を、シュルレアリスムのオートマティスム論に結びつけた議論にはつぎの先例があり、おおきな示唆をうけている。Barnaby Dicker, « André Breton, Rodolphe Töpffer and the Automatic Message », Gavin Parkinson éd. *Surrealism, Sceince Fiction and Comics*, Liverpool University Press, 2015, p. 40-61.

(20) ヴォン＝ジェームズおよび『檻』について、事実関係および基本的な理解は、以下のテキストにおおくを負っている。Martin Vaughn-James, « The Cage : Image-making machine », *The Cage*, Coach House Books, 2013, p. 9-11. Thierry Groensteen, « La Construction de *La Cage* : Autopsie d'un roman visuel », *La Cage*, Les Impressions Nouvelles, 2010, p. I-LI. 後者は、ヴォン＝ジェームズの創作メモの引用・解説をもふくんでいる。

(21) Martin Vaughn-James, « The Cage : Image-making machine », *op. cit.*, p. 11.

(22) Martin Vaughn-James, *La Cage*, Les Impressions Nouvelles, 2010, p. 16-17.

(23) アンドレ・ブルトン「シュルレアリスム宣言」（一九二四）、『シュルレアリスム宣言・溶ける魚』巖谷國士訳、岩波文庫、一九九二年、四九頁（強調は原文による）。

(24) Thierry Groensteen, « La Construction de *La Cage* : Autopsie d'un roman visuel », *op. cit.*, p. XXXVII. ヴォン＝ジェームズの原文は以下のとおりとのことだが、今回は残念ながら確認することができなかった。Martin Vaughn-James, « Le non-scénario de *La Cage* », in Benoît Peeters (dir.), *Autour du scénario*, Éditions de l'Université de Bruxelles, 1986, p. 238.

(25) ヌーヴォー・ロマンにおける物語・人物については、以下を参照。ロブ＝グリエ『新しい小説のために　付 スナップ・ショット』平岡篤頼訳、新潮社、一九六七年、三一―三九頁。

＊　本研究は、以下の研究助成をうけている。JSPS 科研費 JP20K21988、JP22K13001

跋

――真実を「物語る」ことについて

鈴木雅雄

文学・芸術と現実との関係を考えるという、大上段に振りかぶったテーマを設定した今回の企画は、執筆者たちに思いのほか負担をかけてしまったかもしれない。前世紀の終わり以来、現実への（あるいは現実的なものへの）回帰といったことが文学・芸術について言われる場面は少なくないから、その延長線上に置けるような論集を作るのは難しくないと考えていたが、いざ作業をはじめてみると、現実という概念の曖昧さと、それと対にされることの多い「フィクション」の定義が多様なせいで、このテーマは執筆者たちに、そもそも文学とは何かをおのおの定義し直すよう求めることになってしまったようだ。

だからここでは多くの論考がメタレベルの言説を語っており、それをさらに俯瞰するような総論を書くことは不可能に近い。だが、編者二人の視点では俯瞰するのに心もとないと考え、それぞれフィクション論とイメージ論に関するエッセーをお願いした久保昭博、中田健太郎の両氏がきわめて見通しのいい論考を書いてくれた。私としてはむしろ気楽に、収められた論考が自分自身にもたらしてくれた思考を書き留めることで、跋文の代わりとしたい。だが考えれば考えるほど、自分の論文で書いたことと重なった内容になってしまうのを避けられそうもないと、告白しておく。この文章は、作家や芸術家ではなく、テクストやイメージの受け手の側が主体的に「物語る」ようなあり方についての覚書である。

1 「作品」

だがまずは出発点を確認しよう。文学・芸術と現実の関係とはいかなるものかという問いは、すぐさま文学・芸術とは何かという問いに置き換わってしまう。それはなぜか。おそらく私たちが文学・芸術を、「現実ではないもの」と捉える癖があるからだ。私たちはそれら両者を、それぞれ他方の否定として定義することになりやすい。小説や絵画が問題となるとき、いまだにこの傾向は根強いだろう。音楽であればＢＧＭとして（つまり現実の生活の一部として）聞かれることも多く、仮にコンサートに足を運ぶとしても、現実とは別の世界に入っていくという感覚は薄い。これに対し小説や絵画は、いわゆる現実と、それにパラレルなもう一つの世界という図式を簡単に引き出してしまう。そしてそのもう一つの世界が「作品」と見なされるのである。そのとき、個々の事例について考えている限り、現実との関係を一般化することなどできないと知っていたはずの私たちは、文学・芸術についての一般論を語らねばならないような状況に置かれるやいなや、芸術的事象を現実とは区別される「作品」の問題と捉えがちだ。それが現実といかに関係するかを問うまさにそのために、まずは「作品」を現実と切り離す必要が生じるのであり、そのようにして、テクストやイメージ、音声から何かを受け取ることが、それ自体十全な現実的体験であること、現実とパラレルなもう一つの世界を構成するのではなく、現実生活といわば直列につながった体験でもあることを忘れるのである。この論集に収められた論考の多くは、そのことを思い起こさせ、芸術的営為を現実的な身振りに送り返そうとしているように見える。

だとすると、ここで特権的な扱いを受けているのが文学とマンガであることにも、それなりの理由があるかもしれない。ナラティブなメディアとしての文学やマンガは、たしかに読者を別世界への没入に誘う。だが他方、絵画や音楽、映画などの享受者が、ただ与えられるものを受け取るだけだと考えるわけにはいかないとしても、文学とマンガとが、読者にページをめくるという主体的かつ触覚的な行為を要求するメディアである事実もまた、無視することはできない。だからそれらの享受者が受け取るものは非常に個人差が大きいのであり、同じ絵画を見ている二人の観者がそこに違うものを見ることは大いにありうるにせよ、それにもまして小説やマンガの読者は、違う行を読み飛ばし、違うコマを読み飛ばす。なかば無意識のものだとしても、主体的な選択がそこではいつでも前面にある。だからこそ受け手としての私たちにとって、自ら「物語る」必要が生まれるのであり、こうした自らの身体を貸し出すような行為、いわば享受の体験を現実の時間のなかに埋めこむような行為の周囲を、ここに収録された論考の多くはまわっているのではないか。だがそのことを具体的に論じる前に、この「作品」という概念について、文脈を逸脱するのを恐れずに多少のコメントを補っておきたい。

*

芸術的営為が現実とは別のレベルに位置するものだと考えさせる理由は「作品」という概念だと述べた。作品という枠組みで仕切られたまとまりが芸術的経験の単位となるようなあり方は決して普遍的なものではなく、歴史的・地理的に限定されたものでしかないという当たり前なはずの事実は、しばしば忘れられてしまう。だが大衆的と形容されるタイプのメディアに目を向けるなら、このことはとりわけ明白である。連載マンガやテレビドラマは、読者・視聴者の要求に従って物語の輪郭を大きく変えていくし、人気次第で突然終わってしまうことも多い。ましてそこで「人気」の対象となるのは作品である以上に登場人物（キャラクター）であるが、それはしばしば作品という枠組みを踏み越えて機能し、ときに物語の必然性に打ち勝ってしまう。作品という単位はもはや、テクストやイメージの受け手としての私たちにとって、さほど重要な枠組みではないのである。

いつの間にか私たちにとって、芸術「作品」をめぐる問いは、どこかしっくり来ないものになってしまった。これはナラティブなメディアに限った話ではなく、より普遍的な現象である。たとえばネルソン・グッドマンが『芸術の言語』（戸澤義夫・松永伸司訳、慶應義塾大学出版会、二〇一七年）で企てるような、あらゆる芸術の記譜法を発見しようといった試みは、芸術「作品」を相手にする限り、荒唐無稽な夢とも言い切れないが、現在の私たちの体験とは決定的に乖離した議論に見える。グッドマンはあくまで「作品」を考察の対象とするからこそ、たとえば音楽は絵画と違い、「アログラフィック」な芸術（複製したり、解釈／演奏したりすることが贋作にならない芸術）であるといった発言ができる。端的に間違いだと言いたいのではないが、それは少なくとも現在の音楽経験にとって、さほど意味のあるテーゼではない。私たちが音楽に聞き取ろうとするのはもはや記号化できる「作品」ではなく、記譜できないにもかかわらず聞き分けることのできるもの、記号化できないのに同一性を持つものだからである。私たちがライブに足を運ぶとき、作品としての楽曲が再現されることを期待してそうするのではない。たしかにヒット曲や代表曲が演奏されるのを期待したりはするが、その期待が満たされないことは珍しくないし、そもそも曲のアイデンティティ自体が曖昧だ。毎回異なるその楽曲は、変奏とかヴァリエーションといった概念にも馴染まず、ほとんど一つのパターン、一つの「リフ」にさえ還元されてしまうことがある。まして、ライブに出かける理由として、楽曲が何であるかよりもプレーヤーが誰であるかの比重が圧倒的に高い音楽、たとえばブルースのようなジャンルを想像するなら、聴き手はそこに楽曲というよりも、そのプレーヤーのものでしかありえないフレーズの表情を聞きに行くだろう。私たちにとって価値を持つのは、「定義（＝記号化）はできないが確実に感じ取れてしまう」何かなのである。

同じことはイメージについても言える。とりわけ明白なのが、この論集で主要なテーマとなっているマンガの場合である。本文でも触れたが、マンガにおけるキャラクターの同一性とは、まさに定義はできないが感じ取れてしまうものである。いや、そもそもあらゆる顔の同一性とはそうしたものだとも言える。顔の同一性はもちろん数量的な計測の対象になりうる。だが実際にその顔を見る私たちにとって、その自己同一性の原因は決して言語化できない。言語情報を通じて伝達することが困難であり、しかし一目見れば同一性を確立できてしまう顔という現象の謎は、いつでもマンガ体験の核心にあるだろう。複数のコマに描かれた異なる図像が同じキャラクターであると認識するのはあくまで読者なのであり、そこには常に読者の主体的な協力が必要なのである。

たしかに「作品」が自らをはみ出していくようなあり方を、「作品」にとって本質的なものとして捉えようとする選択もありえる。典型的なのは、グッドマンの議論を批判しつつ展開される、ジェラール・ジュネットの『芸術の作品』(『芸術の作品I　内在性と超越性』和泉涼一訳、水声社、二〇一二年)のケースである。レプリカやアダプテーション、修正やパフォーマンス作品などの事例を次々に扱い、それらを超越というタームでまとめ上げるジュネットの手際は見事なものだ(「作品」をめぐる議論としてなら、おそらく彼は正しい)。だが私たちがミュージシャンのフレージングに聞き分けるもの、キャラクターのうちに見出すものは、複数のオブジェや複数のヴァージョンを一つの作品としてまとめ上げる何かではなく、複数の作品を貫き、「作品」を二次的な位置に追いやってしまう何かであり、作者の意図には還元できない、謎めいた同一性である。もちろんここに収められた論文の多くが、このような形で「作品」からはみ出すものをテーマとしているわけではない。だが「私」の生きる現実と切り離された「作品」という枠組みのなかで機能するのではなく、それを踏み越えてしまう何かがあるからこそ、「私」はその何かに身体を貸し出すようにして、自ら「物語る」ことができるに違いない。ここではこうした角度から、収録された論文に耳を傾けてみたいと思う。

2　「物語る」

繰り返そう。現在の文学・芸術経験において、受け取り手が自らの身体を貸し出して「物語る」ようなあり方が重要性をましており、とりわけ広義でのポップ・ミュージック、マンガ、そして多くの文学表現において、その現象は観察しやすいというのが、ここでの作業仮説である。

ところで、「物語る」ことは読み手がテクストに身体を貸し出すことであるという表現を断りなしに使ってきたが、実はこれは執筆者の一人、伊藤亜紗から借用している。今回の論文ではなく、やはり塚本昌則と編集した論文集『声と文学』に収められた論考だが、そこでは黙読というのは近代的な慣習であり、テクストを読む行為はもともと自らの身体を声の媒体として貸し出す行為であったことが確認され、音声中心主義として批判されるようなものとは異なった、テクストと音声の相互的・創造的な関係が語られていた（「貸し出される身体――話すことと読むことをめぐって」、塚本昌則・鈴木雅雄編『声と文学――拡張する身体の誘惑』平凡社、二〇一七年）。同じ伊藤の今回の論文で扱われているのも言語化されないものを伝達してしまう手の機能であり、それと類比的に語られる、絵画のなかの手の機能、さらにはヴァーチャルリアリティによる身体の拡張実験である。クールべの自画像の観者は、いわば自らの手をクールべに貸し出すことでイメージとの一体化を果たすのであり、幻肢痛緩和実験は、物理的な事実としてはフィクションだが、身体感覚としては現実であるような出来事を作り出す。身体を貸し出す行為は、もう一つの現実を作り出すのではなく、現実とイメージを直列につなぎ、現実でないと同時に現実でもある、そんな体験を可能にするのである。

松井裕美の論考も、子どもがアルファベット教材のイメージを、自ら「物語る」ための端緒として用いてしまうあり方から出発している。それは読み取りや伝達ではなく、主体的な創造のプロセスだが、かといって恣意的に操作できるものでもない。主体はここでも、すでにある何かを自らのものとして「物語る」のであり、アンドレ・マッソンの絵画もまた、その延長上で捉えられている。

文学論に目を転じるなら、塚本昌則の論文にあるヴァレリーの「感じること、それは生み出すこと」だというテーゼも、読む／見るという行為が能動的な行為であることを意味している。それはふたたび、自ら「物語る」ことである。そこではまたメルロ＝ポンティの言葉を借りて、まさに「画家はその身体を世界に貸すことによって、世界を絵に変える」のだと言われてもいた。これは言うまでもなく、廣瀬浩司が繊細な手つきで取り出して見せる「制度化」の問題と響き合っている。それは模倣と創造の二重の運動をはらみ、「現実」そのものの構成にも関わっているのだが、もちろん恣意的な現実の創出でもない。廣瀬が指摘するように、「語りが現実を構成するなどと言ってはならない」のであり、「「現実」が語りを呼び求めるのである」。

他方、郷原佳以の論文で語られる、特異であるとともに非人称的な言語――「私」のものであるとともに誰のものでもない言語――としての文学というブランショの概念も、「物語る」経験をめぐるものだと解釈する余地があるのではないか。言語の一般性と表現すべきものの特異性とはどこまでも齟齬を来たしてしまうが、「私」の特異な体験が三人称で語られることができたとき、読者はその言葉に（登場人物にではなく、いわばテクストそのものに）身体を貸し出すことで、自ら「物語る」ことが可能になるのである。普遍的なものとしての「作品」ではなく、物語る何者かの特異性としてのエクリチュール、それは幻肢痛を緩和するヴァーチャルリアリティと同様に、現実ではないとわかっているのに特異なものの現実感を作り出してしまうエクリチュールだと言えるかもしれない。

他方で複雑な問題を提出するのは、久保昭博が見事に整理してくれたジャン＝マリー・シェフェールのフィクション論である。それは言語行為を、信や欲求といった心の状態、さらには身体組織へとつなげる自然主義であり、そこでは表象能力の本来的な機能は世界への信を形成することだとされる。それはまさに主体が身体を貸し出して「物語る」行為にも見えるが、ただしシェフェールの議論では、重要なのは（そして真に困難なのは）「信」を形成することである以上に、それを遮断する方法を知ることである。それこそが真に文化的な獲得物なのだとすると、ここで「物語る」行為と呼んでいる、現実でありかつ現実でないという二重化した意識のあり方と、それは対立するのだろうか。シェフェールが考える、フィクションの「モデル」としての機能とは、現実とパラレルなもう一つの世界を作り出すことなのか、あるいはフィクションをおのおのの生活と直列につなげることなのか。ここではこの問いは、開いたままにしておこうと思う。

3　イメージ

この論集でマンガというメディアが特権的な位置を与えられているのは、それがイメージ・メディアのなかで、とりわけ主体的に「物語る」ことを要求するものだからだと書いたが、そのような体験を可能にするメディアの誕生は、近代におけるイメージの運命を要約する出来事でもあった。イメージは言語への従属を解かれ、それ自身の力によって「物語る」（あるいは「物語らせる」）力を手にしたのである。自分の論文で書こうとしたのは、そうしたことだったと思う。

かつてイメージは、本質的にイラストレーションであった。描かれた人物や事物が、言説の力を借りることなしにアイデンティティを獲得するという事態は、きわめて近代的なものである。とりわけマンガの登場によってはじめて、イメージは十全な独立性と自立性を獲得する。キャラクターはイメージそれ自身の力によってフィクションを駆動できるわけだが、したがってそれはもはや何かの記号ではなく、まさにそれ自身である。そしてだからこそ――先にある何かの代理＝表象ではないからこそ――「物語る」ためには私たちが身体を貸し出さなくてはならないに違いない。

ふと思うのだが、あるいはこうした「イメージの自立」があったからこそ――要するにマンガが可能になったからこそ――映画もまた可能になったのではないか。目の前にあるイメージを、現実と（あるいはそれが表現すべき空想上の何かと）どのくらい正しく対応しているかという問いに煩わされずに見つめること、その可能性があらかじめ開かれていたからこそ、映画はフィクションとして成立したのではないか。そうでなければ映画は、演劇を記録した資料にすぎなかったかもしれない。まさにこの意味で、映画とマンガとは、等しい権利で近代的なメディアであると主張できるだろう。

繰り返すなら、近代においては物語よりイメージが（あるいはキャラクターが）先に存在することが可能になったのであり、とりわけマンガがそうしたナラティブを代表する。中田健太郎がマンガと文学の関係を問い、最終的にマンガの特異性として取り出してみせるコマとコマの関係（「どんどん行くこと」）も、このことを言っていると理解できるように思う。コマとコマの関係を保証する最低限の連続性を可能にするものこそがキャラクターだからである。キャラクターは物語が先になくても、「どんどん行って」しまうことができる。キャラクターの登場しないマーティン・ヴォン＝ジェームズの『檻』が範例として選ばれるのは、この連続性が可能になるための条件を知ろうとする実験が、そこにこそ見出されるからに違いない。

森田直子の論文は、まさに現実を表象する義務から解放されたキャラクターを語っていると言える。そこではマンガとヴァーチャルリアリティが対立的に語られているようにも見えるが、伊藤論文と合わせて考えるなら、それらはともに、現実に働きかけ、それを作り変える二つの様式と考えるべきだろう。だから、たしかに森田の指摘の通り、マンガにとってメタ的表現は本質的なものだが、そのことと、他方でマンガが読者に対し、容易に没入的状態を引き起こすこととは矛盾のない事実にも思われてくる。マンガにおける没入とは（いや、おそらく絵画や映画についてさえ、最終的には同じことが言えるのだろうが）、イメージと現実の接近ではなく、「私」（＝観者、読者）が身体を貸し出しているという感覚のことなのだろう。没入と客観的な視点が共存したこのようなあり方においてこそ、イメージは現実を二重化するものであることをやめ、現実と直列に結びつけられ、いわばそれ自体が一つの現実となることに成功するのである。

4　真実／現実

だがそれでも問題は解決していないという感覚が残る。ここで言う「物語る」こと（＝身体を貸し出すこと）は、仮想的な現実としての物語への一時的な没入と、本当に区別できるのだろうか。当たり前のことだが、物語られるのは物語であって、どこまで行っても現実ではないし、たとえ語られるのが歴史的な事実であってもこのことは変わらない。「私」はどこまでいっても、「私」の「物語る」ものが現実ではないことを知っているのであって、そこに見出される特異な現実感も、結局は一種の幻影にすぎないのではないか。だがこの論集をたどっていくと、こんなふうに思われてくる。「私」が自らの身体を貸し出してまで「物語る」ものは、たしかに現実ではないが、非－現実でもなく、「私の真実」と呼ぶべき何かでありうる。幻肢痛の解消といった事態を考えるなら、これは単純に心理的な思い過ごしではない。するとここには「私の真実」と現実との差異、あるいは両者の関係という問題があることになる。そして「物語る」ことが現実と関わるのは、まさにこの齟齬を通じてなのではなかろうか。なるべく具体的に考えてみよう。

表現者も受け取る側も、しばしば真実と現実の一致を夢見てきた。いや、それが本当に重なり合っていると認められる特権的なケースさえ存在するかもしれない。そのひときわ重要な事例が、谷口亜沙子の論文で語られているような証言としての文学であろう。ただしそれは、語られている内容が現実と対応しているということであるよりも、言葉に現実の何かが痕跡としてとどまっている、いわばオノマトペのようなあり方だと、その論文は言っている。現実は表現されているという以上に、痕跡によって指示されるのであり、いわばインデックスとしての記号によって支えられうるというのである。この見方は私たちに、ロラン・バルトが『明るい部屋』の後半で語っていた、特権的な写真（いわゆる「温室の写真」）における真実と現実の一致の体験を思い起こさせる。肖像画はその人物が「本当は」どんな人物だったかを、あるいはどのような人物であるべきかを、つまりは真実を語るが、写真はその人物が現実に存在したことを保証するのみだ。しかし通常真実を語らない写真が、奇跡のように被写体の真実を写し取ってしまったと感じられるケースがあるなら、まさにそこで表現された真実は誰にとっても実在する現実でもあったことになるだろう。だがこの議論は、写真のインデックス性に対するバルトの法外に強い信頼によってだけ可能になっているようにも見える。ではすべてが幻想なのか。そうとも言い切れない。たしかに「作品」が現実と重なり合うことはないが、テクストやイメージが、現実ではないが現実として機能してしまうような「私の真実」を作り出すことがありうる。身体を貸し出して「物語る」とはそうしたことのはずである。

精神分析における、いわゆる「転移」の状況を思い起こしてみよう。分析家は相手が自らに向ける愛情表現を、虚偽と見なすのではない。それは彼／彼女の真実である。しかしそれは分析家にとって現実ではない（という契約が分析を可能にする）。同様に人類学者がインフォーマントから聞き取りを行うとき、そこで語られる信仰や世界認識は、語り手にとっての真実であって、人類学者の現実ではない。だが「あなたの真実」と「私の現実」が安定した距離を保ち続けることは稀であり、まさにその点こそが重要である。箭内匡の論文が鮮やかに描き出すのは、「あなたの真実」は、私が共有できない思考体系に属するにもかかわらず、私の知る現実との齟齬を生み出し、まさにそのことで人類学者に「やけど」を残す――「私の真実」に干渉する――という事実に他ならない。精神分析家が転移の状況から無傷で脱出できないのも明らかであり、自らの傷そのものを「逆転移」と名づけることで分析プロセスに組みこむというアクロバットこそは、フロイトの恐るべき発明であった。

もちろんここで起きていることは、聞き書きの文学において起きていることと同じではない。精神分析や人類学で要請されるのは、真実と現実の齟齬を作動させることで新たな認識を作り出すことだとすると、証言としての文学において聞き手（＝書き手）は、相手の語る真実を自らの生きる現実にそのまま呼びこもうとするかのようだ。相手の語る言葉が、一字一句動かしがたいものとして、つまりは現実的なものとして現れる事態、それこそが「詩」だと谷口論文は言う。言い換えるなら、語られていることを、私が発話者と同じ形で体感することはできないが（それは私の真実ではないが）、その言葉は動かしがたいものとして、つまりは現実として私の前にどうしようもなく現れてしまうのである。久保昭博が描き出してくれたフィクション論と突き合わせて検討すべき課題が、ここにある。

現実と非現実のあいだに、現実であるか否かを問われない領域があり、それがフィクションだとすると、現実であるか否かを問われねばならないにもかかわらず、どちらであるかを決めることができず、両者のあいだで引き裂かれ続けるしかないような領域がある。それはあなた方の神話だが私（たち）のそれではないと言って済ますことのできないもの。それはあなたの幻想だと切って捨てた瞬間に私のなかの何かも失われてしまいそうに思えるもの。私自身はそれを体験してはいないが、文学はそれを生き生きと感じ取らせてくれるという言い方によっては決して表現できないもの。そうした何かが存在するなら、通常の文学経験の枠に収まりにくいそれを、箭内が私自身の表現を再解釈して使ってくれているような意味で、「文学のようなもの」と呼んでおくことは可能かもしれない。だがこの「文学のようなもの」の経験は、シェフェールのフィクション論が断固として拒否するような、ロマン主義に淵源を持つ、文学だけが表現できるはずのもう一つの現実への指向と、明確に区別できるのだろうか。あえてはっきりした言葉を使うなら、それは宿命的に神秘主義に陥る危険をはらんでしまうのだろうか。同様にわからないのは、文学だけが垣間見せてくれるようなものとしての現実が、立木康介の明晰な整理によって抽出された、現実でも非現実でもその中間領域でもない四つ目の領域としての、ラカンにおける「現実的なもの（現実界）」と、どの程度、いかに重なるのか、あるいは重ならないのかである。ここで議論を展開する余裕も覚悟もないが、ともかく次のことは確認しておきたい。「私」が自らの身体を貸し出してあなたの（あるいは誰かの）真実を「物語る」とき、「私」の現実もまた無傷ではいないのであり、その事実こそが近代の文学・芸術を駆動してきた。文学・芸術と現実との関係は、真実と現実との矛盾した交叉現象のなかでしか、解き明かされることはないだろう。

ただし急いでつけ加えておきたいのだが、こうした齟齬の体験は、決していわゆる文学・芸術の専有物ではなく、エンターテインメントと呼ばれるような領域をも包みこんでいる。なにしろここでは「物語る」行為の範例（の少なくとも一つ）をマンガに見ようとしているのだから。ではマンガ体験のなかで私たちが負う「やけど」があるとすれば、それはいかなるものだろうか。おそらく私たちがキャラクターを愛してしまうという事態が、すでにして「やけど」に他ならない。私が身体を貸し与えることで動き出すキャラクターは、常に作品という枠組みを踏み越え、作品の論理では操作することのできない自律性を手にしてしまう。もちろん同じようなことは、文学でも絵画でも映画でも起こりうるが、マンガのキャラクターがとりわけ還元できない「私の真実」として現れやすいことは、厖大な量のいわゆる二次創作が、切ないほどに証明している。二次創作の作り手は、キャラクターを批評的な距離を取って眺めるのではないし、そこからインスパイアされて別の作品を生み出すのでもない。自分にとってそのキャラクターがそうでなくてはならない唯一の姿を――私の真実を――目に見えるものにして差し出すのである。「物語る」ために差し出された私の身体が、真実と現実との齟齬を思い出させるのをやめることはない。「物語る」行為が現実と直列に結ばれるのは、それと齟齬を来たす真実の姿を取る場合なのであり、もう一つの別世界という安定したステイタスを拒否する限りでのことなのである。

5　近代

もう一つ、これもまた自分の論文の内容と重なるが、次のことも繰り返しておきたい。以上の議論が前提としているのは、今私たちの生きている世界が（話を簡単にするために、ここではそれを近代と呼ぶ）、共有された真実を持たない世界だという認識である。現実が私たちに、いかなる異質性を突きつけてきても、何らかの世界観が共有された世界では、真実と現実の齟齬はいつの日か解消されると信じる権利が保証されている。だが私たちの世界にそうしたすべてを包みこむ枠組みはないのだから、すべての真実は特異なものであり、何らかのフレームに囲まれた、相対的な姿で現れるしかない。そしてそのフレームに囲まれた誰かの真実は、しかし私がそれに身体を貸し出して物語る限りにおいて、フレームを抜け出し、私に齟齬の体験を突きつけるとともに、私とあなたの関係を際限もなく作り変えていくだろう。森元庸介の論文で語られる映画『アンナ』の主人公アンナは、我知らず現実と虚像（イメージ）の境界を踏み越えてしまうが、彼女の運命は、キャラクターと呼ぶべきものだけでなく、近代のイメージすべての運命であるに違いない。

いや、近代において真理の決定権を持つのが科学であるのは明白なのだから、科学（自然科学）こそがこの時代のフレームだと言えないこともない。だがここでは橋本一径の論文が、そうした科学のステイタスを明確な形で問いに付している。もちろん科学は、宗教的な枠組みなどと同じ形では機能しない。科学はアプリオリな価値判断を排除するという前提がある以上、フレームはいわば裏口から密輸入されるしかないからだ。だが科学は私たちの世界で、フレームの消失を嘆くノスタルジックな意識によって神話の位置に押し上げられているのであり、そのことによって国家規模の決定権を与えられているのである。

さらに王寺賢太のルソー論で語られる「私」と「われわれ」の相克も、同じ問題を社会意識のレベルで取り上げたものと理解できる側面があるだろう。「われわれ」という発話――社会的な現実を作り出す発話――をめぐるルソーの問いは、おのおのの「私」が社会契約を、自らのものとして「物語る」ことの可能性と不可能性をめぐる問いにも見える。それはまさに、共有されたフレームを持ちえない近代を定義する問いなのではなかろうか。

次のように要約できるだろう。もちろんこれが文学や芸術の全体を定義すると言いたいわけではないが、少なくともその本質的な様態の一つとして、私たちが自らの身体を貸し出しながら「物語る」というあり方を考えることができる。だがそこで「物語られる」真実が、誰からも認められている現実であるなら、それは単に事実の報告にすぎない。文学・芸術が私たちに「物語る」ことを可能にするとき、そこで物語られていることと齟齬を来たし、それに抵抗するもの、しかしまたその抵抗がなければ「物語る」行為にも意味がなくなってしまうもの、それが現実と呼ぶべき何かである。塩塚秀一郎が論じている「調査の文学」は、一見ここで論じたこととかけ離れたものに見えるが、文学に対して制約として働く現実――「実存的制約」としての現実――という発想は、「物語る」ことを可能にするこのような抵抗と、決して無縁ではないだろう。

文学・芸術にとって現実は、表現すべき対象ではない。もし現実を「表現」しようとするのが文学・芸術だと定義するなら、ここで語ってきた経験は文学・芸術のそれではなく、「文学・芸術のようなもの」のそれだったことになる。現実を表現するのが「作品」だとすれば、「文学・芸術のようなもの」とは作品というフレームを踏み越えてしまう経験であり、物語り直されるたびに現実との新たな結びつきを作り出し、不可思議な同一性を保ちながら変化し続けていくのである。

＊

文学・芸術が商品として流通する対象である限り、「作品」という単位が失効することはない。しかしそれが芸術的な経験の単位として機能しえたのは、地理的にも歴史的にもきわめて限定された条件のなかでの出来事にすぎなかった。もちろん私たちは、いまだにそのパラダイムを抜け出してはいないし、ましてそれを抜け出すことが幸福だと言いたいわけでもないが、他方で今の私たちが、すでに「作品」というフレームを踏み越えるものを芸術的な経験の単位として生きてしまっていることも疑いようがない。マンガやポップ・ミュージックははっきりこの経験を差し出しているが、文学や絵画のかなりの部分もまた、そうした現象を免れていないし、だからそれは精神分析や人類学といった、誰かの真実とつきあおうとするさまざまな実践とも、ますます区別のつかないものになっていくだろう。そのとき現実は、文学・芸術（のようなもの）にとって、表現すべき対象ではなく、神秘的な根拠といったものでもなくて、真実を物語ることによって常にその彼岸に見出される抵抗である。「私」が自らの身体を貸し出して語りに没入すればするほどに、その語りが現実でないことは明らかであり、しかもだからこそ語られる真実は、共有はできないが明晰に感じ取れるものとなる。現実に触れる唯一の方法は、「私」の真実を「物語る」ことなのである。

編者／執筆者について──

塚本昌則（つかもとまさのり）　東京大学教授（フランス文学）。主な著書に、『目覚めたまま見る夢──20世紀フランス文学序説』（岩波書店、二〇一九年）、『写真文学論──見えるものと見えないもの』（東京大学出版会、二〇二四年）、主な訳書に、ポール・ヴァレリー『ドガ　ダンス　デッサン』（岩波文庫、二〇二一年）などがある。

鈴木雅雄（すずきまさお）　早稲田大学教授（シュルレアリスム研究）。主な著書に、『シュルレアリスム、あるいは痙攣する複数性』（平凡社、二〇〇七年）、『マンガ視覚文化論──見る、聞く、語る』（共編、水声社、二〇一七年）、『火星人にさよなら──異星人表象のアルケオロジー』（水声社、二〇二二年）などがある。

＊

久保昭博（くぼあきひろ）　関西学院大学教授（フランス文学・文学理論）。主な著書に、『表象の傷──第一次世界大戦からみるフランス文学史』（人文書院、二〇一一年）、主な訳書に、ジャン＝マリー・シェフェール『なぜフィクションか？──ごっこ遊びからバーチャルリアリティまで』（慶應義塾大学出版会、二〇一九年）などがある。

郷原佳以（ごうはらかい）　東京大学教授（フランス文学）。主な著書に、『文学のミニマル・イメージ──モーリス・ブランショ論』（左右社、二〇一一年／二〇二〇年）、主な訳書に、モーリス・ブランショ『文学時評 1941-1944』（共訳、水声社、二〇二一年）などがある。

塩塚秀一郎（しおつかしゅういちろう）　東京大学教授（フランス文学）。主な著書に、『レーモン・クノー──〈与太郎〉的叡智』（白水社、二〇二二年）、『逸脱のフランス文学史──ウリポのプリズムから世界を見る』（書肆侃侃房、二〇二四年）、主な訳書に、マルセル・ベナブー『私はなぜ自分の本を一冊も書かなかったのか』（水声社、二〇二四年）などがある。

谷口亜沙子（たにぐちあさこ）　明治大学教授（二〇世紀フランス文学）。主な著書に、『ルネ・ドーマル──根源的な体験』（水声社、二〇一九年）、主な訳書に、ギュスターヴ・フローベール『三つの物語』（光文社、二〇一八年）などがある。

箭内匡（やないただし）　東京大学教授（文化人類学）。主な著書に、『イメージの人類学』（せりか書房、二〇一八年）、『アフェクトゥス──生の外側に触れる』（共編著、京都大学学術出版会、二〇二〇年）などがある。

廣瀬浩司（ひろせこうじ）　筑波大学教授（フランス哲学）。主な著書に、『後期フーコー——権力から主体へ』（青土社、二〇一一年）、主な訳書に、モーリス・メルロ＝ポンティ『コレージュ・ド・フランス講義草稿 1959-1961』（共訳、みすず書房、二〇一九年）などがある。

立木康介（ついきこうすけ）　京都大学教授（精神分析）。主な著書に、『精神分析と現実界——フロイト／ラカンの根本問題』（人文書院、二〇〇七年）、『ラカン——主体の精神分析的理論』（講談社、二〇二三年）などがある。

王寺賢太（おうじけんた）　東京大学教授（一八世紀フランス思想）。主な著書に、『消え去る立法者——フランス啓蒙における政治と歴史』（名古屋大学出版会、二〇二三年）、主な訳書に、ドニ・ディドロ『運命論者ジャックとその主人［新装版］』（共訳、白水社、二〇二二年）などがある。

中田健太郎（なかたけんたろう）　静岡文化芸術大学准教授（シュルレアリスム研究）。主な著書に、『ジョルジュ・エナン——追放者の取り分』（水声社、二〇一三年）、『マンガメディア文化論——フレームを越えて生きる方法』（共編著、水声社、二〇二二年）などがある。

伊藤亜紗（いとうあさ）　東京科学大学教授（美学）。主な著書に、『手の倫理』（講談社、二〇二〇年）、主な訳書に、マイケル・フリード『没入と演劇性——ディドロの時代の絵画と観者』（水声社、二〇二〇年）などがある。

松井裕美（まついひろみ）　東京大学准教授（美術史）。主な著書に、『キュビスム芸術史——20世紀西洋美術と新しい〈現実〉』（名古屋大学出版会、二〇一九年）、『レアリスム再考——諸芸術における〈現実〉概念の交叉と横断』（編著、三元社、二〇二三年）などがある。

橋本一径（はしもとかずみち）　早稲田大学教授（表象文化論）。主な著書に、『指紋論——心霊主義から生体認証まで』（青土社、二〇一〇年）、主な訳書に、アラン・シュピオ『フィラデルフィアの精神——グローバル市場に立ち向かう社会正義』（勁草書房、二〇一九年）などがある。

森元庸介（もりもとようすけ）　東京大学教授（フランス思想史）。主な著書に、*La Légalité de l'art. La question du théâtre au miroir de la casuistique*（Cerf, 2020）、主な訳書に、ルイ・サラン＝モランス『黒人法典——フランス黒人奴隷制の法的虚無』（共訳、明石書店、二〇二四年）などがある。

森田直子（もりたなおこ）　東北大学准教授（フランス語圏文学・比較文学）。主な著書に、『「ストーリー漫画の父」テプフェール——笑いと物語を運ぶメディアの原点』（萌書房、二〇一九年）、主な訳書に、ティエリ・グルンステン／ブノワ・ペータース『テプフェール——マンガの発明』（共訳、法政大学出版局、二〇一四年）などがある。

〈現実〉論序説——フィクションとは何か？　イメージとは何か？

二〇二四年一二月一〇日第一版第一刷印刷　二〇二四年一二月二〇日第一版第一刷発行

編者——塚本昌則・鈴木雅雄

装幀者——宗利淳一

発行者——鈴木宏

発行所——株式会社水声社

東京都文京区小石川二—七—五　郵便番号一一二—〇〇〇二

電話〇三—三八一八—六〇四〇　ＦＡＸ〇三—三八一八—二四三七

［編集部］横浜市港北区新吉田東一—七七—一七　郵便番号二二三—〇〇五八

電話〇四五—七一七—五三五六　ＦＡＸ〇四五—七一七—五三五七

郵便振替〇〇一八〇—四—六五四一〇〇

URL : http://www.suiseisha.net

印刷・製本——モリモト印刷

ISBN978-4-8010-0836-6